W0193866

Dieses Buch wurde mit Unterstützung des
©Poland Translation Program veröffentlicht.

This translation is published by arrangement with
Społeczny Instytut Wydawniczy Znak Sp. z o.o., Kraków, Poland.

Erste Auflage 2022
KATAPULT-Verlag Greifswald
Die Originalausgabe ist 2019 unter dem Titel *Zimowla* bei Znak, Krakau erschienen.
© by Dominika Słowik
© der deutschen Ausgabe by Katapult-Verlag GmbH 2022

www.katapult-verlag.de
verlag@katapult-verlag.de

Alle Rechte vorbehalten, insbesondere das der Übersetzung, des öffentlichen Vortrags sowie der Übertragung durch Rundfunk und Fernsehen, auch einzelner Teile. Kein Teil des Werkes darf in irgendeiner Form (durch Fotografie, Mikrofilm oder andere Verfahren) ohne schriftliche Genehmigung des Verlages reproduziert oder unter Verwendung elektronischer Systeme verarbeitet, vervielfältigt oder verbreitet werden.

Gesetzt aus: Minion Pro, Gotham
Druck und Bindung: Optimal Media, Röbel
Papier: Enviro Top U Recyclingpapier

ISBN: 978-3-948923-35-8

An diesem Buch haben mitgewirkt:
Kristin Gora, Veliko Kardziev, Felix Lange und Sebastian Wolter

DOMINIKA SŁOWIK

TAL DER WUNDER

DER ESOTERIKER, DIE GENOSSIN
UND DER ARSCH IM HEILIGENSCHEIN

ROMAN

Aus dem Polnischen
von Alexandra Tobor

KATAPULT

Für Oma Marianna Czesława
und Oma Stefania

KAPITELÜBERSICHT

TEIL III – KONJUNKTIONEN

Oder hat vielleicht alles damit angefangen, dass sie mich in zwei Hälften schnitten?

Ich erinnere mich noch, dass ich nur meinen Kopf bewegen konnte. Neben mir lag Magda, die ich noch nicht kannte, von der mir Großmutter Saretzka aber bereits erzählt hatte. Über mir das Lampengestänge der Turnhalle, Krepprosetten, aus Styropor geschnittene Buchstaben.  Irgendwo hinten ein mit dunkelblauem Stoff bezogener Wandschirm mit unförmigen, aufgenähten Foliensternen, schließlich die Lehrtafeln des Sportlehrers Baniowski mit Anweisungen zu Leibesübungen, ein Reigen in mechanischer Bewegung erstarrter Figuren.

Der Mann, der uns zerteilte, schnaufte, als würde er Schwerstarbeit leisten. Sein Atem war schlecht. Bevor er sich ans Werk machte, berührte er kurz meinen Kopf. Mit der anderen Hand hielt er eine schaurig gezackte Holzfällersäge.

Im Publikum saß mein Vater. Er hatte sich extra frei genommen und klatschte verzückt in die Hände. Ich versuchte zu erkennen, was die Säge weiter unten an meinem Körper machte, aber die Sicht wurde mir durch den Rand der Holzkiste versperrt, aus der nur mein Kopf herausschaute. Der Rest von mir schien gar nicht mehr da zu sein.

Als der Mann fertig war, nahm er ein Blatt zur Hand, ein ganz gewöhnliches Stück Papier, und zog es durch den Spalt, den die Säge als Spur hinterlassen hatte. Ich spürte ganz deutlich, wie das Blatt durch mich hindurch ging, dann segelte es hinab und glitt über das Parkett zu den Füßen der Zuschauer.

Erst hinterher habe ich erfahren, dass die Wahl auf uns beide wegen unserer Schuhe gefallen war: Magda und ich hatten die gleichen grünen Stoffschuhe, was aus irgendeinem Grund wichtig war für den Zaubertrick des Wandermagiers, der seinen Lebensunterhalt mit Auftritten in kleinstädtischen Grundschulen verdiente.

Als mein Vater tags zuvor erfuhr, dass ich an einer richtigen Zaubershow teilnehmen würde, mit Eintrittskarten und allem drum und dran, wurde er von einer eigentümlichen Erregtheit erfasst. Damals war er noch von der Hoffnung erfüllt, eines Tages ein wie auch immer geartetes „wahres Wunder" bezeugen zu können. Und so hielt sich mein Erstaunen in Grenzen, als ich am nächsten Tag beobachtete, wie er sich in der Turnhalle zwischen die Kleinkinder drängte. In heller Aufregung nahm er auf einem niedrigen Bänkchen Platz. Die Knie ragten ihm bis zum Kinn. In der Arbeit hatte er behauptet, dass ich krank geworden sei und er mit mir zum Arzt müsse.

Der Magier trug einen schimmernden Frack, auf seinem Kopf saß ein zerknautschter Zylinder. Als er zum Höhepunkt seines Programms kam, dem Zerteilen eines Menschen in zwei Hälften, und fragte, ob es Freiwillige gäbe, schossen fast alle Hände nach oben. Ich bezweifle, dass ich mich auch gemeldet habe, denn ich weiß noch, wie ich peinlich berührt zu meinem Vater schielte, der genau wie alle anderen mit der Hand wedelte, und das mit einer Verbissenheit im Gesicht, als würde sein Leben davon abhängen, dass der Magier gerade ihn auserwählte.

Irgendeine Lehrerin schob einen ungeduldigen Schüler nach vorne, aber der Magier schüttelte nur abweisend den Kopf und rief: „Meine Damen und Herren, verehrtes Publikum, dieses Mal möchte ich Mädchen nach vorne bitten. Zwei mutige Mädchen!"

Alle hatten Verständnis für den Wunsch des Magiers, schließlich wurden damals im Fernsehen die Liveshows von David Copperfield übertragen und tatsächlich waren es immer Frauen, die zerteilt wurden.

Der Magier ließ konzentriert den Blick umherstreifen, als würde er gezielt nach etwas oder jemandem suchen, und plötzlich, bevor ich wusste, wie mir geschah, griff er nach meiner Hand und zerrte mich in die Mitte des Saals.

Ich mag den Gedanken, dass alles mit dieser Teilung begann.

Ich hatte Magda schon lange auf dem Schulflur beobachtet, aber sie schien es überhaupt nicht zu bemerken. Am meisten faszinierten mich ihre feinen Baumwollhandschuhe, die sie nie ablegte. Magda Dygnar ging in eine andere Klasse als ich. Vermutlich erinnerte sie sich nicht an mich. Wie sollte sie auch? Sie hatte gar nicht in meine Richtung geschaut, als sie zersägt wurde.

Und doch hat sie mich, als wir uns ein paar Monate später in der Warteschlange zur Schulkrankenschwester begegneten, so eindringlich gemustert, dass ich einen heißen Kopf bekam.

„Deine Nase blutet."

Ich fasste mir sofort ins Gesicht. Meine Finger waren knallrot. Ich legte den Kopf in den Nacken.

„Ist nicht schlimm, das geht gleich vorbei. Ich habe einen Apfel für sowas."

„Einen Apfel?"

„Ja, mein Vater gibt mir so einen speziellen Apfel mit, gegen die Blutarmut", stammelte ich befangen. Ich griff in die Rucksacktasche und zog den löchrigen, schwarz gewordenen Apfel heraus.

„Er hat irgendwo gelesen, dass es gegen Eisenmangel hilft. Abends steckt er ganz viele Nägel in den Apfel und lässt ihn über Nacht stehen. Morgens kommen die Nägel dann wieder raus. Das Eisen aus den Nägeln geht auf den Apfel über."

„Klingt komplett hirnrissig."

Ich nickte. Und dann fragte ich mich, warum Magda hier überhaupt mit uns anstand. Wir warteten auf den Gesundheitscheck für Zehnjährige und Magda war doch eine Klassenstufe höher als ich. Erst später habe ich erfahren, dass Magda Dygnar zusammen mit den Älteren eingeschult worden war.

Das Sprechzimmer war paarweise zu betreten. Drinnen wurden wir von der Schulkrankenschwester in ihrem weißen Kittel empfangen. Auf ihrem Schreibtisch stapelten sich Formulare, in denen sie Körpergröße, Gewicht, Sehstärke und Wirbelsäulenverkrümmungen erfassen, eventuelle Plattfüße vermerken und ebenso auflisten würde, welche Impfungen wir bereits erhalten hatten.

Neben dem Schreibtisch befanden sich ein verglaster Schrank mit dunklen Fläschchen, eine medizinische Waage, ein Wandschirm zum Umziehen und eine mit braunem Leder bezogene Liege mit einem darüber geworfenen zerknitterten Laken.

„So, ihr Lieben! Dann macht euch mal frei. Die Unterhose dürft ihr anbehalten."

Sie wies auf den Wandschirm.

Ich setzte mich hinter Magda in Bewegung und fühlte mich wieder genau wie ein paar Monate zuvor, als der angebliche Magier uns hinter einem beinahe identischen Wandschirm in zwei Holzkisten steckte. An der Wand, vor den Blicken des Publikums verborgen, lagen achtlos hingeworfene Stricke und Verlängerungskabel, nicht mehr benötigte Trickkisten mit offenen Falltüren, Zauberstäbe, aus denen verschossene Luftschlangen quollen, Taubenattrappen, umgekrempelte Sakkos und Westen voller Geheimtaschen. Alles, was vom anderen Ende der Turnhalle so wundersam anmutete, hatte sich innerhalb von Sekunden in ein paar billige ausrangierte Requisiten verwandelt.

Selbst der Magier wirkte aus der Nähe betrachtet wie ein anderer Mensch. Sein glänzender Frack stank nach altem Schweiß. Er machte einen müden und verwirrten Eindruck. Seine Nase war von winzigen Mitessern übersät, als wäre sie mit unzähligen Nadelstichen traktiert worden.

„Nun mach schon, Liebes, wir haben keine Zeit zu verlieren", sagte er, als er mich in Richtung Holzkiste schubste.

„Nun mach schon, Liebes, wir haben keine Zeit zu verlieren", flötete die Schulkrankenschwester.

Ich begann, mich aus meinem Rollkragenpullover zu schälen, und natürlich blieb prompt mein Kopf darin stecken. Ich zerrte und zerrte, verfing mich dadurch aber nur noch mehr, glaubte, jeden Moment zu ersticken. Konnte man in seinem eigenen Pullover ersticken? Ich fürchtete schon, dass mir gleich wieder das Blut aus der Nase schießen würde, als ich zwei Hände spürte, die sanft aber bestimmt den Knoten aus den Ärmeln lösten und am Rollkragen zogen, bis der Pullover mir endlich vom Kopf glitt und ich, völlig erhitzt, wieder Luft holen konnte.

„Danke", murmelte ich Magda zu, die mich wortlos anlächelte. Sie hatte sich schon ihrer Jeans und ihres T-Shirts entledigt und stand so vor mir da, in ihrer himmelblauen Unterhose mit Streublumenmuster und den hellen Handschuhen. Sie machte keine Anstalten, ihren Körper zu bedecken und wartete in aufrechter Haltung, bis die Schulkrankenschwester sie aufforderte, nach vorne zu treten.

Magdas Brüste standen schon etwas hervor, genau wie meine. Es hatte erst vor Kurzem begonnen. Als ob etwas unter unserer Haut winzige Eier gelegt hätte, die nun größer wurden. Wenn ich mich dort berührte, schmerzte es, und ich konnte so etwas wie einen Obstkern unter sehr weichem Fruchtfleisch ertasten. Ich hatte aufgehört, weiße Unterhemden zu tragen, als durch den engen Stoff zwei dunkle Brustwarzen durchzuscheinen begonnen.

Während Magda Dygnar auf die alte Personenwaage stieg, an der die Schulkrankenschwester das walzenförmige Gewicht einstellte wie an einer Metzgerwaage, studierte ich aufmerksam Magdas Rücken. Sie hatte schon damals ein schiefstehendes Schulterblatt, das wie ein kleines scharfes Messer aus ihrem Körper ragte. Mein Blick wanderte weiter zu ihrer unförmigen Taille und ich ertappte mich dabei, wie ich nach einer Narbe vom Zersägtwerden Ausschau hielt. Als wollte ich mich vergewissern, dass die Säge wirklich keine Spuren hinterlassen hatte, keine Schramme, nicht einmal einen winzigen Kratzer, dass Magdas Haut und Magdas Körper vollständig unversehrt geblieben waren.

Auf einmal spürte ich meine Unterhose feucht werden, als hätte ich eingenässt. Immer noch hinter dem Wandschirm verborgen, tastete ich entsetzt über den Stoff, durch den langsam die Feuchtigkeit sickerte.

Ich suchte das Sprechzimmer der Schulkrankenschwester häufiger auf, nachdem ich zum ersten Mal meine Monatsblutung bekommen hatte: Das muss irgendwann nach dem Ausflug mit meinem Vater zum Chakra und kurz vor dem Anschlag aufs World Trade Center gewesen sein. Ich erinnere mich, dass wir Mädchen unsere erste Menstruation mit größter Ungeduld erwarteten. Sobald eine von uns endlich ihre Tage bekam, zog sie sofort eine Show ab: Wie durch Ungeschick fielen die kleinen dunkelgrünen Päckchen mit den Binden aus dem Rucksack, scheinbar durch Unachtsamkeit ragte ein mit Filzstift markierter Menstruationskalender aus der Plastikhülle für den Schülerausweis und im Sportunterricht wurde die „Unpässlichkeit" so laut vermeldet, dass es auch ja alle mitbekamen.

Auch ich atmete auf, als ich auf der Toilette den braunen Fleck in der Unterhose entdeckte, aber schon bald wurde die Freude von krampfartigem Schmerz erschüttert, der seitdem jeden Monat von mir Besitz ergreifen sollte.

Einmal hatte es in der Schule so sehr wehgetan, dass ich mich kaum noch bewegen konnte. Als hätte man mich komplett der Kontrolle über meinen Körper beraubt und mir nur diesen schweren, nach unten ziehenden Schmerz gelassen; vom Bauchnabel abwärts gab es nichts anderes. Am meisten erstaunte mich, dass es nicht nur im Bauch wehtat, sondern auch im Rücken, im Anus, im Schritt – als hätte mich jemand dort lange und heftig getreten. Für einen Moment kam es mir so vor, als würde sich das Blatt Papier aus dem Zaubertrick des Magiers in meinem Bauch ausdehnen und ihn mit seinen scharfen Kanten zerschneiden.

Die Lehrerin hatte mich in Begleitung einer Freundin nach unten geschickt, weil ich aus eigener Kraft nicht die Treppe runter kam. Der Schulkrankenschwester waren Stunden gestrichen worden und sie war nur noch an wenigen Tagen in der Schule, zum Glück habe ich sie in ihrem Sprechzimmer angetroffen. Sie half mir auf die Liege, nahm eine Flasche aus dem Vitrinenschrank und goss eine gelbe, trübe Flüssigkeit in ein großes Glas. Es war ein sehr starker Kräuterschnaps.

„Tut es immer noch weh?"

Ich nickte.

„Dann nimm noch ein Gläschen."

Ich leerte auch das zweite Glas. In meinem Magen breitete sich brennende Wärme aus. Der Schmerz schien abzuklingen.

„Was steht denn auf dem Stundenplan gerade?"

„Polnisch."

„Und bei wem?"

„Bei der Rektorin, Frau Jaskula."

Die Schulkrankenschwester verzog angewidert das Gesicht. Die Wärme hatte nun auch meinen Kopf erreicht. Ich kicherte.

„Du kannst hier liegenbleiben, bis es läutet, wenn du magst."

Die Frau warf mir ein Lächeln zu, dann begann sie, irgendwelche Formulare auszufüllen, die in einem sauberen Stapel auf ihrem Schreibtisch lagen.

Von da an stattete ich der Schulkrankenschwester fast jeden Monat einen Besuch ab. Manchmal stieß ich an der Schwelle ihres Sprechzimmers mit anderen Mädchen zusammen. Eine ungeheure Ruhe ging von dieser vergnügten, etwas aufbrausenden Frau aus – oder vielmehr von ihrem fantastischen Elixier, ihrer Tinktur, dem Wundermittel gegen das Mädchenweh.

Magda bin ich dort nie mehr begegnet.

TEIL I

ANTHROPOZÄN

KAPITEL 1

Spuren ins Nichts

Kurz vor Neujahr begannen in unserer Stadt nachts geheimnisvolle Spuren im Schnee aufzutauchen. Niemand sprach offen darüber, dabei fand man sie beinahe jeden Morgen und immer in anderen Teilen der Stadt. Die Fährten brachen so merkwürdig und unvermittelt ab, dass es aussah, als wäre ihr Urheber plötzlich zum Himmel aufgestiegen oder einfach verschwunden. Sie tauchten aus dem Nichts auf und führten ins Nirgendwo.

Vielleicht wäre daran nichts außergewöhnlich gewesen (in diesem Winter war Zuckrowka allmorgendlich eingeschneit), wenn sich in diesen Spuren nicht menschliche mit tierischen Abdrücken vermischt hätten. Ganz so, als hätte jemand einen großen Hund spazieren geführt – nur dass die Füße, die die Spuren hinterließen, nackt waren.

Im Laufe des Winters fanden wir sie immer häufiger, sie wurden immer dichter, tauchten an immer beunruhigenderen Orten auf. Mit Grauen entdeckten wir die Fährten stets am frühen Morgen – sie führten über Bürgersteige und quer durch die Gärten, bahnten sich wie eine schwarze Naht ihren Weg durch fest verriegelte Pforten und Einfahrtstore, wanden sich um robuste Umzäunungen, dicke Mauern und windschiefe Gatter und, was die Bewohner Zuckrowkas am allermeisten entsetzte, brachen vor den Schlafzimmerfenstern und Türschwellen jäh ab.

Etwas schien uns zu beobachten, während wir schliefen. Es zog Kreise um unsere Häuser, versuchte, ins Innere einzudringen.

Die Sache ließ sich nicht länger ignorieren, als neben den Spuren von nackten Füßen und Tierpfoten noch etwas anderes aufzutauchen begann – feine, aber gut sichtbare dunkelrote Flecken fraßen sich in den Schnee: geronnenes Blut. Natürlich versuchten wir, die irrationale Furcht, die in uns wuchs, zu bekämpfen. Eine häufige Erklärung war, dass Wölfe aus der Slowakei gekommen wären. Aber der Winter ist in diesem Jahr mild gewesen, woher dann also die Wölfe? Zuletzt waren sie 1978 gesichtet worden, während des Jahrhundertwinters, und noch nicht mal das war gesichert. Vielleicht hatten auch die warmen Temperaturen einen Bären aus dem Winterschlaf geweckt, der nun durch den Franziskus-Urwald irrte. Oder waren es ausgehungerte Füchse? Verwilderte Hunde?

Trotz aller Beruhigungsversuche wagte sich in Zuckrowka nachts niemand mehr auf die Straße. Und obwohl die nächtliche Leere allen Kleinstädten gemein ist, weiß ich noch ganz genau, dass uns damals, zu Beginn des Jahres

2005, nach Einbruch der Dämmerung weit mehr in den Häusern hielt als die gewöhnliche provinzielle Öde.

Auch wenn niemand es auszusprechen wagte, wussten wir doch alle, dass in Zuckrowka ein Werwolf sein Unwesen trieb.

***

Mischa leckte sich die Finger ab und reichte mir vorsichtig die frisch entkorkte Sektflasche. Wie jeden Samstag wollten wir *König des Hügels* spielen, aber Hans verspätete sich. Ich saß mit Mischa auf der höchsten Erhebung des Umlands. Sie bot einen Blick über ganz Zuckrowka, die Stadt der drei Wunder vom Mahrtal. Wir konnten von hier oben unsere Häuser sehen – die Saretzka-Villa und das Porzellanhaus, den grauen Klotz des Rathauses und den schiefen Glockenturm der Kirche Unserer lieben Frau vom Berge Karmel. An der Ostseite des Hügels lag ein Friedhof und im Westen erstreckte sich der Urwald, der dicht das gesamte Tal bis hinauf zum ehemaligen Werk umgab. In den Büschen hinter uns glitzerte die Biegung der Mahr. Im Osten, wo die Stadt endete, verlief die Strecke der Landstraße Krakau–Wadowice–Wysoka, jene Straße, über die, was wir damals noch nicht ahnten, Mischa bald für immer abhauen würde – an dem Tag, als mein Vater im Schuhschrank verschwand und ich endlich den Schatz der Inka fand.

Ich setzte die Sektflasche an und verschluckte mich prompt.

„Wo bleibt er denn?" Langsam wurde Mischa ungeduldig. Mit der Kante des Feuerzeugs stocherte er nervös in der aufgeweichten Erde. Das Gras auf dem Hügel hatte gerade erst begonnen, grün zu werden.

„Ruf ihn doch an."

„Mein Guthaben ist alle. Die wollen ihm bestimmt nichts verkaufen." Er seufzte. „Ich hätte selbst gehen sollen."

Als Einziger von uns dreien war er bereits achtzehn. Ich zuckte mit den Schultern und unterdrückte heimlich ein Gähnen. Mischa tat, als hätte er es nicht bemerkt. Zu dem Zeitpunkt hatte ich seit zwei Wochen kaum mehr geschlafen. Wir hatten niemandem erzählt, was in der Nacht Anfang April geschehen war. Wir sollten uns endlich jemandem anvertrauen, dachte ich schamerfüllt, es wäre sicherer für uns alle.

Ich trommelte mit den Fingern gegen das dunkelgrüne Glas der Flasche. In diesem Moment vibrierte laut das Handy. Mischa klappte es aus dem Handgelenk auf und hielt mir wortlos das Display mit der SMS entgegen: *SCHREBERGÄRTEN. SCHNELL.*

Ich schüttelte ungläubig den Kopf. Hans hatte offenbar den Verstand verloren.

Die Schrebergärten von Zuckrowka lagen im Nordwesten, nicht weit vom Urwald entfernt. Sie bildeten ein eigentümliches zivilisatorisches Dickicht, wie ein zwischen der Stadt und dem gegen sie drängenden Wald errichteter Schutzwall. Durchschnitten von einem Gewirr aus Zäunen und Umfriedungen, Wegen, Trampelpfaden und Durchgängen, in ihrem Durcheinander von Lauben, Datschen, Gartengrills, Schuppen, Hütten und Foliengewächshäusern, zwischen denen unermesslich viele Gemüse-, Blumen- und Hochbeete, Bäume und Bäumchen wucherten, entbehrten diese Gärten jeder räumlichen Logik. Selbst wenn man seit Jahren den gleichen Weg einschlug, konnte es passieren, dass man sich hoffnungslos verlief und nicht mehr hinausfand, besonders nach Einbruch der Dunkelheit (wobei sich jetzt natürlich niemand mehr nachts in diesen Teil der Stadt wagte).

Hans' Vater hatte seine Parzelle gleich nach seiner Rückkehr in die Heimat zu einem verlockenden Preis erworben. Doch schon bald sollte sich herausstellen, warum das Grundstück so günstig gewesen war: Der benachbarte Imker und seine Bienenstöcke waren eine solche Zumutung, dass Herr Kaleta es bald aufgab, dort Grillfeste für seine Freunde auszurichten. Nach ein paar Wochen hatte er ganz verdrängt, dass er in Zuckrowka jemals ein Grundstück besessen hat.

Bevor Mischa sich das König-des-Hügels-Spiel ausgedacht hatte, verbrachten wir fast jedes Wochenende im Schrebergarten bei Hans. Den Imker bekamen wir nur selten zu Gesicht. Ein paarmal hatte er uns zur Rede gestellt, weil er der Meinung war, dass unser Rauch seine Bienen müde machte, aber den Großteil der Zeit verbrachte er hinter dicht zugezogenen Vorhängen in seiner halb zerfallenen Hütte. Eigentlich hatten wir ihm bis zu den Ereignissen Anfang April keine große Aufmerksamkeit geschenkt.

„Seid leise!!!" Aus dem Gebüsch drang Hans' gereiztes Flüstern. Ich zog vorsichtig die quietschende Pforte hinter mir zu. Das Grundstück war nicht sehr groß und entlang seiner Grenzen mit einer löchrigen, verwahrlosten Hecke bepflanzt. Vor der Ecklaube aus Holz standen ein paar schmutzige Stühle und ein zersprungener Tisch aus einst weißem Plastik. Auf dem Boden lagen alte Dosen und durchnässte Säcke mit Holzkohleresten herum.

„Hast du ihn bekommen?"

Mischa robbte unter die Hecke. Er war größer als Hans und musste sich richtig krumm machen, um zu ihm zu kommen.

„Was?" Hans würdigte uns keines Blickes. Er hatte das Gesicht die ganze Zeit gegen einen Spalt in einem hohen, aber nachlässig errichteten Zaun gepresst. Sein Vater hatte naiv angenommen, dass der Zaun den Gestank abschirmen könnte, der vom Grundstück des Imkers herüberwehte, und verirrte Bienen daran hindern würde, in die süßen Drinks zu fallen und die um sich schlagenden Gäste zu empören.

„Na, den Sekt. Haben sie ihn dir verkauft?"

Hans winkte lustlos ab. Auf dem Rasen lag eine achtlos hingeschmissene Tüte mit zwei Flaschen Krimsekt und einer Schachtel Kippen. Ich hob sie auf und drückte mich neben die Jungs ins Gebüsch. Mischa fischte ein in Folie gewickeltes Bündel aus seiner Hosentasche und begann geschickt, das Gras in ein Paper zu krümeln.

„Das ist richtig gutes Zeug. Von der Slowakin. Aber nicht das vom letzten Mal …", murmelte er beschwichtigend, als er meinen skeptischen Blick bemerkte.

Für einen Moment war nur das Knistern zu hören, mit dem er das Gras zerbröselte. Ich habe oft was von Mischas Zeug abgestaubt, er verkaufte es mir billiger als anderen. Manchmal hatte ich Lust, die seltsameren Sachen zu probieren, aber hauptsächlich rauchte ich Gras. Hans hat selten etwas für sich selbst besorgt und zog an allem, was Mischa uns hinhielt, was hauptsächlich daran lag, dass er nie Geld hatte. Mischa Kulik gab nicht mal Bekannten Kredit.

„Also, was ist los?" Ich hielt es kaum noch aus.

Hans muss die Ungeduld in meiner Stimme bemerkt haben, denn endlich drehte er sich zu uns um.

„Ich hab ihn wieder gesehen."

Langsam bereute ich, ihm vor ein paar Wochen von dem seltsamen Besucher bei meiner Mutter im Museum erzählt zu haben, weil er seitdem eindeutig zu viel Zeit im Schrebergarten verbrachte.

„Er hatte eine Schaufel und einen Rucksack dabei. Genau wie, ihr wisst schon, damals … Er ist kurz in den Laden rein, aber vorher hat er alles im Gebüsch versteckt, bestimmt damit die aus dem Werk es nicht sehen. Am Tisch saßen schon vier von denen …"

Hans hielt inne und blickte unsicher zu Mischa, dessen Vater vor Jahren im Werk gewesen war. Aber Mischa war damit beschäftigt, irgendwas in sein Handy zu tippen und hörte Hans überhaupt nicht zu.

„Er ist in den Wald gegangen."

„Warum bist du nicht hinter ihm her?"

Hans war total durch den Wind. Er nahm mir den halb aufgerauchten Joint aus der Hand und zog langsam daran. Nein, natürlich hatte er keine Angst vor dem Imker, trotzdem wollte er ihm nicht allein im Dunkeln begegnen.

„Der hätte mich doch bestimmt bemerkt." Er zuckte mit den Schultern. „Dafür hab ich in seinen Rucksack geschaut."

„Und?"

Hans nahm einen weiteren Zug. Plötzlich lief er rot an und begann, heftig zu husten. Er griff schnell nach der offenen Flasche und nahm einen so großen Schluck, dass der Sekt ihm übers Kinn aufs T-Shirt schwappte.

„War nix drin", krächzte er lustlos und sah über meinen genervten Blick hinweg.

„Aber der Alte ging bestimmt etwas holen."

Er wischte sich mit dem Handrücken den Mund ab, dann reichte er mir den Joint und presste sein Gesicht wieder an den Spalt im Zaun.

Hans war überzeugt, dass in unserer Stadt etwas versteckt lag, und dass der alte Imker Makowski wusste, was es war. Zwei Wochen zuvor, Anfang April, hatten wir den Imker nachts vom Hügel aus gesehen. Mit einem Rucksack und einer schlammverschmierten Schaufel trottete er den Weg entlang, der aus dem Wald führte. Er bemerkte uns nicht. Ab und zu sah er sich um, als fürchtete er, dass ihm jemand auf den Fersen war. Und tatsächlich, für einen kurzen Moment meinten wir, an der Kurve bei der Maria vom Kriegsrecht die Silhouette eines dunklen Mantels aufblitzen zu sehen, aber die Illusion verlor sich im Muster des Schattens, den die Marienfigur im schwachen Laternenlicht warf. Der Imker war einfach ein Verrückter, ein verbitterter alter Kauz.

Völlig benebelt von dem viel zu starken Gras beobachteten wir gleichgültig, wie Makowski den Weg in Richtung Schrebergärten einschlug und in der Dämmerung verschwand.

Damals glaubte ich zu wissen, warum Hans sich so sehr in die Story mit dem Imker verbissen hatte. So konnte er uns vormachen, dass er sich an nichts von dem erinnerte, was danach geschah. Und wenn man sich nicht erinnert, dann ist es fast so, als wäre es nie passiert.

***

Der Imker war ein älterer Mann unbestimmten Alters. Ich hätte ihn damals, 2005, auf mindestens fünfundsiebzig geschätzt, so sah er jedenfalls aus. Er war durchschnittlich groß und eher gedrungen. In jungen Jahren muss er breitschultrig und kräftig gebaut gewesen sein, aber jetzt sah man ihm nur noch Altersfettleibigkeit an.

Er hatte eine unverwechselbare Brille mit einem zum Halbkreis gebogenen Doppelsteg, der wie eine Klinge schimmerte. Unter den bläulichen Lippen stand ein lichter Bart hervor, in dem sich manchmal Essensreste verfingen. Auf seinem ungewaschenen Haupt saß eine Schiebermütze. Seine Haare, die immer etwas zu lang und ungleichmäßig geschnitten waren, hatten einen unschönen matten Grauton. Fettig pappten sie zu dicken Strähnen zusammen und klebten an seiner Stirn, wodurch Makowski immer den Eindruck machte, als würde er schwitzen. Außerdem verströmte er einen eigenartigen, unangenehmen Geruch – Hans meinte, er stinke „wie ein alter Bock".

Von seinem Grundstück wehten die säuerlichen Ausdünstungen eines ungewaschenen Körpers und Moder mit einem Hauch feuchter Erde herüber.
Als er Frau Wosch einmal Honig für ihren Laden vorbeibrachte, hatte die
Verkäuferin diskret versucht, ihm ein Deo anzudrehen, was er unhöflich abgelehnt hatte mit der Begründung, dass „solche Gerüche" bloß seine Bienen
irritieren würden, und vermutlich war das des ganzen Rätsels Lösung.

Im Alltag lief Makowski in einem grauen, fleckigen Bademantel herum,
den er wie einen richtigen Mantel für gewöhnlich über ein Flanellhemd,
manchmal auch über einen löchrigen Pullover überzuziehen pflegte. Aus
dem Bademantel wölbte sich sein Bauch so üppig nach vorne, dass das Hemd
beinahe platzte, und zwischen den Knöpfen wurde manchmal ein Stück kä-
sig-blasser Haut sichtbar, auf der sich schwarze Haare kräuselten.

Wann immer er sich irgendwo blicken ließ, trug er die gleichen schmutzigen Klamotten, nur im Winter zog er sich zusätzlich eine hüftlange Daunen-
jacke über, aus der sein Bademantel heraushing wie ein Kleid.

Aber am merkwürdigsten war sein Schuhwerk. Makowski lief das ganze
Jahr über in durchgescheuerten Socken und gewöhnlichen Filzpantoffeln
herum. Angeblich litt er an geschwollenen Beinen, und zwar so sehr, dass er
es nur in solchen Schlappen aushielt, zumindest hatte er das Frau Wosch einmal geklagt. Bei stärkerem Regen stülpte er Plastiktüten über die Pantoffeln
und fixierte sie sorgfältig an den Knöcheln.

Der Imker verließ sein Grundstück nur selten, aber wenn er es tat, ging er
stets schnell, in einer Art trägem Laufschritt, wobei der Gürtel des Bademantels hinter ihm her flatterte wie ein Kuhschwanz und die Pantoffeln gegen
seine Fersen klatschten. Für sein Alter schien seine Kondition ziemlich gut
zu sein. Wenn er unterwegs war, stützte er sich auf einen Stock, den er nie ablegte und den er mit jedem Schritt so beherzt in den Gehweg stieß, dass man
den Eindruck gewinnen konnte, Makowski wollte aus unserer Heimaterde
wahre Funken sprühen lassen.

* * *

Wir saßen schon ziemlich lange im feuchten Gras. Die Luft war frisch, es
zog kalt von der Erde herauf. Langsam schliefen mir die Beine ein, aber
die Wärme des Sekts drang allmählich in meine Glieder. Obwohl schon
später Nachmittag war, stand die Sonne glühend am Himmel und brach
durch die marode Hecke, die schon die ersten Knospen treiben ließ. Der
süße Duft des Schaumweins hatte eine duselige Biene angelockt, die langsam um uns herum summte. Sie kreiste träge vor unseren Nasen, wie die
Flamme des Feuerzeugs, das wir immer wieder an die Lippen führten, um
unsere Zigaretten und Mischas Joints anzustecken.

Je länger wir wortlos dasaßen (Hans musste uns ständig ermahnen, den Mund zu halten), desto lauter wurde das Rauschen der willkürlich über das Nachbargrundstück verstreuten Bienenstöcke. Das Seltsame war, dass es mir zum ersten Mal auffiel, obwohl ich schon so oft dort gewesen war. Das Geräusch schwoll an, erst hörte es sich an wie ein leises Plätschern, ein kaum hörbares Prasseln, aber dann begann es meinen ganzen Kopf auszufüllen. Ich zog den Rauch in die Lunge und für einen Moment glühte mein ganzer Körper auf in diesem beängstigend vertrauten Dröhnen, dem Brausen des großen Schwarms.

Plötzlich musste ich lachen, denn wie aus dem Nichts fiel mir ein, dass wir besser nicht im Gras sitzen sollten, schließlich hatte es noch kein Frühlingsgewitter gegeben. Mein Vater wurde nicht müde zu ermahnen, dass man sich erst ins Gras setzen durfte, wenn der erste Blitz alles sich über den Winter angesammelte Böse aus der Erde gezogen hatte.

Ich konnte kaum noch die Augen offen halten, als ich die verirrte Biene bemerkte, die an Mischas schmutzigem Daumen entlangkrabbelte. Von dort mühte sich das Insekt die Sektflasche hinauf und kletterte am grünen Hals empor, bis es schließlich, über den Flaschenrand wankend, das Gleichgewicht verlor und hineinfiel. Verblüfft sah ich zu, wie die Biene in die süße Flüssigkeit eintauchte, in der sie gleich ertrinken würde, wie sie sich gemächlich und lahm weiterschleppte, als würde der drohende Tod sie gar nicht bekümmern. Ich betrachtete sie eingehend, konnte den Blick nicht von ihr losreißen. Sie erinnerte mich an irgendwas, weckte eine vage Vorahnung, diese Biene, die im Sekt festhing wie in einem Stück Bernstein, eine hartnäckige Überzeugung, dass ich mich an etwas erinnern sollte ...

Ich war wohl kurz eingenickt, denn Mischas lauter Fluch ließ mich regelrecht aufschrecken. Er hatte die ertrunkene Biene bemerkt und rüttelte besorgt an der Flasche, als wäre ihm oder dem Insekt damit geholfen.

„Seid leise!", flüsterte Hans verärgert. Mischas erhobener Arm fror in der Bewegung ein. „Er kommt!"

Durch die Lücken im Zaun beobachteten wir den Imker, der langsam das Drahtknäuel entwirrte, das als Schlossersatz an der schäbigen Pforte baumelte. Sein Anblick erfüllte mich mit Unbehagen. Obwohl viel Zeit verstrichen war, hatte ich nicht vergessen, was er Zoja angetan hatte.

Der alte Makowski betrat das Grundstück, aber anstatt wie gewohnt die Hütte anzusteuern, ließ er voller Anstrengung seinen Rucksack ins Gras plumpsen und hechtete zu einem Baum, der in einer Ecke seines zugerümpelten Gartens wuchs. Der fleckige Bademantel verfing sich zwischen seinen Beinen.

„Was macht der denn da?", fragte Mischa verwundert, den Blick auf Makowski geheftet.

„Ich glaube ... er zählt Schritte", sagte ich unsicher.

Der Mann brachte sich mit dem Rücken zum Baum in Stellung und begann, hochkonzentriert vor sich hin brabbelnd, ein Dutzend Schritte abzuzählen. Dann bog er nach links, ging noch ein paar Meter, blieb stehen. Mit dem Rücken zu uns begann er zu graben.

Es ging nur schleppend voran, immer wieder musste er eine Pause einlegen. Er nahm seine schmutzige Schiebermütze ab und fuhr sich mit der Hand durch das verschwitzte graue Haar. Trotz seiner kräftigen Statur setzten ihm die körperlichen Anstrengungen im Alter sichtlich zu. Sein schweres Schnaufen war bis über den Zaun zu hören. Das Ganze dauerte vielleicht ein paar Minuten.

Plötzlich schmiss der Imker die Schaufel ins Gras, kniete sich hin und begann, mit beiden Händen sanft in der Erde zu wühlen. Dann hob er etwas mit geballter Faust auf und ließ es in der Tasche seines Bademantels verschwinden.

Mühselig richtete er sich wieder auf, klopfte sich den Dreck von der Hose, nahm seinen Rucksack und machte sich auf zu seiner notdürftig zusammengezimmerten Datsche, die er zum ständigen Wohnsitz umfunktioniert hatte. Quietschend fiel die Tür hinter ihm ins Schloss.

„Habt ihr das gesehen?" Hans sah uns erwartungsvoll an. Aber bevor wir reagieren konnten, war der Imker wieder zurück – mit einem großen Glas hausgemachten Honig.

Er ließ sich auf dem Treppenabsatz nieder, legte seine Pranken um den Deckel und drehte das Glas mit großem Kraftaufwand auf. Dann ließ er den Blick ringsum schweifen, wie um sich zu vergewissern, dass er unbeobachtet war. Er bemerkte uns nicht, die wir zusammengekauert auf der anderen Seite des Zauns lagen. Endlich fasste er in seine Tasche. Wir hielten den Atem an.

Makowski holte einen großen Schlüssel mit verziertem Kopf hervor. Mit dem Zipfel seines Bademantels säuberte er ihn von der Erde und hob ihn dann gegen das Licht: Erst brachte er ihn ganz nah vors Auge, dann hielt er ihn auf Armlänge von sich weg. Als würde er durch das Loch im Schlüssel direkt in die Sonne schauen und ihre Reflexionen im goldfarbenen Metall studieren.

Plötzlich schien ihm etwas eingefallen zu sein. Hastig griff er nach dem Honigglas und warf mit einer entschlossenen Bewegung den Schlüssel hinein.

Fasziniert sahen wir zu, wie der Schlüssel auf den Grund sank und wie in Zeitlupe durch die dicke, nahezu erstarrte Masse wanderte. Fast schien es, als würde der

Honig das Metall verschlingen, der Schlüssel darin zerfließen, zergehen, sich auflösen, bevor er vollständig verschwand. Makowski schüttelte das Glas.

Für einen kurzen Moment kam es mir so vor, als würde die im Westen untergehende Sonne hell im Honig reflektiert werden und der Imker hielte nicht ein Glas, sondern eine Spiegelscherbe in den Händen. Ich blinzelte und das Licht war erloschen. Der Alte schraubte rasch den Deckel zu. Das Glas fest umklammert trat er in seine Hütte und zog die Tür hinter sich zu.

KAPITEL 2

Das Echo der Werwölfin

Im Grunde weiß ich immer noch nicht, wann diese ganze Geschichte begonnen hat. War es im Jahr des Kriegsrechtwunders? An dem Tag, als Mischa den Hügel erfand? Oder damals, als mein Vater die Zeichen zu zählen begann? Als Großmutter verschwand? Als ihr ein Bajonett im Traum erschienen ist? Als ich die Bibel aufaß und meine Mutter sich in eine Seejungfer verwandelte?

Manchmal bin ich mir beinahe sicher, dass alles am 2. April begonnen hat, als wir den schlammverschmierten Imker aus dem Wald kommen sahen (dabei ging es überhaupt nicht um ihn).

Wir hatten in Mischas Geburtstag reingefeiert. Ich weiß noch, dass in dieser Nacht der Halny wehte, jener Bergföhn, der die in Hühner gebannten Seelen von Funktionären der Nachrichtendienste in Schreckstarre versetzte, und meinen Vater, der das Ende der Welt erwartete, um den Schlaf brachte. Wir hatten uns auf dem Hügel so festgesessen, dass es schon weit nach Mitternacht war, als wir uns auf den Rückweg machten. Und alles nur, weil das Mofa den Geist aufgegeben hatte. So konnte Mischa nicht wie gewohnt zur slowakischen Grenze fahren und hatte irgendein merkwürdiges Gras von einem Bekannten aus Wysoka besorgt. Es musste in irgendwas getunkt worden sein, um es zu strecken, denn es hat uns so weggehauen, dass der arme Hans kotzen musste. Und nur deswegen waren wir zu so später Stunde noch unterwegs.

Ringsum dröhnte das unwirkliche Heulen des Sturms, der sich durch das Tal wälzte. Wir erstickten fast an den aufgewirbelten Luftmassen, als wären wir von einer unsichtbaren Schneeverwehung verschluckt worden.

Um diese Uhrzeit waren die Straßen wie leergefegt, bedeckt mit den tauenden Überresten des Schnees, der nach der heftigen Rückkehr des Winters vor ein paar Tagen gefallen war.

Immer wieder tappten wir in das Dunkel, das sich zwischen den spärlich über den Weg verteilten Laternen auftat. Das gelbe Licht der Lampen hing in der nebelschwangeren Luft, und mir war, als würde der Wind mir ihren Widerschein in Mund und Nase stopfen wie Watte.

Wir gingen schneller, der Wind wehte stärker. Die eiskalten Pfützen spritzten mit jedem unserer Schritte. Das Heulen des Windes ging in ein dumpfes Raunen über und auf einmal überkam mich eine schreckliche Angst, dass der Sturm mich forttragen, vom Erdboden fegen, mich hoch über die Stadt blasen und weit über das Tal schleudern könnte, und für einen kurzen Moment fühlte ich mich genau wie 1994, als mein Vater mich auf einen Ausflug zum Fenster von Jaruzelski mitgenommen hatte und ich an seiner Hand über dem Bürgersteig schwebte wie ein Luftballon.

Obwohl wir die dummen Schauermärchen, die in der Stadt die Runde machten, nicht glaubten, war uns auf dem Heimweg durch die vereinsamte Stadt unheimlich zumute. Wahrscheinlich wirkte das miese Zeug, oder der Bergwind, der mit so unbändiger Kraft dahinjagte, dass wir ständig unruhig um uns sahen.

Mir fiel auf, dass Hans alle paar Meter ängstlich hinter sich blickte. Ohne besonderen Grund beschleunigten wir unser Tempo. Wir marschierten so schnell, wie es der gnadenlos peitschende Wind nur zuließ. Mischa ging voran, während Hans und ich versuchten, mit ihm Schritt zu halten.

„Der Halny gebiert Wahnsinnige", sagte Großmutter immer, wenn sie bei solchem Wetter hinaustrat, um die Stricke an den Hälsen der angepflockten Hühner zu überprüfen, die wie jeden Herbst Anstalten machten, mit den Zugvögeln gen Süden abzuheben. Und Großmutter hatte doch immer recht.

Ich merkte, wie ich beinahe rannte. Meine Kehle war so trocken, dass ich kaum schlucken konnte. Unentwegt fuhr die Luft gewaltsam in meinen Rachen und stieß mir schneidend in die Augen.

Ohne Vorwarnung blieb Mischa plötzlich stehen.

„Was ist … ?", setzte Hans verärgert an, brach aber mitten im Satz ab, weil Mischa, furchtbar blass geworden, die Hand hob und mit zitterndem Finger nach unten zeigte.

Wir hatten schon viel von ihnen gehört, sie aber noch nie mit eigenen Augen gesehen. Die Spuren zeichneten sich dunkel und deutlich auf der dünnen weißen Schicht ab. Sie zogen sich durch Schnee und Schlamm, formten Schlingen und Achten, bildeten Zickzacklinien und Webmuster, sodass man überhaupt nicht sagen konnte, ob das, was sie hinterlassen hatte, schon weitergezogen oder erst angekommen war. Die Spuren sahen genau so aus, wie man sie uns beschrieben hatte: Abdrücke wolfsartiger haariger Pfoten und daneben lange, schlanke Fußstapfen mit gespreizten Zehen. Soweit ich es im ungleichmäßigen, wässrigen Laternenlicht erkennen konnte, verliefen sie entlang des Weges.

Ich strengte meinen Blick an. Ein paar Dutzend Meter vor uns, am Scheitelpunkt des verschlungenen Spurenverlaufs, lauerte im Dämmerlicht eine dunkle Gestalt. Langes, windzerzaustes Fell. Sie kauerte am Boden und pirschte sich mit gebleckten Zähnen heran.

„Scheiße …", flüsterte Mischa.

Hans taumelte und riss mich beinahe mit sich, ich verlor fast das Gleichgewicht. Das Ungeheuer erstarrte. Es hatte uns bemerkt … dann begann es, freudig mit dem Schwanz zu wedeln.

„Das ist Koko, ihr Idioten!" Ich lachte laut auf, nur mit Mühe gelang es mir, meine Erleichterung zu verbergen. „Erkennst du deinen eigenen Hund nicht wieder?"

Koko, ein Nachkomme unserer Hündin Zoja, war ein mittelgroßer Mischling, dessen Pfoten ungewöhnlich dick geraten waren. Darauf hätten wir doch viel früher kommen können. Mischas Hund streunte oft einsam durch die Gegend, manchmal verschwand er gleich für mehrere Tage. Ein Unkundiger hätte ihn nur anhand seiner Spuren leicht für einen Wolf halten können.

Ich versuchte, ihn herbeizurufen, aber er schenkte mir überhaupt keine Beachtung. Unruhig sprang er umher, lief immer wieder in den gelben Lichtkegel der Laterne.

Ich begann, nach einem Ast Ausschau zu halten. Koko liebte Stöckchen. Ich beugte mich hinab und kehrte mit dem Fuß etwas verfaultes Laub beiseite, das sich am Straßenrand gesammelt hatte.

Plötzlich rüttelte Hans an meinem Arm. Mischa und er starrten zur dunklen Wegbiegung.

Hinter dem Hund schritt eine junge Frau daher. Ich hatte sie erst jetzt bemerkt.

„Die … die ist ja nackt", stotterte Mischa.

Mit Entsetzen bemerkte ich das Blut, das über die Innenseite ihres Schenkels lief. Ihre nackten Füße hinterließen die allzu bekannten Abdrücke auf dem Schnee. Sie kam geradewegs auf uns zu. Ihre Augenlider waren geschlossen.

„Sie schläft!", flüsterte ich in einem plötzlichen Anflug von Erkenntnis. „Und dein Hund passt auf sie auf!"

Plötzlich bog das Mädchen zusammen mit dem Hund, der ihr vorauslief, in einen Hof ein, woraufhin sie durch die Pfützen platschte und in einem der Häuser verschwand. Nur im Schlamm waren die tiefen Spuren noch zu sehen – die gleichen Spuren, die seit Wochen ganz Zuckrowka um den Schlaf brachten.

Wir starrten einander sprachlos an, kein Wort kam uns über die Lippen. Der Wind legte sich und es trat eine unnatürliche Stille ein. Das Einzige, was noch zu hören war, war unser schnelles Atmen. Einer inneren Eingebung folgend richtete ich den Blick nach oben. Über unseren Köpfen, hoch oben auf dem steilen Dach eines Hauses, stand Magda.

Sie sah aber nicht aus wie Magda. Ihre Augen waren immer noch geschlossen, ihr helles, normalerweise zusammengebundenes Haar floss lang an ihrem Rücken herab. Es war wohl nichts weiter als eine optische Täuschung, verursacht durch das nahe Licht der Laterne und die glänzenden Dachziegel, doch mir schien, dass der Glanz geradewegs aus ihr emporstieg und in der Luft verdunstete wie Schweiß. Die feinen Härchen über ihren Knöcheln, Waden und Schenkeln umfingen ihren Körper mit einer Schicht aus sich kreuzenden und einander überlappenden gestrichelten Linien. Die dunklen Stellen unter ihren

Augen wirkten wie Wangenpuder. Ihre Pobacken waren von milchigen Dehnungsstreifen umrankt, die in einem verfrühten Wachstumsschub erblüht sein mussten.

Sie stand stabil und aufrecht, die Beine leicht gespreizt, mit einem weichen, schattigen Knäuel zwischen den Schenkeln und einem Faden von getrocknetem Blut auf der Haut.

Die Stadt teilte sich zu ihren nackten Füßen.

Aus der uns umgebenden Stille stieg allmählich ein Klang empor. Ein kaum wahrnehmbares Säuseln, wie das Geraschel mit feuchtem Finger umgeblätterter Seiten.

Ich legte die Hände an die Schläfen. Die Melodie schien direkt aus meinem Kopf zu dringen, sich abzuspalten von dem Rauschen des Blutes, das durch meine Adern pochte. Ich spürte, wie es die Luft erfüllte, sich ergoss, anschwoll …

In diesem Moment ertönte der Gesang. Der Klang stürzte vom Dach des Hauses, strömte die dunkle Straße hinab und füllte das Tal wie eine leere Schüssel. Magda sang.

Es war ein seltsamer, hypnotisierender Singsang in einer Sprache, die ich nie zuvor gehört hatte. Die kalte Luft trug die fremden Worte klar und weit hinaus. Ich fürchtete schon, dass in den Häusern ringsum jeden Moment die Lichter angehen könnten und die Menschen, aus ihren Betten gerissen, auf die Straße hinauslaufen würden, aber nichts dergleichen geschah. Wir blieben allein.

Der Gesang wurde immer lauter. Ich konnte spüren, dass Magda irgendein Ziel verfolgte, dass sie, auf den Klängen empor, angestrengt zu einem Gipfel hin strebte. Ich sah, wie sie sich auf die Zehenspitzen stellte, die Schultern anhob, die eben noch schlaff an ihrem Oberkörper herabgehangen hatten, und die Arme ausstreckte, als wollte sie an etwas heranreichen.

Getragen von der Welle ihres Sirenengesangs starrte ich sie wie gebannt an, überzeugt, dass es ihr jeden Moment gelingen könnte, dass gleich etwas passieren würde … etwas, das auch ich herbeisehnte, auch wenn ich es zu diesem Zeitpunkt noch nicht ahnte.

Und dann brach der Gesang mitten im Wort ab und ich fiel zurück in die Stille und mit mir die ganze Stadt.

Magda, deren Augen immer noch geschlossen waren, drehte sich um, machte ein paar Schritte nach hinten zur Dachkante und … verschwand.

„Scheiße. Scheiße. Scheiße", flüsterte Mischa erschrocken. „Sie ist gesprungen."

KAPITEL 3

Der Arsch im Heiligenschein

Wir haben Magda weder in dieser Nacht noch in einer der folgenden gefunden. Dabei hatten wir das Dickicht durchforstet, Höfe und Gärten durchkämmt und keinen Straßengraben ausgelassen. Mischa war sogar auf einen Baum geklettert in der Überzeugung, dass er von oben mehr zu sehen bekäme. Aber von Magda Dygnar weit und breit keine Spur.

„Vielleicht ist sie runtergeklettert", mutmaßte ich mäßig überzeugt und wies mit dem Finger auf das spaltbreit geöffnete Dachfenster.

„Und was ist mit dem Blut? Sie war doch offensichtlich verletzt! Jemand muss ihr was getan haben!"

Ich warf Hans einen Blick zu. Er trat mit der Schuhspitze gegen die Bordsteinkante, wie immer, wenn er sich aufregte.

„Na ja ...", murmelte ich schließlich, „das war nicht so ein Blut, wie du denkst."

Als ich zuhause ankam, war es bereits 2 Uhr. Das hell erleuchtete Küchenfenster war schon von Weitem zu sehen. Bestimmt schrieb Mutter wieder bis spät in die Nacht. Oder sie hatte das Licht extra für mich angelassen, damit ich sie und Vater nicht mit meinem Gerumpel weckte.

Kaum hatte ich den Schlüssel im Schloss umgedreht, stieß ich an der Türschwelle mit Vater zusammen. Neben ihm stand Mutter. Sie umarmten einander. Oder vielmehr schmiegte Vater sich an Mutter, nein, er krallte sich geradezu an sie, so fest, dass seine Knöchel ganz weiß waren.

Sie berührten sich nie in meiner Anwesenheit, es sei denn, wenn sie sich zum Namenstag gratulierten, an Weihnachten gute Wünsche aussprachen oder für ein gemeinsames Foto posierten. Irgendwas war nicht in Ordnung.

„Warum kommst du so spät heim?", fragte Vater mit leiser, heiserer Stimme. Seine Augen waren gerötet, vom Weinen geschwollen.

„Ich war doch unterwegs ... mit den Jungs."

Vater blickte mich vorwurfsvoll an. Für gewöhnlich ging er um 23 Uhr ins Bett. Es musste etwas Schlimmes vorgefallen sein.

Ich schwankte leicht, als ich meine Jacke abnahm, das war ihm nicht entgangen. Er brachte sein Gesicht nah an meins heran, roch an mir und verzog die Mundwinkel.

„Wusst' ich's doch!", fuhr er mich schrill an. „Du bist betrunken! Dass du dich nicht schämst! Und das an einem Tag wie diesem ... Das wirst du dein Leben lang bereuen!"

Er rückte abrupt von mir ab und rannte aus dem Flur, mit Schwung die Tür hinter sich zuknallend.

„Was ist denn hier los, Mama?"

„Was hier los ist?" Meine Mutter gab ein tiefes Seufzen von sich. Sie sah erschöpft aus. „Der Papst ist tot."

In den nächsten Tagen war mein Vater arg darum bemüht, mir unter die Nase zu reiben, wie sehr ihn mein Verhalten gekränkt hatte. Er warf mir vernichtende Blicke zu, grunzte bedeutungsvoll. Während der gemeinsamen Mahlzeiten schwieg er und die Antworten auf meine Verlegenheitsfragen fielen kühl und einsilbig aus. Seine Erziehungsmaßnahmen zeigten keinerlei Wirkung, aber er konnte auch nicht ahnen, dass ich von seiner Anwesenheit kaum Notiz nahm.

Ich wanderte umher wie im Halbschlaf, unfähig, den Anblick Magdas aus meinem Kopf zu verbannen, wie sie auf der Dachkante stand, hoch über der Stadt, als würde das Tal zu ihren Füßen aufreißen und sich teilen wie das Meer.

Doch mehr als alles andere plagte mich mein Gewissen. Damals wurde noch nicht getuschelt, die Kunde von der Tochter des Vorsitzenden hatte sich noch nicht verbreitet. War sie sich denn selbst ihrer nächtlichen Wanderungen bewusst? Was, wenn sie einmal ausrutschte? Runterfiele? Was, wenn sie sich ernsthaft verletzte …?

Jemand musste ihren Vater in Kenntnis setzen, so viel war klar, doch die Sache erfüllte mich mit einem unerklärlichen Schamgefühl. Aus Gründen, die mir damals nicht bewusst waren, hätte meine Beschreibung dessen, was in dieser Nacht geschehen war, eine intime Grenze überschritten. Es drang in Bereiche meiner Identität vor, die mir zwar nicht fremd waren, aber die ich lieber verdrängen wollte.

Nach langem Zaudern beschloss ich letztlich, mich meinem Vater anzuvertrauen. Schließlich kannte er den Vorsitzenden persönlich, noch aus seiner Zeit im Amt. Er würde ihm das Allernötigste schon ausrichten.

Es war Mitte der Woche, am frühen Nachmittag. Schweigend aßen wir zu Mittag. Mutter war noch nicht aus dem Museum zurück. Für gewöhnlich kam sie um 17 Uhr nach Hause, aber in letzter Zeit machte sie viele Überstunden.

Mein Vater versuchte vergeblich, mit dem Löffel ein Pfefferkorn aus der Suppe zu angeln, das ihm ständig entfleuchte. Ich räusperte mich, um seine Aufmerksamkeit zu bekommen.

„Papa?"

„Ja?"

Vater schaute nicht einmal auf. Immer heftiger stieß er den Löffel auf den Grund des Tellers, im eitlen Bemühen, das Pfefferkorn zu erwischen. Ich sah, wie es ihn zu ärgern begann.

„Ich muss dir etwas sagen."

„Mhm …" Klonk, klonk. Etwas Hühnersuppe schwappte auf seinen Ärmel. Er seufzte.

„Also, wir haben vor ein paar Tagen in der Stadt die Tochter vom Dygnar gesehen. Nur dass sie …" Ich kam ins Stottern. „Sie hat geschlafen."

Vater erstarrte.

„Das ist noch nicht alles." Ich spürte, wie ich rot anlief.

„Sie war … nackt. Sie stand auf einem Dach. Und sie hat gesungen."

„Was?" Er knallte unvermittelt den Löffel auf den Tisch. „Magda, auf dem Dach … hat gesungen?"

Ich nickte.

„Mein Kind …", flüsterte er tonlos. „Es ist so weit."

Ich seufzte genervt. Nun ging das wieder los. Ich hätte es ahnen können.

„Das Ende ist nah", fuhr er theatralisch fort.

„Papa, bitte …"

Aber er hörte überhaupt nicht mehr zu. Er riss sich vom Stuhl los und preschte ins Wohnzimmer, doch auf halbem Weg drehte er sich noch mal um. Ihm war noch was eingefallen.

„Wann war das?"

„Vor einer Woche. Am Donnerstag."

„Am Donnerstag? An jenem Donnerstag? Als der Heilige Vater gestorben ist?" Er wurde ganz blass und taumelte, als hätte ihm jemand einen gewaltigen Schlag verpasst.

„Donnerstag. Und gesungen hat sie. An *jenem* Donnerstag! Je-sus-ma-ria! Ich muss sofort nachsehen, ob ich das irgendwo in meinen Aufzeichnungen habe …"

Er lief aus der Küche.

Aus dem Wohnzimmer drang Vaters nervöses Murmeln und das klappernde Auf- und Zuschlagen der Ordner, in denen er seine „Dokumentation" abheftete.

Eine Zeit lang saß ich bewegungslos da, dann zog ich die Schüssel mit seiner halb gegessenen Suppe zu mir heran und nahm einen großen Löffel. Bitterkeit ergoss sich über meine Zunge, als ich das Pfefferkorn zerbiss, das mein Vater erfolglos herauszufischen versucht hatte.

* * *

Mein Vater sammelte Zeichen – seit Jahren war er auf der Jagd nach Vorboten der nahenden Apokalypse. Darum war er so erschüttert, als ich ihm zum ersten Mal von Magdas Gesang erzählte. Panikattacken und die durch sie verursachten „reißenden Herzschmerzen" hatten ihn damals gezwungen, die dreifache Dosis Kräutertropfen einzunehmen, die seine Kardiologin Skorupa ihm verschrieb.

Soviel ich wusste, sah Vater in Magda die Kassandra von Zuckrowka, die Pythia des Mahrtals. Die Bardin der unentrinnbaren, nahenden Vernichtung. Für meinen Vater war sie eins der letzten Vorzeichen der bevorstehenden Endzeit. Ich glaube sogar (ganz sicher bin ich mir nicht), dass er Magda Dygnar eine Zeit lang für das Weib aus der Johannesapokalypse hielt, was natürlich ausgemachter Blödsinn war.

Fürwahr, mein Vater war Apokalyptiker. Er hatte mit der Auflistung der Zeichen etwa 1995 begonnen, kurz vor meiner Einschulung und nicht lange nachdem am Horizont des Mahrtals der berühmte Arsch im Heiligenschein erschienen war, den Vater beharrlich den „ersten Riss im Himmel über Zuckrowka" nannte.

„Der Himmel weicht zurück wie eine Schrift, die zusammengerollt wird", hatte Vater gemurmelt, den Kopf zum Himmel gereckt, an dem die ungewöhnliche Wolke stand, und dabei mit den Händen an einer imaginären Schriftrolle gedreht.

Der Riss wurde tiefer und dunkler und tatsächlich konnte man den Eindruck gewinnen, dass etwas aus dem Himmel herausschlüpfen und in unsere Welt gelangen wollte.

Leider war mein Vater der Einzige, der in der untypischen meteorologischen Erscheinung ein biblisches Zeichen erkannte, für die Mehrheit der Menschen hier ergab sich nämlich ein gänzlich anderes Bild. Schnell kam die boshafte Deutung auf, dass die Maria vom Kriegsrecht der Stadt ein neues Zeichen sendete, ihnen das „Neue Wunder von Zuckrowka" offenbarte (die Leute waren immer noch verärgert nach der Sache mit dem Buntglasfenster).

An jenem Tag hatte das Gerücht für so viel Erheiterung gesorgt, dass es sich verbreitete wie ein Lauffeuer und bald auch zu Pfarrer Wilk vordrang, der daraufhin so in Rage geriet, dass dem „ungehörigen Gerede" ein jähes Ende beschieden war.

Womöglich fühlte er sich ihr, der Maria des Mahrtals, zu mehr Loyalität verpflichtet als der Rest der Einheimischen, hatte sie doch bei ihm im Pfarrhaus Unterschlupf gesucht, damals, bei Wind und Regen.

Zugegeben brachte das Wolkenbild der Mutter Gottes, die ihre blauen Röcke rafft, um uns über unseren Köpfen den blanken Hintern zu präsentieren, die Vorstellungskraft auf Hochtouren. Denn wenn wirklich sie es war, welche Absicht mochte sie verfolgen? Erlaubte sie sich einen Spaß mit uns? Tat sie es aus bösem Willen? Um uns zu verspotten? Oder war es eine Warnung? Vielleicht auch nur die Rache für damals, als wir dabei versagt hatten, ihr Bildnis gebührend zu schützen?

Obwohl der Strom der bisweilen recht vulgären Witze nicht abbrach, war auf ihrem Grund eine tiefe Verunsicherung zu spüren, ein unbestimmtes Gefühl, dass die Wolke, dieser Riss im Himmel über dem Tal, etwas ankündigte – auch wenn niemand die leiseste Ahnung hatte, was es sein könnte.

Sogar ein Lokalblatt aus Wadowice wollte über unsere Wolke berichten, schließlich hatte gerade der Sommer begonnen und mit ihm das Sommerloch. Die Reporterin und der Fotograf trafen am späten Nachmittag ein. Offenbar hatten sie damit gerechnet, Aufnahmen von einem UFO machen zu können, denn sie wirkten etwas enttäuscht, als sie sahen, was zu sehen war.

Die Wolke wurde durch eine scharfe Linie in deutlich auseinanderklaffende Halbkugeln geteilt. Zu den Seiten wurde sie immer flacher wie eine Linse, und das gesamte Gebilde war von etwas umringt, das der Gestalt nach tatsächlich einem tellerartigen Heiligenschein oder einer Frisbeescheibe glich.

Nur mein Vater, der gegen alles Gerede immun war, schien mit jeder Stunde stärker davon überzeugt, dass vor unseren Augen das Firmament einstürzte.

Auf den Bildern, die an diesem Tag entstanden, ist der Riss deutlich zu sehen. Die Lichtflecke, die die Wolke im Verlauf der Zeit aufgesogen hatte, durchzieht ein gerader Strich, wie ein deutlicher, wenngleich nicht vollendeter Umriss.

Mein Vater war blank entsetzt. Voller Sorge blickte er in den Himmel und trippelte nervös durch den Garten, wo er sich den ausgestreckten Zeigefinger vors Auge hielt, als versuchte er einzuschätzen, ob der vermeintliche Riss größer wurde, und daraus abzuleiten, wie viel Zeit uns noch bis zum Eintreten der letzten Dinge bliebe.

Zu allem Überfluss zog kurze Zeit später ein starker Wind auf, und als Vater bemerkte, dass die Wolken immer schneller über den Horizont jagten, während der Riss über unseren Köpfen unbeweglich am Himmel stand, immer tiefer und breiter werdend, erfasste ihn eine Panik, die er uns damals noch nicht recht hatte erklären können. Schließlich war dies der erste seiner zahlreichen apokalyptischen Anfälle.

Aber irgendwie waren auch wir uns nicht mehr ganz sicher. Am späten Nachmittag verdüsterte sich die Umgebung, als stünde ein Wolkenbruch bevor, aber es fiel kein Tropfen Regen vom Himmel, es wurde bloß kälter und ich hätte schwören können, dass der Spalt, der das Wolkengebilde halbierte, tatsächlich dunkler und breiter geworden war.

Nur Mutter schien von alledem gänzlich unbeeindruckt zu sein. Als sie von der Arbeit wiederkam, stellte sie sich in den Garten und betrachtete den Himmel, als blickte sie auf einen ruhigen See.

Am Abend, als langsam die Dämmerung aufzog, sog das Gebilde, mal Wolke, mal Arsch, das rote Licht der untergehenden Sonne auf. Die ungleichmäßigen blutroten Flecke ließen sie noch größer erscheinen; der tiefe Spalt erstreckte sich immer weiter und zerteilte den Himmel über Zuckrowka nun ganz deutlich in zwei Hälften. Als hätte Vater am Ende doch recht behalten ...

Und plötzlich war die Wolke verblasst. Es dauerte nur ein paar Minuten und sie begann zu schrumpfen und zu verwehen. Vor Einbruch der Dunkelheit hatte sie sich vollständig aufgelöst.

In Zuckrowka geriet sie bald in Vergessenheit. Als schließlich auch mein Vater sich von dem Schrecken erholt hatte, bekundete er im Brustton der Überzeugung, dass eine so atypische Erscheinung nichts anderes als aufziehende Unglücke und Katastrophen ankündigen könne, denn war der Himmel einmal gerissen, so führte er seinen Beweis mit eiserner Logik aus, würde er auch ein zweites Mal reißen – und dann für immer.

In der Stadtzeitung *Magazyn Wadowicki* konnte man später lesen, dass es sich um eine für die Region eher untypische Form einer *Lenticularis* gehandelt habe.

In Gebirgsnähe lassen sich manchmal langgestreckte, linsenartige Wolken beobachten, die in der Luft zu verharren scheinen, selbst wenn der Wind durch sie hindurchströmt. Diese Wolkenart entsteht auf einem Wellenkamm, der sich durch den Verlauf des Windes über dem Gebirge bildet. Manchmal kommt es zur Aufschichtung mehrerer Wolken, was dem Phänomen die Gestalt einer Torte verleiht, oder, wie einige meinen, die eines UFOs.

Neben dem Text war ein unnatürlich dunkles Foto unseres Tals abgebildet, darunter stand: *Atemberaubendes Naturschauspiel vor düsterer Kulisse.*

***

Mit einer Verbissenheit, die nur eingefleischten Sammlern eigen ist, machte mein Vater seitdem immer neue Symbole, Zeichen und Erscheinungen ausfindig, die er sorgfältig analysierte und die seiner Meinung nach vom nahenden Ende der Welt kündeten, oder zumindest dem Ende von Zuckrowka.

Ganz oben auf Vaters Liste stand natürlich die Verhängung des Kriegsrechts, die eine Art Zäsur darstellte – aus einem nur ihm bekannten Grund berücksichtigte er nur Zeichen ab 1981. Aufgelistet waren dort also: die Wolke von Tschernobyl, der Komet Hale-Bopp, der bereits erwähnte Arsch im Heiligenschein, der Vorfall mit dem Hosenstall des Imkers, der große Auszug aus dem Werk, zehn Sonnenfinsternisse (von denen leider nur eine und die auch nur teilweise in Zuckrowka zu sehen gewesen war), ziemlich viele Mondfinsternisse, der Riss in Omas Sarg, der 11. September und der Bombenanschlag in Zuckrowka, Hiobsbotschaften über das Artensterben, die aus den Naturdokumentationen strömten, die Vater zwanghaft konsumierte, die Bomben in Madrid (er notierte ausschließlich Anschläge, die in Europa und den USA verübt worden waren), die durch Mischa und den Kabler verursachte Kommunionspockenepidemie, Rinderwahnsinn, Maul- und Klauenseuche, Vogelgrippe, Borreliose, die drei Wunder vom Mahrtal, das Blitzbier von Mischas Vater, Großmutters Hühnerdämonen, der Verfall des Plattenbaus, der abgesackte Glockenturm, die Zeit vermehrter Sonneneruptionen, der Super-El-Niño aus dem Jahr 1983 und der aus dem Jahr 1998 sowie Hurrikan Andrew aus dem Jahr 1992, darüber hinaus sämtliche Wirbelstürme, Tornados, Überschwemmungen, Erdbeben, Schlammlawinen, schmelzende Gletscher, Waldbrände, Dürren, Vulkanausbrüche … Die Liste nahm kein Ende und im Jahr 2005 umfasste sie bereits ein paar hundert beidseitig mit Vaters winziger Handschrift vollgeschriebene Blätter.

Ich kann mich noch lebhaft an den Tag erinnern, an dem Vater erfuhr, dass der Plattenbau ein Verfallsdatum hatte. Oh, wie bemitleidete er all die Menschen, die im Jahr 2030 würden unter den Trümmern begraben werden! Wie er sie bedauerte! Mit Betroffenheit malte er sich die Menschenmassen aus, die in eilig zusammengezimmerten Hütten würden hausen müssen, in Zelten aus Abfällen, zwischen Ruinen und monströsen Müllhalden.

Diese Zukunftsvision vermochte sichtlich seine Laune zu heben, war er doch überzeugt, dass wir selbst von einem solchen Schicksal verschont bleiben würden, schließlich wohnten wir in der Saretzka-Villa, in einem Einfamilienhaus, und die waren bekanntlich für die Ewigkeit erbaut worden.

Auf der Liste fanden sich natürlich auch Zeichen geringeren Ranges, Phänomene alltäglicher Natur, die meinem Vater weniger stark zusetzten und keine Panikattacken nach sich zogen – vielmehr kitzelten diese kleinen Symptome seine Sammelleidenschaft (vor allem nach 2000 betrachtete er jeden Tag, an dem er kein weiteres Zeichen des nahenden Unheils dingfest machen konnte, als verlorenen Tag, und wenn es tatsächlich einmal vorkam, dass er ins Bett ging, ohne seine Liste um einen zusätzlichen Punkt erweitert zu haben, wälzte er sich voller Frust auf seinem knarzenden Lager von einer Seite zur anderen, bevor er endlich einschlief).

Deswegen streute Vater zwischen seine Nichtigkeiten auch missgebildete Pflanzen, seltsames Tierverhalten, Vogel- und Insektenschwärme, schimmelndes Essen, im Keller explodierende Einmachgläser mit sauren Gurken, kariöse Zähne, das rostrote Wasser, das manchmal aus dem alten Wasserhahn kam, pflaumengroße Hagelkörner, die wiederholten Attacken des Halny, Sonnenuntergänge von kräftigen grellen Farben, heftige Regengüsse und allzu milde Winter, oder auch die rote Umrandung des Mondes, die ihn wie einen blutunterlaufenen Fingernagel aussehen ließ (eine Erscheinung, die in unserer Stadt *Fuchsmütze* genannt wurde).

Auch manches politische Ereignis schaffte es auf Vaters Liste. Das statische Rauschen, das abwechselnd aus dem Radio und dem Fernseher drang, machte ihn unruhig und weckte in ihm eine Furcht, die sich durch ein Drücken im Unterbauch bemerkbar machte, das dann und wann in ein unangenehmes Gluckern überging, als würde alles, was in Vaters Ohren drang, schließlich in seinem Magen rumoren und köcheln: Kriege im fernen Ausland, Explosionen, Massaker, Naturkatastrophen, Flugzeugunglücke, diplomatische Konflikte, die Überbevölkerung, Epidemien und Plagen – all das wanderte in beschwerlichen Wellen des Schmerzes durch den Magen-Darm-Trakt meines Vaters und stärkte mit jedem Jahr seine melancholische Überzeugung, dass das alles bald „mit einem gewaltigen Bums zusammenkrachen" musste.

Vaters Liste war kein vollendetes Werk. Völlig willkürlich zusammengesetzt, unterlag sie einer ständigen Modifikation. Besagte Zeichen und Symptome folgten weder einem chronologischen noch irgendeinem anderen Schlüssel, was seine Niederschrift recht chaotisch machte. Die vielen darin enthaltenen Widersprüche störten Vater nicht im Geringsten. Ein paar wenige Zeichen hatte er treffend vorausgesagt, aber den Großteil hatte er seiner Liste erst nach ihrem Auftreten hinzugefügt – worauf er stets in der großen Fülle der von ihm untersuchten Texte nach einer Erklärung suchte, die er natürlich auch immer fand. Andere Symptome strich er einfach durch, wenn sie im erwarteten Zeitraum nicht eintraten (meistens traten sie nicht ein), woraufhin er demütig zugab, dass er sich geirrt hatte.

Vater hielt sich selbst für einen begnadeten Bibelforscher und Schriftkundigen. Und zugegeben war er wirklich sehr belesen, auch wenn seine Interpretationsmethoden recht unorthodox waren. Allgemein gesprochen stellte Vater auf sehr eigenwillige Weise Ausschnitte aus verschiedensten Büchern zusammen. Der Schwerpunkt seiner Interessen lag auf einigen biblischen Texten: Genesis (vor allem die Stelle mit der Sintflut), die Ägyptischen Plagen und die bereits erwähnte Johannesapokalypse. Von Zeit zu Zeit verfeinerte er seine Zusammenstellung mit Auszügen aus dem Buch Kohelet, das seinem grüblerisches Naturell Nahrung gab, als auch mit dem Buch Hiob, dem Buch der Psalmen, dem Buch Joel, dem Buch Jeremia … Er nutzte dabei verschiedene Übersetzungen: die Wujek-Bibel, die Bibel der heiligen Sofia, die Leopolit-Bibel, die Danziger Bibel, die Millenium-Bibel, die Warschauer Bibel und die Posener Bibel. Er schöpfte stark aus den Apokryphen, aus der Apokalypse des Adam, der Apokalypse des Eliah (sowohl aus dem koptischen als auch dem jüdischen Text), der Apokalypse des Petrus – vor allem aber aus der Apokalypse der Maria.

Eine Zeit lang war er fasziniert von den Heiligenlegenden und Berichten über Erscheinungen und Wunder. Natürlich griff er auch zu Klassikern wie den Weissagungen des Heiligen Hieronymus und der Heiligen Faustyna, den Prophezeiungen der Königin von Saba, Nostradamus, Maleachi, den Exegesen des Joachim von Fiore, den Visionen der Hildegard von Bingen sowie den Werken der weniger bekannten Lodovicco Rocca und Mutter Shipton.

Auch aktuellere Texte und Botschaften fanden in der „Forschung" meines Vaters Beachtung: so etwa die Visionen von Pius X und Vater Klimuszko, die Weissagungen der Mystikerin Zofia Nosko und der bulgarischen Seherin Baba Wanga, sowie die Prophezeiungen von Matrjona Dmitrijewna Nikonowa und Edgar Cayce. Zu dieser wilden Mischung gesellte sich noch jede Menge volkstümlicher Wunder-, Geister- und Aberglauben, für den mein Vater besonders viel übrig hatte und mit dem er uns bisweilen das Leben schwer zu machen verstand.

Im Fernsehen schaute er jeden Tag mehrere Wetterberichte und interessanterweise auch die Agrarnachrichten *Agrobiz* (er wollte über Krankheiten von Pflanzen und Nutztieren auf dem Laufenden sein, weil sich doch in ihnen, wie er stets betonte, „das nahende Unglück manifestierte"). Als er noch angestellt gewesen war, hatte er sogar durchgesetzt, seine Pause um 12.10 Uhr machen zu dürfen. So konnte er im Gemeinschaftsraum in Ruhe sein zweites Frühstück einnehmen, während auf dem Bildschirm Mähdrescher und von Pilzen und Bakterien befallene Ähren vorbeiflimmerten.

Auf dem Höhepunkt seiner apokalyptischen Leidenschaft erweiterte Vater das Feld seiner Expertise um alte Enzyklopädien, antike Silva-Rerum-Chroniken aus dem Mittelalter und der Renaissance und die sonderbarsten Bestiarien und Herbarien, an die er mit der Hilfe meiner Mutter (die gute Kontakte zu Archiven in ganz Kleinpolen hatte) gekommen war. Natürlich bremsten ihn seine mangelnden Fremdsprachenkenntnisse nicht unerheblich aus und so musste er sich mit den polnischen Ausgaben begnügen.

Das alles nahm, wie man sich denken kann, in unserem Haus recht viel Platz ein (gut, dass Großmutter nicht mehr bei uns war, hatte sie doch schon über sich ergehen lassen müssen, dass Vater ihren Hühnern aus der Bibel vorlas).

Vater hatte sich im Wohnzimmer eine Ecke eingerichtet – bestehend aus einem Holztisch und einem Regal. Beide Möbelstücke waren voll beladen mit Büchern, Heften, Mappen, schief gebundenen Kopien, wackeligen Papierstapeln und ein paar dicken Ordnern, in die er seine Liste der Zeichen heftete.

Die Wand über dem Tisch war regelrecht tapeziert mit unendlich vielen Papierschichten, die bis an die Decke reichten. Die mit Reißzwecken befestigen Zettel überlappten einander und hatten begonnen, eine besorgniserregend wellige Gestalt anzunehmen, die an schäumenden weißen Schimmel denken ließ.

KAPITEL 4

Ein verwirrter Professor

Der Professor tauchte Mitte März in Zuckrowka auf. Zwei Wochen zuvor waren wir Magda begegnet. Ein paar Tage vorher hatte meine Mutter im Museum einen bemerkenswerten Anruf entgegengenommen. Der etwas zerstreut klingende Mann am anderen Ende der Leitung stellte sich als Dozent an der Krakauer Universität vor.

„Was kann ich für Sie tun?"

„Sie erinnern sich bestimmt an ..."

„Ja, bitte ...?"

„Die Geschichte liegt schon etwas zurück. Es geht um die Ausgrabungen aus den 60er-Jahren. Sagt Ihnen das was?"

„Vage ...", entgegnete Mutter zögerlich.

„Die ganze Sache hatte sogar einen Namen, zugebenen, einen recht albernen ..." Der Professor grunzte verlegen. „Die sogenannten *schlummernden Skelette* ... Hallo? Sind Sie noch dran?"

„Ja, ich bin noch dran." Mutters Stimme hatte einen leicht genervten Ton angenommen.

„Wissen Sie etwas darüber? Erinnern Sie sich?"

„Ich erinnere mich nur, dass ..."

„Sie erinnern sich!", unterbrach der Professor freudig. „Endlich jemand, der sich erinnert! Und dabei wollen mir alle einreden, dass ich mir das alles nur ausgedacht habe, können Sie sich das vorstellen!"

„Ich kann mich erinnern, dass es irgendwelche Komplikationen gegeben hat."

Am anderen Ende der Leitung wurde es plötzlich still. Dann erklang ein nervöses Kichern.

„Ja, ja, Komplikationen ...", wiederholte der Mann leise. „Schwierigkeiten, wenn Sie so wollen."

Der uralte Passat mit Krakauer Kennzeichen wirkte weit weniger elegant als sein Fahrer. Der ältere Herr war pünktlich um 10 Uhr eingetroffen. Er war vornehm gekleidet, wenngleich in einem altmodischen Stil. Er trug ein Cordjackett in Dunkelkirsch, eine Anzughose und ein helles, am Hals aufgeknöpftes Hemd, aus dem ein Seidentuch mit dunkelblau-goldenem Muster lugte. Der Professor hatte offenkundig einen Sinn fürs Detail. Das Tuch war zu einem raffinierten Knoten geschlungen und harmonierte hübsch mit seinem milchweißen Haar. Obwohl es draußen immer noch recht kühl war, trug der Mann keine Jacke. In den Händen hielt er eine große lederne

Aktentasche. Er holte aus dem Kofferraum seines Wagens ein Paar Gummistiefel hervor, in die er aus unerfindlichen Gründen sofort hineinschlüpfte. Die Stiefel bildeten einen seltsamen Kontrast zu seiner edlen Hose.

„Professor Kasimir Lopot", las er mit einem Blick auf seine stilvolle Visitenkarte vor, als wollte er sich vergewissern, dass wirklich der richtige Name draufstand, bevor er sie meiner Mutter reichte.

Der Archäologe war tatsächlich an den Ausgrabungen in den 60er-Jahren interessiert. Seine Ergriffenheit mit einem Hüsteln überspielend gab er preis, dass er damals als Doktorand bei den Forschungsarbeiten im Mahrtal mitgewirkt hätte, und zwar genau an der Stelle, wo heute das Rathaus stehe. Bis zum heutigen Tag würde er an den Folgen des ungerechtfertigten Fälschungsvorwurfs leiden, der damals ihm und seiner Forschungsgruppe von Seiten der polnischen Presse und des akademischen Umfelds gemacht worden sei. Doch nun war sei am Urwaldterrain interessiert. Nachdem er die Landkarten genau studiert hatte, vermutete er, nein, sei er überzeugt, dort weitere Ausgrabungsstätten ausfindig gemacht zu haben, die mit den Entdeckungen vor vier Jahrzehnten in Verbindung stehen würden und alle unlauteren und ungerechten Verleumdungen widerlegen könnten. Zu gern sähe er sich diesen Wald einmal an, um ein paar wichtige Punkte auf der Karte zu markieren. Während er sich erklärte, polterten seine Gummistiefel laut über den Holzboden des Museums.

Mit großem Interesse ließ er sich von meiner Mutter durch die Dauerausstellung führen. Dabei nahm er enttäuscht zur Kenntnis, dass das Museum keine mit den Funden von 1967 verbundenen Exponate beherbergte. Damals seien beim Ausgraben des Rathausfundaments die Überreste eines nicht besonders großen Pestfriedhofs gefunden worden.

„Wissen Sie, niemand erinnert sich mehr an diese Ausgrabungen", sagte er, während er im Büro meiner Mutter Platz nahm. Gedankenversunken hielt er den Blick an die Tasse geheftet, die sie ihm hingestellt hatte. „An der Universität wollen sie mir weismachen, dass es sie nie gegeben hat." Er errötete. „Dass ich mir das alles nur ausgedacht habe."

Der Löffel klingelte laut, als er mit zitternder Hand seinen Kaffee umrührte.

„Diese Verleumdungen haben mir die Karriere sehr erschwert. Aber daran können Sie sich nicht erinnern, Sie sind zu jung."

Mutter nickte höflich.

„Ich will beweisen, dass wir nicht gelogen haben. Dass ich mich wirklich ... wirklich daran erinnere. Ich bin vielleicht nicht mehr der Jüngste, aber hier oben bin ich noch in allerbester Verfassung!"

Er pochte mit der Faust gegen seine Stirn, und zwar so schwungvoll und laut, dass das Klopfgeräusch unangenehm im Raum widerhallte und Mutter unwillkürlich zusammenzucken ließ.

„Niemand glaubt mir. Alle behaupten, wir hätten es uns nur ausgedacht. Unsere Dissertationen hätten wir uns auf diese Weise erschleichen wollen! Dabei hab ich doch eine ganze Aktentasche voll mit Publikationen!"

Er schüttelte seine Ledertasche, die er die ganze Zeit an sich geklammert hielt.

„Aber weißt du, was das Seltsamste ist?"

Er war so in Fahrt, dass er nicht merkte, dass er zum Du übergegangen war. Seine faltigen Wangen hatten eine ungesunde dunkle Röte angenommen.

„Die Exponate sind unauffindbar. Verschollen. In den Lagerbeständen und Magazinen keine Spur davon. Nichts. Knochen sind Knochen, die gräbt man wieder aus. Aber die Goldmünzen! Da waren doch so viele Goldmünzen! Sepulkralmünzen! Ich frage mich, wo das alles hin ist! Als wäre irgendjemandem daran gelegen, dass man nicht mehr darüber spricht. Kann ich dir vertrauen?" Und ohne die Antwort meiner völlig verdatterten Mutter abzuwarten, flüsterte er: „Ich bin hier, weil ich eine geheime Botschaft erhalten habe. Streng geheim. Es heißt, dass die Exponate hier noch irgendwo sein könnten."

„Im Museum?"

„Nein, nein, nein. HIER." Er deutete mit einer ausholende Bewegung einen imaginären Horizont an.

„In eurer Stadt. In Zuckrowka."

„Sagten Sie nicht, Sie wollten in den Urwald? Fahren Sie am besten mit dem Auto hin, von dort ist es ein ganz angenehmer Fußmarsch. Wenn Sie möchten, kann ich meine Tochter bitten, dass sie Ihnen den Weg zeigt."

„In den Urwald?"

Mutter wies mit dem Finger auf seine Gummistiefel.

„Ah, ja, in den Urwald." Der Professor blickte zerstreut auf sein Schuhwerk, als wunderte ihn selbst, was er da an den Füßen hatte.

„Also, dann vielleicht, wenn ich wiederkomme. Ja, besser ein anderes Mal, hmm …" Er warf einen Blick auf seine Armbanduhr. „Es wird spät. Also, demnächst dann."

Er legte die lederne Aktentasche auf der Rückbank ab und stieg ins Auto. Mutter schaute ihm verwundert zu. Der Professor saß unbeweglich auf dem Beifahrersitz und stierte durch die Windschutzscheibe, als würde er auf jemanden warten. Sie klopfte ans Fenster.

„Alles in Ordnung?"

„Bitte?"

„Ob alles in Ordnung ist!"

Sie wies auf den leeren Fahrersitz. Der Mann blinzelte.

„Ach ja, natürlich ..." Auf seinem Gesicht zeigte sich plötzlich ein Lächeln. „Ich bin ja allein gekommen."

„Fahren Sie direkt nach Krakau zurück?"

„Wohin?" Er nahm hinter dem Lenkrad Platz. „Ja ... ich fahre nach Krakau zurück. Ich danke Ihnen vielmals für Ihre Hilfe. Sie hören von mir."

Dann startete er den Motor und lehnte sich aus dem heruntergekurbelten Fenster.

„Dürfte ich Sie, hmm, wie soll ich sagen ... um Diskretion bitten? Sie verstehen sicher ... Amateure könnten die besagten Ausgrabungsstellen unwissentlich ruinieren. Und das wollen wir doch nicht ...", fügte er mit Nachdruck hinzu. „Wissen Sie ... wenn es uns nur gelingen könnte ... wenn unsere Zusammenarbeit fruchten würde ... dann könnten wir, ja, ganz sicher könnten wir Ihr Museum noch retten."

* * *

Bald darauf sollte meine Mutter ihre Arbeit verlieren. Sie hatte schon immer im Stadtmuseum gearbeitet. Es war ihre erste und einzige Beschäftigung. Leider war die einst unabhängige Einrichtung der Niederlassung in Wysoka untergeordnet worden, nun sollte sie aufgelöst und die Sammlungen auf die umliegenden Museen verteilt werden.

Es war zwar nicht offiziell, aber mein Vater, der nach vielen Jahren in der Stadtverwaltung noch ein paar Kontakte pflegte, meinte, es habe sich bereits ein Mieter für das Gebäude gefunden und die entsprechenden Papiere seien bereits auf höherer Verwaltungsebene in Bearbeitung. Im Museum hatte man bereits mit den Vorbereitungen auf den Auszug begonnen – die Lager wurden ausgeräumt, die Dokumentation aktualisiert, Bücher und Exponate mühsam inventarisiert.

Dass der Professor sich ausgerechnet an meine Mutter gewandt hatte, war kein Zufall. Als stellvertretende Direktorin und leitende Sachverständige für Lokalgeschichte waren ihr die Ausgrabungen im Mahrtal selbstverständlich ein Begriff. Das Ganze war keine große Sache gewesen und hatte höchstens zwei Monate gedauert. Während der Aushebung des Fundaments für das neue Rathausgebäude war man auf ein paar alte Knochen, Münzen und Scherben gestoßen. Bald kamen ein paar Archäologen dazu und jemand hatte eine Theorie über die damals noch wenig bekannte Form der Bestattung gestrickt. Angeblich waren die Knochen so angeordnet, als würden die Bestatteten „schlummern", mit dem Ellbogen unter dem Arm, die Münzen direkt neben den Schädeln, auf eine Weise arrangiert, dass es aussah, als wären sie ihnen von den Augen geglitten, nachdem sie sich unter der Erde der Bequemlichkeit halber auf die Seite gedreht hatten.

Manche behaupteten später, die zweifelhafte Theorie, die eigentlich nicht mehr war als eine Anekdote, sei nur aufgestellt worden, um in dieser günstigen Fügung der Ereignisse als endgültiges Argument für die Errichtung eines Stadtmuseums zu dienen – worum sein zukünftiger Direktor schon lange gekämpft hatte.

Manchmal dachte ich, dass Mutter nur wegen des Museums in Zuckrowka geblieben war. Sie liebte ihre Arbeit, auch wenn sie nie darüber sprach. Oft saß sie nach Dienstschluss noch lange im Museum, schrieb an Artikeln und recherchierte. Sie reiste zu Bibliotheken und Archiven, sammelte wochenlang Material und führte Interviews in den Dörfern rund um das Mahrtal durch. Unentwegt schrieb sie an irgendwas.

Zuhause las sie bis spät in die Nacht: Fachpublikationen, historische Bücher, Zeitschriften für Archivwesen, Dokumente aus Museumsarchiven. Selten legte sie eine Pause ein, nur manchmal ließ sie sich an einem freien Abend am Küchentisch nieder und zog eine ihrer Puzzleschachteln hervor. Manche bestanden aus über tausend Teilen. Sie las die winzigen Fragmente mit einer kleinen Pinzette auf, um sie dann äußerst vorsichtig an die richtige Stelle zu legen, so behutsam, als hätte sie es nicht mit Puzzleteilchen, sondern mit den Fetzen eines wertvollen Dokuments zu tun.

Doch meistens schaltete sie den Computer ein und klapperte mit den Tasten, sodass Vater murrte, er könne nicht schlafen und dass die Bildschirmstrahlung die Augen reize, worauf Mutter allerdings nie reagierte, weil für gewöhnlich wenig später Vaters Schnarchen durch die Wände drang. Kurze Zeit später sollte sie ohnehin Großmutters Etage beziehen.

Meine Mutter, studierte Archivarin, nahm ihre Rolle als Historikerin sehr ernst. Sie hatte ihre Arbeit 1993 aufgenommen, als eine Stelle frei geworden war. Ende des Jahres 2004, als Vater die ersten Gerüchte über die geplante Schließung der Einrichtung vernommen hatte, schien sie davon überhaupt nicht beeindruckt zu sein. Und doch entging mir nicht, dass ihre Nächte noch länger wurden und sie noch häufiger da saß, eingedeckt mit endlosen Inventurlisten, während ihre Finger so laut in die Tasten hauten, als fürchtete sie, mit etwas nicht rechtzeitig fertig zu werden.

Auch ich sah der Auflösung des Museums mit Bedrückung entgegen, hatte ich doch fast meine gesamte Kindheit dort verbracht. Meine Mutter hatte die Stelle angenommen, als Großmutter Saretzka von uns gegangen war und Vater an Nachmittagen für irgendwelche Fortbildungen für Beamte nach Wysoka musste. Ich ging zwar in den Kindergarten, doch die Betreuung endete früh, weswegen eine Freundin meiner Mutter mich ins Museum brachte, das sich nur zwei Straßen weiter befand. Später kehrten wir gemeinsam in die Villa zurück.

Selbst als Vater schon von zuhause arbeitete, ging ich immer noch hin. Ich erledigte meine Hausaufgaben im Museum und schaute mir die Ausstellung an. Ich las. Ganz vernarrt war ich in die Bibliothekarin, Frau Belitzka. Das Museum verfügte über einen seltsamen Anbau mit eigenem Eingang, in dem sich die Stadtbücherei befand – auf der linken Seite des Raumes war die Kinderabteilung, auf der rechten die Erwachsenenabteilung, eine Jugendabteilung gab es nicht.

Der Raum war so eng, dass alle Bücherregale sich hinter der Ausleihtheke befanden. Man musste also ganz genau wissen, was man ausleihen wollte, und Frau Belitzka den gewünschten Titel nennen, andernfalls reagierte sie gereizt.

Ich kann mich noch genau an meine erste Begegnung mit ihr erinnern: Ich war sechs Jahre alt, ging noch nicht in die Schule und hatte gerade erst lesen gelernt (dank der Fotografie eines Mädchen in der Vorhalle des Museums). Meine Mutter hatte mich in die Bibliothek mitgenommen und wir haben uns zusammen ein Bilderbuch ausgesucht. Noch am selben Tag habe ich es zurückgebracht.

„Warum willst du das Buch zurückgeben?" Frau Belitzka schaute mich über ihren Brillenrand hinweg an.

„Ich habe es fertig gelesen."

„So schnell? Lüg mich nicht an."

Ich sah sie erstaunt an.

„Nimm es wieder mit heim", befahl sie schroff und drückte mir das Kinderbuch in die Hände. „Und bring es erst zurück, wenn du es wirklich gelesen hast."

Ich war so verblüfft, dass ich nicht widersprach. Erst nachdem ich eine Woche abgewartet hatte, gab ich das Buch zurück, was Frau Belitzka mit einem Lächeln quittierte und wohlwollend abnickte.

KAPITEL 5

Das Geheimnis der Bienen

Als ich den Jungs vom Besuch des Krakauer Professors erzählte, hatte ich nicht erwartet, dass Hans ihn schon bald mit den nächtlichen Spaziergängen des Imkers in Verbindung bringen würde – dabei war nichts daran überraschend.

Unsere Stadt war eine Stadt ohne Geschichte. Alles was wir hatten, waren Legenden (und davon nicht viele), Hirngespinste und vor allem das Gerede der Leute.

In Zuckrowka erinnerte man sich an nichts. Bis zur Mitte des 20. Jahrhunderts hatte die Stadt praktisch nicht existiert. Irgendwie konnte die Wirklichkeit hier nie Wurzeln fassen, als ob die umliegenden Wälder bereits allen verfügbaren Raum für sich eingenommen hätten.

Übrigens sind die Wälder von Zuckrowka einmal berühmt gewesen. Der Franziskus-Urwald (wie er im Volksmund genannt wurde, weil dort im goldenen Zeitalter der Österreichisch-Ungarischen Monarchie angeblich Porträts des gütigen Kaisers zum Leben erwachten und auf Deutsch und Ungarisch dahermurmelnd zwischen den Bäumen umhergewandelt waren) war bis zu Beginn des 20. Jahrhunderts ein dicht bewachsenes, wenn auch überschaubares Gebiet mit ein paar wenigen Wanderwegen; das Terrain war nahezu undurchdringlich, etwas sumpfig, ein stickiges Gewirr aus Bäumen und Dickicht.

Bis zum Jahr 1939 hatte Zuckrowka es also geschafft, in der Geschichte nicht stattzufinden. Soviel ich weiß, hatte es hier weder den Ersten Weltkrieg noch die Wiedererlangung der Unabhängigkeit und schon gar nicht die Zwischenkriegszeit gegeben, es gab nur die Wälder Galiziens.

Im Jahr 1939 befand sich die Siedlung plötzlich innerhalb der Grenzen des Generalgouvernements, genauer gesagt direkt an der Grenze zum NS-Staat. Von Kriegswirren umtost wurden vor allem die Orte, deren Existenz deutlicher hervortrat.

Der Wandel trat erst in den 1950er-Jahren ein, als meine kommunistische Großmutter aus Lodz hier ankam (daher ist es vermutlich kein Zufall, dass der Kommunismus das Einzige war, das sich in Zuckrowka wahrlich ereignet hatte).

Dank eines herausragenden Lokalpolitikers, der die Karriereleiter schnell erklommen hatte und später als wichtiger Beamter in einem der damaligen Ministerien tätig war (eine Zeit lang bekleidete er sogar das Amt des Vizeministers!), Konstantin Las, erhielt die Siedlung im Jahr 1960 endlich das Stadtrecht.

Zuckrowka entwickelte sich langsam, als müsste die Stadt erst mühevoll erdacht werden.

In ihrer jetzigen Form grenzt sie direkt an den früheren sagenumwobenen Urwald. Heute ist davon nur ein kleiner, aber dicht bewachsener Mischwald übrig geblieben, der von einem Landschaftspark umgeben ist.

Obwohl die nahen Berge am Horizont sichtbar sind, werden sie im Alltag kaum wahrgenommen, wie ein bloßes Nachbild erstrecken sie sich im Rücken derer, die hier leben.

Zuckrowka ist ein Städtchen in der Wojewodschaft Kleinpolen. Von der Hauptstraße umgangen, bleibt die Stadt in ihrer dörflichen Behütetheit verhaftet. Die Ortschaft zählt gerade mal viertausend Einwohner, aber was die Verwaltung angeht, werden auch die kleineren, im Süden und Osten verstreuten Ortschaften dazugezählt.

Das gesamte Gebiet wird *Mahrtal* genannt, wobei diese Bezeichnung, wie so vieles in Zuckrowka, nicht viel mit der Realität zu tun hat.

Die drei wichtigsten Gebäude sind das bereits erwähnte Rathaus, die Kirche Unserer lieben Frau vom Berge Karmel und das Museum. Dazwischen füllen Einfamilienhäuser das Tal. Weit im Südosten erhebt sich das Gebäude des stillgelegten Werks, in dem ein Club eröffnet wurde, den Mischa sehr liebte. In der Stadt gibt es auch eine alte und eine neue Schule (die Maria-Konopnicka-Schule, von den Schülern *Konoppe* genannt), ein Polizeirevier, eine freiwillige Feuerwehr, eine winzige Krankenstation und ein Postamt. Wenn jemand aus Zuckrowka in die weite Welt hinaus will, muss er zum Parkplatz des an der Landstraße gelegenen Supermarkts gehen, denn dort halten die überfüllten Busse, die die Menschen zwischen Wysoka und Wadowice sowie Bielsko und Krakau hin und her transportieren. Pausenlos verkehren sie auf der Strecke von Norden nach Süden, von Süden nach Norden und weiter nach Osten und Westen.

***

„Ich sag's euch, der versteckt was", behauptete Hans überzeugt. Er kniete am Boden und versuchte, den widerspenstigen Koko anzuleinen.

Wir waren wieder im Schrebergarten. Der Imker hatte sein Haus seit über zwei Wochen nicht mehr verlassen.

„Wenn *die* was finden, nehmen sie es doch sofort mit nach Krakau", fuhr Hans fort. Er kämpfte immer noch mit dem Hund. Wen er mit *die* eigentlich meinte, verriet er uns nicht.

„Vielleicht sogar nach Warschau. Aber wenn wir die Ersten sind, steht uns ein Finderlohn zu und dann könnten wir einfordern, dass ein Teil davon hier bleibt. Und dann müsste das Museum nicht …", er blickte mich bedeutungsvoll an, „aufgelöst werden."

Ich gab keine Antwort.

„Zieht euch das doch mal rein. Wenn hier nach den Kriegen wirklich etwas zurückgelassen wurde … diese Goldmünzen …"

„Nach welchen Kriegen, Hans?"

„Na nach den Weltkriegen. Das hat doch der Professor erzählt, der bei deiner Mutter war."

„Ich hab's dir doch schon gesagt, das war überhaupt kein Professor. Meine Mutter hat bei der Uni angerufen und die haben ihr die Nummer von seiner Familie gegeben. Der Typ ist krank, der hat Demenz. Die haben sogar gemeint, dass wir Bescheid geben sollen, wenn der wieder wo auftaucht, weil er ständig von zuhause ausbüxt. Nicht, dass ihm noch was passiert."

Aber Hans hörte mir überhaupt nicht zu.

„Na bitte, geht doch!" Zur großen Unzufriedenheit des sich windenden Hundes war es ihm schließlich gelungen, die Leine am Halsband festzuhaken. Koko sah Hans vorwurfsvoll an. Eine *solche* Behandlung war er nicht gewohnt.

„Okay, Mischa, her mit dem Lappen."

„Müssen wir das wirklich hier tun?" Ich blickte unruhig auf den mit Bienenstöcken umstandenen Garten.

„Wo denn sonst? Hier beginnt doch die Fährte."

Mischa reichte uns Makowskis Hemd, das wir zuvor heimlich vom Zaun gemopst hatten. Hans packte es und hielt es dem Hund vor die Nase. Wenn der Imker wirklich etwas im Wald versteckte, würde Koko uns hinführen, davon war Hans überzeugt.

„Such, Koko, such!"

Der Hund schnupperte vorsichtig am Hemd. Dann begann er zu winseln und suchte mit eingezogenem Schwanz Schutz hinter Mischa, wobei die Leine sich um dessen Beine schlang. Erneut versuchte Hans, ihm das Hemd vor die Nase zu halten. Koko bleckte die Zähne und knurrte.

„Selbst dem Hund stinkt's", brummte Hans verärgert, als auf einmal das vertraute Quietschen der sich öffnenden Tür ertönte.

Wie auf Kommando warfen wir uns in die Büsche. Mischa hing immer noch in der Leine fest und fiel schmerzhaft zu Boden. Er drückte den Hund fest an sich und hielt ihm die Schnauze zu.

Der alte Makowski stand in der Tür seines seltsam unförmigen Hauses.

„Ausgerechnet jetzt kommt der Drecksack raus …" Hans konnte seine Wut nur mit Mühe unterdrücken.

Unter dem Zaun zusammengekauert schauten wir mit Anspannung zu, wie der Imker nach einem dicken Stock griff, der an die Wand der Datsche gelehnt stand. Er hielt ihn fest mit beiden Händen und hob ihn über den Kopf wie ein Schwert ... dann schoss er mit klappernden Pantoffeln auf uns los. Er muss uns durchs Fenster gesehen haben, dachte ich angsterfüllt. Oder schlimmer noch, er hat gesehen, wie wir sein altes Hemd vom Zaun gestohlen haben. Wusste er, wie lange wir ihn schon beobachteten?

Instinktiv igelte ich mich ein und bedeckte mit beiden Händen den Kopf. Ich wusste zu gut, mit welcher Kraft Makowski zuschlagen konnte. Schließlich hatte ich schon einmal gesehen, wie er diesen Stock benutzt hatte.

Der Imker holte weit aus, als würde er den Holzzaun, hinter dem wir uns versteckten, mit einer einzigen Bewegung niederknüppeln wollen. Ich kniff die Augen zusammen. Ein dumpfer Knall ertönte.

Nein, er hatte uns nicht bemerkt. Er hatte keinen blassen Schimmer, dass wir dort waren. Was er so hartnäckig bearbeitete, war der hölzerne Bienenstock auf der anderen Seite des Zauns.

Erstaunt sahen wir zu, wie Makowski den Garten umrundete und dabei mit seinem an einen Pilgerstab erinnernden Stock gegen weitere Bienenstöcke schlug. Krach! Bumm! Erbarmungslos zertrümmerte er die hölzernen Bäuche, die rissigen Köpfe, die verzogenen Fratzen, die geblähten, splittrigen Umhänge. Mit kalter Entschlossenheit schlug er auf sein Gartenvolk ein, er bereitete ihnen ein wahres Gemetzel. Doch die Skulpturen glotzten immer noch ungerührt ins Nichts, antworteten nur mit einem kläglichen, dröhnenden Echo, dumpf und fern, als würde Makowski gar nicht auf seine Holzfiguren eindreschen, sondern mit dem Stock den über den Horizont gespannten Stoff streifen, den Saum des leeren Tals.

„Er weint ...", presste Mischa hervor.

„Wer, Makowski?"

Mischa hob zitternd die Hand und wies auf den Bienenstock in Form des heiligen Ambrosius, auf dessen Knie der Imker gerade einschlug. Im Winkel des Holzauges flimmerte etwas auf und wanderte langsam über die rissige, sonnenverblichene Wange.

„Das sind Bienen", flüsterte ich.

Aus Augen, Ohren, Nasen, Mündern, aus den Öffnungen der hölzernen Schädel, unter Teufelsschwänzen hervor, aus den Falten der Umhänge und Trachten der fetten Heiligen, begannen die Insekten auszuschwärmen: erst einzeln, dann immer zahlreicher. Mit einem Rauschen, das immer stärker anschwoll, breiteten sie sich über dem Holz aus, bis sie es vollständig bedeckten.

Die Silhouetten der Imkerheiligen wurden dicker und größer, ihre holzgeschnitzten Gesichter verloren sich, wurden einander immer ähnlicher, bis sie komplett unter dem Schwarm der Insekten verschwanden.

Mit einer ruckartigen Bewegung riss der Imker den Stock nach oben. Die Bienen flogen auf. Ich konnte nicht glauben, wie viele es waren. Eine gigantische schwere Wolke.

Makowski stand mit gegrätschten Beinen da und beschrieb mit seinem Stock Kreise in der Luft, einen nach dem anderen, als versuchte er, über unseren Köpfen ein Eisloch auszuschneiden. Der Stab kreiste immer schneller. Die Bienen, die sich zu einem riesigen Schwarm geballt hatten, folgten laut summend der Bewegung.

Sie sehen aus wie angeleint, ging es mir durch den Kopf, und plötzlich wirkte der Stab noch länger – er reichte jetzt hoch über den Schrebergarten und über das Dach der Imkerhütte, beinahe schien er die grauen Wolken zu berühren, die sich am Himmel wölbten.

„Was macht der da?"

„Er trainiert sie … wie Tauben."

„Was?"

„Mein Onkel hat Tauben gezüchtet, und genau so hat er sie spazieren geführt", erklärte Mischa flüsternd. „Sie sind dem kreisenden Stock gefolgt."

Ich musste lachen. Was für eine Vorstellung!

Makowski stöhnte immer lauter. Sicher vor Anstrengung. Schließlich war er nicht mehr der Jüngste. Aber vielleicht ging es um etwas ganz anderes? Der Stab, mit dem er Kreise in die Luft malte, schien auf starken Widerstand zu stoßen. Der Imker rührte damit wie in einem großen Kessel und ich hätte schwören können, dass die Wolken mit ihren Lichtstreifen und Grautönen sich an den Stock hefteten wie Spinnweben, wie Wasserschaum, wie die klebrigen Lachen des Sekts, den wir seit Monaten auf dem Hügel verschütteten.

Plötzlich riss sich ein Wind los. Er wirbelte Laub vom letzten Jahr und spitze Sandkörner auf. Die Insekten, das Gras, die Reste vom Krimsekt – alles rotierte. War es dunkler geworden? Es war, als hätten Makowskis Bienen die Sonne verdunkelt … aber das war doch nicht möglich. Ich schaute verstohlen zu den Jungs. Sahen sie es auch?

Die am Stockende hängende Insektentraube schien dem Imker immer mehr zur Last zu werden, er hielt sich kaum noch aufrecht, doch im Taumel der schnellen Bewegung wirbelte er immer weiter, mit den Füßen auf der Stelle tretend. Nur der Gürtel seines Bademantels flatterte im Wind wie ein Schwanz und die fettigen ungeschnittenen Haare wehten in alle Richtungen. Die Schiebermütze war Makowski vom Kopf gefallen und unter den Zaun gekullert.

Der Imker keuchte und schnaufte vor Erschöpfung, tänzelte immer plumper auf der Stelle, aber er ließ nicht von seinem Stock ab.

Mir schien, dass der Stab, an dem das formlose Bienengeschöpf hing, wie an einer langen Leine, mit jeder weiteren Umdrehung einen kühlen Windstoß über mein Gesicht wehen ließ. Die dunkle Insektenmasse breitete sich wie eine Plage am Himmel aus. Die Sonne war nur noch ein dünnes Scheibchen, ein verblassender, verschwommener, an seine Rückseite geklebter Kreis. Wie gut, dass mein Vater das nicht sieht, dachte ich.

Die Halsmuskeln des Imkers bebten vor Anstrengung, seine Schultern zitterten, die Brille war ihm auf die verschwitzte Nasenspitze gerutscht, sein Mantel öffnete sich wie im Flug. Er schien sich wie mit einem Ruder vom Himmel abzustoßen, als würde er mit seinem Stock die Erde in Bewegung setzen und sie aufziehen wie eine Armbanduhr.

In meinem Kopf begann sich alles zu drehen.

KAPITEL 6

Der barmherzige Pfarrer

Bald wusste die ganze Stadt, dass Magda „der Werwolf" war. Innerhalb von ein paar Wochen hatten nahezu alle in Zuckrowka ihren Gesang gehört, aber gesehen wurde sie angeblich immer nur aus der Ferne, denn das Mädchen verschwand, bevor sich ihr jemand nähern konnte. Man hatte uns ohnehin bald angewiesen, sie nicht zu wecken. Auf gar keinen Fall durften wir sie wecken.

In der Stadt brodelte die Gerüchteküche.

Magda streifte unbemerkt durch die Straßen Zuckrowkas, kletterte auf Häuserdächer in allen möglichen Teilen der Stadt und sang. Nie stieg sie auf dasselbe Dach zweimal. Sie schlafwandelte auch nicht in jeder Nacht.

Ein paarmal war es vorgekommen, dass jemand die Feuerwehr gerufen hatte, aber bevor sie anrücken konnte, war Magda bereits verschwunden. Auch die Polizeistreife war nie rechtzeitig vor Ort.

Das Echo im Mahrtal war schon immer irreführend gewesen. Der Klang übertrug sich über das Tal und kam als Widerhall zurück, sodass man den Eindruck gewinnen konnte, dass er aus einer ganz anderen Richtung kam als in Wirklichkeit.

Die Polizei verpasste Magda also jedes Mal und meistens hielt der Streifenwagen sowieso vor dem falschen Haus, im falschen Teil der Stadt.

Niemand wusste, wie Magda Dygnar auf die Dächer hinaufkam. Kletterte sie an den Balkonen empor? Gelangte sie durch nicht richtig verschlossene Türen ins Innere? Wir hatten keinen blassen Schimmer. Mit schlafwandlerischer Sicherheit gelang es ihr jedes Mal, hinauf- und unbeschadet wieder hinabzusteigen.

Leute, auf deren Dächern sie gesungen hatte, erfuhren es für gewöhnlich erst am nächsten Morgen. Sie schliefen fest, obwohl Magdas Gesang sich laut und bebend im ganzen Tal ausbreitete.

„Er scheint nicht von dieser Welt", hatte Frau Wosch einmal gesagt, und alle pflichteten ihr bei. Der Gesang war fern, unerreichbar, beunruhigend, als wäre in uns und in ganz Zuckrowka eine klaffende Leere offenbar geworden, in der er widerhallen wollte wie ein Echo.

Ein paar Wochen später, als der Imker, der Dygnar und Sobieski uns beschäftigt hielten und diese unwirkliche Geschichte sich langsam zu entfalten begann, lag ich oft schlaflos im Bett und hörte sie in den Morgenstunden singen. Sie sang in den unverständlichen Worten einer fremden Sprache, ergreifend, mit hoher Stimme. Was merkwürdig war, denn im Alltag traf sie keinen Ton. Ich weiß noch, wie sie damals, als sie noch mit uns zur Schule ging, während der Appelle vom Musiklehrer gebeten wurde, nur stumm die Lippen zu bewegen. Sie sah dann aus wie ein ans Ufer geschwemmter, nach Luft schnappender Fisch, nur ihre behandschuhten Hände störten die Musik, wenn sie mit den Fingern den Rhythmus mitzuklopfen versuchte.

Im Jahr 2005 riss Magdas Gesang stets unerwartet und unvermittelt ab und zwar immer dann, wenn wir glaubten, dass der anschwellende Klang gleich seinen Höhepunkt erreichen würde. Ich verstand nicht, warum Magda sang und worüber sie sang, aber die Stille, die danach jedes Mal eintrat, war für mich nur schwer zu ertragen.

Obwohl es damals kaum jemandem bewusst war, nahm dieser Gesang die ganze Gegend in Besitz. Zwar sah das Tal von außen betrachtet immer noch genauso aus wie zuvor, doch auf irgendeine Weise trug er doch zum Landschaftsbild bei, wie ein Farbton, der einem Gemälde hinzugefügt wird, eine kaum wahrnehmbare Nuance, deren Fehlen wir bis dahin nie bemerkt hatten – und doch, wenn der Gesang da war, drängte sich seine Notwendigkeit förmlich auf, und selbst wenn er abklang, mäanderte er noch in der ein oder anderen Weise durch uns und durch die Stille. In der Tat, Magdas Gesang hatte die Landschaft verwandelt.

Nach dieser Nacht im April war scheinbar Ruhe eingekehrt. Ich lag stundenlang schlaflos im Bett. Trotz Kälte stand das Fenster sperrangelweit offen. Ich lauschte angestrengt, aber das einzige Geräusch, das in mein Zimmer drang, war das Schnarchen meiner Eltern – das Gegrunze meines Vaters und die nasalen Pfeiflaute meiner Mutter. Gegen Morgen schlief ich schließlich ein.

Ich sprach weder mit Hans noch mit Mischa darüber, die so taten, als würden sie mein unterdrücktes Gähnen, die blutunterlaufenen Augen und die dunklen Schatten unter den Lidern nicht bemerken. Ich glaube, dass ich in dieser Zeit begonnen hatte, die absurde Überzeugung anzunehmen, dass die Dygnar beschützt, gerettet und erlöst werden müsse. Aber wovon? Ich wusste es nicht und erst viel später begriff ich, dass nicht sie der Rettung bedurfte.

Eines nachts vernahm ich endlich etwas. Zuerst dachte ich, dass ich es mir nur einbildete, aber die Windstöße trugen den Klang deutlich heran. Ich riss mich vom Bett und lief in die Küche.

Vater stand im Pyjama am Fenster und nippte an einem Wasserglas. Sein geschwollener Adamsapfel bewegte sich auf und ab, wie eine Boje im Meer. Der Arme hatte wohl gerade seine Herztropfen eingenommen. Bestimmt war er ganz krank vor Angst.

Ein tief tönendes Brummen breitete sich in der ganzen Umgebung aus. Es klang, als käme es aus weiter Ferne, oder schlimmer noch, als dringe es aus der Tiefe der Erde herauf. Nein, das war nicht Magdas Gesang.

Vater wandte sich vom Fenster ab. Er hatte mich erst jetzt bemerkt.

„Papa?" Ich glotzte ihn verblüfft an.

Er lächelte.

„Sie läuten zum Gedenken an den Papst", flüsterte er, worauf er sich eifrig bekreuzigte und hörbar seinen Daumen küsste.

In der Stadt glaubte man anfangs, dass der Wind die Sicherung am Glockenturm beschädigt und damit die Glocke in Bewegung gesetzt hatte. Aber sie ertönte auch in den folgenden, vollkommen windstillen Nächten.

Von diesem Zeitpunkt an hörte man sie immer häufiger schlagen. Erst nur ein- bis zweimal in der Woche, dann nahezu jede Nacht. Für gewöhnlich nachdem Magda wieder gesungen hatte. Am Anfang läutete sie im Takt, aber schon bald darauf verfiel sie in ein wildes, unregelmäßiges Gebimmel.

Das ist der Pfarrer, wurde getuschelt. Wie streng und autoritär er auch wirken mochte, so war Pfarrer Wilk doch bestimmt von ehrlicher Sorge um sein junges Gemeindemitglied getrieben. Und war es nicht ein Akt größter Barmherzigkeit, dass er für diese arme, verlorene Seele Nacht für Nacht auf den stillgelegten Turm stieg, trotz des ausdrücklichen Verbots, das die Bauaufsichtsbehörde ausgesprochen hatte, und seine Gesundheit und sein Leben ein ums andere Mal riskierend, die Glocke in Bewegung setzte?

Als würde er Magda in ihrem schwierigen Kampf beistehen wollen, wenn sie nachts durch die Straßen irrte, besessen von weiß Gott welchen dunklen Mächten, die von ihrem Körper und Geist Besitz ergriffen hatten.

Der Klang der Glocke zerschnitt die Dunkelheit über Zuckrowka wie ein Leuchtturm. Er sollte Magda Dygnar daran erinnern, dass sie nicht allein war, er sollte ihre Rettungsleine sein, ein im Sturm ausgeworfener Anker. Nur ein von tiefer Fürsorge und großem Unheilsbewusstsein bewegter Mensch war doch in der Lage, dem Glockenturm solche Klänge zu entlocken, erzählte man sich.

Ich sah den Pfarrer geradezu vor mir, wie er am Strick reißt, die muskulösen Schultern angespannt, langsam seinen gesunden, kühlen Verstand verlierend. Wie jene Distanz von ihm abfällt, die seine Gläubigen stets zu besänftigen vermochte und die den Menschen (zumindest denen, die sich als Gemeindemitglieder der Kirche Unserer lieben Frau verstanden) den Eindruck vermittelte, dass jemand die Welt unter seiner Fuchtel hat.

Ich dachte in windigen Nächten oft an ihn, stellte mir vor, wie er am Seil zieht, erst langsam und stetig, noch ganz beherrscht, die Glocke gerät langsam in Bewegung, er zerrt immer stärker, erlaubt ihr aber nicht, voll auszuschlagen, gebietet ihr wiederzukehren, immer wiederzukehren, immer schneller wiederzukehren, der Klang schwillt an, der Pfarrer stürzt sich auf das Seil, hängt sich daran, die Glocke schleift ihn über den unfertigen Boden, die priesterlichen Lackschuhe scheuern über den Zementschutt, über das Mörtelgeröll, über den aufgewehten Sand, das ausgetrocknete Laub, und die Glocke schwingt sich immer weiter hinauf, mit dem Wind, gegen den Wind, mit dem Wind, gegen den Wind, der Pfarrer winkelt die Beine an, klammert sich mit beiden Händen und Armen fest an das Seil, schaukelt darauf mit seinem ganzen Gewicht, und die schwarzen Röcke seiner Soutane umflattern ihn wie Vögel.

Nach solchen Nächten waren die Hände des Pfarrers mit ihren kantigen Fingern von blauen, blutigen Striemen überzogen.

KAPITEL 7

Der Kabler

Denke ich zurück an jenen Sommer, hat sich mir kaum eine Erinnerung so stark eingebrannt wie die an die Abgase von Mischas Mofa. Das Fahrzeug, dem er sein kleines Business im Tal zu verdanken hatte, war völlig unerwartet in Mischas Leben getreten. Er hatte es zu seinem dreizehnten Geburtstag bekommen, angeblich von einem Onkel, mit dem er über ein paar Ecken verwandt war, und bestimmt war etwas Schönfärberei dabei, wenn er uns erzählte, wie er eines Tages einfach in den Garten hinausgetreten war und dort, mitten auf dem Rasen, das fantastische Gefährt auf ihn wartete, gebadet in Sonnenglanz, der von der Fassade des Porzellanhauses reflektierte. Es soll direkt neben dem Liegestuhl seiner Oma gestanden haben, als hätte die Greisin das Mofa persönlich dort geparkt, um sich dann von der anstrengenden Tour auszuruhen.

Das Fahrzeug hatte seine Macken, das darf nicht verschwiegen werden. Der Motor musste endlos warmlaufen, bis er nicht mehr stotterte und rundlief, und die ganze Maschine ruckelte und zuckelte, als würde sie jeden Moment auseinanderfallen. Dabei entströmten ihr Massen übelriechender Abgase; ein Gestank, der mit keinem anderen Geruch zu verwechseln war und der noch über der Straße hing, wenn Mischa schon lange hinter dem Horizont verschwunden war. Obwohl die Existenz des Mofas im Grunde gegen die Naturgesetze verstieß, leistete es Mischa ganz passable Dienste. Vielleicht hing er deswegen so an ihm.

Nur sein von Natur aus gleichgültiger Hund hatte dem Mofa von Anfang an misstraut, was womöglich damit zu tun hatte, dass Mischa ihm seinerzeit beibringen wollte, in einem hinten angebrachten Körbchen mitzufahren. Koko hatte die Idee für idiotisch befunden und alles in Grund und Boden gebellt: das Körbchen, das Mofa und Mischa obendrein. Hinter der Ablehnung mag auch gewöhnliche hündische Eifersucht gesteckt haben, behandelte Mischa seine Maschine bisweilen doch wie ein Lebewesen aus Fleisch und Blut. Er hätte auch niemandem erlaubt, darauf zu fahren – wobei es auch kaum Freiwillige gab. Jeder, der das Mofa zu sehen bekam, fragte sich unwillkürlich, wie man auf diesem mit knapper Not zusammengehaltenen Schrotthaufen unfallfrei weiter als bis zur nächsten Kreuzung kommen konnte. Umso mehr beeindruckte es uns, dass Mischa auf seiner Rostlaube regelmäßig Strecken von über hundert Kilometern zurücklegte. Es grenzte an ein kleines Wunder aus dem Füllhorn der Zuckrowka-Wunder.

Einige Male habe ich gesehen, wie er aufbrach zu seiner üblichen Strecke Richtung Tankstelle, am Krankenhaus vorbei und weiter nach Wysoka bis zur Grenze. In ulkiger Haltung, den Hintern fast am Boden, die Knie oben, die Hände am Lenker, die Ellbogen weit abgewinkelt, fuhr er erstaunlich schnell, sodass der Wind die Deckel der Taschen flattern ließ, die er zu beiden Seiten seiner geliebten Maschine angebracht hatte.

Nur dem Mofa war es zu verdanken, dass er begonnen hatte, regelmäßig aromatisches Gras (und manchmal auch stärkere Sachen) von „seiner Slowakin" zu holen (in Wirklichkeit war das Gras übrigens gar nicht slowakisch, es wurde von einer Polin gezüchtet, einer Bekannten von Mischa aus der Gegend von Chyżne, ich habe nie wieder etwas Besseres geraucht). Manchmal hat er noch ein paar Sachen extra geholt und kam dann mit ein paar Flaschen Wermut oder leckerem Erdbeerlikörchen an die Konoppe, die er sich sofort hinter die Binde goss.

Mischa führte seine Transaktionen für gewöhnlich per SMS durch, darum war er ständig mit Tippen beschäftigt und klappte ein ums andere Mal sein kleines silbernes Motorola auf und zu. Ein paarmal habe ich beobachtet, wie er aus der zerknitterten Alufolie große Klumpen fester, süßlich oder würzig duftender Hanfknospen nahm. Er teilte sie aufmerksam auf, zerkrümelte sie, wog sie und füllte sie anschließend in winzige Tütchen. Für gewöhnlich erledigte er das alles aber nicht in unserer Anwesenheit und das einzige sichtbare Zeichen seines florierenden Geschäfts war das unaufhörliche Vibrieren des Mobiltelefons, um dessen Nummer ich häufig von guten und weniger guten Bekannten gebeten wurde.

Ich glaube, er verdiente nicht schlecht. Obwohl er nicht mit großen Mengen handelte, verkaufte er das Zeug viel teurer, als er es erwarb. Vor allem aber war er der einzige Dealer weit und breit (einen nicht unerheblichen Anteil rauchte er selbst, aber man muss ihm zugutehalten, dass er Hans und mich großzügig mitrauchen ließ; im Jahr 2005 haben wir mehr gekifft als je zuvor). Außerdem war sein Bruder Polizist und aus irgendeinem Grund glaubten alle seine Kunden, der wisse über die Sache Bescheid und würde seinen kleinen Bruder decken.

Natürlich kam es immer wieder vor, dass das sonst so treue Mofa den Gehorsam verweigerte und Mischa es erst reparieren musste, bevor er seine Vorräte wieder auffüllen konnte. Da ich früher in den Ferien häufig Onkel Adam, dem Bruder meines Vaters, in seiner Werkstatt zugeschaut hatte, konnte ich Mischa manchmal bei Pannen helfen, andere Male musste er warten, bis er neue Ersatzteile vom Kabler bekam. In den Überbrückungsphasen lief er durch die Gegend und suchte Zauberpilze, die er später rationiert in kleine Plastiktütchen packte. Ich glaube, damals ist ihm zum ersten Mal die Idee mit dem Stechapfel gekommen.

Meistens besorgte er ein paar Flaschen Sirup und ein paar Blister erprobter Tabletten. Ich kann mir vorstellen, dass er die Medikamente auf die bereits ausgefüllten Rezeptformulare schrieb, die seine Mutter von Zeit zu Zeit vom Arzt mitbrachte, um die Tablettenvorräte für Oma Kulik zu sichern. In diesen Phasen haben wir uns mit süßen, harzigen Hustensaftmixturen berauscht.

* * *

Es war Mischa, der sich den Hügel ausgedacht hatte. Seit ein paar Monaten kamen wir regelmäßig hierher. Der Grashügel befand sich am südlichen Ende von Zuckrowka, nicht weit vom Friedhof entfernt. Die Erhebung war nicht besonders hoch, trotzdem bot sie einen Ausblick auf die gesamte Gegend, und bei gutem Wetter konnten wir manchmal die Sonne in den Fenstern des Clubs im ehemaligen Werk aufleuchten sehen.

Auf dem Gipfel des Hügels stand ein altes vergessenes Denkmal, auf dessen zertrümmerter Platte wir uns oft niederließen, um König zu spielen. Das Denkmal war von dichtem Buschwerk umgeben, dadurch gab es ein ideales Versteck ab, denn für die Leute unten am Weg waren wir nicht zu sehen.

Am Kopfende der Platte türmte sich eine wuchtige Skulptur, die längst keine klaren Umrisse mehr hatte und eher an eine seltsame steinerne Geschwulst denken ließ. Sollte auf dem Denkmal je eine Inschrift gewesen sein, dann war sie schon vor Zeiten verwittert. Niemand erinnerte sich, warum oder wem das Monument gewidmet worden war, aber es interessierte auch niemanden.

Der südliche Abhang, der in Richtung Stadt ziemlich stark abfiel, war von kurzem, rauem Gras bedeckt. Nach oben gelangte man am leichtesten über einen schmalen Trampelpfad, der sich in sanften Kehren vom Westen her schlängelte. Hinter dem Denkmal flachte der Grashügel sofort ab. Das Gestrüpp wucherte bis in die Gegend jenseits des Flusses.

Die Leute hatten diesen Weg vor der Flut häufiger genutzt, aber seit Jahren hatte sich außer uns niemand mehr auf dem Hügel aufgehalten.

Hans krümmte sich schnaufend, die Hände auf die Knie gestützt. Er hielt mit dem hinaufpreschenden Mischa kaum mit.

„Und jetzt?"

Mischa antwortete nicht. Er blickte rings um sich, um sicherzugehen, dass wir alleine waren. Einen Moment später zog er sein Handy aus der Hosentasche und begann, eine SMS zu tippen.

„Geht es wieder um irgendwelche Teile? Also, wenn das wieder was von dem Typen aus Wysoka ist, dann …"

„Nee", murrte Mischa unaufmerksam, den Blick auf sein Handy geheftet.

„Spielen wir König? Ich bin in einer Stunde mit Greta an der Schule verabredet, sie will mir die Konsole abkaufen."

Mischa schüttelte nur abweisend den Kopf.

Es war spät geworden, die Sonne näherte sich den Baumwipfeln des Waldes. Ich knöpfte meine Strickjacke zu. Abends war der Boden immer noch zu kalt, um lange auf ihm zu sitzen. Mischa hatte sich gleich nach der Schule mit uns verabredet. Er tat sehr geheimnisvoll und scheuchte uns durch die Stadt, als hätte er es furchtbar eilig. Dabei kamen wir unter der Woche fast nie hierher. Endlich riss er den Blick vom Telefon los und richtete ihn auf etwas über unseren Köpfen.

„Was macht der denn hier?" Hans verzog das Gesicht.

Der Kabler musste schon vor uns auf dem Hügel gewesen sein; im Schatten des Denkmals verborgen, hatten wir ihn einfach nicht bemerkt. Wie immer trug er seine graue Kapuzenjacke. In den Händen rollte er einen der Sektkorken hin und her, die Mischa während des Spiels ehrfürchtig wie Kerzen in gerader Reihe auf die Denkmalplatte stellte. Er legte ihn wieder an seinen Platz zurück und als er merkte, dass der Korken schief stand, beugte er sich hinab und rückte ihn mit der Fingerspitze sanft gerade. Mit einem Nicken, dem ein unbestimmter Gesichtsausdruck folgte, zog er eine Zigarette aus der Hosentasche und ließ, ohne sie anzuzünden, den Blick über den Hügel schweifen.

„Kommt ihr oft hierher?", sagte er schließlich statt einer Begrüßung.

„Ab und zu …", antwortete ich zögerlich.

„Nicht übel hier oben." Er rollte die Zigarette zwischen den Fingern schnell von links nach rechts und von rechts nach links, als wollte er uns mit einem schwierigen Trick beeindrucken.

„Micha meinte, ihr wärt interessiert … an einer Zusammenarbeit."

„Zusammenarbeit?"

„Es geht um eine Suchaktion."

„Du hast es ihm erzählt?" Hans warf Mischa einen wütenden Blick zu.

Der Kabler machte eine beschwichtigende Geste.

„Wir können die Einzelheiten ja noch besprechen."

„Die Einzelheiten besprechen … mit dir?"

Sein Rücken war gekrümmt und er ballte die Fäuste, wie immer, wenn er sich ärgerte. Alle in unserer Stadt mochten Pytko, wir kannten ihn von Kindheit an, aber jetzt sah Hans aus, als würde er sich jede Sekunde auf ihn stürzen wollen. Mischa kam näher und blickte nervös von einem zum anderen. Ich kapierte überhaupt nicht, was vor sich ging.

„Wir können doch alle etwas Extrakohle gebrauchen", fügte der Kabler mit Nachdruck hinzu. Hans riss den Kopf herum.

„Ach ja?"

Die Stille zog sich in die Länge. Nur die Zigarette blitzte immer schneller zwischen seinen Fingern auf.

„Kann schon sein", presste Hans zähneknirschend hervor. Er hatte die geballten Fäuste in die Hosentaschen gesteckt, sein Rücken formte sich zum Buckel, wodurch er noch kleiner wirkte als sonst.

Völlig unbeeindruckt steckte sich der Kabler die Zigarette in den Mund und grinste vielsagend.

„Ich habe gesicherte Informationen." Er nickte Hans zu. „Du hattest recht. Hier im Tal ist etwas."

Ich glotzte ihn erstaunt an, während er erfolglos versuchte, sein Feuerzeug anzumachen. Das Rädchen knirschte unangenehm und ließ weiße Funken sprühen, bis Mischa ihm schließlich sein Zippo hinhielt, aus dem eine riesige Flamme emporschoss, und der Kabler endlich einen Zug nehmen konnte.

„Ich kenn mich damit ja nicht aus", erklärte er weiter und zuckte die Schultern. „Aber ein Kunde aus dem Ausland ist interessiert."

„Ein Kunde?"

„Ein Sammler." Er grinste. „Nennen wir ihn einen reichen Hobbyisten. Er zahlt n sattes Honorar. Ich hab schon mal was für ihn gemacht. Wenn's klappt, springt da ne ganz hübsche Summe bei raus – das könnt ihr mir glauben. Ich brauche nur jemanden, dem ich vertrauen kann, und der für mich mit einem Metalldetektor durch den Wald läuft. Aber unbemerkt, versteht ihr? Wir müssen fertig sein, bevor die …", er räusperte sich, „die Konkurrenz davon Wind bekommt."

„Der Imker …", flüsterte ich ungläubig. War es möglich, dass Hans am Ende recht hatte? Und die Goldmünzen? Existierten sie wirklich?

„Wer?"

„Der Imker, der Alte aus dem Schrebergarten."

„Du meinst Makowski?" Der Kabler war sichtlich erstaunt. „Der Penner mit dem Hosenstall?"

„Genau der." Ich blickte Hans verdutzt an. Wir hatten die Story mit dem Imker und seinem Hosenstall schon wieder ganz vergessen.

„Was ist mit dem?"

Ich war unschlüssig, ob ich es erzählen sollte.

„Wir haben ihn vor einiger Zeit nachts aus dem Wald kommen sehen. Er hatte eine Schaufel dabei, er hat wohl irgendwas … versteckt."

„Er hat es vermutlich in seinem Garten vergraben."

Mir schien, dass der Kabler ein Lachen unterdrückte. Hans zappelte unruhig herum und warf Mischa wütende Blicke zu.

„Makowski ist ein alter Spinner."

Mit der Hand, in der er immer noch die brennende Zigarette hielt, machte Pytko eine kreisende Bewegung vor seiner Stirn. Etwas Asche war ihm auf die Kapuzenjacke gefallen, aber es schien ihm egal zu sein. „Der Schrebergarten von dem soll schlimmer umgegraben sein als ein Maulwurfshügel. Ich hab gehört, dass der alles in seinem Garten vergräbt: seine Rente, Dokumente, Silberlöffel, sogar Lebensmittel. Der hat Schiss, dass es ihm sonst jemand klaut. Die Jungs bringen ihm manchmal Einkäufe vorbei."

Der Kabler kannte ein paar von den Leuten, die vor dem Laden rumlungerten.

„Sie sagen, er gibt ihnen schmutziges feuchtes Geld, als hätte er die Scheine aus der Erde gezogen."

„Das stimmt, das hat mir mein Vater auch erzählt."

Auch Mischas Vater verbrachte seine Tage am Tisch vor dem Lebensmittelladen bei den Schrebergärten, seit er das Werk verlassen hatte. „Die Verkäuferin beschwert sich, weil sein Geld nach Moder riecht."

Eine laut quäkende Melodie breitete sich über dem Hügel aus. Pytko warf einen Blick auf sein Handydisplay, zog eine Grimasse und drückte den Anrufer weg.

„Gut, legen wir los, ich hab nicht so viel Zeit." Aus der vollgestopften Tasche seiner Kapuzenjacke zog er etwas, das wohl ein Plan sein sollte, skizziert auf einem zerknüllten Blatt, das aus einem Schulheft gerissen worden war.

„Dieser Teil des Urwalds muss durchsucht werden. Ich habe hier genau markiert, um welches Gebiet es sich handelt. Es sieht nach viel aus, aber wenn ihr es jeden Tag nach der Schule erledigt, solltet ihr in drei Wochen fertig sein. Ich mach euch ein gutes Gerät klar. Das Wichtigste ist, dass ihr gründlich vorgeht. Alles klar?"

Er blickte uns aufmerksam an.

„Sobald ihr was findet, markiert ihr den Ort und gebt mir Bescheid. Nie selber graben! Und seht zu, dass euch niemand sieht."

Wieder begann das Telefon zu klingeln. Der Kabler drückte mir die Karte in die Hand und warf einen flüchtigen Blick auf seine Armbanduhr.

„Scheiße, ich hab gleich Warenlieferung bei den Lagerhallen. Später erklär ich Mischa alles Weitere. Und für alle Fälle hat er meine Nummer."

Er drückte den Zigarettenstummel im Gras aus und stampfte ihn mit seinem ramponierten Adidasschuh in den Boden.

„Und wir halten alle die Klappe, klar?"

Ich nickte automatisch. Hans glotzte immer noch auf den Boden.

„Bist du mit dem Motorrad da?" Pytko drehte sich zu Mischa um. Er war der Einzige, der das Mofa so nannte.

„Ich hab es unten an der Kurve geparkt."

„Nimmst du mich ein Stück mit? Sonst komm ich zu spät." Der Kabler verabschiedete sich mit einem kurzen Händedruck von uns und bevor wir weitere Fragen stellen konnten, stieg er den Hügel seitlich an seiner steilsten Stelle hinab. Mischa rutschte auf dem Gras hinterher.

Ich starrte nachdenklich in die Ferne. Ihre Silhouetten zeichneten sich auf dem dunkler werdenden Himmel ab.

„Glaubst du ihm?"

Hans antwortete nicht und kickte mit dem Schuh einen Stein weg.

Angeblich war der Kabler in halblegale Geschäfte verwickelt, und das schon seit Jahren. Es wurde sogar gemunkelt, dass er mit Schmuggel zu tun hatte. Er arbeitete viel im Ausland und hatte jede Menge Kontakte und Bekanntschaften. Es war nicht unwahrscheinlich, dass er etwas mitbekommen hatte.

„Mischa kriegt aufs Maul", murmelte Hans, als hätte er gar nicht gehört, was ich zu ihm gesagt hatte, und war schon auf dem Weg zum Trampelpfad. Er ging gebückt, mit durchgedrückten Beinen, die Fäuste immer noch in den Hosentaschen vergraben. Ich blickte ihm hinterher, bis er unten verschwunden war.

Nun war ich allein. Zuckrowka wurde immer grauer. Wie jeden Abend verschwamm die Stadt langsam in der aufziehenden Dämmerung. Damals habe ich es noch nicht gewusst, aber an diesem Tag waren wir zum letzten Mal zusammen auf dem Hügel.

* * *

Der Kabler kam nicht aus Zuckrowka. Allein schon sein Name, Pytko, wies darauf hin, dass er von außerhalb war. Die seltsame Endung auf *o* verlieh dem Mann eine noch größere Unbestimmtheit. Vielleicht nannten ihn deswegen alle nur *den Kabler*. Der Spitzname rührte daher, dass er ein paar Jahre lang Geld mit dem Diebstahl von Oberleitungen und Kupferkabeln verdiente. Einmal hatte ich beobachtet, wie er ein gerissenes Netzkabel reparierte. Ich weiß noch, dass er sich in die Hände spuckte und dann am Stecker zu fummeln begann, dabei presste er die blanken Drähte zusammen und rings um ihn sprühte es zischende Funken, als hielte er den Kopf einer Gift speienden Schlange zwischen den Fingern.

Erst vor Kurzem habe ich erfahren, wie alt Pytko war. Im Jahr 2005 hatte er ausgesehen wie jemand zwischen dreißig und vierzig. Die Leute begegneten ihm mit einer seltsamen Mischung aus Vertrauen und Argwohn.

Er fuhr seit über zehn Jahren mit dem Lkw durch Europa. Soweit ich weiß, hat er eine Zeit lang sogar mit Hans' Vater zusammengearbeitet, der in den 90er-Jahren häufig „Firmentransporte" aus Deutschland nach Polen und zurück auf den Weg brachte (angeblich hatten sie sich „auf dem Polenmarkt" kennengelernt, und zwar in der Ära, als die Ware noch auf Feldbetten ausgelegt wurde). Der Kabler transportierte in seinen Lkws also Grabsteine aus

Terrazzo, riesige Eistüten aus Plastik, Keramikzwerge, leere Gasflaschen und verrostete Vogelkäfige – je nachdem, wo Hans' Vater auf der Strecke München–Bielsko–Krakau eine Goldader vermutete.

Ich habe keine Ahnung, wo er wohnte. Früher glaubte ich, dass er manchmal im Lkw schlief, auf einem Lager aus Decken. Er übernachtete wohl auch in gemieteten Zimmern. Angeblich hatte er eine eigene Wohnung bei Złotoryja, in der er jedoch nur während der Wintermonate lebte. Zum Zeitpunkt dieser Geschichte arbeitete der Kabler schon einige Monate dauerhaft bei den Lagerhallen – so wurde das Gelände der örtlichen Baufirma genannt, die vor Kurzem einen großen Auftrag für den Bau eines Autobahnabschnitts erhalten hatte.

Früher kam er immer während der Saison zu uns, fast ausschließlich im Sommer. Im Herbst fuhr er zum Geldverdienen nach Deutschland, Dänemark, Belgien und Holland. Erst nachdem er den Job bei Zement-Pol bekommen hatte, blieb er zum ersten Mal über den Winter in Zuckrowka.

Die Freundschaft zwischen Mischa und dem Kabler hatte in den frühen 90er-Jahren begonnen, als Pytko bei Familie Kulik lebte. Ihr Unternehmen brachte noch nicht die erwarteten Gewinne ein, die Familie war also auf das Geld angewiesen. Pytko zahlte ihnen Miete und legte manchmal noch etwas drauf.

Meistens kam der Kabler fürs Stadtfest nach Zuckrowka, dieses fand immer Anfang Juni statt, genau wie die damaligen Inka-Umzüge. Er hatte eine geflickte Hüpfburg dabei, die er gebraucht in Österreich erstanden hatte und die er auf dem Platz vor dem Rathaus aufstellte – zum großen Ärger von Pfarrer Wilk, dem die allzu große Nähe zur Kirche missfiel.

Der Kabler verdiente sich jede Saison was dazu, indem er mit seiner Hüpfburg durch die umliegenden Käffer gondelte. Er pumpte sie offenbar stärker auf, als er sollte, denn die Burg federte so stark, dass wir immer ganz hoch hinaus flogen – viel zu hoch, bis über das Dach des Rathauses (zumindest kam es mir so vor). Ich erinnere mich an den Luftstrom, der sich in einen flauen Magen verwandelte, wenn ich nach oben flog, und obwohl ich heute weiß, dass es nicht sein konnte, entfaltet sich in meiner Erinnerung das atemberaubende Panorama der Stadt, der Horizont verbindet sich mit dem vom Nachmittagslicht weißen Fluss, schlingt sich plötzlich um unsere Beine und zieht uns wie an einer Schnur zurück auf die Erde. Vielleicht haben wir den Hügel ein paar Jahre später gerade deswegen so sehr geliebt.

Mischa brachte dem Kabler viel Respekt entgegen. Er legte Wert auf seinen Rat und seine Meinung und ich bin mir sicher, dass er schon einmal Geld von ihm geliehen hat. Obwohl Pytko uns nicht selten Bier und Kippen kaufte, hatte Mischa ihm nie verraten, dass er Gras rauchte oder Pappen nahm, und uns hatte er auch verboten, das in seiner Anwesenheit zu erwähnen.

Außer ein paar nichtssagenden Infos, die ebenso Gerüchte hätten sein können, war also nicht viel über den Kabler bekannt, nur Mischa wusste immer mehr als wir.

Übrigens kannten damals weder Hans noch ich Pytko gut, man sagte sich allenfalls mal hallo oder rauchte eine Zigarette zusammen.

Hin und wieder half Mischa ihm bei Reparaturen am Lkw. Der Kabler revanchierte sich mit Ersatzteilen fürs Mofa, die das Gefährt gerade noch so am Leben hielten.

Als Mischa etwas jünger war, war er mit seinem sogenannten „Onkel" sogar auf Achse, fuhr mit dem alten Laster „in die Ferien". Herr und Frau Kulik waren damit vollkommen einverstanden, es hatte keiner großen Überredungskünste bedurft.

Ich habe das Verhältnis zwischen Mischa und dem Kabler nie ganz verstanden. Manchmal hatte ich das Gefühl, dass Pytko ihn lediglich ertrug und duldete, wie einen aufdringlichen Köter, in anderen Momenten meinte ich, eine leise Spur von ehrlicher Fürsorge zu erkennen. Natürlich kannte ich die Gerüchte, die in der Stadt die Runde machten, aber ich war mir nicht sicher, was ich davon halten sollte. Vielleicht waren sie einfach nur Hirngespinste, wie die meisten Dinge, die man sich über den Kabler erzählte.

Wenn ich mir alles durch den Kopf gehen lasse, was ich weiß, habe ich die Situation klar vor mir. Als Pytko bei Familie Kulik erschien, war Mischas Mutter, die darum kämpfte, ihren Blumenladen rentabel zu halten, tagelang in der Arbeit. Sein Vater fiel langsam in einen halbkatatonischen Zustand, in dem er viele Jahre bleiben würde. Sein älterer Bruder verschwand manchmal für viele Tage bei Freunden, und die Oma lag regungslos in einen Kokon gewickelt im Garten. Selbst Koko führte, dem Beispiel seiner Hundemutter folgend, ein geheimes Leben, machte er sich doch jede Nacht durch die angelehnte Pforte aus dem Staub. Es war also kein Wunder, dass Mischa die Nähe des Kablers suchte.

Als wir noch klein waren, erwarteten wir seine Ankunft mit großer Ungeduld. Wir mochten ihn, weil er uns das Gefühl gab, er sei einer von uns. Er ließ uns vorne auf dem Beifahrersitz mitfahren und Mischa brachte er manchmal kleine Geschenke mit. Er fragte ihn, ob es zuhause bei seinen Eltern etwas Neues gab und später auch, wie es in der Schule lief. Als er 1997 von der Sache mit Lesniewski erfahren hatte, war er früher als sonst nach Zuckrowka gekommen. Er war es, der Mischa überredete, wieder in die Schule zu gehen (seit der Beerdigung war Mischa dem Unterricht ferngeblieben und wenn man ihn gegen seinen Willen in die Schule schleppte, nahm er in der ersten Pause Reißaus).

Kurze Zeit später brach in Zuckrowka die Epidemie aus. Mischa war nur wenige Tage in die Schule gegangen, weil es ihm erneut schlechter ging. Die Phase fiel ausgerechnet in die Zeit, als der Kabler sich wieder mit seiner Hüpfburg vor dem Rathaus breitgemacht hatte (es war eine seiner letzten Stadtfestrunden: 1999 hat er die Hüpfburg zum letzten Mal zusammengerollt und das wenig einträgliche Geschäft endgültig aufgegeben).

Mischa konnte sich diese letzte Gelegenheit nicht entgehen lassen. Unbemerkt von seinem depressiven Vater hatte er sich aus dem Haus geschlichen. Endlich war er wieder von anderen Kindern umgeben, zum ersten Mal seit der Geschichte mit Lesniewski, in deren Zuge der kleine Kulik, den Empfehlungen unserer Eltern folgend, gemieden wurde („Wer weiß denn so genau, was dort wirklich vorgefallen ist?").

Mischas Mutter hatte die Abwesenheit ihres Sohnes erst bemerkt, nachdem sie den Blumenladen abgeschlossen hatte. Fuchsteufelswild holte sie ihn am Rathaus ab und stauchte bei der Gelegenheit auch den Kabler zusammen.

Zwei Wochen später waren alle Kinder, die damals noch keine Windpocken gehabt hatten, mit nässenden, juckenden Pusteln übersät. Es war Kommunionszeit und die ganze Klasse ist mit starkem Fieber und weißen Salbenflecken besprenkelt in die Kirche gekommen. Auf dem Gruppenfoto sieht man unsere verstörten fiebrigen Blicke und Pfarrer Wilk steht so weit weg von uns, dass sein Arm abgeschnitten ist.

Das Ereignis hat nicht gerade dazu beigetragen, den ohnehin schon beschädigten Ruf des kleinen Mischa zu retten, mehr noch, es kulminierte darin, dass er die vierte Klasse nicht schaffte.

Heute glaube ich, dass der Kabler an Mischa vor allem seine Schweigsamkeit schätzte. Wann immer er eine längere Geschichte zum Besten geben musste, stotterte er, zog die Vokale in die Länge, verschluckte ganze Wortendungen, verfiel in Echolalie, schien nach den richtigen Worten zu ringen, die, sobald er sie ausgesprochen hatte, nie zu passen schienen.

Beim Kabler verhielt es sich ähnlich. Er war kein Fan großer Diskussionen und meldete sich nur zu Wort, wenn er wirklich keine andere Wahl hatte, als hielte er dieses ganze Spiel mit Worten für ein verzichtbares Ärgernis. Doch der kleine Mischa Kulik hatte auch einen angeborenen Überlebensinstinkt, den Hans und ich nicht hatten. Obwohl er in förmlichen Situationen und angesichts vermeintlicher Autoritäten sofort ängstlich und verschwiegen wurde und die Selbstsicherheit ihm abhanden kam, legte er „im echten Leben", wie es Hans' Vater ausgedrückt hätte, einen beispiellosen Unternehmergeist an den Tag. Er fand mit absolut jedem einen gemeinsamen Nenner, konnte alles klarmachen und besorgen. Herr Kaleta, Hans' Vater, sagte über solche Leute, dass sie eine Ader für Geschäfte hätten, aber hier ging es um viel mehr. Ich glaube, dass Mischa und der Kabler gleichermaßen mit Pragmatismus gesegnet waren, dass sie beide das Talent hatten, sich durchs Leben zu schlagen, ganz egal, wie dieses Leben gerade war.

* * *

Nicht lange nachdem Mischa sitzengeblieben war und in unsere Klasse kam, waren wir auf einen Schulausflug in die Slowakei gefahren. Wir hatten auf dem Weg an einer alten Kirche gehalten, die zu einem ehemaligen Klosterkomplex gehörte. Die Reiseleiterin hatte uns von seinen berühmten Katakomben erzählt.

Mischa schleppte eine schwere Plastiktüte mit sich herum. Ich war mir sicher, dass er darin Essen hatte, bis wir an der Gruft stehen blieben, leicht angeekelt, weil unter dem nebligen, rissigen Glas die Überreste irgendeines Mönchs hervorlugten, ein paar Knochen, ein merkwürdig kleiner Schädel, und Mischa plötzlich aus seiner Tüte ein großes Glas mit „Gurken"-Etikett hervorholte, das mit goldenen Münzen gefüllt war, Groschen, die er seit mindestens ein paar Monaten gesammelt haben musste. Er mühte sich ein bisschen mit dem Deckel ab, aber als er ihn geöffnet hatte, begann er, einzelne Münzen durch die Luken in der Platte zu schieben. Da erst bemerkte ich all die tschechischen und slowakischen Kronen, die bereits drumherum lagen – die Leute warfen sie hinein wie in einen Wunschbrunnen.

Die dünnen, golden schimmernden Münzen prasselten ins Innere auf den gespaltenen Mönchsschädel, sie fielen in die Augenhöhlen, in den leeren Mund, es schien, als würde der Mönch gierig danach schnappen, sie lustvoll verschlingen wollen wie köstliche, in Glanzpapier gewickelte Pralinen.

„Ich hab sie mitgebracht, weil ich dachte, dass wir an einem Brunnen vorbeikommen. Aber das hier ist auch gut", erklärte er, als er meinen fragenden Blick bemerkte. „Ich glaube, jetzt muss ich mir etwas wünschen." Er kniff die Augenlider so fest zusammen, dass sie ganz faltig wurden.

Bis zum heutigen Tag weiß ich nicht, was er sich damals gewünscht hat und ob sein Wunsch sich irgendwann erfüllt hat. Das Einzige, was ich sicher sagen kann, ist, dass er, nachdem er diesem zufälligen Skelett in der slowenischen Klosterkapelle sein kindliches Opfer dargebracht hatte, nach der Geschichte mit Lesniewski endlich wieder etwas ruhiger wurde.

KAPITEL 8

Die Geschichte mit dem Hosenstall

Wie hatte ich nur den Vorfall mit dem Hosenstall des Imkers vergessen können! Er war doch Stadtgespräch damals, kein Wunder also, dass der Kabler sich noch daran erinnerte.

Das Ganze muss um 1996 passiert sein, als Hans noch Messdiener war. Normalerweise ließ der alte Makowski sich nicht in der Kirche blicken, doch an diesem Sonntag ist er in der Messe gewesen. In Bademantel und Pantoffeln bot er einen Anblick, der das Missfallen der Umstehenden erregte. Er hatte seine Schiebermütze abgenommen und knetete sie in den Händen. Die grau melierten Haare klebten in Strähnen an seiner Stirn. Der offene Bademantel gab den Blick auf eine abgewetzte Anzughose von ausgeblichenem Braun und ein fleckiges Hemd frei.

Wieder und wieder befingerte er mal mit der rechten, mal mit der linken Hand seine vollgestopften, seltsam ausgebeulten Hosentaschen, als wollte er sich vergewissern, dass er nichts verloren hatte.

Rings umher rümpften die Ersten die Nase, Taschentücher wurden gezückt und vors Gesicht gepresst, einige hüstelten. Der Geruch des Imkers breitete sich rasch in der ganzen Kirche aus. Man warf ihm verärgerte, bedeutungsschwangere Blicke zu, die er offenbar an sich abprallen ließ. Sein Interesse galt nur Pfarrer Wilk, der vergeblich versuchte, die Aufmerksamkeit der Gläubigen wiederzugewinnen.

Als in der Hose des Imkers plötzlich etwas in Bewegung kam, haben wir es also alle gleich bemerkt.

Pfarrer Wilk stand mit der Hostie in der Hand vor dem Altar, neben ihm kniete Hans in seinem Messdienergewand. Die ganze Gemeinde kniete nieder. Große Erwartung hing in der kirchlichen Stille. Alle Blicke waren auf Makowski gerichtet. Plötzlich gab der Imker einen erstickten Ton von sich und schob sich die Hand in die Hosentasche. Und während er darin ausgiebig herumwühlte, begann sich vorne in seiner Hose etwas zu wölben, immer größer zu werden und gegen den Stoff zu stemmen.

Die steigende Empörung der Umstehenden schien ihn nicht zu bekümmern. Dann erhob er sich von der Kniebank – der Vorderteil seiner Hose stand nun so deutlich hervor, als hätte ihm jemand einen Stock hineingesteckt – und öffnete seinen Hosenstall.

Während die Eltern sich beeilten, ihren Kindern die Hände vor die Augen zu halten, dämmerte Pfarrer Wilk endlich, dass etwas im Gange war, und lief rot an vor Zorn. Ich kann mich noch erinnern, wie mein Vater entsetzt versuchte, mein Gesicht zu bedecken, aber ich konnte durch seine Finger hindurch trotzdem alles sehen. Der Alte hatte sich vor den Augen der gesamten verstummten Kirchengemeinde die Pranke in die Hose geschoben und begann, stöhnend und ächzend darin herumzuwühlen. Mit dem ganzen Unterarm war er schon drin und keuchte immer lauter. Die allgemeine Bestürzung ging langsam in nervöse Verwirrung über. Von den Seiten liefen bereits die ersten Leute herbei, um Makowski zu stoppen und ihn aus dem Gotteshaus zu befördern. Da blitzte in der Hose des Imkers etwas Grauviolettes auf. Und dann passierte etwas, womit niemand gerechnet hatte: Erst erschien ein weißer Fleck im Hosenschlitz, gefolgt von einem schlanken Köpfchen mit einem Auge, das einem Stecknadelkopf glich, bis schließlich eine ganze Taube zum Vorschein kam.

Ja, wie unglaublich es klingen mag, der alte Makowski hatte wirklich eine zahme Taube in der Hosentasche dabeigehabt. Er hatte den kranken Vogel mit in die Messe genommen, weil er ihm zu festen Uhrzeiten eine Arznei verabreichen musste. Die Taube hatte sich im Loch des alten Taschenfutters verheddert und sich furchtbar erschrocken, und als sie keine Luft mehr bekam, hatte sie zu zupfen und zu picken begonnen, dass der Imker stöhnte vor Schmerz.

Die befreite Taube schoss über unsere Köpfe empor. Sie drehte ein paar verzweifelte Runden und bereitete sich anscheinend zum Sturzflug auf die kahle Stelle vor, die durch das rabenschwarze Haar des Pfarrers hindurchschien. Der hatte sich bereits schützend den Arm ums Haupt gelegt, doch die Taube hatte gar nicht auf seinen Kopf gezielt. Der Vogel verharrte flügelschlagend über dem Pfarrer. Und bevor wir wussten, wie uns geschah, schnappte er ihm die Hostie aus den Fingern und flog mit ihr im Schnabel davon. Er ließ sich hoch oben auf dem Rahmen eines Heiligenbildes nieder, gurrte zufrieden und schnabulierte vor unser aller Augen die verwandelte Hostie, die von Weitem wie eine sauber aus Papier geschnittene Scheibe aussah.

Später wurden Stimmen laut, dass das alles kein Zufall gewesen sein konnte. Es war doch allgemein bekannt, dass der Imker seine Tauben dressierte. Es hieß, der Alte habe das mit voller Absicht getan, weil er von Natur aus boshaft war.

Bis zum heutigen Tag bin ich mir nicht sicher, was ich davon halten soll, aber mir scheint, dass die Sache mit dem Hosenstall des Imkers mit einem weiteren Ereignis in Verbindung stand: Ein paar Monate nach dem Skandal hat Pfarrer Wilk den achtjährigen Hans nämlich vom Ministrantendienst suspendiert. Wie Hans uns erklärte, hatte der Pfarrer ihn beim Stehlen der Kollekte erwischt. Eine Nachricht, die wir mit Bedauern zur Kenntnis nahmen, weil er uns mit den Scheinen, die er sonntags aus dem Opferkörbchen stibitzte, jeden Montag in der Schule Chipstüten spendierte (den Rest gab er für Rubbellose und Automatenspiele aus).

Erst kürzlich hatte Aska Bargielka, dieselbe, die ein paar Jahre später regelmäßig zu Treffen der katholischen Jugend nach Wysoka fuhr, uns erzählt, dass Hans sich in der Tat des Diebstahls schuldig gemacht hatte, wobei die Geldscheine jedoch das geringere Übel waren. Ich weiß noch, wie sie beim Erzählen die Stimme zum Flüstern senkte: Die geheiligten Hostien habe er gestohlen, murmelte sie, und zwar alle, die von der Messe übrig geblieben waren!

Hans hat es zwar nie zugegeben und sogar entschieden abgestritten, als ich ihn direkt danach fragte, aber ich bin überzeugt, dass er die Hostien nicht nur gestohlen hat, sondern dass er es getan hat, um sie dem Imker zu verkaufen.

Warum er so etwas tun sollte? Nun, offenbar hing der Alte irgendeinem Aberglauben an und steckte alle paar Monate geheiligte Oblaten in alle seine Bienenstöcke. Es hieß, sie schützten die Bienen vor Krankheit und machten sie ruhiger, sie würden weniger ausschwärmen und seltener abhauen.

Es wurde getuschelt, dass er früher hin und wieder die Messe besuchte, um die Kommunion zu empfangen, die angesabberte Oblate aber sogleich in seine Hand wandern ließ, doch seit dem Vorfall mit der Taube hatte er nicht mehr den Mumm, sich in der Kirche blicken zu lassen.

Jedenfalls hatte Hans dem Imker zu einem Vorrat auf Jahre verholfen und ich glaube, dass in dieser Zeit auch seine kindliche Überzeugung zu keimen begann, der Irre würde vor aller Welt irgendwelche Reichtümer verbergen. Eine Überzeugung, die uns viele Jahre später in die Hütte des Imkers führen sollte. Doch greifen wir nicht zu weit vor.

KAPITEL 9

Die zertretenen Rosen

Unsere Stadt war eine Stadt der Wunder. Zwischen 1982 und 2002 hatten sich hier drei gut dokumentierte Wunder ereignet und dann noch ein paar weitere, die man in Ermangelung eines besseren Wortes *Beinahewunder* nennen könnte. Es liegt also auf der Hand, dass wir in Zuckrowka unbewusst schon immer die nächste Erscheinung erwarteten. Daher begreife ich bis heute nicht ganz, warum die Sache mit Magda uns damals so in Furcht versetzte.

Als sich im Tal die Kunde verbreitete, dass nachts kein blutrünstiger Werwolf umherstreifte, sondern ein siebzehnjähriges mondsüchtiges Mädchen, stellte sich bei niemandem in Zuckrowka Erleichterung ein. Ganz im Gegenteil. Aus irgendeinem Grund wurde das Unbehagen noch größer.

Sehr bald erzählte man sich, dass Dygnars Tochter besessen sei. Obwohl niemand mutig genug war, es dem Vorsitzenden ins Gesicht zu sagen, waren einige der Ansicht, dass seine Tochter die Häuser mit einem Fluch belegte, wenn sie sang.

„Irgendwas spricht doch durch sie. Das kann doch nicht sein, dass das alles aus ihr selbst ... dass sie mit eigener Stimme ..." So redeten die Leute und je öfter sie es wiederholten, desto stärker glaubten sie daran. Irgendeine Erklärung musste es schließlich für all das geben.

Der Vorsitzende hatte anfänglich versucht, die Sache zu vertuschen. Er glaubte, es würde genügen, Türen und Fenster gründlich zu verriegeln. Doch Magda fand trotzdem jede Nacht einen Weg hinaus und hinauf auf die Firste steiler Dächer. Ihr Vater wurde immer nervöser. Dabei ging es ihm nicht vorrangig darum, was die Leute dachten, sondern darum, dass Magda doch jederzeit stürzen konnte. Besorgt um sein geliebtes und einziges Kind beschloss er, sie in ein Zimmer im Erdgeschoss umziehen zu lassen, in dem er entsprechende Sicherheitsvorkehrungen getroffen hatte. So musste er wenigstens nicht fürchten, dass seine Tochter sich beim Sturz aus dem Dachfenster das Genick brach.

Und tatsächlich schlief Magda in der ersten Nacht in ihrem neuen Zimmer ruhig durch. Nur bröckelte am nächsten Morgen an der Nordwand des Hauses der Putz. Weil er im Winter feucht geworden sei, behauptete Dygnar, der blitzschnell ein Team von Handwerkern bestellt hatte, um die „Pfuscherei nach der letzten Sanierung" zu beseitigen.

Kritische Stimmen wiesen darauf hin, dass das Haus der Dygnars ein Neubau sei, der noch nie saniert worden war. Und dass die Risse im Putz doch vielmehr wie Kratzer aussehen würden. Kratzer, die sich geradlinig von unten bis zum Dachfenster zogen – hinauf zu Magdas altem Zimmer.

Die Maßnahmen, die der Vorsitzende getroffen hatte, zeigten Wirkung. Magda hatte seit über zehn Tagen nicht mehr geschlafwandelt. Niemand hatte mehr ihren Gesang vernommen oder neue Spuren entdeckt (sie verschwanden sowieso vollständig mit dem schmelzenden Schnee im Spätfrühling) und obwohl immer unglaubwürdigere Gerüchte über ihre Besessenheit die Runde machten, wies alles darauf hin, dass Magda Dygnar geheilt war.

„Da sperrt der Papa einmal ordentlich zu und schon hat der Zirkus ein Ende!", befand sogar Frau Zolko. Und dabei wäre es wohl geblieben, hätte Frau Margas nicht bemerkt, dass jemand ihre Rosen zertrampelt hatte.

Der Vorsitzende wurde um 6 Uhr morgens von einem lauten Klopfen an der Haustür geweckt. Schlaftrunken und tollpatschig bahnte er sich seinen Weg durch die Schlösser und Ketten, mit denen er den Eingang gesichert hatte. Das Klopfen wurde immer heftiger.

An der Türschwelle stand Frau Margas, die ein paar Straßen weiter wohnte. Brodelnd vor Wut hielt sie einen Strauch in der Hand, an dessen baumelnden Wurzeln große Brocken Erde herabhingen.

„Geben Sie mal auf Ihre werte Tochter acht!", keifte sie durch die nur spaltbreit geöffnete Tür. „Das geht doch nicht, dass die sich nachts splitterfasernackt rumtreibt wie so ein Flittchen!"

Kleine Erdkrümel lösten sich von der ausgerupften Pflanze, die Frau Margas im Takt ihrer Schimpftirade schüttelte.

„Mein Mann ist krank und jetzt ist es noch schlimmer geworden. Ich verbitte mir, dass solche Teufelsbrut sich an meinem Grundstück vergreift. Das kann doch nicht sein, dass diese Göre vor meinem Fenster rumkräht und mir die Rosen zertrampelt!"

Wieder streckte sie Herrn Dygnar den Strauch entgegen. Ein weiterer Brocken Erde löste sich und Dreck krümelte auf die hellen Fliesen hinter der Türschwelle.

Langsam erwachte der Vorsitzende zu vollem Bewusstsein. Frau Margas' giftige Worte hatten ihn erst jetzt richtig erreicht. Sein Gesicht lief rot an.

„Was glauben Sie eigentlich, wer Sie sind, dass Sie sich rausnehmen, meine Tochter derart zu beleidigen! Magda hat das Haus überhaupt nicht verlassen!"

Ehe die Frau zu einer Antwort ansetzen konnte, hatte Herr Dygnar sie schon am Ellbogen gegriffen und in den Flur gezogen, wo sie verblüfft über Bettwäsche stolperte, die zerknüllt am Boden lag.

„Die ganze Nacht hab ich an ihrer Tür geschlafen."

Der Vorsitzende wies auf die zwei gerade erst angebrachten soliden Schlösser und eine dicke Kette. „Sehen Sie? Zu!" Er drückte zum Beweis die Klinke. Dann packte er die benommene Margas am Arm und zog sie mit sich in den Garten, barfuß über den nassen Rasen schreitend. Sie machten am Fenster halt. Der Vorsitzende rüttelte am Gitter, das vor der Fensternische befestigt war. Um die Gitterstäbe herum waren noch frische Mörtelspuren zu sehen.

„Meine Tochter war die ganze Nacht in ihrem Bett. Sie ist nirgendwohin gegangen. Weil sie geschlafen hat. Aber Sie hätten wohl gern eine Anzeige wegen Verleumdung am Hals?" Er drehte sich zur Margas um, die sich deutlich erschrocken den schmerzenden Arm rieb.

Hinter dem Gitter war tatsächlich die schlafende Magda im zerwühlten Bettzeug zu sehen. Sie lag in ihrem Flanellpyjama auf dem Rücken und schnarchte leise vor sich hin.

Herr Dygnar, immer noch entrüstet, gab ein paar kaum hörbare Flüche von sich. Die Alte hatte ihn schon zu viel Zeit gekostet, er musste seine Tochter wecken, es war schon spät, sie musste in die Schule. Wahrscheinlich würde er es nicht mehr schaffen, ihr Frühstück zu machen. Er öffnete die gewaltigen Riegel der Schlösser und drückte die Tür zu Magdas Schlafzimmer auf.

Mittlerweile war Magda wach, sie musste das Gebrüll der Nachbarin gehört haben. Sie saß auf dem Bett, die Decke um die Schultern geschlungen, die Füße auf dem Boden.

„Papa ..."

„Zieh dich an, Magda. Ich kann dich in die Schule fahren. Du kannst dir nicht vorstellen, die alte Schreckschraube aus der Marie-Curie-Straße war gerade hier. Hat behauptet, du hättest heute Nacht ihre Sträucher zertrampelt." Er schüttelte fassungslos den Kopf. „Dass die sich nicht schämt! Wahrscheinlich wollte sie sich irgendeinen Schadensersatz von uns erschwindeln."

Er ließ den Blick über die massive Verriegelung wandern. Die Schlösser hatten Kratzer in der Holztür hinterlassen, aber was soll's, was sein musste, musste eben sein.

„Papa!" Magdas Stimme hatte einen beunruhigenden Ton angenommen. Endlich drehte sich Herr Dygnar zu seiner Tochter um.

Unter der Decke schauten zwei schlammbedeckte, blutig zerkratzte Füße heraus.

KAPITEL 10

Auf Schatzsuche

Wir saßen im Garten vor dem Porzellanhaus. Es war Ende Juni. Seit wir den Kabler auf dem Hügel getroffen hatten, waren schon mehrere Wochen vergangen.

Ich liebte es, späte Nachmittage und Abende im Garten der Familie Kulik zu verbringen und zuzusehen, wie die Sonne ihr Haus glutrot färbte. Wenn man nach Westen schaute, musste man blinzeln, und je tiefer sie stand, umso stärker glühten die Mauern, bis das ganze Haus aufleuchtete wie ein großer Reflektor.

Das feurige Licht wurde von einem Mosaik aus Scherben zertrümmerter Teller und Tassen zurückgeworfen. Ich habe seither nichts Vergleichbares gesehen.

Mischas Vater hatte wirklich Großes vollbracht, mit Geduld und Präzision, wie die anonymen Bauherren gotischer Kathedralen. Heute finde ich, dass er es sich redlich verdient hat, sich so viele Jahre vor dem Lebensmittelladen von Frau Wosch auszuruhen.

Ich saß auf dem ungemähten Rasen und schaute Mischa dabei zu, wie er seine Oma mit Zigaretten fütterte.

„So, das sollte reichen", stellte er fest und drehte das Glas zu. Dann zupfte er die Decke zurecht, mit der sie umwickelt war, und setzte sich zu mir, neben ihren Liegestuhl.

Wir hatten fast den ganzen Sommer vor uns. Das Schuljahr neigte sich dem Ende entgegen, nur noch zwei Wochen trennten uns von den Ferien. Der Abgasgeruch des Mofas, das wir gerade ordentlich durchgepustet hatten, verflog nur langsam. Mischa hatte befürchtet, dass der Auspuff wieder kaputtgegangen war.

Ich hatte die Jungs seit zwei Wochen nicht mehr gesehen. Vermutlich plagte sie ein schlechtes Gewissen nach dem, was neulich im Wald passiert war.

Mischa spielte nervös an seinem Ohrring herum. Es fiel ihm sichtlich schwer, das Eis zu brechen. Koko kam quer durch den Garten geprescht und wedelte kurz mit dem Schwanz, bevor er wieder durch die Pforte verschwand.

„Ich hab Stechapfel gefunden", sagte Mischa endlich und zog ein kleines Bündel aus seiner Hosentasche. In dem grünen Samtsäckchen lagen die winzigen Samenkörner, nach denen er so lange gesucht hatte. Da ich schwieg, zuckte er nur mit den Achseln und ließ das Säckchen wieder in seiner Hosentasche verschwinden.

„Warst du bei ihr?"

Ich sah ihn erstaunt an. Woher wusste er …?

„Wie war's denn?" Seine Frage schien ihm selbst etwas peinlich zu sein. Mit flinken Fingern drehte er unentwegt an dem kleinen Ohrring, der bereits für Streit während eines Fußballspiels in Zuckrowka gesorgt hatte. „Was soll das eigentlich, was zum Teufel willst du damit erreichen?", hatte Hans ihn damals angefahren. „Nimm ihn raus, bevor mein Vater das sieht!"

Es war allgemein bekannt, wie wenig Herr Kaleta von solchem „Schwuchtelkram" hielt.

„Ich darf ihn nicht rausnehmen, es ist noch nicht abgeheilt", hatte Mischa gesagt.

Der Anblick des blitzenden Ohrrings in seinem längst abgeheilten Ohrläppchen amüsierte mich. Ich musste an die Ringe ferner Planeten denken, die mein Vater wie besessen zeichnete und mit denen er seine Horoskope illustrierte.

„Es war ... normal. Es ist nichts Besonderes passiert", entgegnete ich schließlich.

Wir schwiegen eine Weile. Ich spürte Mischas eindringlichen Blick.

„Meinst du, es könnte der Imker gewesen sein?" Er wies mit dem Finger auf meinen Hals.

„Ganz bestimmt nicht". Ich schüttelte energisch den Kopf. „Das wüsste ich. Außerdem ... ist er ja nur ein harmloser alter Spinner."

„Vielleicht hat sich jemand einen Spaß gemacht."

„Kann sein", murrte ich ohne Überzeugung.

Es trat eine peinliche Stille ein. Ein leichter Wind wehte von der Garagenseite den vertrauten Duft des Blumenladens herbei. Mischas Mutter sperrte heute später zu als sonst.

„Hast du es dabei?"

„Nein", antwortete ich etwas vorschnell.

„Hans meinte, dass ich dich danach fragen soll. Weil es ganz gut wär, da noch mal einen Blick drauf zu werfen."

Mischa schaute mich entschuldigend an.

Ich schob heimlich die Hand in die Jackentasche. Wortlos strich ich mit den Fingern über den rauen Umschlag.

„Und du gehst wirklich nicht mehr mit uns mit?"

„Nein."

„Schade. Hans hat gesagt, dass wir in ein paar Tagen mit der Karte vom Kabler durch sind. Wir haben ja schon ziemlich viele Orte markiert."

Seit zwei Wochen streiften Mischa und Hans allein durch den Wald.

„Mischa ..."

„Was?"

„Glaubst du daran?"

„Woran?"

Ich machte eine unbestimmte Geste, weil ich selbst nicht so genau wusste, was ich meinte.

„Das alles", führte ich vage aus. „Dass da was ist."

„Wo, im Urwald?"

„Auch."

„Keine Ahnung." Mischa zuckte mit den Schultern. „Aber so ein paar Kröten wären doch nicht schlecht, oder? Der Kabler meinte, da wären dreitausend pro Kopf schon drin."

„Ja, aber glaubst du das?", wiederholte ich unnachgiebig.

Er wich meinem Blick aus und gab keine Antwort. Dann wandte er sich wieder seiner Oma auf dem Liegestuhl zu, um den Ring an ihrem Finger zu prüfen.

„Er ist schon wieder ein Stück zu groß geworden", stellte er traurig fest.

***

Mischas Oma war in Wirklichkeit seine Uroma, die der Bequemlichkeit halber einfach Oma genannt wurde. Das war zum einen kürzer, zum anderen war sie mit keiner anderen Oma zu verwechseln, denn sie hatte alle ihre Kinder überlebt.

Bei gutem Wetter wurde sie in den Garten getragen und, in unzählige Decken gewickelt, auf den Liegestuhl gebettet. In diesem Bündel sah sie aus wie ein runzeliges Samenkorn in einer geplatzten Hülse.

„Holt die Oma rein, dass sie nicht nass wird!", bat manchmal Mischas Mutter, wenn wir im Blumenladen Schutz vor dem Regen suchten, und ich weiß noch, dass die Oma erstaunlich schwer war, obwohl sie so dürr und vertrocknet wirkte.

Manchmal wurde sie draußen vergessen und erst nach Einbruch der Dämmerung ins Haus zurück verfrachtet. Bis dahin hatte sich längst der Abendtau auf ihr abgesetzt. Es schien, als würde sie nicht mehr schwitzen, nichts mehr absondern, als wären die kleinen Tropfen in den Furchen der Falten die einzige Feuchtigkeit, die noch hin und wieder ihren Körper benetzte.

Der Ring, den Mischa so sorgfältig einstellte, sah aus wie aus dem Kaugummiautomaten – ein kleines Steinchen auf einem dünnen, billigen Metallplättchen. Er ließ sich zusammendrücken oder auseinanderbiegen, um ihn an den Fingerumfang anzupassen.

Mischa musste den Ring also jeden Monat ein kleines bisschen enger zusammendrücken, damit er ihr nicht vom Finger rutschte und im Gras verloren ging. So nahm er Maß vom Dahinschwinden seiner Oma und der Ring machte sichtbar, dass sie jeden Tag ein Stückchen weniger wurde.

Ich habe ihn oft dabei beobachtet und ich glaube, dass er fest damit rechnete, den Ring eines Tages komplett zusammendrücken zu müssen. Gleichsam würde dann die Oma verschwinden, verdampfen, sich in Luft auflösen, in ihrem meisterhaft geschnürten Bündel aus Stepp-, Woll- und Daunendecken verschwinden, wie Regen, der in der Erde versickert. Als wäre dieser Ring das Letzte, was sie noch zusammenhielt.

Mischa konnte sich nicht daran erinnern, dass seine Oma jemals etwas gesagt hätte. Sie lag bloß regungslos mit offenen Augen da. Allerdings war sein älterer Bruder Tomek überzeugt, dass die Oma früher, als Mischa noch klein war, hin und wieder lichte Momente gehabt hatte und die Enkel mit wahllosen Namen aus ihrer Vergangenheit ansprach. Geheimnisvoll präsentierte sie dabei ihren Kirmesring und versprach, ihn ins Testament zu setzen. Danach war es mit ihr nur noch bergab gegangen und diese Phase war Mischa sogar noch ganz gut in Erinnerung, weil das Zimmer seiner Oma gleich neben seinem war und ihre Betten nur durch eine Wand getrennt waren.

Oma Kulik konnte nicht mehr aufstehen, man musste ihr Windeln anlegen, die damals übrigens ziemlich teuer waren, weswegen man versucht war, sie nicht zu oft zu wechseln, doch wie aus bösem Willen schiss sie rund um die Uhr. Und obwohl sie so schwach war, dass sie nicht mal den Kopf heben konnte, gelang es ihr trotzdem jedes Mal, sich die volle Windel vom Körper zu reißen, sich mit Kot zu besudeln, ihn auf der Bettwäsche zu verteilen und mit langen braunen Striemen an der Wand über dem Bett zu verschmieren. Seitdem wickelte man sie in Decken ein wie ein Neugeborenes. Ich glaube, dass Herr und Frau Kulik sie seit Jahren gar nicht mehr auswickelten. Sie reagierte ohnehin auf nichts mehr und gab keinen Ton von sich. Sie lag einfach nur auf dem Rücken da, starrte mit halb offenem Mund vor sich hin und der im Hals versunkene Kiefer sackte immer mehr ein. Ihr altes Gesicht war so verschrumpelt, dass durch die Haut fast ihr mürber Schädelknochen zu sehen war. Manchmal dachte ich, dass Mischas Zigaretten das Einzige waren, was Oma Kulik noch am Leben hielt.

Sie soll früher starke Raucherin gewesen sein, ihre Zigaretten der Marke SPORT gab sie nie aus der Hand, und auch wenn sie die Beherrschung über ihren Körper und Geist längst verloren hatte, auf den alten Suchtreflex war Verlass: Sobald Mischa ihr eine Zigarette hinhielt, schnappte ihr Mund danach.

Ich habe viele Male miterlebt, wie er den Filter in Suppen, Marmeladen und Soßen, aber vor allem in Honig tunkte. Die Oma saugte gierig daran und naschte Tropfen für Tropfen und Glas für Glas alles auf, was der Urenkel ihr hinhielt.

Wenn ich zusah, wie Mischa sie fütterte, fragte ich mich, ob Oma Kulik an die Brüste ihrer Mutter dachte, deren Existenz so weit in der Zeit zurücklag, dass niemand außer ihr sich an sie erinnerte (als wäre die Oma eine Truhe voller Geister, eine Matrjoschka aus ineinander verschachtelten verblichenen Menschen, die wir nicht mehr kennengelernt haben, aber die erst mit ihrem Ableben im Orkus des Vergessens verschwinden würden).

Reichte ihre Erinnerung wirklich bis in diese ferne Zeit zurück? Es sah ganz danach aus, wenn sie in ihre Decken gewickelt wie ein Baby versuchte, die Lippen zu spitzen, als würde sie nach der Mutterbrust schnappen, während Mischa ein ums andere Mal die Zigarette ins Honigglas dippte.

Manchmal, wenn uns langweilig war, zündete Mischa eine L&M an und führte sie zwischen den Fingern an den Mund seiner Oma. Es kostete ihn einige Mühe, sie ihr zwischen die Lippen zu stecken, weil ihr Kiefer schon so weit abgesackt war. Aber selbst mit diesen nach innen gestülpten Lippen konnte sie den Rauch gierig in die Lunge ziehen. Wie oft haben Mischa und ich darüber gelacht! Sie erinnerte sich an nichts, aber schmauchen konnte sie immer noch wie ein Profi. Eingesperrt in ihrem Kokon sah sie aus wie eine riesige Raupe, wie eine von Rauchschwaden umwölkte Larve. Und wenn an sonnigen Tagen das Hellblau ihrer Decke mit dem des Himmels verschwamm, sah es aus, als würde sie echte Wolken aus ihren Lungen pusten.

***

„Du Idiot!" Hans war mit dem schweren Detektor so hart über die Erde geschrammt, dass ihm die Kopfhörer von der Birne rutschten. Genau zwei Wochen vor meinem Treffen mit Mischa im Garten des Porzellanhauses hatten wir zu dritt auf einer von Sauerklee überwucherten Waldlichtung gestanden.

Mischa sah uns verlegen an.

„Daran hab ich echt nicht gedacht."

„Und das fällt dir jetzt ein? Nach einer Woche?"

Ich blickte zu Hans. Er kochte vor Wut. Neben ihm mampfte Koko ein Grasbüschel. Sein ganzes Maul war mit dem giftgrünen Zeug besudelt.

Seit ein paar Tagen streiften wir nachmittags mit dem Metalldetektor, den der Kabler uns besorgt hatte, durch den Wald. Pytko hatte ihn ganz genau eingestellt und Mischa erklärt, wie man das alte, sperrige Gerät bediente. Obwohl wir das auf der Karte markierte Terrain sehr gründlich durchsucht hatten, fanden wir nichts – das Gerät blieb stumm.

Bis zu diesem Tag, als Hans zufällig entdeckte, dass Mischa keine Batterien eingelegt hatte. Ich wusste nicht, ob ich lachen oder weinen sollte. Der Detektor lag nutzlos in Büscheln von Sauerklee wie ein riesiger, in halber Bewegung erstarrter Greifarm eines Monsterroboters. Außerdem war er so schwer, dass einem nach zehn Minuten fast der Arm abfiel, wir mussten uns also abwechseln. Hans hielt es am längsten aus, weil er der Stärkste von uns war.

Als wir so über den weichen Waldboden stapften, den Detektor vor uns ausgestreckt wie eine verwitterte Hand des Ruhmes, wurde ich von einer plötzlichen Welle der Scham erfasst. Ich musste an meinen Vater denken. Zogen wir nicht genauso durch die Gegend wie er, wenn er sich mit einer Wünschelrute aus Holz auf die Suche nach Wasseradern und anderen Schandmalen der Erde begab?

Hans und Mischa versuchten weiter erfolglos, den Detektor einzuschalten, aus dem nun ein Brummen drang. Koko knurrte und schnappte mit den Zähnen.

Ich warf einen Blick auf meine Armbanduhr, es war spät geworden. Ich hatte meiner Mutter versprochen, sie vom Bus abzuholen. Sie kam aus Krakau und hatte viele Bücher zu schleppen, Vater hatte einen Termin im Nachbardorf. Meine Mutter bat mich nur selten um einen Gefallen, doch in letzter Zeit klagte sie über Rückenschmerzen, sie konnte keine schweren Sachen mehr tragen.

Hans wurde immer gereizter. Er versuchte, Koko zu verscheuchen, was der Hund aber als Aufforderung zum Spiel missverstand. Nun kläffte er sein Hosenbein an.

Das Gerät brummte immer noch monoton vor sich hin, während Mischa versuchte, Hans von irgendwas zu überzeugen.

Ich drehte mich wortlos um und machte mich davon. Hans' Flüche wurden immer leiser. Mischa und er waren so abgelenkt, dass sie mein Verschwinden nicht mal bemerkten.

Ich sah mich nervös um. Wir waren schon so lange mit dem Metalldetektor durch den Wald geirrt, dass ich nicht mehr wusste, welche Richtung die richtige war. Zum Glück flimmerte zwischen den Ästen der Waldweg auf. Ich blieb kurz stehen, um mir eine Zigarette anzustecken.

Der Bus hielt auf dem Supermarktplatz, auf der anderen Seite der Stadt. Ich hatte noch eine knappe Stunde Zeit. Wenn ich mich beeilte, würde ich rechtzeitig ankommen.

Aus der Tiefe des Waldes drang Kokos Bellen. Ob Mischa und Hans mein Fehlen endlich bemerkt hatten?

Auf einmal spürte ich, wie mich etwas nach hinten riss. Jemand hatte mir von hinten den Arm um den Hals gelegt und zog so stark an, dass ich keine Luft mehr bekam.

„Hans, lass das", röchelte ich, während ich versuchte, mich herauszuwinden. Er musste mir aufgelauert haben, weil er mir einen Schrecken einjagen wollte.

„Hört auf, euch im Wald rumzutreiben."

Ich erstarrte. Das war gar nicht die Stimme von Hans. Ich spürte etwas Kaltes auf meiner Haut. Ein scharfer Gegenstand drückte sich in meinen Hals, gleich unterm Kinn.

„Wenn ich euch hier noch einmal zu sehen bekomme ...", flüsterte jemand heiser.

Ich versuchte zu nicken, aber der Angreifer drückte zu stark. Panik stieg in mir auf, ich konnte kaum noch atmen. Da vernahm ich einen sonderbaren süßlichen Geruch. In meinem Augenwinkel blitzte ein schwarzer Ärmel und ein Stück von einem dunklen, fast bodenlangen Mantel auf.

Ich rang um Atem. Plötzlich hörte ich wieder das Bellen des Hundes und gleich danach Mischa, der nach ihm rief.

Der Griff um meinen Hals lockerte sich. Ich fiel zu Boden und schnappte nach Luft.

Als ich mich umdrehte, war der Angreifer bereits in den Büschen verschwunden. Die Äste des Haselnussstrauchs wippten, als wäre ein flüchtendes Tier durchgerannt.

Ich rieb mir über den Hals, als endlich Koko in meinem Blickfeld erschien. Er sprang an mir hoch und begann, mein Gesicht abzulecken. Hinter dem Hund tauchte Mischa auf dem Waldweg auf.

„Was sitzt du denn hier rum? Bist du etwa beleidigt?", begann er vorwurfsvoll, aber als er mich sah, hielt er inne. „Was ist passiert?"

Er schien auf einmal sehr blass zu werden. Erst jetzt bemerkte ich das Blut an meiner rechten Hand. Die Spur der Klinge, die meine Haut verletzt hatte, war gut zu sehen. Bevor ich antworten konnte, trat schnaufend Hans aus den Büschen. Er war langsamer als Mischa, weil er den Detektor schleppen musste.

„Weinst du?" Er glotzte mich verwundert an.

Ich muss ziemlich makaber ausgesehen haben mit der Blutspur am Hals.

„Ich weine nicht!" Wütend wischte ich mir mit der Hand über die Augen, aber meine Worte wurden von einem Knurren übertönt. Der Hund war kurz aus unserem Sichtfeld verschwunden und zog nun etwas aus den Büschen, durch die der Angreifer soeben geflüchtet war. Mischa riss dem widerspenstigen Tier die Beute aus dem Maul. Er drehte sich mit einem seltsamen Gesichtsausdruck zu uns um und reichte mir ein kleines Notizbuch in einem schwarzen, rauen Umschlag. Ich blätterte durch die Seiten. Ein paar Blätter waren herausgerissen, die restlichen waren leer. Nur vorne hatte jemand mit einer geschwungenen, energischen Handschrift etwas auf den Umschlag geschrieben: *Zuckrowka – GEHEIMNISSE.*

KAPITEL 11

Der Tag, an dem mein Vater verrückt wurde

Mein Vater wurde am 16. März 1999 verrückt, kurz nach Polens Beitritt zur Nato.

Seit einigen Jahren zog es ihn immer tiefer in den Strudel der Wehmut. Die Melancholie hatte ihn aller Wahrscheinlichkeit nach Ende 1989 gepackt. Mit einem Entsetzen, das nur die offensichtlichsten Wahrheiten auszulösen vermögen, war ihm bewusst geworden, dass mit dem langersehnten, flehentlich erwarteten Fall des Sozialismus auch seine eigene, kurze und nicht besonders intensive Jugend zu verblühen begann. Meinem armen Vater wurde klar, dass er von nun an nur noch altern würde.

Es muss ein knappes Jahr nach meiner Geburt gewesen sein, als er zum ersten Mal jene den Hals zuschnürende Angst verspürte, die seitdem sein Leben bisweilen komplett beherrschte und die ihn bis zum bitteren Ende begleiten sollte. Zu Beginn waren die Symptome seines immer stärker werdenden Fatalismus kaum wahrnehmbar, sie gingen im Alltag unter, waren leicht zu übersehen. Später tarnten sie sich als glühende Inbrunst beim Erforschen der Apokalypse.

Vaters Niedergang ging gemächlich vonstatten. Erst mit der Zeit spitzte sich die Lage zu und er verfiel in immer längere Phasen der Trägheit, Schweigsamkeit und Trauer. Sie wurden nur von kurzen Schüben der Ekstase unterbrochen, die mit dem Sammeln von Zeichen einhergingen (eine Tätigkeit, von der er nicht mal in Momenten größter Apathie abließ).

Ende 1997 ließ er sich jeden Tag direkt nach der Arbeit auf dem Sofa im Wohnzimmer nieder, schaltete den Fernseher ein und saß so da, bis es Nacht wurde. Ich ging damals nur vormittags in die Schule und war die einzige Augenzeugin von Vaters Nachmittagen. Er saß immer an derselben Stelle des Sofas und mit jedem Monat sackte das alte abgewetzte Polstermöbel stärker unter ihm ein. Der Anblick weckte Assoziationen mit schmelzenden Gletschern aus den Naturdokus, die er rund um die Uhr schaute und sogar auf Videokassette aufnahm, weil er der Meinung war, dass sie eine beruhigende Wirkung auf ihn hätten – obwohl es genau andersrum war.

Wenn ich aus der Schule kam, hallte die warme Stimme der Sprecherin durchs Haus und auf dem Bildschirm des Röhrenfernsehers zogen vergilbte Eisbären und Brocken von Eisschollen vorbei. Im Verlauf des Abends dominierten News-Ticker und der Singsang von Nachrichtensprecherinnen und Nachrichtensprechern das Bild und Vater saß mit glasigen Augen da und stierte, erfüllt von Traurigkeit, Bitterkeit und Sinnlosigkeit, vor sich hin. In diesen Momenten schien das Sofa unter ihm noch stärker nachzugeben, sodass seine Knie beinahe sein Kinn berührten. Er gab ein sonderbares und gleichzeitig jämmerlich rührendes Bild ab.

Vater, der seit vielen Jahren den Systemwechsel erwartete, wie man den Frühling erwartet, konnte überhaupt nicht umgehen mit dem, was eintrat, als das Warten endlich ein Ende hatte.

***

Mein Vater, das muss in aller Direktheit gesagt werden, war ein Feigling, ein Mitläufer und ein Heuchler. Trotz seiner Begeisterung für „den Untergrund, die Opposition, Solidarność und KOR" (die er immer zusammen in einem Atemzug nannte, wie in einem Abzählreim) und seiner aufrichtigen Abscheu gegen sämtliche Ausprägungen des kommunistischen Systems (eine Abscheu, die er als Kern seiner Identität begriff), hatte Vater eigentlich an keinem einzigen Protest teilgenommen. Den Massen auf der Straße schloss er sich erst an, als das ein völlig gefahrloses Unterfangen war. Seinen Widerstand behielt er für sich und seine Ansichten verkündete er nur, wenn er sich sicher war, dass niemand zuhörte. Im Grunde kann man die Behauptung wagen, dass sich seine oppositionellen Aktivitäten während der 1980er-Jahre darin erschöpften, mit Großmutter zu streiten, wobei er immer unterlag.

Wenn er denn einmal etwas aus der Zeit vor meiner Geburt erzählte, war er stets bemüht, den Eindruck zu erwecken, dass er immer dort gewesen wäre, wo man hatte sein sollen. In Wirklichkeit war er nur einmal in die Nähe eines bedeutenden Ereignisses gekommen, und zwar 1984, als er seinen Wehrdienst in Trzebiatów ableistete und im Soldatenurlaub mit einem Kameraden auf einen Ausflug in die Dreistadt fuhr.

Dort war ein Erinnerungsfoto vor dem Tor der Danziger Werft entstanden, das er mit den Worten „als ich bei der Werft war" zu kommentieren pflegte, als hätte er an den Verhandlungen, die zum Augustabkommen geführt hatten, selbst teilgenommen.

Auf dem Foto grinst er breit und trägt die gleiche Uniform wie die Soldaten, die zehn Jahre zuvor an der gewaltsamen Niederschlagung der Massenproteste auf der Westerplatte beteiligt gewesen waren. Er war sich der Ironie offenbar nicht bewusst.

Es ist keine gute Aufnahme, vermutlich von der ungeschickten Hand eines Kameraden gemacht, denn oben ist ein schiefer Himmelsstreifen zu sehen, ein helles Stück Blau, in den der Arm eines weit entfernten Werftkrans hineinragt wie ein tiefer Riss, der sich schon damals über Vaters Kopf auftat.

Auf seine erste Demo fuhr Vater erst im Jahr 1994. Sie fand in Krakau statt und er machte sich zu ihr auf wie zu einem Ausflug. Als Mitbringsel hatte er mir den traditionellen Wanderstock der Goralen und einen trockenen Mohnkringel mitgebracht. Später war er noch mit dem Solidarność-Verband aus Wysoka zu einigen wenigen Demonstrationen gefahren.

Mutter und ich sahen ihn in den lokalen Abendnachrichten, wie er inmitten einer nicht besonders großen Menschenansammlung im Kreis lief, in seiner speckigen Lederjacke und mit einem an einen Besenstiel genagelten Papptransparent in den Händen.

Ich weiß nicht warum, schließlich war ich erst sieben Jahre alt, aber als ich meinen Vater so ungeschickt über den Bildschirm trotten sah, erfasste mich ein Gefühl großer Peinlichkeit. Und noch etwas anderes, das ich damals nicht benennen konnte und das mir wie ein Kloß im Hals steckte.

* * *

Etwa zur gleichen Zeit hatte ich eine Stereoanlage aus den USA als Geschenk bekommen, die mein Vater sich natürlich sofort unter den Nagel riss. Im Wohnzimmer sei die Akustik besser, lautete die Begründung. Außerdem sei elektromagnetische Strahlung schädlich für ein Kind, fast so schädlich wie eine Infektionskrankheit.

Damals ließ er nonstop tranige, von hysterischen Männern mit verstimmten Gitarren gesungene Balladen laufen, bei denen er feuchte Augen bekam und die seinen Blick besorgniserregend entrückt wirken ließen.

Trotz all dieser Anzeichen hatten Mutter und ich erst in der zweiten Hälfte des Jahres 1998 den Ernst der Lage begriffen: Vater hatte komplett aufgehört, sich mit der Apokalypse zu beschäftigen. Zwar kam es durchaus noch vor, dass er ein neues Zeichen auf seiner Liste notierte, aber dabei blieb es meistens. Die Bücher- und Papierstapel auf seinem Schreibtisch wurden monatelang nicht angerührt und begannen, Staub anzusetzen.

Im Endstadium dieser Phase war Vater in so schlechter Verfassung, dass er erst nach langem Zaudern und viel Überredungskunst von Mutter zu seinem Abiturtreffen ging.

Ich erinnere mich, wie mich einmal mitten in der Nacht ein Heulen weckte, das vom Flur her drang. Vater war völlig betrunken (dabei trank er nie!) und lag zusammengekrümmt auf dem Fußabtreter. Er brabbelte vor sich hin, unterbrochen von Schluckaufattacken und kurzen Schluchzanfällen. Dabei drückte er die damals noch lebende Hündin Zoja an seine Brust, die mit warmer Zunge die Tränen abschleckte, die ihm in dünnen Rinnsalen über die Wangen flossen.

Barfuß und im knappen Pyjama stand ich auf dem kalten Linoleumboden und versuchte, durch die Tür aus den gelallten, undeutlichen Worten irgendeinen Sinn herauszuhören. Erst dachte ich, Vater würde beten, aber normalerweise folgten seine Gebete doch einem anderen, simpleren Rhythmus. Nein, das war kein Gebet. Vater hat, was mir erst einen Moment später bewusst wurde, gesungen. Er brummte und stammelte vor sich hin und wippte dabei vor und zurück, wobei er Zoja immer fester an sich drückte, als wollte er sich selbst in einen tiefen Säuferschlaf lullen.

Ich lehnte mich etwas vor und gab dabei acht, nicht aus dem Schatten zu treten. Eine ganze Weile versuchte ich angestrengt, mich in das Gemurmel hineinzuhören, bis sich in meinem Kopf die einzelnen Silben zu einer mir bekannten Melodie zusammenzusetzen begannen.

„Oooooooh", winselte er ganz leise. „Ooooooh", knurrte und stöhnte er, während bei jedem tiefen Seufzer kleine perlenartige Schnodderbläschen in seinen Nasenlöchern auffunkelten wie die Blasen, die sich in Pfützen bilden, wenn es zu regnen beginnt.

„Ooooh …", stimmte er sein damaliges Lieblingslied an, „Die alten Wunden unserer Jugend hab ich aufgekratzt", er hickste und schluchzte, „doch es tat gar nicht weeeeeh, gar nicht weeeeeeh", und die letzten Worte gingen in ein leises Jaulen über, sodass es keinen Zweifel daran gab, dass es eben doch wehtat.

$$* * *$$

Ich muss vielleicht erläutern, dass mein Vater, ein Mann der Absurditäten und Widersprüche, ein Ignorant mit einem Fetisch für Paradoxes, seit jeher ein recht schwarz-weißes Weltbild pflegte. Mit zunehmendem Alter trieb er einen immer größeren Kult um alles, was sich nach 1989 ereignete, gleichsam alles verdammend, was vorher war. Ja, seit 1989 gefiel ihm „eigentlich alles", als glaubte er an die Möglichkeit, eine wirkliche, greifbare Zäsur bestimmen zu können: einen Punkt, der die Zeit teilt, als wäre sie eine gerade Linie, ein Falz in einem Bogen Papier, ein Ende, das Ordnung ins Chaos bringt. Zu Vaters Verteidigung sei angemerkt, dass die allermeisten von uns an genau so eine Zeit glauben.

In der Tat, nach '89 gefiel Vater alles. Wirklich alles. Endlich war es so, wie es sein sollte. Genau richtig. Und wehe dem, der sich zu der Behauptung hinreißen ließ, im Sozialismus sei irgendetwas besser gewesen! Dann brach gleich die Hölle los, ein wahres Pandämonium wurde entfesselt! Wann immer ihm solche dreisten Meinungen zu Ohren kamen, blieb Vater die Luft weg, verschlug es ihm den Atem, oder plusterte er sich so auf, dass ihm das Blut ins Gesicht schoss. Manchmal schoss es ihm sogar aus der Nase. Vielleicht war er deswegen so irritiert, als es auch aus meiner Nase kam, wusste er doch zu gut, dass es von einer Schwäche sowohl des Körpers als auch des Geistes kündete, das Zeichen einer unbestimmter Krankheit war, die noch latent war, aber bereits im Organismus schlummerte.

Oft hatte ich den Eindruck, dass einige von Vaters Kollegen, aber vor allem sein älterer Bruder, Onkel Adam, ihn mit Absicht provozierten. Sobald er wieder zu Atem kam, begann er nämlich ganz drollig zu toben, wobei er aufstampfte, mit den Händen fuchtelte und so plärrte, dass seine Stimme im Eifer des Gefechts eine Oktave höher schnellte und in ein ulkiges Krächzen umschlug. Die Wut trieb ihm die Tränen ins Gesicht, die er sich dann heimlich von den Wangen wischte.

„Was soll der Sozialismus gewesen sein? Besser?!?"

Ich habe immer noch Vaters schrille Stimme im Kopf.

„Der Sozialismus soll besser gewesen sein!?", gab er seiner Fassungslosigkeit kreischend Ausdruck. Ihm entging, dass es ihm nie besser gegangen war als im Sozialismus.

Mit großer Verbissenheit und Verzweiflung verteidigte er unsere neue Welt, auch wenn sich relativ schnell herausstellte, dass sie so neu gar nicht war. Vater schien sich selbst etwas beweisen zu wollen, weil in ihm ein schmerzhaftes Vermissen war. Ja, er vermisste den Sozialismus. Jahrelang war das Warten der Dreh- und Angelpunkt seines Lebens gewesen. Ein tatenloses Abwarten, bis es besser wird. Und als es nichts mehr zu erwarten gab, wurde der Herold der Gegenwart, der eifrigste Apostel der Umbruchswelle unter selbiger begraben.

Mein Vater, der Hochstapler und Märchenerzähler, vermisste also dieses Warten und damit auch den abscheulichen, widerwärtigen, verhassten Sozialismus. Vor allem vermisste er aber den Menschen, der er früher einmal gewesen war, und diese Sehnsucht nagte jeden Tag stärker an seinem armen, vom Warten erschöpften, antikommunistischen Herzen.

Das Einzige, was ihn in der Heuchelei seiner düstersten und schwierigsten Zeit am Leben und einigermaßen in Form hielt, ihn vor dem endgültigen Fall bewahrte, war seine sorgfältig verheimlichte Überzeugung, dass es – trotz all seiner Begeisterung und seines Glaubens, den er wie eine Monstranz vor sich her trug – in unserem Land gar nicht *so* gut war, dass es nicht auch hätte besser sein können.

Mit der Umsicht eines erfahrenen Zynikers pflegte er also den fragilen Keim der Unruhe, die quälende Ungewissheit, das Fünkchen Pessimismus, das den faden Geschmack jener Tage auf dem eingefallenen Sofa vor dem

Fernseher wieder aufflackern ließ. Als ahnte er im Grunde seines Herzens, dass der Sozialismus zwar vorbei war, wir selbst uns aber gar nicht so sehr verändert hatten. Dieses Land war schließlich immer noch nicht, so tröstete sich Vater, der tödlichen Bedrohung entkommen. Trotz seiner unbezweifelbaren Erfolge balancierte es immer noch in gefährlicher Grätsche zwischen dem verhassten Osten und dem ersehnten und erträumten Westen.

Zu Vaters Stimmungsbild gesellte sich stets ein überspannter Egoismus, den man auf den ersten Blick für eine Art Patriotismus halten könnte (noch heute, vielleicht sogar noch häufiger als damals, wird Patriotismus mit Egoismus verwechselt, da sie sich ähnlich auszudrücken pflegen). Und vielleicht hielt mein Vater das Gefühl, das ihn während Reden und Hymnen erfüllte und das ihn im Hals kitzelte und im Bauch kribbelte, auch selbst für Patriotismus. Doch ganz egal, welche Ursachen den Qualen, die seinen schwächlichen Körper plagten, zugrunde lagen: Schon damals zeichnete sich deutlich ab, dass Vater sich in seinem Stemmen gegen den lauen Wind der Geschichte, der durch Zuckrowka wehte, langsam einem Wendepunkt näherte – oder, direkter gesprochen, einer Endstation.

Irgendetwas musste passieren. Wir wussten es alle: ich, Mutter, vielleicht sogar unsere Hündin Zoja, denn sie war ein sehr kluges Tier. Gewiss wusste es auch mein Vater. Und dann kam das verfluchte Jahr 1999.

***

Ich kann mich noch lebhaft an den Tag im März erinnern, an dem mein Vater verrückt wurde. Draußen war es frisch, auf dem Rasen waren noch die unregelmäßigen Brocken von hartgewordenem Schnee zu sehen. Vater saß wie gewöhnlich in seinem eingesunkenen Sofa, aber diesmal war in seiner Haltung etwas nie Dagewesenes: Seine Alltagsapathie hatte sich verloren, die Augen glänzten, er ballte die Fäuste. Sogar seine Knie, die normalerweise in einem seltsamen Winkel emporragten, zitterten leicht vor unausgesprochener Anspannung. Ich war an diesem Tag erkältet und nicht in die Schule gegangen. Als mein Vater mich am Morgen weckte, war Mutter bereits aus dem Haus. Ich langweilte mich. Im Kopf und im Mund spürte ich immer noch das Nachglühen des Fiebers, aber Vater ließ mich nicht den TV-Sender wechseln. Er meinte, dies sei ein „außergewöhnlicher und wichtiger historischer Moment", von dem ich noch meinen eigenen Kindern erzählen würde.

Auf dem Bildschirm flatterten Fahnen im Wind. Der wolkenlose, hellblaue Himmel hatte eine besondere Trostlosigkeit. Es wimmelte von Männern, die erst zuhörten, dann applaudierten und anschließend Reden hielten. Ihre Anzüge waren so groß, dass ihre Körper in den Falten verschwanden. Nur ihre blassen Hände und grauen Köpfe schauten heraus. Die Männer standen mit dem Rücken zur Sonne und warfen einen merkwürdigen Schatten, das Licht schnitt ihnen die Hinterköpfe ab. Die dunklen Krawatten auf den weißen Hemden saßen schief oder waren gelockert, geknickt, rollten sich ein. Aus irgendeinem Grund wurden nur noch vier Männer gezeigt, die auf unserem Fernsehbildschirm aussahen, als würden sich in ihren Bäuchen große, klaffende schwarze Löcher auftun. Die erschöpften Reiter aus Vaters Apokalypse.

Der Stolz auf all das, was sich „direkt vor unseren Augen" abspielte, ließ seine Brust schwellen. So sehr, dass sein Herz zu schmerzen begann. Immer wieder schlug er, wie es seine Art war, mit zur Kralle geformter Hand an seine Brust, als würde darauf etwas sitzen, das er zu zerdrücken versuchte. Mit einer ähnlich aufbrausenden, schwungvollen Geste erschlug er sommers die Mücken.

Und dann ging das Blitzlichtgewitter los, das für Sekundenbruchteile alles vom Bildschirm tilgte, und die Männer mit ihren weißen Köpfen und mit den Löchern in den Bäuchen kehrten wieder auf die Bildfläche zurück, eingerahmt vom weichen Stoff der bunten Fahnen. Abspann. Viel Blau. Werbung. Und plötzlich – Leere in Vaters Augen.

Ich erschrak, als ich in sein Gesicht blickte und darin nur den fernen Widerschein des hellen Blaus vernahm, das eben noch den Bildschirm ausgefüllt hatte.

Vater war ganz blass und öffnete den Mund, als wollte er etwas sagen, aber er brachte nichts heraus. Nur seine Unterlippe bewegte sich. Nach all den Jahren war in ihm endgültig etwas zerbrochen. Stumm und regungslos saß er bis 4 Uhr morgens vor dem ausgeschalteten Fernseher. Mutter musste ihm einen Leinsamenaufguss und einen Ringelblumentee machen. Beim Ausschlürfen verbrannte er sich die Lippen.

Mein Vater, dieser heuchlerische Herold der Gegenwart, der den Wandel so stark herbeigesehnt hatte und der in mythischer Furcht vor dem erneuten Einmarsch der Russen lebte, spürte ganz deutlich, dass ein großes Kapitel seines Lebens endgültig abgeschlossen war. Polen lag bereits im Westen. Und wenn es nicht im Westen lag, dann doch wenigstens ein bisschen weniger im Osten.

Am nächsten Tag wurde er Hellseher.

KAPITEL 12

Diese Scheißkommunisten

Vater hat seine alte Arbeit gehasst. Er war viele Jahre in der Buchhaltung des Rathauses von Zuckrowka beschäftigt gewesen. Ich habe immer noch deutlich vor Augen, wie er die Villa jeden Morgen mit einem Seufzer verließ und sich die Umhängetasche aus speckigem Leder über die Schulter warf. In diese Tasche packte er nur zwei Sachen: ein Sandwich, dessen Feuchtigkeit mit der Zeit unappetitlich durchs Butterbrotpapier suppte, sowie ein dicht verschlossenes Einmachglas, in dem er benutzte Teebeutel transportierte wie finstere Insekten. Später tunkte er sie wieder in heißes Wasser, das sich daraufhin schmutzigbraun färbte.

Vaters Arbeitsroutine bestand hauptsächlich darin, dass er Durchschläge von Dokumenten anfertigte. Er benutzte dafür glitschiges, beinahe schwarzes Kohlepapier. Wenn er nach Hause kam, waren seine Arme bis zu den Ellbogen mit unregelmäßigen Mustern aus zufälligen Buchstaben und Ziffern bedeckt.

Montag bis Freitag, von 6.30 bis 18.30 Uhr (unterbrochen von einer Mittagspause mit *Agrobiz*), saß Vater mit drei anderen Buchhaltern in einem Büroraum. Die Tischplatten ihrer mächtigen alten Schreibtische berührten sich an den Ecken, sodass in der Mitte des winzigen Büros eine enge, abgeschlossene und für niemanden zugängliche Fläche entstand. Natürlich war es Großmutter, die ihm diese Arbeit vermittelt hatte und die Kosten für den Buchhaltungskurs übernahm.

Als junger Mann hatte Vater Psychologie studieren wollen (zumindest behauptete er das), aber wie das Leben so spielt, begann er ein Wirtschaftsstudium und landete nach den ersten verpatzten Prüfungen schließlich beim Militär. Vielleicht hatte er es deswegen nie zu finanziellem Erfolg gebracht? Selbst als er nach Jahren endlich Geld hatte, zumindest etwas mehr davon als sonst, schaffte er es, alles blitzschnell zu verprassen, und zwar ausschließlich für absurdes und unnötiges Zeug. Das Geld rann ihm durch die Finger wie Sand.

Als Vater im Jahr 1985 nach Zuckrowka zurückkehrte (Mutter und er waren bereits verheiratet), stellte sich bald heraus, dass es in der gesamten Gegend keine „passende Beschäftigung" für ihn gab. In der Personalabteilung des KWZ hatte man ihn mit einer Wartezeit von einem Jahr vertröstet.

Von seinem Dauergenörgel ganz mürbe geworden (Vater verstand schon damals zu nörgeln), hatte Großmutter beschlossen, ihm zu helfen.

„Selbst für einen wie dich könnte es bei uns etwas geben", stellte sie eines Nachmittags ganz beiläufig über den Rand ihrer Kaffeetasse hinweg in den Raum.

Natürlich ließen diese Worte Vater zunächst zusammenzucken. Er bedankte sich kühl und beteuerte, er wolle „von Kommunisten nichts geschenkt". Außerdem würde er ohnehin bald zu Mutter ziehen, nach Krakau, wo sie studierte. Mutter hatte versucht, ihm ein Zimmer im Studentenheim zu besorgen, doch „ausgerechnet jetzt, mitten im Semester", war bedauerlicherweise nichts mehr frei.

Schließlich nahm Vater eine Arbeit als Obstpflücker in Jaworzyce an, doch die Saison war schnell vorüber. Es wurde Herbst und Vater verbrachte ganze Tage zuhause, im Erdgeschoss der Saretzka-Villa, in die er gleich nach der Heirat eingezogen war. In dieser Zeit lebten meine Eltern überwiegend auf Kosten meiner Großmutter, denn obwohl Vater tatsächlich nichts von den Kommunisten geschenkt wollte, machte er für das Geld der Genossin manchmal eine Ausnahme. Mutter kam nur übers Wochenende nach Zuckrowka und so waren Vater und Großmutter dazu verdammt, sich unter der Woche Gesellschaft zu leisten.

Vater nahm sich Tag um Tag vor, bei den Personalabteilungen „nachzufragen", aber irgendwie wollte ihm das Tag um Tag nicht gelingen. Während die Wochen ins Land gingen, drückte er sich auf dem Sofa, auf dem er in Zukunft noch so viel Zeit verbringen würde, den Hintern immer platter. Bis aus völlig unerwarteter Richtung Hilfe kam.

Noch in der Türschwelle hatte Onkel Adam verkündet, dass es für Vater Arbeit beim Busunternehmen in Wysoka gab. Er solle „bloß keinen Scheiß machen, verdammte Axt", ihm keine Schande bereiten, er habe sich schließlich für ihn verbürgt (Worte, die er bereits beim Aussprechen bereute).

Natürlich verstand Vater nichts von Kfz-Mechanik, in der Werkstatt wurde eine einfache Hilfskraft gebraucht. Er hatte keine andere Wahl, sein Bruder hatte für ihn alles in die Wege geleitet.

An seinem ersten Arbeitstag wurde mein Vater vom Meister gebeten, Kanister zu reinigen. Vater legte sie in eine Wanne, griff nach einer Flasche mit kostbarem Waschbenzin und begann, sie eifrig mit einer langen Bürste zu schrubben, mächtig mit sich zufrieden, weil er auf die Idee gekommen war, sich sein T-Shirt über Mund und Nase zu binden. Er arbeitete so verbissen, dass er schnell aus der Puste kam. Hände und Arme begannen ihm wehzutun. Ihm wurde ganz schwindlig im Kopf, weil der strenge Geruch nun doch durch den Stoff des Atemschutzes drang.

In der Wanne hatte sich ein dunkler Schlamm angesammelt. Vater wischte sich mit dem Ellbogen die Schweißtropfen von der Stirn und drehte das warme

Wasser auf, damit der Schmutz ablaufen konnte. Die Explosion schleuderte ihn mitsamt der Tür aus dem Waschraum.

„Und alles nur wegen der Scheißkommunisten! Diesen verfluchten …" Er hielt einen Moment inne, als suchte er noch das passende Wort: „DIESEN DRECKSFOTZEN!"

In der Notaufnahme, in der bis dahin geschäftiges Treiben geherrscht hatte, trat plötzlich Stille ein. Alle Augen waren auf meinen Vater gerichtet. Er stand mitten im Gang, schnaufend, mit besudeltem Gesicht, und verströmte Benzingeruch. Seine Kleidung war von der Explosion zerfetzt, sein Arm mit einem Lappen umwickelt.

Wie absurd die Schlussfolgerung auch sein mochte: In diesem Augenblick sah es wirklich so aus, als wäre in seinen Händen vorzeitig eine Sprengladung explodiert. Ein Sprengsatz aus hauseigener Produktion, dazu bestimmt, das System zu stürzen.

Niemand wäre auf den Gedanken gekommen, dass lediglich ein Funke aus dem Gasofen auf die Dämpfe übergesprungen war, die an der Decke des kleinen Waschraums waberten.

Die Notärztin setzte sich entschlossen auf den Stuhl neben meinen erschütterten Vater und machte sich daran, seinen verbrannten Arm zu verbinden. Er jaulte immer wieder auf vor Schmerz.

Die Polizisten trafen in der Notaufnahme ein, als mein Vater gerade eine Armschlinge verpasst bekam.

„Bürger Niewiara?"

„Jawohl."

„Folgen Sie uns."

„Wo… worum geht's?" Vaters Bewegungen wurden fahrig.

„Wir müssen Ihnen ein paar Fragen stellen", antwortete der Polizist und zerrte ihn heftig am unversehrten Arm nach oben.

In Vaters Augen glomm Panik auf. Er warf mit verzweifelten Blicken um sich, als er von den Polizisten Richtung Ausgang eskortiert wurde. Die wartenden Patienten begannen plötzlich, sich intensiv für den braunen Anstrich der Wände zu interessieren.

Vater war totenblass, als würde er jeden Moment in Ohnmacht fallen. Das war auch dem Polizisten nicht entgangen, der ihn noch fester am Ellbogen packte.

„Genossen, was haben Sie mit meinem Schwiegersohn vor?"

Die Flügeltür war mit Schwung geöffnet worden. Auf der Schwelle stand Großmutter. Wie immer trug sie eines ihrer grellen Jacketts mit dem ans Revers gepinnten Parteiabzeichen.

Die Polizisten hielten verunsichert inne. Obwohl sie nicht aus Zuckrowka, sondern von der Polizeiwache in Wysoka waren, war Großmutter ihnen ein

Begriff, wobei es wohl kaum jemanden gab, dem sie kein Begriff gewesen wäre. Kein Wunder also, dass Genossin Saretzka eine der Ersten war, die von der Gefahr eines gerade noch rechtzeitig aufgehaltenen Terroristen erfahren hatte, und das trotz der ganzen Affäre mit Kolski damals.

Vater blickte erleichtert zu ihr. Großmutter schritt rasch auf die Polizisten zu und begann, leise mit ihnen zu reden, wobei sie heftig gestikulierte. Die Polizisten nickten eifrig. Nach einer Weile trat einer von ihnen vor Vater, ging in Habachtstellung und salutierte.

„Bürger Niewiara, wir entschuldigen uns vielmals für das Missverständnis!", woraufhin beide schwungvoll Richtung Ausgang marschierten und meinen Vater, der seinen verwundeten Arm in einem weißen Knäuel aus Bandagen an sich drückte, in völliger Verwirrung zurückließen.

Nach diesem Vorfall konnte Vater Großmutter noch weniger leiden. Er nahm ihr übel, dass gerade sie ihn vor Repressalien durch das verhasste System bewahrt hatte. Repressalien, die ihm doch eines Tages zu Ruhm hätten verhelfen können und die in seiner Vorstellung ohnehin bereits das Ausmaß inquisitorischer Torturen erreicht hatten.

Trotz seiner Verletzung – zum Glück war er mit oberflächlichen Verbrennungen davongekommen – arbeitete er sofort wieder in der Werkstatt, damit er so schnell wie möglich zu Mutter fahren und endlich wegziehen konnte in eine „richtige Stadt", die ihm jetzt wie das verheißene Land erschien.

Er hatte ausgerechnet, dass er innerhalb von ein paar Monaten genug Geld angespart haben würde, um in aller Ruhe einen Neuanfang wagen zu können. Er rief Mutter sogar vom Postamt aus an, „nur so", um vorzufühlen, wie es um das „Zusammenziehen" stünde (in der Villa gab es zwar, wie bei allen Parteibonzen, ein Telefon, aber das Telefon auf Großmutters Etage hätte Vater um nichts in der Welt benutzt). Er behauptete, er habe eine um ein paar Ecken verwandte Tante, eine alte Freundin oder Cousine seines verstorbenen Vaters, die ihm bestimmt finanziell unter die Arme greifen würde. „Wenigstens für den Anfang", versprach er.

Großmutter beobachtete das alles mit Skepsis, denn sie glaubte nicht an die Lebenstüchtigkeit meines Vaters. Das ärgerte sie, denn im Grunde wäre sie ihn zu gern losgeworden. Doch da machte sie sich keine Illusionen: Als kluge Frau, die sie zweifellos war, wusste sie, dass er die Villa „zu ihren Lebzeiten" nicht mehr verlassen würde.

Allenfalls wenn ihre Tochter, die für Wochen nach Krakau floh (was Großmutter überhaupt nicht wunderte), endlich zu Verstand kommen würde. Die Genossin hatte für diesen Fall Beziehungen zu ein paar erfahrenen Anwälten und geneigten Richtern, die durchaus bereit gewesen wären, die ungünstigen Fehlentscheidungen meiner jungen Mutter rückgängig zu machen.

Vater verbrachte ganze Tage in der Werkstatt und lief nur von Zeit zu Zeit aufs Postamt, um weitere sinnlose Anrufe zu tätigen. Jeden Abend zählte er seine zusammengeknauserten Moneten, aber es war immer noch nicht genug.

„Vielleicht nimmst du doch eine Stelle im Amt an?", frotzelte Großmutter immer wieder und jedes Mal lehnte mein stolzer Vater dankend ab und gestikulierte dabei mit seinen mit Schmiermittel besudelten Händen, die er trotz wiederholten Schrubbens nicht sauber bekam.

Seiner Ansicht nach war es ein ideologischer Kampf, den er führte, ein heldenhaftes Symbol seines Widerstands, ein flammender Protest gegen die Dreistigkeit und politische Verderbtheit der Genossin Saretzka.

Ich glaube auch, dass die Möglichkeit einer Flucht ab einem bestimmten Moment zweitrangig geworden war und es ihm nur noch darum ging, Großmutter zu beweisen, wie sehr sie sich irrte. Übrigens hat er nie präzisiert, worin Großmutter sich irrte, denn sie irrte sich seines Erachtens „in absolut allem".

Die leisen Konflikte hatten sich mit der Zeit zu einer haltlosen Rivalität hochgeschaukelt, aus der Großmutter eine gewisse Freude zu schöpfen begann, gab sie ihr doch Gelegenheit, sich nach Lust und Laune über ihren Schwiegersohn lustig zu machen – und weil der sich selbst so furchtbar ernst nahm, war er ein dankbares Objekt für ihren Spott.

Wer weiß, wie lange dieses feindselige Tauziehen noch so weitergegangen wäre, hätte meine Mutter ihm nicht ein Ende gesetzt, indem sie schwanger wurde.

An diesem Tag ging Vater zum ersten Mal ungebeten zu Großmutter hinauf.

Genossin Saretzka saß in ihrem Lieblingssessel und las. Auf dem kleinen, runden Tisch, den sie ihr Cognactischchen nannte und an dem sie jeden Mittag ihren Branntwein cinnahm, stand ein kleines Gläschen bereit. Sie hatte immer einen guten Tropfen da.

„Mutter?"

Großmutter schaute mit erhobenen Brauen hinter ihrer Lektüre hervor.

„Ja, bitte?"

Vater schluckte geräuschvoll.

„Diese Arbeit … ist das noch aktuell?", stammelte er undeutlich und mit fliehendem Blick. „Wäre es vielleicht möglich, dass du mir die Stelle … besorgst?"

Großmutters Gesicht blieb regungslos, als hätte Genossin Saretzka die Worte ihres Schwiegersohns gar nicht gehört. Erst nach einer Weile senkte sie langsam die Augenlider und nahm einen großen Schluck von ihrem bulgarischen Brandwein.

Sie hatte ein weiteres Mal gewonnen. Gut, es war nicht der erträumte Sieg, aber sie hatte gewonnen. Und ihr war wohl bewusst, dass es einer ihrer letzten Kämpfe gewesen war, denn das Jahr 1989 näherte sich unaufhaltsam.

KAPITEL 13

Nimm deine Zukunft noch heute in die Hand

Mein Vater schmiss alles hin, um Hellseher zu werden. Nach einer schlaflosen Nacht reichte er im verhassten Amt seine Kündigung ein und nahm alle verbliebenen Urlaubstage. Zuhause hatte er uns glühend vor Begeisterung verkündet, dass er sich nicht länger mit Nonsens, sondern ausschließlich mit dem beschäftigen würde, was wirklich wichtig war: mit dem Vorhersagen der Zukunft.

Von seinem letzten Buchhaltergehalt motzte er seine Garderobe in einem Indiashop in Bielsko auf. Er schleppte Taschen voller Klamotten nach Hause, an denen der Geruch von Räucherwerk hing. Von da an lief er nur noch in gestreiften Schnürhemden und weichen, bunt gemusterten Hosen herum. Dazu trug er seine normalen Halbschuhe aus braunem Leder und graue Strümpfe, was ihn noch schräger aussehen ließ.

Um seinen Hals wanden sich schmale Holzperlenketten, auf die er jedoch bald wieder verzichten musste, weil sie an seinem Adamsapfel rieben, bis der so rot war wie nach den Pickattacken der Hühner. Er hatte sich klimpernde Armreife über die Handgelenke gestreift, die er nicht mal zum Baden abnahm (es waren Talismane, wie er erklärt hatte). Bei jedem Schritt klingelte er wie ein Kater mit Glöckchen, sodass man ihn schon von Weitem hören konnte.

Beinahe zeitgleich tauchte im Wohnzimmer meiner Eltern ein weiterer Schreibtisch auf, der direkt neben dem alten aufgestellt wurde. Hier ging Vater seinem hellseherischen Metier nach. Wie zu erwarten war, häuften sich auch auf diesem verlängerten Tisch bald Bücher- und Papierstapel. Für den Rest seines letzten Beamtengehalts erwarb Vater noch ein gebrauchtes Faxgerät: Das riesige überholte Teil, das mit Knöpfen bedeckt war wie das Griffbrett eines Akkordeons, bekam von meinem stolzen Vater gleich einen Ehrenplatz auf dem Stuhl neben dem Fernseher. Das Faxgerät war seiner Meinung nach „absolut unentbehrlich für die neue Arbeit", eine Erklärung, worin diese Unentbehrlichkeit bestand, blieb er uns jedoch schuldig.

Leider hatte diese Ausgabe seine gesamten Ersparnisse erschöpft und das Geld reichte nun nicht mehr, um professionelle Visitenkarten in Auftrag zu geben, dabei war es doch undenkbar, ohne Visitenkarten irgendein Business, geschweige denn ein Hellseherbusiness zu starten, räsonierte mein Vater.

Nach kurzer Überlegung löste er das Problem, indem er den Druck der Visitenkarten unserem heimischen Drucker überließ – wir hatten schon seit ein paar Jahren einen Computer zuhause, der aber hauptsächlich von meiner Mutter benutzt wurde. Er klebte zwei Ausdrucke zusammen, damit die Visitenkarten etwas mehr Substanz bekamen, erst dann schnitt er die Rechtecke aus. Der Kleber zwischen den Papierschichten bildete Wellen auf den Karten, die an verschrumpelte Haut nach einem zu langen Bad erinnerten. Doch Vater schien das überhaupt nicht zu stören.

Erst nachdem er seine Arbeit beendet hatte und voller Genugtuung auf sein Werk blickte, stellte er verblüfft fest, dass sein Nachname sich in einen fremd klingenden Buchstabenhaufen verwandelt hatte – er hatte das *w* vergessen. Also saß Vater noch stundenlang da und kritzelte das fehlende Zeichen in die nicht vorhandenen Lücken zwischen den Buchstaben. Seine Visitenkarten verbesserte er mit schwarzem Filzstift, den er immer etwas zu stark aufdrückte, sodass die dunkle Farbe vollständig durch die doppelte Papierschicht drang.

Heute glaube ich, dass Vater damals, auch wenn es ihm nicht vollends bewusst war, dem beklemmenden Wandel der Welt seine eigene Verwandlung entgegensetzen wollte. Ich weiß noch, dass er uns in dieser Zeit glücklicher schien als sonst, entspannter, weniger reizbar. Das hatten wir zwar schon vorher beobachten können, aber diesmal hatte die Sache eine neue Qualität: Vater hatte eine nie dagewesene Selbstsicherheit angenommen, ja, geradezu ein Draufgängertum, das absurd anmutete, wenn man ihn bislang nur als schüchternen, von Ängsten geplagten Mann gekannt hatte.

Anfänglich reagierten Mutter und ich überhaupt nicht darauf, waren wir doch seine Stimmungsschwankungen zwischen himmelhoch jauchzend und zu Tode betrübt schon gewohnt. Sein vermeintlich plötzlicher Kurswechsel in Richtung Esoterik schien uns nur eine logische Weiterentwicklung seiner apokalyptischen Interessen zu sein, eine Eskalation, die zu erwarten gewesen war.

In der Tat war Mutter etwas um die Finanzen besorgt, aber ich glaube, sie war vor allem erfreut, dass Vater ihr nicht mehr auf die Pelle rückte und sich jetzt auch öfter dem Haushalt widmen konnte, was ihr wiederum ermöglichte, sich voll auf ihre Arbeit zu konzentrieren. Als Vizedirektorin des Museums verdiente sie schon lange mehr, als Vater auf seinem Beamtenposten verdient hatte, und unsere Familie konnte von ihrem Gehalt allein ein bescheidenes, aber gutes Leben führen.

Vater hatte sich mit Leidenschaft und Enthusiasmus in die Hellseherei gestürzt und schon bald wurde unser Haus von einer Flut skurriler Objekte überschwemmt.

Es gab Tarotkartendecks, Sternkarten, Pendel, Talismane, Zauberstäbe und „Kristall"-Kugeln. Vater stellte sie zunächst aus alten Kugellampen her, erst später wechselte er zu Schneekugeln, die uns aus den USA geschickt

wurden. Seiner Meinung nach waren sie ausgezeichnet zum Hellsehen geeignet, denn es ginge ja nicht darum, was drin war, sondern vielmehr um
die Dicke des Glases. Er prophezeite die Zukunft also über Kunstschnee,
der allerlei Figürchen umwirbelte – Tiere in Weihnachtsmannmützen,
Waschbären, Katzen und Hunde und das alles zur quäkenden Melodie von
Merry Christmas.

Hinzu kamen Tassen mit schlammigem, angetrocknetem Kaffeesatz, die
wir aufgrund der „außergewöhnlichen Muster" auf gar keinen Fall berühren
durften. So standen sie vergessen auf den Regalen, bis sie von einer Schim-
melschicht überzogen waren.

Im Haus flogen Runenstäbe und Glücksbäumchen herum, Akupunkturna-
deln, energetische Pyramiden, bündelweise Räucherstäbchen, Säckchen mit
Meersalz, numerologische Tabellen, bunte Diagramme, Anleitungen für Ei-
Reinigung sowie etliche Lehrbücher für Bioenergotherapie, Naturmedizin,
Chiromantie, Pendeln, Numerologie, Iridologie, Chakra-Analyse … Man
könnte diese Liste endlos fortsetzen.

Vater studierte all das mit großer Hingabe, vergraben in den Haufen seiner
Dokumente und Requisiten.

Es vergingen einige Wochen, doch die Kundschaft blieb aus. Das Faxgerät
gab keinen Piep von sich. Vater, der sich davon überhaupt nicht irritieren
ließ, fand bald eine Erklärung: Das ausbleibende Interesse war ausschließlich
auf mangelnde Werbung zurückzuführen. Noch am selben Tag druckte er
einen dicken Stapel Werbeflyer.

Als ich von der Schule nach Hause kam, traf ich ihn auf dem Flur an, umringt von Papierfetzen, mit einer Schere in der Hand. Gerade war er mit dem
Ausschneiden fertig geworden.

„Kind, wie gut, dass du da bist!", frohlockte er, als er mich sah.

Er nahm mir sofort meinen neongrünen Rucksack ab, schüttelte die Schulbücher heraus, packte seine Flyer hinein und warf ihn sich über die Schulter.
Der Rucksack war etwas zu klein für ihn, sodass er komisch abstand und ihm
gegen den Nacken stieß.

In fröhlichem Ton verkündete er, dass ich ihm gleich „etwas helfen" würde.
Ich versuchte, mich in eine schnell ausgedachte Haushaltsaufgabe zu retten,
aber davon konnte überhaupt keine Rede sein.

Hellseher-Dienste !!!
Preiswert und sicher !!!
Totale Diskretion !!!
Anpassung der Techniken an die individuellen Bedürfnisse des Kunden.
Nimm deine Zukunft noch heute in die Hand.

Die Schriftart auf dem Flyer war kursiv und voller Schlaufen, die Zeilen waren sorgfältig zentriert. Am Rand hatte er den Kopf eines Zauberers eingefügt, der einen spitzen Hut mit Sternen trug und dümmlich grinste. Die Reklame war auf minderwertigem Papier und mit gefälschter Tinte gedruckt (wir haben nie Originalpatronen gekauft, Mutter hat die leeren Patronen immer mithilfe einer Spritze aufgefüllt), man bekam also immer fleckige Hände davon, und in kürzester Zeit waren die meisten Buchstaben verschmiert und das graue Papier bedeckt mit unseren Fingerabdrücken.

Wir standen am Rathaus herum. Die Werbeflyer wurden in meinen schwitzigen Händen mit jeder Minute weicher und feuchter. Ich fürchtete, von jemandem gesehen zu werden, der mich kannte. Vater beachtete mich gar nicht. Er lief selbstzufrieden hin und her und klimperte mit seinen Armreifen. Der neongrüne Rucksack sah an ihm aus wie ein Buckel, eine krankhafte Geschwulst, die ihm von der Schulter bis zum Hals reichte.

Vater drückte allen Passanten Flyer in die Hand (zum Glück waren es nicht sehr viele) und ich verzog mich, ganz rot vor Scham, ein Stück weiter Richtung Hecke, die am Rathaus emporwuchs. In ihrem Schatten blieb ich stehen und blickte auf meinen Vater, der vor Elan nur so sprühte. Erst aus meinem Versteck heraus bemerkte ich eine gewisse, auf den ersten Blick nicht erkennbare Steifheit in seinen Bewegungen. Ständig hob er die rechte Hand, rieb sich mit den Fingern über die Stirn oder knetete an seinem Ohrläppchen herum.

Ein paar Kinder aus meiner Schule liefen vorbei. Er drückte jedem einen Flyer in die Hand. Kurz glaubte ich, unter ihnen Magda erspäht zu haben. Mit laut klopfendem Herzen drückte ich mich noch tiefer in die Hecke.

Als wir den Rückweg antraten, war die Straße mit Vaters Reklame bedeckt. Es gab keine Abfalleimer, also warfen die Leute ihren Zettelmüll direkt auf den Boden.

Vater tat, als würde er es nicht bemerken. Erhobenen Hauptes beschleunigte er seinen Schritt, aber ich sah genau, wie sein Adamsapfel sich immer stärker auf- und abbewegte, dass er nervös schluckte, sodass der Schatten seines unnatürlich geschwollenen Adamsapfels ein tiefes Loch in seinen Hals zu bohren schien.

Das Schlimmste stand aber noch bevor. In der Nacht toste ein starker Wind durch die Stadt. Die Flyer flogen über unser Haus und wirbelten über den Garten, sie flatterten über die Straßen, es trug sie durch die ganze Stadt: nicht mehr entzifferbare, nassverschmierte Zettelfetzen. Zwischen den großen Klecksen von Druckertinte war nur noch der Magier im Spitzhut zu erkennen, jetzt abscheulich entstellt, als würde das Fleisch von seinem Schädel abblättern.

* * *

Weitere Monate vergingen. Vater hatte sogar ein paar Anzeigen in der Lokalzeitung von Wysoka geschaltet und ein paar seltsame Anrufe entgegengenommen, aber die Kundschaft blieb immer noch aus.

Ungefähr zu dieser Zeit lieh Vater sich ohne Mutters Wissen Geld von seinem Bruder Adam. Das Geld war als „Starthilfe" gedacht, aber offenbar hatte Vater meinen Onkel nicht zur Gänze über die Natur seiner Geschäftsidee aufgeklärt, sodass dieser irrtümlich annahm, es handele sich um „allgemeine buchhalterische Dienstleistungen".

Vater wirkte immer noch gereizt und niedergeschlagen. Wie sehr er auch versuchte, es vor uns zu verbergen, Mutter und ich wussten, dass nichts so lief, wie es sollte. Mir entging nicht, dass er abends immer öfter zum Rathaus spazierte. Immer wieder rief er ehemalige Kolleginnen an und fragte scheinbar beiläufig, was es in der Abteilung Neues gab, ob die Rechnungen stimmten und ob schon jemand seine alte Stelle besetzt hätte.

„Ach, ich bin bloß neugierig", antwortete er auf die Frage am anderen Ende der Leitung und lief ganz rot an, obwohl niemand ihn sehen konnte.

Einmal erwischte ich Vater sogar dabei, wie er von Großmutters Etage kam, auf der er sich bis zu diesem Zeitpunkt nie aufgehalten hatte. Dabei hatte sie schon ein paar Jahre lang leer gestanden, bis Mutter sich dort ihr Büro einrichtete. Ich vermute, dass er dort in seiner Verzweiflung nach irgendwelchen von der Genossin versteckten Dollars suchte.

Später saß er tagelang vor dem Faxgerät und drückte immer wieder auf die Testdrucktaste, als wollte er sichergehen, dass die Maschine funktionierte, und das Fax spuckte brummend die immergleichen Ausdrucke aus, die sich bald zu einem riesigen Wulst auf dem Schreibtisch aufschichteten. Einmal hatte ich gesehen, wie er auf dem Faxgerät etwas kopierte, aber als er mich bemerkte, versteckte er das Dokument sofort und ich weiß noch, wie ich damals dachte, dass er sich bestimmt um seinen alten Arbeitsplatz bewarb.

Wie schlimm es um ihn stand, begriff ich erst, als ich eines Tages zwischen den Kartoffelschalen im Mülleimer den Restbestand seiner welligen, von Kleber durchsuppten Visitenkarten fand.

Mutter und ich blickten mit einer gewissen Besorgnis auf die ganze Entwicklung, aber überrascht hat sie uns nicht. Es schien Vaters Schicksal zu sein, das Schicksal des ewigen Pechvogels und Paranoikers. Wir sahen bereits dem Ende der Geschichte entgegen, erwarteten Vaters reumütige Rückkehr ins

Amt. Aber wie aus dem Nichts, völlig unerwartet für uns alle, wahrscheinlich vor allem für Vater selbst, trat plötzlich eine Veränderung ein.

Vielleicht hatten die Werbeflyer endlich ihre Wirkung getan, vielleicht waren es die Anzeigen und Visitenkarten – vielleicht lachte meinem Vater tatsächlich auch einmal das Glück?

Eines Tages, nach nahezu einem ganzen Jahr des Wartens, tauchte in unserem Haus der erste Kunde auf. Und dann der nächste. Das Telefon klingelte immer öfter. Vater musste sogar ein paarmal nach Wysoka. Er beglich die Schulden bei seinem Bruder, kaufte sich neue Talismane, druckte weitere Visitenkarten. Mit neu entflammter Leidenschaft blätterte er durch die Papiere auf seinem Schreibtisch und ließ dabei seine Armreifen klimpern. Es sah ganz danach aus, als wäre meinem Vater, dem Versager und frisch gebackenem Magier, zum ersten Mal in seinem Leben etwas geglückt.

KAPITEL 14

Der Hellseher auf dem Klo

Wie sich herausstellen sollte, wurde Vaters Hellsehereigeschäft von Woche zu Woche profitabler. Schon sehr bald führte er numerologische Berechnungen durch, stellte Horoskope auf, vollführte auf Sonderwunsch Reinigungsrituale, öffnete und schloss Chakren, las Zukunft und Charakter aus der Hand, analysierte Handschriften und ließ das Pendel schwingen. Sogar Traumdeutung war Teil seines Angebots.

Der Umfang seiner Tätigkeiten vergrößerte sich stetig und mit der Zeit begann Vater, auch von seinem buchhalterischen Wissen Gebrauch zu machen: Er beriet Unternehmer mithilfe von Hellseherei und manchmal sagte er sogar ganz treffend Börsenschwankungen voraus. Zu unserem (aber vor allem zu seinem eigenen) großen Erstaunen hatte er tatsächlich eine Marktlücke entdeckt, ein esoterisches El Dorado.

Seine Dienstleistung „Businesshoroskop" stieß auf so reges Interesse, dass Vater sich der großen Einträglichkeit wegen darauf spezialisierte.

Von da an begannen in unserem Haus nervöse Männer in Anzügen aufzukreuzen, die „von der ganzen Situation" peinlich berührt ihre abgenutzten Aktentaschen umklammert hielten. Darin befanden sich Rechnungen, aus denen mein Vater geschickt finanziellen Stand, Businesspläne, Markttrends, Absichten der Konkurrenz und des Finanzamts voraussagte.

Es kamen, wenn auch seltener, sogar Frauen: In Kostümen, die den Anzügen ihrer männlichen Kollegen glichen, und mit Handtaschen voller Dokumente traten sie sehr selbstbewusst auf, womit sie meinen Vater in einen Zustand unverhohlener Furcht versetzten. Ich glaube, dass sie ihn in irgendeiner Weise an Großmutter erinnerten, die damals nicht mehr bei uns war.

Abgesehen von den kleinen Unannehmlichkeiten können Vaters buchhalterische Voraussagen so schlecht nicht gewesen sein, die Kunden kamen nämlich nicht nur wieder, sie brachten auch neue Kunden mit, wobei stets um Diskretion gebeten wurde.

Nachdem Vater sich ein Auto zugelegt hatte, hörte er auf, Interessenten in unserem Haus zu empfangen, daher weiß ich nicht, wie viele von diesen Männern in Anzügen und Frauen in Kostümen tatsächlich zu seinen Stammkunden wurden.

Finanziell ging es uns damals wirklich gut. Das ist mir zum ersten Mal klargeworden, als ich Vater einen Tee zubereiten sah: Nach nur kurzem Zögern beförderte er den frisch herausgezogenen Lipton-Teebeutel geradewegs in den Mülleimer, statt ihn wie sonst auf der Untertasse zu platzieren, wo er in einem Glorienschein aus Fruchtfliegen trocknend auf den nächsten Brüh-vorgang wartete.

Vater beglich nicht nur alle seine Schulden, er kaufte sich auch bald den be-reits erwähnten Wagen, einen gebrauchten Astra. Busfahrten strengten ihn zu sehr an, außerdem hatte er doch immer die schwere Tasche mit Zeug zu schleppen, die für seine Arbeit unabdingbar war, und allein die „Kristall"-Kugeln wogen doch schon mehrere Kilo!

In dieser Zeit hat er den Großteil seiner Kunden entweder in deren Zuhau-se oder im Unternehmen bedient, manchmal auch telefonisch, per Brief, sehr selten auch per E-Mail von daheim.

Vater hatte seinen Astra sehr günstig erworben. „So gut wie neu, kaum Kilometer auf dem Buckel, ausgezeichneter Zustand", befand er. Schließlich hatte er seinerzeit in einer Autowerkstatt gearbeitet und dort „das ein oder andere gelernt, oder nicht?"

Nach nur einer Woche kam an der Tür ein großes Loch zum Vorschein, das vom Verkäufer bloß zugespachtelt und notdürftig mit einer Lackschicht kaschiert worden war. Außerdem klemmte bereits im ersten Winter nach dem Kauf ein Fenster, und es gelang Vater bis April nicht, es zu schließen. Natürlich tat er, als würde er sich überhaupt nicht dran stören, im Auto sei es dadurch nur etwas frischer, was ihn aber ordentlich abhärten würde.

In den folgenden Jahren machten sich am Astra regelmäßig kleinere und größere Mängel bemerkbar, die Vater in Onkel Adams Garage zu beseitigen versuchte. Natürlich hatte er von Tuten und Blasen keine Ahnung, sodass mein Onkel für gewöhnlich verärgert die Ärmel hochkrempelte und selbst unters Auto kroch, um Vater nicht länger ertragen zu müssen.

Mein Vater hatte große Angst, Auto zu fahren. Sobald er hinter dem Steuer saß, zogen an seinem inneren Auge sämtliche Unfälle vorbei, die er in sei-nem Leben (meistens im Fernsehen) gesehen hatte. Mit Argwohn blickte er auf den alten Wagen, der doch jeden Moment zerknüllt werden konnte wie ein Blatt Papier. Er würde seinen Körper zermalmen bis zur Unkenntlich-keit und die Schmerzen würden fürchterlich sein. Vater lief es schon beim Gedanken daran eiskalt über den Rücken, weswegen er stets vorsichtig und sehr langsam fuhr. Extrem langsam. Ich glaube, dass er mit seinem Astra nie fünfzig Stundenkilometer überschritten hat.

Der Motor lief heiß und zuckelte, die anderen Fahrer hupten wie wild, aber Vater schlich ungerührt weiter dahin, mit dem Sitz so nah am Lenkrad, dass er mit dem Gesicht fast an der Windschutzscheibe klebte.

Der Wagen stach schon von Weitem ins Auge, weil Vater ihn mit extra da-für bestellten Stickern beklebt hatte. *Astrologe, Hellseher, Handleser!!!* prang-te in großen, gelben Buchstaben an den Autotüren. Zu allem Überfluss hatte Vater unzählige kleine Sternchen an die Karosserie gepappt: Motorhaube,

Türen, Kofferraum und sogar das Dach waren damit übersät. Der dunkelblaue Wagen sah dadurch aus wie von frühlingshaften Pollen bestäubt.

Vermutlich hätte Vater es selbst nie zugegeben, aber ich glaube, dass er sich für dieses Auto entschieden hatte, weil ihm die Bezeichnung des Modells so gut gefiel. *Astra* leitet sich bekanntlich vom lateinischen Wort *astrum* ab, bedeutet also „Stern". Übrigens hat Vater seinen Wagen sogleich *Sternenschiff* getauft – und nannte ihn die nächsten Jahre beharrlich bei diesem Namen.

* * *

Natürlich ist es nicht beim Kauf des Sternenschiffs geblieben. Jemand muss Vater bequatscht und ihm die Möglichkeiten des Internets schmackhaft gemacht haben, denn kurze Zeit später schaffte er ein Modem und einen neuen Computer an, der Mutters Schrottkiste ersetzen sollte. Er ließ sich sogar eine Homepage erstellen. Sie bestand aus simpelstem HTML-Code, mit blinkenden Buchstaben, die sich mit dem cyanblauen Hintergrund bissen. Außerdem hatte er sich in den Kopf gesetzt, dass auf seiner „Heimatseite", wie er sie selbst nannte, eine Melodie erklingen sollte („Das macht mehr her!"). Es wurde eine gellende Variation von Beethovens *Für Elise.*

Zu unserem Pech hatte die Homepage einen Besucherzähler, den Vater schlimmstenfalls mehrere Dutzend Mal am Tag checkte: Stundenlang hockte er vor dem Computer, um die Reloadtaste zu drücken („Jackpot! So viel Aufmerksamkeit! Wunderprächtig!", rief er dabei jedes Mal aus), bis er eines Tages begriff, dass die Zahl ausschließlich von seinen eigenen Klicks nach oben getrieben wurde. Das führte in unserem Hause zu einer ernsthaften Krise, weshalb ich des lieben Friedens willen jeden Tag die unglückselige Seite besuchte, ein paarmal hintereinander und bei dröhnenden Boxen, damit Vater keinen Verdacht schöpfte. Manchmal trug ich mich sogar ins Gästebuch ein. „Erst die Sibylle, dann Nostradamus, nun Meister Arrevald" (so präsentierte er sich seinen Kunden). „Wenn Sterne Bücher sind, dann ist Arrevald ihr Bibliothekar". Diese und ähnlich schwachsinnige Kommentare las er uns später vor und strahlte dabei vor Wonne.

Wenig später gab Vater den Computer auf, was niemanden überraschte, denn er kam damit überhaupt nicht klar. Alles hatte Mutter ihm beibringen müssen, angefangen bei den Grundlagen wie der Benutzung der Maus, die Vater nie wirklich in den Griff bekam. Er wurde immer sofort ganz steif, als könnte die Maus ihm die Hand verbrennen, und mit jeder Mauszeigerbewegung krümmte sich sein ganzer Körper mit, wie bei einem Motorradfahrer, der sich scharf in die Kurve legt. Außerdem beschwerte er sich die ganze Zeit darüber, dass er nur deswegen nichts verstand, weil wir es ihm „falsch erklärten", und natürlich konnte er sich nichts, wirklich gar nichts merken.

Mutter ging bald die Geduld aus und die Aufgabe, Vater einzuweisen, fiel mir zu. Es endete damit, dass ich für ihn den Computer einschalten, das Modem anschließen, den Browser öffnen und die Adresse der Seite eintippen musste, die Vater besuchen wollte (er notierte sich alle in einem Heft). Versuchte er es einmal selbst, fiel er in minutenlange Ganzkörperstarre. Der gestreckte Zeigefinger schwebte über der Tastatur, der Blick irrte suchend über die Buchstaben, die, kaum gefunden, im nächsten Moment wieder unwiederbringlich im Tastengewirr verschwanden.

Wie bereits erwähnt, war Vater zum Glück recht bald vom Computer gelangweilt und ersetzte ihn durch ein anderes Spielzeug; für längere Zeit sollte die Infoline seine gesamte hellseherische Aufmerksamkeit in Beschlag nehmen.

Er hatte sich selbst feste Arbeitszeiten eingerichtet, und wenn ihn jemand daheim erreichen wollte, wurden ihm für den Anruf 4,50 die Minute berechnet, was Vater später gesondert in Rechnung stellte.

„Kind, geh aus der Leitung! Du blockierst die Infoline!", schrie er jedes Mal, wenn ich im Internet war. Er saß im Wohnzimmer, genau wie früher, und starrte aufs Telefon, auf das Riesending von einem Fax, belauerte es wie ein Gepard die Antilope in seinen geliebten Naturdokumentationen. Beim ersten Klingeln erstarrte er und schoss dann nach vorn wie ein Raubtier, warf sich auf den Hörer und stieß atemlos hervor:

„HELLSEHERISCHEDIENSTLEISTUNGENWASKANNICHFÜRSIETUN?"

Ab 2002 befand sich Vaters Büro leider in der Toilette. Er hatte es sich dort nach der Blamage mit Onkel Adam eingerichtet. Mein bodenständiger Onkel hatte schon damals über die neue Beschäftigung seines Bruders Bescheid gewusst, aber es muss betont werden, dass er diesen Karriereplan nicht gutgeheißen hat (um nicht die harschen Worte zu gebrauchen, die meinem Onkel ein paarmal entfahren waren).

Eines Tages war Onkel Adam unerwartet zu uns gekommen, um irgendein von Vater geliehenes (und natürlich dann doch nie benutztes) Werkzeug abzuholen. Während Vater im Flur in den Schränken kramte, wartete sein Bruder im Gästezimmer. Zunächst ignorierte er das klingelnde Telefon. Aber weil Vater im Schuhschrank feststeckte und nicht rangehen würde und der Anrufer offenbar sehr hartnäckig war, griff er schließlich doch zum Hörer.

„Hallo?"

„Spreche ich mit Hellseher Arrevald?"

„Mit wem?"

„Hellseher Arrevald ...", erklärte die Stimme am anderen Ende der Leitung. Aber Onkel Adam ließ sich nicht irritieren.

„Kein verdammter Hellseher, sondern Marek!!!", schrie er, und mit deutlicher Genugtuung knallte er den Hörer auf die Gabel, dass der ganze Tisch wackelte.

Ungünstigerweise handelte es sich beim Anrufer um einen außerordentlich wichtigen Geschäftskunden, der einen Termin zu einer großen Horoskoperstellung zum Thema Firmenfusion vereinbaren wollte. Vater war ein umfangreicher Auftrag durch die Lappen gegangen und damit eine große Summe Geld.

Von da an ließ er seine Schicht um genau 11 Uhr beginnen (morgens räumte er auf oder kochte). Er hatte das schwere Faxgerät in die Toilette verfrachtet und es auf den Boden neben die Kloschüssel gestellt. Durch die ganze Wohnung legte er Kabel und sägte dafür sogar ein schiefes Loch in die Toilettentür (das man noch heute sehen kann), um das Faxtelefon dort anschließen zu können.

Für gewöhnlich saß er bis 15 Uhr, manchmal bis 16 Uhr in der Toilette und legte hin und wieder eine Snack- und Kaffeepause ein (erst viel später legte er sich ein Mobiltelefon zu, das er zusammen mit einem Säckchen Salz zum Schutz gegen die gefährliche Strahlung in der Hosentasche trug).

Bevor er zu arbeiten begann, klappte er den Klodeckel runter, legte ein Kissen darauf, klopfte es sich zurecht, um es bequemer zu haben, und ließ sich erst dann darauf nieder. Daneben hatte er einen kleinen Hocker gestellt, auf dem er sorgfältig seine Notizen, Tabellen und Bücher platzierte. Derart ausgestattet konnte er sich daranmachen, Gespräche mit seinen Kunden zu führen, und wenn ich nachmittags von der Schule nach Hause kam, drangen aus der dünnen Sperrholztür Fetzen unverständlicher Sätze.

KAPITEL 15

Der Exorzist

Die bis zum Ende unausgesprochene Unruhe, die im Jahr 2005 in uns zu keimen begann und die man in Ermangelung einer besseren Bezeichnung als eine Art Hunger beschreiben könnte, manifestierte sich in jenem Frühling und Sommer in einem außergewöhnlichen, intensiven Aufblühen des Mahrtals. Elephantiasis. Elefantensyndrom. Überwuchs. Überhang. Pathologisches Wuchern. Eine gigantische, ausschweifende Pracht.

Zunächst erfreuten wir uns an dieser Fülle. Unter den Bäumen häufelte sich das Fallobst an, die Äste brachen unter dem Übergewicht, die Gemüsegärten explodierten, die Blumen trieben schwindelerregende Blüten. Doch bald begriffen wir, dass die Fülle ein Zeichen der Dekadenz war und einen kritischen Wendepunkt markierte.

Die gewaltigen Früchte bargen eine Überzahl an Kernen, doch ihre geäderten Schalen waren arm an Fruchtfleisch. Am Riesenwuchs wurden immer häufiger kleine Makel sichtbar, die sich mit der Zeit zu immer augenfälligeren Deformationen, Fehlbildungen, Monstrositäten auswuchsen.

Am deutlichsten machte sich das in den Schrebergärten bemerkbar, die damals einer märchenhaften Landzunge glichen, einem exotischen Kontinent. Die Welt quoll auf. Die Gemüsebeete waren überfüllt von riesigen, vorzeitig gereiften und innen hohlen Kürbissen, Giganten voller vertrockneter, rasselnder Kerne. Es gab Dill so hoch wie Herkuleskraut, mit Baldachinen wie Lkw-Räder. Möhren, Petersilie und Kartoffeln sprengten die Erde ringsum, bis sie von einem Netz schwarzer Risse durchzogen war. Jedes Blatt eines Zwiebellauchs war breiter als das Handgelenk eines Kindes.

Blumen mit eingewachsenen, doppelten, dreifachen, vierfachen Blütenkelchen brachen aus ihrem natürlichen Bauplan aus, um die kuriosesten Formen anzunehmen, faszinierend und abstoßend zugleich.

Die wuchernden Gräser, die uns sonst nur zu den Knien reichten, schossen hoch bis über unsere Köpfe. Trotz Regenmangel waren die Gräser seltsam feucht und erstreckten sich über die Schrebergärten wie grüne Sümpfe.

Die deformierten Schotenschiffchen der Ackerbohnen platzten mit lautem Schmatzen auf und schütteten unförmige, steinharte Bohnen auf die Erde. Himbeeren, Johannisbeeren und Stachelbeeren waren so prall gefüllt mit bereits gärendem Saft, dass manche Früchte unter dem kaum spürbaren Gewicht von Insekten in sich zusammenfielen. Die Erdbeeren waren groß genug, um die Hand eines Erwachsenen auszufüllen. Trauben, Zaunwinde und Efeu ließen selbst robuste Stützstangen und Abzäunungen bersten und der schwere, fettige Blütenstaub lockte ein ums andere Mal Insekten in die Falle, die, erstaunt von ihrer Gefangennahme, ungelenk mit den Flügeln schlugen. Nur die Arbeiterbienen wuselten ganz eifrig herum, als wäre es ihre allerletzte Ernte.

Mein Vater hatte die Erkrankung der Pflanzen als Elephantiasis diagnostiziert (allerdings habe ich noch in keinem Lehrbuch oder Aufsatz jemals etwas über eine botanische Spielart dieses Phänomens gelesen). Sie machte auch vor unseren heimischen Gärten und den städtischen Grünflächen nicht Halt, wenngleich in weit geringerem Maße, als hielte die Präsenz des Menschen das monströse Wuchern der Natur etwas in Schach.

Die Veränderungen im Tal wurden auch nicht gleich bemerkt. Ein Zugereister (auch wenn es in Zuckrowka kaum Zugereiste gab) hätte den Unterschied, jenen vagen Missklang sofort gespürt, die fülligeren Formen, die lebendigeren Farben, vor allem das saftige Grün sofort bemerkt.

Erst nach einer Weile begannen sich aus dieser Fülle die Auswüchse herauszuschälen und ins Defekte umzuschlagen, sich in Karikaturen zu verwandeln, die Grenzen zum Märchenhaften und Unglaublichen zu überschreiten. Die Natur kränkelte und fieberte.

Ein ganz ähnliches Bild hatte ich vor Augen, als ich einige Zeit später zwischen den Dokumenten meines Vaters die von Mutter mitgebrachten Faksimiles mittelalterlicher Herbarien fand. Die Zeichner der Initialen begaben sich ebenfalls auf den schmalen Grat zwischen Wahrheit und Fantasie, wenn sie Pflanzen in deformierte Buchstaben verwandelten. Wenn ich nur selbst dieser Sprache mächtig wäre, dachte ich damals, könnte ich die Worte entziffern, die so unbedarft unsere Landschaft imitierten.

Und dann begann alles zu verfaulen und ringsum stieg süßlicher Gestank auf. Alles verblühte schneller, als man es pflücken konnte (obwohl das niemand wollte), die Reste wurden von Feldmäusen und Vögeln gefressen. Die Schrebergärten schienen noch mehr als sonst ausschließlich den Pflanzen zu gehören. Tiere hatten darin kaum noch Platz und Menschen schon gar nicht.

Ich erwähne das alles nicht ohne Grund, denn obwohl wir uns der eigenartigen Übereinstimmung zwischen dem Hunger in uns und dem äußerlichen Übermaß der Natur bewusst waren, war das, entgegen unserer eigenen überheblichen Überzeugung, nicht der Grund für die Geschehnisse in den Frühlings- und Sommermonaten des Jahres 2005.

„Auf dem Punkt ihrer größten Fülle neigt die Welt sich dem Ende entgegen", hatte mein Vater in eins seiner Horoskope geschrieben, und zumindest in dieser Zeit musste man ihm recht geben.

***

Mir scheint, dass nach der Geschichte mit den Rosen von Frau Margas einige Leute ganz ernsthaft überlegten, ob Magda Dygnar nicht eine Teufelin war. Es waren schon einmal Teufel in Zuckrowka erschienen, kurz nach dem Fall des Kommunismus. Zwar gaben sie schon viele Jahre Ruhe, aber das bedeutete nicht, dass sie nicht jeden Augenblick zurückkehren konnten.

Schon bald begannen die Leute immer kuriosere Beweise für Magdas angebliche Verbindungen zu unreinen Mächten zu erfinden, bis schließlich die ganze Stadt an diesem hinterhältigen Zeitvertreib teilnahm. Und was nicht alles gemunkelt wurde! Dass ihre Augenfarbe sich verändert. Dass nichts sich in diesen Augen spiegelt. Dass sie nach Schwefel riecht. Dass die Spiegel blind werden, wenn sie sich nähert. Dass, seit sie zu singen begonnen hat, in der Stadt die seltsamsten Dinge geschehen. Dass sie angeblich einen schwarzen Rachen hat, und was schwarz ist, das ist bekanntlich böse (gerade diese Geschichte erfreute sich einer besonders großen Beliebtheit, und angeblich war die Information durch eine verlässliche Quelle verbürgt: durch den Zahnarzt der Dygnars persönlich). Dass sie nachts im Bass spricht und mit den Zähnen knirscht, bis Blut aus dem Zahnfleisch quillt und aus ihrem Mund Funken sprühen. Dass sie sich ständig an unzüchtige Stellen fasst, selbst wenn sie dabei beobachtet wird, weswegen der Arzt verordnet hat, ihr die Hände mit Pfeffer einzureiben, was übrigens gar nicht geholfen hat, weil sie nur Wunden davon bekam, und angeblich sei genau das die Quelle des sickernden Blutes gewesen, das wir im Winter gesehen hatten.

Der schlagendste Beweis für Magdas Besessenheit und ihre Machenschaften mit dunklen Mächten war aber etwas, über das man in der Stadt bisher nicht laut gesprochen hatte, obwohl es doch offensichtlich und bei näherer Betrachtung durch und durch diabolisch war. Früher hatte man noch ein Auge zugedrückt, sei es aus Mitgefühl (darüber, dass es ein so junges Mädchen getroffen hatte), aus Gnade (gegenüber ihrem Vater, man sah ihm doch deutlich an, wie ihn die ganze Sache mitnahm, innerhalb von wenigen Monaten hatte er abgenommen und war ergraut, war regelrecht in sich zusammengefallen) oder einfach nur aus einem gesunden Schamgefühl heraus, „man hat doch ein Gespür für Würde, der Anstand gebietet es nicht", wie Frau Zolko es formulierte.

Aber die Ereignisse häuften sich, die Sache ließ sich nicht länger totschweigen. Man musste das Peinlichkeitsgefühl überwinden, ob man nun wollte oder nicht. Es war an der Zeit, endlich auszusprechen, was bislang mit unbeholfenem Stillschweigen und friedfertiger Absicht maskiert worden war: Magda lief wirklich splitterfasernackt in der Stadt herum. Doch warum kümmerte es sie so wenig?, fragte man sich ehrlich besorgt. Schämte sie sich denn kein bisschen? An der Geschichte war doch etwas faul, und das Schlimmste war, dass man nicht das Geringste dagegen ausrichten konnte.

* * *

Ich habe keinen Schimmer, woher Mischa wusste, dass ich bei Magda zuhause gewesen war. Und irgendjemand musste es ihm ja gesagt haben, sonst hätte er mich damals am Porzellanhaus nicht darauf angesprochen.

Nach dem, was im Wald passiert war, blieb ich nachmittags lieber daheim. Ich wunderte mich, als Vater mich bat, ihn zu den Dygnars zu begleiten. Offenbar wollte der Vorsitzende die berufliche Expertise meines Vaters zu Rate ziehen und ich konnte mir schon denken, dass er von selbigem auch über Magdas nächtliches Treiben in Kenntnis gesetzt worden war.

„Du wirst mir zur Hand gehen", hatte Vater erklärt, als er mein Erstaunen bemerkte. „Vielleicht muss man sie ein bisschen festhalten." Er grunzte verlegen. „Damit sie sich nicht wehtut", ergänzte er schnell.

Nach der Geschichte mit Magdas dreckigen Füßen hatte Herr Dygnar in seiner Verzweiflung beschlossen, sich von höheren Mächten helfen zu lassen.

Der Mann, auf den wir im Salon warteten, verspätete sich. Mein Vater hüstelte nervös vor sich hin. Ich rutschte auf der unbequemen Ledercouch hin und her, die noch dazu unangenehm quietschte. Neben mir saß mein Vater, der in dem riesigen Möbel regelrecht verschwand.

Schüchtern ließ ich meinen Blick durchs Zimmer wandern. Ich war zum ersten Mal hier.

Das Haus der Dygnars wirkte riesig und war luxuriös eingerichtet. Sie wohnten nur zu zweit darin.

Der Salon befand sich im Erdgeschoss und wurde von der offenen Küche nur durch eine mächtige Theke mit einer Platte aus Marmorimitat getrennt. Die Couch zeigte zur breiten Schiebetür, die in den Garten hinausführte. Auf der verglasten Bar stand ein großer, glänzender Fernseher. An den hohen Fenstern der Veranda schaukelten vergoldete Perlenvorhänge im sanften Wind, der durch die angelehnte Verandatür zog. Wie glitzernde Schlangenleiber hingen sie von der verzierten Gardinenstange und schienen im Durchzug ihre blitzenden, Gift speienden Köpfchen zu erheben.

„Whisky?" Herr Dygnar trat an die Bar.

„Vielen Dank."

Der Vorsitzende wirkte angespannt. Er goss etwas Whisky in ein grob geschliffenes Glas und reichte es meinem Vater, dann nahm er einen großen Schluck aus seinem eigenen Glas.

„Bist du schon achtzehn?"

„Sie ist noch nicht volljährig", kam Vater mir zuvor.

Herr Dygnar stellte die Flasche ab und ging zur Couch, nahm aber nicht darauf Platz, sondern stellte sich nur daneben und tippte unruhig mit dem Fuß auf das Parkett.

Ich fand es seltsam, dass er bei sich zuhause in eleganten Halbschuhen herumlief. Bestimmt hatte er sie extra für den besonderen Anlass angezogen. Er trug einen dunklen Anzug und ein hellblaues Hemd, das am Hals aufgeknöpft war. Immer wieder zupfte er an seinem Kragen herum, als wollte er eine unsichtbare Krawatte lockern. Schlagartig wurde mir bewusst, dass ich ihn nie in einem anderen Outfit gesehen hatte. Ob ich ihn ohne teures Jackett und elegantes Hemd überhaupt auf der Straße erkennen würde?

„Vielen Dank, dass du gekommen bist, Marek." Er streckte meinem Vater die Hand entgegen. Ich hatte gar nicht gewusst, dass sie per Du waren.

Es war schon eine Weile her, dass Dygnar von allen seinen öffentlichen Ämtern zurückgetreten war. Davor war er ein paar Jahre lang der Vorstandschef eines kommunalen Unternehmens gewesen und wurde daher als *der Vorsitzende* tituliert. Aus Gewohnheit nannte man ihn immer noch so.

Vater versuchte, sich aus der Couch zu stemmen, doch sie erwies sich als zu tief. Er kam ins Wanken, beinah wäre ihm der Whisky aus dem Glas geschwappt. Nur mit Mühe fand er sein Gleichgewicht wieder. Dabei beugte er sich so seltsam vor, dass es von der Seite aussah, als würde er die Hand des Vorsitzenden drücken und sich gleichsam ehrwürdig vor ihm verneigen.

Im riesigen schwarzen Sessel neben der Couch saß Magda und schwieg. Sie biss sich leicht auf die Unterlippe, ihre Hände hatte sie zwischen die Knie gepresst. Der Schatten des wuchtigen Sessels mit seinen breiten Armlehnen und der hohen Rückenlehne schien sie beinahe zu verschlingen. Ihre Haare waren mit einem Gummi zu einem langen Pferdeschwanz zusammengebunden, der ihr über die Schulter fiel, und gaben den Blick auf ihre abstehenden Ohren frei.

Seit wir da waren, hatte sie nicht ein Wort gesagt. Sie starrte bloß gleichgültig vor sich hin, als wäre sie alleine im Raum. Ich weiß nicht, ob sie mich überhaupt erkannte, denn das letzte Mal hatten wir in der Grundschule miteinander gesprochen.

Hatte sie Angst?

Ich blickte verschämt und verstohlen zu ihr. Es war unser erstes Aufeinandertreffen seit jener Nacht im April. Aber war ihr überhaupt klar, dass wir uns begegnet waren? Konnte doch sein, dass mein Vater dem Dygnar alles erzählt hatte. Ich lief knallrot an.

Magda rutschte kaum merklich im Sessel hin und her. Dann drehte sie den Kopf zur Seite und blickte mich geradewegs an. Ihre leicht zugekniffenen Augen waren so hell, dass die Iris nahezu weiß schien. Meine Hände waren feucht. Ich wischte sie an meiner Jeans ab. Nein, es war nicht Magda, die Angst hatte.

An der Tür des Salons klopfte es laut.

Der Exorzist sah komplett unscheinbar aus. Ein kleines, dickliches, kahles Männlein, dem es eher schlecht als recht gelang, die Plauze zu verbergen, die sich aus seinem Jackett wölbte. Er trug keine Soutane, sondern bloß ein schwarzes Hemd mit weißem Priesterkragen. Seine vollgestopfte lederne Aktentasche musste sehr schwer sein, weil er sie mit beiden Händen festhielt. Sein Körper neigte sich dabei seltsam zur Seite. Ich stand auf, um sie ihm abzunehmen.

„Also gut, wer ist die Patientin?" Der Priester rieb sich die fleischigen Hände.

Dem Vorsitzenden zufolge war dieser Exorzist „der Beste". In Fachkreisen hieß es, er würde „für die Teufelsaustreibung bis hinunter in die Hölle steigen".

Magda erhob sich aus dem Sessel. Sie war einen Kopf größer als der Geistliche.

„Ausgezeichnet, ausgezeichnet", murmelte der Exorzist. „Schreiten wir gleich zur Tat."

„Sollen wir etwas mehr Platz machen, Hochwürden?"

Herr Dygnar hatte sein leeres Glas heimlich auf einem Schränkchen abgestellt.

„Bitte? Ach nein, das ist nicht nötig. Wir gehen am besten ins Zimmer der Patientin. Wie heißt du denn, mein Kind?"

„Magda."

„Gehen wir in Magdas Zimmer."

Sie machten sich auf und wir folgten ihnen.

„Kommen Sie etwa alle mit?" Der Priester drehte sich um und warf uns einen fragenden Blick zu. „Hmm … na gut, von mir aus."

Er trat an die gepanzerte Schlafzimmertür und musterte aufmerksam die massiven Schlösser und Ketten.

Magdas Zimmer machte einen ganz gemütlichen Eindruck, obwohl man ihm ansah, dass es auf die Schnelle eingerichtet worden war. An der Wand stand das gemachte Bett mit einer übergeworfenen flauschigen Decke. Über dem Bett hing ein recht großer Spiegel in einem Schmuckrahmen wie ein Gemälde.

Mein Blick fiel auf den Nachttisch, wo zwischen allerlei Krimskrams
ein Fläschchen mit einem Kreuz stand. Ich wusste zu gut, warum es
hier war. Daneben weckte ein Buch mit Lesezeichen mein Interesse.
Ich trat ein Stück näher, vermutlich irgendein Roman. Aber auf dem
Umschlag standen weder Titel noch Autor. Das Buch war in graues
Leinen gebunden und in der Mitte des Umschlags war ein großes Z
geprägt.

„Stell dich hierhin, ja genau hier, in die Mitte." Der Exorzist zog Magda
an der Hand zu sich heran. „Gut. Und jetzt schließ die Augen."

Aus der Tasche seines Jacketts entnahm er einen kleinen Flakon mit ge-
weihtem Salböl, beinahe identisch mit dem, der auf dem Nachttisch stand. Er
träufelte sich etwas davon auf die Finger und zeichnete Magda das Kreuzzeichen auf die Stirn. Sie zuckte zusammen, als sein feuchter Finger ihre Haut
berührte. Mit der linken Hand hielt der Exorzist ein Kruzifix direkt vor das
Gesicht des Mädchens. Die rechte Hand legte er ihr auf den Kopf.

Zu meiner Verblüffung kam mir plötzlich die längst vergessene Geste
wieder in den Sinn: Genau so hatte vor Jahren der Magier in der Turnhalle
meinen Kopf festgehalten.

Ein bedrohlicher Schatten huschte über das Gesicht des Geistlichen, der
nicht länger nur ein freundlicher, dicklicher Priester war. Bildete ich es mir
nur ein oder war es im Zimmer plötzlich unerträglich stickig geworden?
Mein Vater und Herr Dygnar blickten unruhig umher.

„Sprich mir nach."

Der Priester begann, eine Litanei herunterzubeten. In gelangweiltem
Tonfall wiederholte Magda Silbe für Silbe. Die lateinischen Wörter flossen zu einem beunruhigenden, monotonen Singsang zusammen. Plötzlich
hielt der Exorzist inne, nahm Magda die Hand von der Stirn und wischte
sie sich an der Hose ab. Dann sah er uns an.

„Sie ist nicht besessen", erklärte er irritiert. Unruhe kam auf.

„Nein, sie ist nicht besessen", wiederholte er. „Sie ist im Zustand göttlicher Gnade."

Und dann beugte er sich über seine Aktentasche und begann, seine Sachen wieder einzupacken.

Herr Dygnar scharrte irritiert mit den Füßen. Er blickte den Geistlichen
fragend an, der sich zum Aufbruch fertig machte.

„Aber Hochwürden", platzte es plötzlich aus ihm heraus, „meine Tochter
läuft doch nackt herum!"
Magda warf ihrem Vater einen vernichtenden Blick zu. Der Exorzist zuckte
nicht einmal mit den Wimpern.

„Mann und Frau waren nackt, aber sie schämten sich nicht voreinander",
tönte er.

„Aber ..." Der Vorsitzende versuchte noch etwas zu sagen, doch der Exorzist fiel ihm ins Wort.

„Spricht sie rückwärts?"

„Ich glaube nicht."

„Gut. Wenn sie nicht rückwärts spricht, haben wir es nicht mit dem Satan, sondern mit Gott zu tun. Jawohl, *Gott*", betonte der Priester, während er seine vollgestopfte Tasche schloss. „Es ist ein Zustand der Gnade."

Er wand sich zur Tür, hielt aber auf der Schwelle inne, als wäre ihm noch etwas eingefallen.

„Sie darf unter gar keinen Umständen geweckt werden", sagte er mit drohend erhobenem Zeigefinger. „Haben Sie verstanden? Auf keinen Fall wecken!"

Wir nickten. Natürlich würden wir sie nicht wecken.

„Ich sag's doch, die Maria vom Kriegsrecht wacht über euch. Ich bin doch schon das zweite Mal hier", erzählte der Priester gutmütig, als ich ihm auf dem Weg zu seinem Wagen die Tasche tragen half.

„Das zweite Mal? Wo waren Hochwürden denn noch?", fragte ich freundlich.

Der Geistliche hatte seinen Wagen auf der anderen Straßenseite geparkt. Der Griff der Tasche drückte sich unangenehm in meine Handinnenfläche.

„Wann war das wohl ..." Der Exorzist musste einen Moment lang überlegen. „Vor zehn Jahren ungefähr? Vielleicht ist's auch schon länger her. Wenn ich mich recht entsinne ... war es sogar hier, ganz in der Nähe." Er wies mit dem Kopf in eine unbestimmte Richtung. „Sobieski war sein Name."

„Sobieski?" Ich zuckte zusammen.

„Ja, Sobieski, ich bin mir ganz sicher. Alexander Sobieski. Nach seinem Tod habe ich einen Fluch lösen müssen." Der Priester bekreuzigte sich. „Aber da wird sich heute niemand mehr dran erinnern, es ist so viele Jahre her. Jedenfalls ist der Satan nicht wählerisch, er schaut nicht auf den Status der Menschen. Zu wie vielen Besessenen ich schon gefahren bin, polenweit! Und wir helfen nicht immer nur innerhalb der eigenen Diözese, wenn wir es mit einem schweren Fall zu tun haben, ruft man mehrere von uns zusammen. Der Teufel kann auf jeden erpicht sein und er führt in Versuchung, wen immer er will." Dann senkte er vertraulich seine Stimme. „Das darf man gar nicht laut sagen, aber nach '89 hat es so viele Besessene gegeben wie nie zuvor." Er schüttelte traurig den Kopf. „Man könnte meinen, der Sozialismus war gar nicht so übel ... Die Menschen hatten einen besseren Charakter. Da ging dem Satan die Arbeit noch nicht so leicht von der Hand."

Völlig verdattert starrte ich dem in der Ferne verschwindenden Fahrzeug hinterher.

Jeder in Zuckrowka wußte, wer Alexander Sobieski war. Der Name gehörte dem berühmt-berüchtigten, nicht mehr lebenden Gründer unseres Stadtmuseums. Jenes Museums, in dem seit Jahren meine Mutter arbeitete.

KAPITEL 16

Die Schlange auf dem Hügel

Beim Aufschrauben des Flakons stieg Kräuterduft in meine Nase. Wenn ich ihn zuvor länger in der Hosentasche mit mir herumtrug, veränderte sich der Geruch und wurde, von meinem Körper erwärmt, etwas kräftiger.

Niemand hat je bemerkt, dass ich das Fläschchen aus Magdas Zimmer entwendet habe. Wie es dort hingekommen war, wusste ich bereits von Vater, dem wiederum Herr Dygnar alles erzählt hatte, damals noch mit einer Mischung aus Skepsis und Erheiterung.

Das war ganz am Anfang von allem gewesen, noch vor der Geschichte mit den zertrampelten Rosen, als die Sache noch von niemandem wirklich ernst genommen wurde.

Ich weiß ehrlich gesagt selbst nicht so genau, warum ich den Flakon mitgenommen habe. Es war wie ein Reflex. Während der Exorzist seine lateinischen Litaneien runterbetete, hatte ich mir das Fläschchen unbemerkt geschnappt und in meiner Hosentasche verschwinden lassen.

Bis heute ist sich kaum jemand dessen bewusst, aber die Visite des Exorzisten war nicht der erste Besuch eines katholischen Geistlichen im Hause Dygnar.

Eines Nachmittags, ein paar Wochen zuvor, war der Vorsitzende früher als sonst aus dem Büro zurückgekommen.

„Um diese Jahreszeit ist ein wolkenloser Himmel eine Seltenheit", hatte er noch zu seinem Assistenten gesagt, bevor er die Arbeit verließ.

Die Sonne hatte so stark geschienen, dass der Vorsitzende sich einen Sessel auf den Rasen vor die Terasse stellte. Anschließend kehrte er in den Salon zurück, um sich einen Drink zu mixen. Während er Eis zerkleinerte, bemerkte er mit Erstaunen ein paar Regentropfen an der Fensterscheibe. Die Sonne knallte immer noch und warf Schattenflecke auf den Flokatiteppich. Die Wolke musste von der Rückseite des Hauses her aufgezogen sein. Immer dickere Tropfen klatschten gegen die Scheibe. Gleich wird's gießen wie aus Eimern, dachte er bei sich. Dann stellte er missmutig sein Glas ab und wandte sich zur Tür, um den Sessel wieder hereinzuholen, bevor der Himmel aufriss. Plötzlich blieb er wie angewurzelt stehen.

„Was … was machen Sie denn hier, Herr Pfarrer?"

Pfarrer Wilk erstarrte mit dem erhobenen Weihwasserwedel in der Hand. Es tropfte auf den Boden. Dann richtete er sich gerade auf und strich würdevoll seine Soutane glatt.

„Gott zum Gruße. Ich statte Ihnen einen seelsorgerischen Besuch ab."

„Im April? Kommen Sie sonst nicht nur zur Weihnachtszeit?"

„Jeder Monat ist recht, wenn den Menschen geistige Unruhe plagt", erklärte der Pfarrer ernst und drängte sich durch die offene Tür in den Salon. Gleichmütig nahm er vom Whiskyglas Notiz.

Herr Dygnar zeigte sich folgsam und sprach gemeinsam mit dem Pfarrer ein Gebet. Er murmelte undeutlich mit gesenktem Kopf, um zu verbergen, dass ihm die Verse nicht mehr geläufig waren.

Später sprachen sie noch über Dygnars Wahlpläne. Der Pfarrer wollte wissen, ob er zu kandidieren beabsichtige. Schließlich faltete der Pfarrer mit feierlichem Ernst die Hände vor dem Schoß.

„Ich habe von euren Problemen gehört", sagte er mit einem Räuspern.

Dygnar lief rot an. Außer mit meinem Vater hatte er mit keiner anderen Menschenseele darüber gesprochen, was mit seiner Tochter passierte.

„Manchmal kommt es vor, dass ein junger Mensch, oder in diesem Fall eine junge Frau, vom rechten Weg abkommt. Wenn eine Person auf Abwege gelangt, ist es unsere Pflicht, ihr zu helfen. Wir müssen alles in unserer Macht stehende tun, um sie zu erlösen und sie zurückzuführen …"

Er griff in seine Soutane und zog aus einer in ihren Falten verborgenen Tasche ein Fläschchen hervor.

„Das ist geheiligtes Öl, gesalbtes Öl. Ich salbe damit die Kranken."

Herr Dygnar war sichtlich verlegen. Er wollte etwas sagen, aber Pfarrer Wilk ließ sich nicht unterbrechen.

„Wissen Sie, manchmal glauben wir fälschlicherweise, dass das Böse abstrakt sei, etwas Nebulöses, das ungreifbar in der Luft hängt, aber das ist ein Irrglaube, der nur dazu führt, dass wir versuchen, das Böse mit ähnlich abstrakten Mitteln zu bekämpfen, mit lebensfernen Theorien. Wir vertiefen uns in die Psychologie, suchen Antworten in den Geheimnissen der Psyche, aber das Böse ist nichts Theoretisches!"

Er neigte sich dem Vorsitzenden zu. „Die Kirchenlehre besagt, dass das Böse sich durch Körperöffnungen im Menschen einnistet. Und durch Körperöffnungen lässt es sich auch am einfachsten wieder verjagen."

Pfarrer Wilk griff nach der Hand des sprachlosen Mannes, legte den kleinen Flakon hinein und drückte sie sanft zu.

„Bitte sagen Sie Ihrer Tochter, dass sie das anwenden soll. Nicht viel, nur eine ganz dünne Schicht. Wichtig ist, dass das Öl lange einmassiert wird."

Er senkte die Stimme zu einem Flüstern und wer den Pfarrer nicht kannte, hätte glauben können, er sei selbst ein wenig beschämt. „Das Wichtigste ist, dass Ihre Tochter es da unten aufträgt." Er wies mit einer Geste Richtung Boden. „Denn dort nistet es sich am liebsten ein."

***

Ich konnte das Schuldgefühl, das mich erfüllte, nicht benennen, dabei wusste ich doch, dass etwas in mir sich verändert hatte. Etwas, das schon vor Jahren begonnen hatte und nachts meine Gedanken erfüllte, das mich immer häufiger auch am Tag beschlich und das ich zugleich schrecklich fürchtete und sehr ersehnte.

Und wenn Pfarrer Wilk doch recht hatte? Vielleicht half es ja wirklich? Ich blickte auf den kleinen Flakon in meiner Hand.

Mischa und Hans waren zu irgendeiner Party in die Stadt gefahren („in die Stadt" hieß bei uns immer „nach Wysoka"). Ich wusste, dass auf dem Hügel niemand sein würde.

Ich legte mich ins Gras, an die Stelle, wo wir immer König spielten, schloss die Augen und zog das Fläschchen mit dem geheiligten Öl aus der Hosentasche. Ich verteilte etwas davon auf den Fingerspitzen. Harziger Geruch stieg auf.

In Wahrheit habe ich schon damals verstanden, was mich so sehr beunruhigte. In jener Nacht, als wir Magda begegnet waren, habe ich etwas gesehen, was ich nie zuvor gesehen hatte. Ich hatte niemandem davon erzählt. Am Anfang dachte ich noch, dass ich es mir sicher nur einbildete, aber die Erscheinung wurde mit jedem Moment deutlicher, und als sie aufs Dach gestiegen war, konnte ich nichts anderes mehr sehen: Über ihren Pobacken, quer über den Rücken und die formlose Taille, rund um den von wenigen dunklen Härchen bedeckten Bauch, verlief eine Narbe – die deutliche Spur der Säge, die ihren Körper vor Jahren zerteilt hatte, an dem Tag, als ich ihr zum ersten Mal begegnet war. Damals, vor einer halben Ewigkeit, im Sprechzimmer der Schulkrankenschwester, hatte ich nichts erkennen können, aber diesmal war die Narbe wirklich da.

Ich konnte nicht aufhören, an diese deutliche Linie zu denken, die sich wie ein schimmernder Lendenschurz, wie ein silbriger dünner Gürtel, wie ein Seidenbändchen um ihre Hüften schlang, als wäre sie gleichzeitig Kante und Rand, die Kontur des Bauches, des Halses und des Kopfes, und sie zog sich weiter. Wie eine Luftschlange wand sie sich durch die Stadt, über die Straßen, um die Häuser, sie rankte hinauf bis zum Rathausdach und auf den Glockenturm, zog sich durch die Kirche und alle Stockwerke des Museums, sie wickelte sich um die Maria vom Kriegsrecht, kringelte sich durchs Friedhofsdickicht, bis sie schließlich langsam auch zu mir auf den Hügel kam. Wie eine Schlange kroch sie übers Gras, rutschte unter die Finger, die das erlösende, heilende Öl einrieben, drang in meinen Slip, fand die Symmetrie meines Körpers, klebte sich an mich wie eine Spirale, halbierte mich, umkreiste mit winzigen Bewegungen die geschwollene Kugel unter meinen Fingern, erfüllte mich, rückte mir zu Leibe wie eine harte Jeansnaht, aber stärker und stärker, bis endlich die Linie, die Spur der Säge weiter schoss, über mich hinaus, über den Hügel, und allmächtig platzend mit dem Horizont zerfloss.

KAPITEL 17

Im Schneckenhaus

Früher war mir das Museum viel größer vorgekommen. In der Bauart ähnelte das dreistöckige Gebäude einer Jugendstilvilla. Die Ausstellungsräume befanden sich im Erdgeschoss und im ersten Stock. Im zweiten Stock lagen die Büros und genau dort arbeitete meine Mutter. Der dritte Stock wurde vor allem als Depot genutzt.

Das Museum selbst erinnerte an ein Schneckenhaus. Alle Räume eines Stockwerks waren schlauchartig angeordnet und bildeten eine eigentümliche Spirale, in deren Mitte sich eine Wendeltreppe befand, die alle Etagen miteinander verband. Diese besondere Raumstruktur war ideal für museale Präsentationszwecke, bestens geeignet, um ein Narrativ zu entfalten, wie mir Mutter eines Tages erklärt hatte (ich erinnere mich noch genau an ihren Wortlaut, dieses „Narrativ entfalten" hat mich damals sehr amüsiert), doch im Büroteil bewährte sich diese Raumaufteilung ganz und gar nicht.

Die Frauen, deren Büros am Ende der Schnecke lagen, mussten, um dort hinzugelangen, durch alle anderen Räume schreiten, was den permanenten Eindruck von unwillkommener Anwesenheit erweckte. Erst der dritte Stock wich von dieser Form ab. Dort gab es nur einen einfachen Flur und zwei sehr große Räume.

Im Museum fühlte ich mich sicher. Ich liebte alle Mitarbeiterinnen, selbst die herbe Direktorin Sobiera, die mir als Kind erlaubt hatte, mich auf ihrem Bürostuhl wie auf einem Karussell zu drehen, seinerzeit der einzige Bürostuhl mit Rollen im ganzen Museum und vermutlich einer von wenigen in ganz Zuckrowka.

Bevor ich die Bibliothek für mich entdeckte, um für Jahre dort oben zu versacken und Bücher zu lesen, verbrachte ich viel Zeit in diesen Räumen. Ich wurde weitergereicht von Büro zu Büro. Die Museumsfrauen steckten mir Süßigkeiten zu, erzählten mir mit Begeisterung von ihren aktuellen Projekten, ließen mich an ihren Schreibtischen zeichnen und zeigten mir die Ausstellungsstücke. Manchmal streunte ich auch selbst zwischen den gläsernen Vitrinen herum und starrte in die verstaubten Schaukästen (Herr Gruzin wischte sie selten, was Direktorin Sobiera regelmäßig aufbrachte und zu disziplinierenden Maßnahmen zwang). Es gab jedes Mal etwas Interessantes zu entdecken, denn die Frauen sorgten dafür, dass die Ausstellung regelmäßig variierte; alle paar Wochen wurden ein paar neue Gegenstände aus dem Depot geholt.

Die Sammlungen, die man im Museum bestaunen konnte, waren skurril. Angeblich waren sie vollständig vom ehemaligen Direktor angelegt worden.

In diesem sonderbaren Sammelsurium vermischten sich naturkundliche Exponate mit Zeugnissen von Ereignissen in Zuckrowka, als wären Stadt- und Naturgeschichte ein und dasselbe.

Im Museum bekam man also auch Dinge zu sehen, die vollkommen beliebig wirkten und überhaupt keinen Bezug zu unserem Tal zu haben schienen, Wertvolles wurde nicht selten mit gewöhnlichem Unrat zusammengestellt.

Es gab dort Vitrinen mit metamorphem Gestein, Schaukästen mit natürlichen Kristallen, eine Krakauer Volkstracht, präparierte Fischskelette, eine ausgestopfte Wildkatze, zwei ausgestopfte Füchse und eine Unmenge ausgestopfter Vögel, die von der Wand abstanden wie Lampen mit ungewöhnlichen Schirmen. Außerdem alte Fotografien, rostiges landwirtschaftliches Gerät, ausrangierte Hufeisen und ein paar aufgeschlagene Bücher unter Glasscheiben, auf deren Seiten einzelne Zeilen mit Informationen über Zuckrowka hervorgehoben waren. Unzählige Präsentationstische und Rahmen waren mit Insekten bestückt: Bienen, Schmetterlinge, Käfer und Zweiflügler, auf silberne Stecknadeln gespießt.

Es gab ein paar Keramikbecher und Teller vom KWZ, ein paar selbst angelegte Herbarien mit von Feuchtigkeit gewellten Seiten, eine Bernsteinsammlung von bescheidenem Umfang, ein gesichtsloses Mannequin im Indianerkostüm mit bodenlangem Federschmuck (den angeblich mein Leider-Opa, Mutters Vater, aus Federn von Hühnern und Truthähnen angefertigt hatte), einige Plastikimitate von Inka-Schmuck, einen Zeitungsschnipsel über Machu Pichu, den Bottich, der zur Zeit des Wunders im Jahr 1982 zum Einsatz gekommen war, scheinbar beliebige Landkarten, ein blassblau bemaltes Salzteigmodell der Flussbiegung, ein paar Stickereien und handgeklöppelte Spitze an den Wänden, eine verschmutzte Petroleumlampe, eine alte Maurerkelle, ein paar Holzräder, jede Menge Meeresmuscheln, ausgedörrte Seesterne, einen vertrockneten Strauß Blasentang, Abbildungen von Pilzen mit genauer Darstellung ihrer Myzelien, Lehrtafeln über die Zusammensetzung des Mischwalds, irgendwelche alten Abschlusszeugnisse aus der Grundschule von Zuckrowka, Bastelarbeiten von Kindern aus dem benachbarten Kindergarten, eine Vitrine mit einer Münzsammlung (die Münzen, überwiegend aus den 1970er-Jahren, stammten zum größten Teil aus den ehemaligen Ostblockländern), vertrocknete Spinnen, zwei Skorpione, ein vergilbter Bandwurm in Formalin … Und das war nur ein Bruchteil dessen, was über die Jahre seinen Weg in die musealen Schaukästen gefunden hatte.

Es gab nur zwei Ausstellungsobjekte, an denen sich nie etwas änderte, und das waren die Fotos an der Wand in der Vorhalle, gegenüber der Eingangstür. Sie waren so aufgehängt worden, als sollten sie sofort von jedem gesehen werden, der eintrat. Angeblich

handelte es sich beim kleineren der beiden Bilder um die älteste in Zuckrowka entstandene Fotografie, was niemanden vom Hocker gehauen haben dürfte, weil das Bild laut Beschriftung in der Ecke auf das Jahr 1947 datiert war.
Daneben hing ein Porträt des damaligen Direktors.

Doch es war das Foto von 1947, das meine Aufmerksamkeit fesselte. Noch
als Kind hatte ich meine Mutter gefragt, was auf ihm geschrieben stand (neben dem Datum reihten sich mir damals noch unverständliche Buchstaben),
aber Mutter, die sich nicht von ihrem Computer losreißen konnte, entgegnete bloß, sie wisse es nicht. Es irritierte und erstaunte mich ein wenig, schließlich hätte es doch genügt, es mir vorzulesen.

Das grobkörnige Foto zeigte eine Schulklasse und war von schlechter Qualität. Hinten standen die Jungs, vorne saßen ein paar Mädchen.

Die Hände, Schultern und Haare der Jungs waren verwackelt, bei manchen
war nicht einmal das Gesicht zu erkennen. Der Fotograf hatte sie in der Bewegung eingefangen, unscharf, sie schienen aus dem Bild zu entfleuchen.

Die Mädchen in den vorderen Bänken waren viel deutlicher zu sehen, in
ihrer steifen Haltung erstarrt. Das Foto muss an einem kalten Tag gemacht
worden sein, denn die Kinder waren warm angezogen. Unter dem Pult eines
Mädchens ragte etwas hervor, das wie eine Pferdedecke aussah, die sie von
der Hüfte abwärts bedeckte.

Der Lehrer schien zu ihnen zu sprechen. Vielleicht erklärte er gerade, wie
sie sich fürs Foto aufstellen sollten, denn er hatte die Hand in schwungvoller
Geste erhoben, und außer ihr waren nur noch sein Rücken und sein abgeschnittener Hinterkopf auf dem Bild verewigt worden.

Die Mädchen starrten mich geradewegs an, vor allem die mit der Decke.
Ich spürte ihren Blick auf mir, sobald ich das Museum betrat. Anfangs beunruhigte mich das. Ständig hatte ich das Gefühl, beobachtet zu werden,
also lief ich schnell durch die Vorhalle und bemühte mich, nicht zur Wand
mit den Fotos zu schauen. Die Mädchen machten mir Angst. Als würden sie
mich zu etwas drängen, als würden sie etwas von mir wollen.

Mit der Zeit gewöhnte ich mich langsam an sie. Vielleicht hatten sie sogar
so etwas wie Neugier in mir geweckt? Immer häufiger blieb ich vor dem Foto
stehen und erlaubte den Mädchen, mich ausgiebig zu betrachten. Obwohl
ihre zusammengepressten Lippen und starren Augen ungerührt blieben,
ging mir ihr Blick durch Mark und Bein.

Damals kannte ich schon die meisten Buchstaben, aber nicht ihre Bedeutung. Jeder einzelne schien nur für sich zu existieren, als wäre der Satz nur
eine Aneinanderreihung beliebiger Zeichen.

Eines Tages wartete ich in der Halle auf meine Mutter, fertig angezogen
und bereit zum Aufbruch. Ich kaute ein Milchbrötchen und betrachtete die
Mädchen auf dem Foto. Immer noch drängte sich mir der Eindruck auf,

dass sie etwas von mir verlangten. Aber ich erzählte niemandem davon, denn trotz meiner sechs Jahre spürte ich schon damals, dass es verwerflich ist, Dinge zu behaupten, die uns womöglich nur als wahr erscheinen.

Und genau in diesem Moment (ich erinnere mich bis heute genau daran, es war einer jener Momente, die aus der Masse unserer größtenteils vergessenen Lebenszeit herausstechen und uns wie ein Bild im Gedächtnis bleiben, mit den Jahren immer mehr erdacht als erlebt) begannen die Buchstaben, sich vor meinen Augen endlich zusammenzufügen.

„Februar...", murmelte ich mit dem süßen Brötchen im Mund. „Me-me-me..." Ich hielt inne. „Me-mo...", stammelte ich die folgenden Silben. Ich verstand nichts, die Buchstaben flossen wieder ineinander.

Erst viel später hat mir Direktorin Sobiera erklärt, dass die Inschrift, das Motto des Museums, das Sobieski persönlich gewählt hatte, lateinisch war: *Memoria minuitur nisi exercetur* – „Das Gedächtnis lässt nach, wenn man es nicht übt."

Von diesem Moment an schienen mich die Mädchen wohlwollender aus dem Foto heraus anzublicken. Aber es gab für sie ohnehin nicht viel mehr zu sehen, es kam ja kaum jemand ins Museum. Früher wurden angeblich ganze Gruppen zu Firmenausflügen hergekarrt, die Inka-Umzüge und der Besuch der Ausstellung waren fester Teil des Programms. In den 90er-Jahren jedoch, als die Umzüge schon längst Geschichte waren, kamen nur noch gelangweilte Schulklassen aus der hiesigen Grundschule, die für gewöhnlich von meiner Mutter durch die Ausstellung geführt wurden. Ansonsten blieb das Museum leer. Unten schlummerte Herr Gruzin auf einem Stuhl. Hin und wieder, wenn mal ein verirrter Museumsbesucher auftauchte, rief er nach den Museumsfrauen. Doch in der Regel tauchte niemand auf.

* * *

Die Museumsfrau Ania stellte mir einen bunten Kaffeebecher hin. Der darin schwimmende Pelz aus Kaffeefusseln ließ den Kaffee ölig wirken.

„Zucker?"

Sie schob mir höflich die Metalldose hin und nahm auf der anderen Seite des Schreibtischs Platz. Mir fielen gleich ihre angeknabberten Nägel auf. Ich nahm einen kleinen Schluck und versuchte dabei, nicht die Miene zu verziehen.

„Du meintest, du brauchst etwas für die Schule?" Sie lächelte ermutigend.

Seit Magdas Exorzismus hatten mir die Worte des Pfarrers keine Ruhe gelassen.

Zu diesem Zeitpunkt war Direktor Sobieski in unserer Stadt fast vergessen. Hin und wieder wurde in Zuckrowka noch sein Name genannt, etwa bei Stadtfesten und anderen örtlichen Feierlichkeiten, aber er war nicht mehr als eine ferne Erinnerung: entseelt wie ein Denkmal, der Archetyp eines langweiligen, etwas sonderlichen Archivars, der Staubwolken hustet. Selbst im Museum war er nur noch Geschichte.

Die Gedenktafel an der Fassade des Gebäudes war ihm gewidmet: *In memoriam Alexander Sobieski, Historiker, Lehrer, Germanist, Aktivist, Botaniker und Entomologe. Finis coronat opus,* und darunter die Daten *1899-1993.*

Dass der Direktor hochbetagt gestorben war, wusste ich. Aber dass sein Tod mit außergewöhnlichen Umständen einherging, davon hatte ich nie etwas gehört. Und dabei verbreiteten sich solche Gerüchte in Zuckrowka sonst wie ein Lauffeuer. Schon das allein machte die Sache für mich interessant.

Ich weiß nicht warum, aber irgendwie spürte ich, dass Sobieski von Bedeutung war. Ja, dass es irgendeine Verbindung zwischen ihm und Magda gab, die nach der Visite des Exorzisten übrigens immer noch schlafwandelte. Vielleicht könnte es mir gelingen, sie zu erlösen, wenn ich mehr über den Direktor erfuhr. Wäre ich damals jedoch gefragt worden, wovon ich Magda Dygnar eigentlich erlösen wollte, ich hätte keine Antwort gewusst.

Die Museumsfrau sah mich erwartungsvoll an. Wir saßen in ihrem engen Büro. Die Regale bogen sich unter dem Gewicht von Ordnern. Auf den Fensterbrettern standen ein paar Kakteen in Keramiktöpfen. Ania trug einen flauschigen violetten Pullover mit Blumenapplikationen. Das halblange graue Haar hatte sie sich hinter die Ohren geklemmt. Wenn sie lächelte, legte sich ein Netz aus Fältchen um ihre Augen. Als wäre eine kleine Spinne hinter einem ihrer kokonartigen, goldenen Clips hervorgekrabbelt und hätte ihre Augenlider mit feinen Fäden umsponnen, die sich wie eine schattige Kapuze über ihren Kopf warfen, langsam, sehr langsam ihren Körper tilgend, damit sie ihr eigenes Verschwinden nicht bemerkte.

Ich war zu ihr gegangen, weil niemand so lange im Museum gearbeitet hat wie sie. Sie war schon über sechzig. Meine Mutter hatte erst nach dem Tod von Sobieski dort angefangen.

„Ich mache ein Schulprojekt über die Geschichte unseres Museums." Ich erwiderte ihr Lächeln und stellte den Becher auf den Schreibtisch. „Aber mir fehlen noch ein paar Informationen über Direktor Sobieski. Meine Mutter hat gemeint, dass ich mit Ihnen reden soll."

Natürlich hatte ich zuhause nichts darüber erzählt.

Die Frau strahlte mich an.

„Was würdest du denn gerne wissen? Wir verdanken dem Direktor den Großteil unserer Sammlungen, vieles stammt direkt aus seiner Privatkollektion. Er hat sich bei ‚denen da oben' für die Gründung der Einrichtung eingesetzt. Und damals waren wir nicht bloß eine Zweigstelle …"

Das letzte Wort sprach sie mit unverhohlener Abscheu aus. *Zweigstelle* war im Museum ein Reizwort, ein Synonym für alles Böse, der Grund für Etatkürzungen und die Ausfuhr der Sammlungen, das Omen der unvermeidlichen Schließung.

„Ich brauche bloß was für den Schluss der Biografie, den Rest weiß ich schon", log ich. „Ich wollte Sie fragen … wie der Direktor eigentlich gestorben ist."

Die Museumsfrau erstarrte. Sie musterte mich mit Erstaunen. Ihr Gesicht schien sich seltsam zu verkrampfen. Vor Angst?

„Er ist gestorben, weil wir alle mal sterben müssen", sagte sie schließlich widerwillig. Sie wich meinem Blick aus. „Kind, es tut mir wirklich leid, aber ich habe nicht so viel Zeit heute, ich muss noch diese Berichte hier zu Ende schreiben."

Sie setzte ihre Brille auf und begann, nervös durch die Akten zu blättern, die auf ihrem Schreibtisch verteilt lagen. Ich starrte auf meinen immer noch heißen Kaffee.

Dann stand ich wortlos auf und wandte mich zum Gehen. Vielleicht hätte ich doch einfach meine Mutter fragen sollen. Schließlich musste sie etwas mitbekommen haben in all den Jahren im Museum. Aber Mutter würde bestimmt Fragen stellen, nachbohren, warum ich das überhaupt wissen wollte. Nie hätte sie mir die Story mit dem Referat abgekauft. Mir wurde schon flau nur bei dem Gedanken, mich erklären zu müssen. Vielleicht sollte ich es mit Frau Sobiera versuchen? Leider war die ehemalige Direktorin emeritiert und lebte nicht mehr in Zuckrowka.

An der Türschwelle stoppte mich die leise Stimme von Ania, die angespannt den Zipfel ihres Pullovers knetete.

„Weißt du …", sagte sie zögernd, „mir fällt gerade ein … es gibt tatsächlich jemanden, den du fragen könntest. Sie spricht gern über diese Dinge."

„Sie …?"

„Frau Dabrowska. Sie hat zu sozialistischen Zeiten hier gearbeitet."

Ich sah sie überrascht an.

„*Die* Dabrowska? Sie hat im Museum gearbeitet?"

Ania nickte, dann richtete sie den Blick wieder auf ihren Papierstapel, um mir zu verstehen zu geben, dass aus ihr nicht mehr herauszukommen war.

KAPITEL 18

Alles in Butter

Erst viele Jahre später ist mir bewusst geworden, dass Mutter und ich die ersten deutlichen Vorzeichen des Wahnsinns, der sich im Kopf meines Vaters einnisten sollte, übersehen hatten.

Alles hatte damit begonnen, dass Vater ungefähr um das Jahr 1993 herum irgendwo eine Videokassette mit dem rätselhaften Titel *Das Phänomen der Biotherapie* ergattert hatte. Er schaute sie sich immer wieder an. Währenddessen streckte er beide Hände von sich und bewegte sie in der Luft, als würde er sich durch einen Schneesturm kämpfen, der mitten im Sommer durch unser Wohnzimmer wirbelte.

Bald darauf sollte Vater mich jeden Morgen zwingen, ein Glas Wasser zu trinken, das er eigenhändig energetisiert hatte, es sei „gesundheitsfördernd" und „gut gegen das Nasenbluten".

Die besagte VHS-Kassette fand ihren Weg in die Villa, als Großmutter Saretzka endgültig von uns ging, nicht ohne mir zuvor ihr Vermächtnis ins Testament geschrieben zu haben. Dieses Vermächtnis wird auch der Grund gewesen sein, weshalb mein Vater eine gründliche Renovierung der Küche und des Wohnzimmers in Angriff nahm. Er hatte es „schon lange vorgehabt", allerdings, wie er selbst behauptete, noch auf einen passenden Anlass gewartet (er konnte nicht zugeben, dass er schlicht und ergreifend Angst vor Großmutter gehabt hatte).

Alles in unserem Haus war „von Genossin Saretzka". Egal, worauf Vaters Blick fiel, alles erinnerte ihn sofort an Großmutter, die die berühmte Villa nicht nur eingerichtet, sondern nahezu von Grund auf eigenhändig erbaut hatte. Vater war überzeugt, dass die Zimmer von einer bösen, parasitären Energie erfüllt waren und nur eine Komplettrenovierung die Präsenz von Großmutter Saretzka auszulöschen vermochte, eine Präsenz, die sich wie ein übler Geruch in den Wänden, Teppichen, Kronleuchtern und Möbeln eingenistet hatte.

Bevor wir protestieren konnten, wurden die Tapeten im Haus heruntergerissen, der Fernseher in das kleine Zimmer getragen, das Sofa mit Malerfolie und der Boden mit alten Zeitungsbögen bedeckt, die in der Zugluft raschelten.

Leider stellte sich bald heraus, dass die Renovierungsarbeiten, die mit solchem Enthusiasmus in Angriff genommen worden waren, Vaters Kräfte und Fähigkeiten weit überstiegen, und auch sein Wille nicht stark genug war, um das auszugleichen.

Nachdem er ein paar Tage lang hilflos in seinem selbst erschaffenen Chaos herumgeirrt war und sein Sommerurlaub sich schon dem Ende entgegen neigte (Mutter war damals auf einer zweiwöchigen Fortbildung in Krakau), wandte er sich in seiner Verzweiflung hilfesuchend an Mischas Vater, der sich zu der damaligen Zeit noch etwas Geld mit kleinen Ausbesserungsarbeiten verdiente (das war kurz nach dem Auszug aus dem Werk und bevor das Porzellanhaus entstand).

Herr Kulik war am Vormittag mit dem kleinen Mischa vorbeigekommen; seine Frau hatte an diesem Tag mit einem wichtigen Auftrag zu tun und war froh, dass sie sich nicht auch noch um ihr Kind kümmern musste.

Wir spielten zusammen unter dem Tisch und atmeten den scharfen Geruch der Farbe ein, der aus dem Wohnzimmer drang, wo Mischas Vater die Wand strich (wir hatten ihm helfen wollen, aber er war ziemlich gereizt und hatte nur den Kopf geschüttelt).

Herr Kulik nahm Aufträge stets ohne große Begeisterung entgegen und normalerweise brauchte es dafür viel Überredung. Preiswert war er, das musste man ihm lassen. Doch er arbeitete nicht sehr genau und alles ging quälend langsam vonstatten, als wollte er jeden abschrecken, der auf den Gedanken kommen könnte, erneut seine Dienste in Anspruch zu nehmen. Obwohl er bei uns schon seit Stunden zugange war, hatte er erst einen recht kleinen Teil des Zimmers gestrichen.

Mit lascher Handbewegung schob er die weiche, mit Farbe vollgesogene Farbrolle auf und nieder, eigentümlich konzentriert und ganz in seine unnatürlich verlangsamten Gesten versunken. Er bot einen bemitleidenswerten Anblick. Man hatte den Eindruck, dass er mit jeder Bahn langsamer wurde, dass jede Bewegung mit der Farbwalze sich in die Länge zog, sich endlos verlängerte, als würde sie niemals aufhören.

Schließlich gelang es Mischas Vater doch, die Rolle von der Wand zu lösen. Er trat einen Schritt zurück und betrachtete stumm das frisch gestrichene Wandstück, als würde er im unangenehm faden Gelb (das im Laden ausgesuchte Pastellbeige hatte auf unserer Wand einen abscheulichen, strohigen Farbton angenommen) irgendetwas erkennen wollen. Aber er hatte wohl nichts erkannt, weil er sich nur kurz über die rissigen Lippen leckte und ein Seufzen von sich gab.

„Sind Sie fertig?"

Mein Vater streckte den Kopf aus dem kleinen Zimmer. Herr Kulik zuckte die Schultern. Die Wand vor ihm war gerade mal zu einem Drittel mit Farbe bedeckt.

„Muss wohl noch trocknen, was?"

Vater gab nicht auf. Mischas Vater sah ihn genau so an, wie er zuvor die Wand angesehen hatte.

„Ja, muss wohl noch ein bisschen", antwortete er vorsichtig.

„Großartig, dann kann ich Ihnen in der Zwischenzeit ja etwas zeigen!", sagte Vater erfreut.

Der Mann folgte meinem Vater zögernd in das renovierungsbedingt zugerümpelte Zimmer.

Durch die leicht angelehnte Tür konnten wir sehen, wie mein Vater eine VHS-Kassette in den Videorecorder drückte und vor dem Bildschirm zu gestikulieren begann.

Immer wieder schüttelte er energisch seine Hände aus, als würde ihm irgendein unsichtbarer, klebriger Dreck an den Fingern hängen, den er erfolglos loszuwerden versuchte. Dabei nickte er Mischas Vater zu, wohl um ihn zu animieren, sich seinem absonderlichen Ritual anzuschließen.

Herr Kulik, sichtlich verlegen, vollführte ein paar halbherzige Bewegungen, aber als er einen Moment später bemerkte, dass Vater ihm keine Aufmerksamkeit mehr schenkte, ließ er es sein, starrte trüb auf den Bildschirm und nippte immer wieder am Walnusslikör, den Vater ihm eingeschenkt hatte.

Ich erinnere mich daran, sie durch den schmalen Spalt der angelehnten Tür beobachtet zu haben: zwei erwachsene Männer, befangen und unbeholfen, an der Wand der frische Fleck von fadem Gelb. Dann war mein Blick auf die Farbrolle und die Pinsel gefallen, die Mischas apathischer Vater abgelegt hatte, oben, außerhalb der Reichweite unserer kleinen Hände.

Und dann hatte ich plötzlich eine Idee. Ich lief in die Küche.

Einen Moment später bedeckten Mischa und ich eifrig jede Stelle der Wand, an die wir herankamen, mit weichem pappigen Gelb, das uns unter den Fingern zerfloss. Wir malten alles ganz gründlich und voller Hingabe an.

„Warum schleckt denn der Hund die Wand ab!?", rief Vater entsetzt, als er einige Zeit später das Wohnzimmer betrat, um eine neue Flasche Wasser zu holen.

Völlig verdattert blickte er auf die entzückte Zoja, dann wanderte sein Blick an die Zimmerwand, die zur Hälfte mit einer dicken, glänzenden Butterschicht bedeckt war.

Trotz unermüdlichem Schrubben und anschließendem Auftragen einer doppelten Farbschicht roch es im Wohnzimmer noch für die nächsten paar Monate abscheulich nach ranzigem Fett.

✳ ✳ ✳

Der Blumenladen von Mischas Mutter befand sich in einem mittelgroßen Raum im Erdgeschoss des Porzellanhauses, gleich neben der Garage. Er hatte eine separate Eingangstür, an der ein Glöckchen hing, das beim Betreten klingelte. Das breite Fenster mit Gardine imitierte ein richtiges Schaufenster und war mit einem Blumenarrangement geschmückt. Innen war es schwül wie in einem Gewächshaus und aus den Vasen, deren Wasser selten gewechselt wurde, stieg süßlicher Modergeruch auf.

Als Kind war ich mit Mischa oft hierhergekommen. Seine Mutter hat uns immer erlaubt, im Hinterzimmer zu spielen und die großen grauen Papierbögen zu bemalen, in die sie die Blumen einschlug. Ich liebte es, wenn sie uns zwei Zerstäuber in die Hände drückte und uns auftrug, die Pflanzen zu „gießen". Wir drückten so lange auf den Hebel, bis alles ringsum mit einer hell schimmernden Schicht bedeckt war. Die Pflanzen streckten uns ihre Blätter entgegen wie Kranke ihre belegten Zungen.

Meistens war Mischas Mutter jedoch beschäftigt. Ein paarmal in der Woche musste sie sogar mitten in der Nacht aufstehen, um zum Blumenmarkt zu fahren. Sie kam am Morgen zurück, das Auto voll beladen mit Blumenkübeln.

Ihre Hände, die in dieser Zeit meistens rau, gerötet und zerkratzt waren, erinnerten mich an zwei ausgetrocknete Korallen, die ich einmal in einem Schaukasten unseres Museums gesehen hatte.

Tagsüber bediente sie die Kunden (die Geschäfte liefen so gut, dass Mischas Mutter sich vor Aufträgen kaum retten konnte – in den 90er-Jahren kaufte absolut jeder bei ihr ein, sogar der Kabler, der immer die teuersten und prächtigsten Sträuße erwarb), abends kümmerte sie sich um den Papierkram.

Recht bald hatte sie begonnen, auch an Wochenenden Aufträge anzunehmen: Sie fertigte Blumendekorationen für Hochzeiten, Jubiläumsfeiern und andere besondere Anlässe.

Wenn ich heute versuche, Erinnerungen an den Blumenladen lebendig werden zu lassen, sehe ich vor meinem inneren Auge das honigbraune Licht, gesiebt durch die dicht geknüpfte Gardine, ein Königreich raschelnden Zellophans und dunstartiger Schleierkrautbüschel, kleine weiße Blümchen, die den Raum in ein Feld aus hellem, wirbelndem Staub verwandeln.

Ich sehe die dunkle Holztheke, durchfurcht von den Spuren des kleinen Messers, mit dem Frau Kulik das Cellophan für die Sträuße zuschnitt, darauf ein sehr langes und schweres Lineal zum Fixieren des grauen Papiers. Hinter der Theke eine türlose Nische, die ins Hinterzimmer führt, zugezogen mit einem samtigen Vorhang. Und schließlich unzählige Vasen und Eimer voller Blumen, obwohl ich mich aus irgendeinem Grund nur an die zarten Freesien erinnern kann: gelb, orange, weiß und rot, mit fleischigen, duftenden Kelchen, die an weibliche Geschlechtsteile denken ließen. Alle übrigen Blumen tauchen in meiner Erinnerung nur als verwischte Farb- und Lichtkleckse auf.

Der Blumenladen quoll im Frühling und Sommer regelrecht auf, er wuchs in die Breite und nahm auch die Einfahrt und den Rasen der Familie Kulik in Beschlag: Die Grabblumen wurden dann nach draußen geschafft, neben die Säcke von Pflanzendünger. Zu einer bestimmten Zeit des Jahres schwärmten viele gierige Bienen umher, was Mischas Mutter überhaupt nicht störte. Sie soll aber angeblich einmal Besuch vom wütenden Makowski bekommen haben, der geschimpft hätte, dass ihre Rhododendren seinen Honig verunreinigen würden.

Einige Male sah ich große Säcke mit Gartenerde neben dem Liegestuhl von Oma Kulik stehen, für die im kleinen Raum kein Platz mehr war. Es sah makaber aus, als würde sich die Familie schon zu ihren Lebzeiten auf ihr Begräbnis vorbereiten.

Eines Tages war Hans zusammen mit mir und Mischa nach der Schule in den Blumenladen gegangen. Damals gingen wir noch alle in eine Klasse. Frau Kulik hat ihm, weil er darauf bestanden hatte, widerwillig ein paar Blumen in die Hand gedrückt. Und sie staunte nicht schlecht, als sie dann sah, was die Hände des Zehnjährigen bewerkstelligten. Auch ihre Kunden waren begeistert.

Hans hatte wirklich ein Talent dafür, Blumen zu binden. Die Sträuße verwandelten sich in seinen Händen in fantastische, fabelhafte Gebilde.

Ich habe ihn ein paarmal dabei beobachtet und immer wieder war ich erstaunt, wie sehr sich seine ganze Gestalt dabei veränderte. Hans' Körperhaltung wurde auf einen Schlag lockerer, seine Bewegungen flüssiger und sparsamer, seine ganze gedrungene Statur schien hochkonzentriert, während seine im Gegensatz zum restlichen Körper schlanken Finger zärtlich Zierspargelbündel, saftige Tulpenstängel und dicke, mit hellem Flaum bedeckte Gerberastiele sortierten.

Seitdem konnte Hans sich manchmal nach der Schule etwas dazuverdienen, aber ich glaube, dass das Geld ihn lange nicht so sehr freute wie die verblühenden, übrig gebliebenen Blumen, die Mischas Mutter ihm mit nach Hause gab.

Ich weiß auch, dass er selbst später, als er uns zu meiden begann, immer noch regelmäßig in den Blumenladen ging. Das einzige Fach, in dem Hans, nach der ganzen Sache mit dem Deutschunterricht, gute Noten hatte, war Biologie. Er war davon so fasziniert, dass er mich bat, ihm mein Biobuch zu leihen, weil der Querschnitt eines Blütenstands sein Interesse geweckt hatte.

Noch in der Grundschule hatte er als Einziger von uns verkündet, dass er auf die Konoppe gehen wollte, und zwar in die naturwissenschaftliche Klasse. Bald sollte sich ohnehin herausstellen, dass er sich mit Pflanzen ziemlich gut auskannte. Das wurde uns klar, als Mischa im Herbst vergeblich versucht hatte, Zauberpilze aufzutreiben, und uns zum ersten Mal eröffnete, dass er stattdessen nach Stechapfel suchen würde. Er hatte irgendwo aufgeschnappt (vermutlich von einem der verdächtigen Kumpels des Kablers), dass Stechapfel, richtig eingenommen, „ziemlich reinhaut".

„Das ist Gift, du Idiot", hatte Hans ihn angepflaumt, was Mischa natürlich überhaupt nicht scherte. Jedes Jahr zog er danach aus, als machte er sich auf die Suche nach der magischen Farnblüte, und brachte Hans immer wieder neue Funde zur Begutachtung mit. Der verzog nur das Gesicht, nahm aber trotzdem mit übertriebenem Eifer sofort sein abgegriffenes Pflanzenbestimmungsbuch zur Hand (ich vermutete damals, dass er es in der Bücherei gestohlen hatte, weil die erste Seite, auf die normalerweise die violetten Stempel gedrückt wurden, herausgerissen war) und begann, die von Mischa gesammelten Stängelchen mit der fein gezeichneten Abbildung zu vergleichen, auf der neben den charakteristischen, sternförmigen Blüten die stacheligen Kapseln zu sehen waren, gefüllt mit Samen, die aussahen wie winzige dunkle Steinchen.

Er hat das in diesen Jahren so oft getan, dass ich mich bis heute an den Text unter der Abbildung erinnere:

Gemeiner Stechapfel, Pflanzengattung aus der Familie der Schattengewächse. Die Pflanzen erreichen eine Höhe von bis zu 1,20 m, die Stängel sind gabelästig und kahl. Sie sondern einen starken, unangenehmen Geruch ab, der an gekochte Kichererbsen erinnert. Der Gemeine Stechapfel hat viele Trivialnamen, darunter Igelskopf, Quetschapfel, Stachelnuss, Dollkraut, Krötenmelde.

Da alle Teile der Pflanze giftig sind und eine narkotisierende Wirkung haben, wurde sie früher auch als Pferdegift und Tobkraut bezeichnet.

KAPITEL 19

Das geblitzte Bier

Mischas Vater arbeitete seit 1992 nicht mehr im Werk. Er hatte seinen Job im Zuge der Massenentlassungen verloren, ein halbes Jahr vor der endgültigen Schließung. In den Monaten darauf hat er sich mit kleinen Renovierungsarbeiten über Wasser gehalten, aber es lief, wie ich bereits erzählt habe, nicht besonders. Glücklicherweise hatte seine Frau gerade den Blumenladen im Erdgeschoss eröffnet und konnte vom Einkommen bald die ganze Familie ernähren.

Anfangs hat Mischas Vater noch halbherzig nach Arbeit gesucht, es aber schon bald wieder bleiben lassen. Vermutlich wusste er selbst nicht, warum. Hätte man ihn gefragt, er hätte nur mit den Achseln gezuckt. Faul war er nicht, nein, er hatte bloß immer weniger Energie, fühlte sich zunehmend kraftlos und schlapp. Antrieb und Lebensfreude waren ihm abhandengekommen.

Kaum auszudenken, welches Ende es mit ihm genommen hätte, wenn er damals (kurz nachdem er gemeinsam mit meinem Vater Wasser magnetisiert hatte) nicht seinen berühmten Einfall gehabt hätte.

Wie Mischa später erzählte, hatte es mit einer einfachen Tasse begonnen. Sein Vater war vors Haus getreten, um Oma Kulik (die schon damals in Decken gewickelt im Garten lag) etwas zu trinken zu bringen. Er stolperte, worauf ihm die Tasse aus Zuckrowka-Keramik aus der Hand fiel und am Boden zerschellte. Herr Kulik ging in die Hocke, um die Scherben aufzusammeln, schließlich hätte der Hund sich leicht daran verletzen können, und als er die erste Scherbe auflas, schweiften seine Gedanken plötzlich ab (was in jener Zeit sehr häufig passierte). Er hielt die Scherbe zwischen den Fingern und betrachtete sie von allen Seiten. Geistesabwesend ging er zurück zum Haus und drückte die Scherbe an die Fassade. Er betrachtete sie eingehend, dann nickte er zufrieden. So hatte Herr Kulik das Porzellanhaus erfunden.

Die Arbeit daran hat zwei ganze Jahre in Anspruch genommen. Zunächst hatte er Unmengen von Geschirr besorgt, und zwar ausschließlich Geschirr aus unserem Werk. Er kaufte alles auf, was er nur finden konnte, nicht nur in Zuckrowka, sondern auch in den benachbarten Dörfern (dafür schwang er sich immer aufs Fahrrad, weil seine Frau seinen alten Wagen brauchte, um neue Ware vom Blumenmarkt zu holen).

Er erfand eine eigene Technik, das Geschirr zu zerschlagen, um die schönsten Scherben in passender Größe zu erhalten. Anschließend klebte er sie mit Mörtel an die Hauswand wie ein Mosaik. Er hatte mit dem unteren Teil begonnen und arbeitete sich an einem provisorischen Gerüst langsam nach oben vor. In mühevoller Handarbeit legte er Scherbe an Scherbe. Zu Beginn sah das graue, klotzartige Haus der Familie Kulik aus, als wäre es von einer seltsamen Hautkrankheit befallen. Als er mit der Fassade fertig war, spielte Herr Kulik mit dem Gedanken, auch das Dach mit Keramik zu bestücken, aber er wusste wohl nicht so recht, wie er das anstellen sollte, denn letztlich beließ er es dabei, die Dachziegeln mit glänzendem Lack zu überziehen. Seitdem reflektierten sie an hellen Tagen das Licht und blendeten wie ein in die pralle Sonne gehaltener Spiegel.

Nachdem er seinen letzten Pinselstrich getan hatte, stieg Mischas Vater hinunter, stellte sich vors Haus, stemmte die Hände in die Hüften und richtete den Blick nach oben.

„So." Er war nie besonders redselig gewesen. Und dann ging er zum Laden.

Vor diesem Laden sollte er die nächsten zehn Jahre seines Lebens verbringen. Es handelte sich um ein kleines örtliches Lebensmittelgeschäft, vor dessen Eingangstür immer ein paar Plastikstühle standen, auf denen die müden Kunden sich ausruhen und eine kühle Flasche Bier trinken konnten.

Mischas Vater trank wirklich nicht viel, höchstens ein Bier am Tag. Meistens saß er einfach nur da oder redete mit anderen „Tellermachern", wie bei uns die Arbeiterinnen und Arbeiter des Werks genannt wurden. Manchmal schaute er nur so vor sich hin, gelegentlich las er eine Zeitung.

Er hatte dort übrigens eine kleine, aber ganz wesentliche Verbesserung eingeführt, indem er einen kleinen Tisch gezimmert und neben die Plastikstühle gestellt hatte. Die Tischplatte hatte er aus einem alten, runden Badezimmerspiegel gefertigt, der nach einer Renovierung übrig geblieben war. Unterlegt mit einer Sperrholzplatte war der Spiegel ideal als Tisch geeignet, ein Echo des vollendeten Porzellanhauses.

Man sah Herrn Kulik also häufig allein oder mit Freunden an seinem Tisch sitzen, und in der Tischplatte, vor einem Hintergrund aus Wolken und Himmel, spiegelte sich sein müdes, von Bierschaum umrahmtes Gesicht.

Ich erinnere mich, dass meine Eltern mich einmal in den Laden bei den Schrebergärten geschickt hatten, um ein paar Besorgungen zu machen. Ich muss damals acht, vielleicht auch neun Jahre alt gewesen sein. Auf dem Weg wurde ich von einem Sommerschauer überrascht. Ich schaffte es im Laufschritt gerade noch in den Laden, um Schutz vor dem Regen zu finden, als ich bemerkte, dass die Männer immer noch am Tisch saßen. Alle trugen helle Windjacken, die ihre Form eingebüßt hatten und durchnässt und in sich zusammengefallen an ihren Schultern klebten. Nur ihre Bierkrüge hatten sie sorgsam mit Zeitungspapier abgedeckt, um die Regentropfen daran zu hindern, den Alkohol zu verdünnen.

So saßen sie also da und starrten vor sich hin, wortlos, die Augen zusammengekniffen, während ihnen die Regentropfen am Gesicht entlang in die Augen rannen. Regungslos und mit eiserner Geduld warteten sie auf das Ende des Schauers.

Das Bier aus dem Laden galt als Spezialität, weil Frau Wosch es mit „Honigschuss" servierte. Ja, tatsächlich enthielt dieses Bier Makowskis Honig. Ein ganzes Ritual war um dieses Honigbier entstanden. Die Kunden setzten sich an den Tisch und gossen das im Laden gekaufte Bier aus den Flaschen in ihre mitgebrachten Gläser, langsam und behutsam, um den Schaum so dünn wie möglich zu halten. Dann trat die Verkäuferin aus dem Laden, öffnete umständlich das von verzuckertem Honig verklebte Glas und tauchte einen großen Löffel hinein. In jedes Bierglas gab sie zwei Löffel.

Das Ganze nahm ziemlich viel Zeit in Anspruch, weil der abgestandene Honig mit der Zeit dickflüssig wurde und nur langsam vom Löffel ins Glas rutschte und nach unten sank. Dann löste er sich nach und nach auf und am Ende blieb nur ein bernsteinartiger Bodensatz zurück, den man nur schwer wieder rausbekam.

Zwar schmeckte Makowskis Honig nicht besser als beliebiger, handelsüblicher Honig, aber dafür sah er wirklich unglaublich aus: In seiner samtenen, halbflüssigen Konsistenz funkelte er, als würde elektrischer Strom hindurchfließen.

Manchmal glaube ich, dass nur der Honig des Imkers die Männer an diesem Tisch noch zusammenhielt, sie vor dem Verschwinden bewahrte. Die ehemaligen Mitarbeiter des Werks, die ihre Zeit vor dem Laden totschlugen, waren Schwachstellen im Gefüge der Stadt, nur noch lose mit der Realität verbunden. Sie machten einen verschlafenen und trägen Eindruck auf mich, als würde durch ihre Adern etwas fließen, das viel dicker war als Blut.

Seit der Imker mit der Ladenbesitzerin vereinbart hatte, dass er einmal wöchentlich eine Lebensmittellieferung in den Schrebergarten bekommen würde, verließ er seine Hütte noch seltener. Er kaufte immer das gleiche ein: ein paar Brotlaibe, Konserven, Milch, zwei Stück Butter, manchmal eine Packung Kaffee.

Die Honigvorräte, die er im Lebensmittelladen von Frau Wosch verkaufte, brachte er selbst vorbei. Normalerweise alle zwei, drei Wochen.

Der Imkerhonig war sehr süß. Entgegen der Empfehlungen von Bienenzuchtexperten fütterte Makowski seine Bienen mit Unmengen von Zucker. Wir hatten selbst bezeugt, wie er einmal einen Riesensack Zucker angeschleppt und daraus einen weißen Hügel in seinem Garten aufgeschüttet hatte, der aussah wie ein Schneehaufen im Juli. Die Bienen hatten sich sofort daran zu schaffen gemacht und das Weiß verschwand unter den wimmelnden Insekten.

Manchmal beobachteten wir auch, wie er einen klapprigen Stuhl aus seiner Behausung holte und ihn im Garten vor die Bienenstöcke stellte. Stundenlang konnte er so dasitzen. Er glotzte auf einen Bienenstock wie auf einen Fernsehbildschirm, den Blick fest auf die Bienentänze im Spalt des Fluglochs geheftet.

Oft saß er mit einem Becher Tee oder Kaffee auf seinem Hocker. Dann zog er einen schmutzigen Löffel aus der Bademanteltasche, beugte sich über den Zuckerhaufen, verscheuchte ohne viel Aufhebens die Bienen und zwackte sich ein paar Portionen ab, um damit sein Getränk zu süßen. Er hatte sichtlich Freude daran, mit dem klingelnden Löffel im Becher zu rühren, und obwohl diese Bewegung gewissermaßen miniaturisiert und unauffälliger war, erzeugt sie in meinem Kopf bis heute das gleiche Bild, das sich uns viel später bot, als der Alte seine Bienen am Stock spazieren führte.

Wenn der Himmel am Abend grau wurde, konnte man sich des Eindrucks nicht erwehren, dass die Stadt sich in der Dämmerung auflöste wie der Zucker. Als wären wir alle in ein riesiges Teeglas getaucht worden, umgerührt von einem schmutzigen Löffel.

Manchmal nickte Makowski mit nach hinten gekipptem Kopf auf seinem Stuhl im Garten ein und verharrte ein paar Stunden lang in dieser unbequemen Stellung. Er schnarchte laut vor sich hin, bis er von der Kühle des Abends geweckt wurde. Doch während er schlief, passierte etwas Ungeheuerliches: Aus seinem Mund krochen Bienen. Eine nach der anderen kamen sie aus den halb offenen Lippen des Imkers, als ob sie geradewegs aus ihm herausschlüpfen würden: aus seinem Zahnfleisch, unter der Zunge hervor, aus seinem Rachen, dem großen Bauch. Die Insekten ließen sich kurz auf seinem Schnurrbart und seinen Wangen nieder, blickten erstaunt umher, als würde der Anblick der Welt sie überwältigen, sammelten ihre Kräfte, um aufzusteigen, sich zum ersten Mal in die Luft zu erheben und zu einem der Bienenstöcke zu fliegen, die er nach seinem eigenen Bilde erschaffen hatte.

Erst später stellte sich heraus, dass sie auf der Suche nach Wasser waren. An heißen Tagen versteckte der Alte manchmal böswillig ihre Tränken, und sobald die Bienen vor Durst ganz erschöpft waren, kam er mit angefeuchtetem, tropfendem Bart in den Garten. Die durstigen Insekten ließen sich dann auf seinem Gesicht nieder, sodass sein Kiefer, seine Nase und seine Wangen unter einem dicken Pelz aus Bienen verschwanden, und soffen das Wasser aus den dreckigen Haaren.

Manchmal hielt Makowski sich die Hände vors Gesicht und strich sanft über die Bienenrücken. Es gefiel ihm sichtlich, sie zu streicheln wie einen braven, zahmen Hund.

***

Ich glaube, dass in so ziemlich jedem Haus in Zuckrowka mindestens ein Honigglas vom Imker stand. Vielleicht weil er billig war und leicht verfügbar, vielleicht aber auch wegen des weitverbreiteten Aberglaubens, dem auch mein Vater anhing, dass es am gesündesten sei, sich von Honig aus der eigenen Heimat zu ernähren. Und genau dieser Honig war es, der im Jahr 1996 Mischas Vater das Leben rettete.

Herr Kulik hatte alleine, ohne seine Kumpels, vor dem Laden gesessen, und wenn nicht die Verkäuferin gewesen wäre, die, wie sie beteuerte, hinter ihrer Theke alles ganz genau gesehen hatte, hätten wir vermutlich nie erfahren, was sich ereignet hat (und mein Vater hätte es nicht als weiteres Zeichen auf seiner Liste notieren können), schließlich erzählte Mischas Vater nicht viel.

Es war spät am Nachmittag. Über dem Wald, hinter den Schrebergärten, zogen dunkle Wolken auf. Nicht weit entfernt tobte bereits ein Gewitter und immer wieder wälzten grollende Donner durch die Stadt. Noch immer schien die Sonne, doch der Wind war spürbar stärker geworden. Die Wolkenfront am Horizont wurde immer größer, ballte sich immer dichter zusammen und zog nun eindeutig Richtung Zuckrowka.

Frau Wosch erzählte später, dass sie bloß rausgegangen wäre, um neuen Honig ins Bier zu geben (sie war es übrigens, die behauptete, dass Kulik vom Honig gerettet worden war: „Ich versteh ja nichts von diesen Dingen, aber wenn es nicht das war, was dann?", hatte sie gesagt, und niemand mochte ihr widersprechen).

„Gleich wird es regnen, kommen Sie besser rein."

„Ach, das zieht vorüber", hatte Mischas Vater bloß gemurrt und blieb ungerührt sitzen.

Frau Wosch zuckte die Schultern, schraubte das Glas zu und ging in den Laden zurück. Angeblich hatte sie es gerade noch geschafft, die Fenster zu schließen und das Radio aus der Steckdose zu ziehen, als es plötzlich schlagartig düster wurde und so windstill, dass es der Frau heiß und kalt den Rücken runterlief.

Und dann schoss aus der schwarzen Wolkendecke über Zuckrowka plötzlich ein Blitz herab. Er erleuchtete die Silhouette von Herrn Kulik und für den Bruchteil einer Sekunde war alles wie ausgestorben. Der Blitz kroch unerbittlich im Zickzack herab, hinunter auf die Stadt, vor den Laden, zum Tisch mit Mischas Vater, bis er schließlich wie ein kleines Steinchen ins Bierglas fiel. Ja, ich weiß, es ist schwer zu glauben, aber an diesem Tag hatte der Blitz wirklich direkt sein Bier mit Honigschuss getroffen, das zur Seite spritzte und auf Herrn Kulik. Er drang durch das Bierglas und durch die Tischplatte, bevor er schließlich in der Erde verschwand, ohne dem überwältigten und für einen kurzen Moment taub gewordenen Mann den geringsten Schaden zuzufügen.

Mischas Vater blinzelte, halb erblindet. Ungläubig starrte er auf das leicht gesprungene Glas vor ihm. Er streckte die Hand aus und berührte es vorsichtig mit der Fingerspitze. Nichts geschah. Dann umfasste er das Glas etwas beherzter und führte es langsam zum Mund. Als das Bier seine Lippen berührte, kniff er die Augen zusammen, als fürchtete er, von einem Stromschlag getroffen zu werden. Schließlich nahm er einen Schluck und verzog angewidert das Gesicht. Das Bier war warm.

KAPITEL 20

Spuk in der Besenkammer

Mich hatte überrascht, was die Museumsfrau Ania mir erzählt hatte. Ich kannte Frau Dabrowska. Sie war die Haushälterin von Pfarrer Wilk. Manchmal ging sie mit einer Putzdienstliste für die Kirche von Haus zu Haus oder sammelte Blumenspenden für den Altar oder die Kapelle der Maria vom Kriegsrecht. Ich hätte nie gedacht, dass sie einmal im Museum gearbeitet hat.

Erst wollte ich Mischa fragen, ob er mitkommt, Frau Dabrowska bestellte bei Frau Kulik häufig Blumen für die Messe. Aber Mischa hatte genug zu tun, er musste wieder zu seiner Dealerin in die Slowakei und hatte keine Zeit für mich. Nach etlichen Versuchen konnte ich schließlich Hans überreden mitzukommen.

Er hatte nicht damit gerechnet, mich so bald wieder zu Gesicht zu bekommen. Wir hatten seit über drei Wochen nicht mehr miteinander gesprochen, nachdem er den Vorfall im Wald als Spaß abgetan hatte, den sich jemand auf meine Kosten gemacht hätte.

Hans hielt nicht viel von der Haushälterin des Pfarrers und verstand nicht, warum ich überhaupt mit ihr reden wollte. Er hatte erst eingewilligt, als ich ihm versprach, ihm wieder mit dem Metalldetektor zu helfen. Seit Mischa so viel um die Ohren hatte, ging es damit nicht mehr voran, und angeblich war auch der Kabler untergetaucht.

Ich sah mich unsicher in dem hohen, gerammelt vollen Zimmer um. Die Lehne des massiven Stuhls drückte gegen meinen Rücken. Ich rümpfte die Nase. Es war stickig.

Frau Dabrowska wohnte in einem Mehrfamilienhäuser in Rathausnähe. Die Gebäude waren in den 1960er-Jahren aus der Erde gestampft worden und befanden sich in einem kläglichen Zustand. Sie waren nie saniert worden und beleidigten das Auge mit ihren düsteren, modrigen Treppenhäusern und schmutzigen Fassaden, von denen der Putz bröckelte. Die Häuser lagen an einer heruntergekommenen, schmalen Straße am Rand des Stadtzentrums von Zuckrowka. Manchmal kam ich hierher, um Hans abzuholen, aber normalerweise verirrte sich niemand in diese Gegend, aus der immer mehr Menschen für immer wegzogen.

Die alte Frau stellte einen Teller mit krümeligen Keksen auf den niedrigen, langen Wohnzimmertisch und nahm in einem Schaukelstuhl Platz. Sie blickte uns freundlich lächelnd an. Hans stopfte sich gierig einen Keks in den Mund.

„Schmeckt's?", fragte Frau Dabrowska.

Er nickte stumm.

Ich beobachtete sie fasziniert. Sie war bestimmt über siebzig. Ihre Hände waren ganz faltig. Sie rieb sich über die pergamentartige Haut als versuchte sie, sie glatt zu streichen.

Obwohl es im Haus sehr warm war, trug sie einen langen Rock und zwei Strickjacken übereinander. Sie war schon etwas kahl, steckte sich das lange graue Haar aber immer noch am Hinterkopf zu einem kleinen Dutt zusammen. Die strammgezogenen, aschgrauen Strähnen wechselten sich mit lichten Stellen ab und gaben den Blick auf die bloße Schädeldecke frei. Wenn man diese Haare zwischen die Finger nehmen und zerreiben würde, stellte ich mir vor, würden sie zerkrümeln wie verwittertes Laub.

In ihrem runzeligen Gesicht jedoch blitzten zwei dunkle Augen auf, die etwas beunruhigend Vertrautes hatten.

„Na, was führt euch zu mir, Kinder?"

Ihr Ton hatte etwas Singendes. Sie lehnte sich bequem in ihrem Sessel zurück und legte die Hände auf ihre Bauchwölbung.

Ich zögerte, als hätte ich kurz vergessen, was ich sie eigentlich fragen wollte. Die Alte starrte mich immer noch lächelnd an.

„Wissen Sie, wie Direktor Sobieski gestorben ist?", fragte ich schüchtern.

„Arbeitet deine Mutter nicht im Museum?"

„Ja … das stimmt." Ich hatte nicht damit gerechnet, dass sie wusste, wer ich war.

„Wie, und du weißt nichts …?"

„Ich weiß nur, dass er 1993 gestorben ist, und …"

„Er ist nicht gestorben", unterbrach sie mich.

„Was …?"

„Er ist nicht gestorben." Frau Dabrowska fixierte mich eine ganze Weile mit ihren funkelnden Augen. „Direktor Sobieski hat sich das Leben genommen."

„Er hat sich das Leben genommen?" Ich stand auf dem Schlauch. „Er war doch vierundneunzig Jahre alt!"

„Nicht vierundneunzig, sondern hunderteinundsiebzig. Die Geburtsurkunde des Direktors war gezinkt."

„Aber … woher wissen Sie das?" Sie sah sich im Zimmer um, als könnte uns jemand hinter einem der schweren Vorhänge belauschen.

„Ich habe eins und eins zusammengezählt", flüsterte sie und blinzelte vielsagend.

Ich warf Hans einen Blick zu, den er vorwurfsvoll erwiderte.

„Der Direktor hat sich erhängt", fuhr Frau Dabrowska unbeirrt fort. „Er baumelte vom Kronleuchter, von einem Gürtel erdrosselt, so hat man ihn vorgefunden. Im Museum war das, im dritten Stock. Habt ihr gewusst, dass er vorher sogar das Licht ausgemacht hat? Er wollte lieber im Dunkeln sterben. Und hinterher …", ihre Stimme wurde wieder leiser, „hat er noch zwei Wochen lang versucht, uns etwas mitzuteilen. Bis der auswärtige Priester ihn vertrieben hat. Zu früh … viel zu früh!" Sie schüttelte traurig den Kopf und wippte gedankenverloren in ihrem Sessel. Dann riss sie sich auf einmal los, als wäre ihr etwas eingefallen, und trippelte wortlos ins Nebenzimmer. Sobald sie verschwunden war, huschte Hans zum Gummibaum neben dem Sofa, um den zermümmelten Keks in den Blumentopf zu spucken. Fluchend wischte er sich den Mund am Ärmel ab.

Die Alte ließ ziemlich lange auf sich warten.

Das Wohnzimmer war von Zwielicht erfüllt und vollgestopft mit alten Möbelstücken, die überhaupt nicht zusammenpassten. Nahezu alles war mit Nippes vollgestellt: Bilderrahmen, Kerzen, Figürchen, Tässchen aus beinahe durchsichtigem Porzellan, Uhren, Zierteller, kleine Steine, Glücksbäumchen.

Zu meiner Verblüffung lagen auf dem Boden drei Teppiche übereinander. Aus Langeweile beugte ich mich über eine Hundefigur aus Porzellan, die auf dem Schränkchen neben dem Sofa stand. Eigenartig. Ich konnte sie nicht hochheben.

„Ist festgeklebt." Dabrowska stand im Türrahmen und hielt einen Stapel Dokumente an die Brust gedrückt. „Ich habe alles festgeklebt." Sie wies mit dem Kinn auf das mit Krimskrams vollgestellte Regal. „Macht's mir einfacher, Staub zu wischen."

Sie schlurfte zu uns, setzte sich wieder in den Schaukelstuhl und legte den mitgebrachten Stapel auf den Tisch.

„Mit dem Direktor war das ein ganzes Stück anders, als man sich in Zuckrowka erzählt. Die Leute verbreiten Lügengeschichten. Es hat ein Geheimnis gegeben. Ein großes Geheimnis!" Sie klopfte mit dem Finger gegen den Papierstapel. Dann zog sie ein paar Blätter daraus hervor. Sie machten den Eindruck, aus Zeitungen und Büchern gerissen worden zu sein. „Da habt ihr's. 20. Jahrhundert, hier, bitteschön. Und da, 19. Jahrhundert."

Ich sah, wie Hans die Augen verdrehte und warf ihm einen entschuldigenden Blick zu.

„Das ist der Direktor, seht ihr das?" Sie schob uns ein Foto hin. „Schaut mal hier, diese Ähnlichkeit! Oder hier, da war er noch viel jünger, dreiundzwanzig Jahre, und hier…", sie drehte das Bild auf die Rückseite, um das mit Bleistift gekritzelte Datum abzulesen, „Achtundvierzig. Noch ganz jung. Ach, und das hier ist aus der Zwischenkriegszeit, da war er schon fast hundert Jahre alt."

Wir nickten frustriert, während die Alte immer mehr Material auf der Tischplatte ausbreitete: aus Kunstbänden ausgeschnittene Bilder, dunkel gewordene Skizzen, zerfallende alte Illustrationen, verschwommene Fotografien. Und auf allen waren dunkelhaarige Männer unterschiedlichen Alters zu sehen. Zugegeben verband sie eine gewisse, wenngleich manchmal nur entfernte Ähnlichkeit.

„Und das ist noch nicht alles." Sie streckte uns ihre runzeligen Hände entgegen. Genau so sehen Magdas Hände aus, ging mir plötzlich durch den Kopf. „Aber erzählt es bloß nicht herum, ja? Man muss nicht immer alles ausplaudern. Versprecht ihr es mir?"

Wir nickten. Dabrowska lehnte sich gemütlich in ihrem Schaukelstuhl zurück.

„Der Direktor hat immer an starken Schmerzen im Knie gelitten. Manchmal humpelte er sogar, besonders bei schlechtem Wetter. Am schlimmsten war's bei Regen. Er hat Tabletten genommen, sich Preiselbeer- und Wellwurzwickel gemacht, und wie oft hat er mich gebeten: ‚Frau Dabrowska, seien Sie doch so gut, gehen Sie für mich in die Apotheke, sagen Sie, es ist für mich zum Spritzen, die werden Ihnen das Richtige schon geben.' Und natürlich bin ich hin und habe ihm seine Medikamente geholt. Doch irgendwann ist auf seinem Bein ein Furunkel erschienen, so groß und hässlich, dass es glänzte. Die Ärzte haben es erst für einen Tumor gehalten, aber dann kam Doktor Kobala, Gott hab ihn selig, der hatte damals eine Praxis beim Rathaus, und hat dem Herrn Direktor das Ding einfach ausgedrückt. Dabei hätte er fast sein rechtes Auge verloren, weil nämlich aus dem Furunkel nicht nur Eiter, sondern auch eine Kugel geschossen kam … Die Spur der Kugel war noch lange an der Wand zu sehen. Es war eine alte Patronenkugel. Die hat direkt im Muskel gesessen und war der Grund für die Eiterbeule. Das war wirklich ein Monstrum von einem Furunkel. Angeblich stammte die Patronenkugel aus einer Jagd, an der er ein paar Jahre zuvor mit seinem Bruder, dem Vizeminister, teilgenommen hatte. Mit anderen Regierungsmitgliedern haben sie Wildschweine in den Masuren geschossen, so hat es der Direktor jedenfalls erzählt. Aber ich hatte damals gewisse Kontakte. Die Assistentin eines Direktors konnte seinerzeit einiges bewegen, nicht so wie heute …"

Sie zog mit sichtlichem Missfallen die Mundwinkel nach unten. „Ich habe die Kugel heimlich an ein Warschauer Labor geschickt, direkt zu einem Fachmann, bei dem ich noch etwas guthatte. Ich hab ihm nicht gesagt, woher die Kugel stammte, ich erzählte ihm nur, ich hätte sie im Wald gefunden. Und das Ergebnis? Nun, ich habe mich nicht geirrt, es hat sich nämlich herausgestellt, dass die Kugel hundertsechzehn Jahre alt war. Und das war im Jahr 1979!"

Sie sah uns triumphierend an. Als sie unsere Verwirrung bemerkte, erklärte sie mit ernstem Ton: „Der Direktor wurde im Januaraufstand verletzt."

„Haben Sie diese Kugel noch?", fragte Hans unschuldig.

„Wie? Nein … Sie wurde bei den Untersuchungen zerstört, komplett zermalmt."

Sie seufzte und richtete ihren Blick in die Ferne. „Was für ein großartiger Direktor! Und wie schade ist es um ihn! Von einem Tag auf den anderen, puff!, einfach weg." Sie öffnete ihre Hand, als würde sie ein Lebewesen aus ihrer Faust entlassen wollen. „Nichts als ein paar Dokumente sind von ihm übrig geblieben. Und wie gewissenhaft er immer war! Wie kein anderer hat er sein Wort gehalten. Es war keine Familie auf der Beerdigung. Sein Bruder, Vizeminister Las, war ein paar Jahre früher verstorben. Was ist los, ihr Schlawiner? Warum nehmt ihr euch keine Kekse?"

Sie redete wieder völlig wirr.

„Haben Sie wegen Sobieskis Tod im Museum aufgehört?"

„Hmm? Ja, ich bin in Rente gegangen", sagte sie geistesabwesend. „Der Direktor hat niemanden so geschätzt wie mich. So viele Jahre haben wir zusammengearbeitet! Was für ein Mensch er war, was für ein großartiger Mensch! Vielleicht könnt ihr die Briefe des Direktors für euer Referat gebrauchen? Er hatte eine wunderbare Handschrift, er schrieb noch auf die alte Weise! Das könnt ihr bestimmt im Unterricht zeigen."

Sie klopfte mit der flachen Hand auf einen der vor ihr ausgebreiteten Papierhaufen.

„Nein, nicht nötig, vielen Dank", lehnte ich eilig ab.

„Ich hab ihm geholfen, Herbarien anzufertigen." Sie seufzte erneut, als hätte sie überhaupt nicht gehört, was ich gesagt hatte. „Zu niemandem hatte er mehr Vertrauen als zu mir. Keine andere würde so genau arbeiten wie ich, hat er immer gesagt. Die Pflänzchen waren so zerbrechlich, dass wir sie mit Handschuhen pflückten. Zum Trocknen, hat er gesagt, immer ein Papier drauflegen, bevor man sie zwischen die Buchseiten presst. Die Äderchen hat er eigenhändig herausgezogen. Und davor hatten wir Insekten aufgespießt. Für die Stecknadeln bin ich manchmal bis nach Krakau gefahren, das waren nämlich spezielle, entomologische Stecknadeln. Ich habe immer eine Nadel herausgenommen und der Direktor fasste sie dann zwischen den Fingern – und er hatte wunderschöne Finger, diese edlen Hände – und zack!, hatte er das Insekt auf die Nadel gespießt. Er scherzte auch gern: ‚Frau Dabrowska, die Nadel muss ins Insekt gejagt werden, als wollte man für einen Moment die ganze Welt anhalten.' Ein großer Mensch, eine große Persönlichkeit …"

Sie schien sehr beglückt zu sein, jemandem davon erzählen zu können. Wieder begann sie gedankenverloren vor und zurück zu schaukeln.

„Ich zeig euch was, ihr Schlingel", verkündete sie plötzlich mit geheimnisvollem Blick. „Etwas, was ich noch nie jemandem gezeigt habe. Aber ihr müsst die Augen schließen. Na los, Augen zu!"

Ich tat, als würde ich ihre Anweisung befolgen, beobachtete jedoch durch die zugekniffenen Augen, was sie trieb. Sie ging zu einer Kommode in der Zimmerecke und kramte aus einer Schublade einen Gegenstand hervor. Dann kam sie auf mich zu, hinter ihrem Rücken hatte sie etwas versteckt.

„Nicht heimlich linsen!"

Sie kicherte und legte mir mit einer schnellen Bewegung etwas um den Hals.

„Damit hat sich der Direktor erhängt, das ist der Galgenstrick", erklärte sie ganz ergriffen. „Er hilft gegen Migräne, gegen Gelenkleiden und verlängert das Leben. Wunden heilen schneller. Er ist gut gegen Schmerzen, Unsicherheit und Traurigkeit. Und du siehst schon ein bisschen traurig aus …" Sie lächelte mich an.

Hans rollte wieder mit den Augen. Ich riss mir eilig den abgewetzten Männergürtel vom Hals und legte ihn auf den Tisch.

„Wir bedanken uns ganz herzlich bei Ihnen." Ich erhob mich vom Stuhl. „Aber wir müssen jetzt wirklich gehen."

Frau Dabrowska machte ein enttäuschtes Gesicht.

„Was, jetzt schon?"

„Es ist spät, und wir wollen Ihnen nicht zu viel Zeit stehlen." Ich wandte mich entschieden Richtung Tür.

Die Alte trat unruhig auf der Stelle und blickte abwechselnd mich und Hans an.

„Da war noch ein Zimmer", murmelte sie auf einmal.

„Bitte?"

„Da war noch ein Zimmer."

„Wo?"

„Im dritten Stock."

„Im Museum?"

Sie nickte zufrieden, weil ihre Worte die erwünschte Wirkung erzielt hatten.

„Es war ein kleines Zimmer, ungenutzt, eine Besenkammer. Herr Gruzin lagerte dort Eimer und seine Besen. Es hat mir immer zu denken gegeben, dass der Direktor ein paar Wochen vor seinem Tod einen Riegel an der Tür hat anbringen lassen. Das fand ich seltsam, weil die Tür doch normalerweise weit offen stand. Und als der Direktor gefunden wurde, stellte sich heraus, dass das Zimmer verschlossen war." Sie schwieg einen Moment lang. „Von innen."

„Von innen?"

„So ist es. Und der Schlüssel war nicht auffindbar. Normalerweise trug der Direktor ihn in der Westentasche, mit einer Sicherheitsnadel ans Innenfutter geheftet. Ein ganz kleiner Schlüssel war das. Wir wussten nicht, was wir machen sollten. Von innen verschlossen! Als würde jemand oder etwas da drin sitzen … Das war wirklich unheimlich. Der Direktor war längst abgeschnitten und mitgenommen worden und uns hatte man mit dem verschlossenen Zimmer zurückgelassen. Schließlich haben wir die Tür einfach aufgebrochen."

„Und was war drin?"

Dabrowska musterte uns aufmerksam, als wäre sie nicht sicher, wie viel sie uns offenbaren konnte. Sollten wir hier am Ende doch noch etwas in Erfahrung bringen?

„Es war *leer*", flüsterte sie schließlich tief bewegt.

Die ist doch geisteskrank, ging es mir durch den Kopf.

Draußen waren schon die ersten Straßenlaternen angegangen. Sie sahen aus wie fade Lutschpastillen, die am verblassenden Himmel klebten. Auf einmal spürte ich Hans' Blick auf mir.

„Die blauen Flecken sind weg." Er zeigte auf meinen Hals.

„Ja, schon lange", murmelte ich, als ich mit den Fingern über die Stelle fuhr. Die Erinnerung an den Riemen auf meiner Haut ließ mich unwillkürlich zusammenzucken.

* * *

Meinen späteren Rechercheergebnissen zufolge hatte sich Sobieski bereits gegen Ende der 70er-Jahre in den dritten Stock des Museums zurückgezogen, wo er bis zu seinem Tod im Jahr 1993 geblieben ist. Was auf den anderen Etagen passierte, kümmerte ihn nicht mehr. Er hatte sich dort oben zwar eine Art Büroraum und Arbeitszimmer eingerichtet, doch entgegen der allgemeinen Überzeugung wurde das Museum schon damals komplett von der späteren Direktorin Frau Sobiera geleitet.

Sobieski beschäftigte sich hauptsächlich mit Entomologie und der Anfertigung von Herbarien. Er hatte eine Unmenge an Ordnern, Notizbüchern und Heften voll präparierter Pflanzen produziert. Die Bücher, die der Direktor damals zu Dutzenden nicht nur erwarb, sondern auch las, dienten jetzt ausschließlich zum Pressen neuer Exemplare. Die Regale bogen sich unter Bänden voller in Seidenpapier eingeschlagener Blätter, Stängel, Blütenstände und Wurzeln. Ein eigentümlicher Geruch stieg aus ihnen auf. Die Bücher quollen auf, die Seitenränder wellten sich, die Buchrücken wölbten sich, die Umschläge fielen auseinander.

Man munkelte, dass Sobieski einen Sammelwahn hatte und einfach nichts wegschmeißen konnte. So soll sein Museum entstanden sein, „aus einer Rumpelkammer", und womöglich steckte auch ein Körnchen Wahrheit darin.

Man hat mir erzählt, dass der Direktor ein paar Jahre vor seinem Tod einen Buckel bekommen hat. Er hatte immer Probleme mit der Wirbelsäule gehabt, doch jetzt klagte er immer häufiger über Rückenschmerzen. Obwohl er hochgewachsen war, schien er gegen sein Lebensende auf Kindsgröße zurückzuschrumpfen. Sein Rücken war gebogen wie ein Croissant und von hinten sah er aus, als hätte ihm jemand ein Daunenkissen ins Jackett gestopft.

In jener Zeit soll er einen immer wiederkehrenden Traum gehabt haben. Die ganze Nacht träumte ihm, dass er Äpfel sammelte. Alle musste er auflesen, nichts durfte liegen bleiben. Mit diesen Äpfeln füllte er riesige Körbe. Wenn er in der Früh aufwachte, hatten seine Rückenschmerzen sich verschlimmert, als hätte er wirklich stundenlang vor Saft triefende Säcke geschleppt. Damals rieb er sich den Rücken mit Heilsalben ein und roch daher genau wie seine Herbarien: nach Kräutern und Moder.

Soviel ich weiß, hat der Direktor tatsächlich den Großteil der Insekten aus der Museumssammlung selbst präpariert. Sie wurden ihm in kleinen Boxen mit Löchern geliefert, in denen die Lebewesen zwischen feuchten Blättern steckten. Einige kamen aus weiter Ferne nach Zuckrowka, manchmal noch im Kokon. Ihrer Entwicklung zum fertigen Schmetterling wohnte er mit Zärtlichkeit bei, um sie dann skrupellos zu töten und seiner Sammlung hinzuzufügen.

Meistens ließ er die Insekten im Glas ersticken und entnahm die leblosen Leiber mit spitzen Fingern. Dann stach er mit der Stecknadel zwischen Kopf und Abdomen, oft in die Panzererhebung, mit Konzentration direkt ins Tergum zielend, als würde er die Stecknadel gleichsam in seinen eigenen Buckel jagen, damit die Luft aus ihm entweiche wie aus einem Ballon.

Es hatte mich sehr viel Zeit gekostet, überhaupt an Informationen über den Exorzismus des damaligen Direktors zu kommen. Dass in der Besenkammer im dritten Stock angeblich der Geist von Sobieski lebte, darüber wussten im Museum fast alle Bescheid. Doch nicht viele waren willens, mit mir darüber zu sprechen. Einige Details wurden mir erst vor Kurzem bekannt.

Es soll mit Kleinigkeiten begonnen haben: einem kaum hörbaren Klopfen an den Wänden, quietschenden Böden, einem Sprung im Schaukastenglas. Dann wurde es schlimmer. Vögel ließen sich im Sturzflug aufs Dachfenster fallen und knallten an die Scheibe. Es hörte erst auf, nachdem man den Fensterrahmen mit einer dunklen Decke versehen hatte, die das Zimmer in Finsternis hüllte. Dann wurde das Gebäude von einer Ameisenplage befallen. Der Hausmeister, Herr Gruzin, hatte in die Ecken der Räume Untertassen mit Zwiebelringen gestellt, doch das konnte die Ameisen nicht vertreiben. Das Klopfen hatte sich in ein dumpfes Schlagen verwandelt, als hämmerte jemand an die Tür, der hinein wollte. Oder hinaus, wie manche raunten.

Schließlich machte sich im Museum ein übler Geruch bemerkbar, wie der Gestank, der sich im Sommer über prall gefüllten Müllcontainern erhebt.

Erst wurde Herr Gruzin bezichtigt, nicht gründlich genug zu putzen, bis kurze Zeit später der wahre Grund des Problems zum Vorschein kam: Ein Schaukasten im Muschelraum war dunstig und feucht angelaufen und was ihm entströmte, war der Geruch von verfaulendem Blasentang. Bald begannen auch andere Exponate zu faulen, in Schaukästen, in Schränken und im Depot.

Im Arbeitszimmer im dritten Stock roch es nach Schimmel. Die über Jahre vom Direktor angelegten Herbarien, seine Bücher und Notizen: Alles verfiel. Man kam gar nicht mehr damit hinterher, zu retten, was noch zu retten war, es aus dem Weg zu räumen oder zu entsorgen. Nicht einmal der Durchzug, der durch die Räume wehte, konnte den intensiven Geruch des Verfalls vertreiben. Der Gestank fraß sich in den Haaren und in der Kleidung fest und klebte sich an die Haut. Die Augen tränten. Zu allem Überfluss bemerkte man jeden Tag schief hängende Gemälde, offene Schränke, ausgezogene Schubladen. Ausgestopfte Vögel fielen von den Museumswänden, obwohl sie fest angeschraubt waren.

Natürlich wusste Direktorin Sobiera von Anfang an, dass man es weder mit Geistern noch mit den Seelen von Verdammten zu tun hatte. Manchmal sah das Zusammentreffen von Pech und Zufall einfach aus wie das Wirken höherer Mächte, und an die hatte die Museumsfrau natürlich niemals geglaubt. Schließlich hatte sie jedoch dem Drängen von Frau Kanka nachgegeben, die ihr schon seit Wochen damit in den Ohren lag, und erklärte sich des lieben Friedens willen einverstanden, einen Exorzisten kommen zu lassen.

„Das ist die Strafe für seine gotteslästerlichen Umzüge!", hatte der Priester mit demonstrativer Genugtuung erklärt. Der Exorzist sprach am Tatort ein paar Gebete und beweihräucherte gründlich alle Stockwerke des Museums. Er widmete seine Aufmerksamkeit auch der verschlossenen Besenkammer und hörte sich die Geschichten über den verlorenen Schlüssel und den kaputten Türriegel an. Dann beträufelte er mit bemerkenswerter Konzentration sämtliche Besen im Haus mit Weihwasser. Zum Schluss verteilte er an alle Museumsfrauen Bildchen mit der heiligen Agnes und Herr Gruzin bekam ein Bildchen mit dem heiligen Antonius.

„Aber haltet diese Türe für alle Fälle verschlossen", fügte er noch im Gehen hinzu, mit dem Finger auf die Besenkammer weisend.

Sobieskis Seele hatte die bescheidenen Maßnahmen offenbar für ausreichend befunden, denn zum großen Erstaunen von Direktorin Sobiera hörte der Spuk auf einen Schlag auf. Nur die Vögel fielen bisweilen noch von den Wänden.

***

Die „gotteslästerlichen Umzüge", von denen der Exorzist gesprochen hatte, waren eine der bekanntesten und gleichzeitig absurdesten Traditionen in Zuckrowka. Ich spreche natürlich von den Inka-Umzügen. Der erste Umzug wurde im Jahr 1966 ins Leben gerufen und zwar kurz vor Fronleichnam, anlässlich der Zuckrowka-Tage. Seitdem fand er bis zur zweiten Hälfte der 1980er-Jahre jedes Jahr statt.

Ich vermute, dass es eine von Sobieskis Ideen gewesen ist, um den Mächtigen zu gefallen und um um ihre Unterstützung für seinen Plan zu werben, in der Stadt ein Museum zu errichten. Das ganze Projekt schien völlig aus der Luft gegriffen und war aller Wahrscheinlichkeit nach von Sobieskis Reise zum Schloss in Niedzica inspiriert. Dort hatte die Legende über einen südamerikanischen, in Polen vergrabenen Schatz ihren Ursprung und diese Legende wollte der Direktor für seine Zwecke ausnutzen.

Die Idee fand Zuspruch im Komitee und ich bin mir sicher, dass meine Großmutter auch ihre Finger mit im Spiel hatte, war sie doch stets darauf erpicht, Pfarrer Smietana eins auszuwischen; die Umzüge sollten fast zeitgleich mit dem Kirchenfest stattfinden.

Bald waren die Vorbereitungen in vollem Gange.

Natürlich wusste niemand, wie die Inka, die Sobieski sich in den Kopf gesetzt hatte, eigentlich aussahen, aber als man hörte, dass es Indianer waren, hatte man sich schnell für eine „klassische" Darbietung entschieden: Fransenhosen, Federschmuck, rot angemalte Gesichter. Die Indianer der Volksrepublik Polen gaben sozialistische Rufe von sich und statt Tomahawk, Pfeil und Bogen hielten sie Hammer und Sichel aus Pappe in den Händen. Sämtliche Indianerinnen und Indianer, auch die Kindergarten- und Grundschulkinder, konnten sich über einen zusätzlichen freien Tag freuen. Mit raschelnden, in roter Beete und Zwiebelschalen gefärbten Hühnerfedern an den Köpfen schlugen sie sich während des Umzugs ein ums andere Mal die Hand vor die Lippen und gaben gellende, kehlige Laute von sich – den Ruf des kommunistischen Manitu.

„So feiern wir in Zuckrowka den Sozialismus!", wurde von der Tribüne verkündet, die vor dem alten Gebäude des Stadtkomitees errichtet worden war und vor der Indianer auf Mahrtal-Mustangs defilierten: Braune und Grauschimmel mit Kriegsbemalung.

Die ganze Idee war ein Wagnis gewesen, gewissermaßen eine Abweichung von der Doktrin, eine politische Häresie. Aber wie durch ein Wunder stieß sie auch außerhalb des Tals auf Zuspruch, wurde sogar als „großartige Initiative des Volkes" gewürdigt. Und so wuchs sich die Aktion in den kommenden Jahren zu einer Attraktion von nationalem Rang aus – oder zumindest zu einem kulturellen Höhepunkt auf Kreisebene.

Außerdem fielen die ersten Umzüge in den Zeitraum des Millenniums der Taufe Polens, und die politische Führung ließ keine Gelegenheit aus, um den religiösen Feierlichkeiten den Rang abzulaufen.

Später tauchten auf den Umzügen immer wieder wichtige Funktionäre auf, um mit Federschmuck und gespanntem Bogen, von kleinen Indianern mit Sicheln umringt, für Fotos zu posieren und nach dem offiziellen Teil mit der Stadtführung Friedenspfeife zu rauchen und Feuerwasser zu trinken.

Um dem ganzen absurden Spaß einen Anstrich von Sinnhaftigkeit zu verleihen, ließ der Direktor sich sogar dazu verleiten, noch im Jahr 1966 einen Aufsatz zu veröffentlichen mit dem Titel: *Die Inka und der Kommunismus am Beispiel der Ursprungsform des Volkssozialismus.*

In ein paar Absätzen, die von Neusprech durchsetzt sind und weder den strengen Anforderungen der Wissenschaftlichkeit gerecht werden noch den Regeln der Logik gehorchen, zeigt er darin die „sozialistischen Grundlagen des Imperiums Sapa Inka" auf und beleuchtet dessen „kommunistische Gesellschaftsstrukturen". Dazwischen streut er ein paar wissenswerte Fakten über den peruanischen Sendero Luminoso, den Leuchtenden Pfad. Wesentlich interessanter scheint mir jedoch das Vorwort zu diesem schmalen Bändchen, das ich erst vor Kurzem gelesen habe.

Das Museum von Zuckrowka wurde eröffnet, damit die Stadt ihre Geschichte erhält, hatte man dort vor Jahren geschrieben. „Erhält" statt „wiedererhält". Es sah auf den ersten Blick aus wie ein Flüchtigkeitsfehler, aber die unübliche Kombination der Begriffe lässt mich vermuten, dass die Formulierung ganz und gar beabsichtigt war.

KAPITEL 21

Der Psychiater-Psychotherapeut

Nach dem Vorfall mit Frau Margas und nachdem auch die Visite des auswärtigen Priesters keinen Erfolg gebracht hatte, hatte man in Zuckrowka nicht den leisesten Zweifel, dass Magda therapiert werden musste.

Die Privatpraxis des Psychiaters und Psychotherapeuten Kowalik lag im Erdgeschoss eines Einfamilienhauses im Stadtzentrum von Wysoka. Sie verfügte über einen eigenen Eingang, der über einen hell gefliesten Flur direkt ins Wartezimmer führte.

Viele Jahre nachdem Magda dort in Therapie war, hingen an den Wänden immer noch die gleichen pastellfarbenen Reproduktionen impressionistischer Werke und Zertifikate in vergoldeten Rahmen, auf denen in eleganter, geschwungener Schrift Dr. med. Kowalik für seine Teilnahme an wissenschaftlichen Konferenzen und Symposien gedankt wurde.

Auf dem Tisch mit dem Lesestoff lagen hauptsächlich abgegriffene Magazine, die seit mindestens einem Jahr nicht mehr ausgetauscht worden waren. Die Gesichter der Frauen auf den Titelblättern waren von der Berührung unzähliger Hände ganz verknittert und so verzerrt, dass sie mit ihren unnatürlich weißen, gebleckten Zähnen wie seltsame Karikaturen wirkten.

Auf einen Termin bei Dr. Kowalik wartete man normalerweise einen Monat, aber für Magda hatte der Psychotherapeut eine Ausnahme gemacht. Einen Tag vor ihrem Besuch hatte der Vorsitzende den Doktor auf seiner Privatnummer angerufen.

„Gehe ich recht in der Annahme, dass es um die Schlafprobleme Ihrer Tochter geht?"

Die Stimme des Arztes klang gedämpft, weil es in der Leitung ein wenig rauschte.

Herr Dygnar war schon vor Tagen aufgefallen, dass der Handyempfang schlechter geworden war, vermutlich war der nächstgelegene Funkmast außer Betrieb.

„Genau so ist es."

„Leidet sie an Schlaflosigkeit?"

„Nein, nicht ganz, Herr Doktor." Vielleicht war es nur Einbildung, aber das Rauschen im Hörer schien plötzlich lauter geworden zu sein.

„Magdalena schlafwandelt."

„Oha."

Kowalik hielt einen Moment lang inne.

„Hat es in Ihrer Familie denn Schlafwandler gegeben? Sie vielleicht? Oder Magdas Mutter?"

„Nein … nein. Und dürfte ich Sie bitten, mit ihr nicht über ihre Mutter zu sprechen … wenn das möglich ist." In seiner Stimme lag leichte Verunsicherung.

„Ich verstehe."

„Herr Doktor …" Seine letzten Worte sprach Herr Dygnar etwas lauter aus, wohl um sicherzugehen, trotz der Störungen in der Leitung verstanden zu werden.

„Uns interessiert vor allem eins: Meine Tochter und ich wüssten gern, warum das alles passiert."

Der Arzt saß hinter seinem mächtigen dunkelbraunen Schreibtisch, der den Großteil des Behandlungszimmers einnahm. In der Ecke befand sich eine kleine Bibliothek mit Lehrbüchern der Psychiatrie und großformatigen Kunstbänden.

Maritime Motive schienen sich seiner besonderen Wertschätzung zu erfreuen, denn an den Wänden hingen überwiegend Gemälde mit Ansichten, auf denen in Öl gemaltes graues Wasser toste. An die Buchrücken gelehnt stand das berühmte Schwarzweißporträt von Sigmund Freud mit Zigarre in der Hand.

An der weiß gestrichenen Wand, gegenüber vom Schreibtisch, befand sich ein protziges, elegantes Sofa für die Patienten. Von diesem Sofa aus betrachtet wirkte Freud wie ein Zerrbild: Ihm schien eine Gesichtshälfte zu fehlen und der Schatten seiner Zigarre ragte in perspektivischer Verzerrung eigenartig aus seinen deformierten Händen heraus.

Kowalik notierte sich mit einem schwarzen Füller etwas auf einen Zettel. Die goldene Federspitze glitt dahin und hinterließ eine dunkle Tintenspur auf dem Papier. Der Füller wirkte schwer und hochwertig.

Der Doktor war ein Mann um die fünfzig und bereits stark ergraut, sein Gesichtsausdruck hatte etwas Überdrüssiges. Er trug einen eleganten dunkelblauen Blazer, aus dem der Kragen eines weißen Hemdes hervorschaute. Auf seiner Nase blitzte eine metallicgraue Halbrandbrille auf. Die dicken Gläser machten Kowaliks Augen kleiner und verliehen seinem Gesicht etwas Unbestimmtes und Kühles.

Als Magda das Behandlungszimmer betrat, bedachte der Psychiater und Psychotherapeut sie nur mit einem flüchtigen Blick und begann sofort, sich Notizen zu machen. Er schrieb eine Zeile nach der anderen, während die Brille langsam seinen Nasenrücken hinabglitt. An der Nasenspitze angekommen, drohte sie jeden Moment, ihm vom Gesicht zu fallen.

Schließlich hörte er auf zu schreiben. Dann korrigierte er mit einer schnellen Handbewegung den Sitz seiner Brille und faltete, ohne den Füller aus der Hand zu legen, die Hände auf dem Schreibtisch übereinander.

Er schwieg eine Weile und musterte mäßig interessiert den Teenager auf seinem Sofa. Das Behandlungszimmer selbst war nicht sehr groß, aber der massive Schreibtisch zwischen Doktor und Sofa hielt die Patienten auf Distanz.

„Hast du epileptische Anfälle?"

Magda hob erstaunt die Augenbrauen und schüttelte kurz den Kopf.

„Du hattest also noch nie eine epileptische Episode?"

„Nö."

„Bist du dir da ganz sicher?"

Die Miene des Psychiaters schien sich zu verdüstern. Er seufzte, dann strich er etwas von seinem Zettel.

„Dein Vater hat mir schon am Telefon alles erklärt."

Magda Dygnar zuckte die Schultern.

„Erzähl mir doch mal, was du so träumst."

„Ich träume nichts."

„Jeder träumt doch irgendwas."

„Ich nicht."

„Natürlich träumst du. Du erinnerst dich bloß nicht daran." Der Doktor schien nun etwas gereizt. Das Mädchen starrte ihn unverwandt an.

„Wenn du dir Mühe geben würdest, würdest du dich erinnern", murrte er.

Plötzlich wurde ihm etwas unwohl. Sicher nur die Verdauungsprobleme, beruhigte er sich, er hätte auf den zweiten Kaffee verzichten sollen.

„Wie auch immer, es gibt keinen Grund, hysterisch zu werden."

Kowalik warf wieder einen Blick auf seine Notizen.

„Schlafwandeln, auch Somnambulismus genannt, gehört zu den klassischen Parasomnien. Das Phänomen tritt normalerweise in der Tiefschlafphase auf, meistens zwei Stunden nach dem Einschlafen. Aber, wie man an deinem Fall sehen kann, bestätigen die Ausnahmen die Regel." Der Arzt lehnte sich in seinem Sessel zurück. „Somnambulismus ist ein Privileg des Erwachsenwerdens." Der Sessel knarzte. „Am häufigsten tritt er bei Kindern auf, aber er kommt auch bei Pubertierenden vor, hin und wieder sogar bei Erwachsenen. In den meisten Fällen verschwindet das Schlafwandeln mit dem Ende der Pubertät von selbst."

Kowalik legte eine Pause ein, als rechnete er mit Nachfragen, aber Magda ließ bloß den Blick durchs Behandlungszimmer schweifen.

„Du kannst dich wirklich glücklich schätzen", grunzte er. „Wie es das Schicksal so will, ist die Behandlung von Schlafstörungen seit Jahren mein Spezialgebiet. Obwohl wir es in der Regel mit Schlaflosigkeit zu tun haben. Bei dir liegt ja fast etwas Gegenteiliges vor."

Das Kichern, das ihm plötzlich entfahren war, klang wie ein trockenes Husten.

„Aber wie ich meinen Patientinnen immer sage: Bloß nicht hysterisch werden. Es gibt keinen Grund zur Sorge. Die Nerven sind unser schlimmster Gegner."

Er legte den Füller auf dem Schreibtisch ab, wo er ein paar Zentimeter bis zur Tischmitte rollte und auf dem beschriebenen Blatt liegen blieb.

„Also, was ich sagen will ist: Mach dir keinen Kopf. Das wächst sich aus."

Er richtete seinen Blick wieder auf Magda. Die starken Kurzsichtgläser schienen sich in sein Gesicht zu schneiden und es in Teile zu zerlegen.

Die ganze Sitzung hatte kaum länger als zehn Minuten gedauert.

Als Kowalik Magda in den Flur begleitete, riss Herr Dygnar sich sofort aus dem Wartestuhl. Die Nervosität war dem sonst so beherrschten Mann deutlich anzusehen.

„Wie ich Ihnen bereits am Telefon erklärt habe, braucht Ihre Tochter vor allem viel Schlaf", sagte der Doktor. „Nachts mindestens acht Stunden und tagsüber kleine Schläfchen. Wenn Sie Fragen haben, können Sie mich gerne anrufen, meine Nummer haben Sie ja." Er rückte mit dem Zeigefinger seine Brille zurecht. „Natürlich sollten Sie Ihre Tochter nicht während der Episoden wecken, aber das ist Ihnen ja schon bekannt. Es könnte zu aggressiven Reaktionen kommen. Denken Sie daran: Trifft man einen Patienten während des Schlafwandelns an, sollte man ihn sanft zu seinem Bett zurückführen und versuchen, ihn zum Einschlafen zu bringen. Ja, was unsere Patientin braucht, ist viel Schlaf. Jede Menge Schlaf. Schlaf gleich Gesundheit!"

Kowalik blickte mit einer merkwürdigen, ein Lächeln imitierenden Grimasse zu Magda, dann wandte er sich wieder Herrn Dygnar zu.

„Fenster und Türen bitte weiterhin verschlossen halten, das kann nicht schaden. Hauptsache, dem Mädchen passiert nichts. Wir wollen ja nicht, dass sie sich wehtut, nicht wahr?"

„Und wie sieht es mit einer medikamentösen Behandlung aus?"

Erst aus der Nähe konnte man die dunklen Ringe unter den blutunterlaufenen Augen des Vorsitzenden erkennen. Er sah selbst nicht gerade aus, als würde er in letzter Zeit gut schlafen.

„Medikamente, ja, durchaus denkbar. Darüber können wir reden, wenn alle anderen Fragen geklärt sind. Wir sehen uns nächste Woche. Ich werde ihr dann Tabletten verschreiben und wir leiten die Therapie ein. Zu den nächsten Sitzungen kann das Mädchen dann alleine kommen."

Der Arzt wandte sich nun Magda zu.

„Du gehst doch hier zur Schule, oder?"

„Ja."

Kowalik nickte zufrieden.

„Nur keine Sorge. Wie ich schon sagte, da wächst sie schon raus, es wird vorbeigehen."

Er drückte erst die Hand des Vorsitzenden, dann streckte er reflexhaft auch Magda die Hand entgegen, zog sie aber mitten in der Bewegung zurück und nickte ihr zum Abschied bloß zu.

„Es geht vorbei", wiederholte er noch mal, bevor er die Tür des Behandlungszimmers hinter sich zuknallte.

Die ans Holz genagelte goldene Tafel, auf der sein Name stand, funkelte im Schein der Leuchtstoffröhren.

***

Doktor Kowalik war einer der wenigen Psychiater in der Gegend. Obwohl er eine eigene Privatpraxis unterhielt, praktizierte er ein paarmal im Monat auch im Krankenhaus in Bielsko. Er hatte zwei Universitätsabschlüsse, in Psychiatrie und in Psychotherapie, und so stellte er sich bei offiziellen Anlässen auch vor: als „Psychiater-Psychotherapeut Dr. Kowalik", wobei er stets eine kleine Pause zwischen den Titeln machte. In jungen Jahren galt er angeblich als „großer Hoffnungsträger der polnischen Psychiatrie", aber nach der Verteidigung seiner Doktorarbeit hatte er dem Krakauer Lehrstuhl den Rücken gekehrt und war mit seiner Frau zu deren Familie nach Wysoka gezogen, aus Sehnsucht nach einem ruhigen und „ländlichen" Leben, wie er es selbst ausdrückte.

Böse Zungen behaupteten zwar, der Umzug sei gar nicht von Nostalgie motiviert gewesen, sondern einem Plagiat geschuldet, dem die Kündigung folgte, aber das halte ich eher für ein Gerücht, denn wer wurde Anfang der 90er-Jahre schon wegen eines Plagiats gefeuert?

Obwohl er mit dem akademischen Umfeld schon lange nichts mehr zu tun hatte, betrachtete Psychiater-Psychotherapeut Kowalik seine Karriere lediglich als auf Eis gelegt, denn eigentlich hatte er immer geplant, „in ein paar Monaten" seine Forschungsarbeit wieder aufzunehmen. Bevor er sich's jedoch versah, waren aus den Monaten über zehn Jahre geworden.

Zu meiner Zeit hatte das Behandlungszimmer des Doktors nicht mehr den Schick, den es noch hatte, als Magda dort Patientin war. Die grau angelaufenen Wände waren reif für einen frischen Anstrich, das Sofa war an einigen Stellen abgewetzt, und der einst glänzende, polierte Schreibtisch war matt geworden. Die Tischplatte hatte schon ein paar tiefe Risse bekommen.

Die Kunstbände und Psychiatriehandbücher waren von unzähligen, unordentlich ins Regal gestopften Ordnern verdrängt worden, und interessanterweise standen jetzt auch ein paar Traumdeutungsbücher dort.

Doktor Kowalik gab einen noch kläglicheren Anblick ab als sein Behandlungszimmer. Er krümmte den Rücken und trug seit einiger Zeit die immer gleichen zerknitterten Klamotten: einen ausgefransten Pullover und eine graue

Hose, auf dem manchmal kleine Kleckse zu sehen waren. Vermutlich Suppenspritzer, denn der Arzt schlürfte in den Pausen zwischen den Patienten Suppe aus einer Schüssel und kleckerte damit seinen ganzen Tisch voll, der danach mit unregelmäßigen Schlieren bedeckt war.

Statt eines edlen Füllers hielt er jetzt einen angeknabberten Plastikkugelschreiber in der Hand, doch er notierte sich nie etwas damit.

Das Einzige, das unverändert geblieben war, war seine Brille: die starken Kurzsichtgläser, die seine Augen kleiner machten, und die Bügel, die sich ihm in die Schläfen schnitten.

In den Bewegungen des Psychiaters machte sich eine gewisse Nervosität bemerkbar, eine kaum wahrnehmbare Anspannung. Seine Ruhe von damals, die manchmal an Lethargie gegrenzt hatte, war ihm aus irgendeinem Grund abhandengekommen. Stattdessen schien er der Wirklichkeit seltsam entrückt. Oft hatte man den Eindruck, dass er seinen Patienten überhaupt nicht zuhörte.

Ich habe über zehn Stunden in seiner Praxis verbracht. Nur diesem Umstand habe ich es zu verdanken, dass ich so viele Details über Magdas Therapie kenne und dass ich über ein paar Ereignisse aus ihrem Leben Bescheid weiß, die mir sonst verborgen geblieben wären. Unter völliger Missachtung seiner ärztlichen Schweigepflicht erzählte der Doktor ausgesprochen gern von der Tochter des Vorsitzenden und immer mit derselben leisen Stimme, in der sich kaum verhohlene Faszination mit einer gewissen Furcht mischte.

Das Archiv des Doktors befand sich in der Ecke des Behandlungszimmers und war für Patienten vom Sofa aus nicht einsehbar. Die Bibliothek und ein schwerer, dunkler, fast bodenlanger Vorhang versperrten die Sicht auf die Pappkartons, in denen der Psychiater seine Karteikästen und Stapel von Notizen aufbewahrte, die während der Therapiesitzungen entstanden waren.

Als es mir aufgrund einiger glücklicher Umstände gelungen war, einen Blick auf die besagten Dokumente zu werfen (natürlich war ich ausschließlich an Magdas Akte interessiert), fand ich auf dem Grund des Kartons den schief gebundenen Ausdruck einer Doktorarbeit mit dem Titel: *Epidemiologie der Schlaflosigkeit im sogenannten Mahrtal in den Jahren 1990-2005. Dissertation zum Erwerb des Doktorgrades der Psychiatrischen Medizin, Peter Kowalik.*

Auf der letzten Seite, gleich unter der Biografie, hatte jemand unleserlich mit rotem Kugelschreiber vermerkt: *Der Prozentsatz der von Schlaflosigkeit Betroffenen weicht nicht von der Norm ab.*

Leider war das Exemplar unvollständig. Das letzte Kapitel sah mehr nach einer ersten Skizze aus. Es fehlten Schlussfolgerungen und ein Fazit. Die Sprache hatte etwas Geschwätziges, bisweilen waren die Aussagen unlogisch, ein nur scheinbar sinnvolles Gefüge aus Sätzen, Referenzen und Zitaten, die durch nichts zusammengehalten wurden.

Verblüfft nahm ich zur Kenntnis, dass in einem der Kapitel mein Vater als Berater erwähnt wurde. Dabei hatte er Kowalik doch nie leiden können, was übrigens auf Gegenseitigkeit beruhte. Ich wusste nicht, dass sie sich 2005 persönlich getroffen hatten, und zwar kurz nachdem mein Vater Magdas Teilnahme an einem Krakauer Kongress verhindert hatte. Die Überschrift des Absatzes, bei dem er beratend tätig gewesen war, lautete: *Der Einfluss von Wasseradern und großen Wasserläufen auf die Schlafqualität. Fluviale Prozesse im Mahrtal im Kontext von Parasomnien.* Der Absatz beinhaltete sogar einige Wünschelruten-Schemata, die von meinem Vater beschriftet worden waren.

Das letzte, unvollendet gebliebene Kapitel hatte Kowalik Magda gewidmet. Es war einige Male rot durchgestrichen worden (vermutlich von derselben Person, die die Notiz auf der letzten Seite verfasst hatte) und zwar mit mächtig viel Verve, denn die Spur des roten Kugelschreibers fraß sich ins Papier und noch Jahre später konnte man die Rillen mit den Fingerspitzen nachfahren. Das Kapitel trug den Titel: *Somnambulismus als Krisis.* Kowalik schrieb darin:

Die Störung bildet in gewisser Weise das Gegenstück zu Träumen. Der Träumende erlebt eine reichhaltige, farbige Welt, aber selbst bleibt er unbeweglich. Seine Muskelspannung ist, mit Ausnahme kurzer Zuckungen und rascher Augenbewegungen, vollständig verschwunden. Der Schlafwandler bewegt sich fast wie ein Wacher, befindet sich aber in einem traumlosen Dämmerzustand, an den er sich nach dem Erwachen nicht erinnern kann.

Schlafwandeln ist ein mythischer Zustand, der den Mondsüchtigen in der Sphäre eines nicht vollendeten Todes situiert. Es ist ein Privileg und eine Art Gipfelzustand. Gleichsam begibt sich der Schlafwandler in eine Welt, die Außenstehenden verborgen bleibt.

Die Verwandlung manifestiert sich natürlich am stärksten im Pubertätsalter, vor dem Hintergrund besonders intensiver Sozialisationsprozesse, vor allem bei Mädchen, deren Körper in einem undefinierten Übergangsstadium zwischen Kind und reifer Frau befindlich ist. So ist auch die Anfälligkeit für Neurosen zu erklären, die besonders häufig in dieser Lebensphase auftreten.

Und über Magda selbst heißt es:

In der sichtbaren, exhibitionistischen Nacktheit der Patientin äußern sich ungelöste, erotische Spannungen. Die Symptome treten vermehrt in der Menstruationszeit auf. Höchstwahrscheinlich werden die schlafwandleri-

schen Episoden von zwanghafter Masturbation begleitet und dadurch ver-
stärkt. Eine Analyse der Wachstumskurve von Insomnia-Fällen im Gebiet
des Mahrtals (siehe Abb. 9.3) offenbart, dass der Fall der Patientin Magda-
lena Dygnar einen klassischen Fall einer Krisis und Kumulation darstellt.
Nach einem plötzlichen Abfall verschwindet das Phänomen vollständig
(oder ebbt temporär ab).

Aus der eigentlichen Akte von Magda, die die Protokolle ihrer Therapiesitzungen enthielt, erfuhr ich nichts Neues, das Meiste hatte mir Kowalik
bereits offenbart.

Sehr viel interessanter schien mir die an die Dokumente geheftete Kopie
der Diagnose zu sein, die von Ärzten aus dem Krankenhaus in Bielsko gestellt worden war und von der mir Magda 2005 persönlich erzählt hatte.
Bis zu diesem Moment war ich mir nicht sicher gewesen, ob sie mir nicht
einfach irgendwas erzählt hatte und das Dokument womöglich gar nicht
existierte.

Doch die Entdeckung, die mich am meisten stutzen ließ, hatte überhaupt nichts mit der Tochter des Vorsitzenden zu tun. Ich hatte keine
Ahnung, dass meine eigene Mutter Patientin bei Kowalik gewesen war.
Ihre Patientenakte war mir zwischen den anderen Papieren in die Hände
gefallen. Ungefähr um 1992 herum hatte meine Mutter zum ersten Mal
starke Schlaftabletten verschrieben bekommen. Später hatte sie sich die
Rezepte höchstwahrscheinlich beim Hausarzt oder ihrer Freundin, Frau
Dr. Skorupa, besorgt, denn seitdem ist sie nie wieder in Kowaliks Praxis
gewesen.

In der damaligen Zeit war es auch gar nicht so leicht, nach Wysoka
zu kommen. Die staatlichen Busunternehmen lagen schon in den letzten
Zügen und die privaten Unternehmer hatten ihre Chance für ein einträgliches Geschäft noch nicht gewittert.

Ich erinnere mich gut an die runden weißen Tabletten. Mutter bewahrte
sie im Badezimmerschränkchen auf und nahm sie immer abends nach
dem Zähneputzen ein.

Nur ein einziges Mal hatte ich nachgehakt, was es damit auf sich hatte,
und Vater antwortete, das seien „Mutters Vitamine". Irgendwann habe ich
sie ganz vergessen.

***

Einige Zeit später stieß ich zufällig auf ein Büchlein mit dunkelrotem Umschlag: *Das Geheimnis des Schlafs* des ungarisch-schweizerischen Autors
Borbély, herausgegeben im Jahr 1990 vom Polnischen Wissenschaftsverlag.

Die Publikation war schon veraltet, sie war zum ersten Mal in den 80ern gedruckt worden, in der BRD.

Ich wurde stutzig, als ich auf der ersten Seite ein Zitat aus einem Vortrag von Sigmund Freud las. Es war dasselbe Zitat, das der misslungenen Doktorarbeit von Kowalik vorangestellt war. Von einer vagen Vorahnung geleitet sah ich das ganze Buch durch. Dabei stellte ich fest, dass der Arzt große Teile aus diesem Buch übernommen und noch viel mehr paraphrasiert hatte. Das unvollendete Kapitel über Magda war, bis auf ein paar Absätze, komplett abgeschrieben.

KAPITEL 22

Vom Teufel geritten

Würde man die Geschichte unserer Stadt aus der Perspektive des Imkers betrachten, zerfiele sie in zwei Zeiten: die Zeit der Schwarmjahre und die Zeit der schwarmlosen Jahre. Die Schwarmjahre kamen uns kürzer vor als die darauf folgenden schwarmlosen Jahre, jene Katastrophenjahre, die gewissermaßen bis zum heutigen Tag andauern.

Damals waren die Bienen wirklich anders. Als Makowski mit der Bienenzucht begann, war ich zwar noch ein Baby, doch was ich selbst nicht bewusst mitbekommen habe, wurde mir von älteren Einwohnern Zuckrowkas berichtet.

Ganz zu Beginn, so erzählt man sich, plumpsten die Bienen unentwegt in Getränke und ins Essen. Sie flogen in Häuser und Wohnungen, drängten sich in Dekolletés, Frauen schöpften ganze Hände voll aus ihren BHs, Männer aus ihren Hemden. Die Bienen wurden angelockt von duftenden Körpern, blumigen Seifen, flauschiger Wärme. Die Menschen spürten ihre Berührungen noch in Träumen, die keine unschuldigen Träume waren. In diesen Erinnerungen scheinen die Insekten jünger, entschlossener und wilder gewesen zu sein, ganz anders als ihre Nachfolger.

Makowskis Bienen schwärmten ständig aus, sogar mehrere Male im Jahr. Andauernd wurden in der Stadt Schwarmtrauben gefunden. Sie hingen an Ästen, Dachtraufen, Zäunen und Regenrinnen, und manchmal wurde eine Straßenlaterne von einem dunkelgrauen Gewirr zugekleistert, das von Weitem aussah wie ein am helllichten Tage von weiß Gott was geworfener Schatten.

Vielleicht war alles Makowskis mangelnder Erfahrung geschuldet (davon zeugten zumindest die ungelenken Bewegungen, mit denen er die überall hängenden Schwarmtrauben wieder einsammelte; manchmal konnte man geradezu den Eindruck gewinnen, dass er Angst vor seinen eigenen Bienen hatte), vielleicht lag es am Charakter der Insekten und an ihrem großen, drängenden Fluchtwunsch. Vielleicht passte das Ausschwärmen auch einfach nur in die Zeit, in der sich das alles abspielte.

Der Imker lief ständig mit einem schmalen zusammengerollten Gummischlauch durch die Stadt, den er über die Schulter geworfen trug wie ein Lasso. Er schloss ihn an den Außenwasserhähnen der umliegenden Häuser an, fasste den Schlauch fest mit beiden Händen und peitschte die ausgeschwärmten Bienen mit dem Wasserstrahl. Die Schwarmtraube bäumte sich unter den Hieben auf wie ein tollwütiges Raubtier und Makowski versuchte es zu bändigen, um es wieder im Bienenstock einzuschließen.

Er sah dabei urkomisch aus. Mit einer Hand hielt er den Schlauch fest, mit der anderen ein großes weißes Sieb mit Plastikgriff, wie man es normalerweise zum Sieben von Mehl verwendet. Dieses Sieb hielt er sich wie ein Rittervisier ganz nah vors Gesicht, um sich vor den Angriffen der gereizten Bienen zu schützen. Er musste seinen Kopf ganz tief hineindrücken, um durch das dichte Netz überhaupt etwas sehen zu können. Nase, Wangen und Stirn zeichneten sich deutlich auf dem hellen Gitter ab. Es sah aus, als hätte der Imker so lange irgendwo im Dunkeln gelegen, dass eine Spinne seinen Kopf mit einem klebrigen Netz umsponnen hatte.

Erst später fing er an, einen professionellen Imkeranzug zu tragen, einen weißen Overall und einen helmartigen Hut mit Schleier.

Den eingefangenen Schwarm transportierte Makowski für gewöhnlich im erstbesten Behältnis, das ihm in die Hände fiel. Das konnte ein Korb sein, ein Bottich, ein großer Topf oder ein Eimer mit Deckel. Mit seiner Beute kehrte er in den Schrebergarten zurück.

Zuvor nahm er jedoch das Imkernetz von seinem schweißnassen Gesicht, legte das Ohr an das Transportprovisorium und horchte, ob die darin gefangenen Ausreißerinnen sich ruhig verhielten. Ein Summen wäre das untrügliche Zeichen seiner Niederlage gewesen. Es hätte bedeutet, dass er zwar den Schwarm, aber nicht die Königin eingefangen hatte, ja, sie womöglich sogar zerquetscht hatte, oder schlimmer noch, dass sie im Wasserstrahl verendet war und einen verwaisten Schwarm hinterlassen hatte.

Doch zum Glück schwiegen die Schwärme meistens.

Eine interessante Geschichte, an die sich heute kaum noch jemand erinnert, handelt davon, dass Makowski die Anfänge seiner Bienenzucht ironischerweise Pfarrer Wilk verdankte.

Alles hatte sich kurz nach der Wanderung der Maria zum Pfarrhaus zugetragen, weshalb Pfarrer Wilk geneigt war, der Zuckrowka-Heiligen besonderen Schutz angedeihen zu lassen. Kein Wunder also, dass er als einer der Ersten herbeigeeilt war, als sich auf der Figur in der Kapelle ein verirrter Insektenschwarm niedergelassen hatte.

Die Sache gab Rätsel auf, denn damals besaß noch niemand in der Stadt Bienenstöcke.

Es sah wirklich sonderbar aus, wie der vibrierende Schwarm sich an den Keramikkörper klebte; die zarten, mädchenhaften Formen schienen monströs angeschwollen, der Umhang verschwand unter der dunklen Traube, verwandelte sich in einen riesigen bebenden Bauch, aus dem etwas herauszuwachsen schien. Obwohl alle wussten, dass es nur Bienen waren, wurde die Menschenmenge, die sich damals an der Wegbiegung versammelt hatte, von Unruhe erfasst. Der Anblick war so unglaublich wie unschön, geradezu anstößig.

Schließlich hielt der Pfarrer es nicht mehr aus. Er riss dem Gaffer neben sich den Stock aus den Händen und warf sich mit Geschrei auf die Insektengeschwulst.

Die Bienen bäumten sich unter den Schlägen, der Marienbauch schien sich in zwei Hälften zu spalten, dann hob sich der Schwarm langsam empor. Der Pfarrer stand einen Moment lang regungslos da und starrte auf die Insektenwolke. Als er sich endlich wieder gefangen hatte, warf er den Stock von sich und lief mit geraffter Soutane los, den verängstigten Gemeindemitgliedern hinterher, die bereits hinter der Wegbiegung verschwunden waren.

Als alle wieder zurückkamen, stand die Heilige Jungfrau wieder in aller Herrgottsruhe in der Kapelle, befreit vom Gewicht der Bienen, die nun an dem Stock klebten, mit dem der Pfarrer so tapfer versucht hatte, sie zu zerschlagen.

Natürlich hat der Stock Makowski gehört (der Mann war erst vor Kurzem in der Stadt aufgetaucht) und aus eben diesem ersten Schwarm sind später alle weiteren Schwärme in Zuckrowka entstanden.

Man sollte eingefangene Bienen erst abends in den Bienenstock zurückbefördern. Makowski wusste das, darum stellte er den eingefangenen Schwarm für ein paar Stunden bei sich in der Hütte ab. Am Abend nahm er einen riesigen Trichter, wie man ihn normalerweise für die Herstellung von Fruchtsäften benutzt, drückte ihn mit dem schmalen Ende in den Bienenstock und schüttete die Bienen hinein. Manchmal behalf er sich auch mit seinem Kaffeebecher, mit dem er die Insekten aus dem Topf schöpfte und in den Trichter kippte, durch den die Bienen dann direkt in ihr Insektennest gelangten.

Und so ging das jedes Mal: Die Bienen flüchteten und wurden von Makowski gejagt, dann flogen sie ihm abermals davon, und wer weiß, wie lange das noch so weitergegangen wäre, hätte der Imker nicht irgendwann begriffen, dass in Bienenstöcken nichts ohne Grund passierte: Seine Königinnen quakten.

Ja, die Bienen sangen vor dem Ausschwärmen. Die Königinnen gaben einen besonderen, quakenden Ton von sich, wenn sie bereit waren, den Bienenstock zu verlassen, und vor allem in Schwarmjahren kam es vor, dass Makowskis ganzer Garten von den besorgniserregenden Insektenrufen erfüllt war (der Imker nannte solche lärmenden Schwärme „Vorsänger", weil angeblich nur der erste Schwarm eines Jahres sang, wenn überhaupt).

Es ist sicher kein Zufall, dass Makowski ungefähr zur gleichen Zeit ein spezielles Absperrgitter vor die Fluglöcher montiert hatte, das die Königinnen, die doch viel größer waren als die Arbeiterinnen, daran hinderte, nach draußen zu gelangen, und so gleichsam alle Bienen vom Ausschwärmen abhielt. Seitdem flogen sie ihm nicht mehr davon. Und so hatten die Absperrgitter an den Bienenstöcken die lange Phase der schwarmlosen Jahre eingeleitet.

* * *

Eigentlich ist es kein Wunder, dass so viele in der Stadt Makowski für einen Verrückten hielten. Mir selbst war vor allem die Geschichte mit dem Hosenstall vertraut, aber wie ich mich später überzeugen konnte, waren noch mehr solcher Erzählungen in Umlauf. Die meisten von ihnen stammen aus der Zeit, als dem Imker Machenschaften mit dem Teufel nachgesagt wurden, kurz nachdem der Pfarrer die Bienen vom Marienbauch vertrieben hatte.

Angeblich hatte Makowski den Teufel auf dem Buckel sitzen. Das erzählte man sich zumindest im Jahr 1989. Nacht für Nacht soll der Dämon auf seinen Rücken geklettert sein, um sich durch die ganze Stadt huckepack tragen zu lassen.

Die Gerüchte kamen nicht von ungefähr. Manche schworen, sie hätten gesehen, wie der Imker, gekrümmt unter dem Gewicht des Teufels, nachts durch die Schrebergärten in den Wald stapfte. Der zufrieden grinsende Unhold ritt auf ihm wie auf einer Stute. Seine Beine baumelten herab, und hin und wieder rammte er ihm die Hufe in die Seiten, damit der Alte schneller machte. Der Teufelsschwanz verknotete sich dabei mit dem Gürtel von Makowskis Bademantel.

Angeblich ließ der Dämon Feuersäulen aus seinen Glotzern schießen, und aus seinem abscheulichen Maul, das mit nadelartigen schwarzen Zähnen gespickt war, drang Schwefelrauch. Die verdatterten Passanten sahen die beiden in der beißenden Wolke verschwinden wie im Nebel, „als wären sie in die Erde gefahren".

Zwischen dem Westausgang der Schrebergärten und dem Urwald wurden jeden Tag neue verschlungene Spuren gefunden, als würde der Teufel genau dort Makowski vom Rücken steigen, um sich dann weiß Gott welchen Schandtaten hinzugeben.

Nacht für Nacht wurden die Spuren immer dichter. Die kleinen scharfen Pfeile, die ihren Abdruck in der Erde hinterließen, zeigten immer in dieselbe Richtung – tief hinein in unser Tal.

Meinen Vater nahm die ganze Geschichte ziemlich gefangen. Er hatte vor nicht allzu langer Zeit im Rathaus zu arbeiten begonnen und brachte jeden Tag neue Gerüchte über die Anwesenheit des Teufels mit nach Hause: „Wo, wenn nicht hier, in der Stadt der Maria vom Kriegsrecht, würde der Satan seine Kräfte messen wollen?"

Mit Besorgnis sprach er vom Mahrtal-Teufel, bekreuzigte sich dabei mehrmals hintereinander und küsste zum Schluss seinen Daumen, als würde er ein Kreuzzeichen stempeln und damit einen Schutzbann um sich, um uns und um das ganze Haus herum legen.

Großmutter, die sich zu dieser Zeit vor allem um den Niedergang des Kommunismus sorgte, war von ihrem Schwiegersohn zunehmend genervt. Einmal hatte sie seine Ausführungen mit einem höhnischen Lachen quittiert: „Wenn sich in diesem Land tatsächlich einmal das Tor zu Hölle öffnen sollte, dann wäre jetzt der richtige Zeitpunkt dafür."

Tatsächlich waren alle vom Jahr 1989 in Beschlag genommen und fragten sich, wohin es führen würde. Vielleicht wurden die Gerüchte über den Teufel mit einem für die Stadt eher untypischen Wohlwollen aufgenommen und als willkommener Rettungsanker für die armen Seelen betrachtet, denen der Wandel stark zusetzte, eine tröstende Ausflucht in Erfundenes, das sich nur durch eine andere Gewichtung der Akzente vom Vergessen unterschied.

Alles hätte sich bestimmt wieder gelegt, mit jedem Tag wäre es um den Teufel stiller geworden, die Sichtungen immer seltener, hätte der freche Unhold nicht auf einmal begonnen, in der Mahr zu baden.

Angeblich hatte man ihn gesehen, wie er darin schwamm und planschte wie ein Fisch. Manchmal machte er es sich auf der Wasseroberfläche bequem wie auf einer Liege, doch damit nicht genug! Bisweilen wandelte er sogar übers Wasser, ohne sich nass zu machen, ja, allem Anschein nach machte er sich lustig über uns, verhöhnte unsere Religion und unseren Glauben!

Ich bin mir sicher, dass da zum ersten Mal in Pfarrer Wilk der Same des Widerwillens zu keimen begonnen hatte, den er später für den alten Makowski hegen sollte. Was folgte, untermauert meine Vermutung.

Pfarrer Wilk, verärgert über die Unruhe unter den Gläubigen und den unheiligen Gerüchten zutiefst abgeneigt, war im Grunde ein frommer und dabei bodenständiger Mensch, der um den böswilligen Kern der Geschichte wusste. Er ahnte, dass sie auf einer Unwahrheit basierte, dass hier jemand einen widerwärtigen Streich mit den Stadtbewohnern spielte. Also galt es, diese Lüge aus der Welt zu schaffen, den Lügner zu entlarven und zur Verantwortung zu ziehen.

Ohne Ankündigung machte er sich auf zu Makowski. Hastig und schwungvoll stapfte er Richtung Schrebergärten. Die Soutane flatterte im Wind hinter ihm her. Er beschleunigte seinen Schritt, während er im Kopf die Predigt und die Leviten durchging, die er den Gläubigen später lesen würde.

Als er dort angekommen war, wo er den Wohnsitz des Imkers vermutete, stellte er erstaunt fest, dass sich Makowskis Grundstück hinter einem hohen Zaun befand, der bis über seinen Kopf reichte (und dabei war der Pfarrer alles andere als klein!). Ob der Alte tatsächlich etwas zu verbergen hatte?

Eine Klingel war weit und breit nicht zu sehen. Der Pfarrer wollte schon mit erhobener Faust an den Zaun klopfen, als dahinter plötzlich ein Jaulen ertönte und wenig später etwas, das sich anhörte wie ein gezielter Schlag.

Der Pfarrer erstarrte.

Das Jaulen erklang abermals, gefolgt von ein paar heftigen Schlägen. Nein, das waren nicht die Laute eines Menschen.

Er ließ sich zu Boden fallen und presste das Gesicht an einen Spalt im Zaun. Die Sicht wurde ihm teilweise von den Büschen dahinter versperrt, doch der Pfarrer erkannte nun deutlich die Bewegung, die unverwechselbare Statur, und Jesus, Herrgott, erbarme dich unser! Er hatte sich keineswegs geirrt.

Der Imker drosch mit all seiner Kraft auf den Teufel ein. Und nicht nur auf einen Teufel. Es war ein ganzes Rudel von Dämonen. Sie waren es, die da so unmenschlich wimmerten unter den Stockschlägen, die der Imker auf ihren Rücken und beschwänzten Hintern verteilte.

Pfarrer Wilk hatte genug gesehen. Er raffte eilig sein Priestergewand und eilte im Schweinsgalopp ins Pfarrhaus zurück. Nein, es gab keinen Grund zur Furcht. Er musste bloß in Ruhe und so weit wie möglich von Makowskis Teufeln entfernt darüber nachdenken, was jetzt zu tun war. Er musste einen Plan aushecken. Kräfte sammeln für den anstehenden Kampf mit dem Bösen.

Glücklicherweise musste der Pfarrer mit dem Satan kein Duell austragen (aber wäre es dazu gekommen, wäre er zweifellos als Sieger hervorgegangen!). Zwei Tage später hat Frau Wosch, die damals gerade begonnen hatte, Makowski seine Einkäufe nach Hause zu liefern, überall herumerzählt, seine Bienen hätten sich so stark vermehrt, dass er weitere Bienenstöcke anschaffen musste, und da seien auf seinen Sonderwunsch hin ein paar ausnehmend schöne geschnitzte Exemplare angefertigt worden.

Natürlich hatte man sich das von Anfang an denken können.

Aus dem ersten Schwarm des Imkers waren ein Dutzend Bienenvölker hervorgegangen, auch wenn es Stimmen gab, die das nicht für möglich hielten. Einige der Völker siedelte er in den speziell auf Bestellung gefertigten Bienenstöcken von menschlicher und halbmenschlicher Gestalt an, wie man sie heute bisweilen in Freiluftmuseen bestaunen kann. Er hatte einen hohen Zaun um sie herumgebaut, weil er irgendwo gelesen hatte, dass Zugluft jungen Bienenzuchten schaden könne.

Und genau diese Bienenstöcke waren es, die Makowski zwecks Honiggewinnung auf seinem Rücken getragen hatte. Er trug sie zu den Blumen, die, wie er damals glaubte, allzu weit weg von seinen Insekten wuchsen (was von seinem totalen Unwissen und völligem Mangel an Erfahrung zeugte, schließlich hätten die Bienen problemlos zu noch abgelegeneren Orten fliegen können). Er machte sich immer erst abends auf den Weg, wenn die Insekten ruhiger waren, um sie nicht unnötig zu reizen. Schließlich wusste er, dass Stress zu plötzlichem Bienentod führen konnte.

Ungünstigerweise war ausgerechnet in jenem Jahr Wildschweinsaison. Die Wildschweine vermehrten sich damals wie nie zuvor. Nachts verließen sie den Wald, um die Stadt zu erkunden, und ihre Klauen hinterließen dabei ein Geflecht von Spuren. Die Feuersäulen, die aus den teuflischen Glotzaugen geschossen kamen, waren nichts weiter als der Lichtkegel der Taschenlampe, die Makowski auf den Weg richtete, wenn er abends durch die Stadt streifte, und die Quelle der Rauchschwaden und des Schwefelgeruchs war der Bienenraucher, in dem er frisches Gras und Pressholzplatten verbrannte, um damit seine Bienen zur Beruhigung vollzuqualmen, bevor er sie nach draußen ließ (übrigens mögen die Dämpfe des verbrannten Klebers aus den Pressholzplatten in der Geschichte ebenfalls eine Rolle gespielt haben).

Selbst für das Schwimmen des Teufels im Fluss gab es eine Erklärung: Makowski hatte sich Großmutters Angelboot geliehen („Schwiegermutter! Du wusstest also über all das Bescheid!?", hatte Vater damals vorwurfsvoll ausgerufen), die Brücke war nämlich ziemlich weit weg, und dem Imker war daran gelegen, die Bienenstöcke schnell ans andere Ufer zu bringen, wo gerade ein Salbeifeld erblüht war, hervorragend geeignet für die Herstellung des bei Feinschmeckern überaus beliebten Kräuterhonigs.

Und obwohl jedes Element der Geschichte sich letztes Endes sinnvoll zusammenfügte, die Gesetze der Logik die Wahrheit ans Licht brachten und alle Unstimmigkeiten sich aufgeklärt hatten, begegnete man Makowski dennoch mit immer größerem Misstrauen, als würde mit ihm tatsächlich etwas nicht stimmen.

Makowskis Bienenstöcke sahen sagenhaft aus. Im Dunkeln hätte man sie tatsächlich für übernatürliche Wesen halten können. Die Figuren waren riesig, größer als ein ausgewachsener Mann. Unter ihnen waren der heilige Florian, der vor Feuergefahr schützte, der heilige Antonius, Schutzpatron der Verlorenen, der heilige Bartholomäus, Beschützer der Waldbienenzüchter, und allen voran der heilige Ambrosius, aus dessen Wunden in urchristlichen Zeiten Bienen geschlüpft sein sollen. Es waren darunter auch ein paar volkstümliche polnische Teufel, deren Aufgabe es war, die Insekten vor neidischen Blicken zu beschützen und Krankheit und Seuchen von den Bienenstöcken fernzuhalten.

Obwohl sie sich im Aussehen unterschieden, in ihrer Gewandung, in der Üppigkeit ihrer Bärte, in der Pausbackigkeit ihrer roten Wangen, einte sie doch etwas: Alle, die Heiligen wie die Teufel, hatten riesige, pralle Bäuche. In ihren Holzmägen befanden sich nämlich die Honigkammern. Die Fluglöcher waren an verschiedenen Stellen angebracht, sodass die Insekten aus nahezu allen Körperöffnungen krochen: bei manchen Figuren aus dem Mund, bei anderen aus den gründlich ausgehöhlten Nasenlöchern. Manchmal kamen sie aus den Ohren oder aus dem Bauchnabel, drangen zwischen den Beinen oder, wie im Fall eines Teufels, direkt unter dem Schwanz hervor.

Was das „Schlagen des Teufels mit dem Stock" betrifft, das zuerst Pfarrer Wilk und sechzehn Jahre später auch wir bezeugt hatten, so mag es zwar ausgesehen haben, als würde Makowski mit ganzer Kraft sein Honigvolk verprügeln, doch in Wirklichkeit, das behauptete er zumindest, horchte er bloß nach, ob „der Schwarm gesund" war (angeblich hatte man beobachtet, wie er einmal einen langen Gummischlauch in seine Bienenstöcke und das andere Ende direkt in sein Ohr gesteckt hat. Zwei Männer, in Bewegungslosigkeit erstarrt: der hölzerne Honigmensch und der Mann im schmutzigen Bademantel, für einen Moment durch eine Art Nabelschnur verbunden, die sich durch den Garten schlängelte). Später weidete er den Bienenstöcken die Bäuche aus und entnahm ihnen die Holzrahmen mit den Honigwaben.

Obwohl die Figuren von außen betrachtet riesengroß schienen, war es in ihrem Inneren eng. Als wären sie von jemandem geschnitzt worden, der keine Ahnung von Bienen hatte und nicht wusste, wie viel Platz sie brauchten. Einige Leute waren der Meinung, dass genau das zu den Schwarmtrauben geführt hatte.

Außerdem waren die Bienenstöcke undicht. In honigreichen Jahren sollen die Insekten wie verrückt gearbeitet haben. Makowski kam manchmal gar nicht mehr nach mit dem Entnehmen des Honigs und die klebrige Masse ergoss sich aus den Augen und Mündern, drang aus den Rissen im Holz und floss an den Schenkeln der Ungetüme herab wie gelber Eiter, als würde aus dem alten Holz plötzlich wieder Harz austreten.

Die Bienenstöcke standen seit Jahren unerschütterlich da, den ganzen Frühling, Sommer und Herbst. Erst, wenn der Winter nahte und damit die Zeit zwischen dem letzten Herbstflug und dem ersten Frühlingsflug der Bienen, die Zeit der Winterruhe, umwickelte Makowski sie mit Strohmatten und einer dicken schwarzen Folie, die er mit einer Schnur an den Hälsen und Schenkeln der Riesen zusammenband, damit der Wind sie nicht fortriss. Unter der Folie zeichneten sich deutlich ihre nichtmenschlichen Umrisse ab. Der Anblick ließ mich an die Leichen aus den amerikanischen Actionfilmen denken, die meine Großmutter so liebte.

Wie man weiß, beträgt die Lebensdauer der Bienen in der Regel fünf Wochen. Nur Bienen, die am Ende des Sommers zur Welt kommen, können den Winter im Bienenstock überdauern. Wenn der Imker jedoch nach dem ersten Flug (und im Fall von Makowskis Bienen war es kein richtiger Frühlingsflug, wie er für normale Bienen typisch ist, sondern vielmehr ein Spätwinterflug, schließlich verließen sie bereits im Februar den Bienenstock, wenn draußen immer noch Schnee lag) die Bienenstöcke öffnete, fand er auf dem Grund fast nie tote Insekten. Als wären seine Bienen unsterblich. Diese merkwürdige, ihm zugeflogene Kreuzung schien deutlich beständiger zu sein als ihre weit verbreitete Verwandtschaft. Makowskis Bienen lebten einfach länger.

Das Einzige, was Makowski aus dem Inneren der Bienenstöcke entfernte, waren winzige Skelette, die er eingeklemmt zwischen den Honigrahmen fand, meistens von Feldmäusen und mittelgroßen Ratten. Einmal hatte er sogar das Skelett eines Frosches gefunden, der auf der Suche nach einem warmen Ort für den Winter durch das schlecht verdeckte Flugloch hineingelangt sein musste.

KAPITEL 23

Mit dem Rücken nach oben

In meiner Erinnerung ist die Geschichte mit den Bienen auf verworrene Weise mit der Lesniewski-Tragödie verknüpft, obwohl Makowski den Kleinen nie kennenlernte und dieser zeitlebens nicht einmal in die Nähe des Schrebergartens des Alten gekommen war.

Wie man sich denken kann, hat Makowski sich mit dem Teufel und den ständig ausschwärmenden Bienen in der Stadt keine Freunde gemacht. Kein Wunder also, dass schon bald unzählige auf Gerüchten basierende und frei erfundene Geschichten über den Einzelgänger zu kursieren begannen. Eine davon war nur kurze Zeit in Umlauf und ich hätte meine kindliche Faszination von damals wohl komplett vergessen, hätten die Ereignisse des Jahres 2005 nicht die verloren geglaubte Erinnerung wieder heraufbeschworen.

Die Geschichte mit den Knochen scheint mir eine der ältesten zu sein. Sie kam zum ersten Mal auf, nachdem jemand gesehen hatte, wie der Imker in seinem Garten mit einem Messer, das er wie eine Gabel benutzte, aus einer Konservendose aß. Die Klinge war so lang wie sein Unterarm und gebogen wie ein orientalischer Krummdolch. Angeblich weidete der Imker damit seine Opfer aus. Mit der scharfen Spitze schabte er sorgfältig die Knochen der Leichen aus, bevor er sie „für die Suppe" ins Gefrierfach steckte (dabei wussten wir nicht einmal, ob es in seiner ärmlichen Behausung überhaupt einen Kühlschrank gab). Später habe ich erfahren, dass Makowski tatsächlich ein solches Messer besessen hat, allerdings nutzte er es für etwas ganz anderes als das Ausweiden von Kinderleichen.

Die zweite und eigentlich wichtigere Geschichte kam nach der Beerdigung von Lesniewski auf. Die meisten von uns waren nicht zum Begräbnis erschienen, denn aus irgendeinem Grund wurde entschieden, dass wir dafür noch zu klein waren, obwohl Lesniewski keineswegs zu klein gewesen war, um begraben zu werden.

An diesem Tag, an der Schwelle des Sommers, tummelten sich so viele Bienen auf den Friedhofsblumen wie auf einer Wiese (bis heute gibt es übrigens keinen Ort in Zuckrowka, der einer Wiese näher käme). Sie sammelten Blütenstaub und saugten den Nektar aus, um vollbeladen zu den Schrebergärten zurückzufliegen. Nur mit Mühe gelang es ihnen abzuheben. Torkelnd fielen sie den Trauernden ins Gesicht, die sie mit den Händen verscheuchten, überrascht von der kühlen Luft, die die Bienen ihnen mit ihren übernatürlich großen Flügeln zufächerten.

Und obwohl es ein wirklich schöner Anblick war – die Mittagssonne, die fleißigen Bienen, die wie kleine Lichtpartikel durch die Luft schwirrten, Pfarrer Wilk ehrwürdig und schön in seinem trauernden Ernst, der glänzende weiße Sarg und die blühenden Blumen –, führte uns alles zu einem einzigen Schluss: Makowski machte Honig aus Leichen.

Ließen sich die Bienen etwa nicht auf Blumen nieder, die auf unseren Verstorbenen wuchsen? Sammelten sie nicht den Friedhofsstaub? Ernährten sie sich nicht vom Nektar der Gräber? Warum war es uns untersagt, Brombeeren auf dem Friedhof zu pflücken, aber nicht, Leichenhonig zu essen?

Die Vorstellung wuchs sich natürlich schnell aus. Man erzählte sich, dass die Bienen an diesem Tag nicht nur Nahrung auf den Blumen suchten. Sie waren auch in den Sarg von Lesniewski eingedrungen. Aus dem Inneren war ihr Summen doch deutlich zu vernehmen, ein beinahe wütendes Surren. Es hieß, dass sie nun dort, unter der Erde, Honig produzierten, und würde man den Sarg ausgraben, würde der Honig durch die Holzspalten tropfen, aus dem Deckel und durch die Scharniere quellen. Und Lesniewski selbst würde darin schwimmen wie in einer Wanne voll Wasser, oder, was niemand laut aussprechen wollte, aber was alle dachten, wie im Froschteich.

Erst viele Jahre später habe ich begriffen, dass wir uns mit dieser Geschichte weit mehr mitgeteilt hatten, als wir auszudrücken imstande waren.

Ich habe irgendwo gelesen, dass Honig bestens geeignet sei, um Tote zu konservieren. In Honigmasse getaucht bleibt der Körper lange Zeit unversehrt. Es gibt sogar christliche Honigreliquien: Finger, Hände und Köpfe, die seit Urzeiten in goldbraunem Honig driften. Und ich glaube, dass der Honig, mit dem wir in der Vorstellung den Sarg des kleinen Lesniewski randvoll gefüllt haben, nicht nur den uns so vertrauten Körper des toten Jungen vor dem Zerfall bewahren sollte – vielmehr half er uns, die Zeit zu beherrschen, deren Verrinnen nur einen offensichtlichen Schluss zuließ: dass wir wirklich alle irgendwann sterben würden.

Eine Woche vorher war der zehnjährige Mischa mit einem tropfenden Paar Turnschuhe in den Händen durch Zuckrowka geschritten. Noch Jahre später erzählte man in unserer Stadt davon. Die ganze Klasse beneidete Lesniewski um seine nigelnagelneuen teuren Adidas, die so strahlend weiß waren, dass man blinzeln musste. Und genau dieses Paar Schuhe hatte Mischa in den Händen. Er trug sie vorsichtig von sich gestreckt, als wären sie aus zerbrechlichem Glas. Von den Schnürsenkeln tropfte Wasser aus dem Froschteich und markierte mit dunkler Spur Mischas Weg.

Als die Mutter von Lesniewski die Tür öffnete und in der Schwelle den kleinen Kulik erblickte, der ihr die nassen Turnschuhe vors Gesicht hielt, verstand sie sofort.

Sie wurde blass und über ihre Wangen begannen Tränen zu fließen, die auf den Asphalt des Vorgartens platzten wie Vorzeichen eines Regenschauers.

Lange hatten sie so einander gegenübergestanden, während die Turnschuhe in den Händen des kleinen Mischa glänzten wie zwei exotische Muscheln, gefüllt mit einem entfernten, unbegreiflichen Rauschen.

Angeblich hatte Mischa den kleinen Lesniewski überredet, im Froschteich zu baden. Dabei war es Kindern streng verboten, an diesen Ort zu gehen, außerdem konnte Mischa nicht schwimmen. Zwar hat niemand es laut ausgesprochen, schließlich war Mischa noch ein kleiner Junge und zudem „nicht der Hellste", wie sich auf der Beerdigung gegenseitig versichert wurde, aber niemand hatte den leisesten Zweifel daran, wer die Schuld an der ganzen Tragödie trug.

* * *

Ich hatte den eigenartigen frischen Geruch schon von Weitem vernommen.

Wir standen am Ufer eines schattigen Tümpels, der sich zwischen den Bäumen erstreckte. Hier brach der Wald plötzlich ab und ging in öliges, schwarzes Wasser über. Auf der Oberfläche schwammen Reste vertrockneten Laubs, die mich an Makel auf glänzendem Leder erinnerten. Ein Flaum aus rot gewordenen Tannennadeln wogte auf dem Wasser. Von der Stelle, an der wir stehen geblieben waren, war das gegenüberliegende Ufer gut zu sehen. Es war mit einer fast identischen dichten Wand aus Bäumen bestanden.

Ich war zum allerersten Mal hier. Nie zuvor hatte ich mich in diesen Teil des Waldes hineingewagt.

„Es riecht ein bisschen wie am Meer", durchbrach ich die Stille. Etwas an diesem Geruch schien mir vertraut.

„Es stinkt, weil's fault." Hans zuckte die Schultern und starrte zu den hohen Kiefern empor. Von Kindheit an fand ich, dass Kiefern irgendwie anders rochen, nicht wie Pflanzen, sondern wie verschlafene menschliche Körper.

„Die Bäume werden bald umfallen, angeblich sind sie innen komplett verfault. Der Großteil der Wurzeln steht unter Wasser."

„Echt?"

„Der ganze Tümpelgrund ist überwachsen. Darum hat sich der Wasserspiegel gehoben." Hans berührte den schwarzen Stamm, als wollte er testen, ob der Baum unter seiner Berührung nachgeben würde.

„Die Leute sagen, dass die Kiefern eines Tages direkt ins Wasser kippen werden, und dann wird der Tümpel verschwinden."

Ich sah ihn zweifelnd an. In mir stieg eine Unruhe auf, die ich nicht abschütteln konnte. Ich versuchte, mir vorzustellen, wie die gewaltigen Stämme ins schwarze Wasser fielen. Würden sie sich zur Wasseroberfläche neigen? Oder würden sie ganz plötzlich hineinkrachen und den Tümpel in Aufruhr bringen? Die Kiefern wuchsen sehr hoch. Würden ihre Kronen bis ans andere Ufer reichen?

„Ist er hier ertrunken …?" Ich wies mit der Hand aufs Wasser. Mischa nickte wortlos.

„War's tief?"

„Keine Ahnung. Heutzutage badet hier doch niemand mehr."

„Wir haben uns wohl verlaufen." Hans legte vorsichtig den Metalldetektor am Boden ab und griff in die Tasche seiner kurzen Hose. Verlegen studierte er die provisorische Karte, die er diesmal selbst skizziert hatte.

Eigentlich hätten wir den Detektor schon vor zwei Wochen zurückgeben sollen, aber der Kabler hatte nichts mehr von sich hören lassen. Er hatte sich einfach aus dem Staub gemacht und nicht mal Mischa wusste, was mit ihm los war. Hans war das ziemlich egal, er hatte darauf bestanden, „auf eigene Faust" zu suchen. Das plötzliche Verschwinden des Kablers schien ihm sogar ganz gelegen zu kommen.

„Wir sind zu weit Richtung Westen gegangen … Hey, was macht denn der Hund da?"

Koko stand an einer kleinen Böschung. Sein Blick war auf die leere, unbewegte Wasseroberfläche gerichtet, als hätte er dort etwas erspäht. Dabei war doch außer uns niemand am Froschteich. Er fletschte die Zähne und knurrte bedrohlich.

„Ich hab gehört, dass Wasserdämonen auch Hunde anlocken."

Mischa blickte besorgt auf den Tümpel.

„Er hat bestimmt nur ein Tier erschnüffelt", murrte Hans.

Wir beugten uns wieder über die Karte, als Kokos Knurren in ein röchelndes Glucksen überging. Er lauerte. Sein Fell hatte sich aufgestellt, er zitterte am ganzen Leib. Mischa war beunruhigt. Er pfiff ihn herbei, aber der Hund reagierte nicht. Er starrte immer noch auf die Mitte des Tümpels. Mischa winkte resigniert ab. Koko hörte sowieso nie auf ihn. Plötzlich sprang der Hund nach vorne.

Tapferer kleiner Koko, ich habe ihn bis heute vor Augen. Er war sehr hoch gesprungen, seine gescheckten, dackelartigen Ohren flatterten im Flug, sein Schwanz war eingerollt wie ein Amonit. Es wirkte, als würde er in der Luft nach etwas schnappen, und für einen Moment sah er aus wie seine Hundemutter, die Mischlingsdame Zoja, wenn sie vor langer Zeit vergeblich Makowskis Bienen jagte oder nach Steinen tauchte, die meine Mutter in die Mahr warf.

Die Illusion löste sich im Bruchteil einer Sekunde auf. Koko fiel mit einem lauten Plumps ins Wasser und verschwand sofort unter der Oberfläche. Wir starrten verdattert auf die Kreise, die sich über den Tümpel ausbreiteten. Mischa jaulte entsetzt auf.

„Er kann doch gar nicht schwimmen!"

„Welcher Hund kann denn bitteschön nicht schwimmen?", begann Hans, aber Mischa war schon Richtung Wasser gerannt und streifte sich panisch die Turnschuhe ab. Dann sprang er hinein und tauchte unter.

Ein paar Meter weiter kam er wieder zum Vorschein, blickte über den leeren Tümpel, um sogleich wieder abzutauchen. Und das Gleiche noch mal. Ich weiß nicht, ob er in diesem schwarzen Wasser irgendetwas sah, aber er ruderte verzweifelt mit den Armen, versuchte, eine unsichtbare Grenze zu überwinden und dahinter seinen geliebten Hund zu erspähen, und vielleicht nicht nur seinen Hund …

„Kokooooooo! Koooooookoooooo!", krächzte er heiser, und jedes Mal, wenn er wieder an die Oberfläche kam, wanderte das Echo seines Schreis durch den Wald.

Wir glotzten hilflos auf den Tümpel. Mischa blieb immer kürzer unter Wasser. Man sah ihm an, dass er entkräftet war. Er atmete schwer. Es waren bereits ein paar Minuten vergangen. Ich verfolgte das Ganze mit einem Kloß im Hals.

Auf einmal meinte ich, ein leises Winseln zu hören.

„Koko!", rief ich erleichtert.

Der Hund hielt sich gerade noch an der Oberfläche, ganz nah am Ufer, verborgen im Schatten des Wurzelüberhangs. Hans schnappte sich einen herumliegenden Ast und streckte ihn Koko so hin, dass er ihn mit den Zähnen zu fassen bekam. Es gelang uns, ihn aus dem Wasser zu ziehen. Ich nahm meine Strickjacke ab, um damit das erschrockene, zitternde Tier abzutrocknen. Koko hatte sich sofort an mich gekuschelt. Der Geruch von nassem Fell drang in meine Nase. Hans kniete neben uns, streichelte das nasse Köpfchen des Hundes, als hinter unseren Rücken erneut ein dumpfer Schrei ertönte.

Wir hatten Mischa, der sich ein Dutzend Meter vom Ufer entfernt im Wasser herumwarf, komplett vergessen.

„Aaaaah, mich hat was gepackt!", schrie er. „Verdammte Scheiße, irgendwas hält mich fest!" Panisch spritzte er mit Wasser um sich.

Ich warf Hans einen besorgten Blick zu. Im Gegensatz zu Mischa waren wir beide schlechte Schwimmer. Wir würden es nicht schaffen, ihn rauszuziehen. Und bevor Hilfe kommen würde …

„Mischa! Beruhige dich!" Obwohl er blass geworden war, schien Hans die Lage unter Kontrolle zu haben. „Versuch doch wenigstens ein Stück zu schwimmen, und dann ziehen wir dich ans Ufer. Du hast bestimmt nur einen Krampf!"

Er streckte ihm den Ast, den er die ganze Zeit in der Hand gehalten hatte, entgegen.

Und siehe da, Mischa hörte auf ihn. Langsam und ungelenk schwamm er in unsere Richtung. Wir halfen ihm ans Ufer.

Sofort warf Koko sich fiepend auf ihn und leckte ihm über das Gesicht. Mischa streichelte den Hund. „Ich ... Ich schwöre, etwas hat mich am Bein gepackt", stammelte er etwas verlegen.

„Es hat mich an der Hose festgehalten", wiederholte er fiebrig. „Am Knöchel!"

Er zeigte uns sein zerfetztes Hosenbein. Tatsächlich war ein ziemlich großer Riss zu sehen.

Mir entging nicht, dass Hans Mischa genervt ansah.

„Reiß dich zusammen!", platzte es schließlich aus ihm heraus. „Wie kannst du als erwachsener Mensch so einen Scheiß glauben!? Du bist bestimmt nur an einer Wurzel hängen geblieben, oder ..." Er brach mitten im Satz ab und starrte mit offenem Mund auf den Tümpel.

Mitten auf dem Wasser schwamm mit dem Gesicht nach unten eine Leiche in einem geblähten schwarzen Mantel. Aus ihrer geballten Faust ragte ein Fetzen von Mischas Hose und an ihren Füßen waren weiße Turnschuhe zu erkennen.

∗ ∗ ∗

Mischa saß bewegungslos auf dem unbequemen, mit eingerissenem Kunstleder bezogenen Stuhl. Er hatte einen Pappbecher mit Tee in der Hand und trug trockene Kleidung, die ihm sein Bruder auf der Polizeiwache geliehen hatte.

„... das geborgene Opfer ...", murmelte der Polizist, der sich etwas auf einem Blatt notierte.

„Lesniewski ...", flüsterte Mischa.

Der Wachtmeister legte abrupt den Kugelschreiber beiseite.

„Kulik, allen Ernstes! Wie oft noch? Es war nicht Lesniewski!!!"

Mischa glotzte auf seinen kalt gewordenen Tee. Er schien überhaupt nicht mitbekommen zu haben, was der Polizist zu ihm gesagt hatte. Der Wachtmeister blickte ihn ratlos an.

„Was ist mit ihm?"

Hans zuckte die Schultern.

„Er steht unter Schock."

Der verärgerte Polizist nahm seine Dienstmütze ab und fuhr sich mit den Fingern durch das kurze, verschwitzte Haar. Es war stickig in seinem Büro.

„Junger Mann, ich sag's dir zum letzten Mal: Das war nicht Lesniewski. Verstanden?"

Mischa nickte wenig überzeugt. „Der Typ war nicht mal von hier."
Der Polizist beugte sich wieder über das vollgeschriebene Blatt. Wir saßen zu dritt auf der anderen Seite des mit Dokumenten bedeckten Schreibtischs. Der Raum war nicht besonders groß. Außer dem Schreibtisch befanden sich darin nur ein auseinanderfallender alter Schrank und ein versifftes Waschbecken. Auf einem kleinen Hocker neben dem Waschbecken stand ein elektrischer Wasserkocher und daneben eine fast aufgebrauchte Packung Kaffee. Die Wände waren senfgelb gestrichen und das Fenster war blind vor Schmutz.

Ein eigentümliches vorabendliches Licht erfüllte den Raum. Das Fenster warf Schatten auf unsere Gesichter, die uns aussehen ließen wie Fische, die leblos in einem dreckigen Aquarium dümpeln.

Dem Polizisten war mein Blick nicht entgangen.

„Das ist kaputt. Lässt sich nicht mehr öffnen." Seufzend fuhr er sich erneut mit den Fingern durchs feuchte Haar. Er nuckelte an seinem Kugelschreiber. Die Tinte hinterließ kleine violette Flecken auf seinen schmalen Lippen. Als er mich anlächelte, bemerkte ich, dass auch seine vor Speichel glänzenden Zähne mit violetten Streifen bedeckt waren.

Wir saßen schon drei Stunden auf der Polizeiwache. Eigentlich hatten wir alles Mischas Bruder erzählen wollen, aber der hatte uns in diesen Raum geschoben und uns aufgetragen, zu warten. Erst als die Streife vom Froschteich zurückgekehrt war, kam der Wachtmeister, um unsere Zeugenaussagen aufzunehmen.

Er war bestimmt über vierzig, korpulent. Seine Gesichtszüge waren gleichmäßig, ohne jede Besonderheit. Ein Gesicht, das man sofort wieder vergisst. Das durchs schmutzige Fenster gefilterte Licht ließ Schattengebilde über seinen Oberkörper wandern.

Plötzlich ging die Tür mit einem leichten Quietschen auf. Im Türspalt erschien der Kopf von Polizist Kulik.

„Alles okay, Mann?"

Mischa nickte. Der Wachtmeister hob die Augenbrauen, aber er sagte nichts.

„Darf ich den Herrn Wachtmeister bitten?", wandte sich der Polizist wieder an seinen Vorgesetzten.

„Ich komm ja schon." Er beugte sich wieder über das Blatt, schrieb noch schnell ein paar Zeilen dazu und setzte beherzt einen Punkt.

„So." Zufrieden blickte er auf den fertigen Bericht und folgte dann Mischas Bruder nach draußen.

Sobald wir allein waren, drehte Mischa sich zu uns.

„Aber es war doch *er* …", flüsterte er ergriffen.

Hans prustete. Nun war Mischa gekränkt und sagte nichts mehr. Sein Blick klebte wieder am Pappbecher. Auf der braunen Flüssigkeit schwamm ein dunkler Teebeutel.

„Vielleicht solltest du ihm das Notizbuch zeigen?", wandte Hans sich an mich. „Ich hab's nicht dabei", log ich. Ich hatte nicht vor, dem Wachtmeister zu erklären, woher ich das Notizbuch hatte und dass es dem Ertrunkenen aus dem Froschteich gehörte. Und dass der geheimnisvolle Mann im schwarzen Mantel, den man aus dem See geangelt hatte, derselbe war, mit dem ich ein paar Wochen zuvor im Wald zusammengestoßen war. Weder Hans noch ich zweifelten daran.

Der Polizist kehrte ein paar Minuten später mit einem Haufen Dokumente zurück, die er achtlos auf den Schreibtisch warf.

„Also gut. Jetzt müsst ihr eure Aussagen nur noch unterschreiben. Kann sein, dass ihr noch mal in den Zeugenstand gerufen werdet, bevor der Fall eingestellt wird."

Wir nickten.

„Glitschig, nasse Wurzeln, am Ufer tief …", murmelte er, während er die Seiten des Berichts zusammenheftete. „Eine Wasserleiche haben wir hier alle paar Jahre …"

„Ist er das?" Hans zeigte auf den Schreibtisch. Unter den achtlos hingeworfenen Mappen schaute der Ausdruck eines Fotos hervor, auf dem das geschwollene, blau angelaufene Gesicht eines Mannes mittleren Alters zu sehen war.

„Ähm …" Der Polizist deckte das Foto mit einem Ordner zu. „Das ist nicht für eure Augen bestimmt."

Er schob uns unsere Aussagen zum Unterschreiben hin. Mischa und Hans beugten sich über die Blätter.

„Und du, warum unterschreibst du nicht? Stimmt irgendwas nicht?"

„Nein, passt alles, aber …" Ich zögerte, weil ich immer noch ungläubig auf den Ordner starrte, mit dem der Wachtmeister das Foto verdeckt hatte. „Ich kenne den Mann."

Als wir endlich die Polizeiwache verließen, war die Dämmerung schon angebrochen. Wir waren alle so fertig, dass uns überhaupt nicht nach Reden war. Hans warf mir immer wieder beleidigte Blicke zu. Er nahm mir übel, dass ich ihm die Sache mit dem Reporter verheimlicht hatte. Er begriff nicht, dass ich selbst erst auf den Trichter gekommen war, als ich das Polizeifoto sah.

Wir befanden uns auf der östlichen Seite der Stadt, dort, wo Zuckrowka von schmalen Wegen und halb legalen Zufahrten zu privaten Grundstücken durchschnitten wurde. Die Gebäude gingen hier Richtung Hauptstraße in unbewirtschaftetes Brachland über. In der beginnenden Dämmerung erinnerten die freiliegenden Rückseiten der Häuser an das Gewirr der Schrebergärten, die, wie mir auf einmal bewusst wurde, genau auf der gegenüberliegenden Seite des Tals lagen, im Westen Zuckrowkas. Als würden diese beiden Orte gegenseitig ihr Chaos aufheben, als hielten sie spiegelbildlich die Absurdität des Raums im Zaum.

Ich blickte verstohlen zu Mischa, der mit uns eine Abkürzung eingeschlagen hatte. Mittlerweile hatte er sich etwas beruhigt, nachdem der
Wachtmeister ihm erklärt hatte, dass ihn „am Froschteich nichts am Bein
gepackt" habe. Sein Hosenbein war ganz einfach an der Armbanduhr
des Ertrunkenen hängen geblieben und hatte die Leiche mitgezogen, die
daraufhin an die Oberfläche gestiegen war.

Am Ende der Befragung schien der Wachtmeister genauso erschöpft zu
sein wie wir. Er hatte sich mit ein paar Blättern Luft zugefächelt, denn es
war wirklich heiß in seinem Büro. Er horchte erst auf, als ich sagte, den
Mann vom Foto schon einmal gesehen zu haben.

„Ach, tatsächlich? Wo denn?" Seine Hand erstarrte in der Luft.

„Er war bei meiner Mutter."

„Bei deiner Mutter?"

„Das heißt, im Museum", berichtigte ich mich. „Er wollte sich die Ausstellung ansehen. Er hatte etwas anderes an, nicht diesen Mantel. Aber er
war es."

Ein paar Monate vorher hatte ein Tourist meine Mutter gebeten, ihn durch
die Dauerausstellung zu führen. Ich war gerade bei ihr auf der Arbeit. Außerhalb der Saison kamen eigentlich nie Touristen, deswegen war er mir in Erinnerung geblieben.

„Oha." Der Wachtmeister kniff seine schweren Lider zusammen, um seine
wachsende Ungeduld zu verbergen. Sein Gesicht war zu einer müden Grimasse verzogen.

„Er war ein Reporter. In seiner Manteltasche wurde ein Presseausweis gefunden, *Unheimliche Phänomene.*"

„Das Monatsmagazin über paranormale Erscheinungen. *Die Welt ist nicht,
wie sie scheint.*"

Mischa und Hans schauten mich verblüfft an.

„Was denn? Mein Vater hat das abonniert."

„Wir haben schon in der Redaktion angerufen. Der hat einen Artikel über
unsere Stadt geschrieben. Über die Geheimnisse von Zuckrowka. Über das
Wunder. Bestimmt war er deswegen im Museum."

Der Polizist klopfte mit dem Finger ungeduldig auf das vor ihm liegende
Formular.

„Unterschreib das und ihr seid frei. Und erzählt die Sache nicht herum, ok?
Dein Bruder könnte sonst Probleme bekommen", wandte er sich an Mischa,
dessen Bruder erst seit Kurzem Polizist war.

Wir standen auf dem Pfad, der sich entlang einer hohen Steinmauer wand,
die den hinteren Teil eines weitläufigen Gartens umzäunte. Ringsum wuchs

dichtes Buschwerk. Es war schon beinahe dunkel. Hans war stehen geblieben, um sich eine Zigarette anzustecken.

„Ich rauch nicht so gern im Gehen", murrte er und hielt uns eine blaue Packung L&M entgegen. Mischa schüttelte ablehnend den Kopf und hockte sich hin. Wir schauten wortlos zu, wie er ein dünnes Paper zusammenrollte.

„Mischst du nicht?"

„Nö."

Nach einer Weile hielt er den fertigen Joint zwischen den Fingern. Hans zögerte, machte aber schließlich seine Zigarette an der Schuhsohle aus und nahm stattdessen den Joint.

Er beugte sich über das Feuerzeug, das Mischa ihm hinhielt und sprang fluchend zurück. Die Flamme hätte ihm beinahe die Augenbrauen versengt.

Mischa hatte das schwere silberne Zippo vom Kabler zum Achtzehnten bekommen. Er hatte es so eingestellt, dass eine riesige Flamme daraus emporschoss. Als eine Art Talisman trug er es immer bei sich.

„Warum zum Teufel dieser Flammenwerfer?"

„Weil's mir so gefällt."

Hans seufzte.

„Mich würd schon interessieren, was der Reporter da verloren hatte." Er ließ eine duftende Rauchwolke entweichen und schien intensiv über etwas nachzudenken.

„Wo? Im Wald?"

„Ja."

„Hast du nicht zugehört? Er hat was über das Kriegsrechtwunder geschrieben", sagte ich.

„Und darum ist er ertrunken?" Hans blinzelte. „Er hat bestimmt was gesucht. Genau wie wir. Wir sollten mit dem Detektor das ganze Ufer absuchen … Was ist das?"

Ich meinte, das leise Klingeln eines Telefons zu hören.

„Mein Handy ist es nicht." Mischa schüttelte den Kopf.

Der Klingelton wurde lauter. Jemand näherte sich. Wir sahen uns auf dem leeren Weg um, darauf gefasst, jeden Moment den Joint wegzuschmeißen.

„Hallo?" Ein deutlich vernehmbares Flüstern drang zu uns. Erst da wurde mir bewusst, dass die Geräusche von der anderen Seite der Steinmauer kamen. Jemand stand dort im Garten und er war sich unserer Anwesenheit nicht bewusst.

„Ja, ich kann wieder reden. Ich hab gerade mit der Polizei gesprochen. Halte den Transport auf. Ich hab ne Leiche. Ja, du hast mich verstanden. Nein, doch nicht ich! Was glaubst du eigentlich, wer wir sind? Nein, keiner von uns. Ich habe einen Plan. Er ist rausgeschwommen. Einfach so, verdammt noch mal. Ertrunken. Wahrscheinlich über irgendwas gestolpert, was weiß

denn ich. Die Polizei sagt, es gibt Spuren am Ufer. Irgendwelche Hosenschei-
ßer haben ihn gefunden."

Dann wurde der Mann still. Wir tauschten erstaunte Blicke aus. Einen
Moment lang konnten wir nur sein lautes, beschleunigtes Atmen hören. Er
schien mächtig aufgebracht zu sein.

„Er war bei mir", sagte er schließlich mit gesenkter Stimme. Die einzelnen
Wörter waren nur noch schwer zu verstehen. „Ist schon ein paar Wochen her.
Warum hätte ich dir das früher sagen sollen? Er wusste über fast alles Be-
scheid. Nein, er meinte, er hätte selbst … Nein, die Polizei weiß nichts davon.
Aber warten wir besser ab, bevor wir die Sache zu Ende bringen. Bis min-
destens Ende August, denk ich. Ich kann jetzt nichts mit dem Lkw machen."

Seine Stimme schien mir plötzlich seltsam vertraut. Das war doch nicht
etwa … !? Ich blickte entsetzt zu Mischa.

„Und da gäbe es noch ein Problem." Der Mann auf der anderen Seite der
Mauer hielt inne. „Der Typ hat mir Dokumente über uns gezeigt. Sogar Fotos
hatte er dabei. Er hat gedroht, dass er alles enthüllt. Ja, was glaubst du denn?
Natürlich wollte er Geld! Wir haben sogar schon eine Summe vereinbart,
und dann war er verschwunden. Verdammter Scheißdreck, schrei doch nicht
so. Keine Ahnung, ob er selbst … Vermutlich nicht. Wir müssen abwarten.
Konzentrier dich. Ich hab die verfluchten Verkehrspolizisten gefragt, ob sie
was gefunden haben. Er hatte aber nur den Presseausweis bei sich, im Auto
war nichts. Nein, woher sollen die Bullen das wissen, ich hab denen bestimmt nichts erzählt. Die Papiere müssen irgendwo sein. Wenn die jemand
findet … Was …? Nein, keine Ahnung, woher soll ich denn wissen, wo er das
herhatte!?" Der Mann brüllte beinahe. „Ach so, er hatte noch so ein kleines
schwarzes Notizbuch, da hat er sich alles aufgeschrieben. Kümmer du dich
drum. Nein, verdammte Scheiße, ich kann mich jetzt nicht damit beschäftigen, meine Tochter ist krank."

Ich wusste zu gut, wem das Grundstück gehörte. Der Mann am Telefon war
kein geringerer als Magdas Vater. Der Vorsitzende Dygnar.

KAPITEL 24

Friedhof der Grundschulmädchen

Dygnar, der Sohn eines ehemaligen politischen Aktivisten, hatte seine Karriere sehr jung begonnen (böse Stimmen behaupteten, er habe „die Stellung von seinem Vater geerbt"). Blitzschnell kletterte er auf der Karriereleiter der städtischen Verwaltung nach oben. Das gesamte Tal zollte ihm Respekt, was vor allem im Neid der Leute zum Ausdruck kam.

In den 90er-Jahren hatte er zunächst dem Gemeinderat angehört, dann war er für einige Zeit als Vorstandsvorsitzender eines kommunalen Unternehmens tätig gewesen. Zum Zeitpunkt des geschilderten Geschehens fokussierte er sich auf seine Selbständigkeit in der Wirtschaft, aber als die Wahlen Anfang 2005 näherrückten, wurde gemunkelt, dass ihm ein politisches Comeback und eine Beförderung auf Wojewodschaftsebene bevorstünden (leider setzten die Ereignisse von Ende August dann all dem ein Ende).

Die Dygnars waren gut situiert. Der Vorsitzende hatte politisches Gespür und ein Händchen für Geschäfte. Er trug stets einen Anzug und tadellos gebügelte Hemden, oft mit Krawatte. Dass er nicht aussah, als käme er aus Zuckrowka, stieß bei den Leuten auf Wohlgefallen und ging mit einer gehörigen Portion Ehrfurcht einher.

Gemeinsam mit seiner Tochter bewohnte er ein riesiges, von einem akkurat gemähten Rasen umgebenes Haus. Das Gebäude war zweistöckig, ein recht schlichter heller Klotz, der von einem Mansardendach gekrönt wurde. Die oberen Fenster gingen in halbzylindrische Erker über, die wie kitschige Türmchen anmuteten.

Das gesamte Anwesen war von einer Mauer aus Flusskieseln umgeben. Es hieß, dass die Steine an heißen Sommertagen immer noch nach Wasser rochen, und wenn Vater und Tochter jeden Morgen das Haus durch das automatische Tor verließen, sah es aus, als würden sie den Fluss an seiner flachsten Stelle durchqueren.

Manche behaupteten, reichlich übertrieben, Dygnar sei der reichste Mensch im ganzen Tal, und Magda nannten sie spöttisch die *Zuckrowka-Prinzessin*.

Der glänzende dunkle Wagen des Vorsitzenden verbreitete schon von Weitem Neuwagengeruch. Im Winter bereiste Dygnar mit seiner Tochter fremde Länder, und wenn er nicht freibekam, schickte er sie alleine los (nichts Wildes – Ägypten, Türkei, Tunesien). Sie stellten ihren Reichtum nicht ostentativ zur Schau, trotzdem zweifelte niemand an ihrem finanziellen Wohlstand, der doch ziemlich ins Auge fiel in dieser Stadt, in der vor gerade mal zehn Jahren der große Auszug aus dem Werk stattgefunden hatte.

Angeblich hatte Dygnar den Großteil seines Vermögens von seinem verstorbenen Vater geerbt, der auf unrühmliche Weise mit den für das geplante Rückhaltebecken aufgekauften Schrebergärten reich geworden war (was man ihm in Zuckrowka längst verziehen hatte).

Ich erinnere mich, dass ich von der Zuckrowka-Prinzessin zum ersten Mal von meiner Großmutter erfahren habe, die damals noch bei uns lebte. Und ich bin mir fast sicher, dass sie es war, die sich diese Bezeichnung ausgedacht hatte, die Magda seitdem anhaften sollte (schließlich war Genossin Saretzka in der gesamten Gegend für ihre scharfe Zunge verschrien).

Was war es, das Großmutter so aufgebracht hatte? Nun, irgendwo hatte sie aufgeschnappt, dass die kleine Magda Dygnar in unserer Kirche getauft worden war, und zwar mit einem silbernen Krönchen auf dem Kopf, „einem kleinen Diadem".

„Diese beschissenen Aristokraten!", urteilte sie verächtlich, obwohl sie normalerweise nur im Dienst fluchte. Natürlich handelte es sich um ein gewöhnliches Stirnband, ein Geschenk von Magdas Pateneltern zum Gedenken an das heilige Sakrament. Wie man sich denken kann, hatte Großmutter dieses Stirnband nie mit eigenen Augen gesehen. Die Nachricht über die katholische Taufe hatte ausgereicht, um ihr derart die Laune zu verderben, dass die Genossin einen Rückfall ins sogenannte *Bajonett-Sodbrennen* erlitt, das sich immer bemerkbar machte, wenn sie sich aufregte.

Es scheint nicht ganz unbedeutend zu sein, dass Großmutter viele Jahre mit Dygnars nicht mehr lebendem Vater im Clinch lag. Dieser hatte seinerzeit angeblich die lang erwartete Beförderung der Funktionärin Saretzka torpediert, indem er die kompromittierende Affäre um Ingenieur Kolski auffliegen ließ. Großmutters Karriere kam nie mehr über die lokalpolitische Ebene hinaus.

Lange Zeit wusste ich nicht, wie viel Wahrheit in den Gerüchten steckte, denn ein Teil der Dokumente, die Licht auf den Vorfall mit dem adligen Ingenieur werfen könnten, ist abhandengekommen, aber wie ich die Genossin und ihren Hang zu Boshaftigkeit kannte, könnte durchaus etwas dran gewesen sein.

Zwischen den Fotos, die mir später in die Hände fielen, befand sich auch das von Magdas Taufe. Sie steckt in einem riesigen mit weißer Spitze besetzten Bündel, aus dem ihr Gesichtchen hervorschaut, klein wie ein Handspiegel. Das Bündel sieht aus wie ein geplatzter Kokon, und Dygnar, im Anzug mit übertriebenen Schulterpolstern, hält es in seinen Armen wie eine Papierrolle. Viel mehr ist auf dem Foto nicht zu sehen.

***

Ein paar Jahre nach unserer Zersägung und lange Zeit vor ihren nächtlichen Eskapaden habe ich über Magda hauptsächlich von Mischa gehört, der manchmal noch mit Leuten aus seiner alten Klasse zu tun hatte. Von ihm weiß ich auch, dass Magda Dygnar im Jahr 2001 die Schule wechseln musste. Bis zum Jahr 2005 war es ziemlich still um sie geworden. Man war bemüht, die Sache unter Verschluss zu halten, schließlich ging es um die Tochter eines Politikers. Umso überraschter war ich über die Einzelheiten der Geschichte, die mir erst vor Kurzem bekannt wurden.

Ich habe sehr lange nach Informationen über die Vorfälle gesucht, die zu Magdas Schulverweis führten. Mischas Wissen beschränkte sich auf Nichtssagendes und von den wenigen Personen, die an der Sache beteiligt gewesen waren, erinnern sich heute nicht mehr viele daran oder behaupten felsenfest, in Zuckrowka sei nichts dergleichen vorgefallen.

Dieser Faden der Geschichte schien ins Nirgendwo zu führen. Ich hatte schon aufgegeben, ihn weiterzuverfolgen, als mir doch noch jemand einfiel, der über die Sache Bescheid wissen könnte. Ich hatte Glück. Totengräber Kaminski lebte immer noch in Zuckrowka.

Im späten Frühling des Jahres 2000 war, laut Magdas ehemaliger Klassenlehrerin, „etwas in die Mädchen gefahren" (aus irgendeinem Grund waren an der Sache nur Mädchen beteiligt gewesen), und sie gab dafür Magda Dygnar die Schuld (in gewisser Weise kann man den Vorfall auch als Vorzeichen von Magdas späterer „Besessenheit" betrachten).

Die Mädchen waren zänkisch geworden, sie warfen mit hässlichen Wörtern um sich, und ein paarmal hatten sie sich sogar hinter dem Schulgebäude betrunken.

Das Schlimmste aber war, dass die Mädchen begonnen hatten, auf Gräber zu spucken. Ja, sie spuckten auf die blumenbedeckten Grabhügel, versuchten die dünnen Kreuze und den daran befestigten gusseisernen Jesus zu treffen, zielten auf seine glänzende, wohldefinierte, mit Grünspan bedeckte Muskulatur. Einige Mädchen wussten anfangs noch nicht, wie man spuckt. Aus ihren Mündern tröpfelte es wie aus Gießkannen. Die anderen mussten ihnen zeigen, wie man den Speichel im Mund sammelt und präzise ausspuckt.

Ich habe keinen Schimmer, warum sie das taten, und noch weniger weiß ich, wie Magda überhaupt auf die Idee gekommen war. Hatte es ein geheimes Schweigegelübde gegeben? Hatten sie einen auf verschworene Gemeinschaft gemacht?

Am Anfang war es keiner von ihnen leicht gefallen, auf die Toten zu spucken (und ein Teil der Mädchen kapitulierte ganz), aber wenn es denn mal einer gelang, sich durchzuringen, die Ängstlichkeit und die Hemmungen zu überwinden, die ihrem Körper eingeschrieben waren, ging alles wie von selbst. Ein ums andere Mal glitt der schäumende Speichel über die Grabblumenbeete wie durchsichtige Quallen über den Meeresgrund.

Es hieß, die Mädchen führten etwas im Schilde. In wenigen Wochen, in den Ferien, würde etwas passieren. Aber was genau sie vorhatten, das wusste auch Totengräber Kaminski nicht. Es schien ihn auch nicht sonderlich zu interessieren. Ich selbst kam erst viel später drauf, was ihr Plan gewesen sein könnte.

Manchmal frage ich mich, ob die Geschichte Zuckrowkas anders verlaufen wäre, wenn es Magda damals gelungen wäre, ihr Vorhaben in die Tat umzusetzen. Ob sie überhaupt geschlafwandelt hätte? Ob Vater noch leben würde? Vielleicht wäre der August 2005 ganz ohne Ereignisse verstrichen, wie jeder normale Ferienmonat auch.

Doch greifen wir dem Schicksal nicht zu weit vor.

Ein paar Wochen später knöpften sich die Lehrerinnen vom Schulkomplex Nr. 1 den ganzen Fall vor. Nach einem Duell mit der kleinen Jaskula, der Tochter der Grundschulrektorin, bei dem ein Backenzahn verloren ging, wurde Magda zunächst in eine andere Klasse versetzt. Wie man sich denken kann, war sie aber letztlich nicht von der Rektorinnentochter verpfiffen worden, sondern von Totengräber Kaminski. Er war es auch, der den Lehrerinnen das Versteck gezeigt hatte, in dem die Mädchen gestohlene Ware horteten – denn wie sich herausstellte, gingen die Mädchen im gerade neu eröffneten Supermarkt an der Landstraße klauen.

Im Supermarkt hätte niemand vermutet, dass die adrett gekleideten zwölf- und dreizehnjährigen Mädchen in ihren Pulloverärmeln und Jeansjackentaschen Diebesgut hinaustrugen. Natürlich brauchten sie das geklaute Zeug nicht. Aber sie liebten das Gefühl, an den Kassen vorbeizuflitzen, an den Verkäuferinnen, den Security-Leuten und den Hunden, die angeleint vor dem Supermarkt schliefen. Später stopften sie alles unter eine Grabplatte, in der sich ein Loch befand, angeblich von Wildkaninchen gegraben, die damals eine wahre Friedhofsplage waren. (Mein Vater war entsetzt, als er von den Kaninchen erfuhr, die sich in unserer Nekropole eingenistet hatten, und erzählte jedem, dass sie bestimmt schon zum Grab seiner Mutter vorgedrungen waren und „an ihren Knochen nagten".)

Es wurden unzählige originalverpackte Drogerieartikel gefunden, Deos, Cremes, Gesichtswasser, Parfumfläschchen, glitzernder Lidschatten und Duftseifen. Angeblich war das auch nur ein Teil der Beute, das meiste hatten sie nämlich an die älteren Schülerinnen aus der Konoppe verhökert. Zum aufgefundenen Diebesgut gehörten auch CDs, Plastikschmuck, ein Dutzend Bierdosen und zwei oder drei angebrochene Flaschen Wein, die sie mit den Jungs aus dem Technikum tranken, welche die Tochter der Schulrektorin anschleppte, die schon das ein oder andere Date mit Berufsschulanfängern hatte. Daneben noch ein paar zur Hälfte aufgerauchte Zigarettenschachteln, zum Schutz vor Feuchtigkeit in Plastiktüten gewickelt. Sogar Kleinkram, den sie aus dem Technikraum entwendet hatten, und schließlich, was das Fass zum Überlaufen brachte und Magdas Schicksal besiegeln sollte: das seit Wochen verschollene Portemonnaie des Katecheten, in dem sich Geld und „wichtige Dokumente" befanden.

Meistens klauten die Mädchen jedoch Lebensmittel, denn die ließen sich am leichtesten mitnehmen. Die Süßigkeiten verschlangen sie selbst, den Rest verfütterten sie an einen „armen, herrenlosen Hund", der sich seit einiger Zeit in ihrer Nähe herumtrieb. Meistens brachten sie ihm Schinken mit, auf den er ganz wild war.

Einmal waren sie deswegen beinahe erwischt worden. Gerade war Magda im Market Point an der Reihe gewesen (sie klauten nie alle gleichzeitig). Als sie an der Kasse eine kleine Chipstüte bezahlte, die sie nur gekauft hatte, um keinen Verdacht zu erregen, spürte sie plötzlich, wie jemand sie am Handgelenk packte. Der Mann von der Security funkelte sie zornig an.

„Komm mit."

Sie hob die Augenbrauen.

„Wir gehen nach hinten, ich muss dich durchsuchen."

„Ich gehe nirgendwo hin."

„Willst du, dass ich die Polizei rufe?"

Er riss sie so fest mit sich, dass sie ein paar Schritte nach vorn stolperte. Sie versuchte, ihren Arm aus der Umklammerung des Mannes zu winden und ihm in die Hand zu beißen.

Während der Security-Mitarbeiter sie in Richtung Hinterzimmer drängte, wandte sich plötzlich jemand an ihn und flüsterte ihm etwas ins Ohr. Sein Gesichtsausdruck veränderte sich schlagartig. Eine Kassiererin musste die Tochter des Vorsitzenden erkannt haben. Widerwillig lockerte der Mann seinen Griff.

„Gut. Dann zeig mal her, was du in den Taschen und im Rucksack hast."

„Einen Scheiß werd ich dir zeigen."

„Mädchen, ich muss sonst wirklich die Polizei rufen."

Magda schaute ihn mit zusammengekniffenen Augen an, als wollte sie einschätzen, ob er bluffte.

Die anderen Mädchen blickten unruhig umher. Wenn Magda ihre Taschen zeigen musste, würden sie alles finden, was sie aus dem Regal gemopst hatte.

Magda Dygnar wölbte die Taschen ihrer Jeansjacke nach außen. Beide waren leer.

„Jetzt der Rucksack."

Den Blick fest auf den Security-Mann geheftet, der immer wütender zu werden schien, drehte sie den Rucksack um und leerte seinen gesamten Inhalt aus. Bücher und Hefte knallten auf den Boden. Ein paar Kunden waren stehen geblieben und verfolgten verwundert das Schauspiel.

„Reicht das?"

Der Mann scharrte mit dem Fuß die Bücher auseinander. Dann nahm er den leeren Rucksack des Mädchens und steckte die Hand hinein.

„Hmmm." Er sah sie misstrauisch an. „Gerade noch mal Glück gehabt", brummte er. „Seht zu, dass ihr wegkommt."

Zwei Straßen weiter kroch Magda mit den Mädchen ins Gebüsch. Sie hob ihren Rock, als wollte sie pinkeln, aber stattdessen steckte sie sich die Hand zwischen die Beine und zog hinter dem Bund ihres Slips eine Plastikverpackung hervor. Auf ihrem Gesicht erschien ein triumphierendes Lächeln.

Der Hund erwartete sie schon beim Friedhof. Er fraß den Schinken Scheibe für Scheibe auf und wedelte dabei mit dem puscheligen Schwanz.

Das war natürlich Koko, Mischas Hund, der Magda noch lange Zeit seine Dankbarkeit erwies, wenn er ihr treu durch das winterliche Zuckrowka folgte und aufpasste, dass ihr beim Schlafwandeln nichts passierte.

$$* * *$$

Pfarrer Wilk war überzeugt, dass Magda ihm das Portemonnaie gestohlen hatte. In ihrer Klasse war gerade eine Debatte darüber entbrannt, was der Pfarrer unter seiner Soutane trug. Die Mehrheit meinte, eine Hose, nur Magda bestand darauf, dass er die Soutane, zumindest an heißen Tagen, wie ein Kleid trug. Das Thema kam immer wieder auf, denn aus irgendeinem Grund weckte es bei allen eine brennende Neugier und war ähnlich spannend wie die Frage, ob Nonnen unter ihren Schleiern kahl waren.

Während der Hitzewelle im April standen die Knöchel des Religionslehrers also unter aufmerksamer Beobachtung. Etliche meinten, unter dem Pult wäre ein Eckchen einer schwarzen Hose aufgeblitzt, andere beteuerten, sie hätten nichts gesehen. Und vermutlich wäre das Rätsel nie gelöst worden, wenn Magda nicht zur Tat geschritten wäre.

Eines Tages, ganz zu Beginn des Unterrichts, als der Pfarrer die Hände zum Gebet faltete und den Blick gedankenverloren auf die Gottesmutter an der Wand richtete, riss Magda Dygnar sich kurzerhand aus der Schulbank, packte den Religionslehrer an der Soutane und riss sie nach oben, als würde sie Krümel von einer Tischdecke fegen.

Die Klasse erstarrte.

Vor aller Augen erschienen zwei lange, schwarze Strümpfe, die bis zur Wadenmitte reichten, und darüber zwei blasse, komisch dürre Beine mit

Knien wie ramponierte Äpfel. Weiter oben wurden schlaffe Schenkel und ein dicker weißer Schlüpfer sichtbar, aus dem dunkle, gekräuselte Härchen hervorschauten, die einen grünlichen Schimmer auf die fahle Haut warfen.

Pfarrer Wilk riss Magda Dygnar die Soutane aus der Hand und knallte ihr, ganz rot vor Wut, die Hand ins Gesicht, sodass ihr Kopf wie ein Ball zurückprallte. Noch ein paar Wochen später war auf ihrer Wange der bläuliche Abdruck seiner Finger zu sehen.

Es überrascht also nicht, dass einige der Meinung waren, Magdas Schulwechsel sei von Pfarrer Wilk angeregt worden, der in Zuckrowka noch einflussreicher war als der Vorsitzende. Kaum jemand kann sich noch daran erinnern, dass Magda erst ein paar Monate später aus der Schule verschwand, und zwar im Herbst 2001.

Mein Vater war damals der Schockstarre nahe. Das Bild der einstürzenden Türme, vor allem der Anblick der durch New Yorks Straßen irrenden Menschen, deren Gesichter mit pudrigem Staub bedeckt waren, nahmen ihn so sehr mit, dass Mutter fürchtete, er könnte in den Zustand von 1999 zurückfallen. Trotz einer Panik, die ihm flüssigen Durchfall bescherte, gelang es Vater jedoch, sich zusammenzureißen.

Ein paar Tage später ging es ihm immerhin wieder gut genug, um Großmutter anzurufen (was er sonst nie tat), um sich zu erkundigen, ob bei ihr alles in Ordnung war.

„Hast du in Erdkunde nicht aufgepasst?", fauchte Genossin Saretzka. „Ich lebe in Boston!"

„Ja, ich weiß. Ich wollte bloß nachfragen, ob es die Frau Schwiegermama nicht belastet? Ich meine …" Vater kam ins Stottern. „Wie ist es denn so vor Ort? Ist dir was aufgefallen? Irgendwelche, sagen wir, ungewöhnlichen Ereignisse, untypische Erscheinungen, … Zeichen?"

Im Hörer ertönte ein lautes Prusten, dann ein Knallen und schließlich das Tuten einer unterbrochenen Verbindung.

Unsere ganze Klasse stand im Seitenflur vor dem Musiksaal. Wir warteten auf den stellvertretenden Rektor Paterka, der sich wie immer verspätete. Es klingelte zum zweiten Mal. Herr Paterka kam manchmal eine Viertelstunde zu spät und ließ uns solange vor dem Musiksaal warten. Nun klingelte es zum dritten Mal. War die Klingelanlage kaputt?

Auf einmal öffnete sich die Tür zum Flur. Unsere Deutschlehrerin stürmte herein. Sie schien von unserem Anblick irritiert zu sein.

„Was macht ihr denn hier!?"

„Wir warten auf Herrn Paterka", erklärte jemand würdevoll. „Er ist noch nicht da."

„Ja, habt ihr denn die Klingel nicht gehört!?", brüllte sie, woraufhin sie uns wie einen Pulk Gänse durch den Notausgang zum Sportplatz scheuchte.

Überrascht stellten wir fest, dass unser Musiklehrer auf dem Rasen hin und her lief und dabei merkwürdig mit den Armen fuchtelte. Die Deutschlehrerin lief zu ihm und begann, mit ihm zu reden, wobei sie mit dem Finger auf uns zeigte.

Offenbar war die ganze Schule draußen. Die Schüler standen in Zweierreihen und bildeten eine Formation, die einem schiefen Hufeisen glich. Alle schienen gelangweilt zu sein.

„Was ist denn los?", flüsterte ich jemandem aus der Nachbarklasse zu, während die Lehrerin uns zwischen die Schüler in der ersten Reihe stopfte.

„Keine Ahnung, ein Appell, glaub ich."

Also standen wir erst einmal ziemlich lange herum und warteten, dass der Appell endlich losging. Einige hatten sich ins Gras gesetzt, andere wetzten über den Sportplatz, und als sie von der Lehrerin zur Ordnung gerufen wurden, waren sie schon von Kopf bis Fuß mit rotem Staub bedeckt.

Schließlich trat Rektorin Jaskula in die Mitte und schrie irgendwas, das im Stimmengewirr komplett unterging.

„Was hat sie gesagt?"

Bevor mir jemand antworten konnte, begannen die Lehrer uns Richtung Schultor zu scheuchen, und dann über die Straße, bis zum Rathaus. Am Rathaus angekommen, blieben wir auf einer kleinen Grünfläche stehen. Aus der Ferne drang das Sirenengeheul der Feuerwehr.

Ich weiß nicht mehr, wie mein Vater von alledem erfahren hatte, aber plötzlich sah ich ihn, ganz außer Atem, durch die Menge drängen. Die Bluse mit Ethnomuster und die orangefarbene Pumphose stachen von Weitem ins Auge. Er drückte mich ganz fest an sich und presste seinen Kopf an meinen, als wollte er mir seinen Schädel reindrücken.

„Terroristen ...", flüsterte er. Seine Lippen waren weiß angelaufen. „Und das ausgerechnet hier, mitten unter uns, in Zuckrowka! Terroristen ...!"

Ich versuchte, mich aus seiner Umarmung zu lösen, aber er hielt mich fest umklammert. Als neben uns zwei Schülerinnen vorbeiliefen, die mit dem roten Sportplatzstaub bedeckt waren, jaulte er entsetzt auf. Sie hatten für ihn wie blutüberströmte Verletzte ausgesehen. Ich spürte etwas Nasses an meiner Stirn. Vater weinte.

Ich linste nervös zur Seite. Alle glotzten uns an. Mir schien, als hätte ich in der Menge Magda erkannt, die höhnend auf meinen Vater herabschaute.

Vaters Gesicht war ganz nah an meinem. Seine vom Weinen geröteten Augen sahen aus wie die Glubschaugen eines Fisches. Aus den ungleichen

Nasenlöchern rutschten zwei silbrige Rotzkerzen, eine kurze und eine lange, die Vater zwischen den Schluchzern wieder hochzog. Aus seinem Mund drang unzusammenhängendes Gestammel, Satzfetzen über Krieg und Unheil.

Natürlich stellte sich die Bombendrohung als falscher Alarm heraus. Die Feuerwehr hatte die ganze Schule durchsucht. Rektorin Jaskula kochte vor Wut, was mich etwas irritierte. Sollte sie nicht froh sein, dass die Schule nicht explodiert war? Es hieß, jemand habe die Notfallnummer angerufen und, ohne seinen Namen zu nennen, über die Bombe informiert.

„Habt ihr eigentlich eine Ahnung, was so eine Aktion kostet!?", schrie Frau Jaskula beim Appell, der am folgenden Tag in der Turnhalle abgehalten wurde. „Eure Eltern könnten das bis an ihr Lebensende nicht abbezahlen!"

Vor dem Hintergrund des schwarzen Vorhangs, der nach der letzten Schulaufführung an der Sprossenwand hängen geblieben war, waren deutlich ihre Speicheltropfen zu sehen.

Die Rektorin kündigte eine anonyme Umfrage an, die noch in dieser Woche durchgeführt werden würde. Wer auch nur das Geringste wisse, sei verpflichtet, seinen Klassenlehrer umgehend zu informieren.

Als in unserer Klasse die leeren Blätter ausgeteilt wurden, waren alle ganz aufgeregt. Die meisten fingen sofort an zu schreiben. Nicht, dass jemand etwas gewusst hätte, aber wenn man schon mal nach seiner Meinung gefragt wurde …

„Schreibt alles auf, was euch wichtig erscheint", hatte der stellvertretende Rektor Paterka uns angewiesen, nachdem er die Blätter ausgeteilt hatte. „Alles, was von Bedeutung sein könnte."

Jemandes Arm schnellte nach oben. Paterka tat erst, als hätte er es übersehen. Nachdem der Schüler aber nicht aufhörte, mit dem Finger zu schnipsen, seufzte er schließlich.

„Was ist denn."

„Was, wenn ich nicht weiß, wer die Bombe gelegt hat?"

„Es gab keine Bombe!", schrie der stellvertretende Rektor. „Das war doch nur ein dummer Scherz!"

„Ja schon, aber auch wenn ich nicht weiß, wer sie gel…, ich meine, wer diesen dummen Scherz gemacht hat", fuhr der Schüler unbeirrt fort, „aber glaube, na ja, oder zumindest ahne, wer es gewesen sein könnte, soll ich das dann auch aufschreiben?"

Der Mann starrte ihn an. Er schien sich durch den Kopf gehen zu lassen, was der Schüler gesagt hatte.

„Natürlich", antwortete er schließlich mit ernstem Nicken, „Schreibt alles auf."

Später stellte ich mir immer wieder vor, dass die Bombe hochgeht. Wie sie explodiert, uns in Teile zerfetzt, wie die Wände hochfliegen und die Ziegel und der Staub am Himmel von Zuckrowka zu allen Seiten spritzen wie eine Fontäne und von der Schule nur ein Krater in der Erde bleibt, ein klaffendes schwarzes Loch und sonst nichts.

In meinen Visionen wurde manchmal nicht nur die Schule von der Wucht der Bombe erfasst, sondern auch die Straßen ringsum, das Rathaus, die Post, die Polizeiwache, die Schrebergärten, der Supermarkt, das Museum, die Konoppe, die Häuser von Hans und Mischa und schließlich auch unser Haus. Ganz Zuckrowka verschwamm im dichten, mehligen Rauch, genau wie in den Bildern aus New York.

Obwohl wir in Fernsehnachrichten, Filmen und Zeitungen schon weit Schlimmeres gesehen hatten, vermochten erst die Bilder vom 11. September diese ganz besondere Unruhe in uns zu wecken. Zum ersten Mal drang die Angst aus den Bildschirmen bis zu uns: die Angst der blassen Reporter, die unter ihren Krawatten zu ersticken schienen und der Reporterinnen, deren Make-up die Erschütterung, die sich im Zucken ihrer Mundwinkel offenbarte, nicht verbergen konnte. Ihre geschulten Stimmen, normalerweise von besonnenem Ernst, höflich und professionell mitfühlend, verloren sich am Stadtrand, wo sie live aus riesigen Bildschirmen plärrten. Und ähnlich wie sie standen wir jetzt vor dem Rathaus und warteten darauf, dass die Feuerwehrleute die nicht existente Bombe finden und entschärfen würden, und in unseren Köpfen hallte das Stimmengewirr wider, aber es kam nicht von außen, sondern aus uns selbst. Als hätten wir uns alles nur ausgedacht.

Bei der Umfrage kam natürlich nicht viel raus und die Sache geriet bald in Vergessenheit. Der Schuldige wurde nicht gefunden und die Erinnerung an die Bombe, die nie hochgegangen war, verblasste. Unsere Klasse hatte sogar dem stellvertretenden Rektor verziehen, dass er uns am Musiksaal vergessen und uns dem sicheren Tod überlassen hatte.

Als gegen November Magda von der Schule verschwand, dachten alle, sie sei krank geworden. Erst als die Lehrerin ihren Namen aus dem Klassenbuch strich, kam raus, dass Magda Dygnar auf ein privates Gymnasium in Wysoka gewechselt war. Nach den Gründen gefragt, antwortete die Lehrerin nur widerwillig.

„So ist es für alle besser", hatte sie gesagt und das Klassenbuch zugeknallt.

KAPITEL 25

Die heulende Maria

Im Januar des Jahres 1982 erlebte Zuckrowka seine kurzen, aber unvergessenen Momente des Ruhms. Genau von diesen Begebenheiten hatte der verunglückte Reporter der *Unheimlichen Phänomene* berichten wollen, als er 2005 unsere Stadt besuchte.

In Zuckrowka ist die Erinnerung an die Woche nach Neujahr immer noch lebendig. Im Tal hatte klirrende Kälte geherrscht. Angeblich war die Mahr damals zum ersten und letzten Mal bis zum Grund komplett zugefroren. Nahezu alle Fische waren erstickt, plötzlich unter Eis zugrundegegangen. Ein abergläubisches Gemüt hätte darin sicher eine Vorhersage des nahenden Unheils gesehen und in den langsam an Sauerstoffmangel zugrundegehenden Geschöpfen uns Menschen aus Zuckrowka erkannt.

Obwohl vieles von dem, was sich in jenen Tagen zugetragen hat, bis heute geheimnisumwittert im Dunkeln liegt, zweifelte niemand daran, dass das Kriegsrechtwunder – und wahrlich, es war ein Wunder! – die Stadt für immer verwandelte. Wer es als Erster bezeugt hatte, konnte nie abschließend geklärt werden. Erst viel später kam heraus, dass der damalige Pfarrer (der schon ein halbes Jahr später in Rente geschickt werden sollte) immerhin die Nachricht als Erster verkündet hatte.

Eines Tages war Pfarrer Smietana früher aufgestanden als sonst, eine Tatsache, die man bereits als kleines Wunder betrachten könnte, denn der Pfarrer wachte sonst nie schon im Morgengrauen auf, was ihm nebenbei bemerkt übel genommen wurde, da er sich regelmäßig zu den Morgenmessen verspätete.

Zu seinem eigenen Erstaunen war der Pfarrer diesmal vor 6 Uhr morgens aufgewacht und hatte nicht mehr einschlafen können. Mit offenen Augen lag er da und starrte an die Zimmerdecke über seinem Bett. Dabei hätte er sich wirklich noch mal aufs Ohr legen sollen, schließlich stattete er den Leuten gerade seine alljährlichen Seelsorgebesuche ab und kämpfte sich dafür jeden Tag durch das schneeverwehte Mahrtal, um abends wie ein Stein ins Bett zu fallen.

Doch nun, im Dunkel des Zimmers, spürte Pfarrer Smietana ein schweres Gewicht auf seiner Brust, das ihn noch tiefer in die durchgelegene Matratze drückte. Er vermutete, dass die Unruhe tatsächlich auf einen Albtraum zurückzuführen war, aber je stärker er seine Erinnerung anstrengte, desto schneller verloren sich die Fetzen, die noch durch sein Schlafbewusstsein flogen, und wurden von der Wirklichkeit verdrängt.

Mit einem tiefen Seufzen warf er seine Daunendecke zurück und setzte sich aufs Bett.

Sei's drum, die letzten Wochen über fühlten sich schließlich alle im Land etwas unbehaglich.

Pfarrer Smietana, der es leid war, noch länger auf seine Haushälterin zu warten, stellte fest, dass er wieder einmal seine Knöpfe nicht zubekam. Er schlüpfte in seinen Schaffellmantel, den er sich mit einer Hand vor dem Körper zuhielt und schloss die Tür hinter sich. Draußen war es noch immer dunkel. Er hatte schon länger vorgehabt, den Zustand des Beichtstuhls im Seitenschiff zu überprüfen, warum also nicht gleich jetzt, wenn er denn schon auf den Beinen war.

Selbst hatte er diesen Beichtstuhl nie benutzt. Er pflegte die Beichte in einem neuen Beichtstuhl abzunehmen, rechts vom Altar (den er im übrigen extra mit Kissen hatte auskleiden lassen, weil sein Rheuma sich immer häufiger bemerkbar machte), aber der andere war nun ideal für den neuen Vikar, den man ihm, nach vielen Jahren des Bittens, zur langfristigen Unterstützung endlich zugeteilt hatte.

Er betrat die Kirche wie gewohnt durch die Sakristei. Mit Bedacht klopfte er den Schnee von seinen Schuhen, bevor er sie auszog und in ein Paar weicher Pantoffeln schlüpfte. Zufrieden ließ er den Blick über die schicken Strümpfe wandern, die ihm seine Schwester aus der DDR geschickt hatte, angeblich aus echter Kaschmirwolle. Genau das Richtige bei diesem frostigen Wetter.

Wie er es hasste, wenn sich im Winter auf dem Kirchenboden der Matsch sammelte. Die Gläubigen waren immer zu faul, sich vor dem Betreten des Gotteshauses ihre Schuhe ordentlich abzustreifen. Kein Wunder, dass sich in der Messe dann niemand mehr hinkniete, wie es sich gehörte, sondern alle, um sich nicht schmutzig zu machen, vor dem Altar hockten, als wollten sie, pardon, vor dem Herrgott ihr Geschäft verrichten. Eine Schande war das. Und zuletzt hatten die Messdiener so viel Schnee bis unter die Kanzel getragen, dass dort der Teppich gereinigt werden musste. Der bloße Gedanke daran ließ den Pfarrer wütend schnauben.

Als er das Seitenschiff passierte, konnte er nur knapp einen Fluch unterdrücken.

Erst vernahm er ein Platschen, dann, einen Moment später, die unangenehme Nässe. Hatte etwa schon wieder jemand Dreck reingeschleppt? Der neue Vikar vielleicht? Er schaute verärgert auf die nassen Pantoffeln an seinen Füßen. Merkwürdig. Das sah doch überhaupt nicht nach Matsch aus. War es möglich, dass der Frost die Rohre hatte platzen lassen? Am Morgen hatte das Thermometer -20° angezeigt. Der Pfarrer seufzte. Sein Blick wanderte zum Seitenschiff: Die Pfütze breitete sich über die gesamte Fläche aus und funkelte im schwachen Licht, das durch das beschlagene Buntglasfenster drang. Die Morgendämmerung war angebrochen. Plötzlich hielt Pfarrer Smietana in der Bewegung inne. Obwohl das Wasser bereits seine Pantoffeln durchnässt hatte und auf seine prächtigen Kaschmirstrümpfe übergriff, warf er sich auf die Knie, mitten hinein in die Pfütze, und zwar so heftig, dass ein dumpfes Echo durch die Kirche hallte.

Die Maria vom Mahrtal weinte und was über den Kirchenboden floss, waren ihre Tränen.

Es überrascht kaum, dass das Wunder von Zuckrowka nur zufällig entdeckt wurde, denn kaum jemand verirrte sich je in das düstere Seitenschiff. Niemand betete vor dem Bildnis der Maria vom Mahrtal, denn in der damaligen Zeit, das muss bedauerlicherweise eingestanden werden, war man der Meinung, dass die Maria auf dem Gemälde etwas merkwürdig aussah, ja, dass sie kaum Ähnlichkeit mit sich selbst hatte. Dass sie ohne Jesuskind auf die Leinwand gebannt worden war, machte die Sache nicht besser (Manche meinten, es sei eine kinderlose Maria, aber konnte sie dann überhaupt eine Heilige sein, philosophierte man, bevor sie jemanden geboren hatte?).

Die Kunde verbreitete sich in Zuckrowka wie ein Lauffeuer noch am selben Tag. Den ganzen Morgen über versammelten sich die Menschen in der Kirche. Sie drängten am Hauptaltar vorbei ins Seitenschiff, um das mittelgroße, jahrelang von den Gläubigen links liegengelassene Bild bitterlich weinen zu sehen. Die Tränen flossen nur so über die gemalten Wangen und über das Kinn. Sie kullerten über den Hals, tropften am verblassten Umhang hinab und rannen weiter, bis an den Rand der Leinwand, wo sie keineswegs stehenblieben, sondern über den dicken Goldrahmen perlten und zwischen den Ornamenten mäanderten, bis sie endlich, pflatsch!, mit einem dumpfen Ton in den Bottich fielen, den irgendein Gemeindemitglied geistesgegenwärtig dort aufgestellt hatte.

. Wer sie zuerst *Maria vom Kriegsrecht* genannt hatte, lässt sich heute nicht mehr nachvollziehen, aber die dort Versammelten hatten sofort begriffen, dass dies der einzig richtige Name für sie war. Schließlich hatte sich all das gerade mal fünf Wochen nach der Verkündigung des Kriegsrechts zugetragen. Von diesem Zeitpunkt an wurde die Maria von Zuckrowka nie wieder anders genannt.

Im einstimmigen Chor der Litaneien machte sich hier und dort ein Flüstern breit: Die Mutter Gottes weinte um Polen. Sie schluchzte, weil sie sich der armen geliebten Heimat erbarmte. Sie weinte um dieses Land, dem ein so schmerzhaftes böses Schicksal beschieden war. Aber vor allem galten ihre heiligen geweihten Tränen uns Menschen, den Einwohnern des Mahrtals.

Als kurz nach vier die Abenddämmerung anbrach, erstrahlte der Kirchenbau im Licht unzähliger Kerzen. Die Gläubigen hielten sie so lange in den Händen, bis das Wachs überfloss und auf ihren Fingern erstarrte. Als sie am Abend nach Hause zurückkehrten, waren ihre Hände mit einer weichen Schicht von Paraffin bedeckt, als hätten sie sich weiße Handschuhe übergestreift (derweil wuchs Pfarrer Smietanas Entsetzen über das, was die Leute da zwischen den Gebeten tuschelten).

Bald begann jemand ein Weihnachtslied zu singen. Die Anderen stimmten schnell mit ein. Diesmal klang die vertraute Melodie jedoch anders – sie kündete spürbar vom Wandel, hatte eine beunruhigende Anziehungskraft, ja, sie spornte die Menschen regelrecht an und ließ sie mit jedem gesungenen Vers fiebriger werden.

Die Musik erfüllte die ganze Kirche. Die von allen Anwesenden gesungenen Zeilen schallten bis an die Decke. Nach der letzten Strophe senkte sich Stille herab. Niemand wagte, auch nur ein Wort zu sagen. Glänzende Augen schweiften umher.

Und genau in diesem Moment ertönten die Schritte. Die Knienden hoben schweigend die Köpfe. Durch die Kirche schritt Genossin Saretzka. Entschlossen marschierte sie voran, drängte sich durch die Masse, die ihr sofort Platz machte, trat nach vorne und schloss sich den Betenden an, die in der ersten Reihe knieten. Der Pfarrer hatte sie erst jetzt bemerkt und wurde ganz blass vor Angst. Der Druck in der Brust wurde noch unerträglicher.

Smietana hätte viel für den Glauben opfern können, aber zu einem politischen Martyrium war er nicht bereit.

Doch Großmutter sagte nichts, sie kniete sich bloß unter dem Raunen der erstaunten Menge zwischen die Betenden.

„Selbst *sie* wurde bekehrt …", flüsterte jemand. „Wahrlich, ein Wunder!"

Genossin Saretzka schien für das Geflüster taub zu sein. Sie kniete da, mit leicht zusammengekniffenen Augen, und musterte das Bild und die Tränen, die an ihm herabflossen. Um ihren Hals wand sich ein Fuchs mit gezähntem Maul, der geradewegs mit ihrem Nacken verwachsen zu sein schien. Jetzt schaute niemand mehr zur Maria, denn alle Blicke waren auf Großmutter gerichtet. Wie die ehemalige Parteifunktionärin es mit „Gott und der Religion" hielt, war allgemein bekannt. Und doch weilte sie nun mitten unter ihnen, vor dem heiligen Bild! War es denn wirklich möglich, dass sie … betete?

Plötzlich schauderte Genossin Saretzka. Und bevor die Leute wussten, wie ihnen geschah, erhob sie sich und ging auf das Bild zu. Alle in der Kirche hielten den Atem an. Großmutter war nur noch wenige Zentimeter von der weinenden Wunderleinwand entfernt. Die Menschen beobachteten sie sprachlos. Sehr langsam wanderte ihre Hand nach oben. Die Menge war wie hypnotisiert. Großmutter berührte ganz leicht die über das Bild rinnenden

Tropfen und nahm ihre nassen Finger in Augenschein. Dann zuckte sie die Schultern und wischte sich, sichtlich angewidert, die Hand am Hosenbein ab. Ja, Großmutter Saretzka sah, aber sie glaubte nicht.

In den folgenden Tagen wurden bereits im Morgengrauen Wachen gehalten. Der Bottich, den die Gläubigen in der Früh unter dem Gemälde vorfanden, war so voll, dass die Tränen auf den Boden schwappten.

Unter den Wachenden waren nun nicht nur Menschen aus Zuckrowka, sondern auch aus den benachbarten Ortschaften, angeblich waren sogar ein paar Leute aus Wysoka gekommen.

Trotz, oder vielleicht gerade wegen des ungünstigen politischen Klimas, verbreitete sich die Kunde vom Wunder über die ganze Welt. Jemandes Familie kam extra aus Krakau angereist, ein anderer bekam Besuch von Bekannten aus Wadowice. Es tauchten auch zwei Pfarrer aus den Nachbargemeinden auf und ein paar Ordensschwestern, angeblich hatte sich sogar der Bischof angekündigt. Im Geheimen munkelte man sogar, dass selbst eine kleine Delegation der Solidarność sich auf den Weg in die Stadt gemacht hatte.

Schon damals war so gut wie sicher, dass das Wunder von Zuckrowka mit den Wundern von Tschenstochau, Fatima, Lourdes und Licheń mithalten konnte, wenn es sie nicht sogar übertraf!

Es hieß, die in Marientränen gebadeten Füße des Pfarrers seien glatt wie bei einem Neugeborenen, als wären sie von der Zeit ganz verschont geblieben, dabei hatte der Pfarrer doch schon über siebzig Jahre auf dem Buckel!

Tagelang wurden die Tränen auf schmerzende Stellen aufgetragen und in kranke Körper einmassiert, und alle, wirklich alle, fühlten sich dank der Kriegsrechttränen besser. Wenn Marias Tränen uns zu heilen vermögen, könnten sie dann nicht auch unser ganzes Land gesund machen? Man tuschelte immer aufgeregter, während Pfarrer Smietana immer blasser und blasser wurde.

Es war bereits absehbar, dass schon bald Pilgergruppen in unsere Stadt einfallen würden, das Tal würde von Gläubigen aus ganz Polen überschwemmt werden, ja, vielleicht sogar aus der ganzen Welt. Alle würden sie in das Wunderstädtchen Zuckrowka strömen. Die Kirche platzte ja jetzt schon aus allen Nähten. Fürwahr, bald würde alles anders werden.

Und vermutlich wäre wirklich alles ganz genau so gekommen, wenn das Bild in der folgenden Nacht nicht verschwunden wäre.

Das Kriegsrechtwunder, das erste der Geheimnisse von Zuckrowka, hatte nur vier Tage gewährt. In dieser Zeit sind angeblich acht Bottiche Tränen gesammelt worden. An der Kirchenwand blieb nur ein heller

Fleck zurück (das mittelgroße Rechteck ist übrigens bis heute deutlich zu sehen), das Bild war verschwunden.

Erst später wurde die eingedrückte Scheibe in der Sakristei entdeckt – jemand musste im Schutz der Dunkelheit die Maria aus der Kirche getragen, sie skrupellos entführt haben.

Viele beschuldigten Genossin Saretzka. Einige vermuteten, dass das Bild bei einem Kunstsammler in Warschau gelandet war, andere meinten, es wäre außer Landes geschafft und in den USA, oder, im Gegenteil, in der UdSSR versteckt worden, damit die Maria den Leuten hierzulande nicht die Köpfe verdrehte. Schließlich gab es auch Stimmen, die behaupteten, sie sei im Krankenhaus aufgehängt worden und die Ärzte würden mit ihrem endlosen Tränenfluss die schwersten Krankheiten staatlicher Würdenträger heilen. Damals ging sogar das Gerücht um, das System wäre ganze zehn Jahre früher gefallen, wenn das Bild nicht abhanden gekommen wäre, und nur durch sein Verschwinden habe der Sozialismus sich bis ins Jahr 1989 halten können.

* * *

Allen Suchanstrengungen und allsonntäglichen Gebeten zum Trotz ist das Bild nicht wieder aufgetaucht. Dennoch sollte die Maria vom Kriegsrecht schon bald nach Zuckrowka zurückkehren. Um davon erzählen zu können, muss ich die ersten Monate von Pfarrer Wilk in der Gemeinde Revue passieren lassen. Heute dürfte sich niemand mehr daran erinnern, doch ganz am Anfang hieß es, der junge Pfarrer sei den alten (der doch der erste Zeuge der Marienoffenbarung war!) durch eine Intrige losgeworden und dass er der Pfarrgemeinde nicht den gebührenden Respekt entgegengebracht hätte. Man hielt ihn für einen Grünschnabel, frisch vom Priesterseminar und in der Seelsorge gänzlich unerfahren.

Womöglich gab man ihm für Ereignisse die Schuld, für die der Arme überhaupt nichts konnte. Aber nach dem Verschwinden des Wunderbildes, das die Leute mit so großem Kummer erfüllte, brauchte man einen Sündenbock, und der junge, etwas hochnäsige Priester schien dafür prächtig geeignet zu sein. Die Stadtbewohner hielten ihn also auf Abstand, sie gaben sich nicht gern mit ihm ab. Er wurde lediglich geduldet, bis das Maß schließlich voll war, an einem Tag im Januar, rund ein Jahr nach dem ersten Wunder vom Mahrtal.

Sie war am Nachmittag mit einem Trabi geliefert worden, mit Autokennzeichen einer Stadt in Großpolen. Man hatte sie so auf die Rückbank gestellt, dass es von Weitem aussah, als würde sie neugierig aus dem Fenster schauen, sich unser Tal ansehen wie auf einer Stadtrundfahrt: die Häuser, das Rathaus, schließlich die Kirche, vor der sich an diesem Tage alle in freudiger Erwartung ihrer Ankunft versammelt hatten.

Doch als man sie endlich aus dem Auto geschafft und in der Mitte des Platzes aufgestellt hatte, ging ein unzufriedenes Raunen durch die Menge.

Natürlich hatte der junge Pfarrer alles auf den ausdrücklichen Wunsch der Talbewohner in die Wege geleitet, die viele Sonntage lang großzügig für diesen Zweck gespendet hatten. Endlich, so schien es dem Pfarrer, würde er sich die Dankbarkeit und Wertschätzung seines Umfelds verdienen. Doch leider, leider war die Kriegsrechtmaria, die gekommen war, nicht die Kriegsrechtmaria, die man erwartet hatte.

Anders als im Fall des verschollenen Bildes bin ich in dieser Sache zum Glück nicht nur auf Gerüchte, Vermutungen und Erinnerungen angewiesen. Ich habe die Figur viele Male mit eigenen Augen gesehen. Vermutlich hatten die Einwohner Zuckrowkas bereits vergessen, dass das wundertätige Bild sich nicht immer ihrer Anerkennung erfreut hatte, denn sie beteuerten einträchtig, dass die Skulptur „nicht aussieht, wie sie sollte", sondern wie eine Fälschung. Das ist nicht die unsrige, die geliebte, die verschollene, die weinende, wurde lamentiert. Diejenigen, die die Idee des Pfarrers von Anfang an abgelehnt hatten, betonten abermals, dass es nur eine Kriegsrechtmaria geben könne. Denn diese hier, von irgendeiner Künstlerin aus Posen gegossen, erinnerte kein Stück an die Heilige, sondern sah eher wie das „erstbeste Jungfräulein" aus.

Und tatsächlich hatte sie die Figur eines heranwachsenden Mädchens. Ihr Körper zeichnete sich deutlich (allzu deutlich, wie einige fanden), unter dem dünnen Kleid mit gewagtem Ausschnitt ab. Die leicht quadratischen, nicht sonderlich schlanken Füße schauten aus den Stofffalten hervor, ihre Knöchel waren entblößt (angeblich wurde sogar Geld gesammelt, um der Maria nachträglich Schuhe anfertigen zu lassen, und wenn's nur schlichte Sandalen wären, bis jemand treffend bemerkte, dass die Sandalen ihr in den harten polnischen Wintern keine guten Dienste leisten würden. Im Übrigen sollte das Problem sich wenig später ganz von selbst lösen, wovon ich gleich noch berichten werde).

Der Keramikkopf war von der Bildhauerin nicht mit einem Schleier bedacht worden. „Sie ist ja fast kahl", wurde getuschelt, wüsste man es nicht besser, käme man doch nie auf den Gedanken, dass das die Mutter Gottes war.

Das Schlimmste an ihr waren aber ihre hellen, wässrigen Augen. Gemäß dem Auftrag sahen die Augen „verweint" aus, doch obwohl gerade das den Menschen hätte gefallen sollen, gefiel es ihnen ganz und gar nicht. Sie schaut uns so merkwürdig an, die Augen passen nicht zu ihr, sagten die Leute und schauderten, wenn der feuchte Blick der Maria sie traf.

An jenem Tag also, als die neue Maria endlich aus dem Auto geholt und vor die ungeduldig harrenden Menschen gestellt wurde, ging ein unzufriedenes Raunen durch die Menge. Pfarrer Wilk, wütend und enttäuscht (obwohl er sich seine Anspannung nicht anmerken ließ), schritt auf die Figur zu, um sie willkommen zu heißen und zu segnen. Genau in diesem Moment flüsterte Frau Wosch, die den Pfarrer schon die ganze Zeit missmutig gemustert hatte (schließlich war doch er verantwortlich für das Aussehen der Kriegsrecht-maria, er hatte sie ja persönlich in Auftrag gegeben), etwas Verächtliches zur Menge. War es eine Frage, ein Vorwurf? Jedenfalls kam es lauter heraus, als sie vorgehabt hatte.

„Dem hat wohl jemand ins Hirn geschissen."

Die plötzliche Stille auf dem Platz war kaum auszuhalten. Pfarrer Wilk lief rot an. Alle blickten unsicher zu ihm und der Ladenverkäuferin, die selbst erschrocken war über das, was ihr da entfahren war. Schließlich war er allen Unkenrufen zum Trotz immer noch ein Diener Gottes.

Der Pfarrer schien jeden Augenblick zu platzen. Er ballte die Fäuste, die bis zu diesem Zeitpunkt in den Falten seiner Soutane verborgen waren. Er hatte bereits den Mund geöffnet, als etwas völlig Unerwartetes geschah: Die Maria nickte.

Alle starrten sie sprachlos an. Und wenn jemand meinte, sich versehen zu haben, wurde er gleich eines besseren belehrt, denn die Maria nickte aber-mals. Und dann noch einmal. Ja, der Kopf auf dem schlanken Hals wippte eindeutig auf und ab, auf und ab, während die Maria ihren wässrigen Blick über die Versammelten gleiten ließ, als wollte sie allen zu verstehen geben, dass sie Frau Wosch recht gab, dass es doch ganz offensichtlich sei: Jemand hatte Pfarrer Wilk ins Hirn geschissen!

Ich weiß nicht, ob es wegen ihres Aussehens war, oder ob man sich schon vorher darauf geeinigt hatte, jedenfalls wurde die neue Maria nicht, wie zu-nächst erwartet, in unserer Kirche aufgestellt, ja, nicht einmal in ihrer Nähe. Sie kam in die Kapelle neben dem Jubiläumskreuz, das zum Millennium der Taufe Polens errichtet worden war.

Pfarrer Wilk wirkte in dieser Zeit sehr bedrückt. Vielleicht nahm er sich manches zu sehr zu Herzen, machte sich unnötig viele Sorgen, denn zum Ende des Winters wurde er beinahe neurotisch. Wenn er in der Abenddäm-merung durch die Straßen ging, sah er immer wieder über seine Schulter, als rechnete er damit, verfolgt zu werden, und im Pfarrhaus angekommen schloss er gründlich hinter sich ab. Nicht mal seine eigene Haushälterin ließ er gern hinein. Damals hatte er einen riesigen Regenschirm mit solidem Holzgriff an seinem Bett stehen, als wollte er sich damit verteidigen, sollte ihn weiß Gott wer überfallen.

Er war zu der Überzeugung gekommen, dass die Menschen aus Zuckrowka ihm nicht nur Schlechtes wünschten, sondern sich diesen Wunsch auch erfüllen wollten. Mancher hätte das als Paranoia bezeichnet, aber greifen wir nicht zu weit vor. Schon bald sollte sich das Schicksal von Pfarrer Wilk nämlich wenden.

In der Gegend wehte zu der Zeit gerade der Halny, der täglich stärker zu werden schien (genau wie damals, als wir Magda das erste Mal gesehen haben, was nur teilweise ein Zufall war). Eines Tages hatte der Sturm seit den Morgenstunden getobt. Bis zum Abend hatte er sich fast in einen Hurrikan verwandelt.

Die windigen Hütten bebten unter den heftigen Böen und die Menschen blickten mit Sorge auf ihre alten Dächer und notdürftig zusammengeschusterten Schuppen. Der Wind peitschte den Regen mit einer solchen Macht gegen die Scheiben, als würde jemand Hände voll Kies dagegen werfen. Die Bäume versuchten ächzend, den Windstößen standzuhalten.

Der Pfarrer war im Pfarrhaus allein. Normalerweise las er abends bis in die Nacht. Er versuchte, das Getöse draußen zu ignorieren, aber es fiel ihm zunehmend schwerer, sich auf seine Lektüre zu konzentrieren. Waren es die Äste, die so krachten? Er blickte nervös Richtung Fenster, konnte darin aber nichts erkennen außer dem Licht der Zimmerlampe und seinem eigenen Antlitz, die sich in der Scheibe spiegelten.

Er vergrub sich erneut in seiner Lektüre.

Plötzlich ertönte im Zimmer ein Poltern.

Pfarrer Wilk erstarrte. Nein, kein Poltern, eher so etwas wie … Klopfen?

Das konnte doch nicht sein. Versuchte wirklich jemand, ins Pfarrhaus einzudringen? Die Tür bebte.

Der Pfarrer war kein Hasenherz (und das, was man für Symptome von Ängstlichkeit hätte halten können, war einfach nur vorsichtiges Verhalten), also schnappte er sich seinen Regenschirm und zog langsam die Tür auf.

An der Schwelle seines Hauses stand die Maria vom Kriegsrecht. Sie stand vor dem Haus des Pfarrers und wippte mit dem Kopf auf und ab, klopfte auf diese Weise an die Tür, ein ums andere Mal mit der Stirn gegen das Holz prallend.

„Die Arme hat Schutz und Herberge bei ihm gesucht", sagten später die Menschen aus dem Tal voller Mitgefühl.

Ich habe ein Foto von Pfarrer Wilk gesehen, das in dieser Zeit entstanden ist. Darauf ist er noch schlank, seine Muskulatur zeichnet sich deutlich ab, üppiges Haar, noch ganz ohne Glatze, von Kahlheit keine Spur. In meiner Vorstellung sah er damals aber schon genauso aus wie er später geworden ist, mit finsterer Miene und tief durchfurchter, ernster Stirn. So male ich mir also aus, wie er in der offenen Tür des Pfarrhauses steht, blass, erstaunt; ringsum dröhnt der Halny, zerrt an der Soutane, die um seine Beine flattert. Winzige, vom Wind gepeitschte Regentropfen lassen sich wie Staub auf seinen buschigen Augenbrauen nieder, und sie steht da vor dem Pfarrer, wippt mit dem Kopf auf und ab, als würde sie eine vom Wind übertönte Frage bejahen.

In der Stadt weiß niemand, was danach geschah. Einige meinten, Pfarrer Wilk habe die Schutz suchende Maria einfach ins Haus getragen, aber war die Figur nicht viel zu schwer? So ganz ohne Hilfe hätte er es wohl nicht geschafft. Andere behaupteten, der Pfarrer habe sie einfach mit seinem Mantel bedeckt, und so habe sie ausgeharrt bis zum nächsten Morgen. Es hieß auch, er habe sie durchaus verhüllt, aber nicht mit seinem Mantel, sondern mit einer Decke, mit der er sie umwickelt habe wie eine Mumie, und zur Sicherheit habe er noch eine Kette um sie gelegt, nicht dass sie unter den Peitschenhieben des unnatürlich heftigen Sturms, der sie doch jederzeit erneut forttragen konnte, noch zerbrach.

Eins haben jedoch alle diese Geschichten gemeinsam: die Überzeugung, dass Pfarrer Wilk sich in jener Nacht den Respekt der Gemeinde verschafft hatte. Einen Respekt, der noch größer war als der Respekt für Pfarrer Smietana, der zwar der Erste gewesen sein mochte, der das weinende Bild erblickt hatte, aber am Ende doch nur ein alter, verfressener Sack war. Nicht bei ihm hatte die Mutter Gottes Schutz vor Wind und Regen gesucht. Die nächtliche Wanderung der Maria hatte die Einwohner Zuckrowkas nicht nur mit dem neuen Pfarrer versöhnt, sondern vor allem mit ihr selbst.

Zu diesem Zeitpunkt wurden Gerüchte über ein zweites Wunder laut. Die Jungfrau, die einst den Beginn des Kriegsrechts beweint hatte, habe nämlich mit ihrem wunderbaren Besuch im Pfarrhaus auch das nahende Ende desselben vorhergesagt (was sich ein paar Monate später auch bewahrheiten sollte).

Einige versuchten, die Sache kleinzureden; der Wind habe sie herbeigeweht, nichts weiter. Andere sprachen von einem Wirbelsturm, der die Figur fortgerissen und geradewegs gegen die Tür des Pfarrers geschleudert habe. Aber war das allein nicht schon ein Zeichen göttlicher Gnade, eines göttlichen Plans?

Wegen ihrer nächtlichen Visite wurden bald Stimmen laut, dass der Maria kalt sein müsse, dass sie unter ihrem dünnen Kleid friere und dass man sie ordentlich einkleiden und ihren Kopf bedecken musste (genau zu diesem Zeitpunkt wurde das Mai-Komitee ins Leben gerufen, das vor allem für die Instandhaltung der Marienbekleidung zu den Maiandachten vor der Kapelle verantwortlich war).

Die Figur verschwand unter Schichten von Schleiern und Röcken und sah dadurch viel vertrauenerweckender aus, was es den Menschen aus Zuckrowka leichter machte, sie voll und ganz zu akzeptieren.

Bemerkenswerterweise wurden ein paar Tage später die Füße der Maria demoliert. Jemand hatte sie fachmännisch abgeschlagen, knapp über den Knöcheln, genau dort, wo der Saum des etwas zu kurzen Rockes verlief. Wie um zu verhindern, dass sie noch einmal davonlief.

In der Stadt wusste niemand, wer dafür verantwortlich war, obwohl natürlich sofort Gerüchte über teuflische Geheimdienstfunktionäre aufkamen, die den Anschlag auf die zurückeroberte Kriegsrechtmaria (wie sie schließlich genannt wurde) im Schutze der Nacht verübt hätten.

Noch interessanter war jedoch, dass die Leute sich gar nicht über den Schaden beschwerten. Der lange Rock floss jetzt bis zum Boden, wodurch die Maria deutlich besser aussah. Der Stoff schien nun ihre Füße zu bedecken. Irgendwie ließen die fehlenden Füße sich auch gut in Einklang bringen mit dem, was uns alle bereits am ersten Tag auf dem Kirchplatz so verblüfft hatte.

Die Initiative war von keinem Geringeren als Pfarrer Wilk ausgegangen, der dafür eine große Summe aus eigenen Ersparnissen beigesteuert hatte, um der Gemeinde eine Freude zu machen mit dieser sakralen Neuheit: Der Kopf der Figur war nämlich vom Rest des Körpers durch einen schmalen Spalt getrennt, ganz so, als wäre die Maria stümperhaft geköpft worden und der Kopf würde nur noch an einem dünnen Hautfetzen hängen. Dazwischen hatte man einen Mechanismus eingebaut, der den Kopf beweglich machte; auf diese Weise wippte er auf und ab, auf und ab … wie die Köpfe der Wackeldackel, die manchmal die Hutablagen von Autos schmücken.

KAPITEL 26

Vorwärts in die Vergangenheit

Auch im Leben meines Vaters wechselten sich viele Zeiten ab. Nach 1999 lassen sich drei gesonderte Abschnitte unterscheiden: die Zeit der Astrologie, die Zeit der Chiromantie und schließlich die Zeit der Wünschelrute, die gewissermaßen die unbedeutendste war. Die Phasen folgten genau in dieser Reihenfolge aufeinander, und obwohl Vater in all den Jahren seiner hellseherischen Karriere alle drei „Techniken" mehr oder weniger parallel ausübte, gab es immer eine, die überwog, die den Großteil seiner Kraft aufzehrte und alle seine Gedanken in Anspruch nahm.

Die wichtigste war jedoch die Astrologie. Laut Vater hatte mit ihr „alles begonnen" (wie immer führte er nicht weiter aus, was er mit *alles* meinte), er betrachtete sie als den Ursprung aller anderen von ihm angewendeten Techniken.

Die Astrologie war für ihn die Königin der Wissenschaften, die vor Urzeiten ungerechtfertigterweise von ihrer „siamesischen Schwester", der Astronomie, getrennt worden war. Er selbst machte zwischen beiden überhaupt keinen Unterschied. Die Astrologie war in seinen Augen die wissenschaftlichste und exakteste Seite der Hellseherei, mit Verbindungen zur Physik und vor allem zur Mathematik. Ja, er hielt die Astrologie sogar für die Krönung der Mathematik. Zuallererst musste man Mathematiker sein, erst dann konnte man Hellseher werden, wie er stets betonte (obwohl er selbst nur über das arithmetische Wissen eines gewöhnlichen Buchhalters verfügte). Alles war aus der Astrologie hervorgegangen, sie war der Weisheit letzter Schluss, die höchste Erkenntnisstufe: die perfekte Konjunktion dessen, was bekannt war, mit dem, was unbekannt war.

Meistens untersuchte Vater alte Himmelsbilder. Entgegen all seiner Beteuerungen als Hellseher glaubte er nicht an Vorsehung und hatte schnell begriffen, dass der wahre, redliche Astrologe gar nicht die Zukunft voraussah. Er stimmte nicht mit den modernen Kennern der Tierkreiszeichen überein, die behaupteten, die Sterne könnten auf irgendeine Weise das menschliche Schicksal gestalten oder lenken.

Vaters Theorie zufolge handelte es sich lediglich um eine Art Landkarte, eine Niederschrift und Chronik, die nicht den gewöhnlichen Zeitläufen unterlag. Vielleicht fertigte er deswegen mit Eifer alte, von niemandem mehr benötigte und längst nicht mehr aktuelle Horoskope an, als wollte er die Vergangenheit, die Geschichte und allen voran seine eigene Erinnerung bei etwas ertappen.

Natürlich bezogen sich die meisten Horoskope auf die Zeit der Volksrepublik. Ehrfürchtig, geradezu zärtlich notierte er sich die Jahre von Ereignissen, die er für die wichtigsten hielt: darunter Arbeiterstreiks und Wechsel der Ersten Parteisekretäre, die Entstehung der KOR, der Mord an Priester Popiełuszko, die Intervention des Warschauer Paktes in der Tschechoslowakei und Hermaszewskis Flug ins All. Vater ließ auch keins der Zuckrowka-Wunder aus.

Die Erzählungen dieser Horoskope stimmten präzise mit den wahren geschichtlichen Ereignissen überein, weil, wie Vater behauptete, alles am Himmelsfirmament eingeschrieben war wie in einen belichteten, aber noch nicht entwickelten Fotofilm.

Natürlich hätte man Vater der Manipulation bezichtigen können, ihm vorwerfen, dass er sich die Regeln so zurechtbog, wie er sie brauchte, dass er die Theorie der Tierkreiszeichen an die ihm allzu gut bekannten Ereignisse anpasste, die doch bereits von Journalisten, später von Autoren, schließlich von Historikern beschrieben worden waren. Wie ein fauler Schüler, der aus Schulbüchern abschreibt (die er sich in dieser Zeit tatsächlich häufig von mir lieh), suchte er in den Kapiteln nicht nach Fakten, sondern nach Erzählungen, ergänzte die ihm bekannten Absätze mit ausführlichen Abschnitten über die Bewegungen der Planeten, gefährliche Konjunktionen – also Begegnungen zweier Planeten – und ungünstige Aszendenten, und kämpfte dabei beständig mit der immer gleichen unbarmherzigen Trias: Vergangenheit, Geschichte und Erinnerung – denn vermutlich ahnte er schon damals, dass in diesem Wirrwarr irgendein wahrer Kern steckte.

Auf Kundenbestellung fertigte er auch tagesaktuelle Horoskope an, sogar solche, die auf die Zukunft Bezug nahmen. Aber eigentlich interessierte ihn das nicht, er hatte keinerlei Freude daran, ganz im Gegenteil, es laugte ihn einfach aus.

Ob Vater sich jemals selbst ein Horoskop erstellt hat? Ich weiß es nicht. In seinen Dokumenten habe ich nichts gefunden (dafür ganze Stapel von Horoskopen, von deren Existenz ich zuvor nichts geahnt hatte). Allerdings hat sich mir der Eindruck eines ziemlich großen Feiglings geboten: In einem der Bücher über hellseherische Techniken hatte er mit Tesafilm die Seiten eines Kapitels zusammengeklebt, in dem es um die Berechnung der Lebensdauer ging. Als hätte er Angst, dass er beim zufälligen Blättern gegen seinen Willen erfahren würde, wie viel Zeit ihm noch bliebe.

Weder Mutter noch mir hat er je ein Horoskop erstellt. Die einzige Person aus der Masse von Menschen, für die er in all den Jahren ein Horoskop angefertigt hat, die ich kannte, war Magda Dygnar.

Als Vater endlich mit Magdas Horoskop fertig war (und er hatte sich mächtig davor gedrückt und wollte das Ergebnis niemandem zeigen), erblickte er darin ptolemäische Zeichen, Ungeheuer, bucklige Geschöpfe, Mischwesen aus Mensch und Tier und astrale Fratzen, die im Dickicht der Linien in Erscheinung traten, im bunten Netz aus Planeten, Sternen und Tierkreiszeichen, die den Papierbogen bedeckten wie ein Ausschlag. Es hatte ihn nicht weniger entsetzt als die chiromantischen Versuche mit den Händen von Magda Dygnar. Interessanterweise hatte Vater das Horoskop nicht wie sonst auf der Rückseite des Bogens, wo er die Horoskop-Häuser einzeichnete, mit einer detaillierten Deutung versehen, sondern nur ihren Namen und Nachnamen notiert: *Magdalena Dygnar*, und darunter, handschriftlich, zwei Zitate:

Ptolemäus (...) sagt über monströse Zeichen, dass in Horoskopen solcher Menschen zahlreiche Himmelskörper weit von den Rändern entfernt und ohne Konfiguration mit einem Aszendenten sind (...) Betrachten wir jedoch diese Stellen im Horoskop, (...) sind sie von monströser Gestalt oder sehr hässlich, vor allem bucklig, wenn sie im Zeichen der faulen Tiere sind.

In einem Absatz des „Tetrabiblos", der der Geburt der Monster gewidmet ist, denkt Ptolemäus über die Zukunft von Kindern nach, die in den Tierzeichen geboren sind, d. h. in den vierbeinigen Zeichen, also in der Zeit des Zusammentreffens von zwei unglücklichen Planeten, Mars und Saturn. Solche Kinder können nicht zum Menschengeschlecht gezählt werden.

Den letzten Satz hatte Vater unterstrichen.

Eigentlich war es Vater nie so richtig gelungen, einen wirklich überzeugenden Beweis für die Wissenschaftlichkeit der Astrologie zu finden, obwohl er es selbstverständlich oftmals versucht hat. Zur Untermauerung seiner Thesen zog er häufig die frühen Astrologen heran, als würden ihn die Biografien längst verstorbener Menschen Trost spenden. Kein Wunder, erinnerten sie ihn doch alle auf die ein oder andere Weise an ihn selbst.

Für gewöhnlich begann er mit den sumerischen Vorhersagen *Enuma Anu Enlil* und Berosus Caldeus. Es folgten Claudius Ptolemäus, des weiteren Johannes Müller, Regiomontanus genannt, Paracelsus (dessen echter Name für Vater zu lang und zu verworren war) und sein Lieblingsastrologe Girolamo Cardano, Italiener und „hervorragender Mathematiker". Manchmal tauchte zwischen den Astrologen auch Nostradamus auf, obwohl mein Vater seinen Namen nicht überstrapazierte, als wüsste er, wie oft dieser bekannteste aller Astrologen in der Geschichte bereits instrumentalisiert worden war. Natürlich hinderte das Vater nicht daran, sich in seine legendären Vierzeiler zu vertiefen, er tat es jahrelang, meistens im Zuge seiner apokalyptischen Recherchen.

Böswillige Menschen behaupteten, das heliozentrische Weltbild habe das Ende der Astrologie eingeleitet, sie dem Vergessen anheim fallen lassen, alle ihre Errungenschaften nichtig gemacht, die sich doch bloß auf falsche Prämissen und nur vom Menschen ausgedachte Himmelsbilder stützten. Und doch hat ausgerechnet Kepler, der dem heliozentrischen Weltbild anhing und fast sein ganzes Leben an dessen Vervollkommnung gearbeitet hatte, selber Horoskope angefertigt, und zwar höchst zutreffende! Hatte er etwa nicht Herzog Albrecht von Wallenstein die Niederlage bei Lützen vorhergesagt und später dessen Tod? Der Herzog, der im Endstadium der Syphilis nicht mehr in der Lage war, auf ein Pferd zu steigen, reiste nur noch liegend und wurde von Offizieren getötet, die dem Kaiser loyal waren, also gewissermaßen von Kaisers Gnaden.

Mit Sicherheit ist meinem Vater das Zitat von Kepler bekannt gewesen, in dem er verlautbarte: *Die Astrologie ist die närrische Tochter der ehrenwerten Astronomie, aber wo würde sie bleiben, wenn sie diese Tochter nicht hätte!* Doch darin sah er, anders als Keplers boshafte Zeitgenossen, keine Spur von Zynismus.

Dann gab es noch Julius Firmikus Maternus, Dorotheos von Sidon und Thrasyllos, von Beruf Grammatiker, was eine genauso stimmige Verbindung zu sein schien wie die Verschwägerung der Astrologie mit der Geschichte. Albumasar, Erik Jan Hanussen, den angeblich Hitler im Winter oder im Spätherbst im Hotel Kaiserhof in Berlin konsultiert hatte, sowie Doktor Wilhelm Wulff, der persönliche Astrologe von Heinrich Himmler, der auf Rat eines SS-Führers im KZ immer düsterere Vorhersagen bekanntgab. Dass Hitler noch vor dem 7.5.1945 eines geheimnisvollen Todes sterben werde, hatte er geschrieben, trocken und ohne viel Aufhebens, als würde er eine klinische Diagnose stellen.

Schließlich Michael Scotus, Astrologe, Magier und Übersetzer, der in der glühenden Hitze Siziliens Horoskope für Kaiser Friedrich II. berechnete. Über ihn hatte Benvenuto geschrieben: *Es heißt, dass Scotus seinen eigenen, vermeidbaren Tod vorhergesehen hat. Er sah, dass ihn ein kleiner Stein töten würde, der ihm auf den Kopf fallen würde. Fortan trug er zur Sicherheit einen eisernen Kopfschutz unter der Kapuze. Aber als er einmal die Kirche für die Fronleichnamsmesse betrat, nahm er ihn mitsamt der Kapuze ab, mehr um in der Menge nicht aufzufallen als aus Gottesfurcht, denn mit Gott hatte er nicht viel am Hut [...] Plötzlich fiel ein kleiner Stein auf sein unbedecktes Haupt und verletzte ihn leicht. Michael hob ihn auf und wog ihn in der Hand – genau dieses Gewicht hatte er in seiner Vision verspürt. Seines Todes sicher, regelte er noch seine Angelegenheiten und verstarb kurz darauf.*

Wie ich die Erzählung von Benvenuto über Michael Scot wieder lese, wenn ich ihn mir vorstelle, wie er Richtung Kirche zieht, bedeckt mit der Kapuze, und unter der Eisenkrempe seines seltsamen Huts, der wie eine Schüssel zum Erbsen schälen aussieht, seine Augen aufblitzen, sind es immer die Augen meines Vaters, der doch seinen Tod auf die gleiche Weise vorhergesehen hat wie Michael.

* * *

„Und Kometen sollen nur Eis und Gestein sein?!", rief Vater ungläubig aus und richtete den Blick nach oben. In der Hand hielt er sein altes Fernglas, von dem ein zerfranster Lederriemen baumelte.

Es war das Jahr 1997 und am Himmel über Zuckrowka war der Komet Hale-Bopp erschienen, den Vater natürlich sofort auf seine Liste der Zeichen setzte. Er hatte mich um 3 Uhr morgens geweckt, weil der Komet zu diesem Zeitpunkt am besten zu sehen war. Gerade war er ins Peryhelium eingetreten, zwischen Jupiter und Saturn, laut Vater ein „böses Omen", die schlimmste aller Kombinationen.

Vater hatte sich der Beobachtung des Sternhimmels erst gewidmet, als er Hellseher wurde. Zu Beginn trieb er sich abends ein wenig im Garten herum, ein paarmal war er auf den Dachboden hinaufgeklettert, hatte durch das verschmutzte Fenster aber nicht viel sehen können. Nachdem er einige Minuten lang seinen Kopf hinausgestreckt hatte, begann sein Nacken steif zu werden, und die Sterne – nun ja, die Sterne sahen irgendwie alle gleich aus.

Es dauerte nicht lang und er gab dieses Hobby wieder auf mit der Begründung, dass Himmelsbeobachtung in Polen keinen Sinn hätte. Man würde bei diesen ständigen Wolken doch eh nichts sehen. Ja, für Sterndeutung sei das einfach das falsche Land.

KAPITEL 27

Das ist kein Aramäisch

Der Kopf des Rabbiners glich einer Baumwollblüte. Der Mann war so alt, dass seine Haut ganz durchgerieben schien, als würde er von innen heraus zu einem Wattebausch zerfasern.

Der Rabbiner soll ein Sprachkundiger gewesen sein, der sich auf alte Sprachen spezialisiert hatte, was auch der Grund seines Besuchs in Zuckrowka war. „Das ist kein Aramäisch."

Nach der vergeblichen Visite des Exorzisten hatte der Vorsitzende all seine politischen und geschäftlichen Kontakte bemüht. Er rief bei Pfarrgemeinden und Diözesen an, versuchte, eine weitere „Konsultation" zu bekommen, aber wann immer er den Namen des Exorzisten nannte, der nach Zuckrowka gekommen war, hieß es am anderen Ende der Leitung, dass man leider nichts für ihn tun könne. „Wenn *er* gesagt hat, dass sie nicht besessen ist, dann *ist* sie nicht besessen", entgegneten die Gesprächspartner unbeeindruckt, bevor sie auflegten.

Herr Dygnar war an die Kontaktdaten des Rabbiners über die Jüdische Gemeinde in Bielsko gekommen. Der Geistliche, der mit der Katowicer Gemeinde in Gliwice verbandelt war, war Experte für sogenannte alte Sprachen (ich habe später versucht, ihn ausfindig zu machen, aber vermutlich habe ich seinen Namen verdreht, denn weder in Bielsko, noch in Katowice, Gliwice oder anderen Gemeinden, bei denen ich mich meldete, hatte man je etwas von ihm gehört).

Ich weiß nicht, womit Herr Dygnar den emeritierten Rabbiner nach Zuckrowka gelockt hat, jedenfalls erschien der Alte an einem Abend im Juni in der Stadt und kaum jemand hat davon etwas mitbekommen. Der Vorsitzende hatte für ihn ein Gästezimmer herrichten wollen, was der Rabbiner jedoch höflich ablehnte. Wo er schlief, ist nicht bekannt.

„Das ist kein Aramäisch", wiederholte er.

Das Tässchen Kaffee, das er in seinen zittrigen Fingern hielt, klapperte leicht gegen die Untertasse aus dünnem Porzellan. Seine Waden versanken fast zur Hälfte in den Zotteln des Teppichs, was aussah, als würde der Mann geradewegs aus dem Boden sprießen.

„Haben Sie sie etwa gehört?" Der Vorsitzende sah ihn mit Verwunderung an. „Sie hat heute Nacht doch überhaupt nicht gesungen."

Der Rabbiner schwieg, als hätte er die Frage nicht gehört. Das leise Klirren des Porzellans schallte durch den Salon.

Ich weiß nicht, wer in Zuckrowka die Theorie aufgestellt hatte, dass Magda in einer Fremdsprache sang. Einige behaupteten, es sei die Idee meines Vaters gewesen, aber ich bin mir sicher, dass Vater sich erst nach dem Besuch des Rabbiners für die biblischen Verse in Magdas Gesang zu interessieren begann.

„Es tut mir leid, dass Sie sich die Mühe gemacht haben." Herr Dygnar warf dem Rabbiner einen müden Blick zu. Bestimmt fragte er sich, ob der Greis nicht schon von einer fortgeschrittenen Demenz betroffen war. „Es trifft sich ausgesprochen schlecht, dass Magda ausgerechnet heute nicht gesungen hat. Aber wenn Sie noch bleiben möchten, ich würde selbstverständlich, wie ich bereits vorgeschlagen habe, die Kosten für die Hotelunterbringung tragen ... Morgen Nacht wird meine Tochter bestimmt wieder zu hören sein."

„Ich habe sie bereits gehört", unterbrach ihn der Rabbiner, der langsam ungeduldig zu werden schien. „Und das war kein Aramäisch."

Endlich nippte er an seinem Kaffee und verzog leicht das Gesicht. Dann stellte er die Tasse auf dem langen Wohnzimmertisch ab und zog ein zu einem Quadrat gefaltetes Seidentüchlein aus der Anzugtasche. Er nahm es in die zitternden Hände und tupfte sich damit vorsichtig den Mund ab.

„Ist es Jüdisch?" Herr Dygnar blickte auf den buckligen Mann, der vor ihm stand. Er schien intensiv über etwas nachzudenken. Der Rabbiner hob die Augenbrauen.

„Es ist nicht Hebräisch und auch nicht Jiddisch und Ladino ist es auch nicht. Es ist nichts von alledem."

„Auch nicht rückwärts?" In der Stimme des Vorsitzenden war Anspannung zu vernehmen. Der Alte schüttelte den Kopf.

„Ob sie jemanden ruft?"

„Wie bitte?"

„Vielleicht ruft meine Tochter jemanden?", wiederholte Dygnar.

„Aber wen?"

„Ich weiß es nicht." Der Vorsitzende zuckte die Schultern. „Die Leute reden neuerdings, sie würde irgendetwas herbeirufen."

Der Rabbiner machte malmende Bewegungen mit dem Mund, als würde er lange auf einem Wort herumkauen, dann lächelte er, sichtlich belustigt. Wollte er den Vorsitzenden auf den Arm nehmen? Seine Lippen wirkten bläulich, in den Mundwinkeln kamen kleine Speicheltropfen zum Vorschein.

„Ist das die Frau, die singt?" Der Alte wies auf die offene Balkontür und machte sich, ohne eine Antwort abzuwarten, auf den Weg in den Garten. Seine Schritte waren winzig, sein Rücken wurde beim Gehen noch krummer. Es bereitete ihm offensichtlich Mühe. Beim Betreten des gepflegten

Rasens setzte er vorsichtig einen Fuß vor den anderen und streckte dabei die Arme von sich, als suchte er in der Luft nach einem Geländer. Er schien jeden Moment umzufallen.

Es war ein warmer Junitag. Magda war in ein Buch mit hellem Leineneinband vertieft, aber sie muss hinter dem Buchdeckel hervor beobachtet haben, was im Salon vor sich gegangen war, denn als sie den Rabbiner bemerkte, setzte sie sich auf.

Er musterte sie neugierig.

„Hast du das schon lange?", fragte er ohne Begrüßung und wies auf ihre Hände, mit denen sie immer noch das Buch festhielt.

Er streckte die Hand aus. Man hätte meinen können, er wolle Magdas Hand ergreifen, sie näher zu sich heranziehen, sie aus seinen schlecht sehenden Augen heraus begutachten wie einen im Garten gefangenen Prachtkäfer. Seine Nägel waren lang und gelblich. Die Altersflecken, die seine Hände sprenkelten, schimmerten im Sonnenlicht, das sich über den Rasen ergoss.

„Seit meiner Kindheit", murmelte sie und wich zurück.

Und dann sagte sie noch etwas, das von Weitem nicht zu hören war. Der Rabbiner sah sie verblüfft an. Schließlich drehte er sich um und ging wortlos durch den Garten, Richtung Gartentor. Das Käppchen, umkränzt von wattigem Haar, sah aus der Ferne aus wie ein Schattenfleck, der in der Sonne verschwand.

***

Der Erste, der sich Magdas Händen annahm, war mein Vater.

Ich kam ziemlich früh nach Hause, Mutter war nicht da. Vater saß auf dem Sofa vor dem ausgeschalteten Fernseher, ein warmes Dosenbier in der Hand. Auf dem Boden stand eine große Wanne, die bei uns normalerweise als Wäschekorb diente.

„Siehst du das?"

Ich betrachtete die Wanne.

„Siehst du das?", wiederholte er mit Unbehagen in der Stimme.

„Na ja, Schnecken halt."

Über einige Salatfetzen krochen jede Menge winziger Schnecken. Vater musste sie von den Büschen aufgelesen haben, die an den ruinierten Häuserfassaden an der Nałkowska emporwuchsen. An feuchten, schwülen Tagen krochen sie auf die Straße: flache, kleine Schnecken, nicht größer als ein Fingernagel, mit hellen Gehäusen, die an Kalksteinklumpen erinnerten. Die Schneckenhäuser waren dunkelbraun umrandet, als wollte die Natur mit dieser Kontur sicherstellen, dass ihre Kreaturen nicht im versteinerten Weiß ihrer eigenen Schälchen zerflossen.

„Schnecken." Vater nickte finster. „Aber was für Schnecken!"
Ich hatte keine Ahnung, was er meinte.
„Die Häuser. Schau dir die Häuser an!"
„Papa …"
„Sie sind falschrum", flüsterte er. „Verstehst du?
Spiegelverkehrt!"

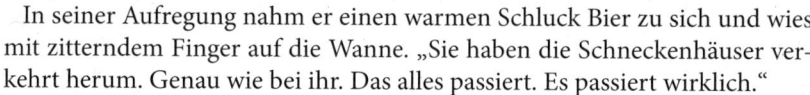

In seiner Aufregung nahm er einen warmen Schluck Bier zu sich und wies mit zitterndem Finger auf die Wanne. „Sie haben die Schneckenhäuser verkehrt herum. Genau wie bei ihr. Das alles passiert. Es passiert wirklich."

Ich sah mir die Schnecken noch einmal an. Sie sahen völlig normal aus, fraßen den Salat und schienen die unerwartete Gefangenschaft zu genießen.

Als Vater schließlich auf dem Sofa einschlief, traurig und erschöpft, mit der Bierdose in der verkrampften Hand, krochen die Tierchen in alle Richtungen davon und hinterließen dabei schmale Pfade aus Schleim. Als Mutter von der Arbeit zurückkam, fand sie neben meinem schnarchenden Vater die leere Wanne mit Resten von welkem Salat vor und das ganze Haus war von glitzernden Linien durchzogen, was es aussehen ließ, als würde es aus allen Nähten platzen.

Magda hatte alte Hände. Sie sahen aus, als wären sie von einem anderen Körper abgetrennt und an ihre Handgelenke angenäht worden. Ich kannte diese Hände noch aus der Grundschule. Es waren keine Kinderhände. Es waren die Hände einer Greisin. Darum hatte sie immer Handschuhe getragen. Oder streifte sie sie nur gelegentlich über? Ausschließlich im Sportunterricht? Ich weiß es selbst nicht mehr so genau. Sicher ist nur, dass sie keine Handschuhe mehr trug, nachdem sie auf die Schule in Wysoka gewechselt war.

Man munkelte, Magda habe, als sie klein war, die Hände in eine heiße Mangel gesteckt und die Verbrennungen hätten die Haut in Falten gelegt. Jahre später hieß es dann, es habe in Zuckrowka nie eine Wäschemangel gegeben, und selbst wenn: Wie hätte ein Kind die Hände hineinstecken können? Daraus folgte, dass das, „was die Dygnar hatte", einfach nur ein starkes Ekzem war, und bei jedem Krankheitsschub zog sie sich die hauchdünnen Handschuhe über, unter denen sie fettige Cremes aus der Apotheke einwirken ließ.

Aber erst, wenn Magda ihre Handflächen zeigte, wurde das Außergewöhnlichste sichtbar: Ihre Papillarlinien (ob sie sich nun verbrüht hatte oder weil es eine Hautkrankheit war) krümmten sich zu winzigen, miteinander verbundenen Wirbeln. Sie erinnerten an mikroskopisch kleine Kalkmuscheln, an der Hand festgesaugte Schneckentrauben, und wenn Magda eine Faust machte, wollte man meinen, dass diese kleinen Panzer knirschend zerbröselten.

Ich weiß, wie sehr ihre Hände meinen Vater in Angst und Schrecken versetzten, schließlich nahm er die Chiromantie sehr ernst. Er hielt die nicht endenden Papillarlinien von Magda Dygnar, oder vielmehr ihr Fehlen, für eines der bedeutsamsten Zeichen, die er in jenem Sommer gesammelt hatte. Wie absurd es auch klingen mag, ich glaube, Vater war der festen Überzeugung, dass auf den linienlosen Händen von Magda 2005 das Ende der Welt seinen Anfang genommen hatte. Und ich denke, dass gerade das ihn zu jener Entscheidung bewogen hatte, die unumkehrbar auf unserer Zukunft lasten sollte.

Seit einigen Jahren war Vater praktizierender Chiromant. Ihn faszinierten die schwarzen, hohlen Konturen von Händen, die auf Lehrbüchern für Hellseherei abgebildet waren. Vor allem faszinierte ihn aber der darin eingezeichnete astronomische Grundriss: Vater liebte das Handlesen, weil die Muster der Hautlinien eine Entsprechung im Nachthimmel hatten. Er fand Gefallen an der klaren Aufteilung: Die linke Hand hatte eine Verbindung zu dem, was im Verborgenen lag, die rechte Hand war die Hand des freien Willens und verantwortlich für die Zukunft, die linke für die Vergangenheit. Als ließe die Zeit sich einfach in zwei Hälften teilen.

Die Handberge erinnerten ihn an Planeten und die Finger schienen durch ihre Falten mit kosmischen Ellipsen, Reifen und Ringen geschmückt zu sein; sie konnten von Traurigkeit und Melancholie künden, aber auch von Überempfindlichkeit oder Untreue.

Tatsächlich war eine Ähnlichkeit feststellbar zwischen Papillarlinien und den vom Menschen gedachten Verbindungslinien zwischen den Sternen, obwohl sie mich persönlich vielmehr an Flussläufe denken ließen, mit ihren Haupt- und Nebenarmen.

Mich rührte die Naivität, die den Menschen über Jahrhunderte glauben ließ, er wäre so wichtig, dass ein Abdruck des Weltalls auf seinen Händen prangt.

Man kann getrost sagen, dass die Chiromantie eine Brücke zwischen den zwei Hauptbereichen von Vaters hellseherischem Wirken schlug und dabei aus der Abstraktion und Metaphorik der Astrologie schöpfte, ohne sich dabei zu weit von irdischen Belangen zu entfernen, mit denen sich wiederum die Strahlenlehre beschäftigte.

Als Vater 2005 auf Dygnars Bitte zum ersten Mal Magdas Hände in Augenschein nahm und untersuchte, bekam er Angstzustände, die an Panik grenzten. An diesen Händen stimmte überhaupt nichts. Lebenslinie, Kopflinie, Herzlinie, die Ringe des Saturn, des Salomon, die armreifartigen Querlinien, der Mondhügel, die Via Lasciva – all das spottete seinem Wissen, seiner Erfahrung, seinen Überzeugungen und seinem Glauben (wenn man das, womit mein armer Vater sein Leben füllte, überhaupt einen Glauben nennen konnte). Es ließ ihm den Kopf schwirren und die Augen gingen ihm über beim Anblick der verwischten endlosen Galaxien von Schlingen, Achten und Spiralen auf den Händen von Magda Dygnar.

„Das Kind hat keine Papillarlinien", stammelte er bloß, als er nach Hause kam.

Schon bald sollte mein Vater sich mit außerordentlicher Hingabe der Therapie von Magda widmen. Natürlich vollkommen diskret, schließlich kannte er den Vorsitzenden noch aus der Zeit, als sie beide in der Stadtverwaltung gearbeitet hatten. Ihre Beziehung war auch Jahre später immer noch die zwischen Chef und Untergebenem. Zu seiner eigenen Frustration konnte Vater die verinnerlichte Unterwürfigkeit nie wirklich ablegen, und vielleicht war diese Machtlosigkeit eine der Haupteigenschaften seines Charakters. Umso mehr wunderte mich das kollegiale, nahezu freundschaftliche Verhältnis, das sich im Jahr 2005 zwischen ihm und dem Vorsitzenden zu entwickeln begann. Ich hatte den Eindruck, dass Vater wirklich sehr daran gelegen war, Dygnar zu helfen. Er verausgabte sich total, recherchierte in seinen Notizen, blätterte durch all seine Bücher, führte lange Beratungsgespräche mit Kollegen und Kolleginnen „vom Fach". Die verschiedensten Techniken kamen zum Einsatz. Er hatte eine vollständige, auf Numerologie gestützte Analyse ihres Namens erstellt und sogar ein Reinigungsritual mit Ei durchgeführt. Mehrfach las er aus dem Kaffeesatz und in der Zauberkugel.

Zeitgleich riet er Dygnar davon ab, seiner Tochter zu erlauben, am Kongress für Psychologie und Selbstheilung in Krakau teilzunehmen. Dr. Kowalik hatte mit Magda hinfahren wollen, um einen Vortrag über ihren Fall zu halten. Gespräche mit den anwesenden Spezialisten könnten der Tochter des Vorsitzenden sicher helfen.

„Sie wollen sie doch nicht ernsthaft dort vorführen lassen wie ein Zirkustier!", protestierte Vater immer wieder, sodass der Vorsitzende schließlich dem Arzt eine Absage erteilte, was dieser übrigens sehr schlecht aufnahm; anfangs hatte er sogar gedroht, die Therapie abzubrechen!

Die zahlreichen Versuche, Magdas vermeintliche paranormalen Kräfte zu entfesseln, fruchteten auch nicht. Nichtsdestotrotz waren die Einwohner Zuckrowkas von den Bemühungen sehr beeindruckt. Sie stellten sich Magda regungslos zwischen herumwirbelnden Tellern und schweren, schwebenden Möbeln vor.

„Konzentrier dich, Magda, schließ die Augen", redete mein Vater ihr gut zu und ließ seine Armreife klimpern. Magdas runzelige Hände lagen flach auf der Tischplatte, zwischen ihnen ein Glas.

„Spürst du etwas? Ein Kribbeln vielleicht? Oder ein Kitzeln?"

Magda Dygnar saß mit amüsiertem Gesichtsausdruck auf der Couch, hinter der mein Vater und Herr Dygnar kauerten. Vater meinte nämlich, Magdas plötzlich entfesselte Kräfte könnten sich so stark manifestieren, dass das von ihrer Geisteskraft gesprengte Glas die Augenzeugen schwer verletzen könnte. „Und der Löffel? Versuch doch mal, den Löffel zu verbiegen. Oder die kleine Gabel."

Aber das Besteck blieb regungslos liegen.

Die Tabletten, die mein Vater importierte, hatte Magda erst Anfang Juli einzunehmen begonnen. Im August hatte der Vorsitzende in seiner Verzweiflung meinen Vater um eine Hypnosesitzung gebeten, aber eine Absage erhalten. Obwohl er sich normalerweise darum riss, sein Pendel einzusetzen, hatte er diesmal nur kurz und für seine Verhältnisse ungewohnt bestimmt erklärt, „es würde ihr nur schaden." Er hatte eine viel bessere Idee.

Vor Kurzem hatte er von einer wundertätigen Substanz gehört, die sich im astrologischen Umfeld ungeheurer Beliebtheit erfreute. Die Medizin stammte aus Lateinamerika und ihrer Herstellung lagen Rezepte aus der indianischen Kräuterheilkunde zugrunde; angeblich half sie gegen viele Erkrankungen, auch gegen untypische Schlafstörungen.

„Es wird ihr nicht schaden, es sind ja nur Kräuter, Natur pur, alles zertifiziert. Und wenn's schließlich hilft? Aber …" Vater zögerte. „Behaltet die Sache vielleicht besser für euch. Erzählt vor allem eurem Arzt nichts davon. Es ist nämlich … Diese Kräuter sind in Polen zwar nicht per se illegal, aber man weiß ja nie … Im Zweifelsfall den Ball besser flachhalten."

Vater konnte die Tabletten sehr schnell beschaffen; ein Wünschelrutenkollege aus Gorzów Wielkopolski besorgte sie für ihn in Berlin. Die Pillen wurden in kleinen zylinderförmigen Dosen verkauft. Auf dem Etikett waren die schneebedeckten Gipfel der Anden zu sehen, über ihnen, auf einer flauschigen Wolke, stand *Pau d'Arco*.

Aus irgendeinem nicht näher bekannten Grund war es Vater nie gelungen, einen größeren Vorrat des Heilmittels zu besorgen, also musste er den Dygnars zweimal wöchentlich eine neue Tablettenration bringen (trotz seiner vielen Verpflichtungen legte er großen Wert drauf, sie stets persönlich zu überreichen). Die unförmigen, in festes braunes Packpapier gewickelten Päckchen waren derart mit Briefmarken zugeklebt, das kaum noch Platz für Vaters Vor- und Nachnamen blieb, der übrigens immer falsch geschrieben war, weil sein Bekannter die Vokale merkwürdig durcheinanderbrachte.

Natürlich bewirkten Vaters Pillen nicht, dass Magda aufhörte zu schlafwandeln, aber tatsächlich wurden ihre nächtlichen Eskapaden auf den

Dächern der Umgebung sehr viel seltener – zur großen Erleichterung der Menschen in Zuckrowka.

Wie ich ein paar Monate später erfahren sollte, hatte sie kurz zuvor eigenmächtig die von Dr. Kowalik verschriebenen Tabletten abgesetzt (obwohl sie immer noch einmal wöchentlich zu Therapiesitzungen in die Praxis nach Wysoka fuhr). Stattdessen nahm sie nun jeden Abend nach dem Essen drei Kräutertabletten ein und spülte die weißen Kügelchen, den portugiesischen Empfehlungen auf dem Beipackzettel folgend, *com um copo d'água* hinunter.

KAPITEL 28

Rauschen in der Leitung

Bevor Dygnar sich endgültig von der Heilungsmethode meines Vaters überzeugen ließ, war eine ganze Parade von Spezialisten durch Zuckrowka marschiert.

Der Vorsitzende hielt an seiner ursprünglichen Überzeugung fest: „Es reicht, wenn wir erfahren, worüber sie singt", wiederholte er beinahe krampfhaft versessen. Aus diesem Grund hatte er auch eine sprachwissenschaftliche Korrespondenzanalyse bei einer sogenannten *esoterischen Linguistin* in Auftrag gegeben.

Ich muss zugeben, dass ich lange Zeit nicht an diese Linguistin geglaubt habe. Ich hielt sie für ein Hirngespinst unserer Stadt, ein Storyelement, das irgendwann zu den Ereignissen des Jahres 2005 hinzugedichtet wurde. Erst als ich in alten Ausgaben der *Unheimlichen Phänomene,* die Vater seit 1995 abonniert hatte, auf Artikel von ihr stieß, begriff ich, dass es sie wirklich gegeben hat.

Den besagten sprachwissenschaftlichen Bericht mit der beigefügten Kassette fand ich erst viel später. Ich hatte dieses Zeitdokument einige Jahre lang erfolglos gesucht, bis es mir doch noch in die Hände fiel, eigentlich ganz zufällig. Natürlich habe ich ihn sofort gelesen. Die Kassette mit der Beschriftung *Juni 2005, Exzerpt 03/5/389* hatte ich jedoch in eine der Schubladen zurückgelegt. Ein paar Monate lang redete ich mir ein, sie vergessen zu haben (dabei gibt es doch kein stärkeres Anzeichen des Erinnerns als den bewussten, aus offensichtlichen Gründen kaum je erfolgreichen Versuch, etwas zu vergessen).

Erst ein Jahr später sollte ich wieder einen Blick in diese Schublade wagen. Ich stand lange vor der Stereoanlage, den Finger über der Playtaste, bis ich sie endlich drückte. Ich habe die kompletten neunzig Minuten durchgehört, Seite A und Seite B. Vom Band kam nichts als Rauschen.

Ich weiß nicht, ob jemand aus irgendwelchen Gründen die einzige Aufnahme gelöscht hat, die von Magdas Gesang existierte, oder ob sie sich niemals auf dieser Kassette befunden hat. Vielleicht ist sie über die Jahre einfach verblichen, und die Tonspur ist vom Magnetband verschwunden, so wie damals die Spuren, die die Schlafwandlerin von Zuckrowka in Schnee und Schlamm hinterließ, mit der Sonne verschwanden?

Nach der skurrilen, erfolglosen Visite des Rabbiners hatte Herr Dygnar etliche Übersetzungsbüros kontaktiert und nachdem er immer wieder enttäuscht worden war, wandte er sich schließlich auch an Spezialisten von sprachwissenschaftlichen Instituten polnischer Universitäten. Doch überall wurden seine Anfragen zurückhaltend abgelehnt, einige Male wurde er geradezu ausgelacht.

Die Linguistin arbeitete ausschließlich ohne persönlichen Kontakt. Ihre Anzeige in *Unheimliche Phänomene* enthielt nur eine Postfachadresse und eine Telefonnummer mit der Vorwahl von Lodz. Wenn Interessenten diese Nummer anriefen, meldete sich ein Anrufbeantworter und eine leise Frauenstimme bat um die Telefonnummer des Anrufers und eine kurze Beschreibung des Falls. Klang er vielversprechend, rief die Linguistin zurück.

Etwas später, nachdem Dygnars Kontaktaufnahme mit der Sprachwissenschaftlerin geglückt war, hat sie ihm erklärt, dass die Maßnahmen ihrer eigenen Sicherheit „und der des Klienten" dienten. Welche Gefahren genau drohten, weigerte sie sich zu erklären. Offenbar war sie überzeugt von einer Verschwörung, die ihre „zukünftigen Forschungserfolge" zunichtemachen sollte, schließlich stand sie „kurz vor einer bahnbrechenden Entdeckung", die, wie sie aufgeregt verkündete, „die Weltordnung aus den Angeln heben" würde.

„Wissen Sie, die Ordnung der Welt spiegelt sich in der Sprache und manchmal ist die Sprache ihr Gefangener", hatte sie hochtrabend und ziemlich zusammenhanglos am Ende eines der Gespräche erklärt, die sie im Juni und Juli des Jahres 2005 mit dem Vorsitzenden führte. Als dieser nervös auflachte, weil er meinte, dass seine Gesprächspartnerin ihn veräppeln wollte, hat sie den Hörer auf die Gabel geknallt und damit die Verbindung getrennt.

Laut meiner späteren Recherchen war die Frau tatsächlich studierte Sprachwissenschaftlerin: eine Slawistin mit Abschluss von einer schlesischen Universität. Doch entgegen der Angabe in ihrer Anzeige hatte sie nie einen Doktortitel erworben (sie musste ihr Promotionsstudium wegen eines bis zum Schluss nicht ganz aufgeklärten Skandals abbrechen. Anscheinend hatte sie einen renommierten Professor auf außerordentlich vulgäre Weise beleidigt, obwohl mir auch Gerüchte zu Ohren gekommen sind, wonach man sie schon früh für verrückt erklärt und bei der erstbesten Gelegenheit unter einem Vorwand von der Alma Mater geschmissen hatte).

Bereits in der Einleitung lehnte die Linguistin kategorisch ab, persönlich nach Zuckrowka zu kommen und erklärte, dass sie ausschließlich schriftlich korrespondiere.

„Bitte senden Sie mir eine Aufnahme zu."

„Eine Aufnahme? Wir haben keine Aufnahme."

„Dann müssen Sie eine anfertigen."

„Das ... könnte schwierig werden."

Im Hörer wurde es still.

„Ich verstehe. Das kommt manchmal vor. Wenn das so ist, müssen wir uns mit einer Transkription behelfen. Bitte versuchen Sie, aufzuschreiben, was Ihre Tochter singt … Das, was sie zu hören meinen. Für den Anfang sollte das reichen. Hallo? Sind Sie noch dran?"

Ich weiß nicht, ob der Vorsitzende zugegeben hat, dass er den Gesang seiner Tochter bislang nie selbst gehört hatte. Normalerweise erfuhr er erst in der Früh davon. Übrigens bin ich mir bis zum heutigen Tag nicht sicher, wie Dygnar letztlich an die Aufnahme gekommen ist. Es muss ein halsbrecherisches Unterfangen gewesen sein, geradezu unausführbar. Denn alle bisherigen Versuche, die nächtlichen Wanderungen seiner Tochter aufzuzeichnen, waren gescheitert.

Doch schließlich schickte Dygnar die Kassette an die besagte Postfachadresse und ein paar Wochen später kam ein ziemlich dicker Umschlag zurück, der die Erstanalyse der Aufnahme enthielt, den sogenannten *sprachwissenschaftlichen Report*, oder zumindest den ersten Teil (der Report sollte ein paar Monate später den Flammen zum Opfer fallen).

Der Bericht erinnert mehr an eine erste Skizze als an einen fertigen Text, der, nach meinem aktuellen Wissen, auch nie entstanden ist. Zugegeben hat mich der rätselhafte, bisweilen schwer zugängliche Inhalt des Dokuments enttäuscht.

Bericht über die sprachwissenschaftliche Analyse 06/2005/03/5/389
Variante: Undefinierte Untergruppe: Schlafsprache
Geschlecht: weiblich
Nationalität: Polnisch
Geburtsjahr: 1988 (Dezember)
ANMERKUNGEN: Auf Wunsch des Klienten wurde eine Korrespondenzanalyse durchgeführt. Ähnlichkeiten mit folgenden Sprachen konnten ausgeschlossen werden: Meru, Zande, Sena, Wolof, Temne, Efik, Senufo, Baule, Bade und Jangkam.
Die Analyse bricht mit den bedrohten Sprachen Westafrikas ab. Nach der Konsultation mit dem Klienten wurde die komparatistische Untersuchung unterbrochen. Die von der untersuchten Person benutzte Sprache gehört mit Sicherheit nicht zu den traditionellen Sprachen.
BESCHREIBUNG: Die Sprache der untersuchten Person hat einen weichen Charakter, die Wörter scheinen zusammenzuhaften. Ohne jeden Zweifel handelt es sich bei den Wörtern nicht um zufällige Laute. Die Sprache wurde anfänglich als sehr alt eingeschätzt, was von ihrem starken Vokalgehalt suggeriert wurde (alte Sprachen beruhen ausschließlich auf Vokalen, vgl. auch meinen Artikel „Vokalisierung als Vokalise"), wurde schließlich jedoch den

neuen Sprachen zugeordnet. Charakteristisch ist das Anwachsen einer atypi-
schen Intonation in einer Serie sehr starker Antikadenzen, die für gewöhnlich
in der Mitte eines hohen Tons, am sogenannten Klanggipfel, jäh abbricht.
SYSTEMATIK: Aufgrund der zu kurzen Aufnahme konnte die Sprache kei-
ner Variante zugeordnet werden.
ZU ANALYSIERENDE KATEGORIEN: Zeichnung der Klangfarbe, Mne-
motechniken, verwandte Synthesen, melodischer Bereich.
Der Übersetzungsauftrag wird realisiert.

Nachdem sie den ersten Teil ihres Berichts geschickt hatte, ließ die Linguistin
nie wieder von sich hören. Sie verschwand mitsamt ihrem für die damalige
Zeit recht stattlichen Vorschuss. Ich weiß nicht, was aus ihr geworden ist.
Vielleicht war sie einfach nur eine Betrügerin oder der Übersetzungsaufgabe
nicht gewachsen ... Oder ganz im Gegenteil: Vielleicht ist sie verschwunden,
weil sie als Einzige verstanden hat, worüber Magda sang?

Die Telefonnummer mit der Lodzer Vorwahl ist immer noch erreichbar. Ich
habe neulich wieder dort angerufen. Die Ansage des Anrufbeantworters ist
jetzt anders. Zuerst nahm ich nur etwas wahr, das wie eine Störung in der
Leitung klang. Erst einen Moment später drang aus weiter Entfernung so
etwas wie ein Flüstern: unverständliche Worte, die von starkem Rauschen
übertönt wurden, so ähnlich wie das, was im Frühling und Sommer 2005 in
den Telefonleitungen von Zuckrowka zu hören gewesen war.

KAPITEL 29

Nicht aus Zucker

„Hier, für dich. Hat nen Fünfer gekostet. Kobiela verkauft die aus dem Kofferraum."

Hans reichte Mischa einen Pappteller mit einer Bratwurst.

„Ohne Brötchen?"

„Brötchen kostet zwei Złoty extra", erklärte Hans mit vollem Mund.

Wir saßen auf den Holzbänken aus der Turnhalle. Die Fußballturniere wurden in der Regel auf dem Sportplatz hinter unserer alten Schule ausgetragen. Der KS Zuckrowka, Aufsteiger in der B-Klasse der Regionalliga Wadowice I, erreichte nach der letzten Begegnung der Saison einen mittleren Tabellenplatz. Den Aufstieg hatte Trainer Tadek Baniowski hart erkämpft. Nachdem er sich der Mannschaft angenommen hatte, hatte er es geschafft, sie aus der Bedeutungslosigkeit der C-Klasse zu hieven. Als Trainer hatte er sogar einen neuen Sponsor gewinnen können, der für die immerhin semi-professionellen Trikots aufgekommen war. Hans war seit Kurzem Abwehrspieler auf der Ersatzbank.

„Hör mal, ich hätte eine Bitte an dich. Die Jungs aus der Mannschaft haben mich gebeten … sie brauchen ein paar Gramm."

„Kannst ihnen meine Nummer geben", brummte Mischa.

„Na ja, ich dachte eigentlich, dass ich dir vielleicht was abkaufen könnte, was meinst du? Ich könnte bisschen Kohle gut gebrauchen."

„Sag ihnen, dass sie mir schreiben sollen."

„Alter, komm schon. Ein paar Gramm nur. Du kriegst dein Geld doch später von mir, ich würd's bloß teurer verticken."

„Die sollen mir schreiben, wenn sie was brauchen", wiederholte Mischa ungerührt, während er sich den Rest der Wurst in den Mund stopfte.

Hans setzte schon zu einer Antwort an, doch stattdessen riss er sich plötzlich von der Bank los und fuchtelte mit dem Pappteller in der Luft.

„Schaut euch den Hurensohn an! Das war Hand!", schrie er unserem ehemaligen Sportlehrer zu. „Hey, Trainer! Das war Handspiel!"

Baniowski, der komplett vom Spiel eingenommen war, schenkte ihm keine Beachtung. Gerade gab er dem Außenverteidiger irgendwelche Anweisungen.

„Ach, leck mich doch …" Ein großer Klecks Ketchup landete auf dem neuen Mannschaftstrikot. Hans versuchte, den Fleck wegzuwischen, aber er verschmierte ihn nur.

„Gerade erst angezogen …", seufzte er resigniert.

Für den KS Zuckrowka stand nach Saisonende ein Spiel gegen einen anspruchsvollen Gegner an. Man nannte es das inoffizielle Derby des Tals. Zwar kam LZS Świt aus Babalin, aber in der Mannschaft waren auch Ligisten aus den umliegenden Ortschaften des Mahrtals vertreten. Alle gegen Zuckrowka. Die von LZS parkten auf der gegenüberliegenden Seite des Sportplatzes und hockten in den offenen Kofferräumen ihrer glänzenden Karossen wie auf überdachten Tribünen.

„Glaubst du, sie schlagen sich die Fresse ein?" Ich wies mit dem Kinn zu den Autos.

„Nach dem Spiel? Ach was, das ist denen bestimmt zu blöd."

Hans rubbelte immer noch erfolglos an seinem befleckten Trikot. Schließlich gab er auf.

„Haltet mir mal den Platz frei, ich geh kurz hallo sagen." Er lief zu seinen etwas älteren Bekannten, die sich am Spielfeldrand tummelten.

Zum Spiel waren ein paar Dutzend Leute gekommen. Ein paar ältere Männer, Stammgäste, die an einem Campingtisch Dosenbier schlürften, etliche Jungs vom Technikum, jede Menge bekannte Mädchengesichter und schließlich die Typen von LZS Świt.

Es hatte mich überrascht, dass Hans sich im Frühling der Ortsmannschaft angeschlossen hatte. Fußball war nie sein Ding gewesen, er hatte für Sport allgemein wenig übrig. Seine Schultern waren breit und stark, aber es mangelte ihm an Geschicklichkeit. Er kam rasch aus der Puste und konnte nicht besonders schnell laufen. Außerdem hatte er leichtes Übergewicht. Trotzdem hatte der Trainer ihn akzeptiert, da in der Mannschaft ein Reserveabwehrspieler fehlte. Überhaupt mangelte es an Reservespielern und Hans hatte einen harten Schuss, obwohl er, was man ehrlicherweise zugeben musste, nicht immer den Ball traf. Bei Kopfballduellen unterlag er meistens wegen seiner geringen Körpergröße. Seine Sprünge waren ungelenk und er landete schwer, als würde er mit den Füßen ein Loch in den kahlen Rasen stampfen wollen. Eigentlich ließ Baniowski seinen neuen Abwehrspieler nur aufs Spielfeld, wenn er keine Elf für seine Mannschaft zusammenbrachte, und Hans war darüber offensichtlich erleichtert. Während der Frühlingssaison hatte ich ihn nur einmal auf dem Spielfeld gesehen. Sein Rücken war noch stärker gekrümmt als sonst, was von Weitem aussah, als hätte er keinen Hals.

„Mischa und ich müssen dir was erzählen." Hans war zurückgekommen und nahm wieder Platz auf der Bank. Sein Gesichtsausdruck war geheimnisvoll. „Weißt du eigentlich, wo der Kabler arbeitet?"

„Na, beim Straßenbau, dacht' ich …"

„Ja, aber weißt du auch, für wen?"

Ich sah ihn verblüfft an. Der Juli war bereits angebrochen und Pytko hatte immer noch nicht von sich hören lassen. Mischa meinte, er hätte bestimmt bloß einen guten Auslandsauftrag an Land gezogen, aber ich wusste, dass er sich auch langsam sorgte. Der Kabler hatte ihn noch nie zuvor so lange auf eine Nachricht warten lassen.

„Sag du's ihr."

Mischa glotzte mit offenem Mund aufs Spielfeld. Gerade gab es ein Gerangel am Tor von Zuckrowka. Ungeduldig stieß Hans ihm den Ellbogen in die Rippen.

„Was ist denn!"

„Sag ihr, für wen der Kabler arbeitet."

Plötzlich wurde alles von einem ohrenbetäubenden Lärm übertönt.

„Papa ...?"

Mit heulendem Motor fuhr ein aufgemotzter Audi am Spielfeldrand vor.

Hans, der nicht mit seinem Vater gerechnet hatte, stemmte sich erstaunt von der Bank hoch. Herr Kaleta hatte ihm zwar versprochen, diese Woche beim Spiel vorbeizuschauen, aber er versprach immer viel und bislang hatte er wenig gehalten.

Die Autotür knallte zu. Hans' Vater näherte sich uns mit langsamen Schritten. Er trug ein elegantes weißes Jackett und ein Hemd in grellen Farben, das unter dem Hals aufgeknöpft war. An seinem Handgelenk blitzte eine schwere Armbanduhr auf.

„Spielst du gar nicht?", wandte er sich ohne Begrüßung an seinen Sohn.

„Ich ... äh, bin heute auf der Ersatzbank."

„Auf der Ersatzbank haben sie dich abgestellt? Dann bist du kein echter Fußballer, kein echter Fußballer hockt auf der Ersatzbank."

„Der Trainer lässt mich in der zweiten Halbzeit aufs Feld."

„Na, das wollen wir doch mal sehen."

„Guten Tag, Herr Kaleta", begrüßte ich ihn von der Seite.

„Aah, sieh an, die Tochter von Niewiara! Richte deinem Vater aus, dass ich bald mit neuen Rechnungen vorbeikomme."

Hans' Vater hatte schon einige Male die „astrologische Businessberatung" in Anspruch genommen, was mich nicht groß überraschte. Herr Kaleta war genau der Typ, der glaubte, dass die Sterne und Planeten nur entstanden waren, um auf das Schicksal seiner Firma Einfluss zu nehmen.

Er ignorierte die Hand, die Mischa ihm entgegenstreckte, und streifte ihn bloß mit einem abfälligen Blick. Mit den Händen in den Hosentaschen drehte er sich von uns weg und begann, das Geschehen auf dem Spielfeld zu verfolgen.

Trainer Baniowski lief am Spielfeldrand auf und ab. Bis zum Ende der ersten Halbzeit blieben nur noch wenige Minuten. Die Spieler des KS Zuckrowka verteidigten unbeholfen ihr Tor. Es stand immer noch 0:0. Baniowski blieb noch eine Weile bei uns stehen und blickte mit finsterer Miene drein. Dann stand Hans plötzlich auf und ging auf den Sportlehrer zu.

„Herr Baniowski", sagte er leise, während er seitlich zu seinem Vater linste. Herr Kaleta tippte etwas in sein Handy. „Kann ich in der zweiten Halbzeit rein?"

„Rück mir nicht auf die Pelle, Hans. Ich hab dir doch schon gesagt, dass du heute nicht spielst." Nun hatte Baniowski endlich Hans' Vater bemerkt.

„Ah … Herr Kaleta! Was führt Sie denn zu uns?"

„Mein Sohn ist in der Mannschaft." Der Trainer sah ihn verblüfft an. Sie tauschten einen kurzen Händedruck. Offenbar kannten sie sich schon. Baniowski beugte sich vertraulich zu Herrn Kaleta hinüber. Hinter ihren Rücken rollte der Ball übers Gras.

„Wie laufen die Geschäfte?"

„Genau deswegen wollte ich kurz vorbeischauen."

Die Männer stapften Richtung Audi davon. Von Weitem konnte ich sehen, wie Kaleta lebhaft etwas erläuterte, während Baniowski aufmerksam nickte. Wir waren allein zurückgeblieben. Ich wollte bei Hans nachhaken, was er mir zuvor hatte mitteilen wollen, aber als ich seinen zornigen Gesichtsausdruck bemerkte, ließ ich es lieber sein.

Während der zweiten Halbzeit ist Mischa spurlos verschwunden, ich weiß nicht, wohin. Sein Platz auf der Bank wurde von Herrn Kaleta eingenommen, der von dem Spiel bald gelangweilt war und irgendwas zu erzählen begann, wobei er wild gestikulierte. Hans hörte ihm mit verkniffener Miene zu.

Einzelne Gesprächsfetzen drangen an mein Ohr. „…dieser Junge vom Kulik … das ist kein Umgang für dich … der Apfel fällt nicht weit vom Stamm …"

Hans nickte automatisch.

„Mark, kapier doch endlich. Solche Leute bringen dich im Leben nicht weiter, sie ziehen dich nur runter auf ihr Niveau."

Ich bemühte mich, wegzuhören.

Mit den Augen verfolgte ich den Ball, der von einem Spielfeldrand zum anderen rollte. Das Gras hatte einen ausgeblichenen, gelbgrauen Farbton. Der rote Ziegelstaub war vor ein paar Jahren durch einen Rasen ersetzt worden, den die Sommersonne bereits verbrannt hatte.

Eigentlich kamen wir zu den Spielen nur, weil es Hans so viel bedeutete. Nach dem Spiel gingen wir mit den älteren Jahrgängen noch einen Wodka trinken oder fuhren zum Biertrinken auf den Parkplatz vor dem Supermarkt, das hat die öden Stunden dann wettgemacht. Aber an diesem Tag konnte ich den Blick nicht vom Spielfeld lösen.

Bumm! Buff!, die Jungs aus Zuckrowka und Babalin kickten den Ball mit aller Kraft, bolzten mit kalter Verbissenheit. Der dumpfe Ton drang bis zur Tribüne. Ich hatte sie nie zuvor so erlebt. Konnte es sein, dass sie dieses letzte

Spiel etwas zu ernst nahmen? Normalerweise gab es jede Menge Tore, doch an diesem Tag: Fehlanzeige. Der Ball wurde ohne Unterlass hin- und hergeschoben, von einer Hälfte zur anderen, und mir schien, dass er nicht nur über unseren alten Sportplatz kullerte, sondern ganz Zuckrowka von Ufer zu Ufer durchquerte, wie in einer großen Handkuhle hin- und hergeschaukelt. Niemanden schien zu interessieren, welche Mannschaft gewann. In diesem Spiel ging es ausschließlich darum, wer zuerst ein Tor landen würde. Als würde etwas passieren, wenn der Ball endlich gestoppt würde, endlich ins Netz ginge.

Das Spiel hatte erst spät begonnen und als das Ende der zweiten Halbzeit nahte, wurde der Himmel hinter uns schon dunkel.

„Spielzeit ist gleich um!", schrie Trainer Baniowski. Sein Gesicht war überflutet vom roten Licht des Sonnenuntergangs, doch die Spieler konnten ihn offensichtlich nicht hören.

Schließlich lief Malik, ein Mittelfeldspieler, zur Außenlinie.

„Sorry, was haben Sie gesagt?"

„Die Zeit ist gleich um."

„Jetzt schon?"

Baniowski nickte resigniert.

„Jungs!", schrie Malik und hielt sich die Hände wie eine Trompete an den Mund, die im abendlichen Glanz tatsächlich den Farbton eines Blechblasinstruments angenommen hatten. Seine schrille Stimme echote über den ganzen Sportplatz. „Die Zeit ist um!"

„Tja, da bin ich wohl umsonst gekommen." Hans' Vater erhob sich nach dem Abpfiff sofort von der Bank. „Jetzt hab ich deinetwegen den ganzen Nachmittag verschwendet", sagte er sichtlich verärgert. „Du bist ja nicht mal auf dem Platz gewesen. Wenn das wenigstens eine vernünftige Mannschaft wäre, aber die spielen ja nur auf dem Bolzplatz der Schule, haben nicht mal vernünftige Stollenschuhe, und dein Arsch hält hier auch nur die Bank warm."

Hans hörte ihm wortlos zu und scharrte mit dem Schuh in der Erde.

„Kannst du mich vielleicht nach Hause fahren?", fragte er. Herr Kaleta überlegte.

„Du, ich hab's eilig, muss um neun in Wysoka sein."

„Kannst du mich wenigstens beim Rathaus rauslassen? Das liegt doch auf dem Weg."

Herr Kaleta zog eine Grimasse und warf einen flüchtigen Blick auf seine Armbanduhr. Die letzten Sonnenstrahlen fingen sich im protzigen Armband und warfen einen goldenen Schein auf sein Gesicht.

„Von mir aus", sagte er schließlich und gab Hans mit einem Handzeichen zu verstehen, dass er kurz warten solle, denn gerade hatte sich mit aufdringlichem Klingelton sein Mobiltelefon gemeldet.

„Hallo? Ja, ich fahr jetzt los. Ich musste noch was mit Tadek klären. Ja, ich weiß, ich hab's versprochen. Das dauert noch ein bisschen, ich bin ja gleich da. Ich weiß, was du gesagt hast. Ja, ja, ich komme bald. Bis dann!"

„Meine Sekretärin", erklärte er und steckte das Telefon weg.

„Kommst du dieses Wochenende zum Mittagessen?"

„Mal sehen", sagte er abwesend. Gerade kam wieder Baniowski an, um sich von ihm zu verabschieden.

Hans stand neben ihnen, gedankenversunken, beide Hände in den Hosentaschen vergraben. Plötzlich fiel ihm etwas ein.

„Komm heute zum Porzellanhaus. Um 23 Uhr", flüsterte er mir zu. „Und nimm eine Taschenlampe mit."

„Was?"

„Hey, Mark, was ist? Kommst du jetzt oder nicht? Ich hab nicht ewig Zeit!" Herr Kaleta klimperte nervös mit seinem Schlüsselbund.

Einen Augenblick später fuhren sie mit quietschenden Reifen davon. Ich sah den Audi in einer dünnen Wolke aus Straßenstaub hinter der Schule verschwinden.

Das Spiel endete unentschieden. Der Ball war nicht ins Tor gegangen.

✳ ✳ ✳

Hans soll seinen Geburtsnamen, Mark, zu Ehren der großen Liebe seines Vaters erhalten haben: der deutschen Währung. Das ist natürlich nur eine weitere Geschichte, wie sie seinerzeit in der Stadt kursierten, doch wie bei allen Gerüchten dieser Art steckte auch in diesem ein Körnchen Wahrheit.

Hans und ich kannten uns aus der Schule. Da wir im selben Stadtteil wohnten, hatten wir einen gemeinsamen Schulweg. Ich hatte ihn Mischa vorgestellt, noch bevor er sitzengeblieben und in unsere Klasse gekommen war. Die Ferien verbrachten wir für gewöhnlich zu dritt vor dem Porzellanhaus, wo wir die Treibhausgerüche einatmeten, die aus dem sperrangelweit geöffneten Blumenladen drangen. Mark erzählte uns oft und gern von den Auslandsreisen zu seinem Vater. Er prahlte mit den Süßigkeiten, die er aus Deutschland mitbrachte, und legte uns die leeren Verpackungen voller Umlaute zum Beweis vor. Manchmal bot er uns auch etwas an, und ich weiß nicht, wann ich je etwas Besseres gegessen habe als diese knausrig ausgegebenen Stückchen Schokolade. Unsere Bewunderung galt aber vor allem Marks flüssigem Deutsch. Das war der Grund, weswegen wir damals begonnen hatten, ihn Hans zu nennen.

„Ich hab's bei meinem Vater gelernt, anders kann man sich da nicht verständigen", hatte er uns erklärt, und wir bettelten ihn förmlich an, dass er in dieser fremden Sprache zu uns sprach. Hans hatte sich schließlich überreden

lassen und verblüffte uns mit Ansagen, Vorträgen und wortreichen Schmäh-
reden in kehliger, harter Sprechweise.

Manchmal verwandelten wir diese rhetorischen Vorstellungen in ein Spiel:
Wir zeigten auf alle möglichen Gegenstände und er musste sie für uns benen-
nen. Es versetzte mich stets in Verzückung, wenn er mit fremd klingenden
Begriffen jonglierte.

Damals war es für mich unbegreiflich, dass all diese vertrauten Dinge, die
Blumen vor der Garage, die Reifen in der Ecke des Gartens, die Liege von
Oma Kulik, Kokos dreckige Hundeschüssel im Gras, scheinbar dieselben
blieben, wenn sie mit einem neuen Namen versehen wurden, und gleichzeitig doch verwandelt schienen.

„Denkst du eigentlich auf Deutsch?", hatte ich ihn einmal gefragt.

„Ja, logisch."

Er erzählte viel von den Ferien bei seinem Vater, der beruflich zu einge-
spannt war, um nach Polen zu kommen, in das Land, das er im Jahr 1991 für
immer verlassen hatte, lieber war es ihm, wenn sein Sohn zu ihm kam. Hans
erzählte vom deutschen Disneyland, von Ausflügen in den Zoo, wo es keine
Käfige gab und die Tiere wie auf einer Safari frei herumliefen. Man konnte
sie füttern wie zahme Hunde, das Spezialfutter kostete ein paar Mark und
sein Vater kaufte ihm ganze Eimer davon, die Giraffen kamen also direkt zu
ihnen stolziert. Er erzählte von seinem fantastischen Zimmer im Haus seines
Vaters, von seinem brandneuen Computer, vom Pool im Garten und von
den Autos, mit denen sie zusammen ins Blaue fuhren, schließlich davon, wie
stolz sein Vater auf seine Deutschkenntnisse war, und dass er bald in München aufs Gymnasium gehen würde.

Das Blatt wendete sich im Herbst 1999. Diesmal hatte Hans neben Süßigkeiten noch etwas mitgebracht: eine imposante schwarze Ledertasche mit
Zahlenschloss und vergoldeten Schnappern.

„Hat mir mein Vater geschenkt. Echtes Kalbsleder, er hat die gleiche", erklärte er. In den folgenden Monaten transportierte er alle seine Schulsachen
in dieser Ledertasche statt in seinem Rucksack. Da er kleiner war als die anderen Kinder, sah er mit dem riesigen Teil etwas lächerlich aus, dennoch
trug er die Tasche trotzig zur Schau. Wenn wir zu dritt unseren Nachhauseweg bestritten – normalerweise bestimmte Mischa, wo's langging – machte er
einen Umweg, nur um mit uns zusammen gehen zu können. Die Ledertasche
klatschte ihm dabei an die Waden und zwang ihn noch tiefer in die Knie.

Aber die Ledertasche war nicht die einzige Neuerung in Hans' Leben. Es
hatte sich herausgestellt, dass wir ab September ein neues Schulfach haben
würden: Deutsch.

Unterrichtet wurde das Fach von Frau Ziglitz, die dafür extra aus der Konoppe zu uns kam. Die Germanistin hatte einen fiesen Charakter, sie wurde

schnell zornig und nahm es mit der Schulordnung sehr genau. Bereits in den ersten Unterrichtsstunden hatte sie zwei Mädchen aus der Klasse geschmissen, weil sie lackierte Nägel hatten, und Mischa bekam einen Tadel, weil seine Haare lang waren „wie bei einem Mädchen".

Als sie eines Tages den dunkel getuschten Schlafzimmerblick von Ola Walerian bemerkte, war das Maß voll.

„Komm her."

Ola glotzte sie erschrocken an.

„Ja, du."

Ola Walerian erhob sich und näherte sich zögerlich dem Lehrerpult. Sie war ein schüchternes Mädchen, das in den Pausen auch nicht viel sagte. Die Ziglitz packte sie unumwunden am Kinn und drückte es nach oben, als wollte sie Ola den Kopf abreißen.

„Was ist das?"

„Wi… Wimperntusche", flüsterte die verängstigte Schülerin, deren Kopf unbeweglich im Zangengriff der Lehrerin steckte.

„Weißt du eigentlich, wie alt du bist? Seit wann malen sich Elfjährige die Augen an? Und was würde deine Mutter dazu sagen?"

Wir wussten alle, was Olas Mutter dazu sagen würde: Nichts, schließlich hatte sie ihrer Tochter die Mascara in der grellpinken Verpackung selbst geschenkt.

Frau Ziglitz griff in ihre Handtasche, aus der sie eine kleine Blechdose hervorholte.

„Hier, bitte."

Die Schülerin schaute sie verwundert an.

„Nimm etwas davon auf den Finger und wisch dir diese furchtbaren Glotzer ab."

Ola sah sich hilflos in der Klasse um, als hoffte sie auf unseren Beistand. Als dieser ausblieb, tauchte sie ungeschickt ihren Finger in die Dose und begann, sich eine dünne Schicht Creme aufs Augenlid zu schmieren. Der vertraute süßliche Geruch breitete sich im Klassenraum aus.

Frau Ziglitz beobachtete sie mit wachsender Ungeduld. Schließlich hielt sie Olas Trödelei nicht mehr aus. Sie riss ihr das kleine Behältnis aus der Hand, packte ihren Kopf und begann, ihr die Creme selbst einzureiben; sie lud ihr die weiße Schmiere auf Wimpern und Augenlider, die Creme drang in ihre Augen, die Walerian zappelte, es brannte, es tränte, das Weiß der fettigen Creme vermischte sich mit den schwarzen Mascara-Striemen, und Frau Ziglitz rieb ihr das Zeug immer fester rein, als wollte sie der armen Schülerin die Augen herauspulen. Wir verfolgten das Geschehen völlig verdattert, bis die Lehrerin der halb erblindeten Ola endlich ein Papiertaschentuch in die Hand drückte, „hier, mach dich sauber", und das Mädchen, ganz rot angelaufen, wieder an ihrem Pult Platz nahm. Ihre Augen tränten, sie waren rot wie bei einem Albinokaninchen, und an den Wangenknochen waren nun große, aschgraue Flecken zu sehen, als hätte sich die Wimperntusche mitsamt der Creme in ihre Haut gefressen.

Wir alle konnten es kaum erwarten, dass Frau Ziglitz endlich Hans abfragte und er ihr seine Sprachkenntnisse vorführen, das „dämliche Weibsstück" mit deutschen Ausdrücken zuschütten und es der Germanistin zeigen würde mit seiner Sprachgewandtheit, seinem geschliffenen Deutsch, das er so viel besser beherrschte als sie. Er würde der Lehrerin schon zeigen, wo der Hammer hing. Doch Hans kehrte eine Woche später als wir in die Schule zurück, sein Vater hätte darauf bestanden, dass er länger bei ihm blieb. Er hatte sich noch nicht alle Schulbücher besorgt. Da seine Mutter neuerdings Überstunden an der Tankstelle machen musste, hatte sie es nicht geschafft, die Schuleinkäufe für ihn zu erledigen. Als Hans das Fach Deutsch auf dem neuen Stundenplan erblickte, war er davon komplett überrascht.

„Hast du's nicht gewusst?"

Er zuckte gleichgültig mit den Schultern.

Doch als endlich der lang erwartete Tag kam, an dem Frau Ziglitz ihn endlich aufrief, schwieg er, zu unser aller Erstaunen, und starrte sie mit zusammengekniffenen Lippen an.

„Habt ihr gehört, wie die redet?", hatte er sie nach dem Unterricht verhöhnt. „Das ist doch kein Deutsch, was die spricht, das ist ein Witz! Mein Vater würde sie so auslachen ... Ich lass mich doch nicht auf das Niveau von dieser Schreckschraube herab."

In den nächsten Monaten kassierte Hans eine Sechs nach der anderen. Der Elternsprechtag, an dem seine Mutter über alles informiert wurde, änderte nichts daran.

„Ich mach die Nachprüfung", erklärte er uns eines Tages lässig. Dank Mischa wussten wir schon damals, was eine Nachprüfung war.

„Das Pseudodeutsch von der ist Fremdschämen pur."

Wir machten uns keine Sorgen um Hans. Je länger sich alles hinzog, umso größer versprach der erwartete Triumph zu werden. Als Hans sich am Ende ein „Ungenügend" einheimste, ließ uns das völlig kalt. Als er nicht zur Zeugnisausgabe erschien, neideten wir ihm bloß die verlängerten Ferien. Als er uns Ende August nach der Nachprüfung von seinen schneidigen Antworten erzählte und aus dem Gedächtnis seinen exzellenten Aufsatz vortrug, hörten Mischa und ich ihm mit angehaltenem Atem zu. Doch als wir im September in die Schule zurückkehrten, war Hans nicht mehr in unserer Klasse.

Erst dachte ich, er sei wieder zu seinem Vater gefahren und würde erst Mitte September zur Schule kommen. Oder war er krank geworden? Hatte er verschlafen?

Als ich den Klassenraum verließ, entdeckte ich am Ende des Flurs eine vertraute, bucklige Gestalt.

„Hey, Hans!" Ich winkte ihm freudig zu. „Wo warst du denn?"

Er lief rot an und drehte sich um, als hätte er mich gar nicht gesehen. Erst da bemerkte ich, dass er mit einer jüngeren Klasse auf dem Flur stand.

Natürlich konnte Hans kein Wort Deutsch. Die vielen Stunden, die wir damit verbracht hatten, im Garten der Familie Kulik seinen Geschichten zu lauschen, waren erfüllt gewesen von Sätzen in einer frei erfundenen Sprache. In den Ferien fuhr er auch gar nicht zu seinem Vater, sondern zu seiner Tante, der Schwester seiner Mutter, nach Stettin. Manchmal gingen sie an der Grenze einkaufen und Hans gab sein ganzes Taschengeld für deutsche Schokolade aus, „die Schokolade mit Nuss".

Wenige Tage nach Schulbeginn fand ich auf dem Nachhauseweg (den ich nur noch mit Mischa bestritt) im Mülleimer neben dem Rathaus die offene schwarze Ledertasche mit gerissenem Innenfutter. Die Tasche war gar nicht aus Kalbsleder, sondern aus gewöhnlichem, mit Kunstleder überzogenem Karton, der im Herbstregen aufgeweicht war.

* * *

Was die Freundschaft zwischen Hans, Mischa und mir besiegelte, war die Schlacht ums Glas, die wir im Jahr 1998 gegen die Brüder Jedrusinski ausgetragen haben.

Sie hatte sich vor der Geschichte mit Deutsch und ein Jahr nach der Tragödie mit Lesniewski ereignet.

Wir waren ungefähr zehn Jahre alt, Mischa schon elf. Hans hatte aus den Ferien ein paar Flaschen aus Zuckerglas mitgebracht, die täuschend echt wie Glasflaschen aussahen (viele Jahre später hat er mir verraten, dass seine Tante damals als Putzfrau im Stettiner Theater arbeitete und manchmal nach den Aufführungen nicht mehr benötigte Requisiten mit nach Hause brachte).

Wir nahmen das Glas mit in die Schule und zerschlugen die Flaschen nach dem Unterricht hinter dem Gebüsch beim Sportplatz. Erst ließen wir sie an einem Stein oder am Zaun zerschellen – Hans erlaubte es großzügigerweise auch Mischa und mir – und dann verschlangen wir sie wie Fakire, luden uns ganze Handvoll Scherben in den Mund, kauten darauf rum, dass es zwischen den Zähnen nur so knirschte und die Scherben zu allen Seiten spritzten, während die pappige Süße sich klebrig über Gaumen und Zunge legte.

Das Ganze sorgte natürlich für Furore, denn das Glas sah wirklich echt aus. Einmal hatte Hans sich sogar dazu herabgelassen, sich heimlich mit einer Rasierklinge zu verletzen, um zu beweisen, dass die Scherben messerscharf waren. Natürlich wurde bei der Gelegenheit auch Kleingeld und Süßkram von den Zuschauern eingesammelt, obwohl Hans mit der Ausbeute nie zufrieden war.

Damals wäre ich nicht auf den Gedanken gekommen, aber heute scheint mir dieses Ereignis der letzte Akt jenes Jahrzehnts gewesen zu sein, der Abschluss des letzten Kapitels der Geschichte unserer Stadt. Als wollten wir, wie kleine Saturne, die letzten Scherben von Zuckrowka verschlingen und damit alles, was von unserer Vergangenheit übrig war.

Ein paar Jahre nach der Schließung des Werks vollführten wir auf dem Sportplatz der Schule also dieses letzte Ritual, auch wenn nur noch die Kinder im Publikum erahnen konnten, was die Erwachsenen längst nicht mehr begriffen, weil ihnen das Gespür für den großen Ernst solcher Abschiede im grauen Alltag abhandengekommen war.

Eines Tages waren in der kleinen Zuschauermenge die Brüder Jedrusinski aufgetaucht (die übrigens gar nicht miteinander verwandt waren, sie hatten bloß zufällig den gleichen Nachnamen und wurden daher von allen so genannt). Hans warf ihnen einen missmutigen Blick zu. Er konnte David, den älteren der beiden, auf den Tod nicht ausstehen. Seine Hand wanderte in die Plastiktüte mit den Requisiten.

„Hey, Fettsack, warte mal …"

Der ältere Jedrusinski nahm etwas aus seinem Rucksack, das sorgfältig in ein T-Shirt gewickelt war. „Friss das."

„Wir fassen deine dreckige Flasche nicht an", schnaubte ich.

„Sie ist aber sauber."

„Ja, klar. Komm, Jedrusinski, verzieh dich."

Er grinste mich geringschätzig an, bevor er Hans die Flasche reichte.

„Was ist, kriegst du's auf einmal nicht mehr hin? Raffael hat von Anfang an gesagt, dass das Fake ist. Ich wette nen Hunni, dass du sie nicht runterbekommst."

Hans senkte den Kopf. Seine Augen waren aufgeblitzt, als er den Wetteinsatz hörte. Nervös wischte er sich die Hände an der Hose ab.

„Wenn du's schaffst, Fettsack, gehört das Geld dir. Wenn nicht, musst du blechen."

Jedrusinski fletschte die Zähne. „Du würdest uns doch nichts vormachen, oder, Krupp?"

„Mach keinen Scheiß, Hans, der ist …"

Bevor ich zu Ende sprechen konnte, hatte Hans die ihm gereichte Flasche mit Karacho gegen den Zaun gepfeffert, sodass das Glas, diesmal echtes, in alle Richtungen splitterte. Er las eine Scherbe auf. Dann legte er sie auf die ausgestreckte Hand und betrachtete sie eine Weile. Ich kannte diesen Blick zu gut, diese Mischung aus geistiger Abwesenheit und wilder Wut, eine Ohnmacht, die manchmal von ihm Besitz ergriff und selten ein Ventil fand.

„Was ist los, klappt der Trick nicht mehr?" Der jüngere Jedrusinski kicherte.

Hans blickte unsicher zu uns ... und dann steckte er sich blitzschnell das Glas in den Mund und begann zu kauen.

Mischa und ich stürzten uns gleichzeitig auf Hans, dessen Lippen, Kinn und Zähne sofort von Blut überströmt waren, und dann auf die Brüder Jedrusinski, die mit einer Mischung aus Entsetzen und Belustigung darauf reagierten.

Ich erinnere mich nur noch daran, dass ich breitbeinig auf dem jüngeren Jedrusinski saß. „Ich glaub dem Fettsack nicht, dass er's gemacht hat", hatte er gegluckst, und ich schlug mit der Zuckerflasche auf seinen Kopf ein, bis er komplett mit Zuckerstaub bedeckt war.

Für Hans hat die Schlacht ums Glas in der Kinderabteilung des Krankenhauses in Wysoka geendet – zum Glück ist er mit ein paar Nähten am Gaumen davongekommen, ich mit einem blauen Auge und Mischa mit einem verstauchten Finger. Wer die Wette gewonnen hat, wurde nie entschieden.

✳ ✳ ✳

Zum ersten Mal zu Gesicht bekommen hatten wir Herrn Kaleta im Jahr 2004. Zu meiner Schande muss ich gestehen, dass ich lange Zeit glaubte, Hans hätte sich ihn nur ausgedacht, genau wie sein Deutsch und die Ausflüge nach München.

Als Herr Kaleta also plötzlich in einem teuren Auto mit deutschem Kennzeichen in Zuckrowka erschien, kam er mir vor wie eine Sagengestalt aus dem Reich der Fantasie.

Seine solariumgebräunte Haut schimmerte in Bronze und Gold. Immer wieder fuhr er sich mit der Hand über den glatten Schädel, den er sich blank rasierte, um seine ausgeprägten Geheimratsecken zu kaschieren. Er trug einen schicken Anzug und ein sanft schimmerndes Hemd, das an der Brust lässig aufgeknöpft war. Er hatte einen Wohlstandsbauch und unter seinem Ärmel blitzte ein goldenes Armband auf.

An diesem Tag waren wir ihm komplett zufällig begegnet, obwohl ich schon von Mischa wusste, dass er wieder in der Stadt war.

Herr Kaleta stand mit Hans vor dem Rathaus. Er ließ den Ellbogen auf der offenen Wagentür ruhen, als hätte er bloß kurz angehalten und wäre im Begriff, wieder einzusteigen. In der Hand hielt er eine Mappe mit Dokumenten. Sicher hatte er etwas im Amt zu erledigen.

Mir fiel sofort die Ähnlichkeit ihres Körperbaus auf – beide waren stämmig, leicht übergewichtig und hatten den gleichen kurzen, gedrungenen Hals.

„Na, kleiner Coiffeur? Wie läuft's in der Berufsschule?"

Herr Kaleta klopfte Kulik beiläufig auf den Rücken. Mischa würde bald das Friseurhandwerk erlernen, im Technikum, das sich im selben Gebäude wie die Konoppe befand. Mich beachtete er gar nicht.

„Ich habe gehört, dass du in der Klasse der Hahn im Korb bist?" Er lachte auf und fügte ohne eine Antwort abzuwarten hinzu: „Mark geht nächstes Jahr auch auf die Berufsschule."

„Echt?" Ich sah Hans ungläubig an. Er hatte mich doch noch vor wenigen Wochen über den naturwissenschaftlichen Zweig in der Konoppe ausgefragt.

„Ja, er hat sich schon entschieden. Kfz-Mechanik. Das ist was Nützliches. Ein Mann muss ein Auto selbst reparieren können. Und in der Werkstatt wird man ihn auch nicht mehr übers Ohr hauen können, was, Sohnemann? Richtig?"

Das letzte Wort hatte er auf Deutsch gesagt. Hans wich seinem Blick aus und nickte.

„Nicht dass er noch mal Blumensträuße binden muss wie ein Mädchen."

„Ich hab Geld gebraucht."

„So sehr kann man doch kein Geld brauchen." Herr Kaleta gab ein glucksendes Lachen von sich. „Bist du etwa eine Schwuchtel, oder was?"

Kaleta wollte sich wieder ans Steuer setzen, als ihm etwas einfiel. Eilig lief er um den Wagen herum und öffnete den Kofferraum, aus dem er einen prall gefüllten Müllsack hervorzog. Er blickte sich suchend um, bis er den Mülleimer am Eingang des Rathauses entdeckte. Er versuchte, den Müllsack hineinzustopfen und trat genervt schnaubend mit dem Fuß nach. Die Plastikfolie platzte auf und ein paar Dosen rollten über den Bürgersteig.

„Die Preise für die Müllabfuhr in Wysoka sind Wucher."

Angewidert wischte er sich die Hände ab.

„Mein Vater wohnt noch in Wysoka, aber wenn er hier was Besseres findet, zieh ich mit meiner Mutter gleich zu ihm. Der Immobilienmarkt ist eine Katastrophe", erklärte Hans in einem Atemzug, als der Wagen endlich davongefahren war. „Kein Vergleich mit den Verhältnissen im Westen."

Hans' Vater war offenbar wirklich in die heimatlichen Gefilde zurückgekehrt. Alles wegen der beschissenen EU, wie er stets betonte. Sie ruinierte ihm seiner Meinung nach die Geschäfte, die offenbar von einer präzise kalkulierten Zollbilanz abhingen.

„Und bald kommt auch noch das verdammte Schengen." Der bloße Gedanke an den triumphalen Eintritt Polens in die EU ließ ihn brodeln vor Wut.

Man könnte sagen, dass der Lebenslauf von Hans' Vater der Geschichte Deutschlands folgte. Der Fall der Berliner Mauer, die Fußballweltmeisterschaft, die Wiedervereinigung, die Öffnung der Stasi-Archive, das Ende der EWG, die letzten Folgen des Sandmännchens, die Welttourneen von Rammstein, die Einführung des Euro – alles Zäsuren und Wendepunkte auf seiner Lebenslinie. Hätte mein Vater Herrn Kaleta aus der Hand gelesen, wäre er zwischen den Papillarlinien sicher auf den Zeitstrahl der deutschen Geschichte gestoßen.

Der Vater von Hans kam aus einer der Ortschaften bei Zuckrowka. Mit einem Feldbett im Gepäck fuhr er regelmäßig nach Ungarn, Jugoslawien und Deutschland, um Geschäfte zu machen. Das Bett war vielseitig einsetzbar: Tagsüber legte er dort die Ware aus, nachts schlief er darauf. Dazu spannte er einen bunten Stoff mit orientalischem Muster auf das Stahlgerüst, der das Bett in einen fliegenden Teppich verwandelte.

Herr Kaleta, der spätere Firmengründer von *DarExportex,* bereiste damit Polen, die ehemalige DDR und die verheißungsvolle BRD. Wie ein Kaufmann aus dem Morgenland flog er über die Grenzen, hin und zurück, passierte den Übergang in Görlitz mit dem Reisepass in der Hand wie mit einem Geleitbrief, um auf seiner provisorischen Liege Reichtümer feilzubieten wie Myrrhe und exotisches Räucherwerk.

Was man bei ihm nicht alles kaufen konnte! Stinkende Ochsenschwänze und getrocknete Schweinsohren für die geliebten Hunde der Deutschen, Organdin-Gardinen und Vorhänge aus Polyester, Schuhe mit Gummisohlen, Süßigkeiten, Instantkaffee, russische Taschenlampen, Töpfe aus rostfreiem Metall, billiges polnisches Porzellan, Messer, Medikamente mit abgelaufenem Verfallsdatum, Gewürze, Jeans, Shetland-Pullover, Spitzendessous, Möbel („wie neu"), Haushaltsgeräte frisch vom Elektrosperrmüll, Second-Hand-Elektronik, erstklassige Fernseher „von den Deutschen", Autoteile die nach Schmierfett rochen, Heizlüfter, Füllfederhalter, Gold, Messing – alles das und noch viel mehr rollte wie eine Lawine über das Feldbett von Hans' Vater hinweg, der in jedem Land den niedrigsten Einkaufspreis und den höchsten Verkaufspreis herausschlagen konnte.

Gehässigen Gerüchten zufolge hatte er ein Auge auf Hans' Mutter geworfen, weil sie einigermaßen gut Deutsch konnte und er sich Hilfe beim Übersetzen erhoffte. Als sie Kaleta kennenlernte, hatte sie eigentlich eine Eignungsprüfung in Germanistik ablegen wollen, aber er hatte ihr erklärt, dass das Geld jetzt auf der Straße lag, man musste sich nur bücken und es aufheben, also täte sie gut daran, die Sache mit ihm gemeinsam in Angriff zu nehmen.

Mit dem Heiraten ließen sie sich Zeit, weil alle ihre Ersparnisse für „Investitionen" draufgingen. Einmal in der Woche rief Frau Krupp aus der Telefonzelle bei der Post „Kundschaft" an. Sie schrie gegen den Straßenlärm an und ließ einen Schwall deutscher Sätze vom Stapel. Ihre Sprachkenntnisse hatte sie in der Schule erworben, ihr Deutsch war gut verständlich, wenn auch nicht besonders ausgefeilt. Die Telefongespräche mussten kurz und bündig sein, weil der Apparat blitzschnell das Guthaben fraß. Erst waren es Münzen, später magnetische Telefonkarten. Zu dieser Zeit kam auch Hans zur Welt. In ein dickes Bündel gewickelt leistete er seiner Mutter Gesellschaft, während sie die Vorwahlen weit entfernter deutscher Städte wählte.

Kurz nach der Wiedervereinigung hat Herr Kaleta „rübergemacht". Das heißt, eigentlich war er nur zum Geldverdienen nach Deutschland gefahren, so wie jeden Monat, nur dass er diesmal vergaß, Bescheid zu sagen, dass er nicht mehr zurückkehren würde.

1992 hatte Hans' Mutter einen Job in einer alten Tankstelle bekommen. Nach dem großen Auszug aus dem Werk war es in diesem Jahr nicht leicht gewesen, in Zuckrowka eine Beschäftigung zu finden. Außerdem hatte Herr Kaleta zeitgleich aufgehört, Briefe mit beigelegten DM-Scheinen zu schicken.

Ich glaube, dass Hans' Mutter die Sprache recht schnell wieder verlernt hat. Jeden Tag schwanden Laute, Wörter und Sätze aus ihrem Gedächtnis und versickerten wie feuchte Flecken im Sand. Trotzdem blieb sie der deutschen Sprache verbunden, denn die Wörterbücher, die sie vor Jahren zum Schulabschluss bekommen hatte (*für die beste Germanistin der Schule*, wie die mit schöner Handschrift verfasste Widmung verkündete), standen auf einem Ehrenplatz im Regal, zwischen der Bibel und einer dreibändigen Hardcover-Ausgabe der *Sintflut* von Henryk Sienkiewicz.

Die Tankstelle lag unweit vom Krankenhaus. Hans' Mutter fuhr immer mit ihrem alten Fiat hin, den sie um die Jahrtausendwende herum ergattert hatte.

Gekleidet in einen Overall in grellem Orange betankte sie die Autos der Kunden.

„Hey, Fettsack! Deine Mutter hat mir das Auspuffrohr poliert!", brüllten sie Hans in der Schule hinterher. Er nahm es seiner Mutter übel, dass sie sich nicht etwas Besseres suchte, doch aus irgendeinem Grund war das keine Option für sie.

„Mein Gehalt kommt immer pünktlich und ich hab's nicht weit, was ist eigentlich dein Problem?", fauchte sie ihn an.

Die meiste Zeit war sie viel zu erschöpft, um ein Auge auf ihren Sohn zu haben, der in solchen Phasen viele Freiheiten genoss. Aber wenn Frau Krupp mal Frühschicht schob, zahlte sie es ihm doppelt heim, und zu seinem Erstaunen hagelte es eine Strafe nach der anderen. In der Regel bekam er Stubenarrest und Fernsehverbot, durfte weder Computerspiele spielen noch telefonieren und saß fest wie eine Märchenprinzessin im einsamen Turm.

Hans' Mutter rauchte, daher waren ihr die Nachtschichten lieber. Normalerweise waren sie dann zu zweit, Frau Krupp konnte also von Zeit zu Zeit rausgehen und ein paar Meter von der Tankstelle, in sicherer Entfernung zu den beißenden Ausdünstungen der Zapfsäulen, in der Hocke genüsslich eine Zigarette schmauchen.

Nach diesen Schichten war sie immer unausgeschlafen. Ihr Gesicht sah, verglichen mit dem Gesicht meiner Mutter, ziemlich alt aus. Als hätten die Benzindämpfe sich auf ihren Wangen und ihrer Stirn abgesetzt, als würden sie ihre Haut nach unten ziehen und die ersten Falten wie mäandende Bächlein in ihr Gesicht graben. So sehe ich sie jedenfalls vor mir, wenn ich über sie schreibe: eine zierliche Frau im organgefarbenen Overall, wie eine Astronautin im Raumanzug, dessen Farbe in der Dunkelheit verblasst. Sie hockt am Wegesrand und die Glut der Zigarette schwebt vor ihrem Gesicht, tanzt in der Dunkelheit wie ein Glühwürmchen.

KAPITEL 30

Verrückt, verrückter, geisteskrank

Die Lagerhallen befanden sich am nordwestlichen Ende der Stadt, unweit des Werks. Die Rückseite des Areals grenzte an den Wald. Das große umzäunte Grundstück war von Sand- und Schutthaufen gesäumt. Weiter hinten waren noch ein paar Wellblechbaracken und Garagen. Die Zufahrt, die die Lagerhallen mit der Landstraße verband, war ganz zerfurcht von den tiefen Spurrillen der Lkws. Nach dem letzten Regen waren die provisorisch zugeschütteten Löcher mit Wasser vollgelaufen.

Wir standen zwischen den Bäumen, dort, wo der Wald so plötzlich abriss, dass man meinen konnte, er würde nur von diesem Zaun zurückgehalten werden, errichtet, um etwas abzuwehren, das jederzeit aus dem Urwald kommen konnte.

Gleich nach dem Fußballspiel hatte es unerwartet einen kurzen Regenschauer gegeben. Der mit Regentropfen benetzte Maschendrahtzaun sah von Weitem aus wie eine mit Wasser vollgesogene Pflanze. Er wirkte grau, wie von Schimmel befallen oder umwabert von Nebel. Als wir näher kamen, erkannte ich, dass es verwaiste Spinnweben waren. Die Spinnen hatten sich während des Schauers zurückgezogen. Die Regenperlen erzitterten mit jedem Windhauch, als würde etwas Unsichtbares am Zaun rütteln, um die Stabilität der Spinnweben zu prüfen. Ein ähnlicher Eindruck bot sich mir einige Jahre später, als ich ans Meer fuhr und morgens am Strandufer nasse Schleppnetze vorfand. Nichts war ins Netz gegangen. Als wäre das Meer vollkommen leer.

„Da ist es ja", sagte Mischa erfreut. „Ich wusste, dass es hier irgendwo sein muss."

„Und du bist dir wirklich ganz sicher?" Ich musterte die Lücke im Maschendrahtzaun.

„Rein mit dir, wir haben keine Zeit zu verlieren", scheuchte mich Hans. Er war ganz aus der Puste nach dem schnellen Fußmarsch vom Porzellanhaus bis hierher. Zu allem Überfluss hatte er darauf bestanden, den Detektor mitzunehmen.

„Warum muss *ich* das eigentlich machen?", protestierte ich.

„Na, weil *ich* da wohl kaum durchpasse."

Ich blickte wortlos zu Mischa, der definitiv schlanker war als ich. Als er meinen Blick bemerkte, zuckte er nur vielsagend mit den Schultern. Ich wusste, dass Hans ihm die Sache mit dem Gras immer noch übel nahm.

Kaum war ich durch das Loch gestiegen, stolperte ich und fiel zu Boden. Mein T-Shirt war sofort nass und klebte an meinem Körper. Duftende

Halme kitzelten mein Gesicht. Einen Moment lang verspürte ich das Verlangen, mich einfach hinzulegen, meinen Kopf ins weiche dichte Moos zu betten, doch ein abstehender Draht fuhr mir schmerzhaft über den Arm. Ich sog scharf Luft ein. Die Lücke im Zaun war sehr viel kleiner, als es auf den ersten Blick ausgesehen hatte. Ich klopfte mir das feuchte Laub von der Jeans.

Das Gelände sah gottverlassen aus. Hier und da ragten Laternen aus dem Boden, die entweder aus oder einfach nur kaputt waren. Die Nacht war hell. Der Mond hüllte die mit löchrigen Planen bedeckten Aufschüttungen von Sand und Kies in weißes Licht. In der Ferne schimmerten Baucontainer. Außer uns war niemand hier.

Ich ging ein paar Schritte und blickte mich unschlüssig um. Was hatte ich hier eigentlich verloren? Wieder einmal hatte ich mich zu einer Dummheit hinreißen lassen, das hatte ich nun davon. Die Leere ringsum machte mir die Sinnlosigkeit unseres Unterfangens bewusst, ich wollte keine Sekunde länger dort sein. Verärgert stapfte ich zurück zum Maschendrahtzaun, als etwas in meinem Augenwinkel aufblitzte. Hatte sich der Sandhaufen etwa gerade … bewegt?

Ich schüttelte mich. Wahrscheinlich bildete ich es mir nur ein. Der weiße Haufen lag unberührt da. Sicher war die Illusion auf den Vollmond zurückzuführen. Nachts lassen Schatten manche Dinge weniger leblos aussehen.

Ich war schon auf dem Weg zurück zu den Jungs, als der Haufen sich wieder bewegte. Diesmal hatte sich eine schwere, regennasse Sandlawine losgerissen. Und dann fiel plötzlich alles in sich zusammen. Der Sand floss in alle Richtungen, ergoss sich in Strömen, explodierte. Irgendein Gerümpel kam aus dem Haufen zum Vorschein und polterte zu Boden. Knochen? Waren das wirklich Knochen …? Etwas kämpfte sich an die Oberfläche, etwas das eben noch tief im Sand vergraben gewesen war.

Es dauerte nur wenige Sekunden. Bevor ich wusste, wie mir geschah, schoss ein Ungeheuer mit zwei Köpfen auf mich zu. Es war riesengroß und knurrte tollwütig, warf sich auf mich und biss mir so heftig in die Wade, dass ich zu Boden stürzte. Während ich fiel, sah ich noch, wie Mischa mit entsetzter Miene versuchte, Hans zu helfen, der im Maschendrahtzaun feststeckte, wohl weil er versucht hatte, mir zur Rettung zu eilen, und nun den einzigen Ausgang blockierte.

Ich versuchte, dem zweiköpfigen Hund, denn nun sah ich, dass es ein Hund war, mein Bein zu entreißen. Der zweite Kopf kämpfte hartnäckig mit. So etwas hatte ich noch nie gesehen. Ratlos tastete ich im Gras herum, versuchte, etwas zu fassen zu kriegen, mit dem ich das bizarre Ungeheuer abwehren könnte.

Auf einmal ertönte ein lautes Pfeifen.

Der Hund, der sich in meine Wade verbissen hatte, hielt inne. Er war gar nicht so riesig, wie es mir anfangs vorgekommen war. Ein stinknormaler Köter, der mir bis zu den Knien reichte. Und natürlich hatte er keine zwei Köpfe. Erst jetzt erkannte ich, dass ihm eine Geschwulst aus dem Hals wuchs, eine riesige Beule, die im Mondschein noch monströser wirkte.

Aus der nahe gelegenen Baracke kam plötzlich ein älterer Mann angelaufen, der eine Eisenstange in den Händen hielt.

„Hey, ihr Diebe!", rief er uns heiser zu. „Verdammte Arschlöcher, ich ruf die Polizei!"

Dann holte er aus. Reflexhaft bedeckte ich den Kopf mit meinen Händen, aber der Mann blieb plötzlich mit der in der Luft erhobenen Stange stehen und starrte mich verblüfft an.

„Herr Gruzin?"

„Die kleine Saretzka!" Abermals pfiff er den Hund herbei, der endlich von meinem Bein abgelassen hatte und jetzt die Lefzen senkte, während seine blutunterlaufenen Augen auf den Maschendrahtzaun gerichtet waren.

„Und der da hinten, ist das nicht der Kleine vom Kabler? Mit dem Sohn von Kaleta?"

Ich nickte, während ich ihn ungläubig ansah. Kein Wunder, dass ich ihn nicht gleich erkannt hatte. Er hatte sich verändert, war älter geworden.

Der Alte half mir zurück auf die Beine und ich konnte mir endlich den Schmutz abklopfen. Der Hund knurrte mich immer noch bedrohlich an.

„Schnauze, Chappi! Hat er dich doll erwischt?"

Ich krempelte das zerrissene Jeansbein hoch. An meiner Wade waren deutlich blutige Gebissspuren zu sehen.

„Keine Sorge, er ist geimpft." Herr Gruzin klopfte mir ermutigend auf die Schulter.

Dann drehte er an einem Schalter, der sich ziemlich versteckt an der Wand befand, und der Raum erstrahlte im Licht einer nackten Glühbirne, die an einem Kabel von der Decke baumelte. Der Blechcontainer diente ihm als Pförtnerhäuschen. In seinem Inneren befanden sich ein zerkratztes Schränkchen, ein kleiner Tisch, der mit allerlei Müll beladen war, und ein Stuhl. Am Boden in der Ecke war eine provisorische Schlafgelegenheit ausgebreitet, eine Isomatte mit ein paar zusammengeknüllten Decken. Das Lager war zerwühlt, als hätte gerade eben noch jemand darauf geschlafen.

„Bitte, setz dich." Er wies auf den klapprigen Stuhl und ich nahm folgsam Platz. Mischa und Hans, die sich nun auch angeschlossen hatten, schauten uns ziemlich verwirrt an.

Herr Gruzin kramte in seinem Schränkchen herum. Ich hatte nicht gewusst, dass er immer noch in Zuckrowka lebte. Wie alt er wohl war? Siebzig? Achtzig? Er nahm eine kleine Flasche mit Wasserstoffperoxid und einen zerknitterten Verband heraus. Dann ging er neben mir in die Hocke und goss davon reichlich auf meine Wunde. Ich biss vor Schmerz die Zähne zusammen.

„Wir desinfizieren das jetzt, damit sich nichts entzündet."

„Ich dachte, er ist geimpft?"

„Jaja, geimpft ist er", grunzte er. „Aber wie der Bastard sich festgebissen hat! Die Zähne halten sich kaum noch in seinem Maul und dann sowas. Frisst er sich glatt durch diesen dicken Jeansstoff ..." Er warf Chappi einen anerkennenden Blick zu.

„Ist das Ihr Hund?", fragte Mischa schüchtern. Der Köter schnupperte neugierig, während Mischa versuchte, ihn hinterm Ohr zu kraulen.

„Nein, ich arbeite erst seit ein paar Monaten hier. Mein Vorgänger wurde entlassen, weil es Diebstähle gegeben hat. Und Chappi ist der Betriebshund. Er wurde angeschafft, um das Gelände zu bewachen."

Er musterte Mischa aufmerksam, als ihm plötzlich etwas in den Sinn kam. „Hey, Bursche. Du weißt nicht zufällig, was mit dem Kabler los ist?"

„Keine Ahnung."

„Er kommt gar nicht mehr zur Arbeit. Richte ihm aus, dass der Chef ihm das übel nimmt, wenn du ihn zu Gesicht bekommst."

Mischa nickte wortlos.

„Er hat dir einen ganz schönen Schrecken eingejagt, was?" Herr Gruzin wickelte mir die Bandage ums Bein. „Er verbuddelt sich im Sand, weil er es da drin warm und weich hat. Und dann vergräbt er Knochen und sein Spielzeug darin. Man muss aufpassen, wenn die Transporte gehen, dass der Bagger ihn und sein Zeug nicht versehentlich aufgabelt. Er hat da dieses Ding am Hals, seht ihr?" Er wies mit dem wurstigen Zeigefinger auf den Nacken des Hundes. „Der Tierarzt sagt, da kann man nichts machen. So ein altes, fettes Tier, kann kaum noch kauen, und ist doch noch zu etwas gut. Genau wie ich." Er lachte auf. „Was ist, Chappi?" Er tätschelte dem Hund den grauen Kopf. „Du könntest noch auf Verbrecherjagd gehen, was?"

Chappi wedelte mit dem Schwanz und lechzte nach weiteren Streicheleinheiten.

„Er macht's nicht mehr lang, hat der Tierarzt gesagt. Darum verbuddelt er sich im Sand. Er sucht sich einen ruhigen Ort."

Herr Gruzin führte uns zur verschlossenen Hinterpforte. Sie muss schon lange nicht mehr benutzt worden sein, denn sie quietschte erbärmlich, als er sie öffnete.

Als der Alte den Metalldetektor im Gras erblickte, nahm sein Gesicht einen ernsten Ausdruck an.

„Ihr solltet hier besser keinen Schrott sammeln, Kinder." Dann wandte er sich an Mischa. „Hat der Kabler dir das nicht gesagt?"

„Wir sind nicht wegen Schrott hier."

„Sondern?"

„Wissen Sie, in letzter Zeit sind so viele Dinge passiert …", meldete sich plötzlich Hans zu Wort, der offenbar nur auf den passenden Moment gewartet hatte.

„Die Leiche im Froschteich und so!"

„Na ja, es war nicht die erste …", sagte Gruzin schulterzuckend.

„Schon klar. Aber wir haben gedacht, dass vielleicht jemand … im Wald etwas sucht. Und hier könnte man doch auch gut was verstecken, wo's hier so viel Sand und so viele Steinhaufen gibt …"

Der Wächter sah ihn überrascht an.

„Aber was sollte man denn hier verstecken wollen?"

„Weiß auch nicht … alles mögliche", antwortete Hans ausweichend.

„Hier findet ihr nichts." Der Alte lachte auf. „Nichts als Sand, Schiefer und Bruchsteine, und alles wird ständig von den Lkws hin und her gekarrt. Manchmal bleiben die Haufen nicht mal einen Tag liegen, schon werden sie weitertransportiert. Ihr solltet mal unter der Woche vorbeikommen, dann würdet ihr sehen, was für ein Kommen und Gehen das ist, wie viele Leute hier angestellt sind. Wir haben einen Auftrag bekommen, wir sind jetzt Subunternehmer für den Bau der Autobahn."

Er ging zu einer der dunklen Laternen direkt an der Umzäunung und schlug mit ganzer Kraft gegen den Stromkasten. Die Lampe knisterte und begann zu flimmern. Ein zarter Windhauch trug den Geruch des Waldes heran. Der Mond war hinter den Wolken verschwunden, es wurde immer dunkler. Wir standen vor der offenen Pforte, die geradewegs in den Wald zurückführte. Die Luft war immer noch frisch vom Regen.

„Wie geht es eigentlich deiner Mutter?", fragte der Wächter. Er hatte meine Mutter sehr gemocht, als er noch Hausmeister im Museum war.

„Alles gut bei ihr, danke."

„Richte ihr doch bitte einen schönen Gruß von mir aus."

Ich nickte. Dann fiel mir etwas ein.

„Herr Gruzin …"

Die Laterne erlosch für eine Sekunde.

„Erinnern Sie sich an Direktor Sobieski?"

„An den Direktor? Wie kommst du denn jetzt …"

„Weil wir eine Freundin haben, die … krank ist", fügte ich schnell hinzu und versuchte, den irritierten Blick zu ignorieren, den Hans mir zuwarf.

„Frau Dabrowska hat uns erzählt …"

„Dabrowska?" Er prustete. „Die alte Spinnerin?"

„Sie hat im Museum gearbeitet, als Assistentin des Direktors."

„Assistentin, sagst du?" Herr Gruzin war sichtlich erheitert. „Ich weiß nur noch, dass sie mit einem Lappen durch die Gegend gelaufen ist. Eine Putzfrau war sie und keine Assistentin. Und die hat euch diesen Schwachsinn erzählt? Kein Wunder, dass der Direktor sie gefeuert hat."

„Er hat sie gefeuert?"

„Ja, schon 1983, kurz nachdem das Kriegsrecht verkündet wurde. Die Alte hatte nicht mehr alle Tassen im Schrank. Fünf Jahre hat sie in der Klapse verbracht." Er zeichnete mit dem Finger Kreise über seiner Schläfe. „Sie hatte Glück, dass der Pfarrer sie unter seine Fittiche genommen hat."

„Sie war in der Klapse?"

„In Bielsko. Hat wohl Stimmen gehört. Einmal soll sie sogar nackt zur Arbeit gekommen sein." Er kicherte, dann verstummte er. Lange blieb es still. Es schien, als hätte der Wächter schon vergessen, dass wir noch da waren. Hans gab uns heimlich ein Zeichen zum Aufbruch.

„Aber an den Direktor kann ich mich erinnern."

Das Lächeln schwand langsam aus seinem Gesicht und er ließ sich auf einem Betonpfosten nieder.

„Klar, ich erinnere mich. Er ist ein guter Direktor gewesen, schade ist's um ihn. Wie lang das wohl schon her ist? Zehn, zwölf Jahre? Ich habe lange nicht mehr an ihn gedacht. Man wird vergesslich …" Im letzten Satz schwang eine eigentümliche Enttäuschung mit und ich wusste nicht, ob er bedauerte, dass er sich immer noch erinnerte oder dass er es beinahe vergessen hatte.

„Er ist in dieser Nacht zu mir ins Pförtnerhäuschen gekommen und bat darum, nicht gestört zu werden. Nachts arbeitete er oft da oben. Am nächsten Morgen haben sie ihn dann gefunden."

Ich lauschte gespannt.

„Später haben die Leute erzählt, er hätte zuerst das Licht ausgemacht. Im Dunkeln hätte er sich das Leben genommen, als ob das eine Rolle spielen würde." Er gab ein kurzes, unangenehmes Lachen von sich. „Direktor Sobieski war ein stattlicher Mann, müsst ihr wissen. Auch als er im Alter einen Buckel bekam. Und wie er von diesem Kronleuchter hing, reichte er mit den Füßen fast bis zum Boden. Er muss den Tod sehr herbeigesehnt haben."

Ich wusste, dass ich ihn noch etwas fragen sollte, aber als ich sah, dass er wieder ganz in Gedanken versunken war, drückte ich wortlos die Pforte auf.

Die Jungs und ich machten uns durch den Wald auf den Weg. Der gelbe Lichtkegel der Taschenlampe sah aus wie ein Eisloch, durch das man an die Oberfläche taucht.

„Hey, Kleine!", rief Gruzin mir plötzlich nach. Wir drehten uns um. Der Alte blickte zwischen den schwarzen Strichen der Umzäunung in unsere Richtung, neben ihm der deformierte Hund. „Diese Freundin von euch … die, die krank ist … Lasst sie besser mal in Ruhe."

Im Flackern des kaputten Laternenlichts sahen die Schatten auf seinem Gesicht aus, als hätte ihn jemand mit Erde beworfen.

Ich habe Janek Gruzin schon gekannt, als ich noch ein kleines Kind war. Im Museum habe ich gern seine Werkzeugkiste getragen und ihm bei kleinen Reparaturarbeiten geholfen, die in dem Altbau anfielen, doch in späteren Jahren warf Gruzin die meisten seiner Pflichten hin. Seit 1996 war er nahezu ausschließlich damit beschäftigt, die ausgestopften Vögel an die Wand zu schrauben. Ich erinnere mich, dass er dabei schrecklich geflucht hat, weil die Vögel trotz all seiner Bemühungen – Nieten, Kleber, Nägel und Drähte – kurze Zeit später wieder abfielen. Als begriffen sie nicht, dass es für sie keinen anderen Ort mehr gab als die Wand des kleinstädtischen Museums, versuchten die ausgestopften Kreaturen immer noch wegzufliegen, sich in den Himmel emporzuheben, und so fand man sie jeden Morgen aufs Neue mit gebrochenen Schnäbeln auf dem Boden vor. Ich glaube, dass das letztlich der Grund war, weshalb Janek Gruzin sich in den vorzeitigen Ruhestand begeben hat. Er hatte die Schnauze gestrichen voll von dem widerspenstigen Federvieh.

Die Lagerhallen lagen schon ein paar Dutzend Meter hinter uns, als mir auffiel, dass mein Schlüsselbund weg war. Ich musste ihn verloren haben, als ich mich mit dem Hund gerauft hatte.

„Wartet mal kurz, ich bin gleich wieder da", sagte ich zu den Jungs und machte mich auf den Weg. Tatsächlich fand ich die Schlüssel im Gras, unweit des Lochs im Zaun. Aber ich kam nicht an sie heran, darum musste ich wieder auf die andere Seite kriechen. Chappi war weit und breit nicht zu sehen, sicher hatte er sich wieder im Sand verbuddelt.

Ich ließ den Bund in meine Hosentasche gleiten, als ein leises Flüstern zu mir drang. Erstaunt blieb ich stehen. Redete Herr Gruzin etwa mit jemandem?

Ich setzte mich auf den Betonpfosten an der Stelle, wo wir uns verabschiedet hatten. Aber ich war zu weit weg, um seine Worte deutlich zu hören, er sprach zu leise. Er schien beunruhigt, gestikulierte stark, als stritte er mit jemandem, der außerhalb der Reichweite der flackernden Laterne stand.

„Dieser Penner …", flüsterte ich ungläubig. Er hatte uns angelogen. Er war überhaupt nicht allein. Auf einmal fiel mir das zerwühlte Schlaflager am Boden des Containers wieder ein. Was, wenn gar nicht Gruzin darauf schlief? War es möglich, dass sich jemand zwischen den Lagerhallen versteckte? Jemand, der nicht von uns gesehen werden wollte?

Vorsichtig schlich ich am Zaun entlang. Jetzt trennten mich nur noch wenige Meter von den beiden. Wie zum Hohn gab die Laterne gerade jetzt den Geist auf. Ich versuchte, noch näher zu kommen, fürchtete aber, dass sie mich hören würden. Bevor ich mir überlegen konnte, was ich als Nächstes tun würde, wurde das Gesicht des Nachtwächters plötzlich wieder vom Flackern der Laterne erleuchtet. Gruzin stand mit geschlossenen Augen da. Er sprach tatsächlich nur mit sich selbst.

Im langsamen Pulsieren des Lichts wurde das Gesicht des Mannes dunkler, seine Falten tiefer, die Schatten schienen ihn Stück für Stück zu verschlingen. Damals habe ich noch nicht begriffen, was mir heute klar ist: So sehen Menschen aus, wenn Erinnertes sich mit Vergessenem zu vermischen beginnt, die Grenzen sich auflösen, Erinnerung und Vergessen auseinander hervorgehen und der Mensch sich an diesen besonderen Ort verirrt, wo er zu dem wird, der er in seiner Vorstellung immer war, bevor er ihn für immer verlässt, weil seine Tage gezählt sind.

„Er war aufgebracht, es gab Streit, bevor er sich erhängt hat …" Die Laterne knisterte und erlosch wieder.

„Wer hat sich gestritten?"

Der Wächter öffnete die Augen. Er war sichtlich erstaunt, dass ich noch hier war.

„Wer hat sich gestritten?", wiederholte ich mit Nachdruck.

„Wie … wer …? Direktor Sobieski."

„Aber mit wem?"

„Na …" Gruzin machte einen verwirrten Eindruck. „Mit dem Chef."

„Mit dem Chef?" Ich verstand nicht.

„Mit Dygnar."

Genau das hatten Hans und Mischa mir während des Derbys erzählen wollen. Die Baufirma, für die der Kabler arbeitete, und die Lagerhallen, die von Janek Gruzin und dem zweiköpfigen Hund bewacht wurden, gehörten Magdas Vater.

TEIL II

SIRENEN

KAPITEL 31

Anruf aus dem Jenseits

Großmutters Zeit war schlicht und ergreifend Großmutters Zeit. Sie zerfiel nicht in ein Vorher und Nachher, unterwarf sich nichts und niemandem, war fest vertäut im Fluss des Lebens. Vielleicht erinnere ich mich deswegen so gut an den Tag, an dem Genossin Saretzka verschwand.

Als ich morgens aufstand, war sie nicht mehr da. Die obere Etage wirkte verwaist.

„Deine Großmutter ist von uns gegangen", hatte Vater erklärt. „Sie ist nicht mehr unter den Lebenden", fügte er nach ein paar Schweigesekunden hinzu.

Obwohl ich den Tod als Konzept noch nicht vollständig begriff, hatte ich bereits ein Gespür für seine Unausweichlichkeit. Man kann sich also vorstellen, wie groß mein Erstaunen war, als Großmutter uns drei Tage später aus dem Jenseits anrief und ich den Telefonhörer abnahm.

„Wie geht's dir denn dort, Omi?", fragte ich schüchtern. Ich war mir nicht sicher, worüber man mit einer Toten reden sollte.

„Kann nicht klagen. Stell dir vor, hier gibt's Cola in allen möglichen Geschmacksrichtungen und Chips und haufenweise Süßigkeiten, es würde dir gefallen. Das Wetter ist auch gut."

Ich schluckte.

„Aber ist es nicht schrecklich dort?"

„Schrecklich? I wo. Alle sind sehr freundlich hier, lächeln viel. Aber reden tun sie nur auf Englisch. Sieh zu, dass du Englisch lernst, Tochterherz, kommt dir später zugute, sonst findest du dich hier nicht zurecht. Deine Eltern sollten dich in den Englischunterricht schicken, damit kann man gar nicht früh genug anfangen." Sie seufzte. „Das Einzige was ich bereue ist, dass ich den Videorekorder nicht mitgenommen habe."

„Omi ..." Ich nahm all meinen Mut zusammen. „Hast du denn auch schon Gott gesehen?"

Im Hörer wurde es still. Und dann gab Großmutter einen ausgesprochen garstigen Fluch von sich.

„Bläut dein Vater dir immer noch diesen Scheißdreck ein? ES GIBT KEINEN GOTT, Kind."

„Ihr dürft fluchen?"

„Ja, warum denn nicht, zum Teufel? Hier fluchen sie alle wie die Weltmeister!" Sie lachte. „Hör zu, Töchterchen, ich muss jetzt Schluss machen. Telefonieren ist teuer, ich ruf ein andermal an."

Großmutter sagte immer Tochterherz oder Töchterchen zu mir, als wären es normale, verwandtschaftsunabhängige Kosenamen.

Noch bevor ich sie etwas fragen konnte, ertönte im Hörer das Besetzt-zeichen.

Erst ein paar Tage später hat mir Mutter, mächtig wütend auf Vater, erklärt, dass Großmutter gar nicht aus dem Jenseits angerufen hatte, sondern aus Massachusetts.

* * *

Meine Großmutter hatte zeitlebens den Geschmack des Bajonetts im Mund und früher habe ich geglaubt, dass sie deswegen 1993 in die USA ausge-wandert ist. Lange Zeit hielt ich es für eines ihrer vielen Gebrechen. Erst später dämmerte mir, dass das Bajonett auf der Zunge der Genossin weit mehr als nur ein eingebildetes Wehwehchen war.

„Mir ist bitter im Mund", pflegte Großmutter zu sagen, bevor sie sich eine ganze Schachtel TicTacs auf einmal in den Mund schüttete. Wohl deshalb duftete sie immer nach Pfefferminz, verströmte ein scharfes, in der Nase kitzelndes Aroma, das nicht einmal von teuren Parfums überdeckt werden konnte. Unentwegt kaute und schmatzte sie. Ihre Taschen waren immer mit Bonbons und Kaugummi gefüllt, manchmal so berstend voll, dass ihr Kos-tümjackett sich vorne wölbte, als würden knollenartige Beulen aus ihrem Körper wachsen. Im Sozialismus bezog sie ihren Kaugummi (Orbit ohne Zu-cker) illegal aus dem Ausland. Später, als das möglich war, kaufte sie ihn kar-tonweise in polnischen Geschäften ein. Nicht selten kam es vor, dass sie den Kaugummi gedankenverloren hinunterschluckte, genau wie ihre Hühner es mit Steinen taten, und Vater scherzte, dass Großmutter mit einem solchen Magen auch eine große Karriere als Schmugglerin machen könnte, womit er übrigens die Sache selbst heraufbeschworen hatte: Kurze Zeit später sollte Genossin Saretzka tatsächlich mit einem Magen voller Dollars in die USA aufbrechen. Angeblich hatte sie so viele Dollarrollen geschluckt – und nicht nur Scheine, auch Münzen! – dass ihr Bauch prall wie ein Wasserball war.

Es überrascht daher nicht, dass Großmutter 1958, 1959 oder vielleicht erst 1960, je nachdem, welche Version der Geschichte man glauben will, mit Trauben aus zusammengeklebten, in ein Taschentuch gewickelten Minzbon-bons in den Taschen nach Zuckrowka kam.

Der ortsansässige Arzt hatte bei der Genossin einen Reflux diagnostiziert.

„Gewöhnliches Sodbrennen!", spottete sie später, wusste sie doch zu gut, dass das, was ihr da den Rachen hochstieg, kein „Mageninhalt", sondern die Geschichte selbst war.

„Mir ist bitter im Mund", sagte sie immer wieder, zog Grimassen, spie und röchelte, worauf sie sich erneut Hände voll Kaugummi in den Mund stopfte, um den Geschmack abzutöten, der einfach nicht von ihr abließ: diese Bitterkeit, die sich über ihre Zunge, das Zahnfleisch, die Zähne ergoss und in den Rachen hinabfloss, der Geschmack, der die gleiche Reise durch Großmutters Mund machte wie vor langer Zeit die geheimnisvolle Klinge des Soldaten (mal war das Bajonett deutsch, mal russisch, dann wieder ukrainisch, manchmal sogar polnisch). Doch nie gelang es ihr, den Geschmack des Bajonetts loszuwerden, er sollte sie viele Jahre lang begleiten, unaufhörlich zu ihr zurückkehren und ihren Gaumen mit übermäßigem, scheußlich bitterem Speichel füllen, weshalb stets ein funkelnder, glasig perlender Kaugummi zwischen ihren Zähnen schimmerte, den sie mit nahezu filmreifem Gestus zermalmte. Ein Anblick, als würde in Großmutters Mund immerzu Schnee schmelzen.

Während des Krieges, so begann Großmutter für gewöhnlich ihre Erzählung, teilte sich die Zeit genau wie der Raum: in das, was vor der Front war, und den Rest. Es hatte sich in einer Nacht vor der Front zugetragen, dass Großmutter einen Traum hatte. Sie träumte von ihrem Elternhaus und der Stube, in der sie sich ein Schlaflager mit ihrer Mutter und ihren Schwestern teilte, träumte von ihrem Bett, einem Strohsack und einem Kissen, dem Marienbild an der Wand über dem Kopfende, sah sich selbst im Traum, ihre Hände, die regungslos auf dem Bettbezug lagen, die leicht zitternden Wimpern, einen Fuß, der aus der Daunendecke ragte und an dem schon damals der Hallux valgus zu sehen war. Und dann erschien in ihrem Traum ein Soldat, der in das dunkle, schlafende Haus eintrat, ein Soldat, der den drückenden Geruch eines ungewaschenen männlichen Körpers verströmte. Schwer schritt er durchs Zimmer, zum Bett, zur damals noch sehr kleinen Großmutter, beugte sich über sie und schob ihr die kalte, harte Klinge zwischen die Lippen, hebelte ihr die Zähne auseinander und die Klinge wanderte tiefer ... Als meine Urgroßmutter erwachte, sah sie ihre Tochter, wie sie sich spuckend und wimmernd am Boden wand, sich über die Zunge kratzte und rieb, geschüttelt von Krämpfen der Übelkeit.

Urgroßmutter wusste, dass man Träume in Kriegszeiten nicht auf die leichte Schulter nehmen durfte, das betraf auch die Träume der Kinder, also rief sie alle ihre Töchter zusammen („Sie hatte nur uns", erzählte Großmutter später) und sie gingen schlaftrunken und angsterfüllt dem Wald entgegen, der sich mit einer zerfransten Linie aus Kiefernspitzen pechschwarz in ein paar hundert Metern Entfernung erhob.

Und dort, hinter den Bäumen hervor, sahen sie an diesem frühen kalten Morgen, dass die Soldaten wirklich auf dem Weg waren. Sie sahen, wie sie die Tür verriegelten, damit niemand flüchten konnte, und das Feuer legten (angeblich als Rache für den Schwager in der Bauernguerilla). Das Haus stand lange Zeit in Flammen. Flammen, die beinahe auch meine Urgroßmutter und Gr oßmutter, die Großtanten, und damit indirekt auch mich und meine Mutter erfasst hätten, ja, wir alle hätten gebrannt, wäre nicht das Bajonett gewesen, dessen Geschmack das Mädchen, die spätere Genossin Saretzka, immer noch im Mund hatte, während sie auf das Feuer starrte, das im weißen, kalten Licht des aufziehenden Tages verblasste.

Niemand hatte Großmutter je anders genannt als *Genossin Saretzka*. Sogar sie selbst stellte sich anderen manchmal so vor. Wenn sie von den Kommunisten sprach, waren es nie *die*, sondern *wir*, und nicht mal 1989, als es sich nicht mehr gehörte, damit hausieren zu gehen, hatte sie damit aufgehört, denn Großmutter liebte den Sozialismus.

Allen bösen Gerüchten zum Trotz, die hauptsächlich von Dygnar dem Älteren gesät wurden, war Genossin Saretzka keine Opportunistin, keine Karrieristin, die die Welle des Wandels für sich zu nutzen wusste, keine politische Konformistin. Nein, sie war Kommunistin mit Herz und Seele. Schon als junges Mädchen hatte sie voller Inbrunst an die Postulate des „Volkssozialismus" geglaubt und war sich gänzlich darüber im Klaren, dass sie ihm alles verdankte, was sie besaß.

Bis heute erinnere ich mich an den Tag, als sie skandierte: „Was hat Wałęsa in der Birn'? Nen Haufen Stroh statt nem Gehirn!" Ich hatte mich gerade auf ihrer Etage aufgehalten, als sie im Fernsehen die Verbrennung der Präsidentenpuppe vor dem Warschauer Belvedere verfolgte. Das alles hatte mir so gut gefallen, dass ich mir noch am selben Tag meinen eigenen Wałęsa aus Zeitungen, Schnüren und einem Besenstiel bastelte, und als Vater mich dabei ertappte, wie ich drauf und dran war, im Garten ein kleines Feuerchen zu machen, versohlte er mir zum ersten und zum letzten Mal den Hintern. Angeblich, weil ich mit Feuer gespielt hatte, dabei habe ich doch ganz genau gesehen, wie er meinen Wałęsa mit Tränen in den Augen vom Rasen aufgehoben und ihm dabei entschuldigend über das Gesicht aus Zeitungspapier gestrichelt hatte.

Großmutter hasste die Opposition und ich bin überzeugt, dass sie mindestens ein paar gebrochene Lebensläufe auf dem Gewissen hatte.

„Diese primitiven Solidarność-Proleten …", murmelte sie hasserfüllt vor sich hin, wann immer ihr das Symbol des Gewerkschaftsbundes unter die Augen kam. Die Zusammenarbeit mit der Geheimpolizei betrachtete sie als ihre persönliche Pflicht: Ihre Kontakte zum Staatssicherheitsdienst in Wysoka und Bielsko waren ein offenes Geheimnis, daher wurde sie im Jahr 1982, als die Maria vom Kriegsrecht abhandenkam, sofort der Beteiligung an ihrem Verschwinden bezichtigt, was sie übrigens nie abgestritten hat. Es lag einfach nahe, dass sie in der Sache ihre Finger im Spiel hatte.

Das Abzeichen der kommunistischen Partei am Revers ihres Jacketts, das wie eine Verlängerung ihrer Brustwarze anmutete, nahm sie nie ab, und ich bin mir nahezu sicher, dass sie die Parteibrosche sogar noch auf ihrer letzten Reise zum Warschauer Flughafen stolz an den Torso gepinnt trug.

Meine Großmutter war vielseitig interessiert. Sie hielt sich für eine wahre Kennerin und zwar „von allem!". Die Regale auf ihrer Etage waren mit Büchern vollgestopft und auf den Tischen stapelten sich abonnierte Zeitungen und Zeitschriften, die sie aufmerksam studierte. Irgendwann hatte sie sich sogar mit einigem Erfolg selbst etwas Englisch beigebracht (das muss irgendwann 1983 gewesen sein), was ich heute nur als großen politischen Scharfsinn bezeichnen kann. Großmutters zweite große Liebe nach dem Kommunismus waren nämlich die Vereinigten Staaten von Amerika. Früher habe ich mir oft den Kopf über diese Absurdität in Großmutters Lebenslauf zerbrochen und konnte nur mutmaßen, dass ihre Affinität für die USA vom Kaugummi herrührte, den sie in rauen Mengen konsumierte. Sie muss sich Amerika so vorgestellt haben, wie alle anderen damals auch: als Land des Kaugummis, eine gigantische Landmasse, über die der Duft von Pfefferminz hinweg wehte. Großmutters USA-Liebe war kompromisslos, aufrichtig und groß. Sie ließ sich an drei Dingen ablesen: an ihrer opulenten Armbanduhr mit grünem Dollarzeichen auf dem Zifferblatt, an ihrer Leidenschaft für Paprika-Chips (die sie kaufte, sobald sie in polnischen Geschäften aufzutauchen begannen und von denen sie sich genussvoll ganze Hände voll in den Mund lud, dass die orangefarbenen Krümel ihr Dekolletee bedeckten wie Blütenpollen), sowie an ihrer Sammlung von VHS-Kassetten mit amerikanischen Filmklassikern der 70er- und 80er-Jahre, die sie sich im Original ansah. Ein ums andere Mal tauchte Al Pacino gierig sein Gesicht in Kokain und Großmutter rief, mit einem gar nicht mal so schlechten italienisch-kubanischen Akzent, gemeinsam mit ihm aus: „I'll take you all to fuckin' hell!", „I'll take you all to fuckin' hell!" Und jedes Mal, wenn Tony Montana sich zur Erfrischung eine Salve aus seinem Maschinengewehr gönnte, nahm sie genüsslich einen Schluck von ihrem Bourbon. Natürlich war Großmutters Liebe nicht ganz unpragmatisch, sonst hätte sie nicht den Großteil ihrer Ersparnisse in Dollars statt in Złoty oder Rubel im Haus versteckt.

Heute glaube ich, dass Großmutters Spagat zwischen den vermeintlich gegensätzlichen Welten irgendeine verquere Logik innewohnte. Vielleicht hatte Großmutter wesentlich mehr begriffen als alle anderen, vielleicht wusste sie wirklich mehr?

Es ist jedenfalls kein Zufall, dass Großmutters Auswanderung in die Zeit fiel, als der Sozialismus zusammenbrach und sich in Polen ein historischer Wandel zu vollziehen begann. Manche lästerten damals, die Genossin sei feige und wolle bloß untertauchen. „Mit eingezogenem Schwanz" habe sie das Land verlassen, nachdem die Ereignisse im Land die entscheidende Wendung genommen hatten. Aber Großmutter Saretzka war nur ein einziges Mal in ihrem Leben geflohen, vor vielen Jahren, an den äußersten Rand des Waldes. Obwohl gehässige Stimmen behaupteten, sie wäre zeitlebens auf der Flucht gewesen. Aber diese Leute haben überhaupt nichts begriffen.

Genossin Saretzka wanderte nicht klammheimlich in die Staaten aus. Sie schlich nicht durch die Passkontrolle wie ein verängstigtes Mäuschen, gab nicht vor, einen entfernten Onkel zu besuchen oder nur touristisch zu reisen, um dann für viele Jahre in den Labyrinthen der polnisch-amerikanischen Stadtteile von Chicago und Detroit zu verschwinden. Nein, sie verließ das Land mit vollen Koffern und hielt den Beamten stolz ihren Reisepass und die kürzlich erhalte Green Card vor die Nase, das Objekt der Begierde von Millionen Polen.

Wie war es Großmutter, dieser hartgesottenen Parteifunktionärin, bloß gelungen, in stürmischen Zeiten wie diesen, an eine Green Card zu kommen? Wusste sie, wem man Geld zustecken musste? Hatte sie jemanden bestochen? Ihre Kontakte genutzt? Die damaligen Verhältnisse? War ihr noch jemand einen Gefallen schuldig gewesen?

Nun, gewissermaßen. Großmutter hatte ihre Green Card im Tausch gegen Akten erhalten. Es heißt, sie sei in Bielsko sofort zur Stelle gewesen und hätte abgegriffen, was nur ging, bevor der Rest gestohlen oder verbrannt werden konnte. Es ging ihr keineswegs darum, ihre Vergangenheit zu vertuschen, schließlich ist sie nie der Meinung gewesen, dass es da etwas zu vertuschen gab. Aber Großmutter wusste zu gut, wer in der polnischen Botschaft etwas zu verbergen hatte, und ich bin mir sicher, dass sie alles ganz genau geplant hat. Für Großmutter stellten diese Akten eine wertvolle Währung dar, ein gut verzinstes Polster für die Zukunft. Als Familienkapital sollten sie uns ein gutes Leben ermöglichen in der Zukunft, die sich anbahnte. „Ihr werdet mir noch danken", hatte sie zum großen Verdruss meines Vaters erklärt.

Obwohl Großmutter recht behalten sollte (die weiteren Ereignisse hatten eine selbst für sie unerwartete Wendung genommen), meine ich, dass sie in jener Nacht, als sie die spärlich beleuchtete Strecke aus Bielsko entlangfuhr, das Lenkrad wie immer nur mit den Fingerspitzen berührte und etwas zu stark aufs Gaspedal drückte, überhaupt nicht an die Zukunft ihrer Tochter gedacht hat. Und schon gar nicht an ihren Schwiegersohn. Ja, nicht einmal an ihre kleine Enkelin. In den langen Scheinwerferkegeln des Wagens, in dem sie allein über die Straße bretterte, sah sie Visionen ihres zukünftigen Selbst. Sah sich auf ausgebreiteten Schnellheftern wie auf Flugzeugflügeln emporsteigen, im Gleitflug über Pfade aus Buchstaben segeln, hoch, hoch hinaus über unser Land und weiter, übers Meer, über den Ozean, bis sie ihr geliebtes, nach Pfefferminz duftendes, mit Kokain bestäubtes Amerika, das Land ihrer Träume, erreicht hatte.

Ich habe sie vermisst, nachdem sie ausgewandert war. So sehr, dass sie mir noch Jahre später in lebhaften, farbigen Träumen erschien. Einmal landeten wir zusammen auf dem Mond. Großmutter trug ihr Kostüm mit dem Partei-Pin an der Brust und hielt eine Schmährede auf die Solidarność-Bewegung. Alles ringsum war goldbraun, glitzernde Klümpchen wirbelten durch die Luft wie Krümel von Paprika-Chips. Vor uns hüpfte ein Astronaut herum wie ein Clown, er trug einen ulkigen weißen Raumanzug und einen Helm. Ich fühlte mich wohl, schwerelos, und Großmutter hielt meine Hand fest, damit ich nicht von der Mondoberfläche abheben konnte. Die andere Hand reichte sie dem verirrten Astronauten, um ihn davor zu bewahren, in das endlose Weltall abzudriften, das über uns klaffte.

Sonst war nichts in diesem Traum, nur Rauschen und die durch die Luft wirbelnden Krümel, wie Sterne, wie hell leuchtende Planeten, die sich sanft auf meinen Haaren und Armen niederließen, und Großmutter, die einzig wahre Herrscherin über die Galaxien, sprach: „Ruhig, Tochterherz, ver-scheuche sie nicht, sie tun dir nichts", als würde ich mich vor ihnen fürchten.

Aus solchen Träumen zu erwachen, fiel mir schwer. Ein Gefühl, das, wie mir heute scheint, verwandt ist mit der trotzigen Unfähigkeit, sich an etwas zu erinnern, über das man früher viel nachgedacht hat. So wie das, was mich bereits im Jahr 2005 heimgesucht hatte, an der Schwelle des Frühlings und schließlich in der Blüte des Sommers.

KAPITEL 32

Die Jagd nach dem Spiegelbild

Selbst nach seiner Wandlung zum Hellseher verlor Vater nicht für einen Moment aus dem Blick, was sowohl Ursprung als auch Ziel all seines Strebens war: das Warten auf die Apokalypse. Lange Zeit war ich mir nicht sicher, welche Art von Apokalypse mein Vater, der inbrünstige Barde der Endzeit, eigentlich erwartete. Ich wusste nur, dass er wirklich fest und mit großer Furcht an sie glaubte.

Bis zum Schluss sammelte er hartnäckig und mit ungebrochenem Eifer die Vorzeichen, als würde der Zeitpunkt des gefürchteten Endes immer ferner rücken, je mehr von ihnen er anhäufen konnte. Vaters Apokalypse war nämlich eine Apokalypse ohne Gott.

Es gab in ihr keine Offenbarung, keine Erlösung, und schon gar keine Wiederauferstehung von den Toten. Doch von all den Dingen, die ich bereits über meinen Vater geschrieben habe und noch über ihn schreiben werde, ist vielleicht diese Tatsache die wichtigste: Mein Vater, der Heuchler, Nacheiferer der Propheten, Paranoiker, Scheinheilige und gewissermaßen gewöhnliche Schwindler, glaubte an nichts anderes als an seinen eigenen Tod. Und vor dem fürchtete er sich entsetzlich. Sein ganzes Leben war von dieser Angst bestimmt, sie hatte ihn geformt, von ihr wurde er kontrolliert, sie stand ausnahmslos hinter allem, was sich in Vaters Leben ereignet, was er erreicht und worin er versagt hat. Diese Angst war chronisch und grenzte an Panik. Sie bildete den Kern seines Seins, seiner Persönlichkeit und seines Schicksals. Aus diesem Grund ist Vater zu dem geworden, der er war. Daher sein fadenscheiniger Antikommunismus, die Melancholie der 90er-Jahre, die Wandlung zum Hellseher, die Hypochondrie, seine Feigheit, ja, selbst sein Katholizismus. Der Hass, den er gegen Großmutter hegte, das Misstrauen gegen ihre Hühner und seine Ehe mit Mutter. Die Jagd nach dem Spiegelbild und die Verzweiflung, die ihn beim Anblick leerer Nussschalen überkam. Das Fällen der Birnbäume. Die Furcht vor Magda Dygnar. Und schließlich, oder vor allem: sein Warten auf die Apokalypse.

Vater konnte sich diese Angst nie eingestehen. Er versteckte sie in seinem Aberglauben und seinen Ritualen, in seltsamen Gewohnheiten, Alltagsängsten, Zwangsneurosen und Marotten. Unermüdlich suchte er Trost, doch nie fand er etwas, woran er sich festhalten konnte.

„Fürchtet euch nicht!", zitierte er wie ein Mantra, stammelte es wieder und wieder vor sich hin, als würde er einen Text auswendig lernen: „Fürchtet euch nicht, fürchtet euch nicht, FÜRCHTET EUCH NICHT!" Doch es half nicht.

Interessanterweise sah Vater nie einen Widerspruch zwischen seiner Faszination für heidnischen Aberglauben und seiner frommen Religionspraxis (Großmutter nannte ihn einfach bigott). In der eigenwilligen Logik seines Gewissens waren diese beiden Aspekte seiner Spiritualität durchaus vereinbar und ergänzten einander harmonisch. Mir scheint sogar, dass er seit seiner Wandlung zum Hellseher den Katholizismus häufiger und mit noch größerer Leidenschaft verfolgte, schließlich hatte er endlich die Zeit dafür.

Seit ich denken kann, betete er zweimal täglich, morgens und abends. Dafür kniete er sich immer genau in die Zimmermitte hin. Er verkeilte die Finger ineinander und nur seine Daumen standen komisch ab, sodass die Hände aussahen wie eine verkehrt herum gehaltene Pistole, mit der er auf die eigene Brust zielte.

Außerdem ging er nicht nur jeden Sonntag und zu den hohen Feiertagen in die Kirche, sondern auch an jedem ersten Freitag des Monats, zum Rosenkranz, zur Roratemesse, zu den Exerzitien und zu den Maiandachten. Früher hatte er mich oft mitgenommen.

In der Kirche war er inständig bemüht, den Eindruck des vorbildlichsten Betbruders zu erwecken. Er warf sich mit so viel Verve auf die Knie, dass der Aufprall dumpf über den alten Steinboden hallte, und bei „durch meine Schuld, durch meine Schuld, durch meine große Schuld" holte er aus, als wollte er etwas, das er sich mit aller Kraft vor die Brust hielt, so weit wie möglich von sich wegschleudern.

Mutter nahm Vaters Frömmelei mit völliger Gleichgültigkeit zur Kenntnis. Sie selbst ging in die Kirche ausschließlich, wenn eine Taufe, Hochzeit oder Beerdigung anstand. Während der Messe war sie geistesabwesend und nur manchmal wanderte ihr Blick an die vakante Stelle, die das gestohlene Bild hinterlassen hatte.

Natürlich ließ mein Vater es sich als waschechter Synkretiker nicht nehmen, auch in seiner hellseherischen Praxis auf christliche Mächte zu vertrauen. Dafür griff er zumeist auf Heiligenbildchen zurück. Sobald ein Gewitter über der Stadt aufzog, reihte er sie auf den Fensterbänken auf wie Zinnsoldaten. Ein paar trug er immer in der Brusttasche mit sich herum, am Herzen, wie ein medizinisches Pflaster. Danach küsste er sie leidenschaftlich ab, als hielte er es für seine katholische Pflicht: Er spitzte die Lippen zum feuchten Knutschmund, der einen Abdruck auf dem Kopf des armen Seligen hinterließ, der zu glänzen begann, als wäre er plötzlich vom Heiligen Geist erfüllt worden.

Doch wie sehr er es selbst bestreiten mochte, muss gesagt werden, dass Vater an gar keinen Gott glaubte. Er glaubte nicht an das Absolute und auch nicht an Transzendenz. Womöglich fühlte er sich vage zum Pantheismus hingezogen, aber es war nicht mehr als ein unwesentlicher Instinkt. Ja, dieser verhinderte Wirtschaftswissenschaftler und in Fernkursen ausgebildete Buchhalter konnte zusammenklauben, wie viel er wollte, unterm Strich kam nichts dabei heraus. Null.

Trotz seiner tiefen Religiosität ist Vater gleichzeitig ein hoffnungslos Ungläubiger geblieben. Nicht dass es ihm an Willen oder Vorsatz mangelte, er hatte einfach kein Talent für den Glauben, obwohl er unermüdlich versuchte, etwas daran zu ändern. Sein ganzes Leben war schließlich ein Manifest dieser stetigen misslungenen Versuche. Leider war es ihm nie gelungen, sich selbst etwas vorzumachen. Und dabei tat er doch alles, was er tat, ausschließlich, um sich selbst hinters Licht zu führen.

Natürlich sehnte mein Vater sich aus rein egoistischen Beweggründen nach dem Glauben. Es schien ihm nur logisch, dass der wahre Glaube ihn von seiner übermächtigen Angst befreien würde. Der pessimistische Atheismus war ihm verhasst, er wollte ums Verrecken nichts mit ihm zu tun haben. Trotzdem hatte er tief in seinem Herzen nicht den Bruchteil einer Sekunde lang an die Dogmen, Prophezeiungen, Wunder und den Hokuspokus geglaubt, die doch sein Leben (und mitunter auch unser Leben) beherrschten.

Manchmal scheint mir, dass er nicht mal an seine gesammelten Vorzeichen des Weltuntergangs glaubte, ja, dass er sie selbst für blanken Unsinn hielt. Und wenn er doch an die Zeichen geglaubt und sie gefürchtet haben sollte, dann nur insofern, als sie ihn an die eigene Endlichkeit erinnerten und diese vorhersagten. Je weniger er an seine Praktiken glaubte, umso mehr praktizierte er, als könnten die Maßnahmen wundersamerweise Abhilfe schaffen, wenn er sie nur exzessiv genug verfolgte und auf die Spitze trieb. Doch hinter allem steckte immer die gleiche recht einfache und doch alles beherrschende Angst. Das Einzige, woran Vater glaubte, woran er nie gezweifelt hatte, die einzige unerschütterliche Gewissheit in seinem Leben, war sein eigener Tod.

***

Mein Vater hatte das einzige Wunder, das er hätte bezeugen können, verpasst. Ausgerechnet 1982, während der Kriegsrechtoffenbarung, die später *die Verkündigung vom Mahrtal* genannt werden sollte, war er nicht in Zuckrowka gewesen. Er hatte seine Familie in Wysoka besucht und erst ein paar Tage später nach seiner Rückkehr davon erfahren.

Nahezu alle hatten das Kriegsrechtwunder bezeugt, sogar meine Großmutter, was Vater ihr nie verziehen hat. Mir scheint, dass die Feindseligkeit und Abneigung, die er später gegen sie hegte, seinem Neid auf die Genossin entsprangen, an die das Wunder in Vaters Augen verschwendet war. Oh, wenn es ihm damals nur gelungen wäre, die ruhmreiche Erscheinung selbst zu bezeugen, sie für immer in seine Erinnerung einzuschließen, dann, ja dann wäre es ihm bestimmt vergönnt, zum wahren Glauben zu finden.

Dass er die Erscheinung verpasst hatte, scheint einen großen Einfluss auf Vaters Leben gehabt zu haben. Die verzweifelte Sehnsucht nach einem Glauben, der ihn von den Schreckensvisionen des Nichts erlösen könnte, quälte ihn seit vielen Jahren. Umso schlimmer, dass er die bestimmt einzige Gelegenheit, ihn zu erlangen, verpasst hatte.

Bis an sein Lebensende sollte er sich nach einer Wundererscheinung sehnen. Eine Sehnsucht, die bisweilen merkwürdige Formen annahm. So hatte er etwa 1995 ein paar Wochen lang versucht, sein Spiegelbild einzufangen. Nach einer Reihe von Enttäuschungen hatte er sich an den Spiegel gewandt, der im Bad über dem Waschbecken hing, als wäre er ein Fenster, das aus dieser Welt hinausführte und ihm helfen könnte, die Begrenzungen seines allzu geringen Verstandes zu überwinden.

Dazu stellte er sich vor den Spiegel, dessen Rahmen mit Holzfolie beklebt war, und drehte den Kopf zur Seite Richtung Tür. Gleichgültig starrte er vor sich hin, schien komplett gedankenversunken, bis er sich plötzlich und unvermittelt, wie ein Revolverheld in einem alten Western, zack!, zu seinem Spiegelbild drehte, als wollte er es auf frischer Tat ertappen. Das wiederholte er ein Dutzend Mal, ließ den Kopf immer wieder zur Seite schnellen, ohne dass ihm bewusst war, dass ich ihn durch den Türspalt beobachtete.

Aber das Spiegelbild verblieb exakt dort, wo es hingehörte. Nichts verstieß gegen die Naturgesetze oder den gesunden Menschenverstand. Vater blickte stets in dasselbe Gesicht, jenes vertraute Antlitz, das zu ihm gehörte, und, wie man meinen könnte, identisch mit ihm war, ein eingefallenes Gesicht mit dunklen Augenringen, der Kopf eingefasst vom ersten, noch kaum sichtbaren und doch nicht zu leugnenden, verfrühten Grau. Vater beendete die Jagd auf sein Spiegelbild erst, als im Zuge des Austauschs des Badezimmerschranks das Spiegelglas zerbrach. Der Riss verlief schräg durch das Glas und halbierte seinen Schädel, der ungleichmäßig auseinanderzubrechen schien. Dieses Bild des vorzeitigen Zerfalls belastete Vater so sehr, dass er sich fortan nur noch mit geschlossenen Augen rasierte.

***

Der Organist der Pfarrgemeinde war seit Jahren kein Geringerer als Totengräber Kaminski. Vielleicht hätten seine Psalmenlieder in der kleinen Kirche besser geklungen, wenn er sie in einer normalen Stimmlage vorgetragen hätte, doch er modulierte die Töne wie zum Trotz, erzeugte sie auf eine Weise, dass man meinen konnte, er wolle große Opernarien zum Besten geben, wodurch seine Stimme ständig brach und in falsche Noten abrutschte, während er abwechselnd krächzte und krähte. Er schien noch den letzten Gläubigen mit seinen endlosen Strophen und Refrains erreichen zu wollen, obwohl die Kirche sich für gewöhnlich ziemlich schnell leerte und die Melodie nur noch in den verlassenen Seitenschiffen widerhallte.

„Bedenke, wie kurz mein Leben ist ...", jammerte der Organist. „Warum hast du alle Menschen so nichtig erschaffen ..." Er kreischte und röchelte sich einen ab. „Welcher Mensch wird ewig leben und den Tod nicht erblicken und seine Seele für immer fernhalten vom Grabe?"

Vater war von diesen Gesängen stets aufgebracht, schließlich kannte er alle Psalmenlieder auswendig, doch diese hatte er noch nie gehört. Kaminski hatte ihm gegenüber behauptet, sie sich selbst ausgedacht zu haben, was Vater erst recht schockierte.

Erst später habe ich erfahren, dass Vater einen Teil der Weissagungen des Kaminski zu seinen apokalyptischen Vorhersagen hinzugefügt hatte. Was mich wunderte, hatte er den Totengräber doch nie leiden können, vor allem seit Omas Beerdigung.

Vater war nie dahintergekommen, dass Kaminskis Lieder aus Versen weniger bekannter Psalmen zusammengesetzt waren, die er wahllos miteinander kombinierte.

***

Oma starb, als ich sechs Jahre alt war. Ich erinnere mich, dass Vater mich auf dem Arm trug, etwas, das er schon lange nicht mehr getan hatte. Obwohl ein starker Wind wehte, war sein Kopf unbedeckt. Er trug seinen schwarzen, schlecht sitzenden Hochzeitsanzug. Mutter spannte einen riesigen Regenschirm über uns auf.

Omas Sarg war hell und duftete nach frischem Holz. Es goss in Strömen und der Regen machte die Friedhofserde lehmig und pappig. Weich wie Butter gab sie unter der Schaufel nach. Das Grabloch füllte sich mit sprudelndem Wasser.

Ich schaute zu Vater. Sein linkes Auge wurde immer größer, schwoll an und blähte sich auf wie ein Luftballon. Er selbst schien es gar nicht zu bemerken, während er in das offene Grab starrte, in das nun der Sarg an Seilen hinabgesenkt wurde.

Im Regen sah es aus, als würde Oma gar nicht in die Erde gebettet werden, sondern zu Wasser gelassen. Der Pegel stieg immer weiter an, das Wasser schien zu tosen und zu brodeln, und der Sarg, von den Seilen befreit, auf den Wellen zu schaukeln, im Grab zu schwimmen, das Kaminski wie immer nicht tief genug geschaufelt hatte. Mit jeder Welle von Regenwasser, die Oma überschwemmte, wurde Vaters Auge immer größer, wie eine gewaltige gläserne Beule. Und dann, urplötzlich, platzte die Blase. Eine große, comichafte Träne floss an Vaters Wange herab und sein Auge wurde wieder ein normales, leicht gerötetes Auge. Das Grab wurde zugeschüttet.

Bald darauf erlitt Vater wieder eine seiner Panikattacken. Noch auf dem Leichenschmaus, für den mein Onkel die Kosten getragen hatte (wie übrigens für das gesamte Begräbnis), bekam er es mit der Angst zu tun, als ihm einfiel, dass er Oma nach ihrem Tod nicht am Mittelfinger gezogen hatte, was, wie ihm jemand erzählt hatte, zur Folge haben konnte, dass die Verstorbenen „zu den Lebenden zurückkehren".

Dann verschwand er und erst nach dem Essen kam heraus, wo er gewesen war. Vater war zum Friedhof zurückgelaufen, um aus den nassen Blumensträußen und Kränzen die ungeraden Blumen herauszuzupfen, die doch bekanntermaßen das allerschlimmste Omen auf Beerdigungen sind.

„Wenigstens das bin ich meiner Familie schuldig", hatte er düster erklärt, als mein Onkel ihm vorwarf, sich wie ein Kind zu benehmen.

Leider brachten die Vorkehrungen meines Vaters nicht viel. Bereits ein paar Tage später stellte sich heraus, dass die Erde um Omas Grab herum aufzubrechen begann.

„Das ist normal, die Erde muss sich setzen, geregnet hat's, alles ist mit Wasser vollgesogen, das gibt noch einen Wumms", hatte Kaminski erklärt, nachdem Vater zu ihm gerannt war, um ihm Vorhaltungen zu machen. Und tatsächlich, im Lauf der folgenden Wochen erschienen immer mehr Risse, Furchen und Spalte in der Erde. Doch mein Vater ließ sich nicht davon überzeugen, dass die Erde wirklich nur „arbeitete".

Oma war eines friedlichen Todes gestorben, im Schlaf. „Sie hat nicht mal was mitbekommen", hat der Notarzt gesagt, und letzteres entsetzte meinen Vater am allermeisten. Schlaflos wälzte er sich im Bett hin und her, beteuerte, dass das Atmen ihm schwerfalle, als würde über ihm ein Sargdeckel zuknallen.

Er konnte nicht aufhören, daran zu denken, wie Oma im Grab zerfiel. Unentwegt stellte er sich vor, wie sie schrumpfte, wie ihre seifige Haut platzte, das gelbe Fett ranzig wurde, der Bauch aufquoll, die welken Brüste hinabflossen, die Augenhöhlen einfielen, wie die Würmer sich an ihrem Rücken und Bauch zu schaffen machten, ihre ganze Gestalt von einem schaumigen Leichenschleim überzogen wurde – nur ihr Schädel blieb weiß und blank wie ein frisch geschälter Apfel.

Ihn erfasste dann die allzu vertraute Angst, aber hundertmal stärker als sonst. Vater spürte, wie ihm die Übelkeit in den Rachen stieg beim Gedanken, dass auch er einmal sterben würde, dass er nicht allzu viel Zeit hatte – wie übrigens wir alle. Der Gedanke, eines Tages genau wie seine Mutter ins Bett zu gehen und nicht mehr aufzuwachen, bestürzte ihn so sehr, dass er einfach aufhörte, einzuschlafen.

In einer dieser schlaflosen Nächte, als er völlig übermüdet den sich zersetzenden Leichnam seiner Mutter vor sich sah, aus dem, seinen Berechnungen zufolge, bestimmt schon die Knochen herauszuragen begannen, drang plötzlich ein lautes, trockenes Donnergrollen durch Zuckrowka. Ein Gewitter zieht auf, dachte er folgerichtig, und zu seiner großen Verwunderung verschaffte ihm die Erkenntnis eine gewisse Erleichterung. Die Luft war nicht mehr so stickig, er konnte besser atmen.

Vielleicht war alles nur dem Wetter geschuldet? Bei Wetterumschwüngen ging es ihm doch nie besonders gut, versuchte er sich einzureden, bis er schließlich, zum ersten Mal seit Tagen, in einen ruhigen und tiefen Schlaf fiel. Als wäre mit dem Donner, der durch die Stadt wälzte, in Vater endlich das Geschwür geplatzt, das ihn so viele Wochen lang gequält hatte.

Am nächsten Morgen ist Vater spät aufgestanden. Die Erde war trocken. In der Nacht war kein einziger Tropfen Regen gefallen.

Völlig zerrüttet stürmte er in Kaminskis Büro. Omas Grab war vollständig abgesackt und ein paar Dutzend Zentimeter nach unten gerutscht. Die Erde darüber war eingefallen und das Kreuz hatte sich stark zur Seite geneigt.

„Was wollen Sie eigentlich von mir? Der Boden hat sich gesetzt. Das ist immer so. Der Sargdeckel fault, dann bricht er und das Grab sinkt ab. Bald ist Ruhe. Ich schütte etwas Erde drauf und dann könnt ihr anfangen, Blumen zu pflanzen. Ihr habt am Sarg gespart, da ist er natürlich schnell verfault, andere Modelle halten schon mal zwei Jährchen aus …"

Vater stierte den Totengräber an, ohne Widerworte zu geben. Dann ließ er, von einer plötzlichen Erkenntnis getroffen, die Wimpern flattern.

„Jesus …", stammelte er. „Jesus …", und torkelte Richtung Tür.

Seit diesem Tag hegte er die unerschütterliche Überzeugung, dass der Donner, den er in jener Nacht gehört und der ihn endlich in den Schlaf entlassen hatte, nichts anderes gewesen war als der Krach von Omas berstendem Sarg, der dumpfe, durch die ganze Stadt hallende Paukenschlag des Holzes, das über ihrem verfaulten Körper zusammenfiel.

∗∗∗

Vater hatte das Meer zum ersten Mal gesehen, als er beim Heer gewesen war. Ich hätte ihn fast nicht erkannt, als mir einmal ein altes Foto von ihm in die

Hände fiel. Nicht, dass seine Züge sich über die Jahre groß verändert hätten, natürlich war er älter geworden, sein Gesicht etwas eingefallen, als hätte der Körper langsam begonnen, sich von den Knochen abzulösen. Kahl geworden war er auch. Die Uniform auf dem Foto verlieh ihm einen gewissen Ernst, aber sonst war Vater genau derselbe. Dennoch sah er für mich wie ein Fremder aus. Als hätte ich den Menschen auf dem Foto noch nie gesehen.

Vaters Kompanie war damals zu Aufräumarbeiten bei den Dünen abkommandiert. Auf dem Foto ist mein Vater jung und spindeldürr, er trägt eine Bommelmütze, die überhaupt nicht zu seiner Uniform passt. Obwohl das Foto nur eine Momentaufnahme ist, ist der starke Wind an diesem Tag beinahe körperlich spürbar. Die Ufergräser neigen sich zur Seite, als würde ein großes Gewicht gegen sie drücken, gewölbt wie ein zum Himmel gereckter Hintern. Vater lächelt. Er steht da zwischen den Gräsern, mit vom Wind umtosten Gesicht und einem Klappspaten in der Hand. Hinter ihm, am Strand, liegen Robben. Auf der monochromen Amateurfotografie scheinen die Tiere schwarz zu sein. Dutzende von ihnen liegen auf der unebenen Sandbank. Ihre Leiber schimmern, offenbar sind sie gerade erst aus dem Wasser aufgetaucht. Sie sehen nicht wie Lebewesen aus, sondern wie Löcher im Bild.

Von oben, aus der Vogelperspektive, hätte man feststellen können, dass der Strand an diesen Stellen durchgerieben scheint und der Sand voller Ausbuchtungen ist, gestürmt vom dahinter liegenden Meer, dem Meer, das bereits im Rücken meines Vaters lauert und sich in der aufgeblähten Gestalt von Robben über den Sand ergießt. Aber noch hat mein Vater sich nicht umgedreht, noch hat er nicht hinter sich geblickt, er weiß das alles noch gar nicht. Noch hat er keine Angst.

Kurze Zeit später musste Vater Strafwache in einem Wachhäuschen halten, das an eine winzige Datsche erinnerte. Die Bäume ringsum verliehen ihm einen sommerlichen Ferien-Flair, obwohl sich alles im Herbst abspielte.

Am späten Abend vernahm Vater ein seltsames Poltern. Es kam von oben. Als liefe etwas übers Dach. Erst dachte Vater, es wäre ein Tier, doch er begriff schnell, dass kein Tier einen solchen Lärm machen konnte. Jemand schien mit aller Kraft auf das Blechdach zu dreschen, zu hüpfen und zu trampeln.

Vater blickte durchs Fenster, aber draußen war niemand. Er gab sich einen Ruck und ging hinaus vors Wachhäuschen und auf einmal wurde es ringsum still. Als würde ihn etwas aufmerksam beobachten.

Im schmalen Lichtkegel der Taschenlampe erschienen der Rasen, die gemaserten Bretter, das leere Dach. Ringsherum war es komplett duster, nur der Wald, der umzäunte Truppenübungsplatz und Vater, mutterseelenallein.

Er ging wieder hinein, aber als er die Tür hinter sich geschlossen hatte, entfuhr ihm fast ein Schrei, denn das Klopfen kehrte augenblicklich mit doppelter Intensität zurück. Nun meinte er, ein Grollen und undeutliche Stimmen zu hören.

Einen Moment lang blieb er unsicher mitten im Raum stehen, bevor er sich den Tisch schnappte und ihn mit Getöse unter die Türklinke rammte. Dann kauerte er sich auf einen Stuhl in der Ecke. Sehr lange saß er so da, umgeben vom Trommelsturm. Er hatte Bauchschmerzen vor Angst und furzte leise vor sich hin, im Rhythmus des Klanggewitters, das über seinem Kopf tobte.

Keine Sekunde lang ließ er die Tür aus den Augen, die er mit dem klapprigen Tisch verbarrikadiert hatte. Er war von großer Furcht erfüllt, aber vor allem überraschte es ihn, wie sehr er leben wollte, und wie groß seine Angst davor war, dass er eines Tages aufhören würde zu existieren. Schließlich wurde er müde und schlief in dieser unbequemer Position ein.

Er träumte, dass über seinem Kopf tatsächlich Monster ihr Unwesen trieben, undeutliche Nebelfratzen mit ihren scharfen Hufen Löcher in die Decke schlugen, während sie über seinem Kopf hin- und hergaloppierten.

Am nächsten Morgen wachte er schweißgebadet auf, aber unversehrt und gesund. Als er mit klopfendem Herzen nach draußen trat, sah er, dass der wilde Apfelbaum fast alle seine gelben Früchte verloren hatte. Sie waren es, die die ganze Nacht gegen das Blechdach getrommelt hatten, und das Gras war nun übersät mit den geplatzten Äpfeln, die im Licht der Morgendämmerung aufgingen wie verblassende Planeten.

Das war der Moment, in dem Vater zum ersten Mal die Furcht verspürt hatte, die ihn seitdem und bis an sein Lebensende begleiten sollte. Die gleiche Furcht, die ihn ergriff, als Jahre später der Sarg seiner Mutter zerbrach. Er hatte diese Furcht schon so viele Male erlebt, immer wieder neu, und der apfelartige, sauber geschälte Schädel meiner Oma unterschied sich in nichts von den Äpfeln, die in jener Herbstnacht von den verwilderten Bäumen gefallen waren.

KAPITEL 33

Schlechte Fluide

Obwohl Großmutter Saretzka im Jahr 2005 schon seit über zehn Jahren im Ausland lebte, war alles, was uns umgab, noch von ihr. In der gesamten Zeit hatte Genossin Saretzka ihrer Heimat keinen einzigen Besuch abgestattet und bald rief sie auch gar nicht mehr an. Manchmal schickte sie zu besonderen Anlässen noch eine Postkarte oder ein paar Fotos, auf denen sie mit ihrem sichtlich jüngeren amerikanischen Freund Paul vor Bostoner Sehenswürdigkeiten posierte. Trotzdem nannten wir unser Haus immer noch *Saretzka-Villa*, den Garten *Großmutters Garten* und die erste Etage *Großmutters Etage*.

Selbst nach all den Jahren war ihre Präsenz so stark zu spüren, dass wir unfähig waren, den Dingen andere Namen zu geben. Nicht einmal Vater war dazu in der Lage, obwohl ihm doch so viel daran lag. Ihr Vermächtnis saß ihm fest im Nacken.

Ich erinnere mich noch daran, wie er 1993 den Efeu von den Hauswänden gerissen hat. Im Laufe der Jahre war die Fassade der Villa von einer prächtigen, bläulich-silbrigen Kletterpflanze umrankt worden, die Vater missmutig Totenefeu nannte. Er hielt den Efeu für giftig und war der Meinung, dass aus ihm „schlechte Fluide emittierten", was Genossin Saretzka stets mit herzhaften Lachsalven quittierte.

Großmutter pflegte ihren Efeu mit Stecken und Rankhilfen und die Kletterpflanze wuchs und gedieh, ließ die Villa von außen erscheinen, als wäre sie in Mondlicht getaucht.

„Deine Großmutter war wie dieser Efeu", hatte Vater erklärt, während er nur wenige Wochen nach der Auswanderung der Genossin barbarisch die wunderschönen, spitzenartigen Blätter ausrupfte, unter denen der vor Feuchtigkeit fleckige graue Putz sichtbar wurde.

Vater hatte nie Vertrauen zu Großmutter gefasst, denn wie konnte man einem Menschen trauen, dessen Sternzeichen man nicht kannte. Großmutter beteuerte immer wieder, sie kenne ihr genaues Geburtsdatum nicht, das Datum in ihrem Personalausweis verweise bloß auf den Tag, an dem ihre Eltern sie im Rathaus gemeldet hatten, ein paar Wochen nach ihrer Geburt.

„Deine Mutter könnte weiß Gott wer sein", warf Vater meiner Mutter manchmal im Streit an den Kopf, ohne dass ihm je bewusst wurde, dass seine Worte eher ein Kompliment waren als eine Beleidigung. Er hatte mit Großmutter immer langwierige Scharmützel und Kriege geführt, in denen ich häufig als Druckmittel eingesetzt wurde. Als Mutter wieder an die Uni ging, passte die Genossin, die 1991 plötzlich arbeitslos geworden war (mehr aus freien Stücken als aus Notwendigkeit), auf mich auf. Dass ich in Großmutter so vernarrt war, erfüllte meinen Vater mit Neid. Er war überzeugt, dass ich mir von ihr nur Boshaftigkeit und Missgunst abschauen würde. Eine Zeit lang versuchte er sogar, mir weiszumachen, dass Genossin Saretzka eine Gift speiende Schlange wäre. Als Beweis diente ihm das Bild, das sie abgab, wenn sie bügelte: Sie nahm einen Schluck Wasser in den Mund und spritzte ihn durch ihre zusammengepressten Lippen auf die Kleidung, woraufhin das heiße Bügeleisen alles zum Zischen brachte, dass ringsum Dampf aufstieg.

Ich erinnere mich auch noch ausgezeichnet an die Tage, an denen Großmutter sich die Zehennägel schnitt. Das ganze Haus war von lautem Gelächter erfüllt, nur Vater zog angewiderte Grimassen: „Das ist doch abscheulich", wiederholte er kopfschüttelnd.

Ich begriff nicht, was eigentlich sein Problem war, denn für mich gab es kein großartigeres Schauspiel!

Sobald ich den ersten Schuss vernahm, sauste ich nach oben, wo die Genossin mit hochgestrecktem Bein auf dem Sofa saß und sich mit einem Knipser die Zehennägel schnitt. Ihre Krallen, hart wie Diamanten, gaben nur schwer nach, und Großmutter schnaufte vor Anstrengung, bis der weiße Halbmond endlich absprang und mit solcher Wucht an die Scheiben schoss, dass es klirrte. Sie prallten an den mit weicher Farbe gestrichenen Wänden ab und hinterließen auf ihnen Abdrücke, die wie eine altertümliche Keilschrift anmuteten. Die winzigen, tief eingekerbten Spuren sind bis heute auf der ganzen Etage zu sehen.

Für gewöhnlich beobachtete ich das alles vom Cognactischchen aus, unter dem ich hockte, durch die Fransen der Tischdecke hindurch. „Dass ich nur nicht dein Auge erwische!", warnte Großmutter immer.

Im Sommer ging die Genossin zum Zehennägelknipsen in den Garten, meistens, wenn Vater seine Bibellesungen in Angriff nahm, und mit Genugtuung verfolgte sie, wie er vor den fliegenden Halbmonden flüchtete wie vor einer biblischen Plage.

Doch im Winter blieb sie drin und der Lärm der umherschießenden Nägel erfüllte das ganze Haus.

Die Empörung ihres Schwiegersohns muss Großmutter sehr amüsiert haben, denn nach dem Zusammenbruch des Sozialismus vertrieb sie sich die öden Tage wie eine freche Göre mit allerlei Späßen, für die mein Vater ein leichtes Opfer war.

Alles hatte mit den Gemälden begonnen. Vater, der damals immer neurotischer wurde, brachte immer wieder Reproduktionen von Bildern der Mutter Gottes mit nach Hause. Er war immer noch ganz verbittert über die verpasste Erscheinung und hängte die Bilder an die Schlafzimmerwände, direkt über das Ehebett, „zum Schutz und für geruhsamen Schlaf".

Die Bilder beruhigten ihn ein wenig. Er schaute sich die schlechten Madonnenkopien gerne an. Ihre flachen, freskoartigen, in Renaissancelandschaften eingebetteten Gesichter hatten sich ihm innerhalb von ein paar Wochen fest ins Gedächtnis eingebrannt. Es erstaunt daher nicht, dass er einen Schrecken bekam, als er eines Morgens, während er vor der Arbeit Sandwich kauend auf das größte der Bilder starrte, plötzlich entdeckte, dass etwas anders war. Es sollten ein paar Minuten verstreichen, bis er begriff, was die Ursache seiner unbestimmten, aber merklichen Unruhe war.

Wie war das möglich …? Vater war sich beinahe sicher, nein, eigentlich hatte er keinen Zweifel daran, dass die Mutter Gottes sich in der Nacht bewegt haben musste.

Bisher hatte sie stur vor sich hin gestarrt, auf den alten Fernseher an der Wand, nun jedoch schielte sie zur Seite, zum Fenster, als versuchte sie, im Garten einen Blick auf die im Morgengrauen gackernden Hühner zu erhaschen.

Vaters Herz klopfte lauter.

Ja, war es denn die Möglichkeit …? Nach so vielen Jahren des Wartens? Natürlich konnte er sich irren, vielleicht war es einfach nur eine Illusion … Aber wo, wenn nicht hier in Zuckrowka, könnte sich so etwas ereignen?

Er fragte Mutter, ob ihr nicht irgendetwas seltsam vorkam, aber ihr war nichts aufgefallen, war sie doch ein paar Nächte in Bielsko gewesen, wegen eines studienbegleitenden Praktikums.

Seitdem schlief Vater unruhig und jeden Morgen nahm er die Bilder, eins nach dem anderen, in Augenschein, als würde er nach dem letzten Zeichen suchen, nach der ersehnten Bestätigung. Aber die kleinen Marien blieben unverändert. Enttäuscht begann er, Frieden damit zu schließen, dass „die Sache" wohl auf seine Verschlafenheit zurückzuführen war, und als er ein weiteres Mal in seinem Leben die Wunderhoffnung fahren lassen musste, bemerkte er eines Tages, als er von der Arbeit kam, dass die Mutter Gottes ihn direkt aus dem Bild heraus anstarrte. Eindeutig vorwurfsvoll. Als würde sie Vater übel nehmen, dass er gewagt hatte, zu zweifeln!

Seitdem verging kein Tag, an dem das Bild sich nicht verändert hätte. Auf der Leinwand erschienen kaum sichtbare, geheimnisvolle Schatten nicht anwesender Figuren, die Finger der Madonna waren immer wieder anders, Haarsträhnen verschlangen sich ineinander und lösten sich wieder, das Jesuskind in ihren Armen war abwechselnd eingeschlafen oder hellwach und am Horizont der italienisch anmutenden Landschaft tauchten immer wieder Konturen von Vögeln, Insekten und seltsamen Vierbeinern auf.

Vater verfolgte das Schauspiel mit einem Kloß im Hals und sagte zu niemandem ein Sterbenswörtchen. Er war von der Hoffnung erfüllt, dass es nun endlich passierte, vor seinen Augen, in seinem (so gut wie) eigenen Haus, über seinem Bett, das lang erträumte Wunder! Wahrlich, ein weiteres Wunder, ein Zuckrowka-Wunder, das Wunder, nach dem er seit Jahren Ausschau hielt und das ihm so lange Zeit versagt geblieben war.

Er hatte schon den Entschluss gefasst, Pfarrer Wilk zu konsultieren und ihm von der neuen Erscheinung zu berichten, die sich hier bei uns auf dem verbrannten kargen Grundstück der Saretzka-Villa ereignete. Vor seinem geistigen Auge sah er bereits endlose Prozessionen durch unseren Garten ziehen und Dankeshymnen anstimmen, Menschenmassen wie die vor zehn Jahren in der Kirche Unserer Lieben Frau vom Berge Karmel … Er machte telefonisch einen Termin in der Sakristei aus.

Leider sollte bereits in der folgenden Nacht alles eine andere Wendung nehmen.

Morgens nach dem Erwachen richtete Vater den Blick wie immer sofort auf die Madonna und ihm stellten sich die Nackenhaare auf. Das heilige Bild über ihm stand auf dem Kopf!

Mit zitternden Händen drehte er es wieder richtig herum. Nun blickte die Maria ihn mit roten blutunterlaufenen Augen an. Das milde weibliche Lächeln hatte sich verzogen und zwischen den rosigen Lippen waren spitze Zähne zu sehen.

Nein, es erstaunte ihn nicht, es gelang ihm sogar, ganz ruhig zu bleiben. Sicher, ein wenig enttäuscht war er schon, aber hatte ein Teil von ihm es nicht von Anfang an geahnt?

Damit hätte er doch wirklich rechnen können. Denn wo, wenn nicht in dieser dämonischen kommunistischen Villa, sollte das Böse sich einnisten wollen?

Gut, dass er seiner Schwiegermutter gegenüber nichts erwähnt hatte. Das Böse steckte ja auch in ihr, es sprach geradewegs durch sie. Großmutter Saretzka machte seit Kurzem auch den Anschein, dass sie etwas vermutete, denn immer öfter fragte sie mit einem boshaften Lächeln und mit falscher Fürsorge, ob bei Vater, ihrem Schwiegersohn, auch alles in Ordnung sei. Er sei so blass in letzter Zeit, so fahrig, und das sei doch eher ungewöhnlich „für einen Phlegmatiker wie ihn".

Nicht auszudenken, wie lange Vater noch in seinem Wahn gefangen geblieben wäre, hätte der Pfarrer nicht für Abhilfe gesorgt, indem er ihm etwas Weihwasser gab, das er zuhause sofort im Glas auf den Nachttisch neben das Bett stellte. Und das geheiligte Wasser tat, oh Wunder, tatsächlich seine Wirkung. Aber nicht so, wie Vater es sich vorgestellt hatte.

Ein Klirren riss meinen Vater aus dem Schlaf. Entsetzt sprang er aus dem Bett, schrie und fuchtelte mit den Händen, bereit zum Kampf mit dem Bösen, aber plötzlich hielt er inne, starrte verblüfft.

„Mutter? Was machst du denn hier?"

„Ich hatte Durst", antwortete Großmutter unschuldig. Sie stand mit einem Bein auf dem Nachttisch neben dem Bett meiner Eltern. Aus dem umgekippten Glas ergoss sich ein kleines Bächlein auf den Boden.

Vater starrte Genossin Saretzka immer noch an, dann wanderte sein Blick zu dem kleinen Pinsel in ihrer Hand. Tonlos bewegte er die Lippen, versuchte zu begreifen, was er sah.

„Ja, bist du denn von allen guten Geistern verlassen?"

Er schien jeden Moment in Tränen auszubrechen. Jetzt war die Sache klar: Weder hatte es ein Wunder gegeben, noch einen Wahn.

„Warum bloß hast du aufgehört, an Gott zu glauben?", fragte er anklagend.

Großmutter ließ sich mit ihrer Antwort Zeit. Sie kraxelte vom Nachttisch herunter, vorsichtig, damit ihr Pyjama nicht nass wurde. Schließlich drehte sie sich um und schaute ihren Schwiegersohn, der barfuß neben dem Bett stand, lange und intensiv an, während die Weihwasserpfütze immer größer wurde.

„Weil ich meinen Verstand nie ausgeschaltet habe, Sohn", sagte sie kalt und zog sich mit dem Pinsel in der Hand anmutig auf ihre Etage zurück.

An diesem Morgen hat Vater entdeckt, dass vom Pinsel ein paar dunkle Farbkleckse auf sein Kissen getropft waren.

KAPITEL 34

Maria Magdalena

Die Geschichte mit Magda Dygnar nahm eine neue Wendung, als Frau Wosch verkündete, dass sie der Maria vom verschollenen Gemälde ähnlich sah. Das muss Anfang Juli gewesen sein, kurz nachdem mein Vater begonnen hatte, Magda zu therapieren, was zur Folge hatte, dass sie seltener schlafwandelte.

Ich weiß nicht, wie die Verkäuferin zu dieser Überzeugung gelangt war, schließlich erinnerte sich niemand mehr so genau, wie die Kriegsrechtmaria wirklich ausgesehen hat. Es gab keinerlei Fotos oder Reproduktionen von dem wundertätigen Bild und die Erinnerungen daran waren mit den Jahren immer stärker verblasst.

Bald behauptete Frau Wosch, Magda hätte sie kraft ihres Gesanges von ihren chronischen Rückenschmerzen befreit.

„Schaut euch das gesegnete Magdalenchen an, wie es engelsgleich über die Dächer schreitet!", säuselte sie hinter der Theke ihres Lädchens daher, während sie die ramponierten Bierkrüge ihrer Kunden mit Honigeinlage versah. Die nickten zustimmend und hörten geduldig zu und Frau Wosch wedelte im Eifer des Erzählens mit dem verschmierten Löffel herum, bis Honigfäden durch die Luft wirbelten.

Schon bald wuchs das Gerücht sich aus und jemand rief sich den Besuch des Exorzisten ins Gedächtnis, mitsamt seiner Diagnose, dass Magda nicht besessen, sondern im Zustand göttlicher Gnade war. Und so wurde die Sache, wie man sich denken kann, schnell zum Selbstläufer.

Kurz nachdem Magda zur Gesandten der Maria von Zuckrowka erklärt worden war, machten in der Stadt schon unzählige und immer wildere Geschichten über die angeblichen Heilmächte des Mädchens die Runde. Geschichten, mit denen der geheilte Rücken von Frau Wosch nicht lange mithalten konnte. Natürlich half es schon, wenn sie sang, aber was, wenn man Magda anfassen könnte …? Würde diese Berührung einen nicht gesünder, agiler, zu einem besseren Menschen machen? Wenn schon die Tränen der Kriegsrechtmaria zu heilen vermocht hatten, jene Tränen, mit denen sich 1982 alle eingerieben hatten, was würde dann Magdas Berührung bewirken? Bestimmt war sie von der Maria persönlich gesandt worden, um uns beizustehen, uns zu heilen, um die Einwohner Zuckrowkas zu beschützen. Ja, sie schlafwandelte, um uns zu helfen. Das war eine Erklärung, die den Leuten gefiel.

Vor allem die Älteren verfielen der Nostalgie, riefen sich die gemeinsamen Wachen in Erinnerung, jene ruhmreichen Tage von Zuckrowka, als sie selbst noch jung gewesen waren, abends vor der Polizeisperrstunde die Kirche verließen, die Hände bedeckt mit dem weichen Wachs der Kerzen, und nicht einmal die böse Welt draußen ihr Glück trüben konnte.

Es soll vorgekommen sein, dass sich nachts Leute im Garten der Dygnars herumtrieben und am Fenster der „gesegneten Magdalena" darauf warteten, dass das Mädchen sich einmal blicken ließ, damit sie wenigstens mit den Fingerspitzen ihren Körper berühren konnten, der für diesen kurzen vergänglichen Moment den Status einer heiligen Reliquie innehatte.

Natürlich ist es niemandem gelungen, und ich bezweifle, dass sich in jenen Tagen wirklich jemand getraut hat, sich dem Haus der Dygnars zu nähern.

Die Phase des mystischen Wahns war zwar sehr intensiv, aber sie fand ein baldiges Ende. Denn schon zwei Wochen später stellte sich heraus, dass die „gesegnete Magdalena" überhaupt keine Wunder vollbrachte und Frau Wosch einfach nur eine Dummschwätzerin war. Die ganze Geschichte sollte mit dem unseligen Ausflug zu Magdas Fenster besiegelt werden, der für mich gewissermaßen einen Kontrapunkt darstellt, der die Jahre der Wundergläubigkeit in dieser Stadt beendete.

Damals habe ich verstanden, wie sehr solche Geschichten dazu neigen, sich zu vermehren, monströse Züge anzunehmen, ein Eigenleben zu entwickeln. Sie verlieren den Bezug zu denen, die sie erzählen und von denen sie handeln. Genau dieses Schicksal ist Magda widerfahren.

Über bestimmte Dinge wurde immer seltener direkt gesprochen. Kaum jemand in der Stadt nannte die nächtlichen Wanderungen von Magda Dygnar noch „Schlafwandeln".

Wenn man das Thema berühren musste, griff man abwechselnd auf ein paar unverfänglichere Ausdrücke zurück. So sagte man zum Beispiel, Magda hätte wieder „die Nacht unsicher gemacht", „sich im Schlaf aufgeführt" oder, besonders häufig, das Mädchen sei wieder „wunderlich unterwegs" gewesen. Dieser letzte Ausdruck war mit der Zeit in unseren täglichen Sprachgebrauch eingegangen. Man sprach ihn sogar auf eine ganz bestimmte Weise aus, die einzelnen Silben betonend, als wollte man so die Besonderheit des damaligen Zuckrowka-Slangs unterstreichen.

In diesen unsicheren Zeiten hatten wir große Angst und sehnten uns gleichzeitig danach, dass bezüglich Magda endlich etwas geschah. Die Sache trieb vor allem die Frauen vom Mai-Komitee um. Mir scheint, dass die Enttäuschung über das Fehlen von eindeutigen und handfesten Zeichen sie dazu bewegt hatte, die absurdeste aller Thesen aufzustellen, nämlich, dass Magda sich zum Abflug bereitete. Ja, sie flöge auf die Dächer hinauf.

Wie sonst war es zu erklären, dass sie sich nie verletzte? Und war die Kriegsrechtmaria nicht auch geflogen? Das war doch Fakt, dass sie geflogen war, und der Pfarrer sollte es am besten wissen. Und dann die Spuren, die im Winter einfach abrissen im unberührten Schnee ... Das musste doch jedem einleuchten, dass sie auf die Dächer hinaufschwebte! Und damit nicht genug, sie wollte noch viel höher hinaus. Wohin? Na, in den Himmel!

Niemand konnte sagen, warum und zu welchem Zweck Magda in den Himmel zu fahren beabsichtigte, aber so genau wollte es auch keiner wissen.

Ich habe bis heute nicht herausfinden können, wer es war, der sich schließlich ausgedacht hat, dass der Bau unseres berühmten Glockenturms durch einen „prophetischen Rausch des Pfarrers" angeregt worden sei, und speziell für die Ankunft Magdas geplant war, damit sie von seinem Spitzdach zum Flug abheben konnte (dabei war die Argumentation gar nicht mal so unlogisch, schließlich war er das höchste Bauwerk der Stadt). Pfarrer Wilk dementierte und angeblich hatte jemand gesehen, wie er, purpurrot vor Wut, im Pfarrhaus seine Haushälterin anschrie: „Der Glockenturm wurde für den Herrgott erbaut und nicht für diese Göre! Für den Herrgott, verdammt noch mal!"

Wie sich herausstellte, hatte Pfarrer Wilk damit nicht ganz unrecht.

∗ ∗ ∗

Der Ausflug ans Fenster war auf Anregung von Frau Zolko unternommen worden, die die Maiwachen leitete. Die ehemalige Mathematiklehrerin mit der Reibeisenstimme war seit 1995 im Ruhestand, hatte sich aber für ihr Alter „sehr gut gehalten", wie sie selbst stets betonte. Als einzige des Dreiergespanns bewohnte sie ein besungenes Haus (so wurden damals in der Stadt die Häuser genannt, auf deren Dächer Magda gestiegen war). Die mittlere Kownatzka und Frau Zolko waren Nachbarinnen. Die gepflegten Blumengärten der beiden Frauen waren nur von einem kleinen Zaun getrennt, der Frau Zolko einen ausgezeichneten Einblick gewährte in alles, was bei Frau Kownatzka passierte. Sie stand morgens früher auf als ihre Nachbarin und trippelte schon um 7 Uhr am Zaun entlang. Dem Anschein nach kümmerte sie sich um ihre Beete, doch in Wirklichkeit linste sie verärgert zum Haus der Freundin, die es wagte, „morgens so lange herumzutrödeln". Sobald auch die mittlere Kownatzka endlich im Garten erschien, winkte Frau Zolko sie sogleich mit einer Geste herbei, die keinen Widerspruch duldete, und schmetterte ihr ein halb beleidigtes, halb gnädiges „Guten Morgen" entgegen.

Dann standen sie sich zu beiden Seiten des niedrigen Zauns gegenüber und die mittlere Kownatzka nickte immerzu freundlich (wenn sie es eilig hatte, trippelte sie nervös auf der Stelle, denn ihre Höflichkeit hinderte sie daran, klare Ansagen zu machen) und ließ die ausschweifenden belehrenden Vorträge von Frau Zolko über sich ergehen, die sich manchmal so hineinsteigerte, dass ihre rechte Hand aussah, als hielte sie darin ein Stück Kreide, mit der sie schwungvoll unsichtbare Zahlen, Buchstaben und Diagramme in die Luft kritzelte wie an eine Schultafel.

Die mittlere Kownatzka war das zweite Kind der verstorbenen Eheleute Kownatzka und man hatte sie so genannt, um sie von ihren zwei anderen Schwestern unterscheiden zu können. Der Name passte zu ihr und so ist sie immer die „mittlere Kownatzka" geblieben, selbst, als ihre ältere Schwester verstarb und sie deren Alter überschritten hatte, wodurch sie zur Ältesten wurde. Ein Phänomen, das sie in Staunen versetzte.

Die jüngste im Trio war Aska Bargielka, die Nichte von Frau Zolko, die einen Heidenrespekt vor ihrer unnachgiebigen Tante zu haben schien. Sie war ungefähr so alt wie Magda und Mitglied einer Gruppe der katholischen Jugend in Wysoka. Ich habe sie oft gesehen, wie sie an Wochenenden mit Gitarre am Supermarkt auf den Bus wartete. Aska Bargielka kannte ich noch aus der Grundschule, sie war eine Klasse über mir, und ich habe einmal gehört, dass sie seinerzeit mit den anderen Mädels auf Gräber gespuckt haben soll. Im Grunde ist das auch das Einzige, was ich über sie weiß. Ich sehe sie geradezu vor mir, wie sie mitten auf dem Friedhof steht, die Beine leicht gegrätscht, wie sie den Speichel im Mund zu sammeln versucht, und mir scheint, dass ihre Anwesenheit an Magdas Fenster einfach nur eine Fortsetzung des unvollendeten Friedhofsszenarios war. Außerdem ist Aska eine der wenigen Heldinnen und Helden dieser Geschichte, die immer noch in Zuckrowka leben, was möglicherweise von Belang ist.

Angespornt von den Wundergerüchten um den angeblichen Engelsflug hatten diese drei also beschlossen, die Gelegenheit beim Schopf zu packen und am Haus der Dygnars zu beten. Nur so ein bisschen, aus sicherer Entfernung, um wenigstens einen Hauch der Gnade zu erfahren, die von „diesem netten blassen Mädchen" ausging. Sie kamen mit Armen voller Blumen und ein paar dicken Kerzen in transparenten Schutzbehältern angerückt. So standen sie also zu dritt an der Mauer, die das Grundstück der Dygnars umgab und versuchten zu beten, ganz leise und jede für sich.

Die erste, die nicht mehr an sich halten konnte, war Frau Zolko. Sie reckte den Hals und lugte über das Tor. Das Haus schien leer zu sein. Um die Uhrzeit war Herr Dygnar normalerweise noch in der Firma.

„Ich gehe rein", sagte sie plötzlich entschlossen.

Die Pforte stand bereits offen, man musste nur noch eintreten.

Frau Zolko machte sich mit festem Schritt auf den Weg über den Rasen, geradewegs zum vergitterten Fenster. Dann begann sie, die mitgebrachten

Blumen auf der Fensterbank auszulegen. Zwischen die Sträuße steckte sie noch zwei dicke Kerzen. Dann zog sie endlich ihren Rosenkranz aus der Hosentasche und winkte Aska Bargielka und Frau Kownatzka, die immer noch verängstigt hinter der Pforte standen, ermunternd zu.

Schließlich betraten die beiden unsicher um sich blickend den Rasen.

„Sie ist in ihrem Zimmer", flüsterte Frau Zolko aufgeregt und zeigte zum Bett, auf dem Magda nichtsahnend ein Buch las.

Sie begannen, den Rosenkranz zu beten, aber offenbar konnte Frau Zolko sich nicht konzentrieren, denn die Rosenkranzperlen rutschten ihr immer wieder aus den Fingern. Sie zupfte an den Blumen auf der Fensterbank herum, wobei sie jedes Mal scheinbar zufällig das Gitter streifte, als wollte sie wenigstens auf diese Weise dem Segen näher kommen, den der Körper der Heranwachsenden verhieß.

Sie kam immer näher und spähte mit immer größerer Neugier durch die Scheibe, in der sie vor allem ihr eigenes, von einer kaputten Dauerwelle umwölktes Gesicht erblickte. An diesem Gesicht, wie in einer alten Fotocollage, klebte die Mädchenfigur auf dem Bett, eingeigelt mit einem Buch.

Schließlich kam Frau Zolko dem Gitter so nah, dass ihre Stirn die Gitterstäbe berührte und ihr Spiegelbild komplett verschwand; in der Scheibe war für sie nur noch Magda zu sehen. In keinem Moment brach sie dabei ihr Gebet ab, in einem Halbflüstern rezitierte sie unermüdlich Apostrophe an die Maria vom Mahrtal.

Plötzlich erstarrte sie. Ihre Finger drückten immer noch die schimmernden Rosenkranzperlen. Das Fenster ging mit einem Schwung auf.

Im Fensterrahmen stand leibhaftig Magda Dygnar und der pensionierten Lehrerin fehlten wahrscheinlich zum ersten Mal in ihrem Leben die Worte. Ihre verkrampften Finger waren vor Anstrengung ganz weiß.

„Ein Engel …", stammelte sie und schüttelte im Gestus religiösen Eifers den Kopf. „Ein wahrhaftiger Engel!"

Dann beugte Magda sich zu ihr, sprach ein paar Worte und knallte das Fenster zu.

Frau Zolko blickte verdattert zu den zwei Frauen, die hinter ihr standen. Sie wirkte zutiefst verstört. Kurz bewegte sie lautlos die Lippen, versuchte zu begreifen, was soeben geschehen war.

„Gesegnet soll sie sein und dann drückt sie sich so aus …?", presste sie schließlich mit einem Kopfschütteln hervor.

„Was hat sie denn gesagt?", wollte ihre Nichte wissen.

Frau Zolko ließ den Rosenkranz in ihre Hosentasche zurückgleiten.

„Dass ich mich verpissen soll."

KAPITEL 35

Leider-Opa

Großmutter Saretzka hatte sich wegen der Milchzähne meiner Mutter scheiden lassen. Der Auslöser hatte sich im Herbst 1966 ereignet. Großmutter war nachmittags etwas früher als erwartet von der Parteiversammlung zurückgekehrt, als sie ein Schnaufen aus der Küche vernahm, wo normalerweise ihre kleine Tochter schlief. Ihr Ehemann, den Genossin Saretzka mir gegenüber *Leider-Opa* nannte, stand mit dem Rücken zur Tür und über meine Mutter gebeugt da, die auf dem Kanapee lag. Nur die untere Hälfte ihres Körpers war zu sehen, ein Wollrock und zwei Beine in Strumpfhosen, die dicke ringförmige Falten um die Knöchel warfen. Mutters Füße steckten in Lederschlappen, die vorn an den Zehen durchgerieben waren. Sie streckte die Fußspitzen rhythmisch von sich und zog sie wieder heran, während Großvater vor Anstrengung schnaufte.

Großmutter packte ihn so heftig am Arm, dass er aus dem Gleichgewicht geriet.

Er war völlig überrumpelt und noch bevor er etwas sagen konnte, flog ihm ihre Faust ins Gesicht. Da Großmutter darin nicht geübt war, war es kein fester Schlag; ihre Faust war an der Wange vorbeigerutscht und hatte nur sein Ohr erwischt, aber die Genossin überlegte nicht lange, sie schlug ein weiteres Mal zu, diesmal mit der flachen Hand und mit so viel Wucht, dass Leider-Opas Kopf mit einem unangenehmen lauten Knacken nach hinten flog. Das Messer, mit dem er sich über meine Mutter gebeugt hatte, fiel scheppernd zu Boden.

„Was machst du denn da, du Vollpfosten!?"

„Ich mach ihr die Zähne sauber", ächzte Leider-Opa leicht benommen, während er sich die Hand an die anschwellende Wange hielt.

Tatsächlich hatte sich Leider-Opa, wie mir später berichtet wurde, an jenem Tag vorgenommen, die Zähne meiner Mutter „von Zahnstein zu befreien", es sei nämlich „effektiver, als nur zu putzen", so die Erklärung. Darum hatte er sie angewiesen, sich aufs Kanapee zu legen, die Zähne zu zeigen und sich unter gar keinen Umständen zu bewegen, damit er sie „ja nicht verletze", bevor er sich mit einem kleinen Messer einen Zahn nach dem anderen vornahm. Dabei vollführte er Verrenkungen über ihrem Kopf, als würde er ihr das Gesicht in Stücke schneiden wollen wie Obst. Mit der anderen Hand hielt er das Mädchen an der Stirn fest und drückte sie in die weiche Liege.

Mutter gab sich große Mühe, sich nicht zu bewegen und schluckte den nach Eisen schmeckenden Speichel hinunter; in ihrem Kopf dröhnte das

Knirschen der Messerklinge, die über ihren Zahnschmelz schrubbte, und Leider-Opa geriet vor lauter Konzentration ganz aus der Puste.

Natürlich hieß es später, die Reaktion der Genossin sei übertrieben gewesen, sie hätte nicht mehr alle Tassen im Schrank und man bedauerte ihr Kind und erst recht ihren Mann, „der es mit so einer aushalten musste". Vor allem wurde gemutmaßt, dass meine Großmutter einfach die erstbeste Gelegenheit genutzt hatte, um den verhassten Mann loszuwerden, der ihrer Karriere im Wege stand.

Großmutter mag das ähnlich gesehen haben, aber ich habe meinen Zweifel an dieser Erklärung. Ich glaube, dass es Genossin Saretzka damals wirklich um meine Mutter ging. Sie konnte einfach nicht zulassen, dass irgendein Idiot (auch wenn dieser Idiot ihr eigener Ehemann war), an den Zähnen ihrer Tochter herumwerkelte, als würde er, pardon, einen toten Fisch ausweiden. War es denn nicht genug, dass ihr selbst zeitlebens das Bajonett sauer aufstieß?

Mein Großvater war meiner Großmutter zum ersten Mal in den 50er-Jahren in Lodz begegnet, wo Genossin Saretzka sich zur Näherin ausbilden ließ, wie so viele andere Frauen zu jener Zeit. Sie heirateten bereits wenige Wochen später, obwohl er viel älter war als sie. Der nicht besonders wichtige, aber gut gestellte Parteifunktionär nahm sie mit nach Zuckrowka, wohin er abgeordnet worden war und wo ihm ein Haus zugeteilt wurde – die heutige Saretzka-Villa. In Zuckrowka hatte man für eine Textilarbeiterin ohne abgeschlossene Berufsausbildung keine Verwendung, doch glücklicherweise konnte er Großmutter dank ein paar aufgefrischten Kontakten von früher die benötigten Papiere besorgen.

Bevor sie sich den Parteiangelegenheiten widmen sollte, arbeitete Großmutter ein paar Jahre lang in der hiesigen Grundschule als Kunstlehrerin (sie konnte schon immer gut zeichnen). Später, als sie bereits Genossin war, lud man sie immer wieder zu feierlichen Appellen ein. Sie nahm auf ihrem Ehrensitz Platz, der extra für sie wie eine Tribüne in der Mitte der Turnhalle errichtet worden war, und ließ triumphierend den Blick über die Menge schweifen, wobei sie das Bein rhythmisch zu den Liedern bewegte, die die Schüler anlässlich der Feierlichkeiten zum 1. Mai zum Besten gaben. Anschließend nahm sie mit einem Lächeln Glückwunschbekundungen und Widmungen entgegen, die in der Regel mit den Worten „Der Genossin Saretzka, unserer geliebten Mutter Zuckrowkas …" begannen. Wenn ihr Blick etwas länger auf einem der Lehrer verharrte, öffnete dieser fast unbewusst den Mund, um in den Chor miteinzustimmen, was die Parteifreundin mit einem gutmütigen Nicken zur Kenntnis nahm.

Und Leider-Opa? Bei dem sah es zwar so aus, als ob er bald aufsteigen und befördert werden würde, doch in Wirklichkeit ging es nur schleppend voran.

Er hatte keine besonderen Ambitionen oder Interessen. Er war kein Hai, vielmehr ein kleiner Fisch, ein Hering, eine Makrele der stillen Gewässer.

Schon bald stellte sich heraus, dass Großmutter größerer Erfolg beschieden war. Nachdem sie ihre Tochter zur Welt gebracht hatte, kehrte sie nicht mehr in die Schule zurück. Sie hatte Arbeit im Sekretariat des Stadtkomitees der PZPR bekommen, wo sie mithilfe von Bekanntschaften, Gefälligkeiten und Seilschaften sogleich die Karriereleiter hinaufzuklettern begann. Zumindest kam es ihr anfangs so vor.

Zu ihrem eigenen Erstaunen dämmerte ihr bald, dass sie machen konnte, was sie wollte: Die Anerkennung heimste fast immer ihr lahmarschiger, bequemer Ehemann ein, als wäre sie, Genossin Saretzka, nicht mehr als eine Abgesandte, eine Abgeordnete, eine Projektion von Leider-Opa, der im Büro nicht als eine, sondern als zwei Personen auftrat. Für die anderen schien es sich jedenfalls so darzustellen, denn wenn Großmutter auf Versammlungen Fragen stellte, wurden diese zwar aufmerksam angehört, doch die Antwort wurde mit einer so ungezwungen Natürlichkeit an ihren Mann gerichtet, dass sie selbst daran zu zweifeln begann, dass sie es war, die die Frage gestellt hatte, ja, dass sie überhaupt im Versammlungssaal anwesend war.

An jenem Nachmittag, als sie die Versammlung wütend vorzeitig verließ, nur um ihren Ehemann beim Auskratzen der Zähne ihrer Tochter zu erwischen, hatte die Genossin mit Neuigkeiten zu ihrer Beförderung gerechnet. Seit ein paar Wochen wurde gemunkelt, dass das Projekt, für das sie verantwortlich zeichnete, der berühmte „sozialistische Inka-Umzug", Gefallen bei der Obrigkeit gefunden hatte.

Die „Inka-Beförderung" war ihr so gut wie sicher, ein Vertreter des Komitees hatte das sogar zu Beginn der Versammlung bestätigt. Doch am Ende sollte nicht Saretzka diese Beförderung erhalten, sondern ihr Ehemann, der zu den Umzügen nicht mehr beigetragen hatte, als einen Federschmuck für meine Mutter zu basteln – der noch dazu gleich zu Beginn des Umzugs auseinanderfiel. Die Federn schwebten über die Straße wie die Blumenblüten, die von Mädchen an Fronleichnam gestreut werden. Großmutter war es wie durch ein Wunder gelungen, der Blamage vor den geladenen Gästen zu entgehen.

Dank der Bemühungen der Genossin bekam ihr Ex-Mann schon bald eine neue Anstellung irgendwo im Norden Polens. Es heißt, Leider-Opa sei nach der Scheidung nur noch ein einziges Mal nach Zuckrowka gekommen, um Mutter wiederzusehen. Er soll sich zwischen den schattigen Bäumen vor ihrer Schule herumgedrückt haben, als fürchtete er, erkannt zu werden. Damals war er ein stiller, schüchterner Mann, und Mutter ist sich nicht sicher gewesen, ob sie sich freute, ihn wiederzusehen.

Danach ist er nie wieder aufgetaucht und zu Beginn der 80er-Jahre ist er verstorben. Als Mutter von seinem Tod erfuhr, zog sie sich schwarze Kleidung an. Großmutter rümpfte die Nase, hielt sich aber mit Kommentaren zurück.

***

Die Genossin war eine stilbewusste Frau, die im Rahmen der Möglichkeiten, die sich ihr in Zuckrowka boten, die sozialistischen Modetrends verfolgte. Ein paarmal war sie sogar bis nach Warschau gefahren, um einen neuen, schwer erhältlichen und für die damalige Zeit sündhaft teuren Fummel zu erstehen. Man hätte ihr vieles vorwerfen können: Eitelkeit, Selbstverliebtheit, vielleicht sogar Gier. Zu Unrecht. Denn obwohl Großmutter Kostüme von verschiedenen Schnitten und Farben besaß, war für sie nichts so wichtig wie der Stoff. Obwohl sie die Näherinnenschule nicht abgeschlossen hatte, hat sie die Wertschätzung für Textilien nie verloren. Sie liebte Stoffe, und zwar alle, ohne Ausnahme: Polyester und Nylon, edle Seide aus Milanówek, Flanell, Lamé und Wolle. Sanft berührte sie die Kleidung, die sie trug. Mit sichtlichem Vergnügen strich sie die Stoffe glatt, fuhr mit den Händen über die Aufschläge, Auslässe und Abnäher, über Taschen und Manschetten, suchte mit den Fingern die Stichspur, die Naht, den Saum; manchmal berührte sie die Textilien nur ganz sanft mit den Fingerspitzen, andere Male packte sie richtig zu, als würden sich im Geflecht des Stoffes Motive und Erzählstränge einer Geschichte verbergen, eine Schrift zwischen den Fäden, die nur von Großmutters Fingern entziffert werden konnte.

Der Modefimmel der Genossin war sicher mit ein Grund, weshalb meine Mutter in ihrer Kindheit nie Wollmützen trug. Auf meinem Lieblingsfoto ist Mutter acht Jahre alt und steht zusammen mit zwei Freundinnen vor der Schule. Die Mädchen stecken in kleinen Mänteln und legen einander die Arme um die Schultern, sodass die Ärmel sich seltsam wölben, was aussieht, als hätten die schmächtigen Achtjährigen riesige muskulöse Oberkörper. Doch das wirklich Bemerkenswerte befindet sich auf ihren Köpfen: wunderschöne, prächtige Perücken, zu dicken Zöpfen geflochten. „So eine Perücke hält besser warm als eine Mütze und rutscht auch nicht von den Ohren", hatte Genossin Saretzka erklärt, als sie ihrer Tochter zum ersten Mal die Perücke aufsetzte und damit den Startschuss zu einem neuen Modetrend gab, der sich in Zuckrowka ein paar Jahre lang hielt, denn angeblich liefen damals alle Mädchen aus dem Mahrtal im Winter mit Perücken herum (einige Perücken waren in Heimarbeit entstanden und wie Puppenhaare aus Wolle gemacht, wofür extra Pullover aufgetrennt wurden).

Leider sind Mutter und ihre Freundinnen auf dem Foto schwarzweiß, sodass man nicht sehen kann, welche Farbe ihre von Schnee bestäubten Haare haben. Aber ich stelle mir gerne vor, dass in jenen Wintern Scharen von Mädchen mit rot, grün, gelb, rosa und hellblau changierenden Köpfen durch das schneebedeckte Zuckrowka stapften. Ich sehe sie vor mir, die Farben auf den Köpfen der Mädchen, bevor sie vom Weiß und Sepia des Fotos verschluckt wurden. Ihre Köpfe, kindlich überproportioniert im Vergleich zum restlichen Körper, wirken in den voluminösen Perücken sogar noch größer.

Die Schneeverwehung, die im Rücken der Mädchen mit dem Weiß des Hintergrunds zu verschwimmen scheint, ist so hoch, dass sie ihnen bis zu den Achseln reicht, und würden sie hineinlaufen, wären nur noch ihre Perückenköpfe zu sehen, groß und rund wie die antiken Taucherhelme von Entdeckern, die nicht die Schneelandschaften des Mahrtals, sondern die endlose Tiefe der Ozeane erkunden.

* * *

Ich glaube, dass man Großmutter in der Stadt für eine Art Monster hielt und dass manche sogar eine Zeit lang glaubten, ihr Fuchs wäre wirklich mit ihrem Hals verwachsen. Ja, dass er ihr geradewegs aus dem Nacken wuchs, um uns mit seinem gezähnten Maul wie eine vielköpfige Chimäre in Angst und Schrecken zu versetzen.

Natürlich wurden diese Gerüchte nur heimlich und im Flüsterton verbreitet. In Wirklichkeit wussten nämlich alle sehr wohl, dass Großmutter die Gebieterin über Zuckrowka war, die Kaiserin des Mahrtals, die kommunistische Königin der gesamten Umgebung. Zumindest war sie das an die zehn Jahre lang, bis Ende der 70er, als alles den Bach runterzugehen begann und sie erst die Stellung als Vorsitzende des Stadtrats, dann die der Ersten Sekretärin des Stadtkomitees und schließlich die der Amtsleiterin verlor (die sie, wie man munkelte, nur ihren engen Beziehungen zum Sicherheitsdienst zu verdanken hatte).

Sie flößte den Leuten Furcht und Respekt ein. Wer Großmutter einmal gesehen hatte, dem ging sie für lange Zeit nicht mehr aus dem Kopf. Manche führten es auf Angst zurück, aber damit lagen sie nicht ganz richtig. Tatsächlich hing vieles von ihr ab und die Vorstellungen von dem, was alles in ihrer Verfügungsgewalt gelegen haben soll, geben einen Eindruck davon. Zum Beispiel erzählte man sich, der alte Dygnar sei gestorben, weil sie ihn mit ihren Kristallgläsern vergiftet hätte.

Wenn die Situation es erforderte, konnte Großmutter ordentlich bechern, und in der Ära der heftigen Machtkämpfe soll sie regelmäßig Trinkabende in ihrer Villa veranstaltet haben, wo sie ihren Gästen Alkohol in wunderschönen, präzise geschliffenen, mit Eisblumenarabesken geschmückten Kristallkelchen reichte.

Sie selbst trank auf diesen Partys aus einem gewöhnlichen, schlichten Gläschen.

„Das Set reicht nicht für alle, und die Gäste haben Vorrang", erklärte sie mit einem stets von einem Zwinkern begleiteten Lächeln.

So wurde also angestoßen auf die Gesundheit der Gäste und der Gastgeberin und erst sehr viel später stellte sich heraus, dass die Kristallgläser Blei enthielten, tödliches Blei, das sich mit Großmutters Wodka vermischte. Damit war die Sache natürlich klar: Der Kehlkopf-Krebs des alten Dygnar, der ihn 1987 innerhalb von sechs Monaten dahinraffte, war in Wirklichkeit gar kein Krebs, sondern der Fluch der Saretzka: Großmutter hatte ihrem Konkurrenten viele Jahre lang Gift zu trinken gegeben.

Doch die heftigsten Gefühle muss die Genossin bei den Arbeitern der ständig wechselnden Bauteams geweckt haben, die ein paar Jahre lang am Umbau und an der Sanierung der Villa beteiligt gewesen waren.

Es hieß, Großmutter sei schon am ersten Tag der großen Sanierung, die sich bis ins Jahr 1979 ziehen sollte, mit flatterndem Rock vors Haus gelaufen und hätte dem Meister die Maurerkelle aus der Hand gerissen. „Was ist denn das für eine Art, Ziegel zu legen?" Sie wies mit der Hand auf die schiefe Mauer und sprenkelte mit Zement um sich, der in den Gesichtern der Bauarbeiter landete, die sie nur missmutig anstarrten. Als der Meister zurückbrummte, dass sie aufhören solle, sich in Dinge einzumischen, von denen sie keine Ahnung hätte, hat sie ihn mit der Maurerkelle so dermaßen verspachtelt, dass es durch ganz Zuckrowka schallte.

Die Bauarbeiter hatten wirklich Angst vor Großmutter.

Das wird der Grund gewesen sein, weshalb unter den Bauarbeitern immer absurdere Legenden über Genossin Saretzka zu zirkulieren begannen, die dann schnell von den Einwohnern der Stadt bereitwillig aufgegriffen und noch weiter auf die Spitze getrieben wurden (böse Zungen behaupten, dass das Ganze vom alten Dygnar, der es schon damals auf Großmutters Stellung abgesehen hatte, befeuert wurde).

Man erzählte sich, dass sie abhängig von Schlaftabletten sei. Dass sie um Geld Karten spiele. Dass sie ihren Ex-Mann ermordet habe. Dass sie durch einen Fingerwink Menschen ins Gefängnis befördern könne und Schlimmeres. Dass sie Menschen gefoltert habe. Dass sie eine kranke Frau sei. Dass sie überhaupt keine Frau sei. Dass sie zu jung erscheine. Oder zu alt. Dass sie kein Sekretär sei, höchstens Sekretärin. Dass sie während des Krieges Spionin gewesen sei. Volksdeutsche. Eine echte Germanin. Böse sei sie, kalt und berechnend. Ihr eigenes Kind würde sie verhungern lassen. Dass sie hysterische Anfälle habe. Dass sie stehle. Dass ihr Mann sie geschlagen habe und sie deswegen verbittert sei, unfähig zu lieben und voller Hass. Dass sie ihren Mann schlage, mit so viel Kraft in den Fäusten, dass sie ihm fast alle Knochen zertrümmert hätte. Und schließlich, dass sie Alkoholikerin sei, die eiskalten Wodka aus Porzellantässchen trinke, damit niemand dahinter käme, und in jede Tasse werfe sie eine kleine Scheibe Zitrone, im Alkohol hängend wie der Halbmond am Winterhimmel.

Je höher ihre Stellung in der Partei, desto heftiger brodelte die Gerüchteküche. Der heißeste Klatsch und Tratsch betraf Großmutters angebliche Zügellosigkeit, ihre sexuelle Unersättlichkeit und ihre Ausschweifungen. Es hieß, sie hätte eine Karriere durch alle Betten gemacht, und es wurde darüber sinniert, was sie zwischen den Beinen hatte. Je dümmer das Gerücht, umso bereitwilliger schien es weiterverbreitet zu werden.

„Nicht mal Tiere lässt sie aus, eines Tages wird sie noch Welpen werfen."

„Jaja, das kommt davon, wenn man keinen Mann hat", fügte man boshaft hinzu.

Es schien die Menschen zu ärgern, dass die Saretzka in einem für diese Zeiten so stattlichen Haus ganz alleine, nur mit ihrer Tochter, lebte.

Großmutter wusste über diese Gerüchte Bescheid, aber sie brachte ihnen nichts als Gleichmut entgegen. Weder bemühte sie sich, sie zu widerlegen, noch gab sie ihnen Zunder. Fast konnte man den Eindruck gewinnen, dass sie ganz zufrieden war mit dem, was in der Stadt über sie geredet wurde.

Die Renovierung der Villa zog sich ewig hin. Ständig wurden Bautrupps entlassen, flüchteten von selbst oder gingen einfach fort.

Die Bauarbeiter hielten nichts von Großmutter, die keinen Widerspruch duldete und alles besser zu wissen meinte. Außerdem kannte die Genossin sich tatsächlich ein wenig im Bauwesen aus, was die Meister vollends aus der Fassung brachte.

Bei dem Haus, das Leider-Opa nach seiner Ankunft in Zuckrowka zugeteilt worden war, handelte es sich um einen gewöhnlichen, einstöckigen Bau, eine seit Kriegsende leerstehende Hütte. Innen befanden sich zwei Räume, eine Stube und eine Küche. Die Toilette, nicht mehr als ein Plumpsklo, befand sich draußen.

Doch als immer mehr Zimmer dazukamen, blühte das Haus im Geflecht aus frisch gelegten Rohren und Kabeln regelrecht auf, wuchs über den Garten hinaus und schoss in die Höhe wie Hefegebäck. Als wäre die Villa nicht bloß ein Gebäude, sondern ein lebendiges Wesen, das versuchte, mit Großmutter Schritt zu halten.

Der Umbau fand 1979 sein endgültiges Ende, was bestimmt nicht nur zufällig dem Karriereverlauf meiner Großmutter entsprach. Das Haus begann, ganz unauffällig zu verfallen und Saretzkas Villa, ihr prachtvolles Vermächtnis, bröckelte vor unseren Augen dahin – genau wie der Sozialismus.

Großmutter sprach schon lange von ihrem Vermächtnis, ohne je zu präzisieren, was genau sie damit meinte. Auch ihr Schwiegersohn begann, diesen Ausdruck zu benutzen, der, wie Großmutter genau wusste, ganz erpicht auf ihr Vermächtnis war.

Lange Zeit war er überzeugt, dass Großmutter die Villa verkaufen wollte, um uns gleichsam „auf die Straße zu setzen wie Obdachlose". Die Genossin kannte seine Befürchtungen und nährte sie zu gern: „Der Löwenzahn ist keine Lilie, der Schwiegersohn keine Familie", witzelte sie jedes Mal, wenn er es wagte, die „Immobilienfrage" anzusprechen.

Noch vor meiner Geburt hatte sie ihm das Versprechen abgerungen, dass ihre Enkelin ihren Nachnamen tragen würde, sonst könne „von einem Erbe überhaupt keine Rede sein". Vater hatte sogleich eifrig zugestimmt, und darum heiße ich heute Saretzka, wie übrigens alle Frauen in meiner Familie.

Als Kind hörte ich oft vom versprochenen Vermächtnis, aber lange Zeit habe ich nicht begriffen, was es genau damit auf sich hatte. Ich erwartete es mit großer Ungeduld. Es schien mir so unvorstellbar und unbegreiflich wie Großmutter selbst.

Schließlich wurde mir das Vermächtnis zu Vaters heimlicher Erleichterung im Jahr 1993 notariell zugeschrieben, kurz bevor die Genossin in die USA auswanderte („Das Kind kann doch nichts dafür, dass es einen Idioten zum Vater hat", hatte sie erklärt). Das Vermächtnis bestand aus dem Haus und dem Grundstück sowie einem überschaubaren Paket von Staatsanleihen. Aber war es wirklich nur ein von einem Notar beglaubigtes Dokument? Eine Eigentumsurkunde? Eine imaginierte Erbfolge? Ein Vermögen? Ein Erbe? Ein Nachlass?

Vater hat es nie begriffen. Sein ganzes Leben lang hat er geglaubt, es ginge um das Haus, die ersehnte und gleichzeitig verhasste Villa, in der er trotzig mit der unerbittlichen Präsenz von Großmutter kämpfte, die doch schon so lange nicht mehr bei uns lebte.

Auch ich habe lange Zeit nicht verstanden, was dieses Vermächtnis war.

KAPITEL 36

Dämonen

Ich erinnere mich noch gut an die Galgenvögel, wie Großmutters Hühner genannt wurden, sicher wegen der Stricke
um ihre Hälse, vielleicht auch wegen ihres Appetits auf
die Birnen der Erhängten, die außer dem Federvieh
niemand zu berühren wagte. Lange Zeit habe ich die
Galgenvögel (neben dem Bajonett) für den wichtigsten
Bestandteil des Vermächtnisses gehalten.

Die Geschichte mit den Hühnern begann noch vor meiner Geburt. Großmutter hatte die Tiere fahrenden Händlern abgekauft, die damals Zuckrowka besuchten. Meistens tauchten sie gegen Ende des Sommers auf und verschwanden mit dem ersten Frost wieder. Sie hatten jedes Mal massig Zeug
dabei, in der Regel heiß begehrte Waren, die vor allem in der zweiten Hälfte
der 80er-Jahre in Polen schwer zu bekommen waren. Niemand wusste so
genau, wo sie herkamen. Angeblich bezogen sie die Sachen aus Bulgarien
oder Tschechien, hauptsächlich aber aus Ungarn, weshalb sie der Einfachheit
halber von allen *die Ungarn* genannt wurden.

Einer von ihnen, ein junger, sonnengebräunter Bursche, hatte Großmutter die Hühner verkauft. Besonders wichtig an dieser Geschichte ist, dass er
sie ihr zweimal verkauft hat. Ich habe keinen Schimmer, was Großmutter
zum Kauf dieser Vögel verleitet hat. Sie hat nie Haustiere gehabt, nicht mal
einen Hund (Zoja war *uns* zugelaufen, nicht Großmutter). Vielleicht ahnte
sie, was sich über unserem Tal zusammenbraute, und die Hühner sollten ihr
auf irgendeine Weise beistehen? Später sollten die Leute mit einer Mischung
aus Abscheu und Bewunderung raunen, Genossin Saretzka hätte sich „mit
Dämonen gerüstet".

Vielleicht war Großmutter auch allen Vorurteilen zum Trotz ein wenig
sentimental und hatte in den Hühnern das erblickt, was mein Vater nie zu
erkennen in der Lage gewesen war: das unentwirrbare Bild des Schicksals
dieser Stadt.

Was auch immer Großmutter zum doppelten Kauf bewogen haben mag,
die Außergewöhnlichkeit der Hühner war nicht von der Hand zu weisen.
Groß wie sie waren, hatten sie kaum Ähnlichkeit mit dem herkömmlichen
Geflügel: Sie hatten dickes und hartes Gefieder, gebogene Schnäbel, gewalti-
ge Flügel, breite Brustkörbe und lange, kräftige Klauen. Sie waren massig wie
Hunde und so schwer, dass man sie kaum hochheben konnte.

Die Hühner wurden von dem schweigsamen jungen Mann im grauen Pullover auf der Ladefläche eines ausgedienten Kleintransporters in die Villa ge-

liefert. Großmutter hatte zuvor alles hergerichtet: Sie hatte für die Tiere eine Ecke des Gartens mit einem hohen Maschendrahtzaun versehen, Schüsseln mit Wasser hineingestellt und Körner ausgestreut.

Sobald die Hühner sich im Gehege befanden, krallten sie sich mit ihren langen Krallen in der Erde fest, als würden sie auf einem hohen Ast hocken. Sie verharrten dort bewegungslos und drehten die Köpfe in alle Richtungen. Mit mäßigem Interesse und anmutiger Zurückhaltung besahen sie sich ihr neues Zuhause.

Den lieben langen Tag wirkten sie ruhig, geradezu apathisch. Am Abend steckten sie die Köpfchen unter ihre Flügel und schliefen ein. Sie schienen ihr neues Zuhause akzeptiert zu haben. Großmutter war bloß etwas besorgt, weil die Nacht windig zu werden versprach und der Schuppen für die Hühner immer noch nicht fertig war.

Als sie am nächsten Morgen vors Haus trat, wusste sie gleich, dass etwas nicht in Ordnung war. Obwohl die hohe Umzäunung unversehrt war und am Boden keine menschlichen Spuren zu erkennen waren, wusste Genossin Saretzka, welcher Anblick sie in der Ecke des Gartens erwarten würde: Das Gehege war leer. Von den Vögeln keine Spur. Die Körner hatten sie bis aufs letzte aufgepickt.

In dieser Nacht waren die Hühner ausgebüxt und auch die Ungarn hatten die Stadt verlassen. Die schlauen Tiere waren dressiert und hatten auf den ihnen vertrauten Pfiff gehört. Wie wir uns später selbst überzeugen sollten, konnten sie mit ihren übernatürlich weit ausladenden Flügeln sogar mühelos ein paar Kilometer zurücklegen. Sie fanden immer problemlos zum Kleintransporter und dem jungen Mann zurück, dessen gespitzter Mund beim Pfeifen den Schnäbeln des Federviehs glich. So konnte er sie wieder und wieder verkaufen.

Im darauffolgenden Jahr war Großmutter schlauer. Sie hätte die Sache ohne Weiteres melden können, die Betrüger zur Verantwortung ziehen, ihnen das Handwerk legen können, aber sie wäre nicht Genossin Saretzka gewesen, wenn sie nicht ihren eigenen Plan ausgeheckt hätte. Um nicht erkannt zu werden, hatte sie ihre Nachbarin gebeten, für sie exakt die gleichen Hühner, die im vorherigen Jahr entfleucht waren, zu kaufen. Und diesmal war Großmutter vorbereitet: Sie hat den Tieren dicke Stricke um die Hälse gebunden und sie damit an der Umzäunung des Geheges festgemacht.

In der Nacht, als die Hühner den vertrauten Pfiff vernahmen, machten sie sich zum Flug bereit, doch die Stricke hinderten sie daran. Die Tiere schlugen also nur unbeholfen mit den Flügeln, so heftig, dass das laute Geflatter den gesamten Garten erfüllte.

Das Ganze sah aus, als würden sie von einer großen Wolke emporgehoben, die ihre Leiber hinaufzog, so unglaublich schien es, dass sie selbst über diese

Kraft verfügten (angeblich hat sich der Zaun in diesem Moment durch die Kraft der Hühner um einen ganzen Meter in die Länge gedehnt, auch wenn das Gerücht heute von niemandem mehr ernst genommen werden dürfte).

Die Ungarn konnten in dieser Nacht pfeifen, so viel sie wollten: Die Hühner kamen nicht zu ihnen zurück. Vor Anbruch der Morgendämmerung fuhren sie davon.

Am Morgen wurde sichtbar, dass die Hühner an den Hälsen, dort, wo sie an den Stricken festgebunden waren, keine Federn mehr hatten, sondern breite, kahle Ringe aufwiesen.

Die Vögel hockten alle in einer Reihe auf dem Zaun, pikiert und aufgeplustert. Mit ihren blutunterlaufenen Augen und halbkahlen Hälsen sahen sie aus wie Geier, die auf Aas warten. Die Federn, die sie eingebüßt hatten, waren nie wieder nachgewachsen.

Seitdem konnten sich Großmutters Hühner das ganze Jahr über vogelfrei bewegen, denn nachdem es ihnen dieses eine Mal nicht gelungen war, auf Zuruf zu entkommen, hatten sie Großmutters Haus als ihr Haus akzeptiert und Großmutter als ihre Großmutter.

Obwohl sie jederzeit hätten davonfliegen können, bis zum Urwald und darüber hinaus, blieben sie der Villa treu wie Hunde (vielleicht noch treuer, schließlich lief Zoja ständig davon). Allerdings gab es jedes Jahr eine Woche am Monatswechsel von August zu September, in der Großmutter ihnen wieder die Stricke um die Hälse legte (vielleicht ist das der Grund, weshalb die kahlen Ringe nie mehr verschwanden).

Es gab Zeichen, die mein Vater nicht als solche erkannte, Zeichen, von deren Beschaulichkeit und Lebendigkeit er sich in die Irre führen ließ: schneidend klare Luft, Rauchgeruch, Morgenfrost und die Zugvögel, die sich im Herbst in den Vertiefungen der Erde sammelten. Die Vogelschwärme stoben zum Himmel auf, wo sie zu dunklen Spalten wurden, die das hindurch ließen, was von Jahr zu Jahr immer tiefer über der Stadt hing, immer stärker auf uns zu drängte. In der lebhaften Bewegung der Schwärme war dennoch etwas Statisches zu spüren, Anzeichen der Verwesung, erste Krankheitssymptome. Die Schrammen verheilten im Winter zu fetten, schimmernden Narben.

Auch Großmutters Hühner verfolgten flatternd und gackernd das Spektakel über unserem Garten. Sie krakeelten und flogen empor an ihren Stricken, riefen verzweifelt den Vögeln nach, die hoch über ihren Hühnerköpfen vorbeiflogen. Die Hühner waren klug, sie wussten, dass ihre Zeit gekommen war, und sie zerrten so entschlossen in Richtung der Vogelschwärme, die sich über dem Tal zusammenballten, dass die Strebe des Zauns nicht lange standhielt. Großmutter kam im letzten Moment aus dem Haus gelaufen. Hastig schnappte sie sich die Stricke und wickelte sie um ihre Handgelenke, hielt sie in beiden Fäusten. Die Enden der Seile rutschten langsam von der zerbrochenen Zaunstrebe. Großmutter stand mit gespreizten Beinen da, ein paar Stricke in jeder Hand. Die Hühner flatterten wie verrückt, kreischten erbärmlich und hoben sie ein paar Zentimeter von der Erde, obwohl sie sich gegen sie zu stemmen versuchte. Und so sah es aus, als würde Genossin Saretzka wirklich jeden Moment auf einem Streitwagen emporschweben, vor den die gackernden Galgenvögel wie eine vielköpfige Hydra gespannt waren.

Vater konnte Großmutters Hühner nicht ausstehen. Ihr geierhaftes Aussehen entsetzte ihn, ihre roten Augen, die grotesken Kämme, die für ihn wie blutrote Tiefseeungeheuer aussahen, die sich an den Vogelschädeln festgesaugt hatten. Er argwöhnte, dass Großmutter ihnen keine Körner streute, sondern Aas zuwarf.

Die Hühner schliefen nur in frostigen Winternächten in der Garage, den Rest des Jahres waren sie lieber draußen. Nachts hockten sie normalerweise auf dem Zaun und wenn Vater sich aus seinem Bett erhob – damals schlief er noch mit Mutter in einem Raum, der heute mein Zimmer ist – und den Vorhang ein Stück zurückzog, konnte er ihre schwarzen Konturen sehen, die nackten Hälse, die spitzen, gebogenen Schnäbel, und sogleich durchlief ihn ein gewaltiger Schauer, weil er wusste, dass die Geier der Großmutter schon seiner sterblichen Überreste harrten. Bei ihrem Anblick spürte er seine wahre Bestimmung, zwischen ihren Schnäbeln sah er seine Knochen, die langsam zermalmt werden würden. Vermutlich war das der Grund, weshalb er ihnen schließlich aus der Bibel vorzulesen begann.

Manchmal sah man Großmutters Hühner majestätisch auf ausgebreiteten Flügeln gleiten, aber sie konnten auch senkrecht starten, obwohl ihnen das sehr viel schwerer fiel; dann konnte man unter den Federn die Brustmuskeln arbeiten sehen, wenn die Vögel verzweifelt versuchten, ihre schweren Leiber emporzuhieven. Je höher sie flogen, desto mehr mussten sie sich anstrengen. Als würden sie von etwas zur Erde hinabgezogen werden, auch wenn kein Strick sie mehr festhielt. Nie war es ihnen gelungen, höher als bis zum Dachgiebel zu fliegen. Manchmal ließen sie sich auf dem Dachfirst nieder, reckten die Köpfe und glotzten herab, was von Weitem aussah, als wären sie an den Hälsen zusammengewachsen. Ihre roten Köpfe glänzten in der Sonne wie Weintrauben. Natürlich zählte Vater diesen Anblick später zu den Zeichen der Apokalypse (vermutlich nahm er an, dass ihm keine bessere „vielköpfige Bestie" mehr unterkommen würde).

Ich erinnere mich nicht mehr an vieles aus dieser Zeit, aber ein Bild hat sich in meinem Kopf außergewöhnlich stark eingebrannt, und lange habe ich es nicht für eine echte Erinnerung gehalten, sondern für die Erinnerung an ein später betrachtetes Foto, das ich mit einer echten Erinnerung verwechselte.

Ein Phänomen, das häufig vorkommt und sich bei näherer Überlegung nicht groß von allen anderen Arten der Erinnerung unterscheidet. In unserem Familienalbum gibt es jedenfalls kein solches Foto.

Es war Hochsommer und der Garten wurde geflutet von weißem Sonnenlicht. Vater las den Hühnern aus der Bibel vor: lang ausgestreckt auf einem rosa gestreiften Liegestuhl, mit Plastikschlappen an den Füßen und nackter, eingefallener Brust. Das schwere Buch lastete auf seinem Bauch und die harte Umschlagkante schnitt eine dunkle Schramme in seine Haut. Vater versuchte, laut und so tief wie möglich zu sprechen, mit einem dröhnenden Ton, den er für eine Lesung der Heiligen Schrift für angemessen hielt: Als würde nicht eine menschliche Stimme, sondern ein Donner über die Erde grollen.

Die neugierigen Hühner flogen vom Dach herab, ließen sich zu Vaters Füßen nieder und auf den Lehnen des Liegestuhls. Vater wand und schüttelte sich vor Ekel, suchte die größtmögliche Distanz zu den Basiliskenschnäbeln, ohne dass er dabei aufhörte zu lesen, und sie lauschten seinem Vortrag und reckten die Köpfe, um sogleich wieder zum Flug abzuheben, über unser Dach, bis sie den Punkt erreicht hatten, an dem ihre Leiber zu schwer wurden, sie wieder zur Erde herabsanken und so immerfort.

Vater war überzeugt, dass er in ihnen aufmerksame Zuhörer gefunden hatte, schließlich spürte er ihre intelligenten Blicke. Das waren Bestien, boshaft, aber klug. Man sah ihnen an, dass die große Bedeutung der biblischen Worte ihnen nicht entging – im Gegensatz zu Großmutter.

Und tatsächlich war, wenn man genau hinsah, auf dem Grund ihrer roten Äuglein eine eigentümliche Leidenschaft zu erkennen. Und so las er ihnen also aus dem Buch Jesaja, aus dem Buch Ezechiel, aus den Petrusbriefen, den Paulusbriefen, aus dem Evangelium des Markus, dem Evangelium des Matthäus, und, wie sollte es anders sein, aus der Johannesapokalypse vor …

Er blätterte die dünnen Seiten der Bibel mit angespeicheltem Finger um und die Hühner, jene Geier und Galgenvögel, die gefallenen Engel, die in die Hölle unseres Gartens verdammt worden waren, gackerten, was das Zeug hielt, und versuchten, in den Himmel zurückzuflattern, aus dem sie in grauer Vorzeit gestoßen worden waren. Wenn Vater die weichen Seiten umblätterte, schlugen sie dazu rhythmisch mit den Flügeln: Seite – Flügelschlag, Seite – Flügelschlag.

Ob Vater Großmutters Garten als Hölle begriff? Mit Sicherheit glaubte er, dass es ihm wenigstens ein bisschen helfen würde, dem wilden Getier auf dem Liegestuhl aus der Heiligen Schrift vorzulesen. Zumindest so lange, bis eins der Hühner versuchte, ihn aufzufressen.

Vater erzählte später, das Tier hätte ihm die „Augen auskratzen und das Herz herauspicken" wollen. In Wirklichkeit hatte das Huhn, das auf der Lehne des Liegestuhls gehockt hatte, mit Interesse den großen Adamsapfel meines Vaters beäugt, der einen riesigen bebenden Schatten warf. Der Kehlkopf zitterte und schaukelte verheißungsvoll im Rhythmus seiner Worte wie eine dieser schmackhaften, saftigen, von Wespen vibrierenden Birnen, die Großmutters Hühner so liebten.

Als er einmal ein besonders wichtiges Bibelfragment vorlas und gerade den rednerischen Höhepunkt erreicht hatte, dabei Spucke schluckte, was den Klumpen an seinem Hals köstlich zittern ließ, schoss der spitze Schnabel nach vorne und Vater schrie gellend auf, rappelte sich vom Liegestuhl auf und lief so schnell ins Haus, dass ihm die Latschen von den Füßen flogen.

Er war mit einem ganz leichten Kratzer davongekommen, doch von da an hat er sich den Hühnern nie wieder genähert. Außerdem meine ich, dass sie ihm ausschließlich deshalb so aufmerksam zugehört hatten, weil sie schon seit Wochen Mut sammelten, um von jener riesigen, saftigen, verbotenen Frucht zu kosten, die dem unwirschen Mann unter dem Kinn hing wie die Früchte von den weiß getünchten Ästen.

* * *

Die Hühner hatten, genau wie Großmutter, den Niedergang des Sozialismus überstanden. Ich weiß nicht, wer für das Gerücht verantwortlich war, dass Großmutter die Seelen von Funktionären des Sicherheitsdienstes in die Vögel gebannt hatte, aber es verbreitete sich wie ein Lauffeuer. Die damalige Herrscherin über Zuckrowka hatte beschlossen, alle ihr verfügbaren Mächte für den Kampf um die langsam zerfallende Welt ringsum einzuspannen. Sie konnte den Gedanken an den bevorstehenden Wandel nicht ertragen, sollte er sie doch – wie man damals naiv annahm – all dessen berauben, was sie besaß. Aber Großmutter hatte nicht vor, untätig darauf zu warten. Man sprach mit Besorgnis und distanzierter Ehrfurcht darüber. Außerdem glaube ich, dass man im Tal von einer Sache absolut überzeugt war: Wenn es jemanden gab, der in der Lage war, das, was über unser Land kam, aufzuhalten oder zumindest zu verzögern, dann war das Genossin Saretzka. Seit Langem dichtete man ihr Machenschaften mit unreinen Mächten an. Und als der Sozialismus auseinanderzubrechen begann und die Welt in immer größerem Chaos unterzugehen drohte, verwandelten sich die Galgenhühner in den Augen der Einwohner Zuckrowkas in sozialistische Funktionäre, ehemalige leitende Offiziere, erbarmungslose Beamte des Sicherheitsdienstes und Flüchtlinge der Geheimaktenöffnung, die nun in Hühnerleiber gebannt worden waren, jene Feuer spuckenden Dämonen mit blutunterlaufenen Augen und spitzen Schnäbeln, mit denen sie einem Menschen nicht nur das Herz, sondern vor allem die Seele herauspicken konnten. Man hatte ihnen sogar Parteinamen verpasst: Genosse Bradletzki, Genosse Brezina, Genosse Wereszak und alle übrigen Genossen, an die sich heute niemand mehr erinnert, aber die damals wie Drachen über Genossin Saretzka, ihr Haus, ihren Garten und die von Früchten überschütteten Birnbäume wachten.

Man sagt, dass Menschen dazu neigen, das Aussehen ihrer Hunde anzunehmen. Auch die Hühner und Großmutter waren beinahe identisch. Gegen Ende ihrer Zeit in Zuckrowka trug die Genossin mitten auf dem Kopf eine Spange, eine grelle Klammer, wie eine aus der menschlichen Seite entnommene Rippe. Damit steckte sie sich die Haare zusammen, die aus ihrem Schädel ragten wie ein gigantischer Hahnenkamm. Die Nägel lackierte sie sich in schreienden, kräftigen Farben und irgendwann hatte sie begonnen, sich die Fingernägel so zu feilen, dass sie nach vorne spitz zuliefen und regelrechte Krallen bildeten. Man kam nicht umhin, in ihrer Hand die Konturen einer Hühnerkralle zu erkennen.

Die Ungeheuer liebten Großmutter, so viel ist sicher. Sie ließen sich auf ihrem Arm nieder wie Papageien. Dabei waren sie so schwer, dass die Genossin sie kaum halten konnte. Sie streichelte die Hühner mit der Hand, bis sie wonnevoll blinzelten. Auf einmal schien Großmutter zu einer Zärtlichkeit fähig zu sein, die man ihr nie zugetraut hätte. Sie kümmerte sich um die Vögel, als wären es ihre eigenen Kinder.

Es waren wirklich höllisch intelligente und diabolisch scharfsinnige Geschöpfe. Sie konnten sich selbst Türen öffnen und Fenster aufstemmen und manchmal schienen sie jedes gesprochene Wort zu verstehen, wenn sie die Köpfe reckten und der halbschlaffe rote Kamm munter zu beiden Seiten baumelte.

Als ich geboren wurde, sollen die Nachbarn gesagt haben, es sei ein Graus, ein Kind zu haben in einem Haus mit solchem Getier, das sich auf freiem Fuß durch den Garten bewegte. So ein Huhn könnte dem Neugeborenen doch den weichen Schädel spalten, dabei ernährten die Hühner sich ausschließlich von Birnen und Steinen.

In der Tat waren sie die Einzigen, die die Früchte von den Birnbäumen der Erhängten fraßen. Niemand sonst wagte sich an die Birnen heran, angeblich wegen der Wespen, die die Bäume umschwärmten, aber in Wirklichkeit ging es um etwas anderes.

Die Hühner machten sich nichts aus den Wespen. Die Insekten konnten dem harten Panzer ihrer Federn nichts anhaben, also ließen die Vögel sich auf den Ästen nieder, die sich unter ihrem Gewicht noch stärker neigten, und pickten die Früchte ganz gemütlich direkt von den Zweigen. Erst später widmeten sie sich dem Fallobst.

Außerdem fraßen sie Steine. Angeblich half das Verschlucken kleiner Steinchen ihren Vogelmägen bei der Verdauung, aber das allein konnte es nicht sein, denn sie suchten sich stets große Steine aus, riesige Brocken, die sie gierig hinunterschluckten, mit weit aufgerissenen Glubschern, als würden sie einen Mordshunger stillen wollen.

Und wie sie fraßen! Bis es ihnen die Kehle zuschnürte und die Augen hervortraten. Manchmal denke ich, dass es ihnen deswegen nie gelang, höher als bis aufs Dach zu flattern; das war der Grund, weshalb sie sich nie von den Stricken hatten losreißen können, wenn sie im Herbst versuchten, in den Süden zu fliegen. Es waren nicht die schwachen Flügel, die sie zur Erde zurück zogen. Sie wurden auch nicht von den festgezurrten Knotenschlingen zurückgehalten oder von den Stricken um die Fäuste meiner Großmutter. Nein, es waren bloß ihre eigenen, sinnlos bis zum Rand vollgestopften Bäuche. Und vielleicht waren Großmutters Hühner, die erfolglos versuchten, sich in den Himmel emporzuschwingen, auch ein Zeichen, wenngleich ein Zeichen, das von niemandem richtig gedeutet werden konnte: Sie sagten Magdas Kommen voraus.

Die Hühner verschwanden komplett unerwartet, mitsamt Großmutter: Eines Tages stand ich auf und sie waren nicht mehr da. Ich schäme mich, es zuzugeben, aber lange Zeit habe ich geglaubt, dass Genossin Saretzka auf diese Weise bis in die USA geflogen ist: gezogen von den Stricken um die Hälse der gackernden Geheimagenten.

Erst später hat Vater mir erzählt, was sich wirklich ereignet hatte. Vor der Auswanderung in die Staaten soll Großmutter alle Vögel abgeschlachtet haben. Es war ihr so schmerzlich zuwider, uns ihr ganzes Haus zu überlassen, dass uns außer ihm nichts weiter bleiben sollte, erklärte Vater. Und beim Abhacken ihrer Köpfe soll sie auf die hellen, kahlen Ringe zwischen ihren Federn gezielt haben.

KAPITEL 37

Der Baum der Erkenntnis

Als Großmutter fortging und mir in der notariellen Urkunde das ersehnte, lang erwartete Vermächtnis hinterließ, konnte mein Vater nur scheinbar wieder aufatmen. Als die Lage sich schon fast wieder beruhigt hatte, erwähnte einer unserer Nachbarn aus heiterem Himmel, dass ich meiner „Großmutter ziemlich ähnlich sehe". Vater erstarrte, denn plötzlich wurde ihm etwas bewusst. Etwas im Grunde ganz Offensichtliches, über das er aber nie zuvor nachgedacht hatte. Was, wenn ich wirklich Saretzkas Erbe antreten würde? Was, wenn ihre Ansichten, Überzeugungen und allen voran ihr abscheulich boshafter Charakter gar nicht eine Frage der Erziehung waren, sondern etwas, das die Saretzkas einfach im Blut hatten? Wenn sie nicht böse wurden, sondern böse zur Welt kamen? Vater konnte vieles ertragen, aber eine Kommunistin als Tochter, das war selbst für ihn zu viel des Guten.

Von da an war mein Vater mit jedem Tag stärker davon überzeugt, dass in seinem Haus eine „fünfte Kolonne" heranwuchs, ein geheimer Brückenkopf des Ostblocks, ein Krebsgeschwür, das unentwegt seinen Gewissensfrieden angriff.

An das eigentliche Ereignis erinnere ich mich kaum noch, aber ich weiß, dass es Vater regelrecht bestürzte. Damals erlitt er auch seine erste „Herzattacke", die zur Folge hatte, dass Frau Dr. Skorupa ihm Becherovka als Heilmittel empfahl. Er hatte mich dabei erwischt, wie ich an angeknabbertem Papier nuckelte. Womöglich habe ich es wirklich gegessen, vielleicht, weil es mich an Oblaten erinnerte, an hauchdünne Waffeln? Ich meine, mich daran erinnern zu können, wie das Papier sich auf meiner Zunge auflöste, es war süß und ich schluckte es einfach mit dem Speichel hinunter.

Vater gab der Genossin die Schuld, die mir damals, als sie noch bei uns lebte, Unmengen an Waffeln zu essen gegeben hatte, für sie der perfekte Snack zum Whiskey.

Und noch etwas dringt durch den Nebel meiner Erinnerung. Vater schwor damals auf spezielle Kompressen, die seiner Meinung nach für gute Gesundheit und „ein langes Leben" sorgten. Ich weiß noch, wie er manchmal, wenn er nach einer Hühnerlesung verschnaufte (und auch später, als die Hühner nicht mehr da waren), ausgestreckt auf der Liege lag und sich seine Lektüre aufgeschlagen auf den Kopf legte und mit einer Hand andrückte. Ohne Unterhemd saß er da, blass wie die Bibelseiten, und ein papierner Glorienschein umgab seinen Schädel.

Ein andermal bekam er einen heftigen Hexenschuss, und ich ertappte ihn dabei, wie er sich das Buch an die Lendenwirbelsäule drückte, also an den Hintern. Dabei stöhnte er laut, weil es ihm furchtbare Qualen bereitete, sich derart zu verrenken.

Manchmal legte er auch mir das Buch auf den Kopf. Wie einen Sonnenhut drückte er mir die raschelnden, nach Druckfarbe duftenden Seiten an die Schläfen. Für gewöhnlich tat er das nachts, damit Mutter nichts mitbekam. Ich wachte also vom Rascheln der Seiten auf, im Dunst des weichen Papiers, und die Seiten des Buchs Jeremiah flatterten mir ins Gesicht, flossen in einem Strom von Buchstaben an meinen Wangen herab und über die Nase. Wie knirschende, schimmernde Insekten sickerte Gottes Wort durch meinen halb offenen Mund.

Später fürchteten zuhause alle, dass die Bibel mir nicht gut bekomme. Einmal hatte Frau Dr. Skorupa uns einen Hausbesuch abgestattet. Vater hielt die Heilige Schrift über mich und klopfte mit dem Finger auf die angeknabberten Seiten, während er mit großer Ergriffenheit vorlas: „Nimm und iss es! In deinem Magen wird es bitter sein, in deinem Mund aber süß wie Honig!" Er schaute dabei abwechselnd zu mir („Ist dir nicht gut, Kind?") und auf das angeknabberte Buch, bevor er die angespeichelten Seiten Dr. Skorupa präsentierte. Auf die Ärztin machte das keinen großen Eindruck. Sie wies ihn bloß an, mich weiter zu beobachten und im Notfall ins Krankenhaus zu bringen. Doch wundersamerweise nahm mein Magen das Papier ganz gut an.

***

Es war Winter. Vater und ich standen vor irgendeinem Haus. Die Dämmerung war schon am Nachmittag angebrochen, es war menschenleer ringsum und nur in ein paar wenigen Fenstern blinkten Weihnachtsbäume. Vater richtete den Blick auf eins der Fenster und begann sichtlich angewidert, etwas zu erzählen, aber seine Worte wurden vom sehr starken Wind übertönt. Als wir zuvor durch die Stadt unterwegs gewesen waren, hatte ich mich krampfhaft an Vaters Hand festgehalten. Er ging halb gebückt, ich an ihn geklettet, weil die Windstöße des Sturms mich beinahe vom Boden hoben. Ich fühlte mich leicht, als wäre ich mit Luft gefüllt. Vielleicht schien es mir auch nur so, weil wir sehr schnell unterwegs waren und ich mit Vater kaum Schritt halten konnte. Ein paarmal wäre ich fast hingefallen.

Als seine schlimmsten Befürchtungen hinsichtlich des Charakters, den ich mit dem Vermächtnis vererbt bekommen hatte, eingetroffen waren, hatte Vater beschlossen, mit mir einen Ausflug nach Warschau zu machen, zum Fenster von General Jaruzelski, damit ich „das Böse mit eigenen Augen sehe".

Auf dem Bürgersteig tauchten neben uns zwei Männer mit dunklen Schals auf. Aus ihren Gesichtern starrten tief sitzende, glänzende Augen. Sie hatten glatt polierte Köpfe, die wie blanke Rüben aus den Schals zu ragen schienen. Wie Gerippe standen sie da, Skelette in Winterkleidung aus Leichentuch.

Sie hielten Bier in den bloßen Händen und einzig diese Hände schienen sie im Leben und in der Wirklichkeit zu verankern, lange Hände, rot vor Kälte, mit breiten Fingernägeln.

Die Männer skandierten träge vor sich hin, im dröhnenden Bass. Der eine war dem anderen immer ein Stück voraus, was den Eindruck eines Echos erweckte, das gegen die Wand des Gebäudes schallte.

„Mit Hammer und Sichel bis aufs Blut / schlagen wir die rote Brut!"

Einen Moment später sagte der eine leise etwas zum anderen, es sah aus, als würden sie sich streiten, dann überquerten sie die Straße, und Vater und ich waren wieder allein.

Im Fenster, in das Vater mir aus irgendeinem Grund zu schauen befohlen hatte, bewegten sich plötzlich die Vorhänge, und hinter der Scheibe erschien ein kleines bebrilltes Gesicht. Ich wusste nicht, wie ich mich verhalten sollte, also hob ich die Hand, die in einem Wollhandschuh steckte, und winkte dem Gesicht mit der Brille zu, worauf dieses lächelnd und mit zitternder Hand zurückwinkte.

Der Vorhang wurde sogleich wieder zugezogen. Ich blickte zu Vater. Er hatte nichts gesehen, weil er immer noch unruhig den beiden Männern hinterher sah, die auf der gegenüberliegenden Straßenseite immer heftiger miteinander diskutierten. Ich zog ihn am Ärmel.

„Papa komm, es ist kalt."

Vater sah mich an und nickte.

Als wir zurückkehrten, blies der Wind von hinten, als würde eine schwere Schneekugel im Rücken uns vorantreiben.

***

Was das Vermächtnis angeht, beunruhigte Vater nichts so sehr wie die Birnen.

„Du weißt nicht, was sich unter den Wurzeln dieser Bäume verbirgt. Eines Tages werdet ihr Knochen in eurem Garten finden", hatte Onkel Adam mit unverhohlener Genugtuung zu meinem Vater gesagt.

Die Bäume waren angeblich vom damaligen, längst in Vergessenheit geratenen Grundbesitzer gepflanzt worden, vor vielen, vielen Jahren, noch in der Zwischenkriegszeit. Als ich klein war, wurden die Bäume von einigen „Judenbäume" genannt, weil man glaubte, dass sie in der damaligen Republik hauptsächlich von Juden gezüchtet wurden, denn nur sie wussten, wie man sie pflegen musste, damit sie jene süßen, saftigen Früchte hervorbrachten mit ihren golden schimmernden, makellosen Schalen.

Die Bäume waren wirklich sehr fruchtbar. Am Übergang von Juli zu August gab es so viele Früchte, es grenzte an ein Wunder, dass die Äste nicht unter ihrem Gewicht brachen. In manchen Jahren trugen die Birnbäume Früchte bis Ende September.

In der Regel waren die Birnen aber voll verzuckerter  dunkler Flecken. Sie waren bitter und anfällig für Fäule. Außerdem glaubte man, dass sie Pech brachten. Nach 1950, als Zuckrowka zu existieren begann, sind aus ebendiesem Grund angeblich alle Birnbäume der Erhängten gefällt worden. Nur im Garten meiner Großmutter, die sich nichts aus Aberglauben, Vorurteilen und Zeichen machte, waren die Bäume stehen geblieben. Manche behaupteten sogar, dass die Birnbäume das Einzige waren, das in der Stadt nach dem Krieg unversehrt geblieben war.

Ihr makaberer Beiname kam daher, dass die Äste sich wegen der opulenten Obstpracht bogen wie unter dem Gewicht eines Erhängten. Manchmal machten auch andere Geschichten die Runde (von denen hatte mein Onkel gesprochen), die ich als Kind noch nicht ganz verstand, obwohl ich sehr wohl den Grusel verspürte, den sie erzeugen sollten: Irgendwann, vor langer Zeit, sollen sich Menschen in den hohen Baumwipfeln versteckt haben, um dann später tot an den Ästen der Bäume baumelnd gefunden zu werden, wo die Birnen gegen sie schlugen und sie mit ihrem Saft benetzten.

Und darum wuchsen die Bäume später so prächtig, erzählte man sich, weil die Erde darunter Leichenerde war. Vor dem Krieg hatten sie noch nicht so viele Früchte getragen, „so etwas kann nur auf Leichen erblühen". Aber eigentlich glaubte niemand wirklich an diese Geschichte, denn man erinnerte sich an nichts in Zuckrowka, nicht mal an den Krieg. Man hätte fast meinen können, dass alle sich erst danach dort angesiedelt hatten.

Trotzdem vermehrten die Leichen sich jeden Sommer und bevölkerten immer zahlreicher Großmutters Garten: Juden, Deutsche, Polen, Russen, Ukrainer, Antikommunisten, Kommunisten, Aktivisten und Oppositionelle, geborene und ungeborene, entführte und ungewollte Kinder, ganze Scharen dieser imaginierten Kinder, sogar der kaltblütig von Genossin Saretzka ermordete Leider-Opa war darunter.

Die Birnen schienen sich, genau wie die Leichen, von Jahr zu Jahr zu vermehren und niemand, außer Großmutters Hühnern, wagte es, sie anzurühren. Daher fielen sie in der Regel in großen Mengen auf die Erde, plumpsten mit dumpfen Gepolter ins Gras, und manchmal konnte man sich nicht des Eindrucks erwehren, dass da der bewusstlose Körper eines Menschen herabfiel, der in den Ästen gesessen hatte.

Ich kann mich noch bestens an die Berge von Früchten unter den Bäumen erinnern. Sie waren so hoch, dass man darin nicht nur ein Kind, sondern einen ganzen Erwachsenen hätte verstecken können. Über ihnen stieg der süße, berauschende Geruch des Verfalls auf. Ein Teil der Birnen blieb am Baum hängen, manchmal bis in den Winter, faltig wie die Gesichter alter Frauen mit Kopftuch, so lange, bis sie den Hieben der Hühnerschnäbel zum Opfer fielen.

Es gab Jahre, da waren die Früchte so prächtig und reif und mit Sonnenlicht vollgesogen, dass sie am Abend, wenn die Hitze sich etwas gelegt hatte, mit einem Knall aufplatzten. Ein Knall, ausgelöst vom Überschuss an erkaltetem Saft, der in der Nacht wie ein Gewehrschuss klang (wenn Oma, Vaters Mutter, zu Besuch war, explodierten die Birnen auch tagsüber, ploppten auf wie Popcorn, was sich später als Vorhersage von Omas baldigem Tod und zugleich Vorbote ihres geplatzten Sargs erweisen sollte).

Die Bäume erzählen dir, was sie selbst gehört haben, sagten die Leute, und wenn du dich drunterstellst, erfährst du noch mehr. Aber niemand kam den Bäumen näher als nötig, denn aus den geplatzten Früchten tropfte dicker, klebriger Saft. Der ganze Rasen war voll davon, die Stämme glänzten, als wären sie mit Glasur überzogen und ringsum kreisten die Wespen, ganze Schwaden und Wolken aus Wespen. Gefräßig und unbedacht, wie sie waren, gingen die Insekten in den erstarrenden Tropfen zugrunde, aber bald kamen schon die nächsten nach und die Hühner fraßen sie genüsslich zusammen mit den Früchten auf.

Manchmal denke ich, dass diese summenden unersättlichen Wespen vielleicht das Einzige waren, das uns an diesen Bäumen Angst machte, und wir uns den ganzen Rest später einfach ausgedacht haben.

Einzig Großmutter schien von alledem unbeeindruckt. „Wespen sind auch wichtig", pflegte sie immer zu sagen, wenn sie zu den Birnbäumen ging, um sie zu tünchen. Sie strich die Baumrinde sorgfältig mit Kalk an und trat dabei mutig in die Schwärme, als hätte sie zeitlebens nichts anderes getan.

Die Wespen bohrten enge verzuckerte Tunnel ins Fruchtfleisch, die bis tief ins Samenherz der Birnen reichten, in dem sich die dunklen Kerne verbargen. Sie machten ein Heidengetöse dabei. Man hätte meinen können, dass die Birnen bis aufs Letzte ausgefressen wurden, denn an ihren kurzen braunen Schwänzchen blieben nur noch die geleerten Hülsen hängen, die mit ausgehungerten Insekten gefüllt waren.

Einmal hatte Großmutter eine Birne mitgebracht, die sie vom Baum gepflückt hatte und die von Wespen dermaßen durchlöchert worden war, dass sie mich zu sich rief, um es mir zu zeigen. Sie hatte ein kleines gebogenes

Messer mit klapprigem Holzgriff in der Hand – dasselbe, das Leider-Opa benutzt hatte, um in Mutters Zähnen zu stochern.

Dann stieß sie die Klinge in die Birne und schnitt sie langsam in zwei Hälften. Sie schob sie mir hin und ich fürchtete schon, diese makabere Frucht der Erkenntnis essen zu müssen, aber sie hatte mir nur etwas zeigen wollen, das im Fruchtfleisch steckte. Ich sah fasziniert hin. Die Birne war gar nicht leer. Im Innersten des Labyrinths, das sie sich selbst gefressen hatte, ruhte die vertrocknete verendete Wespe.

„Du weißt nicht, was sich unter den Wurzeln dieser Bäume verbirgt."

Die Worte, die mein Onkel nach ein paar Gläschen Festtagswodka geäußert hatte, gingen meinem Vater nicht mehr aus dem Kopf – es war aber auch ein leichtes, ihm Angst einzujagen. Er konnte die Birnen genauso wenig leiden wie die Hühner.

Zu allem Überfluss platzten die Früchte seit Omas Tod nur, wenn er allein durch den Garten ging, als hätte seine Mutter ihrem Erstgeborenen jenes außergewöhnliche, tödliche Omen vererbt. Kein Wunder also, dass Vater zwei Jahre, nachdem die Genossin das Land verlassen hatte, die ihm verhassten Bäume fällte.

Dafür hat er fast zwei Wochen gebraucht. Jeden Tag nach der Arbeit hantierte er ungeschickt mit Axt und Säge. Trotz ihrer beeindruckenden Dimensionen waren die Stämme der Birnbäume nicht besonders dick, dafür schien ihr Holz ausgesprochen hart zu sein, hart wie Stein, wie Vater zwischen den Zähnen hervorpresste, wenn er die Zacken der Säge in den gelblichen Spalt in der angesägten Rinde drückte (wobei es wahrscheinlicher ist, dass nicht der Baum so hart war, sondern vielmehr mein Vater so schlapp und schwach).

Als also der letzte Birnbaum gefallen war und mein Onkel sich meines Vaters erbarmte und die gehäuteten, ihrer Äste beraubten Stämme abtransportierte, schien Vater endlich aufatmen zu können. Leider reichte es aber nicht, die Bäume zu fällen.

Immer noch trapste Vater unruhig hin und her und linste zu den am Zaun im Gras aufblitzenden weißen Augen der Baumstümpfe mit ihren Jahresringen, die aussahen wie Pfützen, in die man einen Stein geworfen hatte.

Immer noch musste er zwanghaft an die Worte seines Bruders denken. Großmutter vertraute er nicht für fünf Groschen. Als er die Genossin ein paarmal gefragt hat, ob sie etwas über die Geschichten wusste, die die Leute erzählten, hatte Großmutter nur die Augenbrauen gehoben.

Vater kehrte schließlich in den Garten zurück, im Dunkeln, mitten in der Nacht, um so wenig wie möglich sehen zu können, sollte sich herausstellen, dass mein Onkel recht hatte. Barfuß stapfte er los, im Pyjama, mit einer

Schaufel in der Hand, und innerhalb von wenigen Stunden hatte er jeden Fleck Erde um die Baumstümpfe herum umgegraben, deren Wurzeln sich übrigens als recht dürr herausstellten, gemessen an den riesigen Bäumen, die sie einmal waren.

Ich stelle mir vor, wie er sich vollgeschmiert den Schweiß von der Stirn wischt und dabei den Dreck noch mehr verteilt, wie er ungeschickt die Schaufel in den umgegrabenen Rasen sticht und nach etwas beunruhigend Weichem stochert. Wie er schließlich auf die Knie fällt und fieberhaft und mit zitternden Händen in der Erde zu wühlen beginnt.

Am nächsten Morgen war Vater bemerkenswert gelassen, wirkte zum ersten Mal seit Wochen entspannt. Mit Schmutzstriemen an den Wangen saß er am Küchentisch.

„Im Garten ist nichts", sagte er.

Natürlich hatte er keine Knochen gefunden, wie er in seiner übersteigerten Angst befürchtet hatte – und doch hat das, was er in jener Nacht unter den Wurzeln von Großmutters Birnbäumen entdeckte, sein Schicksal für immer verändert.

KAPITEL 38

Eine Welt hinter Glas

„Und das hat dir alles der Alte von den Lagerhallen erzählt?"
„Wie ich schon sagte."
„Dann noch mal langsam, bitte."
Ich seufzte. Wir gingen gerade am Rathaus vorbei. Ich warf einen Blick auf meine Armbanduhr, wir waren bereits zu spät.

„Dygnar hat seine Baufirma Anfang der 90er-Jahre gegründet, und zwar mit dem Geld, das sein Vater mit dem Aufkauf der Grundstücke für das Rückhaltebecken verdient hat."

„Spielt keine Rolle, und weiter?", fiel Hans mir ungeduldig ins Wort.

„1993 hat Sobieski ihm im Namen des Museums irgendwelche Aufträge mit Baumaschinen verschafft. Da kam es dann zum Streit. Ich glaube, dass es um Geld ging, aber da war sich Gruzin selbst nicht mehr sicher, weil er an dem Abend im Wachhäuschen saß und das Gespräch im Hinterzimmer stattfand."

„Und?"

„In derselben Nacht hat Sobieski sich das Leben genommen."

Hans zuckte mit den Schultern. „Da hast du dir ja echt was in den Kopf gesetzt."

„Glaubst du nicht, dass sie damals etwas gefunden haben könnten?"

Er sah mich einen Moment lang zweifelnd an.

„Und wenn schon", sagte er verärgert. „Der Typ ist seit vierzehn Jahren tot. Reine Zeitverschwendung. Wir sollten uns besser mit Dygnar befassen."

„Angeblich war wieder ein Arzt da", meldete Mischa sich zu Wort, „um sie zu untersuchen, glaub ich."

„Woher weißt du das?"

„Die Leute reden halt."

Es wurde still. Wir sprachen fast nie über Magda. Für einen Moment waren nur unsere schnellen Schritte zu hören. Die Hitze wurde immer schlimmer. Ich spürte Schweißbäche an meinem Nacken hinabfließen.

Endlich tauchte hinter der Kurve das Pfarrhaus auf.

„Für wie viel Uhr hast du dich denn verabredet?", fragte Hans schnaufend.

„Um drei."

„Ich an deiner Stelle würde mich nicht noch mal mit der Irren treffen. Selbst der Alte von den Lagerhallen hat gesagt, dass sie krank im Kopf ist … Von wie vielen Leuten musst du es denn noch hören? Sie hat die Briefe bestimmt selbst geschrieben."

„Für mich sahen sie echt aus …", sagte ich zögerlich. „Und außerdem … fällt dir was Besseres ein? Bei den Lagerhallen war ja nichts zu holen."

„Hat der Kabler auch gesagt. Bei den Lagerhallen ist nichts."

„Und woher willst du das so genau wissen?" Hans sah Mischa misstrauisch an. „Ich dachte, er meldet sich nicht bei dir."

„Er hat mir auf meine SMS geantwortet."

Wir standen vor der Pforte des Pfarrhauses. Der Garten war sehr gepflegt und von einem niedrigen, weiß getünchten Zaun umgeben. Weiter hinten wuchsen ein paar Kirschbäume. An der Wand des frisch verputzten Hauses standen eine Bank und ein Tischchen, auf dem Tischchen ein Glas mit einem Saftrest voll ersoffener Fliegen.

Im Garten des Pfarrers herrschte große Stille. Kein Vogelgezwitscher, nicht einmal Insektenbrummen war zu vernehmen, obwohl die unzähligen Blumenbeete ringsum in voller Blüte standen. Ich atmete die schwüle Luft ein. Es war viel zu heiß. Ein ordentliches Gewitter war bitter nötig. Es war schon Mitte Juli, dabei begann die Gewittersaison in Zuckrowka normalerweise schon im Mai.

Ich hatte mich tags zuvor mit Frau Dabrowska verabredet, um die Briefentwürfe abzuholen, die sie uns gezeigt hatte, als wir sie zuhause besucht hatten. Die Nummer hatte ich von Mischas Mutter bekommen. Mir war nicht wohl dabei, sie wieder in ihrer mit wahllosen Gegenständen vollgeklebten Wohnung zu besuchen; zum Glück hatte sie selbst vorgeschlagen, uns die Briefe im Pfarrhaus zu überreichen.

Ich spürte deutlich, dass Sobieski wichtig war. Und immer wichtiger wurde. Zwar verstand ich immer noch nicht, warum, aber aus irgendeinem Grund schien mir dieser Mensch, der seit über zehn Jahren nicht mehr lebte, eine außergewöhnlich bedeutsame Rolle zu spielen. Und wenn es mir gelingen würde, eine Antwort auf die immer wiederkehrende Frage zu finden, so glaubte ich, würde ich auch alle anderen Rätsel jenes Sommers lösen können: mein eigenes, Magdas, das von Hans und sogar das meines Vaters.

Was bloß verleitete einen vierundneunzigjährigen Menschen dazu, sich das Leben zu nehmen?

Der Pfad, der zur Eingangstür führte, war mit Flusskieseln ausgelegt und von gepflegten Blumenrabatten gesäumt. Pfingstrosen, Dahlien, Gladiolen, Hortensien, Lupinen, jede Menge Studentenblumen, daneben Zinnien, etwas weiter Rittersporn und Begonien – der Blumenreigen setzte sich bis zu den schattigen Hauswänden fort.

Sie waren von Dabrowska gepflanzt worden und wurden auch von ihr gepflegt, denn „die Erde, über die die Heilige Jungfrau geschritten ist, sollte stets mit Blumen bedeckt sein".

Wir stiegen die Stufen hinauf, die zur kleinen Veranda führten. Derselben Veranda, auf der vor über zwanzig Jahren die Maria erschienen war, um

Schutz beim damals noch blutjungen Pfarrer Wilk zu suchen. Ein winziges Gedenkkreuz war an die mit rissiger Farbe bedeckte Tür genagelt worden, genau an die Stelle, gegen die die Maria mit ihrem Keramikkopf geklopft hatte. Ein Blumentopf mit Geranien schaukelte in einem sauber geflochtenen Hängenetz. Ich drückte auf die Klingel. Im Inneren ertönte eine laute Melodie, die an den mechanischen Klang einer leiernden Spieluhr erinnerte. Dann vernahmen wir feste Schritte und die Tür öffnete sich mit Schwung. Vor uns stand Pfarrer Wilk.

„Guten Tag, Herr Pfarrer", sagte ich höflich.

„Gott zum Gruße", entgegnete er würdevoll. Kurz schien er seltsam erstaunt über unseren Anblick, dann nahm sein Gesicht wieder den vertrauten rohen Ausdruck an. Er schien uns überhaupt nicht zu erkennen.

Ich schaute ins Innere. „Ist Frau Dabrowska vielleicht da?"

„Nein."

„Wir waren mit ihr verabredet. Hat sie nichts für uns dagelassen?"

„Da ist nichts." Er lehnte sich über die Türschwelle und klopfte ans Barometer an der Wand. Dann zog er eine Grimasse, vermutlich nicht besonders erfreut über das, was er auf der Anzeige sah.

„Und jetzt?"

Er schaute wieder finster drein. Pfarrer Wilk konnte einem wirklich Respekt einflößen. Wir schwiegen, weil wir nicht recht wussten, was wir antworten sollten.

„Was habt ihr hier überhaupt verloren? Habt ihr wirklich nichts Besseres zu tun, als mir auf die Nerven zu gehen?"

Der Pfarrer war sichtlich verärgert. Dann drehte er uns so ruckartig den Rücken zu, dass die schwarze Soutane ins Flattern geriet, und knallte uns die Tür vor der Nase zu.

„Gelobt sei Jesus Christus", sagte Hans, während er auf die nachbebende Klinke blickte.

In der nachmittäglichen Stille des Pfarrgartens ertönte ein weit entferntes, kaum hörbares Donnergrollen. Es kommt bestimmt aus Richtung Wadowice, dachte ich.

Zögerlich machten wir uns daran, die Veranda wieder hinabzusteigen, als Dabrowska aus dem Garten geschlurft kam. Sie war ganz außer Atem.

„Da seid ihr ja, ihr Lauser!", rief sie uns schon von Weitem zu. „Wartet ihr schon lange? Ich hab alles dabei für euer Referat! Seht bloß zu, dass ihr mir alles unversehrt wieder zurückbringt. Ah, sieh an, der kleine Michael ist auch da!" Sie lächelte Mischa breit an. „Grüß mir doch die Mama, ja? Und richte ihr aus, dass ich am Freitag mit einer Blumenbestellung vorbeikomme."

Trotz der unerträglichen Hitze trug sie einen dunklen weiten Rock, der gut zwanzig Zentimeter zu lang war. Der Stoff schlappte über den Boden und legte sich wie ein dunkler Ring um ihre Füße. Ich weiß nicht, wie sie es fertig-brachte, nicht darüber zu stolpern.

„Da, bitteschön. Die Lehrer müssen verrückt sein, dass sie euch über die Ferien noch etwas aufgeben …"

Sie hielt mir den Papierstapel hin.

„Und bitte passt auf, dass da nichts durcheinanderkommt. Das ist alles ganz sauber geordnet. Dass ihr mir ja nichts verschlampt!"

Sie drohte mit dem Zeigefinger. Auf ihrem Nagel schimmerte lila Nagel-lack.

„Dem andern wollte ich sie nicht leihen, obwohl er sie haben wollte, aber euch kenn ich, und deine Mama schätze ich wirklich sehr …"

Ich stutzte.

„Dem andern?"

„Im Frühling war ein Mann da, so ein Braunhaariger, ganz in Schwarz."

„Ganz in Schwarz?"

Sie nickte.

„Erst hab ich gedacht, er trägt Trauer, aber ich wollte nicht so direkt fragen, das gehört sich nicht. Er hat gesagt, dass er einen Zeitungsartikel schreibt. Und vorher ist er im Museum gewesen, die Frauen dort haben ihn dann an mich weitergeleitet."

„Und der hat sich diese Briefe auch angeschaut?" Ich rüttelte an der Plastik-tüte in meiner Hand.

„Ja, er hat Fotos davon gemacht. Angeblich als Totengedenken. Seine Tele-fonnummer hat er auch dagelassen", fiel ihr noch ein.

„Haben Sie die Nummer noch?", fragte Hans mit plötzlichem Interesse.

„Ob ich sie noch habe? Nun, irgendwo werde ich sie noch haben …" Sie begann, in der Tasche ihres Rocks zu wühlen. Es dauerte eine halbe Ewigkeit.

„Da!" Sie kramte zwischen jeder Menge Müll ein kleines Stück Pappe her-vor und reichte es mir. Jemand hatte mit schwarzem Kugelschreiber eine Telefonnummer und einen Nachnamen draufgekritzelt.

Frau Dabrowska schaute mich mit einem gutmütigen Lächeln an. Ich drückte die Briefe schnell Hans in die Hand und zog das Notizbuch aus mei-ner Hosentasche, um die Handschriften zu vergleichen. Sie waren identisch. Wir waren also nicht die Einzigen, die sich für die Briefentwürfe von Direk-tor Sobieski interessierten.

„Das ist ja alles auf Deutsch!" Hans klang enttäuscht über die Briefe in sei-ner Hand.

„Ganz recht." Frau Dabrowska nickte. „Sie sind auf Deutsch. Der Direktor beherrschte die deutsche Sprache ganz ausgezeichnet. Er hat mit deutschen Wissenschaftlern korrespondiert." Sie lächelte. „Häufig sind welche aus der DDR zu uns gekommen, zum Austausch. Und dann sind wiederum wir rübergefahren, um uns ihre Museen anzuschauen. Ach ja, die guten alten Zeiten …" Sie geriet regelrecht ins Schwärmen. „Ich erinnere mich noch, wie ich zwanzig war … Und ich erinnere mich wirklich daran! Das tun weiß Gott nicht alle!" Sie schaute uns mit feuchten Augen an und seufzte. „Aber … ich sehe schon den Pfarrer durchs Fenster blinzeln, der wundert sich bestimmt, warum ich noch nicht da bin."

Tatsächlich. Pfarrer Wilk stand am Fenster, hinter der Gardine versteckt. Offensichtlich gefiel es ihm gar nicht, dass wir mit seiner Haushälterin quatschten. Als er unsere Blicke bemerkte, drehte er sich verärgert um und verschwand in seinen Räumlichkeiten.

Frau Dabrowska eilte ins Pfarrhaus und ließ uns mit der Plastiktüte voller deutscher Dokumente stehen.

***

Die Briefe von Sobieski waren Rohfassungen. Für gewöhnlich entwarf er sie mit Bleistift auf Blankopapier, um sie dann von einer seiner Mitarbeiterinnen auf der Schreibmaschine abtippen zu lassen. Es waren dünne, lose Blätter in grau gewordenen Umschlägen.

Ich hatte keinen blassen Schimmer, wie diese Briefe überhaupt in Dabrowskas Besitz gekommen waren, und vermutlich wollte ich es auch gar nicht so genau wissen.

Am Abend schloss ich mich in meinem Zimmer ein und breitete die Entwürfe auf dem Bett aus. Die weißen Rechtecke sahen nebeneinander aus wie eine zerkratzte Scholle; als wäre mein Bettzeug plötzlich von einer Eislandschaft überzogen worden. Es war nicht wirklich viel. Ich zählte nach. Sechsunddreißig einseitig beschriebene Blätter, meist zwei pro Brief. Achtzehn Briefe waren es insgesamt.

Ich wusste gar nicht, wo ich anfangen sollte, und konzentrieren konnte ich mich auch nicht. Ich versuchte, einen Zugang zu den Sätzen zu finden, die vor meinen Augen waberten, aber die Zeichen wollten sich nicht zu Wörtern, ja, nicht einmal zu vertraut aussehenden Fremdwörtern zusammensetzen. Die Schrift des Direktors war unleserlich, die Buchstaben verschwammen ineinander. Sie hatten über die Jahre nahezu alle Unterscheidungsmerkmale verloren und wirkten auf den Blättern wie zufällige Kritzeleien. Dieser Eindruck wurde von der weichen, grauen Spur der Bleistiftmine noch verstärkt; jedes Wort, das ich lesen und dechiffrieren konnte, schien sofort wieder zu verschwinden, von dem alten Papier endgültig eingesaugt zu werden. Nur die Pünktchen der Umlaute vermochten diese Handschrift in der Realität und in irgendeiner Bedeutung zu verankern.

Ich habe an diesem Abend lange auf die Blätter gestarrt. Dann bin ich, ich weiß nicht mehr wann, auf einer Scholle aus Papier eingeschlafen. Erst früh am Morgen wachte ich auf. Und plötzlich wusste ich, was zu tun war. Ich steckte die Wörterbücher und Sobieskis Briefentwürfe in meinen Rucksack und verließ das Haus.

Nach unserem letzten Gespräch mit Frau Dabrowska waren wir uns einig, dass die Briefe übersetzt gehörten. Selbst Hans hatte schließlich zugegeben, dass etwas „Wichtiges drinstehen könnte".

In den folgenden Tagen ackerte ich am winzigen Schreibtisch im Museum die Entwürfe durch. Ich konnte die einzelnen Wörter nur mit Not entziffern, anschließend schlug ich sie mühevoll im Wörterbuch nach. Das deutsch-polnische Wörterbuch war klobig und bestand aus zwei Bänden. Ich hatte es von Hans geliehen bekommen. Auf der ersten Seite des ersten Bandes, der die Buchstaben A bis L umfasste, befand sich eine in rundlicher Handschrift verfasste Widmung für Katarina Krupp, *für vorbildliches Betragen und gute Leistungen: „Die bedeutendste Epoche eines Individuums ist die der Entwicklung." Johann Wolfgang von Goethe, Juni 1977, Zuckrowka.*

Die Übersetzung des ersten Briefs nahm ein paar Stunden in Anspruch. Ich war so vertieft in die Aufgabe, dass ich nicht merkte, dass die Dämmerung angebrochen war und die Spur des Bleistifts mit dem Grau im Raum verschwamm.

Ich konnte nicht wirklich Deutsch. Genau wie Hans und Mischa hatte ich es ein paar Jahre lang als Schulfach gehabt, aber außer einer Handvoll Sätze, die sich mir wie Abzählreime fest eingeprägt hatten, und ein paar Grammatikregeln waren meine Sprachkenntnisse sehr bescheiden.

Das Schwierigste dabei war nicht, im Wörterbuch die ellenlangen Ausdrücke nachzuschlagen oder mich durch die grammatischen Strukturen zu kämpfen, die ich eher schlecht als recht beherrschte. Die größten Probleme bereitete mir die kaum entzifferbare Handschrift des Direktors. Das Entwirren der Buchstabenketten fühlte sich an wie der Versuch, ein weit entferntes Meeresufer zu erreichen oder Spinnenfäden in der Luft zu fangen. Nach einer oder zwei Stunden dieser Arbeit begann mir der Kopf zu schwirren und ich kehrte mit dröhnendem Schädel nach Hause zurück.

Ich erkannte schon bald, dass die Briefentwürfe nichts hergaben. Direktor Sobieski hatte mit ein paar kleinen unbedeutenden Museen aus der ehemaligen DDR korrespondiert. Die Entwürfe stammten aus den Jahren 1986 bis 1993. Ich weiß nicht, was mit den Briefen passiert ist, die er vorher geschrieben hatte, aber es muss sie gegeben haben. In der Briefesammlung von Frau

Dabrowska fanden sich auch keine Antwortschreiben an den Direktor. Waren sie überhaupt je zugestellt worden …?

„Sehr geehrter Herr …", so fing jeder einzelne Brief an. Nie tauchten Namen oder Nachnamen auf. „Wie geht es Ihnen?", fragte Sobieski jedes Mal interessiert.

„Ich hoffe, dass Sie sich bester Gesundheit erfreuen, verehrter Freund."

In den Schreiben ging es vor allem um das Katalogisieren von Sammlungen und Konservieren von Ausstellungsstücken. *Schaukästen, Beleuchtung, Formalin, Exponate, Herbarien*, die Briefe waren von diesen Wörtern überzogen wie von einer seltsamen Kruste.

Je näher das Jahr 1993 rückte, umso bedrückter wirkte Sobieski und umso kürzer wurden seine Briefe.

„Die Museumspädagogik ist tot", schrieb er und klagte über den zunehmenden Verfall des Museumsgebäudes.

Das Museum, dem durch den Tod seines Bruders, aber vor allem durch den Niedergang des alten Systems, viele Mittel entzogen worden waren, befand sich seiner Meinung nach im Niedergang.

„Kein Geld, kein Geld", „Selbst meine toten Vögel sterben einen zweiten Tod", scherzte er und beschrieb, wie sie von den bröckelnden Wänden fielen.

„Alles ist tot, mein lieber Freund", „Und dabei schrieb Goethe, dass Sammler glückliche Menschen seien!", „Die Welt endet in meinem kleinen Zuckrowka, in dieser Stadt aus Zucker".

Der Direktor schrieb ausschließlich über Berufliches, erst in einem seiner letzten Briefe erlaubte er sich etwas mehr Vertraulichkeit und beschwerte sich über seine lästigen Rückenschmerzen: „Als schlügen Blitze in meine Wirbelsäule ein", „der Schmerz wird unerträglich".

In allen Briefen schien es stets um das Gleiche zu gehen. Mir drängte sich der Eindruck auf, dass es immer ein und derselbe Brief war, den Direktor Sobieski jedes Mal aufs Neue schrieb und auf den er mit Sicherheit immer die gleiche Antwort bekam.

Vielleicht wussten aber sowohl er selbst als auch seine deutschen Kollegen, dass es nicht viel mehr zu sagen gab. Dass es vielleicht nie etwas zu sagen gegeben hatte.

Für die ersten Briefe habe ich drei Tage gebraucht. Nach einer Weile war ich so entmutigt, dass ich in den Texten nur noch nach Schlüsselwörtern suchte. Je klarer mir wurde, dass die Briefentwürfe von Sobieski wirklich nur Makulatur waren, desto häufiger griff ich zum Notizbuch des toten Reporters, das ich in dieser Zeit fast immer bei mir trug.

Damals in der Stille des Pfarrgartens hatte ich es noch als angenehm empfunden, über die glatte weiche Oberfläche der unbeschriebenen Seiten zu streichen. Wenn ich das Notizbuch jetzt aufklappte, wollte ich einfach nur auf die weiße Leere starren, den Blick ruhen lassen, müde von der Handschrift des Direktors, die mir geradezu körperlichen Schmerz bereitete. Meine Augen waren rot, sie brannten und tränten. Das schwache Licht verstärkte nur noch mein Unbehagen. Tageslicht fiel nur kurz vor Sonnenuntergang ins Zimmer, den Rest des Tages lag der Raum im Schatten und bereits am frühen Nachmittag musste ich das Schreibtischlämpchen einschalten.

Doch am vierten oder fünften Abend, als ich wieder einmal übermüdet über den Wörterbüchern brütete und mich ans geöffnete Dachfenster stellte, um heimlich eine Zigarette zu rauchen, kam mir plötzlich ein aberwitziger Gedanke. Was, wenn das Notizbuch gar nicht leer war? Gedankenverloren drehte ich es in den Händen. Der raue Schutzumschlag war aus billigem Plastik. Das Notizbuch selbst war winzig, nicht größer als ein Viertel von einem Schulheft. Die herausgerissenen Seiten bildeten in der Mitte einen Sockel. Nur ein Dutzend hauchdünner Blätter war noch da, wellig vor Feuchtigkeit.

Es war das Notizbuch, nach dem Magdas Vater suchte.

Ich fuhr mit den Fingern über die Seiten wie eine Blinde, die versucht, irgendeine dort vor langer Zeit eingeprägte Schrift zu ertasten. Das Papier war glatt. Ich hielt mir das Notizbuch vorsichtig an die Nase und schnupperte. Es roch nach Moder. Dann hob ich es hoch unters Licht. Nein, auf diesen Blättern, in den entzifferten Briefen, waren keine Antworten zu finden. Nicht einmal die richtigen Fragen.

Irgendwo in weiter Ferne blitzte das Porzellanhaus in roten Licht auf. Die Abenddämmerung war angebrochen und die zwei Laternen auf der gegenüberliegenden Straßenseite flackerten wie immer zu früh auf.

Ein flinker Schatten huschte rasch unter einem der Bäume vorbei. Bestimmt ein Marder oder ein Eichhörnchen, von Weitem konnte ich es nicht erkennen. Die Äste wippten noch.

Exakt diesen Ausblick hat Sobieski gehabt, als er sich das Leben nahm, dachte ich.

Der aufziehende Abend begann in der Scheibe sichtbar zu werden. Mein Gesicht erschien im Fensterrahmen wie in einem matten Spiegel.

Plötzlich überkam mich eine Erkenntnis. Ich begriff, was Janek Gruzin nicht begriffen hatte und was auch Frau Dabrowska nicht verstand. Nun sah ich, warum Sobieski vor seinem Tod alle Lampen ausgeschaltet hatte, warum er es vorgezogen hatte, im Dunkeln zu sterben. Die Welt draußen war in der Nacht nur zu sehen, wenn die Lichter gelöscht waren. Und er hatte diese Welt ein letztes Mal sehen wollen. Als dachte er, dass es das Einzige ist, das uns erwartet: eine Welt hinter Glas.

***

„Gut, das sollte halten." Ich zog den Knoten zu. Das in eine Plastiktüte gewickelte Päckchen war mit einem Strick am Gepäckträger des Mofas befestigt.

„Pass gut auf die Wörterbücher auf …"

Mischa nickte.

„Kann ich mich drauf verlassen, dass du Frau Dabrowska die Briefe zurückgibst?"

„Am Montag kommt sie in den Blumenladen, dann geb ich sie ihr zurück."

„Danke."

Er schwang sich aufs Mofa. Ich kniff die Augen zusammen, die sich an das Dämmerlicht des Museums gewöhnt hatten, und sah ihm nach, bis er hinter der Kurve verschwand.

Das weit entfernte Heulen des Motors war noch eine Weile zu hören, dann wurde es endlich still. In der Luft hing immer noch der beißende Gestank der Abgase.

Der Abend rückte immer näher, aber die Hitze nahm nicht ab. In den letzten Tagen hatte die Temperatur die 30° überschritten. Zum Glück schützten die dicken Museumsmauern gut vor der Hitze.

Ich stieg die Treppe nach oben, um meine Sachen zu holen. Es ging auf 19 Uhr zu. Ich war Mischa sehr dankbar, dass er sich bereit erklärt hatte, Frau Dabrowska die Briefe zurückzugeben. Mir war überhaupt nicht danach, sie wiederzusehen.

Ich verstaute meine Notizen im Rucksack. Erst einen Moment später bemerkte ich die glänzenden Schutzumschläge der Wörterbücher von Hans' Mutter auf dem Schränkchen neben dem Fenster. Gleich am Anfang hatte ich sie vorsichtig von den dicken Bänden gezogen, um keine Risse zu riskieren. Frau Krupp würde ihr Fehlen sofort bemerken, ich musste sie ihr zurückgeben. Ich nahm die Schutzumschläge, um alles zusammen in den Rucksack zu stecken …

Gedankenverloren sah ich sie mir an. Schwarz verlaufendes, glitschiges Grün, darauf gotische Lettern. Interessant.

Ich griff wieder zum Notizbuch und hob mit dem Fingernagel den Umschlag aus dünnem Lederimitat an. Mein Verdacht bestätigte sich: Er war bloß über den dicken Kartonumschlag gestülpt. Mit einer schnellen Bewegung zog ich ihn ab.

Der enthüllte Umschlag des Notizbuchs war eine Enttäuschung. Es stand überhaupt nichts darauf. Als ich den Umschlag ganz abnahm, fiel aber etwas aus der Plastikklappe und segelte auf den Schreibtisch. Ein kleines Stück Papier, das ich zuvor nicht bemerkt hatte. Überrascht hob ich es auf. Auf dem Zettel stand in Druckbuchstaben der Nachname meiner Mutter.

KAPITEL 39

Der Turmbau zu Zuckrowka

Pfarrer Wilk war ein gutaussehender Mann, der mit dem Alter noch an Attraktivität gewonnen hatte, wie man in Zuckrowka fand. Hoch gewachsen, reif und bedächtig, mit schwarzen, struppigen Augenbrauen, die an der Nasenwurzel zu einer grimmigen Falte zusammenliefen, und einem starken Kiefer, der ihm jenes männliche Aussehen verlieh. Sein Teint war eher dunkel, doch wenn er in Wallung geriet, erschienen zwei gleichmäßige rote Kreise auf seinen Wangen, als wären ihm riesige Siegelstempel aufs Gesicht gedrückt worden.

Die Soutane verhüllte seine breiten Schultern und kaschierte mit ihrem dunklen Farbton den stattlichen Bauch. Zu der Zeit, als Magda sang, war der Pfarrer bereits in einem Alter, in dem eigentlich erste graue Haare zu erwarten sind, doch sein Haar war immer noch rabenschwarz. Böse Zungen behaupteten, es sei sogar noch schwärzer geworden, weil der Pfarrer es in seiner ganz und gar unchristlichen Eitelkeit regelmäßig gefärbt haben soll. Und wenn schon, einem solchen Pfarrer konnte man doch eine kleine Schwäche durchgehen lassen.

Für Großmutter war er übrigens nur ein „dahergelaufener Hallodri". Die Begeisterung der Leute, die in den neuen Pfarrer ganz vernarrt waren, hing ihr zum Halse raus. Man konnte gar nicht genau sagen, was es war, das ihr an Pfarrer Wilk so missfiel. Großmutter hatte für das Bodenpersonal Gottes zwar nicht viel übrig, begegnete ihm aber dennoch mit Toleranz; mit dem Vorgänger, Pfarrer Smietana, war sie sogar per Du gewesen.

Pfarrer Wilk verströmte immer einen süßlichen Weihrauchgeruch. Sein Kopf schien von einem bestimmten Winkel aus betrachtet etwas zu kugelig geraten, die Augen allzu froschartig. Manchmal schaute er wirklich finster drein, manchmal wich er mit dem Blick aus, und in den Augenwinkeln flackerte eine Durchtriebenheit auf, die sich für einen Geistlichen nicht schickte.

Doch abgesehen davon strahlte er eine beruhigende Selbstsicherheit aus. Jede seiner Bewegungen war schnell, bestimmt und übertrieben schwungvoll – als würde der Pfarrer sich immer wieder aufs Neue seinen Platz in der Welt erstreiten müssen. Sein Körper im Priestergewand erinnerte immer stärker an einen Knoten, eine fest zugezogene Schlinge, auf die absoluter Verlass war.

Pfarrer Wilk hatte unserer Gemeinde bereits zwanzig Jahre gedient. Man brachte ihm Respekt und Wertschätzung entgegen, obwohl er durchaus seine Marotten hatte.

Es kam durchaus vor, dass er während des Religionsunterrichts in der Grundschule in ausführlichen lateinischen Passagen zu den Schülern sprach und die Messdiener so weitschweifige Zitate auswendig lernen mussten, dass die meisten Jungs zum Ärger des Pfarrers vom Messdienst zurücktraten. Außerdem hatte er dem Chor Gitarrenbegleitung untersagt (zu Zeiten Christi habe es keine Gitarren gegeben, damit war das Thema erledigt) und forderte, dass die Psalmen in irgendwelchen ominösen und komplizierten Kanonstrukturen gesungen werden sollten, was letzten Endes dazu führte, dass der Großteil der Messe ausschließlich vom Organisten bestritten wurde.

Pfarrer Wilk kümmerte sich vorbildlich um unsere Kirche, wofür er sehr geschätzt wurde. Jeder andere hätte das Geld schließlich für sich selbst ausgegeben, für ein Auto, Urlaub, prachtvolle Gewänder oder was auch immer ein Pfarrer begehrte. Doch unser Pfarrer steckte nahezu alles, bis auf den letzten Groschen, in das Gotteshaus von Zuckrowka.

Eine seiner ersten Anschaffungen war eine auf Sonderbestellung gefertigte Holzkanzel gewesen (die er in ähnlicher Ausführung irgendwo bei Krakau gesehen hatte). Die Kanzel, die sich links vom Altar befand, hatte die Gestalt eines großen, etwas kantigen Fisches, dessen Schwanzflosse auf dem Kirchenboden ruhte. Nach oben gelangte man über ein Treppchen, das hinter dem Fischrücken verborgen lag. Wenn er seine Predigt verlas, lehnte Pfarrer Wilk sich über den kleinen Balkon in Gestalt eines aufgesperrten Fischmauls voll großer, mit grellen Farben bemalter Holzzähne. Als wäre der nur von der Hüfte aufwärts sichtbare Pfarrer kein Geringerer als Jonas, von Gott errettet aus dem Bauch des Wals, der aus den Meerestiefen aufstieg. Ich glaube, dass Pfarrer Wilk sich selbst manchmal so sah, während er seine feurigen Predigten hielt.

Im Kirchengebäude war es immer recht dunkel. Vermutlich spürte auch Pfarrer Wilk, dass unser Gotteshaus etwas mehr Licht vertragen könnte, weswegen er kurz nach dem Zusammenbruch des Sozialismus sein großes Projekt angekündigt hatte: Als Krönung der Vorbereitungen zu den feierlichen Umzügen zum zehnjährigen Jubiläum der Offenbarung vom Mahrtal war die Enthüllung eines neuen Buntglasfensters geplant.

An jenem Tag muss das Barometer des Pfarrers ein für den Januar unübliches Wetter angezeigt haben. Die Kirche platzte aus allen Nähten. Das Buntglasmotiv – die Mutter Gottes mit dem Jesuskind im Arm, umgeben von einer Girlande aus Rosenkränzen und Blumen – war nicht besonders groß ausgefallen und trug überhaupt nicht dazu bei, die Kirche aufzuhellen. Davon abgesehen war es recht hübsch, und obwohl die Gestalten etwas fehlproportionierte Köpfe hatten und ihre Hände ziemlich seltsam geformt waren, leuchteten die Farben malerisch in der Sonne. An der

Wand waren sogar kleine Regenbögen zu sehen (der Pfarrer hatte für die Messe extra eine Tageszeit gewählt, in der das Sonnenlicht direkt auf die Kirchenfassade schien).

Doch bemerkenswert war die Messe aus einem anderen Grund: Es gab keinen Organisten.

Es wurde gemutmaßt, der Pfarrer wolle nicht die Aufmerksamkeit der Gläubigen vom neuen Kirchenschmuck ablenken, der sich doch direkt über dem Chor befand. Vielleicht war deswegen eine gewisse Anspannung in der Kirche zu spüren? Seit Beginn des stillen Gottesdienstes blickten die Leute nervös umher, drehten sich um, richteten die Blicke nach oben, zum Chor, auf die Orgel, auf das Buntglasfenster, und schauten schließlich einander an, als würden sie weiß Gott was erwarten – womöglich ein weiteres Jubiläumswunder?

Der Pfarrer, der dem Gewimmel keine Aufmerksamkeit schenkte, stieg mit dem Weihwasserwedel in der Hand vom Altarraum herab. Ein zwergenhafter Messdiener wetzte mit einer Schüssel voll Wasser hinter ihm her und versuchte ungelenk, mit ihm Schritt zu halten, ohne einen Tropfen der geheiligten Flüssigkeit zu verschütten (schließlich war ihm bewusst, dass er Pfarrer Wilk damit in Rage versetzen würde). Nur mit Mühe kam er hinterher, denn der Pfarrer war ein großer Mann mit ebenso großen Schritten. Zudem hatte er die riesige Schüssel, die beinahe ein Trog war, randvoll mit Weihwasser füllen lassen, gerade so, dass sie nicht überlief, wenn er den Weihwasserwedel hineintauchte. Der Messdiener trippelte also aufs Geratewohl vor sich hin und hielt den Blick stur auf den Rand der Schüssel geheftet. Sein Gesicht glühte dabei vor Anstrengung. Als sie am Buntglasfenster angekommen waren, tauchte der Pfarrer den Weihwasserwedel ein, dann nahm er viel Schwung, als ob er einen Tennisaufschlag machen würde, und die Wassertropfen flogen hoch, hoch hinauf, bis sie sich auf dem Gesicht der Mutter Gottes niederließen. Die Menschenmenge stand wie versteinert da.

Eine beunruhigende Stille erfüllte die Kirche. War es möglich …?

Sobald das letzte Segenswort mit donnernder, tragender Stimme gesprochen worden war, flossen, wie schon Jahre zuvor, auf einmal Tränen über das Gesicht der Mutter Gottes.

Fürwahr, prächtige Tränen schossen im Strahl aus ihren Augen und strömten in üppigen Bächlein zur Erde hinab – da die Kirchentüren einen Spaltbreit offen standen, war das Plätschern des Wassers auf die Betonplatten für alle deutlich zu hören.

Die Leute standen ganz verdattert da. Und dann liefen sie aus der Kirche, rissen den Pfarrer mitsamt seines Weihwasserwedels mit sich und brachten zugleich den kleinen Messdiener neben ihm zu Fall.

Vor dem Gebäude, auf einer Leiter, die an eine Säule gelehnt war, stand unser Organist und Totengräber und bespritzte das Buntglasbild mit einem breiten Wasserstrahl aus dem Gartenschlauch, den er aus dem Pfarrhaus angeschleppt hatte.

Pfarrer Wilk erklärte sogleich stolz, dass in das Jubiläumsglasfenster spezielle Einkerbungen eingearbeitet worden waren, „eine Art Rinnen", die das Regenwasser so umleiteten, dass es aus den Augen der Mutter Gottes zu fließen schien. Es war seine ureigene Idee gewesen, auf die er offenbar mächtig stolz war. Er hatte nicht auf die Vorführung des heiligen Effekts verzichten wollen, nur weil am Tag der Einweihung kein Regen fiel.

Man nickte anerkennend ob dieser Erklärungen, aber nach der Messe gingen alle ziemlich schnell wieder nach Hause. Auch später wurde aus irgendeinem Grund nur ungern über diesen Tag gesprochen. Außerdem erwies sich die Konstruktion als wenig alltagstauglich, denn bei jedem Regen bildete sich vor der Eingangstür eine riesige Pfütze, die schnell den ganzen Eingangsbereich überschwemmte und manchmal sogar bis in die Kirche zu den hinteren Bankreihen vordrang (an solchen regnerischen Sonntagen pflegten die Leute zu sagen, dass Pfarrer Smietana sich im Grabe umdrehen würde).

Und doch war uns damals etwas entgangen. Wenn die enttäuschten Gläubigen es nicht gar so eilig gehabt hätten, wenn sie wenigstens einen Moment lang etwas aufmerksamer hingesehen hätten, dann hätten sie vielleicht bemerkt, dass sich an diesem Sonntag in der Kirche von Zuckrowka etwas ereignet hatte, das der Gestalt nach fast einem, wenn auch nicht großen, Wunder glich: Der kleine Messdiener, der von der Menschenmenge überrannt worden war, hatte sich zwar am Kirchenboden Prellungen geholt, aber er hatte nicht einen einzigen Tropfen Wasser verschüttet.

✳ ✳ ✳

Angesichts der unangenehmen Erinnerungen an die Feier des zehnjährigen Erscheinungsjubiläums behaupteten einige, die Sache mit dem Glockenturm sei zu erwarten gewesen, nachdem der Kopf der Maria zwei Jahre zuvor geplatzt war.

Damals suchten wir die Figur häufig auf, um ihr Fragen zu stellen. Ich weiß nicht, wer zuerst auf die Idee gekommen war. Mich hatte zum ersten Mal Mischa im Jahr 1998 zu ihr mitgenommen, kurz, bevor mein Vater verrückt wurde.

Zunächst galt es, einen geeigneten Stein zu finden – er durfte nicht allzu schwer, aber auch nicht zu leicht sein. Dann musste man sich mit dem Stein in der Hand genau vor die Figur stellen und sie anschauen – manchmal war der wässrige Blick kaum auszuhalten – und sich stark auf seine Frage konzentrieren. Schließlich.zielte man auf ihren Kopf und warf den Stein. Wenn man traf und der Stein den Kopf in Bewegung versetzte, bedeutete das ein *Ja*. Maria nickte ein paarmal mit großem Ernst, ihr Kopf wippte auf und ab. Wenn der Kopf sich nicht bewegte, bedeutete das ein entschiedenes *Nein*. Und wenn dem Fragenden überhaupt kein Treffer gelang, konnte man sich denken, dass Maria auf eine derart formulierte Frage nicht zu antworten gedachte und man besser davon absah, sie weiter zu belästigen.

Viele Jahre lang haben nur Kinder mit Steinen geworfen, obwohl ich beinahe sicher bin, dass mein Vater, seit er von dieser Sitte erfahren hatte, ebenfalls dort aufkreuzte, um die Figur mit endlosen Fragen zu quälen. Ich kann mir sehr gut vorstellen, wie er den Stein gegen sie wirft und dabei ganz leise flüstert: „Werde ich an Krebs sterben? Werde ich an einem Schlaganfall sterben? Werde ich in einem Krieg sterben? Werde ich bei einem Autounfall sterben? Werde ich ersticken? Werde ich von einem Auto überfahren? Werde ich von einem einstürzenden Haus erschlagen? Wird mich ein zufälliger Einbrecher umnieten? Werde ich im Fluss ertrinken? In einem See? Im Meer? Im Ozean? In der Badewanne …?" Die Hand zittert ihm dabei vor Nervosität, weswegen er niemals treffen und daher nie eine Antwort erhalten wird.

Ich weiß nicht, wie viele Menschen aus Zuckrowka das Spiel so oder so ähnlich gespielt haben, aber es hörte im Jahr 2000 abrupt auf, nachdem eines Tages die Mitglieder des Mai-Komitees ein Loch in Marias Keramikschläfe entdeckt hatten. Es war kein großer Sprung, das Loch hatte in etwa die Ausmaße einer Fünf-Złoty-Münze. Jemand musste bei der Wahl des Steins danebengegriffen und einen allzu schweren erwischt haben, als wäre ihm sehr viel an einer positiven Antwort gelegen gewesen.

Zunächst hatte man überlegt, sie professionell reparieren zu lassen, aber in der Kasse des Mai-Komitees herrschte damals Flaute und der Riss war unter den Girlanden aus Bändern und Schleiern kaum zu erkennen. Es reichte also, das Loch mit einem Bällchen aus Zeitungspapier zu stopfen, als Schutz vor dem Regen, und das Ganze mit einem hautfarbenen Pflaster zuzukleben.

***

Der Jubiläumsglockenturm sollte ein paar Jahre später die Geschichte Zuckrowkas vervollständigen. „Nichts gibt die Idee Gottes so gut wieder wie der Klang einer Glocke", pflegte Pfarrer Wilk zu sagen.

Unsere Kirche hatte bis dahin nur über ein mittelgroßes Glöckchen verfügt, ein lächerliches Glockenimitat, das sich unter der Kuppel in der Dachmitte befunden hatte. Ihr unangenehmer, etwas schriller Klang hatte Pfarrer Wilk stets die Nackenhaare aufgestellt, wie eine Gabel, die über einen Teller

kratzt. Dass Gott sich jeden Sonntag diese „Fahrradbimmel" anhören musste, war seiner Meinung nach eine Schande.

Als der Bischof einmal unsere Pfarrgemeinde besuchte, zeigte ihm der
Pfarrer also stolz seinen Entwurf für einen neuen Glockenturm, der die Kirche, das Rathaus und schließlich das ganze Tal überragen würde. Doch statt
die Skizzen zu loben, musterte das Kirchenoberhaupt sie ausgiebig, nur um
dem verblüfften Pfarrer anschließend einen Mangel an Bescheidenheit vor-
zuwerfen. Es ziemte sich nämlich nicht, dem kleinen Kirchlein einen Turm
beizugesellen, der höher war als die Türme der bedeutendsten Gotteshäuser.

„Man muss die Proportionen wahren", erklärte er und nahm gnadenlos
Korrekturen am Entwurf vor, sodass vom Glockenturm nicht einmal mehr
die Hälfte übrig blieb.

Pfarrer Wilk antwortete nur zerknirscht mit einem Nicken.

Die Arbeiten wurden im Frühling des Jahres 2000 begonnen, nach dem
dritten Wunder vom Mahrtal, dem es zu verdanken war, dass die Pfarrgemeinde den Großteil der benötigten Gelder hatte auftreiben können.

Der Glockenturm hatte einen quadratischen Sockel und seine Spitze wurde, wie im Entwurf vorgesehen, von Bogenfenstern und einer Dachpyramide
gekrönt, die sich ungefähr auf der Höhe der bisherigen Glockenkammer mit
der verhassten „Fahrradklingel" befand.

Als der Turm die Höhe der Kirche erreicht hatte, hörte er allerdings nicht
auf zu wachsen. Am Anfang wunderten wir uns noch, aber bald folgerte man
in der Stadt, dass der Bischof seine Meinung offenbar geändert hatte (und
verfügte Pfarrer Wilk nicht über eine große Überredungsgabe?).

Schließlich überragte der Glockenturm die Kirche doppelt. Erst an diesem
Punkt hatte Pfarrer Wilk befunden, dass es „reichte".

Zur Einweihung des Turms von Zuckrowka war auch der Bischof erschienen und es dauerte nicht lang, bis ans Licht kam, dass er dem Pfarrer keineswegs sein Einverständnis gegeben hatte. Wütend ließ er den Weihwasserwedel Richtung Glocke schwingen, schließlich konnte er einen fertigen
Glockenturm „wohl kaum wieder abreißen lassen". Pfarrer Wilk schien die
beleidigte Miene seines Vorgesetzten gar nicht zu bemerken. Er war in Hoch-
stimmung. Wir hatten doch so lange auf die Glocke gewartet. Sie war in der
besten Manufaktur gegossen worden, und schwer war sie, sodass sie jenen
ungewöhnlichen, tiefen, Mark und Bein erschütternden Klang erzeugte.

Voller Begeisterung starrten wir auf das mächtige Gebilde, das im Glockenturm hing wie ein riesiger, vollgefressener Fisch am Angelhaken. Selbst vom
Boden aus konnte man die Reflexe der Sonne auf dem Metall sehen, die wie
kleine Wasserwellen wirkten. Und dann geschah etwas, mit dem niemand
gerechnet hatte: Die Glocke schlug. Ganz von selbst!

Der tiefe vibrierende Ton dröhnte uns in den Ohren. Pfarrer Wilk stand in unserer Mitte, alle waren kreidebleich. Er glotzte mit halb offenem Mund zur Glocke hoch, als könnte er es nicht glauben. Dann geriet er ins Schwanken und wir erschraken, dachten schon, dass er gleich einen Schwächeanfall erleiden würde vor lauter Ergriffenheit, als er sich plötzlich, bevor ihn jemand aufzuhalten vermochte, nach vorne warf. Er stürzte sich auf die Turmwand und stemmte sich mit aller Kraft gegen sie. So stand er da, mit gespreizten Beinen und weiß angelaufenen Händen gegen die Mauer gestemmt, und sein breiter Rücken bebte vor übermenschlicher Anstrengung, seine Muskeln zitterten. Erst da begriffen wir, was los war.

„So helft mir doch!", rief er. Sein Mund war vor Schmerz verzerrt, riesige Adern durchzogen seine Stirn und verunstalteten sein rot glühendes Gesicht.

War es wirklich möglich, dass der zu groß geratene Turm sich unter dem Gewicht der neuen Glocke neigte? Der Pfarrer hörte nicht auf zu brüllen. Ein Teil von uns rückte in seine Richtung vor, erst zögerlich, schließlich im Laufschritt, dann stürzten wir zu ihm. Ein Dutzend stöhnender Menschen stützte, presste und hämmerte mit den Fäusten gegen die scheinbar einstürzende Mauer, und nun konnten wir auch spüren, wie sich der Turm unter unseren Händen immer weiter neigte, langsam und unwiderruflich, mit tönendem Grollen.

Das Ganze hat vielleicht eine Minute gedauert. Dann kam der Glockenturm endlich zum Stehen und die Glocke verstummte.

Bald stellte sich heraus, dass der Pfarrer nicht nur die Empfehlungen des Bischofs in den Wind geschlagen, sondern auch noch die in Auftrag gegebenen Baupläne ignoriert hatte – der Turm war sehr viel größer als in den Entwürfen, das Fundament war zu schmal und die Glocke zu schwer für den recht sumpfigen Boden an dieser Stelle.

Experten, die kurz danach unsere Stadt besuchten, erklärten, dass das Gebäude überhaupt nicht schief war („Das sah wohl nur so aus.") und schon alles seine Ordnung hatte. Bloß durfte man auf gar keinen Fall die schwere Glocke in Bewegung setzen, denn da könnten sie für nichts garantieren.

KAPITEL 40

Wir sind nicht allein

Ich wurde vom Poltern des umfallenden Stuhls geweckt.

„Wir wurden bestohlen!"

„Was?", nuschelte ich. „Was macht ihr denn hier?"

„Dein Vater hat uns reingelassen."

Mischa massierte sein ramponiertes Knie.

„Sie haben alles geklaut."

„Was … alles?"

„Na, die Briefe!", antwortete Hans ungeduldig.

„Welche Briefe?"

„Die Briefe von Sobieski!"

Ich warf einen Blick auf meine Armbanduhr. Es war halb neun.

„Ich hab gestern nur kurz am Kiosk angehalten, im Zentrum, zwischen dem Rathaus und der Pfarrei." Mischa nahm auf der Bettkante Platz. „Und als ich zurückkam, war das Päckchen nicht mehr da. Jemand hat die Paketschnur durchgeschnitten."

Ich gähnte. „Hast du im Gebüsch nachgesehen? Der Dieb hat's bestimmt weggeworfen, als er gecheckt hat, dass es nur Müll war …"

„Ich hab nachgesehen. Und nur das hier gefunden."

Mit todernster Miene zog er die Wörterbücher aus seinem Rucksack. Sie waren stark beschmutzt und geknickt, einige Seiten eingerissen. Hans jaulte auf.

„Meine Mutter bringt mich um …"

„Die Briefe sind auch eher Altpapier, damit ist nichts anzufangen, wen sollte das jucken? Da steht doch überhaupt nichts drin."

Ich verstand nicht, warum Mischa und Hans so aufgebracht waren. „Und selbst wenn, wir haben ja noch meine Übersetzungen. Die Frage ist nur, wie wir es der Dabrowska verklickern sollen."

Die Alte mochte einen Dachschaden haben, aber sie war eine nette Frau, das musste man ihr lassen. Und sie schien so sehr an den Briefen zu hängen, dass ich ihr keinen Kummer bereiten wollte.

Mischa und Hans schwiegen. Mir schien, als würden sie bedeutungsvolle Blicke austauschen. Hans nickte beinahe unmerklich.

„Hör mal …", begann Mischa unsicher. „Da ist noch etwas. Ich hab vor ein paar Wochen eine SMS bekommen."

Er klappte sein Handy auf und reichte es mir. Auf dem Display leuchtete eine Nachricht auf: *LASST DIE FINGER VON DER SACHE ODER IHR WERDET ES BEREUEN!!!*

„Warum zeigst du mir das erst jetzt?"

Den Großbuchstaben nach zu urteilen tat sich der Sender der Nachricht mit der Handytastatur schwer.

„Die SMS kam kurz nachdem der Reporter dich im Wald angegriffen hat. Und damals konnte ich mit dir nicht reden, du warst ja beleidigt …", murmelte Mischa. „Ich hab dann noch ein paar ähnliche Nachrichten bekommen."

Ich zuckte die Schultern.

„Wahrscheinlich wollte dich jemand verarschen. Das ganze Tal und halb Wysoka hat deine Nummer, überall vertickst du deine neuen Pillen, da ist der Konkurrenz halt der Kragen geplatzt und jemand wollte es dir heimzahlen."

Ich stand vom Bett auf und trat am umgefallenen Stuhl vorbei an den Schreibtisch. Mein Blick fiel auf den kleinen Papierfetzen, den ich tags zuvor unter dem Umschlag des schwarzen Notizbuchs gefunden hatte. Ich nahm ihn in die Hand und schob ihn in die Tasche meines Pyjamas. Wahrscheinlich hatte es nichts zu bedeuten, aber ich hatte jetzt ohnehin keine Lust, mit den Jungs darüber zu sprechen.

Der verunglückte Reporter hatte sich den Nachnamen meiner Mutter notiert, weil er eine Kontaktmöglichkeit zum Museum brauchte … und er war ja auch dort gewesen und hatte sich die Ausstellung angeschaut. Aber mein Gefühl sagte mir etwas anderes.

„Nach dem Diebstahl gestern ist die gleiche SMS noch mal gekommen."

Hans' Stimme riss mich aus meinen Gedanken.

„Ich hab sie auch gekriegt."

Ich sah ihn erstaunt an.

„Am Anfang haben wir auch gedacht, dass sich bloß jemand einen Streich erlaubt hat. Und außerdem, als wir diese … diesen Reporter gefunden haben …" – Hans mochte das Wort *Wasserleiche* nicht – „sind wir zum Schluss gekommen, dass er es war, der die Nachrichten geschrieben hat, und dass damit jetzt wohl Ruhe ist."

Nun verstand ich überhaupt nichts mehr.

„Warum wirft Mischas Bruder da nicht einen Blick drauf? Oder ruft die Nummer doch einfach mal von einem anderen Handy aus an."

„Haben wir längst versucht: ,Dieser Anschluss ist vorübergehend nicht erreichbar.'"

„Und was ist mit Mischas Bruder?"

„Was soll mit ihm sein?"

„Kann der sich das nicht mal anschauen?"

„Wir wollen mit der Polizei nichts mehr zu tun haben", fuhr Hans mir ins Wort.

Ich wollte noch etwas sagen, aber als ich seine verkniffene Miene sah, ließ ich es lieber bleiben.

„Es könnte sich um einen dummen Scherz handeln", wiederholte ich schließlich skeptisch. „Aber das spielt jetzt eh keine Rolle."

Hans zog etwas aus seiner Hosentasche und reichte es mir. Es war die Visitenkarte, die uns vor wenigen Tagen Frau Dabrowska zugesteckt hatte.

„Wir hatten recht", erklärte er. „Das ist die Nummer von dem Typen."

„Als würde er aus dem Jenseits schreiben!"

„Mischa, verdammte Scheiße, wir haben doch schon darüber gesprochen."

Hans schien eindeutig gereizt zu sein, er drehte sich ruckartig um.

„Was denn für ein Jenseits, du spinnst doch."

Mischa sah ihn zweifelnd an.

„Jemand schreibt euch also wirklich vom Handy des toten Reporters?"

Hans nickte.

„Aber wer?"

„Woher soll ich das wissen?", brummte er.

Erst jetzt bemerkte ich, wie sehr er sich aufregte.

„Das ist noch nicht alles. Sag du's ihr, Mischa."

Mischa schaute mich unsicher an.

„Nun sag's ihr schon!"

„Der Reporter ist überhaupt nicht ertrunken."

„Wie, er ist nicht ertrunken? Wir haben ihn doch gefunden …"

„Er ist nicht ertrunken", beteuerte Mischa.

„Er lebt?!"

„Was? Nein, er ist tot. Aber neulich waren doch Experten aus Wysoka hier."

„Der Polizeichef war stinksauer auf die Jungs, weil sie sich zum Affen gemacht haben und ihn als Idioten haben dastehen lassen. Der Befund in Zuckrowka war nämlich, dass die Wasserleiche höchstens eine Woche im Wasser gelegen hat. Aber die aus Wysoka meinten, dass der Typ in Wirklichkeit schon vier Wochen tot war, als er gefunden wurde."

„Vier Wochen?!"

„Mein Bruder sagt, das wär unmöglich, aber die aus Wysoka bestehen drauf. Der Typ ist an einer Kopfverletzung gestorben, verstehst du?"

„Der Reporter war also schon tot, als er in den Froschteich gefallen ist", flüsterte ich. „Meint ihr, dass es …", ich schluckte, „Dygnar war?"

Hans schüttelte den Kopf.

„Wir haben sein Alibi überprüft, er war damals nicht mal in der Stadt. Mitte März ist er für zwei Wochen auf Dienstreise nach Warschau gefahren. Da ging's wohl um die Autobahn, es gab sogar Fotos davon in der Zeitung. Außerdem ist er nur noch mit Magda beschäftigt", schloss er.

„Nein, er war's nicht."

„Wer dann …?"

Wir schauten einander ratlos an. Mir lief es kalt den Rücken hinunter.

KAPITEL 41

Hundstage

Je älter ich wurde, umso häufiger hatte ich Nasenbluten. Mein Vater hielt es für eine der gefährlichsten Kinderkrankheiten, weil sie seiner Meinung nach nicht nur von einer körperlichen, sondern vor allem von einer geistigen Schwäche kündete.

Nachdem mir weder die biblischen Kataplasmen noch mit Nägeln gespickte Äpfel geholfen hatten, ja, nicht einmal der Ausflug zum Fenster des Generals, hatte mein Vater neue, noch seltsamere Heilungsversuche gestartet. Zu den wichtigsten Maßnahmen jener Zeit zählt auf jeden Fall unser Ausflug zum Wawel-Chakra.

Wir sind hingefahren, als ich ungefähr zwölf Jahre alt war. Vater war bereits verrückt geworden und Polen Mitglied der Nato. Die Reise von Zuckrowka nach Krakau dauerte damals fast vier Stunden.

Wir fuhren mit einem alten, beinahe ausgedienten Reisebus, in dem es nach Abgasen stank. In den Fenstern hingen schmutzige honigfarbige Gardinen.

Ich kann mich noch daran erinnern, wie Vater im Innenhof des Wawel-schlosses zwei kleine Alumützchen aus einer Plastiktüte zog, die jeweils eine lange Antenne drangezwirbelt hatten.

„Da." Er reichte mir eine. Ich sah ihn verunsichert an. „Deiner Gesundheit zuliebe, Kind!"

Einige Leute drehten sich zu uns um. Ich spürte, wie meine Wangen unter ihren Blicken zu glühen begannen.

„Du musst es nicht lange tragen. Spazier einfach ein paarmal am Chakra vorbei, genau da."

Vater wies mit dem Finger zur Mauer wenige Meter vor uns. „Du wirst sehen, es wird gegen das Nasenbluten helfen."

Er versuchte, mir das silberne Käppchen auf den Kopf zu drücken. Aus Reflex schlug ich seine ausgestreckte Hand so heftig von mir, dass das Alu-hütchen zu Boden fiel. Vater stand einen Moment lang wie erstarrt da. Ich fürchtete, dass er gleich anfangen würde zu zetern, doch er starrte mich bloß verblüfft an. Und dann beugte er sich hinab, hob den zerknautschten Aluhut auf und strich ihn vorsichtig glatt.

„Na gut", grunzte er verunsichert. „Bleib kurz hier sitzen und warte auf mich. Wir können den Wawel gleich weiter erkunden."

Dann setzte er sich den Aluhut selbst auf den Kopf, richtete das Antenn-chen senkrecht auf und begann, über den Innenhof des Schlosses zu kreisen, hin und her, die Hände von sich streckend wie beim Brustschwimmen, um „Energie aus dem Chakra zu schöpfen".

Vereinzelt blieben Leute stehen und zeigten kichernd mit dem Finger auf ihn. Jemand machte ein Foto. Ich entfernte mich einige Meter und legte mir die Hände an die glühenden Wangen. Der silberne Fleck auf Vaters Kopf erinnerte mich an den Spiegel im Badezimmer, der die Spuren des frühen Verfalls in Vaters Gesicht offenbarte.

Bevor wir nach Zuckrowka zurückfuhren, gingen wir zu McDonald's (Vater aß damals ausschließlich Geflügel, weil er Angst vor dem Rinderwahn hatte).

Später im Bus hielt ich den Gestank der staubigen Polstersitze nicht aus, die mit Abgasgerüchen vollgesogen waren, und erbrach auf uns beide eine Mischung aus Gürkchen und Cola, worauf Vater erfolglos versuchte, alles mit seiner bunten Bluse aus dem Indiashop aufzuwischen.

* * *

Ich war nicht das einzige Objekt der therapeutischen Maßnahmen meines Vaters. Unentwegt diagnostizierte er etwas bei sich selbst, machte in seinem Körper etwas ausfindig, das er dann heilen oder dem er vorbeugen konnte. Mindestens einmal im Monat stieß er auf Knötchen unter seinen Achseln und erkrankte permanent an diversen Tumoren, vor allem, seit er um 2003 gelernt hatte, vom Internet Gebrauch zu machen. Sogleich begann er, sich alle möglichen Krankheiten einzufangen, über die er gelesen hatte. Die größte Angst jagten ihm Tierseuchen ein. In seinen dunkelsten Momenten kam es vor, dass er beim bloßen Gedanken an „all das Rindvieh", das er bereits gegessen hatte, bevor er von der Creutzfeld-Jakob-Krankheit erfuhr, in Tränen ausbrach. Er war überzeugt, dass bösartige Prionen sich in ihm vermehrten und sein Gewebe angriffen, und diese Prionen stellte er sich als winzige Käfer vor, die sich gnadenlos durch seinen Körper fraßen.

Obwohl es sich beim Großteil seiner Beschwerden einfach nur um Einbildung handelte, glaube ich, dass mein Vater tatsächlich an einigen Dingen gelitten hat: Auf diese Weise kompensierte sein Organismus die Dauerbelastung durch Stress.

Zuerst glaubte ich auch an seine ausgedachten Krankheiten und ängstigte mich mit ihm. Ich sorgte mich, dass er sterben würde, während Mutter seine Unpässlichkeiten komplett ignorierte.

Einmal hatte er sich in den Kopf gesetzt, dass Ameisen gegen Halsschmerzen helfen würden (seit dem Angriff durch Großmutters Huhn, „diese widerliche, giftige Bestie", bildete er sich ein, an Rachenproblemen zu leiden). Ich weiß nicht, wo er das aufgeschnappt hatte, ich erinnere mich nur noch daran, dass wir zusammen im Wald waren und die riesigen Blätter der Farne mir bis zum Kinn reichten.

Mein Vater fand bald einen Ameisenhügel und wir schaufelten die Ameisen mit bloßen Händen in die Tüte, obwohl sie uns bissen. Zuhause schüttete Vater die Erde mit den Ameisen in einen riesigen Topf, in dem normalerweise zu Feiertagen Bigos zubereitet wurde. Lange brodelte alles in diesem Sud. Die sämig gewordene Mischung goss er dann in die Badewanne, in der er anschließend ein paar Stunden lang dümpelte, bis vom Ameisengift seine Haut zu schrumpeln und sich teilweise sogar abzulösen begann.

Vater war überzeugt, ein Herzleiden zu haben, und wann immer es ihm einfiel, klopfte er sich mit der Hand gegen die Brust und verharrte mit schmerzverzerrtem Gesicht in dieser Haltung, bis ihm die Hand einschlief. Zudem hing er Mutters Freundin, der bereits erwähnten Kardiologin Skorupa in den Ohren, die einmal wöchentlich Patientensprechstunden in der Krankenstation von Zuckrowka anbot. Frau Skorupa hatte ihm anfangs zu erklären versucht, dass sie nie einen gesünderen Menschen gesehen habe und seine Testergebnisse durch die Bank tadellos seien, aber das überzeugte Vater nicht im geringsten. „Da tut's mir weh, ja, genau da!", und er wies mit dem Finger an die jeweiligen Stellen und zog Grimassen, wenn er sich die Krämpfe in Erinnerung rief, die von Zeit zu Zeit seine Brust erschütterten. Doch damit nicht genug. In den Ferien des Jahres 2004 suchte er Frau Skorupa, die seiner langsam überdrüssig wurde, noch häufiger auf als sonst, weil er meinte, seine Krankheit hätte ein neues, kritischeres Stadium erreicht.

„Frau Doktor, manchmal wache ich nachts auf und mein Herz hat aufgehört zu schlagen! Es schlägt nicht mehr, als wäre es gar nicht da!", klagte er in weinerlichem Ton.

Frau Skorupa, die mit solchen Fällen bereits umzugehen wusste, nickte bloß und stellte ihm ein Rezept für ein spezielles Kräuterpräparat aus, eine geheimnisvolle Mixtur, das Einzige, wie Vater meinte, das ihn noch am Leben hielt.

Er gab das Rezept meiner Mutter mit, damit sie die Arznei für ihn in der Apotheke neben dem Museum bestellte. Doch in Wirklichkeit kaufte Mutter in Absprache mit der Ärztin Mischa eine Flasche Becherovka ab (er kaufte das Zeug immer an der slowenischen Grenze ein) und füllte die Flüssigkeit in braune Arzneifläschchen ab. Vater trank also einfach nur Kräuterlikör, zählte gewissenhaft die Tropfen ab, und tatsächlich ging es ihm seitdem besser. Sein Herz schlug kräftig und gleichmäßig und er selbst hatte auch, wie er versicherte, wieder bessere Laune, war ruhiger und vor allem sehr viel mutiger geworden.

***

Natürlich wäre mein Vater nicht mein Vater gewesen, hätte er nicht versucht, Makowskis Bienen in seine heilmagischen Hirngespinste einzubeziehen.

Es hatte sich während eines besonders heftigen Anfalls von Hypochondrie ereignet, als nicht einmal das Elixir von Dr. Skorupa mehr half.

Vater saß auf seinem klapprigen Liegestuhl im Garten und las die neueste Ausgabe der *Unheimlichen Phänomene*. Auf dem Hocker neben ihm stand das Fläschchen mit der Medizin. Hin und wieder griff er danach und tröpfelte sich eine genauestens abgemessene Dosis auf einen Teelöffel. Irgendwann muss er eingeschlafen sein, bedingt durch die Hitze und die übermäßige Portion an „Sirup". Er wurde von einem fürchterlichen, sein ganzes Sein durchdringenden Schmerz geweckt, von einem Todesschmerz, der aus seiner linken Hand zu strahlen schien und seinen Ursprung direkt im Herzen hatte.

Vater begriff sofort, dass das sein Ende war. Die Symptome kannte er doch in und auswendig. Er hatte einen Herzinfarkt.

Stockend begann er, nach Hilfe zu rufen. Vor lauter Angst war er nicht mehr in der Lage, deutlich zu sprechen. Das Entsetzen drehte ihm den Magen um. Aus dem Augenwinkel bemerkte er, dass ein Finger seiner linken Hand unnatürlich groß war – offenbar geschwollen? – und neben dem Teelöffel, im Gras, lag etwas … eine tote Biene, die sicher vom Geruch der Kräutertropfen angelockt worden war.

Vater brauchte einen Moment, um zu begreifen, was wirklich geschehen war.

Die Schwellung klang nur langsam ab und im Haus stank es mehrere Tage nach Zwiebeln, die Vater als Verbandunterlage für den Stich benutzte. Er hatte irgendwo gelesen, dass „Zwiebeln Bienengift herausziehen", also schnitt er sie in dünne Scheiben, die er sich auf den Finger presste, bevor er ihn sorgfältig verband.

Einmal erwischte ich ihn dabei, wie er sich Zwiebelringe in die Socken stopfte. Er erklärte mir sogleich, es sei die beste Methode, dem Organismus „böse Toxine" zu entziehen.

Interessanter an der ganzen Geschichte war jedoch, dass mein Vater schon ein paar Tage später verkündete, sein Herz würde ihm nicht mehr wehtun (und das war sicher nicht gelogen, denn nun hatte sich ja echter Schmerz seiner bemächtigt, auch wenn es nur der vergleichsweise geringe Schmerz eines Bienenstichs war, der ihn von dem Phantomleiden ablenkte, das sich über die Jahre in seiner Brust angesammelt hatte).

Natürlich war Honig für Vater ein unersetzlicher Bestandteil der Naturapotheke, und er rührte uns immer einen Löffel davon in den Tee. Wann immer ich mir als kleines Kind das Knie oder den Ellbogen aufschlug, strich er mir ein Löffelchen Honig auf den trocknenden Schorf, „wegen seiner antiseptischen Eigenschaften ist er ein natürliches Antibiotikum", und ich saß verklebt und bewegungslos da und sah zu, wie der Honig auf meinem Knie sich mit Schmutz und Blut vermischte. Für meinen Vater war Honig wahrlich ein Geschenk, aber erst jetzt hatte er die wundertätigen Eigenschaften des Bienengifts entdeckt.

Zwei Wochen nach dem Stich hatte Makowski meinen Vater zum ersten Mal an seinen Bienenstöcken erwischt. Der Alte war so verblüfft über den Anblick des halbnackten Mannes, der mit erhobenen Händen und feuchten Achseln mitten auf seinem Grundstück stand (Vater hatte sich Dr. Skorupas Medizin unter die Achseln gerieben, um die Bienen anzulocken), dass er ihn einfach verscheuchte und dabei vergaß, ihn ordentlich zur Schnecke zu machen.

Diese Niederlage hat Vater bedrückt und es dauerte nicht lange, bis er sich wieder über leichtes Stechen im Brustbereich beschwerte. Wir waren schon auf einen weiteren hypochondrischen Anfall gefasst, aber ein paar Tage später hatte er sich wieder beruhigt und machte einen gefassten und zufriedenen Eindruck. Er nahm mich sogar auf einen Spaziergang mit Zoja mit, was recht ungewöhnlich war, denn normalerweise ging immer meine Mutter mit dem Hund Gassi.

Wir wanderten Richtung Wald, an den Schrebergärten vorbei. Erst als die vertraute Datsche sichtbar wurde, dämmerte mir, was los war. Bevor ich protestieren konnte, war Vater schon durch das Gartenpförtchen gestiefelt. Zoja, die er hinter sich herzog, war ganz aufgeregt. Sie wedelte mit dem Schwanz und sprang so heftig an der Leine hoch, dass aus ihrem Rachen ein Röcheln kam, weil sie beinahe vom Halsband erdrosselt wurde. Erfolglos versuchte sie, die umherschwirrenden Bienen zu erwischen, schnappte so gierig nach ihnen, als wären es zugeworfene Bälle, ein ganzer Schwarm von Bällen, der über ihre Schnauze hingwegsauste. Doch sie bekam die Bienen einfach nicht zu fassen und schnappte ins Leere.

Die Hundeleine war meinem Vater längst aus der Hand geglitten, aber es kümmerte ihn nicht. Er blickte über das Grundstück und hielt nach Makowski Ausschau. Der Imker war weit und breit nicht zu sehen, erst einen Moment später haben wir ihn entdeckt: Er war ganz hinten im Garten und stand unter dem Baum neben seiner Hütte. Er trug seinen schmutzigen Bademantel und hielt einen riesigen orientalischen Säbel in der Hand, denselben, mit dem er – wie ein paar Jahre später gemunkelt wurde – Kinder ausgeweidet und Menschenknochen abgeschabt haben soll. Ich war mir sicher, dass er uns bemerkt hatte, weil er mit dem Säbel in unsere Richtung fuchtelte. Die gebogene Klinge schien von Weitem glutrot zu leuchten. Und dann holte Makowski plötzlich aus, als wollte er damit einen Unsichtbaren köpfen oder, schlimmer noch, losstürmen durch den Garten und damit Vater und mich angreifen. Doch die Klinge senkte sich einfach zischend herab und tauchte in die Waben im Honigrahmen, den er in der anderen Hand hielt. Vorsichtig schabte er mit dem heißen Messer den Wachsdeckel ab. Anschließend steckte er den Rahmen in einen Blechkessel.

Aus der Tasche seines Bademantels entnahm er ein gebogenes Stück Metall mit einem Holzgriff, drückte es in die Öffnung im Kessel und begann zu kurbeln. Die Honigschleuder kam in Bewegung. Sie drehte sich erst langsam, dann immer schneller, und der Honig spritzte aus den offenen Waben. Ich verfolgte das Geschehen wie hypnotisiert. Der Imker schien immer schneller an der Kurbel zu drehen, die Honigschleuder rotierte immerfort und vor meinen Augen sah ich nur eine einzige endlose verschwommene Bewegung, als würde Makowski nicht nur Honig schleudern, sondern einen riesigen Mechanismus aufziehen, der sonst zum Stillstand käme.

„Guten Tag, ich komm wegen des Bienengifts!", schrie Vater unvermittelt durch einen mit den Händen geformten Mundtrichter.

Makowski schreckte auf. Vermutlich hatte er uns doch erst jetzt bemerkt. Zoja lief zu einem der Bienenstöcke und schleckte die rissigen Bretter ab, um den Honig herauszuschlabbern.

Die Honigschleuder drehte sich immer langsamer. Innen drin waren nun statt des verwischten Honiggelbs die sternförmig angeordneten Wabenrahmen zu sehen.

„Ich habe eine Geschäftsidee!"

„Eine Geschäftsidee …?", wiederholte der verblüffte Imker.

„Ja, einen ausgezeichneten Businessvorschlag!"

Vater nickte enthusiastisch. Makowski nahm die Kurbel aus dem Kessel und steckte sie zurück in seine Bademanteltasche. Die Honigschleuder drehte noch eine Weile nach, wurde immer langsamer und blieb schließlich stehen.

„Da könnte richtig viel Geld zu holen sein, wenn wir dieses tolle Business aufziehen. Ich hab auch schon mit ein paar Kunden gesprochen, das Interesse ist auf jeden Fall da. Großes Interesse!"

Vater schnalzte vor Begeisterung mit der Zunge.

Makowski ließ sich auf dem Treppchen nieder, das zur Eingangstür seiner Datsche führte. Er schwieg einen Moment lang.

„Kannst du mal deinen Köter beruhigen, die Bienen regen sich schon auf."

Neben ihm krabbelte eine Biene in einem Lichtfleck herum. Der Imker nahm sie auf den Finger. Sie kletterte ungelenk über seinen dicken, eingerissenen Nagel.

Vater quasselte immerfort, doch Makowski hörte ihm überhaupt nicht zu. Er drehte sich zu mir um.

„Weißt du, warum ich so viel von Bienen halte?"

Ich schüttelte den Kopf.

„Weil sie sterben. Wenn sie gestochen haben, sterben sie."

Er presste das Köpfchen des Insekts zwischen den Fingern zusammen, als wollte er es zerdrücken, hielt die Biene so fest, dass sie ihn nicht stechen konnte. Sie versuchte, zu entkommen, wand sich unbeholfen, kämpfte um ihr Leben. Makowski drückte die Finger noch stärker zusammen. Mich schauderte. Ich blickte auf das kämpfende Insekt, auf seine Flügel, die zerdrückt, auf die filigranen Insektenbeinchen, die zwischen den schmutzigen Fingern zermalmt werden würden … Doch plötzlich ließ der Imker los und die Biene flog davon.

„Schwirr ab", brummte er, und es war unklar, wen er meinte, die Biene, mich oder meinen Vater.

Auf einmal wurde mir bewusst, dass etwas nicht stimmte. Ich schaute unsicher zu Vater. In Makowskis Garten war es schon seit geraumer Zeit ungewöhnlich still. Zoja bellte nicht.

Ich sah mich erschrocken nach unserer Hündin um, aber bevor ich begriff, was vor sich ging, lief der Imker schon zur Honigschleuder, schnappte sich den Stock, der am Zaun gelehnt hatte und tauchte ihn in den Blechkessel, aus dem Zojas wedelnder Schwanz herausragte. Sie war komplett hineingekrochen und ließ sich den Honig schmecken.

Der Imker angelte Zoja mit seinem Stab heraus, demselben Stab, mit dem er später seine Bienen spazieren führen würde und der in dieser Geschichte noch eine wichtige Rolle spielen sollte. Er nahm Schwung und schleuderte – ich schwöre, er schleuderte – sie mit solcher Kraft quer durch den Garten, als wäre sie eine Stoffpuppe, als wäre sie nichts als ein mit Watte ausgestopftes Hundefell. Sie sauste über das Grundstück und aus ihrem Maul zog sich noch eine klebrige Honigspur, die an karamellisierten Zucker oder einen gerissenen Spinnweben erinnerte, bis sie schließlich winselnd gegen den Zaun knallte und reglos zu Boden fiel.

***

Während Zoja mit dem Tod rang, legte ich mein Ohr auf ihren Bauch wie an eine verschlossene Seemuschel. Ich kuschelte die Wange an ihr weiches Fell. Aus dem Inneren war ein Summen zu hören, in Zoja pulsierte und sprudelte es. Der Tierarzt meinte, es sei ihr Blut, das nicht mehr nachkam, den verletzten Körper mit Nährstoffen zu versorgen. Aber was, wenn er sich irrte, dachte ich, während ich mich an den Hundeleib drückte und die Tränen mir über das Gesicht strömten. Was, wenn es in Wirklichkeit die Bienen waren, die sie gefangen und verschluckt hatte, und die jetzt in ihrem Magen feststeckten wie im Wabenrahmen des hölzernen Bienenstocks? Hatte sie ihretwegen sterben müssen? Oder war es unsere Schuld? Wir wussten doch, wie sehr sie Süßes liebte. Wir hätten auf den Hund besser aufpassen sollen, zumal es damals, als bei der Villa noch die Birnbäume standen, etliche Male vorgekommen war, dass Zoja die im Gras erstarrten Pfützen des zuckrigen Safts aufschlabberte, von dem sie immer Durchfall bekam.

„Ich höre sie immer noch an der Tür kratzen, als ob sie hereinwollte", bemerkte meine Mutter wenige Wochen später mit Erstaunen, worauf sie Zoja nie wieder erwähnte. Ich weiß nicht, ob sie es Vater jemals verziehen hat.

Zoja ist ein paar Jahre bei uns gewesen. Vater hatte sie angeschleppt, um Großmutter eins auszuwischen, denn die hat aus irgendwelchen Gründen nie einen Hund gewollt.

Wir fanden die Hündin klitschnass und durchgefroren direkt unter dem Sitz eines Busses auf dem Rückweg von Wysoka, wohin Vater mit mir gefahren war, um mein Nasenbluten untersuchen zu lassen.

Vater hat sie in einen Schal gewickelt und sie zwischen seine Knie geklemmt, sodass sie sich nicht mehr bewegen konnte. Er riss ihren Kopf nach oben. Dann stopfte er die Finger in die Winkel ihrer Schnauze und nötigte sie so dazu, sie zu öffnen. Zoja zitterte am ganzen Leib.

„Tollwütige Hündinnen haben einen schwarzen Rachen", erklärte er. „Besser, man schaut vorher nach."

Zojas Rachen hatte wohl die richtige Farbe gehabt, denn sie durfte bei uns bleiben, obwohl sie, wie mir schien, diese erste Begegnung mit Vater nie vergessen hat.

Zoja hat vor allem meine Mutter geliebt. Meinem Vater und mir begegnete sie mit Gleichmut und vor Großmutter Saretzka hatte sie einen Heidenrespekt.

Wie bereits erwähnt, machte die Genossin sich nichts aus Hunden und war stinksauer auf ihren Schwiegersohn, als er mit Zoja nach Hause kam. Am Anfang hat sie die Hündin komplett ignoriert. Und trotzdem hatte sie als Erste bemerkt, dass mit ihr etwas nicht stimmte: Zoja machte einen unruhigen Eindruck, permanent klaute sie uns Schuhe und verzog sich damit in die Ecke, um dann stundenlang auf ihnen herumzukauen.

Der Tierarzt, zu dem wir mit ihr gegangen waren, hatte ihr Alter auf fünfzehn Jahre geschätzt.

„Eine alte Dame", lautete sein Befund. Er untersuchte ihren Bauch, drückte sie an ein paar Stellen so unsanft, dass sie winselte und diagnostizierte eine Scheinschwangerschaft.

„Ab besten alles Spielzeug zuhause verstecken und die Brustwarzen mit Rizinusöl einreiben, damit keine Milch einschießt. Dann wird es schon weggehen."

Der Tierarzt sah traurig und übermüdet aus, vielleicht hatte er sich deswegen geirrt. Zoja war innerhalb kürzester Zeit so aufgequollen, dass ihr Bauch grün wurde, weil sie damit wie ein Fußball übers Gras wetzte.

„Ob sie nun trächtig ist oder nicht, irgendwas wird schon dabei herauskommen", hatte Genossin Saretzka erklärt, und natürlich sollte sie recht behalten. Zoja erwartete Junge.

„Omi, was ist denn, wenn sie keine Welpen auf die Welt bringt?", fragte ich sie.

„Was sollte sie denn sonst auf die Welt bringen?", wollte Großmutter wissen.

Tatsächlich sah Zoja aus, als würde sie weit mehr in sich tragen als ungeborenes fragiles Hundeleben. Und gewissermaßen hatte ich richtiggelegen – denn fast alle Welpen sind tot auf die Welt gekommen. Das stinkende grünliche Fruchtwasser erinnerte an das grasgrüne Fell auf Zojas Bauch.

Die Hündin hat sehr gelitten, als meine Mutter die Geburt abgenommen hat. Bis zu den Ellenbogen mit übelriechendem Schleim bedeckt legte sie die Welpen mit ihren deformierten Gliedern eins nach dem anderen auf den Boden. Zoja lag auf der Seite und sah erschöpft zu ihrem Frauchen hoch. Als wir zum Schluss alle dachten, dass die Hündin, deren Kräfte immer mehr schwanden, es nicht mehr schaffen würde, dass das ihr Ende war, gab sie ein letztes schweres Schnaufen von sich und ein riesiger Welpe fiel aus ihr heraus, so groß, dass man hätte meinen können, er allein hätte Zojas Bauch ausgefüllt – und dieser Welpe war Koko.

Zoja kümmerte sich nicht um ihr Neugeborenes und wir mussten es vor ihr in Sicherheit bringen, damit sie ihm keinen Schaden zufügte. Mutter nahm es der Hündin nicht übel.

„Das ist eben ihr Naturell." Sie streichelte ihr über den Hals und Zoja streckte ihr dankbar den Kopf entgegen. Abends, wenn Mutter ihrer Arbeit am Computer nachging, strich sie der Hündin mit ihren schlanken Fingern oft über das Fell. Zoja verdrehte dann die Augen vor Wonne, sodass man nur noch das Weiße sah.

Außerdem gehorchte die Hündin nicht. Sie ging, wohin sie wollte, sprang über jeden Zaun, streunte durch die ganze Stadt, wie es ihr gefiel. Es kam vor, dass sie Sachen aus fremden Gärten und aus offen stehenden Fluren stibitzte. Manches Mal war ich eifersüchtig, weil alle Kinder in der Gegend dachten, es wäre ihr Hund. Sie hatten ihr verschiedene Namen verpasst und lachten, wenn ich sie mit ihrem echten rief, aber nur dann kam sie angelaufen. Wirklich gehört hat sie jedoch eigentlich nur auf Mutter.

Sie ließ es zu, dass Mutter ihr das Halsband anlegte und sie an der Leine festmachte, und ließ sich auf lange Gassirunden mit ihr ein – durch die Stadt, zu den Schrebergärten, in den Wald. Manchmal schloss ich mich ihnen an, aber meistens ärgerte sich Mutter dann über mich, weil ich schnell gelang-weilt war, müde wurde und zurück wollte, während Mutter und Zoja sich danach sehnten, immer so weiterzuwandern, als sollten die Spaziergänge nie ein Ende nehmen.

Ich erinnere mich noch verschwommen an eine Episode aus der Zeit, als Mutter noch nicht im Museum arbeitete. Damals waren wir an die Biegung der Mahr gegangen, an den Ort, den wir *jenseits des Flusses* nannten. Mut-ter hatte Zoja bei sich und warf ihr Steine ins Wasser. Die Hündin tauchte danach, wendig wie ein Fisch, immer an der tiefsten Stelle, die früher als Sandgrube gedient hatte. Sie verschwand für sehr lange Zeit unter der Was-seroberfläche, bis sie endlich, umsäumt von weißen Schaumspritzern, wieder zum Vorschein kam. Dann kämpfte sie mit der nicht besonders starken Strö-mung und schien sehr zufrieden mit sich zu sein, obwohl ihre Schnauze im-mer leer blieb und sie bloß mit dem Gebiss klapperte, als würde sie tatsäch-lich etwas zerbeißen, als bereitete sie sich auf etwas vor. Im Rückblick kann ich es nicht anders nennen als einen bemerkenswerten tierischen Instinkt.

KAPITEL 42

Auf der anderen Seite der Mauer

Ich hatte keinen Schimmer, in welchem Teil des Friedhofs ich suchen sollte. Gemächlich spazierte ich durch die dicht bewachsenen Alleen. Das Gras reichte mir bis an die Knöchel, weil Totengräber Kaminski es so selten mähte. Seiner Meinung nach lohnte es sich überhaupt nicht, denn „die Toten merken's eh nicht".

Aufmerksam las ich die Namen der Verstorbenen auf den Grabinschriften. Ich ging auch an Omas Grab vorbei. Der Boden war wieder ein wenig abgesunken. Gut, dass Vater noch nichts davon wusste.

Es wuchsen kaum Bäume auf diesem Friedhof. Nur hinter der östlichen Mauer erhob sich ein dichter Hain und bei starken Windböen wehte manchmal der Kieferngeruch herüber. Alle paar Schritte tauchten aus der grün wuchernden Erde bunt bepflanzte Grabhügel auf. Es hatte sich in Zuckrowka eingebürgert, dass im Frühling Blumen auf die Gräber gepflanzt wurden, das gehörte sich einfach so. Für ein paar Złoty im Monat übernahm Totengräber Kaminski das Gießen, so hatte man eine Sorge weniger und musste nicht „ständig auf den Friedhof rennen".

Hitze, Vogelzwitschern, das Summen von Insekten. Ich meinte, den frischen Duft der Mahr zu riechen. Schließlich war ihre Biegung gar nicht so weit weg von hier.

Aus der Ferne drang das Heulen eines Motors. Einen Moment später kam Mischa auf seinem röchelnden Mofa zum Friedhofstor gefahren. Hinter ihm auf dem Sitz saß mit gekrümmtem Rücken Hans.

„Was hat denn so lange gedauert?"

Sie hatten sich fast eine Stunde verspätet. Es wunderte mich, dass sie aus Richtung Wysoka gekommen waren. Und normalerweise stieg Hans auf dieses Mofa nur, wenn es auf eine Party ins Werk ging, denn der kleine Sitz bot nicht genug Platz für zwei. Während der Fahrt drohte Hans, bei jeder Kurve gefährlich abzurutschen, und musste sich noch stärker an Mischa klammern.

Vielleicht war Hans bei seinem Vater gewesen? Er behauptete, ihn manchmal in seinem Haus in Wysoka zu besuchen, obwohl ich ihm das nie so ganz abkaufte.

„Wenn du ein Handy hättest wie jeder normale Mensch auch, wüsstest du Bescheid", frotzelte er, während er vom Mofa stieg. Dass ich kein Handy wollte, irritierte ihn gewaltig.

„Mischa hatte in Wysoka einen Platten. Wir mussten warten, bis sein Bruder mit einem Ersatzschlauch da war."

Er streifte sich erleichtert den Lederriemen ab, der in sein Kinn geschnitten hatte. Der alte Helm erinnerte an einen halbierten Tischtennisball. Vor ein paar Wochen hatte die Polizei Mischa einen Strafzettel verpasst und selbst sein großer Bruder hatte nichts mehr drehen können. Seitdem bestand Mischa darauf, dass alle seine Mitfahrer sich die ulkige Kopfbedeckung aufsetzten, die er in irgendeiner Rumpelkammer gefunden hatte.

„Warst du bei deinem Vater?" Ich blickte ihn fragend an.

Hans murmelte nur unverständlich vor sich hin. Ihm war nicht nach Reden zumute. Mischa war neben uns in die Hocke gegangen und wickelte eine grobgliedrige Kette ums Hinterrad, die er immer im Rucksack dabeihatte. Er war überzeugt, dass alle nur darauf warteten, ihm in einem unachtsamen Moment das zwanzig Jahre alte Mofa zu klauen.

„Ich hab den ganzen Friedhof abgeklappert", sagte ich und schaute zu, wie Mischa sich mit dem Schloss abmühte. „Sie muss sich geirrt haben. An der Mauer, hat sie gesagt, aber da ist nichts."

„Weil es nicht hier ist."

„Hä?"

„Es ist nicht hier", brummte Hans.

„Wie, es ist nicht hier? Sie hat doch gesagt, in Zuckrowka …"

„Ja, aber nicht direkt hier."

Mischa prüfte noch einmal, ob er die Kette richtig festgemacht hatte. Dann ging er mit Hans los und gab mir ein Handzeichen, dass ich folgen sollte.

Wir bogen gleich hinter dem Tor nach links und zwischen die Gräber. Anders als ich schenkten Hans und Mischa den Inschriften auf den Kreuzen keine Aufmerksamkeit.

„Und jetzt …?"

Wir hatten das Ende des Friedhofs erreicht. Vor uns eine Mauer, die stellenweise mit Moos bedeckt war.

Mischa wies wortlos auf etwas. Erst jetzt bemerkte ich die kleine Pforte, halb versteckt hinter dem Müllcontainer, aus dem alte, ausgebrannte Grablichter und vertrocknete Blumenkränze quollen.

Die Tür sah alt aus. Mischa trat näher heran und legte die Hand auf die Klinke.

„Bist du bereit?"

Ich nickte. Mit Mühe drückte er die quietschende Pforte auf und machte einen Schritt zur Seite, damit ich es besser sehen konnte.

„Hier ist es."

Verblüfft blickte ich auf das, was sich auf der anderen Seite der Mauer befand.

***

Ein paar Tage zuvor war ich gedankenversunken die Hoffman-Straße entlang spaziert. Ich war auf dem Rückweg von den Dygnars. Vater hatte mich zum ersten Mal gebeten, Magda ihre Tabletten vorbeizubringen. Er selbst war verhindert, weil er zu irgendeiner Horoskopsitzung in Wadowice verabredet war. Also hatte ich mich dazu bereit erklärt. Ich hatte Magda seit den Exorzismen nicht mehr gesehen und obwohl ich es mir selbst nicht eingestehen wollte, schnürte es mir beim Gedanken, sie wiederzusehen, die Kehle zu. Ich weiß noch, dass ich beinahe rannte, und die Tabletten mit jedem Schritt in meiner Hosentasche rasselten. Angetroffen hatte ich dann nur Herrn Dygnar. Er nahm die Arznei entgegen und ließ schöne Grüße an meinen Vater ausrichten.

Seit drei Wochen hatte sich nichts mehr ereignet. Ich versuchte, nicht an den Zettel zu denken, auf dem der Reporter sich den Nachnamen meiner Mutter notiert hatte. Und ich machte einen weiten Bogen um das schwarze Notizbuch. Es steckte unter der Matratze in meinem Zimmer. Seit Mischa mir von den Ergebnissen der Autopsie berichtet hatte, wollte ich das Notizbuch nicht mehr bei mir tragen.

Und doch war mir unheimlich zumute. Als ob mir jemand auf den Fersen wäre. Wenn ich manchmal allein durch die Stadt streifte, konnte ich mich nicht des seltsamen Eindrucks erwehren, dass ich beobachtet wurde, dass ein eindringlicher Blick sich in meinen Rücken bohrte – aber wann immer ich mich umdrehte, war nie jemand da.

„Ich habe an dich gedacht."

Plötzlich zupfte mich jemand am T-Shirt. Ich stolperte beinahe und fand gerade so noch mein Gleichgewicht wieder.

Vor mir stand Frau Dabrowska in ihrem viel zu langen, über den Bürgersteig fegenden Rock. Nervös nickte ich ihr zu. Bestimmt würde sie mich gleich nach den Briefen fragen.

„Du kennst doch dieses Mädchen …", begann sie und wies mit dem Kinn zum Haus der Dygnars, dessen Konturen sich am Ende der Straße abzeichneten.

„Du weißt schon, die Schlafwandlerin."

„Magda? Ja, ich kenne sie."

„Sie ist eine Werwölfin!"

„Frau Dabrowska, ich bitte Sie. Reden Sie doch nicht so einen Quatsch. Magda ist keine Werwölfin." Ich merkte, dass ich wütend wurde. „Sie ist krank, das ist alles."

„Oh nein, ich habe recht, du wirst schon sehen." Sie drohte mit dem Finger. „Das Mädchen ist sehr tapfer. Aber dass so etwas in unserer kleinen Stadt passiert … eine Werwölfin!" Sie schnalzte mit der Zunge vor Genugtuung. „Und du, du solltest unbedingt zu den Gräbern gehen."

„Wie bitte?"

„Zum Grab des Direktors", korrigierte sie sich. „Jemand hat dort Kerzen angezündet."

„Und ... was ist daran so besonders?"

Ich warf erneut einen Blick über die Schulter. Mir schien, dass ich aus dem Augenwinkel eine Bewegung wahrgenommen hatte. Einen Moment später kam eine kleine Katze aus dem Gestrüpp gesprungen und lief über den Bürgersteig weiter. Worum machte Frau Dabrowska denn so ein Aufhebens? Es stand doch jedem frei, ein Grablicht anzuzünden.

„Ich weiß immer, wer Kerzen aufstellt, wann und warum", fügte sie mit Nachdruck hinzu. Ich wusste wirklich nicht, was eigentlich ihr Problem war. Am liebsten hätte ich mich sofort aus dem Staub gemacht. Ich fürchtete immer noch, auf die gestohlenen Briefe angesprochen zu werden. Aber Frau Dabrowska schien mich so schnell nicht vom Haken lassen zu wollen. Wieder zerrte sie mich am Ärmel und zwang mich dadurch, mich zu ihr zu beugen. Der schwere Geruch ihres Parfums und das Aroma des Milchbonbons, das sie laut schmatzend lutschte, stiegen mir in die Nase.

„Wirst du hingehen? Versprich es mir!"

Ich hätte beinahe losgeprustet. Was wollte die Frau bloß von mir?

„Gehst du hin?"

„Ja, ich werde hingehen", antwortete ich schließlich resignierend.

„Aber versprich es mir!"

„Ich verspreche es", brachte ich mit letzter Geduld heraus. „Haben Sie da denn was gesehen?"

„Wo?"

„Na, bei den Gräbern?" Ich sah sie misstrauisch an.

Sie lächelte nur und entblößte dabei eine gerade Reihe falscher Zähne.

„Frau Dabrowska, wissen Sie eigentlich, warum der Direktor sich das Leben genommen hat?", fragte ich sie zum Abschied.

„Das hab ich euch doch schon beim letzten Mal erzählt. Weil er zu lange gelebt hatte."

Sie gab einen traurigen Seufzer von sich. „Schließlich war er schon hunderteinundsiebzig Jahre alt."

**

Wir wanderten zwischen den Bäumen umher. Der Boden hier war leicht hügelig, wodurch der bescheidene Kiefernhain viel größer erschien. Trockene Äste knackten unter unseren Schuhsohlen. Der Hain wirkte nur aus der Ferne, vom Friedhof aus betrachtet, dicht bewachsen. In Wirklichkeit standen die Bäume in großen Abständen zueinander. Zwischen den Bäumen, in den Mulden der Landschaft verborgen, standen Kreuze. Es waren nicht viele. An einigen lagen ausgebrannte Grablichter herum, jemand hatte diesen Ort also schon einmal besucht. Andere Kreuze waren zerstört oder neigten sich schief zur Seite. Sie sahen sehr alt aus. Aus irgendwelchen Gründen standen auf dem Großteil der Kreuze keine Namen.

„Und du warst wirklich noch nie hier?" Hans fegte mit dem Fuß einen zerbrochenen Ast beiseite. „Das ist der Selbstmörderfriedhof. Das heißt …", er räusperte sich, „so wird er genannt."

„Hier ruhen Menschen, die der Pfarrer nicht in geweihter Erde begraben lassen wollte", flüsterte Mischa. „So war es jedenfalls früher. Dann wurde es vom Gesundheitsamt und von der Kurie verboten … Sind ja nicht mehr im Mittelalter. Dem Pfarrer haben sie gesagt, dass er die Leichen ganz normal begraben soll, auf dem Friedhof, an der Mauer. Das hat der Totengräber mal erzählt."

Kaminski gesellte sich manchmal zu den Männern aus dem Werk, die vor dem Laden saßen, das war mir bekannt. Mischas Vater hatte mit Sicherheit schon so manche Geschichte zu hören bekommen.

Das Grab des Direktors befand sich gegenüber vom Friedhofstor. Es war eines der wenigen, an dessen Kreuz eine Tafel mit Vor- und Nachnamen geschraubt war. Auf der Erde lagen schmutzige Grablichter verstreut. Jemand hatte zur Zierde einen Blumentopf daneben gestellt, was aber länger her sein musste, weil die Pflanze schon ganz vertrocknet und grau war, als würde sie bei der kleinsten Berührung zerbröseln.

„Und jetzt?" Ich ließ meinen Blick umherschweifen.

„Nichts. Gar nichts. Die Alte hat dir bestimmt einen Bären aufgebunden." Hans hob ein angerußtes Grablicht hoch. Angeekelt warf er es zwischen die Bäume. Das Grablicht flog ein paar Meter weit und landete mit einem dumpfen Ton auf der Erde.

Anfangs hatte ich überhaupt nicht vorgehabt, Frau Dabrowskas Anweisung zu befolgen und herzukommen. Doch etwas ließ mir keine Ruhe. Seit ein paar Wochen hatte ich das Gefühl, als würde ein unaufhaltsamer, mitreißender Sog der Erinnerung wie ein Störsignal der wahren Geschichte in die Quere kommen, die sich gerade tatsächlich abspielte. Jedes Mal verlor ich mich in einem plötzlichen, unverständlichen Gewirr von Stimmen und wusste nicht, was ich damit anfangen sollte.

„Gehen wir wieder zurück?" Hans klang ungeduldig. Ich hob die Hand und gab ihm zu verstehen, dass er leise sein sollte.

„Was ist denn jetzt wieder?"

„Ich glaube, da kommt jemand", flüsterte ich erschrocken.

„Das bildest du dir nur ein, hier ist nie…", begann er, aber das laute Quietschen der sich öffnenden Pforte ließ ihn verstummen.

Wir warfen uns instinktiv auf den Boden und lagen bäuchlings da, mit angehaltenem Atem, die Gesichter in die duftenden Kiefernnadeln gedrückt. Die schattige Bodenmulde gab ein gutes Versteck ab. Vorsichtig hob ich den Kopf.

Das durfte doch wohl nicht wahr sein!

Langsam schritt sie zwischen den Bäumen umher und blieb genau vor dem Grab des Direktors stehen. Sie zündete ein großes buntes Grablicht an, nahm das vertrocknete Blümchen und die abgebrannten Kerzen vom Grab und steckte sie in eine mitgebrachte Plastiktüte, aus der sie zuvor einen Fotoapparat gezogen hatte. Einen kurzen Moment später waren nur noch Knipsgeräusche zu hören.

Wir schauten verblüfft zu, wie sie das Grab umrundete, um es aus allen möglichen Blickwinkeln abzulichten. Offenbar wollte sie diesen Ort so gründlich festhalten wie nur möglich.

Nach wenigen Minuten war alles vorbei. Sie las die mit Müll gefüllte Plastiktüte wieder auf, hänge sich den Fotoapparat um den Hals und machte sich auf den Rückweg.

Das Friedhofstor klapperte einen Moment lang in seinen rostigen Angeln. Wir waren wieder allein.

Ich sprang sofort auf und klopfte mir die Kiefernnadeln von den Knien, die auf meiner Haut winzige, Vogelspuren ähnliche Abdrücke hinterlassen hatten. Fassungslos blickte ich der Frau nach, die den menschenleeren Friedhof verließ.

Es war meine Mutter.

KAPITEL 43

Die Füße meiner Großmutter

Damals verstand ich noch nicht, wie meine Mutter ihre Zeit teilte. Zerfiel sie in die Zeit mit Großmutter und die Zeit ohne Großmutter? Vor und nach meiner Geburt? Die gewonnene und die verschwendete Zeit? Die Zeit in Zuckrowka und jede andere Zeit? Die erinnerte, die nicht mehr erinnerte? Die gelebte? Die beschriebene? Die Zeit im Museum und außerhalb des Museums?

Meine Mutter war sehr lange nicht sie selbst gewesen, sondern nur „die Tochter der Saretzka". Gleich nach der Geburt hatte Großmutter ihr im Krankenhaus von Wysoka von der Stationsschwester Ohrlöcher stechen lassen, „damit man sie nicht mit den anderen Babys verwechselt". Alle Krankenschwestern sollen herbeigelaufen sein, um den Säugling mit den riesigen Ohrringen Marke Jablonex zu sehen, deren kleine Schmucksteine in der Neonbeleuchtung des Krankenhauses funkelten (vielleicht war das der Grund, warum das vermeintliche Taufdiadem der kleinen Magda Dygnar Großmutter so sehr ärgerte?).

Die zukünftige Genossin erzählte damals übrigens jedem, der es hören wollte, dass sie ihrem Töchterchen den Namen Marlena verpassen würde. „Marx und Lenin zu Ehren!", wie sie stolz erklärte.

$$* * *$$

Meine Mutter war nicht mehr dazu gekommen, vor meiner Geburt ihre Abschlussarbeit zu verteidigen. Die Geburt soll grauenvoll gewesen sein, äußerst schmerzhaft und so langwierig, dass der Oberarzt sich schließlich auf ihren Bauch geworfen und mich regelrecht herausgepresst haben soll. Er hat mich aus meiner Mutter herausgedrückt wie Eiter aus einem Pickel.

Schon die Schwangerschaft ist kritisch gewesen, womit Mutter überhaupt nicht gerechnet hatte. Das Ziehen im Bauch hatte sich angefühlt, als sei ihr ein Sack voller Steine umgebunden worden.

Mutter bereute nie meine Existenz, aber sie hat immer bereut, dass es mich damals gab, und ich glaube, dass es zwei Seiten ein und desselben Gefühls waren.

Den Termin für einen „Eingriff" hatte angeblich Großmutter für sie gemacht. Mutter hatte die Sache auf die lange Bank geschoben, weil sie die Schmerzen und die ganze Prozedur fürchtete. Als sie es endlich in die gynäkologische Station in Wysoka schaffte, stellte sich heraus, dass der Arzt, der die Bescheinigung ausgestellt hatte, den Geburtstermin falsch berechnet hatte und sie nicht in der zwölften, sondern bereits in der dreizehnten Woche schwanger war.

„Das macht doch überhaupt keinen Unterschied."

„Machen Sie Witze?"

Der Arzt schaute sie entrüstet an.

Aus dem Bildschirm drangen ein Rauschen und wabernde Flecke, direkt aus ihrer Gebärmutter, wie die Umrisse aufgewühlter, feindseliger Wellen einer Sturmflut.

„Wie heißen Sie noch mal?"

„Saretzka."

Meine Mutter hatte ihren Nachnamen nach der Heirat behalten.

Der Gynäkologe prustete und schüttelte abschätzig den Kopf. Offenbar wollte er etwas sagen, biss sich aber im letzten Moment auf die Zunge und warf ihr nur einen vorwurfsvollen Blick zu, während er mit dem Ultraschallgerät über ihren noch flachen Bauch fuhr.

***

Meine Großmutter hat mir nicht nur ihre Villa, sondern auch ihre riesigen Füße vererbt.

Die Füße von Großmutter Saretzka waren groß und von so seltsamer Gestalt, dass sie an aus der Erde gezogene Knollen erinnerten.

„Das sind Ballenzehen, Tochterherz", erklärte sie, als ich sie darauf ansprach.

Ich erinnere mich noch an die Zeit, als mein Mädchenkörper kurz vor dem Aufblühen stand. Alles kündete sich erst an, nur die Füße wuchsen von Anfang an wie verrückt, man konnte ihnen fast dabei zusehen, wie sie von einem Tag auf den nächsten größer wurden – wie eine magische Kletterbohne. Ich schämte mich fürchterlich und rollte die Zehen ein, meine Schuhe ließen mich an Zirkusclowns denken. Nichts war mir peinlicher als dieser Makel: Beine, die aussahen, als würden sie meinen unausgewachsenen Körper in Anführungszeichen setzen, einen Witz ohne Pointe aus ihm machen.

Damals ahnte ich noch nicht, dass das der Beginn und gewissermaßen eine Vorhersage des Vermächtnisses war, das ich antreten würde. Mir war auch nicht bewusst, dass die Füße meiner Großmutter – oder besser gesagt, einer ihrer Füße – meiner Mutter im Jahr 1987 das Leben retteten.

Großmutters Füße schmerzten häufig, auch wenn sie es sich nie anmerken ließ, weswegen sie normalerweise bequeme flache Schnürschuhe trug. Doch manchmal zwängte sie sich ausnahmsweise in ein Paar Pumps, mörderische High Heels mit hübschen schmalen Spitzen, in denen sich die Zehen quetschten wie Samen in einer Hülse kurz vor dem Platzen. Entzückt blickte sie auf diese unnatürlich schmalen Schuhe mit ihrem hohen, scharf gebogenen Rist. Doch am Ende obsiegte der gesunde Menschenverstand und nach ein paar qualvollen Stunden streifte Genossin Saretzka die Pumps wieder ab, was ihr große Erleichterung verschaffte (wie es ihr überhaupt gelang, in sozialistischen Zeiten High Heels in Größe zweiundvierzig zu ergattern, wird wohl für immer ihr Geheimnis bleiben). Den Rest des Tages lief sie dann nur noch barfuß herum. Die abstehenden Zehenballen, die mit frischen Blasen bedeckt und mit Pflastern beklebt waren, sahen aus wie Origami: komplizierte, geometrischen Gebilde mit scharfen Papierkanten.

Monatelang lagen die Pumps dann nutzlos im Schuhschrank, bis Großmutter wieder in den Sinn kam, sie anzuprobieren. Ende der 80er-Jahre soll Genossin Saretzka sie nur noch zum Angeln angezogen haben (ja, Großmutter ging angeln, wovon noch die Rede sein wird), wobei sich ihre Absätze ins Sandufer der Mahr bohrten.

Als Mutter 1987 schwanger wurde und schon abzusehen war, dass sie „zumindest fürs Erste" mit Vater in Zuckrowka bleiben würde, saß sie manches Mal frustriert im Garten, mit ihrem riesigen Bauch, der sich zum Himmel über Zuckrowka emporstreckte und beinahe an die höchsten Äste der Birnbäume heranreichte (zumindest konnte man diesen Eindruck gewinnen). Die Leute schauten in dieser Zeit mit noch mehr Argwohn auf unseren Garten. Auf Großmutters Grundstück hatten sich bereits die Hühner breitgemacht und beim Anblick ihrer spitzen, gebogenen Schnäbel, die dem Bauch der „jungen Saretzka" gefährlich nahe kamen, war niemandem wirklich wohl.

1987 war ein außergewöhnlich warmes und schwüles Jahr. Mutter saß auf dem Liegestuhl. Ihre Fußknöchel waren derart angeschwollen, dass sie ihr wie dicke Äste vorkamen. Sie war erschöpft, obwohl es erst früh am Nachmittag war.

Mutters Bauch schien ihr übergestülpt worden zu sein wie ein alter Lampenschirm und weckte in ihr eine unbestimmte Furcht, als würde sich das, was in ihr heranwuchs, mit jedem Tag ein Stück ihres Körpers zu eigen machen.

„Totenstille", klagte sie dem Arzt bei den Kontrolluntersuchungen in der Krankenstation von Wysoka. „Sie bewegt sich nicht, sie tritt nicht, als wäre überhaupt nichts drin", aber der Doktor beruhigte sie immerzu, also lief Mutter weiter mit ihrem Bauch herum, der – wie sie immer öfter dachte – endlich aufgestochen gehörte, mit einer sterilen Nadel, wie eine Brandblase.

Großmutter war gerade an den Tränken zugange, die sie für die Hühner an den Zaun gehängt hatte. Sie ging barfuß im Garten herum, weil sie am Morgen nach vielen Monaten Pause endlich wieder ihre Pumps anprobiert hatte und nun die Zehenballen wieder abstanden wie kleine Messer. Mutter kämpfte gegen ihre Schläfrigkeit an, aber die Augen fielen ihr wie von selbst zu. Sie sah Großmutter, ihre Mutter, Genossin Saretzka, durch den schmalen Schlitz ihrer Augenlider, hinter einem Vorhang aus Wimpern. Das Bild war verwischt und sie sah alles doppelt, als wäre Großmutter in Wasser getaucht, ein Tiefseeungeheuer, eine blutrünstige Sirene mit Hahnenkamm auf dem Kopf, mit scharfen Flossen an Stelle der Füße – und plötzlich sah sie Großmutter in ihre Richtung schreiten. Nein, sie rannte los und lief, als würde sie sich gleich auf etwas werfen wollen, und noch bevor Mutter ihr Bewusstsein ganz wiedererlangte, stampfte Großmutter mit aller Kraft ins Gras, direkt neben ihren astähnlichen Knöchel. Immer wieder trampelte sie mit einem Bein auf der Stelle herum, bis ein mächtiges Loch im Boden entstanden war.

„Schlange …", keuchte sie.

Erstaunt schaute Mutter aufs Gras. Und tatsächlich, da lag etwas, das an einen glänzenden Stock erinnerte: eine langgestreckte leblose Schlange, die meine Großmutter mit dem bloßen Fuß zertreten hatte. Mit ihrem spitzen Hallux hatte sie ihren Kopf zermalmt.

Auf einmal wurde Mutter blass. Sie legte die Hand an ihren Bauch, sehr vorsichtig, als fürchtete sie, dass die gespannte Haut unter einer zu starken Berührung aufplatzen würde (auch wenn es ihr sicher Erleichterung verschafft hätte). „Sie tritt", flüsterte sie plötzlich.

Die Hühner, die in einer Reihe auf dem Zaun hockten, reckten die Köpfe und starrten, wie es schien, gierig auf den Rasen.

„Sie tritt", wiederholte meine Mutter etwas lauter.

Genossin Saretzka wischte ihre Fußsohle am Gras ab, auf dem glitschige, glänzende Spuren zurückblieben.

„Gut", brummte sie schließlich und schenkte ihrer Tochter ein Lächeln. „Soll sie doch treten, das hat sie von mir."

Obwohl Großmutter mich überschätzt hatte, denke ich bis heute, dass meine Geschichte hier ihren Anfang genommen hat. So wie Hans' Geschichte in der Telefonzelle begann, die erfüllt war mit deutschen Sätzen, und Mischas Geschichte, als er mit den Schuhen von Lesniewski durch die Stadt ging. Hier begann meine, als hätte Großmutter mich genau in diesem Moment erst wahrhaftig erschaffen.

***

Mutter war meistens mit mir zuhause. Das Werk war bereits stillgelegt worden. Großmutter hatte sich vor Kurzem in vorzeitigen Ruhestand begeben und nippte auf ihrer Etage Cognac. Die Landwirte aus der Gegend standen Schlange in der Ernteankaufstelle, und Hans' Vater fuhr mit seinem bewährten Feldbett von Land zu Land. Die Stelle im Museum sollte erst ein paar Jahre später frei werden.

Als ich schon etwas größer war, nahm Großmutter mich oft zu sich nach oben und dann zeichneten wir zusammen. Sie entnahm weiße Blätter aus ihrer Schreibtischschublade und schnappte sich Bleistifte und Buntstifte. Ihre Hand erinnerte beim schnellen Skizzieren an ein zappelndes Fischmäulchen. Meistens zeichnete sie unruhige Linien und Frauengesichter. Abends las Vater mir zum Einschlafen vor, aber den Großteil der Zeit verbrachte ich mit Mutter. Aus dieser Phase sind mir zwei Dinge in Erinnerung geblieben: die Umkleidekabinen in Bekleidungsgeschäften und das gemeinsame Baden in der Mahr.

An den Fluss gingen wir nur im Sommer. Mutter hatte Handtücher für uns dabei. Ich spielte mit anderen Kindern und sie redete eine Zeit lang mit anderen Müttern, verstummte aber bald, weil das unverbindliche Geplauder sie ermüdete. Dann streckte sie sich einfach rücklings auf dem Badetuch aus und legte sich dabei zwei flache Steine auf die Augen, die sie zuvor aus dem Wasser geangelt hatte. Manchmal waren es auch zwei grüne Blätter, aber meistens Steine. So konnte sie stundenlang bewegungslos in der Sonne liegen, und von Weitem, im Glanz des Flusses, sahen die Steine aus, als würden zwei runde silberne Münzen Mutters Augenhöhlen bedecken, so ähnlich wie die, nach denen ein paar Jahre später der verwirrte falsche Professor bei ihr im Museum suchen sollte.

Wir gingen oft zusammen einkaufen. In Zuckrowka hatte es nie viele Geschäfte gegeben und heute gibt es, bis auf ein paar Lebensmittelläden und den Supermarkt an der Ausfahrt nach Wysoka, fast gar keine mehr. Damals gab es auf dem kleinen Platz beim Rathaus noch zwei Boutiquen. Solche, wo die Ware erst hinter der Ladentheke hervorgeholt wurde, nachdem man mit dem Finger drauf gezeigt hatte. Man musste sagen, was man begehrte, und die Verkäuferinnen nahmen die Waren dann aus dem Regal und breiteten sie auf der Ladentheke aus.

Meine Mutter ging ständig in diese Geschäfte, zumindest kommt es mir heute so vor. Meistens nahm sie ganze Stapel und Armvoll Kleidung mit in die Kabine, ohne sich etwas aus den missbilligenden Blicken der genervten Verkäuferinnen zu machen („Das alles wollen Sie wirklich anprobieren? Na, ob Ihnen das auch gefallen wird …"). Die Kabine war geräumig, mit einem schweren, plüschigen und nach Staub riechenden Vorhang. Innen drin hing ein Spiegel mit Flügeltüren. Mutter stellte sich vor ihn und betrachtete sich darin. Auch wenn sie mich ansah, um mich auf etwas aufmerksam zu machen, mir zu verstehen zu geben, dass ich leise sein sollte oder um mich zu beruhigen, wenn mir langweilig wurde, tat sie es immer direkt aus diesem Spiegel heraus.

Sie zog ihre alten Klamotten aus, Pulli, Bluse, Hose, alles bis auf die weiße Unterhose und den beigefarbenen BH. Dann nahm sie die Kleidung von den Kleiderbügeln, hielt sie an ihren Körper, schlüpfte hinein, schaute mit unbeeindruckter Miene aufmerksam in den Spiegel, zog das Kleidungsstück wieder aus, nahm das nächste in die Hand, probierte es an, zog es wieder aus, kehrte zum vorherigen zurück, musterte ihre Erscheinung, legte den Kopf schief, drehte sich zu allen Seiten, nahm ihre Haare nach oben, schürzte die Lippen, zog aus, was sie anhatte – und so ging das immer weiter.

Währenddessen spielte ich mit den Flügeltüren des Spiegels und ich glaube, dass ich mich deswegen noch an alles erinnern kann. Ich konnte die Flügel des Spiegels zuklappen, von mir wegdrücken und zu mir hinziehen, und dann erschien in ihnen etwas, das ich ganz und gar außergewöhnlich fand, etwas, das mich überwältigte und in helle Begeisterung versetzte: Der Spiegel zeigte nicht nur mich und meine Mutter, sondern wir waren viele, unendlich viele, ganze Korridore meiner Mutter und mir. Ich sah eine Parade aus unseren Körpern, eine Papiergirlande, ausgeschnittene Püppchen aus einem zu einer Ziehharmonika gefalteten Papier, die ich mit jedem Schubser, den ich dem Spiegel verpasste, stärker auseinanderzog. Weg von mir und zu mir hin, weg von mir und zu mir hin: So erschienen sie und verschwanden wieder, während Mutter immer weitere Verkleidungen anprobierte. Ich konnte es nicht lassen, rüttelte immer schneller am Spiegel, überwältigt von der Vielheit meiner Existenz, bis Mutter mich genervt ansah und mir im scharfen Ton befahl, „sofort damit aufzuhören". Sobald der Spiegel stillstand, wusste ich nicht mehr, ob ich mich auf seiner richtigen Seite befand. Was, wenn ich zwischendurch verloren gegangen war? Wenn ich den Spiegelflügel einmal zu wenig oder zu viel aufgeklappt hatte und nun in der falschen Spiegelwelt war? Wenn ich mich zwischen all den Spiegelbildern, all diesen Körpern verirrt hatte?

Wir verließen die Umkleide. Meine Mutter kaufte nie irgendwas. Sie war damals jünger, als ich heute bin.

* * *

Heute glaube ich, dass der Höhepunkt des seltsamen Zustands meiner Mutter kurz danach eingetreten ist. Wir standen zusammen im Garten, beide nass. Wir mussten gerade vom Fluss zurückgekehrt sein, aber ich bin mir nicht wirklich sicher, was vorher passiert war.

Mutter hatte sich im Gras niedergelassen. Neben ihr, auf einen kleinen Teller, hatte jemand, vielleicht Großmutter, in Stücke geschnittene Birnen für die Hühner hergerichtet. Die Früchte wurden von Wespen belagert, von einem ganzen Schwarm schimmernder Wespen mit riesigen Augen. Mutter griff gleich nach einem Birnenschnitz und begann, ihn zu essen. Sie aß langsam ein Stück nach dem anderen, als hätte sie riesigen Hunger.

Ich beobachtete sie erstaunt. Um ihren Kopf kreisten die orientierungslosen Insekten. Sie stopfte sich weitere Bissen in den Mund, kaute darauf herum. Ein paar Wespen krochen ihr über die Finger, bestimmt hatten sie schon zugestochen, aber Mutter schien überhaupt nichts zu bemerken. Sie starrte einfach nur vor sich hin. Die Insekten wurden immer mehr, sie krochen über ihre Hände, ihre Arme, über ihre Wange, aber sie sah überhaupt nicht hin, sie aß einfach immer weiter. Der klebrige, trübe Saft tropfte auf ihre nasse Bluse.

Ich hatte gar nicht bemerkt, dass Großmutter aus dem Haus gelaufen kam. Sicher hatte sie uns von ihrer Etage aus gesehen. Sie lief herbei und nahm Mutter sanft den Birnenschnitz aus der Hand und fuchtelte damit in der Luft herum, um die Wespen zu verscheuchen. Mutter schaute sie an, als wäre sie gerade aufgewacht. Sie schien erstaunt darüber, dass sie sich im Garten befand, auf dem Rasen vor unserem Haus.

Großmutter führte das Birnenstück zum Mund und pustete, worauf ein tiefes Brummen erklang und die Wespen sich in die Luft erhoben wie dunkle Obstkerne. Es schien, als hätte Großmutter sie geradewegs aus dem Kopf meiner Mutter geblasen.

Sie reichte ihr das Birnenstück. Dann drückte sie ihre Tochter an sich. Sie umarmte sie und es war ihr egal, dass Mutters tropfendes Haar ihr geliebtes rotes Jackett nass machte und der süße Saft Flecken auf ihrer Hose hinterließ. Nie zuvor hatte ich so etwas bezeugt, denn in unserer Familie machte man „kein Aufhebens umeinander". Vater war der Einzige, der immer alle an sich drücken und abknutschen wollte, alle anderen waren von solchen Gesten unangenehm berührt.

Meine Mutter klammerte sich um die Hüfte der Genossin, ihr Gesicht ruhte auf ihrem Bauch. Sehr lange verharrten sie so. Die ausgehungerten Wespen formierten sich auf dem weißen Teller zu fremden, mir damals unverständlichen Zeichen.

Kurz danach wanderte Großmutter aus und Mutter bekam Arbeit im Museum.

KAPITEL 44

Die Tochter der Chimäre

Was uns an anderen Menschen am meisten stört, sind unsere eigenen Schwächen. Sowohl die, die wir mit ihnen gemeinsam haben, als auch die, die sie in uns zum Vorschein bringen.

Warum Mutter Vater geheiratet hat, ist mir ein Rätsel. Ich habe den Verdacht, dass sie es einzig und allein getan hat, um Großmutter eins auszuwischen, die die Ehe ihrer im sozialistischen Geist erzogenen Tochter mit diesem abstoßenden Gotteseiferer und Solidarność-Jünger für die schlimmste aller unstandesgemäßen Verbindungen hielt.

Meine Eltern hatten sogar kirchlich geheiratet, was für Genossin Saretzka ein Schlag ins Gesicht war. Meinem Vater war sehr daran gelegen gewesen und meiner Mutter hatte es nichts ausgemacht. Es war die größte Rebellion, zu der sie in der Lage gewesen war. Sollte sie Vater jemals geliebt haben, dann nur kurz, da bin ich mir sicher. Ich komme zu dem Schluss, dass sie in all den Jahren dieser Ehe, in der die gegenseitige Gewöhnung aneinander jedes andere Gefühl übertrumpfte, eine von Gewissensbissen durchsetzte Zärtlichkeit für ihn entwickelt hat, wie man sie Menschen entgegenbringt, die zu naiv sind, um irgendetwas zu begreifen.

Mehrere Male habe ich meine Eltern beim Sex erwischt, und jedes Mal war es traurig mitanzusehen gewesen. Peinlich, aber vor allem traurig. Es passierte manchmal, wenn ich ins Badezimmer wollte oder in die Küche, um mir ein Glas Wasser zu holen, aber an der Türschwelle wieder umkehren musste. Sie haben nie etwas bemerkt.

Meine Mutter war oben, was mich überhaupt nicht erstaunte, und Vaters Körper bebte unter ihr. Manchmal blitzte eine Stelle seines etwas dicklichen Bauchs auf oder ein Stück der blassen Arschbacke, die weich schwabbelte wie eine Auster.

Es war keinerlei Sinnlichkeit in ihrer Begegnung, kein Lodern, keine Leidenschaft, keine quietschende Matratze, keine raschelnde Bettwäsche – einzig und allein dieses Wippen, ein peinliches Spektakel von etwas zufällig in Bewegung Versetztem, das diese Bewegung ohne eigenen Willen mitmachte. Obwohl es eigentlich nicht mal eine Bewegung war, eher ein langsames zum Stillstand kommen.

Manchmal stöhnte Mutter, und dann klang sie wie Zoja, wenn sie sich den Schwanz in der Tür einklemmte, nur etwas leiser. Am nächsten Morgen lag meistens ein verklebtes Taschentuch neben dem Bett, als wäre einer von ihnen erkältet.

Erst als Großmutter gegangen war, hörte Mutter auf, die Tochter von Saretzka zu sein, und begann, sie selbst zu werden. Ich bin mir sicher, dass Großmutter es nie böse mit ihr meinte und ihre Tochter alles in allem geliebt hat. Sie hat bloß zu spät begriffen, dass die Hoffnung, die man in sein eigenes Kind setzt, und die Idealvorstellung von sich selbst gefährlich nah beieinander liegen.

Großmutter war stets darum bemüht, Mutters „Selbständigkeit zu fördern" und sie zu mutigem Handeln zu erziehen, denn angeblich mangelte es ihr gerade an Mut, genau wie ihrem Vater, Leider-Opa. Gleichzeitig wurde meine Mutter erbarmungslos kritisiert, wenn sie es nur wagte, eine andere Meinung zu haben als sie. Als wohnten zwei Seelen in Genossin Saretzkas Brust: die unermessliche Liebe zu ihrer Tochter und der unbedingte Wunsch, recht zu behalten.

Manchmal denke ich, dass meine Mutter sich aus genau diesem Grund für die Geschichtswissenschaft entschieden hatte: um der Genossin endgültig zu beweisen, dass sie nicht immer richtig lag.

Mutter hatte Großmutter nie von den Demütigungen erzählt, die sie immer wieder hatte erleiden müssen, vor allem in den 80er-Jahren, als die Genossin ihren privilegierten Status verlor und zu einem gewöhnlichen Mitglied des Stadtkomitees wurde.

Sie galt als „Tochter der Spitzel-Hexe", „Kommunistensau" und „Denunziantin".

Manchmal wurde etwas in ein Pult gekratzt oder auf eine Toilettentür geschmiert: *Saretzka = DRECKSFOTZE, FICKT RUM WIE IHRE MUTTER*.

In der Grundschule wurde sie sogar von Lehrern, die Großmutter Saretzka noch aus den Zeiten ihrer kurzen Schulkarriere kannten, schikaniert, mit Sprüchen, die so subtil waren, dass man sie für unglückliche Formulierungen hätte halten können, aber boshaft genug, um sie zu treffen. Als würde alles, was man der Genossin übel nahm, auf ihre wortkarge Tochter abgewälzt werden – und das, obwohl es damals durchaus zum guten Ton gehörte, Respekt zu zeigen und sich anzubiedern.

Die nahezu mythische Angst, die von meiner Großmutter geschürt und genährt wurde, griff unerwartet auf meine, wie es den Menschen in Zuckrowka schien, wesentlich menschlichere Mutter über.

Genossin Saretzka war nicht dumm und konnte sich vieles denken, auch wenn ihre schweigsame Tochter ihr nie etwas erzählte: „Das ist bloß schnöder Neid", sagte sie häufig, und obwohl ihre Worte von aufrichtiger Fürsorge motiviert waren, schien es manchmal, als würde sie selbst ihren Sinn nicht verstehen.

Seltsamerweise begann sich aus meiner Mutter im Laufe der Jahre Großmutter herauszuschälen, auch wenn sie sich selbst dessen überhaupt nicht bewusst war.

Ich erinnere mich an Genossin Saretzka aus dem Jahr 1993 – man sagt zwar, dass man sich an jemanden „erinnert", dabei geht es aber immer nur um eine von vielen Gestalten dieser Person, um einen Abschnitt ihrer Zeit, meist interessiert es uns nicht, wie sie früher war, als wir sie noch nicht kannten, oder später, nachdem sie aus unserem Leben verschwunden war – und genau das war der Moment, als in Mutter Großmutter sichtbar wurde (ich glaube sogar, dass meine Mutter im Jahr 2005 meiner Großmutter ähnlicher war, als Großmutter aus dem Jahr 1993 ihrem Selbst von 2005 ähnelte).

Man konnte es am langsamen Spitzerwerden ihrer Nase erkennen, daran, dass ihr Gesicht immer schmaler wurde, die Wangenknochen deutlicher hervortraten. Als hätte jemand über Jahre mit einem feinen Pinsel über ihren Kopf gewedelt, um endlich die im Inneren verborgenen Formen freizulegen, als wäre ihr Gesicht eine Pfütze, aus der langsam ein anderes, ihr richtiges Gesicht auftauchte: Großmutters Vermächtnis.

Im Übrigen unterschied Mutter sich im Charakter nur scheinbar von der Genossin, obwohl sie sich das nie eingestanden hat. Ihre Wortkargheit schien das wichtigste Schutzschild gegen Großmutters übermächtige, unbedingte Präsenz zu sein.

Mutter sagte nicht viel. Aber wenn sie schon etwas sagte, dann traf sie immer gnadenlos ins Schwarze, als hätten die Wörter sich zuvor in ihr angestaut und potenziert.

Sie hatte eine Selbstsicherheit an sich, die sie, wie sehr sie es auch bestreiten mochte, Großmutters Vermächtnis zu verdanken hatte.

Im Jahr 2005 arbeitete sie noch mehr als sonst, angeblich war sie mit den Inventurlisten des Museums beschäftigt. Nachts schrieb sie immer sehr viel und verließ das Haus morgens bereits vor 7 Uhr.

Eines Morgens im August war sie voll bekleidet und mit Buch in der Hand eingeschlafen. Ich hatte Mutter noch nie tagsüber schlafen gesehen. Sie musste wirklich sehr müde gewesen sein. Im Schlaf sah sie vollkommen anders aus als sonst. Die Person, der diese Gesichtszüge gehörten, war irgendwo verloren gegangen, und übrig geblieben war nur, was äußerlich sichtbar war. Ich beugte mich über sie und ein zarter Duft stieg in meine Nase. Kein Parfum, kein Waschmittel, keine Seife, sondern der vertraute Geruch ihres Körpers. Ihre Haut wirkte aus der Nähe wie Seidenpapier. Zum ersten Mal bemerkte ich die Fältchen auf ihrem Gesicht. Im Alltag lenkte ihre Mimik davon ab, und gewissermaßen auch meine Fixierung auf Vater, der uns ständige Aufmerksamkeit für seine Sterblichkeit abverlangte, als ob gerade seine Sterblichkeit etwas Außergewöhnliches wäre.

Mutter atmete ruhig und gleichmäßig. Ich betrachtete ihren reglosen Körper, der auf dem Bett ausgestreckt lag, und plötzlich durchfuhr mich der Gedanke, dass die Betrachtung der schlafenden Eltern eine unfreiwillige Inszenierung ihres Ablebens war.

Ich zupfte sanft Mutters Decke zurecht.

Plötzlich vibrierte das Mobiltelefon neben ihrem Kopf. Das gesperrte Display zeigte den Anfang einer SMS an: *Ist erledigt. Bitte bis Ende August alles geheim halten. Auf ...* Der Rest des Satzes war abgeschnitten, das Display erloschen. Nur die kleine grüne Leuchtdiode blinkte und signalisierte den Empfang einer neuen Nachricht.

* * *

Immerzu drängte sich mir ein unbestimmter, aber hartnäckiger Gedanke auf, eine aufdringliche Ahnung. Ich konnte mich des Eindrucks nicht erwehren, dass mir etwas Wichtiges entging, dass ich etwas ganz Wesentliches übersah. Dass ich etwas vergessen hatte. Morgens wurde ich oft früh wach und starrte an die graue Decke. Regungslos lauschte ich dann auf die Atemgeräusche aus dem Schlafzimmer meiner Eltern. Aber ich hörte nicht einmal Vater schnarchen, als wäre ich ganz allein im Haus. Immer wieder redete ich mir ein, dass die Stille so außergewöhnlich gar nicht war, dass uns immerhin eine Wand trennte. Dennoch war ich von einer bestimmten Furcht erfüllt. Dann, plötzlich und im Halbschlaf, durchfuhr mich ein Geistesblitz der Erkenntnis. Vielleicht auch eine entfernte Erinnerung? Für gewöhnlich schlief ich wieder ein und wachte erst spät, oft erst mittags, wieder auf. Meine irrationale Angst war mir unangenehm. Ich war mir nicht sicher, ob es nicht einfach nur ein immer wiederkehrender Traum war. Aber was nützte mir die Erkenntnis, wenn mich schon einen Moment später wieder jenes seltsame quälende Gefühl übermannte: dass ich mich an etwas sehr Wichtiges nicht erinnerte.

Ich konnte nicht aufhören, an die Sache mit meiner Mutter zu denken. Der Tisch, auf dem der neue Computer stand, war beladen mit ihren Sachen, obwohl sie jetzt viel öfter oben arbeitete. Außer der Maus und der Tastatur lagen auf der Tischplatte nur Mappen voller Dokumente und ein paar Bücher, die üppig mit Lesezeichen gespickt waren.

Plötzlich stach mir eine Schachtel ins Auge. Ich nahm sie an mich und setzte mich in den Sessel. Vorsichtig nahm ich den Deckel ab. Jede Menge farbiger und schwarzweißer Fotos fielen mir in den Schoß. Ich hatte diese Bilder seit Jahren nicht mehr gesehen, normalerweise lagen sie hinten im Schrank, achtlos hineingestopft. Gab es einen Grund, warum meine Mutter sie sich wieder ansah?

Warum hatte ich ihren Nachnamen im Notizbuch gefunden? Welche Verbindungen hatte sie zum verunglückten Reporter und zum verstorbenen

Direktor Sobieski? Warum hatte sie sein Grab fotografiert? Ich hatte nicht einmal gewusst, dass sie einen Fotoapparat besaß, nie zuvor hatte ich sie mit dem Ding gesehen. Warum hatte Frau Dabrowska mich überhaupt zum Friedhof geschickt? War es Zufall, dass meine Mutter auch dort gewesen war? Und dann diese SMS ... Wer hatte sie geschickt? Und was war mit dem dementen Professor? Hatte mit seinem Besuch nicht alles begonnen? War er wirklich krank?

Ich wusste, wie sehr meiner Mutter das Museum am Herzen lag. Sie hätte vieles getan, um seine Schließung zu verhindern. Fieberhaft blätterte ich durch die Fotos. Was war es bloß, an das ich mich nicht mehr erinnerte ...?

Meine Mutter, sehr jung, im pastellfarbenen Bikini, mein Vater mit üppiger, dunkler Mähne. Fotos vom Fluss. Das gestreifte Badetuch im Sand. Ein Plastikball. Zoja, in der Hitze schnaufend. Steine auf den Augen. Mein spindeldürrer Vater beim Militär. Kinderfotos von meiner Mutter mit Perücke, Großmutter, die barfuß vor dem Betonmischer an der Villa posiert, ihre großen Ballenzehen ragen aus dem Rasen wie merkwürdige Pflanzen. Klassenfotos, auf denen ich meine Eltern in der Menge der Kinder, die ernst in die Kamera schauen, sofort ausmachen konnte. Fotos von den damaligen Umzügen, die ich alle sehr gut kannte, vor allem die von den Inka-Umzügen: Als ich klein war, liebte ich es, mir die Indianerkostüme anzuschauen. Die Federn des Kopfschmucks, die in den Himmel zeigen, die Tomahawks, von den Eltern sorgfältig stumpf gemacht, Kindergesichter, mit dunklen, bedrohlichen Zeichen bemalt.

Ich war so darin vertieft, die Schachtel zu erkunden, dass ich gar nicht bemerkte, dass meine Mutter das Zimmer betreten hatte.

„Schaust du dir die Fotos an?"

Beinahe wäre ich aufgesprungen vor Schreck. Ich hatte um diese Uhrzeit überhaupt nicht mir ihr gerechnet. Beschämt starrte ich auf die Fotos in meiner Hand. Frag sie, jetzt, dachte ich.

„Mama ...?"

„Ja?", antwortete sie geistesabwesend. Sie fuhr gerade den Computer hoch und blätterte gleichzeitig in einem Buch, das sie von der Arbeit mitgebracht hatte. Sie sah aus, als hätte sie schon wieder vergessen, dass ich da war.

Ich starrte immer noch auf das Foto in meiner Hand. Und dann traf es mich wie der Blitz.

„Mama, wer ist das hier?"

Ich schob ihr das schwarzweiße Foto hin. Sie nahm es in die Hand und hielt es eine Armlänge von sich weg, kniff die Augen zusammen. Sie sah immer schlechter, auch wenn sie es nicht zugeben wollte. Jemand hatte auf der Rückseite das Datum notiert und die Worte: *Feierliche Zeremonie zur Eröffnung des neuen Museums.*

Meine Eltern waren beide um die fünf Jahre alt. Mutter stand als Indianerin verkleidet in einer Reihe mit anderen Kindern. Dahinter hatten sich die Erwachsenen in Stellung gebracht – irgendeine Lehrerin, Pfarrer Smietana, Direktor Sobieski ... Ich wies mit dem Finger auf den eleganten Mann im Anzug.

„Ah ja." Sie gab mir das Foto zurück. „Das ist der verstorbene Vizeminister Las. Der Bruder von Direktor Sobieski. Der, dem wir die Eröffnung des Museums verdanken. Er ist schon seit über zwanzig Jahren tot."

Auf dem Foto drückt der Mann demonstrativ die Hand des Direktors, mit der anderen Hand überreicht er ihm einen Schlüssel an einer feierlichen Schleife. Als Einziger blickt er direkt in die Kamera. Er sieht auf dem Foto viel jünger und eleganter aus, als ... ja, ich kannte ihn nur zu gut. Hinter den dicken Brillengläsern, in einem Gestell mit doppeltem Steg, der an zwei Klingen erinnerte, blickte mich geradewegs der Imker an.

KAPITEL 45

Der Don Juan im Seidenschal

Als die Villa mit dem Anbau des Dachgeschosses endlich ihre endgültige Höhe erreichte, war bereits das Jahr 1976 angebrochen. Zum Ferienbeginn hatten die Dachdecker den ganzen Garten mit Holzböcken vollgestellt, auf denen sie Bretter für den geplanten Dachstuhl zusägten. Doch als sie anfingen, die Balken hochzuziehen und das Gerüst auf die klotzartige Villa zu bauen, als würden sie einen Mast aufs Haus setzen, auf dem Genossin Saretzka später ihr Segel hissen und wie ein Pirat in einer großen Karavelle durch das Tal segeln sollte, da kletterte sie selbst aufs Dach – oder besser gesagt auf das, was das Dach werden sollte.

„Was zum Teufel soll das denn sein, meine Herren?", keifte sie, während sie die Wasserwaage an den dicksten Balken anlegte, der mittig durch das Gestell verlief. Die Luftblase der Wasserwaage klebte fest am Libellenrand. „Und das? Und das?"

Mir scheint, dass Großmutter so viel Energie in den Hausbau steckte (das Dach ist über Jahre hinweg immer wieder ausgebessert worden), um alles, was sie besaß, hier zu verankern, auf diesem Grundstück, am tiefsten Punkt des Tals, weil sie beweisen wollte, dass nichts, kein Einfall von Dygnar, kein Wasser, wirklich gar nichts sie von hier wegbewegen würde.

In jener Zeit wurden in Zuckrowka nämlich zwei wirtschaftsfördernde Maßnahmen diskutiert: Eine davon war das Rückhaltebecken, das der alte Dygnar schon seit Jahren immer wieder zur Sprache brachte (angeblich war unsere Stadt eine der wenigen geeigneten Orte südlich von Wadowice, aber allein schon die Pläne für den Bau des Rückhaltebeckens schienen so abgehoben und unrealistisch zu sein, dass wohl niemand außer Dygnar sie für bare Münze nahm), die zweite Maßnahme war Großmutters Werk.

Die Genossin ahnte nicht, dass der Vater des zukünftigen Vorsitzenden den Einwohnern aus den umliegenden Dörfern bereits ganz diskret Grundstücke abkaufte mit dem Argument, dass die entsprechende Verordnung nur noch auf die Unterschrift des Sekretärs warte und in wenigen Jahren an diesem Ort nichts weiter als Wasser sein würde. Es sei also das Klügste, das Grundstück jetzt zu verkaufen, sogar etwas billiger, denn er würde diese Grundstücke im Sinne des Gemeinwohls kaufen, im Grunde im Auftrag der Stadt (tatsächlich konnte er auch irgendeinen Schein mit amtlichem Stempel vorlegen). Später würde man ganz einfach enteignet werden und keinen Groschen sehen.

Manchmal stelle ich mir vor, was es hier anstelle unserer Stadt gäbe, wenn der alte Dygnar seine Idee verwirklicht hätte. Wäre die Saretzka-Villa bereits eingestürzt und verschimmelt, seit Dekaden unter der Wasseroberfläche versunken? Die Vorstellung ist so absurd, dass ich mir fast sicher bin, dass nicht mal Dygnar wirklich dran geglaubt hat.

* * *

Unsere Mitmenschen haben viele Jahre lang Geschirr aus dem Werk mitgehen lassen. In nahezu jedem Haus stapelten sich in den Küchenregalen Tassen und Becher, Teller, Suppenschüsseln, Boulliontassen, Aschenbecher, Salatschüsseln, Zuckerdosen, Weingläser und Obstschalen mit dem hübschen Monogramm *Zuckr* auf der Unterseite: Das Porzellan vermehrte sich in den Häusern von Zuckrowka wie Ungeziefer. An Samstagen, wenn traditionell der Hausputz anstand, war ganz Zuckrowka erfüllt vom Klirren, Klingeln und Quietschen. Großmutter machte dann die Fenster sperrangelweit auf, richtete den Blick nach oben, hielt das Gesicht in die Sonne und lauschte dem Vielklang mit sichtlichem Wohlgefallen. Schließlich war das alles ihr Verdienst. Und obwohl von dem Geschirr nicht viel übrig geblieben ist (in den Jahren 1993 bis 1995 wurde nahezu alles von Mischas Vater zertrümmert), erinnere ich mich bis heute an den zwitscherähnlichen Klang, der jeden Samstag das Tal erfüllte. Und alles hatte mit den Palastfenstern von Ingenieur Kolski begonnen.

Ingenieur Kolski tauchte in Zuckrowka im selben Jahr auf, in dem Großmutter begonnen hatte, das Dach der Villa zu errichten: Anfang Dezember 1976, an dem Tag, als die Straßen zum ersten Mal in diesem Winter von einer dünnen glasigen Schicht überzogen waren (und vielleicht hätte man darin schon damals eine ferne, aber unbestreitbare Vorhersage der Ereignisse der kommenden Monate erkennen können).

Er war mit dem Zug aus Warschau gekommen und in Krakau in den Bus umgestiegen.

Tags zuvor hatte er beim Stadtkomitee der Partei angerufen und mit höflicher Stimme, die sich durch ein warmes Timbre und tadellose Diktion auszeichnete, um Abholung am Bahnhof in Wysoka gebeten, gegen 15 Uhr.

Ich weiß nicht, ob Großmutter, die damals noch Amtsleiterin war, Kolski persönlich abgeholt hat, oder ob sie einen Untergebenen schickte – aber ich stelle mir gerne vor, dass sie es war, die den Ingenieur empfing, der bereits unter der Überdachung des Bahnsteigs wartete.

Der elegante Mann, um die vierzig Jahre alt, trug einen melierten, aufwendig gewebten Mantel und statt einer Krawatte einen samtenen Schal, scheinbar nachlässig, aber mit ausgesuchter Kunstfertigkeit umgebunden.

Seine Haare waren schon etwas grau, seine Hände schmal, mit schlanken Fingern und gepflegten Nägeln. Am kleinen Finger der linken Hand steckte ein winziger Rubinring, der wie ein Damenring aussah. Er trug weder Handschuhe noch eine Mütze. Die frostige Luft ließ Dampfwolken aus seinem Mund entweichen, die seinen Kopf umgaben, als würde Ingenieur Kolskis Schädel sich in Rauch auflösen.

Er stand kerzengerade da, mit leicht erhobenem Kinn, als würde er sich gegen einen starken Wind stemmen – nur dass es an diesem Nachmittag überhaupt nicht windig war.

Als er Großmutter erblickte, hob er die Hand zum Gruß. Genossin Saretzka musterte ihn belustigt. Der schneebestäubte Fuchs um ihren Hals sah aus, als würde er schlafen. Wortlos nahm sie Kolski seine kleine Ledertasche ab und verstaute sie im Kofferraum ihres Wagens.

Die Straßen waren glatt an diesem Tag und sie fuhr langsamer als sonst. Das Lenkrad hielt sie nicht wie gewohnt mit den Fingerspitzen, sondern mit beiden Händen fest.

Zu dieser Zeit war Großmutters Karriere (auch wenn es ihr selbst nicht bewusst war) auf ihrem Höhepunkt angelangt.

In unserer Stadt kämpften seit jeher zwei entgegengesetzte Kräfte miteinander, zwei feindliche Mächte, die sich auf ihren Umlaufbahnen um Zuckrowka bewegten wie gigantische Planeten auf elliptischen Bahnen. Zwei Körper, unterwegs auf sich kreuzenden Pfaden, die irgendwann, wie jeder in Zuckrowka wusste, kollidieren mussten.

Und tatsächlich. Als der zuständige Minister, die neuen Pläne mit seiner Unterschrift abgesegnet hatte, wurde der Stausee, der den nicht mehr aktuellen Entwürfen zufolge eines Tages unsere Stadt verdrängen sollte, von der Karte gestrichen, und stattdessen schon bald, angeblich dank der Fürsprache des zuständigen Vizeministers Las, der Bau des *Keramikwerks Zuckrowka* genehmigt. Es schien, als sei die Sache erledigt und dass die Genossin triumphiert hatte.

Ingenieur Kolski war absolut begeistert vom *Glaspalast*, wie er die zukünftige Produktionshalle taufte. Er war schon mit ganz ähnlichen Projekten betraut worden, schließlich hatte Genossin Saretzka ihn nicht ohne Grund aus Warschau kommen lassen. Das kleine Werk, das in diesem „urigen Städtchen" errichtet werden sollte, wäre ein Klacks für ihn. Der Ingenieur war schließlich am Bau sehr viel größerer Fabrikgebäude und Industriewerke beteiligt gewesen.

Aber Glas, meine Liebe! Glas! Nein, mit Glasbau hatte der Ingenieur noch nicht die Ehre gehabt, wie er ständig mit großem Enthusiasmus wiederholte.

Zwei Wochen nach seiner ersten Visite kehrte er mit einem Dutzend riesiger Papierbögen nach Zuckrowka zurück, die mit sauber gezeichneten Umrissen des zukünftigen Gebäudes gefüllt waren.

So manches Mal habe ich mich gefragt, wie Großmutter, als sie an jenem Tag neben diesem Mann stand, hatte übersehen können, was auf dem Schreibtisch in Form von dünnen Papierbögen vor ihr lag. Warum war ihr entgangen, worauf es hinauslaufen würde? Warum war dieser aufmerksamen und vorausschauenden Frau nicht schon in diesem Moment etwas aufgefallen?

„Und wie kommen die Maschinen rein?", hatte sie mit Blick auf die vor ihr ausgebreiteten Architekturpläne gefragt.

„Maschinen?", fragte Kolski mit Erstaunen.

„Die Produktionsmaschinen."

„Ah ja, richtig, die Maschinen." Der Ingenieur lächelte entschuldigend. „Hier kommt ein breites Tor hin", und er deutete fuchtelnd mit dem gespitzten Bleistift auf das Gewirr von Linien auf dem Papier.

* * *

In Zuckrowka sollte ein kleines Werk entstehen, keine riesige Hütte. Es ging um simple Erzeugnisse für den Hausgebrauch und der Hauptzweck war, Arbeitsplätze für die Einwohner zu schaffen – und wenn das Werk erst einmal den Vollbetrieb aufgenommen haben würde, würde das Großmutters Berechnungen zufolge rund dreihundert Menschen Arbeit verschaffen.

Großmutter hatte an diesem Projekt sehr lange gebrütet. Über einen Zeitraum von zehn Jahren unternahm sie unzählige Reisen nach Bielsko, Krakau und Warschau, nach Pruszków, wo sich das Institut für Glas und Keramik befand, und ins Keramiktechnikum nach Żary. Sie sprach mit Spezialisten von der Krakauer Akademie für Bergbau und Hüttenwesen, wälzte Lehrbücher zur Materialkunde und entwarf sogar ihre eigenen Muster, die an die fantasievollen Schmuckornamente der Majolika-Keramik erinnerten. Sie besuchte die Fabrik in Krosno und die Werke in Mirostowice, Włocławek und Ćmielów. Sie ließ sich ein auf die Abgründe des damaligen Parteiklüngels und ihre legendäre Cleverness leistete ihr dabei so manches Mal gute Dienste. Tatsächlich schien sie fest daran zu glauben, dass sie die Aufmerksamkeit der Obrigkeit auf das winzige Zuckrowka lenken konnte (es hieß, dass sie in diesen Tagen häufiger im Warschauer Büro bei Vizeminister Las gewesen sein soll).

Zugegeben war auch eine große Portion Glück mit im Spiel, ergänzt von einem stetigen Fluss von Darlehen, der damals nach Polen floss, bis sie endlich, gegen Ende des Aufschwungs, alles Ersehnte erreicht hatte: Die Kleinstadt, deren einziger Reiz bis dato darin bestanden hatte, in der Nähe von Wysoka zu liegen, sollte sich in ein wahres Porzellankönigreich verwandeln – mit Großmutter auf dem Porzellanthron.

Die Bauarbeiten am Hauptgebäude der Fabrik gingen erstaunlich schnell über die Bühne, obwohl sich bereits eine Wirtschaftskrise ankündigte. Man schrieb den Erfolg Ingenieur Kolskis Talenten und seinen hervorragenden Kontakten zu. In Windeseile war eine mächtige Konstruktion aus der Erde gestampft worden, die einer riesigen Brückenrippe glich, die wie zurückgelassen an der Landstraße Richtung Norden lag. Kurze Zeit später wurde das Dach gedeckt, das Wichtigste stand aber noch aus: die Fenster. Und was für Fenster! Sie waren von atemberaubender Schönheit. Der Ingenieur hatte von „Palastfenstern" gesprochen und schon das hätte Großmutter stutzig machen sollen.

Hoch, wie sie waren, nahmen sie nahezu die gesamte Wandfläche ein und reichten vom Boden bis an die Decke wie in einem Ballsaal. Die Fensternischen liefen nach oben rund zu wie Buntglasfenster in einer Kathedrale.

Aber was nützte das schon, wenn in den Fenstern Löcher klafften? Die Scheiben der ersten Lieferung, nach Kolskis Angaben maßgefertigt, waren den Arbeitern in den Händen zersplittert. Die langen Fenster, die sich unter ihrem eigenen Gewicht bogen, zerbrachen den Monteuren beim Versuch, sie auf die Schultern zu nehmen. Nur wie durch ein Wunder kamen alle mit ein paar Schrammen davon.

Hinterher, als alles vorbei war, wurde in Zuckrowka getratscht, dass Großmutter eine Romanze mit dem wunderlichen Mann gehabt haben soll, diesem Gigolo und Adelsschönsel, diesem Don Juan im Seidenschal. Dass sie Kolski nur deswegen alle möglichen Extravaganzen hatte durchgehen lassen. Und damit nicht genug. In Zuckrowka waren einige fest überzeugt, dass meine Mutter Kolskis Tochter war (sie suchten sogar nach Ähnlichkeiten zwischen ihr und dem Ingenieur), obwohl meine Mutter schon fast fünfzehn war, als das Werk gebaut wurde.

Es machten noch andere Gerüchte die Runde: Großmutter (die doch, wie man munkelte, Sex und Perversionen nicht abgeneigt war) sei „schwanger geworden von diesem Warschauer", doch sie habe diese Schwangerschaft im Krankenhaus von Wadowice gleich abgebrochen, weil sie fürchtete, den Rest ihres Lebens einen Klon des lahmarschigen Kolski ertragen zu müssen (was auf für sie völlig unerwartete Weise dann doch eingetroffen ist, und zwar in Gestalt meines Vaters).

Vielleicht hegte Großmutter wirklich eine besondere Zuneigung zu Kolski? Schließlich hatte sie schon früher Affären gehabt und immer sehr diskret. Ob der Ingenieur in seinem eleganten Satinmorgenrock (den er samt seiner türkischen Plüschpantoffeln in seiner Reisetasche dabei hatte) an ihrem Cognactisch saß und mit ihr Morgenkaffee trank? Hat er mit vornehm abgespreiztem Finger an Großmutters Tässchen genippt? (Es wäre noch anzumerken, dass er seinen Tee nicht wie ein normaler Mensch trank, sondern sich den Zuckerwürfel wie ein Pferd zwischen die Zähne steckte und das Heißgetränk durch ihn hindurchschlürfte.)

Hat Großmutter, obwohl sie den Adel hasste und die „aristokratische Selbstbezogenheit" abstoßend fand, die Gänsehaut eines unterdrückten Verlangens gespürt beim Anblick dieses grazilen Mannes, der beinahe gegen seinen Willen seine familiären und aristokratischen Wurzeln pflegte? Hat vielleicht genau das sie zu Kolski hingezogen?

Kolski erwies sich trotz seiner für die damaligen Zeiten unrühmlichen Herkunft tatsächlich als ausgezeichneter Ingenieur. Seine Vorfahren hatten vor dem Krieg zum Landadel gehört, sein Großvater war Professor in Lemberg und ein namhafter Botaniker gewesen, seine Mutter eine ganz passable Pianistin – von ihr hatte Kolski seine schlanken Hände geerbt, was er als Kind häufiger zu hören bekam.

Doch die Familie des Ingenieurs war schon lange tot und er selbst gebrauchte die Pianistenhände seiner Mutter nur, um Fabriken und andere Industriebauten der kommunistischen Partei Polens zu errichten.

Aber Kolski war nur dem Anschein nach ein entschlossener und tatkräftiger Mensch.

Es war nicht von der Hand zu weisen, dass er gern diskutierte und diese Diskussionen immer gewann, und zwar auf eine Weise, die selbst seinen geschlagenen Gegnern ein merkwürdiges Vergnügen bereitete. Wenn auf dem Bau Klagen an ihn herangetragen wurden wie „Herr Ingenieur, das schaffen wir nicht, der Entwurf muss abgeändert werden, wir können das so nicht bauen", geschah letzten Endes trotzdem alles nach seinem Willen und schlimmstenfalls beruhigte er alle mit den Worten: „Ich übernehme die Verantwortung, meine Herren." (Ein Satz, den man in jenem Jahr häufig in Zuckrowka hörte.) Und doch hatte er etwas Schlaffes an sich, war ihm eine abstoßende Trägheit eigen, die zutage trat, sobald man ihn etwas besser kennenlernte, diesen Mann im Satinbademantel, der Tee durch einen Zuckerwürfel trank. Ja, zweifellos war ihm eine ewige Unentschiedenheit eigen, eine kaum verhohlene Zögerlichkeit, ein Gehemmtsein, das Großmutter fälschlicherweise für Charakterschwäche hielt, ohne den ernsten Hintergrund zu bemerken.

Kolski wartete geduldig auf die nächste Lieferung von Scheiben, die die zerbrochenen ersetzen sollten, doch sie kam nicht. Die Bauarbeiter saßen tatenlos herum, die Baustelle verwaiste. Der Ingenieur schien sich immer unwohler zu fühlen.

Als Großmutter ein paar Tage darauf ins Werk fuhr, um nach ihrer wöchentlichen Dienstreise nach Warschau nach dem Rechten zu sehen, fiel zum ersten Mal auf, dass die Fabrikhalle irgendwie seltsam aussah. Nie zuvor hatte sie etwas Vergleichbares gesehen. Natürlich sollte das Werk modern werden, „nicht nur funktional, sondern auch schön", wie der Ingenieur versichert hatte, doch nun, als Großmutter in dem unvollendeten Gebäude stand, verspürte sie eine gewisse Unruhe. Irgendetwas stimmte hier nicht, war nicht, wie es sein sollte. Die Genossin warf einen Blick auf ihre Armbanduhr mit dem Dollarzeichen. Sie schien scharf über etwas nachzudenken.

Wenn sie eine andere Entscheidung getroffen hätte, wenn sie beschlossen hätte, nicht wegzufahren und in Zuckrowka geblieben wäre, hätte vielleicht alles einen anderen Verlauf genommen. Großmutter jedoch löste den Blick vom Ziffernblatt, nickte Kolski zum Abschied zu und machte sich auf den Weg zu ihrem Wagen.

Drei Tage später bekam sie im Hotel früh morgens einen Anruf vom Ingenieur.

„Was ist passiert?"

Die Genossin war nicht amüsiert, dass Kolski sie um diese Uhrzeit belästigte.

„Ich warte auf die Zustellung."

„Welche Zustellung? Die aus Krosno? Werden die Scheiben endlich geliefert?"

„Scheiben?", wunderte sich Kolski. „Nein, keine Scheiben."

Und dann legte er den Hörer wieder auf die Gabel.

Ich glaube, dass sie es da schon gewusst hat. Sie war nicht umhin gekommen, den unheilvollen Klang zu bemerken, der im Ton des Ingenieurs mitschwang.

Noch am selben Tag hat die Genossin sämtliche ihrer Kontakte bemüht. Schnell fand sie heraus, dass Kolski seit Wochen Lügengeschichten erzählte – er hatte nach der ersten, zu Bruch gegangenen Scheibenlieferung keine weitere mehr bestellt. Übrigens waren die Scheiben ausschließlich seinetwegen zerbrochen, war es doch sein ausdrücklicher Wunsch gewesen, dass das Glas „hauchdünn" sein sollte, kein gehärtetes oder, Gott bewahre, gepanzertes Glas. Das Wichtigste war, dass es „wunderbar lichtdurchlässig" war.

Einen Tag darauf kehrte Großmutter nach Zuckrowka zurück. Sie fuhr sofort ins Werk. Wie sie vermutet hatte, musste der Ingenieur die Nacht dort verbracht haben. Er sah fiebrig aus, seine geröteten Augen glänzten und der schmale Schal um seinen Hals war so verdreht, dass der Knoten sich schon löste.

Großmutter hatte die Halle betreten, doch er bemerkte sie nicht. Er trug einen langen Morgenmantel und seine türkischen Pantoffeln. Mit einer Pfeife zwischen den Zähnen, mit der ihn Großmutter nie zuvor gesehen hatte, saß er in einem Sessel mit Holzlehnen und ließ den Blick entzückt durch die leere Halle schweifen.

Als er endlich Genossin Saretzka erblickte, riss er sich mit einem schrillen Schrei aus dem Sessel.

„Sie haben geliefert! Alles ist da!"

Er fuchtelte aufgeregt mit den Händen und Großmutter ging zum ersten Mal durch den Kopf, dass sie etwas von Insektenflügeln hatten. Kolski packte sie und zog sie mit sich in die Mitte der Halle. Er wirkte eigentümlich erregt. Sein linker Arm hing schlaff herab, die Hand baumelte bewegungslos an seinem Körper, wodurch seine Silhouette unnatürlich gekrümmt schien, als ob er jeden Moment umfallen und auf den Zementboden knallen würde.

„Sieh nur!" Er zerrte unsanft an Großmutter. „Ist es nicht beeindruckend? Atemberaubend! Warte … sieh dir das an!" Er begann, sich im Kreis zu drehen, dass sein Morgenrock flatterte wie ein Ballkleid.

„Ist es nicht wunderschön?" Er hielt ruckartig inne und schaute Großmutter erwartungsvoll an.

„Aber was meinst du denn?", fragte Großmutter Saretzka schließlich.

„Wie, was?" Er wies mit der Hand nach oben, über seinen Kopf. „Palmen!"

Und plötzlich begriff Großmutter. Sie standen mitten in einem Gewächshaus. Kolski, der immer stärker dem Wahnsinn anheim fiel, hatte in geistiger Umnachtung ein echtes Palmenhaus im Tal erbaut, ein industrielles Arboretum, das an diesem Ort keine Daseinsberechtigung hatte und doch existierte.

„Palmen, Pälmchen!", trällerte er und strich dabei mit seinen zarten Fingern über die unsichtbaren Stämme mit daunenartiger Rinde. Dann richtete er lächelnd den Blick nach oben, auf die Kronen an der Rippendecke, und die Palmblätter warfen gezackte Schatten auf sein Gesicht.

„Niemand in der gesamten Kurpfalz hat ein solches Palmenhaus wie ich", erklärte der Ingenieur. „Nicht mal Großpapa Adolf in Vilnius hatte so eines", fügte er nach einem Moment mit Genugtuung hinzu, denn in seinem Kopf vermischten sich seine Wahnvorstellungen mit den Geschicken seiner Familie, einer ehrbaren, aristokratischen Familie aus Kresy, deren letzter verbliebene Nachfahre und Erbe er war. Vielleicht war das der Grund, weshalb er sich dieses Palmenhaus in den Kopf gesetzt hatte, obwohl Großmutter später nicht müde wurde zu betonen, Kolski sei „einfach nur ein Kretin" gewesen.

„Es ist unmöglich, dass so etwas gebaut wurde. Dass so etwas hier steht, ist wider die Physik", verkündete der neue Bauleiter einige Wochen später. Und doch stand es da – der letzte helle Moment des Geisteskranken Kolski, bevor er für immer dem Wahnsinn verfiel. Er hinterließ uns ein Gebäude, das an der Grenze zwischen Sinn und Absurdität angesiedelt war, wie irgendwie unsere ganze Stadt.

Als an diesem Tag der Krankenwagen kam, um ihn abzuholen, saß Kolski immer noch auf dem Sessel mitten in der Halle. Er neigte sich immer stärker zum Boden und lauschte mit Wonne und Glückseligkeit dem Kreischen der Papageien, dem Krächzen der Tukane, dem Gebrüll der Affen. Riesige Schmetterlingsflügel fächerten ihm Luft zu und der Sand, der unter den Sohlen seiner türkischen Pantoffeln knirschte, erinnerte an feuchtes, tropisches Unterholz.

Großmutter leistete ihm wartend Gesellschaft und ließ ihn sicherheitshalber nicht aus den Augen, während er ihr die nicht existierenden Baumarten beschrieb, all die Bäume, die er, wie er versicherte, selbst ausgesucht und im Zuge seiner unzähligen exotischen Reisen nach Europa hatte bringen lassen. Immer wieder ließ er wahllos englische Begriffe einfließen und wies der Reihe nach auf die fleischigen Blätter, die mit haariger Rinde umflochtenen Stämme, die verknoteten Ranken.

Sachte betasteten seine schlanken Finger die unsichtbaren Orchideen. Er schnupperte am Knabenkraut, sog den feuchten, stickigen Geruch so tief ein, dass ihm die Brust schmerzte. Sein linker Arm hing immer noch schlaff an seinem Körper herab. Der Mantel öffnete sich im Rhythmus seiner Bewegungen und die Liane, dick wie ein Arm, schwang hin und her und klatschte leise gegen seine Knie. Batz, batz, wie saftige Früchte, die zur Erde fallen, und später munkelte man, dass es gar nicht die aristokratischen Manieren waren, die die „ewig unbefriedigte" Genossin Saretzka so verzaubert hatten.

Als Kolski abgeholt wurde und die Sanitäter ihn entschlossen zum Abtransport gepackt hatten, saß der riesige Papagei, unter dessen Gewicht er sich so gekrümmt hatte, immer noch auf seinem Arm und kreischte ganz fürchterlich, bohrte seine Klauen in den Stoffärmel, plusterte das Gefieder auf, und nicht einmal der Zuckerwürfel, den Kolski ihm auf offener Hand darbot, konnte den Vogel beruhigen. Das Echo schallte durchs ganze Palmenhaus und ließ die Palmwedel erzittern. Die Scheiben hätten von dem Geschrei geklirrt, wenn nur jemand sie endlich eingesetzt hätte.

Großmutters späterer Niedergang war nicht spektakulär, er ereignete sich nicht an einem Tag oder im Laufe eines Monats, nicht einmal innerhalb eines Jahres. Es war ein langsamer Abstieg, ein stufenweiser Verlust ihrer Macht.

Mit dem Tag von „Kolskis Wahn", für den Großmutter doch „komplett verantwortlich" war, hatte der alte Dygnar eine Macht über die Amtsleiterin Saretzka gewonnen, die er sich nicht mehr aus den Händen reißen ließ.

Gerüchte über Veruntreuung, Bevorzugung ihres „Liebhabers, des Stümpers und Wahnsinnigen Kolski" und die Halle, die nur „Dygnar sei Dank" nicht eingestürzt ist, machten in Zuckrowka mit immer neuen Ausschmückungen die Runde und sind uns bis heute erhalten geblieben.

Das Gebäude blieb, trotz allem, stehen. Die Öfen wurden eingebrannt, die Maschinen hineingeschafft. Man hatte Fachleute engagiert und genau vier Jahre vor dem ersten Wunder vom Mahrtal konnte das Werk endlich den Betrieb aufnehmen.

Niemand weiß, wann man aufhörte, über das *Werk von Saretzka* zu sprechen. Unmerklich wurde die Fabrik in *Dygnars Fabrik* unbenannt, der gerne behauptete, er habe alles selbst erfunden und sich „da oben" durchgesetzt, Keramik sei doch immer seine Idee gewesen sei. Seitdem wurde in unserer Stadt nur noch diese Version der Geschichte erzählt.

***

Auf einer Party im Werk war ich zum ersten Mal ein Jahr, bevor Magda zu schlafwandeln begonnen hatte. Ich fand es so schlecht, dass ich Mischa um LSD anhauen musste. Wie ich nach Hause kommen sollte, war unklar. Ich war vor die Halle gegangen, um eine zu rauchen, und wartete, bis Mischa mit der Pappe aufkreuzte. Als ich mich gegen die Betonwand lehnte, pulsierte und vibrierte es hinter meinem Rücken, das Beben füllte meinen ganzen Körper aus. Ich weiß nicht, wie ich es geschafft habe, aber ich schlief ein.

Seit ich denken kann, lag am Werk jede Menge unnützes Gerümpel herum. Alles, was noch für den Schrotthandel taugte, war kurz nach dem Auszug aus dem Werk abtransportiert worden. Doch noch immer gab es hier rostige Blechstücke, Überbleibsel von Gerüsten, brüchig und völlig nutzlos gewordene Reifen, seltsame Konstruktionen. Dinge, die einmal einen Zweck hatten und heute nur noch namenlose Spuren einer verschwindenden Wirklichkeit waren, einer Welt, die niemand mehr benennen konnte, voller Gegenstände, deren Verwendungszweck man sich nicht vorstellen konnte, ja, es nicht einmal versuchte. Erst war ihnen der Zweck abhanden gekommen, dann ihre Namen, schließlich das Einzige, was ihnen noch geblieben war – ihre ureigene Form. Eigentlich gab es sie gar nicht mehr.

In den Partynächten, wenn das regenbogenfarbene Licht im Wechsel mit dem Blitzlichtgewitter des Stroboskops auf den Boden rings um das Werk fiel, nahmen wir von diesen sterbenden Überresten der Landschaft kaum

Notiz. Wir kreisten um sie herum mit Zigaretten, mit Flaschen, pinkelten sie mit stinkenden Urinbächen voll, wenn die Schlangen an den Toiletten zu lang waren. Manchmal saßen wir darauf, behandelten sie wie einen Teil der Erde, wir, die Ankömmlinge aus der Zukunft, die in dieser Mondlandschaft umherirrten, die wir erobert und uns zueigen gemacht hatten.

Das Stroboskop ließ verbogene Eisenteile aus der Dämmerung auftauchen, vergammelte Holzplatten, Gerippe alter Maschinen, und mit jedem Aufblitzen des grellen Lichts schienen diese Dinge immer weniger zu werden, immer stärker dem Erdboden gleich zu werden, immer schneller zu Staub zu zerfallen, bis nichts mehr übrig blieb außer dem riesigen alten Gebäude, von Hall erfüllt, und dem leeren Platz davor.

Manchmal glaube ich, dass das Einzige, was diese Dinge vor dem Verschwinden bewahrte, die Ausflüge von Mischas Vater waren. Herr Kulik, ehemaliger Tellermacher, fuhr manchmal noch mit dem Fahrrad hin, auch wenn er nicht gerne darüber sprach. Er behauptete, Schrott zu suchen, Ersatzteile für irgendein kaputtes Gerät im Haus, oder ein Stück Porzellan zur Vervollständigung seiner Fassade. Doch er hat nie etwas aus dem Werk mitgebracht. Er kam, rauchte eine Zigarette, blickte auf das Gebäude und über den Platz, der mit den nutzlosen Gegenständen übersät war. Nie ging er hinein.

Mischas Vater hatte seine damalige Arbeit gehasst, was kein Grund war, sie nicht zu vermissen. Was er aber (wie wir alle) wirklich vermisste, war nicht die Arbeit, sondern sich selbst aus jener Zeit. Er drehte mit der Zigarette ein paar Runden über den staubigen Platz, umrundete das Gebäude, ließ den Blick aufmerksam über die längst aufgegebenen Dinge streifen und erkannte sie alle wieder. Er wusste, wozu sie einmal gut gewesen waren, und plötzlich erinnerten seine Hände sich an die vergessenen Bewegungen, die diesen Gegenständen viele Jahre lang Leben eingehaucht hatten. Eine Reihe von Gesten und Gewohnheiten, einst wiederholt bis ins Unendliche. Manchmal, wenn Mischas Vater mit der Zigarette am Werk stand, hob er in einem plötzlichen Reflex, ganz unwillkürlich, die freie Hand und vollführte merkwürdige Gesten, als würde er in der Luft eine Skulptur formen. Seine Finger strichen die Ränder unsichtbarer Becher glatt, stapelten die Teller von damals, drehten an längst kaputten Drehknöpfen, stellten Messuhren ein. Er muss einen merkwürdigen Anblick abgegeben haben, wie er da mit gekrümmtem Rücken, nachlässig gekleidet und heftig gestikulierend auf dem menschenleeren Platz stand (kein Wunder, dass in Zuckrowka bald gemunkelt wurde, das vom Blitz getroffene Bier hätte ihn seines Verstandes beraubt).

Wenn ihm dann plötzlich bewusst wurde, dass er vom Muskelgedächtnis seines Körpers übermannt worden war, starrte er auf seine Hand und wunderte sich, dass sie das alles von selbst tat, worauf er sie an der Hose abwisch-te, die Zigarette mit dem Schuh austrat und ging.

Und doch, für einen Augenblick, einen kaum fassbaren Moment, wurde er von diesem gewissen Gefühl erfasst, spürte er eine Art Kitzeln im Bauch. Dann erinnerte er sich an den Menschen, der er vor Jahren einmal gewesen war. Er hätte selbst nicht sagen können, was es war. Vielleicht hielt er es hin-terher für Nostalgie? Oder einfach nur Sentimentalität? Doch die Erinne-rung, die in diesen kurzen Momenten zu ihm durchdrang, war etwas mehr als nur die Erinnerung des Körpers oder die Erinnerung des Geistes. Für den Bruchteil einer Sekunde verwandelte er sich vielleicht wirklich in den Kulik aus der Vergangenheit: Er rief sich selbst ins Leben zurück, jenen Kulik, der doch schon lange nicht mehr existierte.

Vielleicht tun wir alles, was wir tun, ausschließlich für solche Momente. Diese kurzen Augenblicke, in denen wir uns selbst vergewissern, dass es uns früher wirklich gegeben hat.

Und deswegen wollte auch das Gerümpel nicht verschwinden. Mischas Vater sah die Dinge an, er erinnerte sich an ihre Namen, sah in ihren Über-resten eine Bedeutung und einen Zweck. Für ein paar wenige Minuten er-löste er sie von der Nichtexistenz. Ließen sich in diesen Momenten Kolskis Papageien auf seinem Arm nieder? Hörte er, wie aus weiter Ferne, ihr ohren-betäubendes Vogelgeschrei?

Danach fuhr er wieder zurück nach Hause oder zum Laden. Einen Au-genblick später, wenn die Staubwolke, die von seinem klapprigen Fahrrad aufgewirbelt worden war, sich legte, verschwanden die Gegenstände wieder.

Manchmal glaube ich, dass Mischas Vater das bewusst war und er des-wegen immer wieder ins Werk zurückkehrte. Jeder versucht doch auf seine Weise, die Welt vor dem Vergessen zu bewahren.

***

Der sogenannte Auszug aus dem Werk, an dem auch Mischas Vater teil-genommen hatte, fand am 14. Mai des Jahres 1992 statt.

Der neue Besitzer hatte gerade den Großteil der Stellen gestrichen (die noch verbliebenen Arbeiter sollten im Laufe der nächsten Wochen entlassen und sämtliches wertvolle Gerät versteigert werden).

Es war allgemein bekannt, dass es der Unternehmensgesellschaft aus Tschenstochau vor allem um das Grundstück ging, auf dem man mal eine Siedlung, mal ein Möbelhaus, mal eine Champignonzucht errichten wollte – welcher Tratsch gerade erzählt wurde, hing vom Tratschenden ab.

Der neue Eigentümer hatte den Betriebsbus, mit dem für gewöhnlich alle Arbeiter heimgefahren wurden, abgeschafft, und seitdem kehrten alle zu

Fuß nach Hause zurück. Die Schicht war um 7 Uhr abends vorbei, und gegen 9 sah man die große Menschenmenge von Tellermachern ins Tal zurückkehren.

Es hieß, dass man das Klirren von Weitem hatte hören können, und später erzählte man sich, ein Schichtarbeiter habe wutentbrannt eine riesige Palette Keramikware direkt vor dem Büro des neuen Chefs zerschlagen, das Werk läge praktisch in Scherben. Der Chef, der in seinem Büro eingesperrt worden war, konnte durchs Fenster entkommen.

Etwas schien an diesem Tag vorgefallen zu sein, denn nahezu alle Gekündigten hatten ein in werkseigenes Papier gewickeltes Kaffeeservice dabei, ein paar Teller und jede Menge Becher, eine gestohlene Obstschale, alles hatten sie aus dem Werk mitgehen lassen. „Wie Opfer eines Flächenbrands", spöttelte Großmutter, als sie an ihrem Haus vorbeimarschierten, mit schnellen Schritten, die vom leisen, uns so vertrauten Klirren begleitet wurden.

KAPITEL 46

Bruchstücke

Mischa band den protestierenden Koko am Zaun fest. Zum Glück war das Grundstück nur durch ein provisorisches Schloss gesichert: eine lose Drahtschlinge, die über die Pforte geworfen wurde. Vor uns erstreckte sich der verwahrloste Garten. Wir hatten nur wenig Zeit. Der Imker – Vizeminister Las – konnte doch jeden Moment zurückkehren. Es grenzte an ein Wunder, dass er endlich seine Behausung verlassen hatte. Trotzdem standen wir erst mal wie gelähmt da, weil wir Angst vor den Bienen hatten. Manchmal hatte ich den Eindruck, dass Makowskis Bienen wie ein gehorsamer bissiger Hund in der Abwesenheit des Herrchens sein Haus bewachten. Ich blickte unsicher zu der kleinen Holzhütte hinten auf dem Grundstück. Schließlich machte Mischa den ersten Schritt.

Die von der Hitze erschöpften Bienen beachteten uns gar nicht. Leise summend ballten sie sich auf den Bäuchen der Heiligen und Teufel, in ihren Nasenlöchern, Ohren und Augen, und die Figuren, unfähig, die Insekten zu verscheuchen, ließen diese Tortur über sich ergehen.

Es war ein seltsames Volk, das Makowskis Reich besiedelte. Ich erinnere mich nicht an viele Träume aus diesem Sommer, aber von den hölzernen Bienenstöcken, die es heute nicht mehr gibt (am Ende dieser Geschichte werden von ihnen nur Splitter übrig bleiben), träume ich bis heute. Dort erscheinen sie mir immer so, wie ich sie an jenem Tag gesehen habe. Die Riesen starrten in die Ferne, über unsere Köpfe hinweg, und man konnte glauben, dass sie auf etwas warteten, dass sie die Ankunft von etwas erwarteten, das unvermeidlich über uns aufzog. Sie reckten ihre rissigen Gesichter der glühend heißen Sonne entgegen und dennoch waren die tiefen Furchen in ihrem vertrockneten Holz voller Schatten.

Ich musste wieder an den Imker denken, der sie mit seinem Stock verdroschen hatte. Als würde er auf diese Weise die Unruhe, die sich unter dem Holz sammelte, herausprügeln können. Zum ersten Mal sah ich sie aus der Nähe. Die sonnenverblichenen und vom Regen ausgewaschenen Farben hatten sich tief in die dunkel gewordenen Figuren gefressen. Nur ihre Augen glänzten mit frischer Farbe. Neben dem Zaun lag noch der verschmutzte Pinsel. Der Imker musste seinen Bienenstöcken erst vor Kurzem neue Augen gemalt haben. Ob er sicherstellen wollte, dass die Holzmenschen auf gar keinen Fall verpassten, wem oder was sie so erwartungsvoll entgegensahen?

„Und wie kommen wir da jetzt rein?" Hans riss mich aus meinen Gedanken.

Wir standen auf den niedrigen Treppenstufen. Die Eingangstür machte einen recht soliden Eindruck.

„Vielleicht hat er ein Fenster offen gelassen?" Skeptisch zeigte ich auf das winzige Fenster mit schmutziger Scheibe. Hans drückte dagegen, ohne Erfolg. Mit einer hektischen Bewegung verscheuchte er eine Biene, die um sein Gesicht zu kreisen begonnen hatte. Die Biene setzte sich neben den Fensterrahmen – und verschwand. Ich konnte es nicht glauben. Erst jetzt hatte ich bemerkt, dass sich in den Holzwänden kleine Öffnungen befanden. Hatte Makowski sie selbst ausgehöhlt?

„Und was jetzt?"

Hans war gereizt und verscheuchte ein weiteres Insekt mit der Hand. Dann begann er, mit dem Taschenmesser an der Fensterbank entlangzustochern.

„Hans …"

„Nerv nicht", knurrte er, während er mit dem Messer an der herausstehenden Angel des Fensters fummelte.

„Hans!", wiederholte Mischa mit Nachdruck. Er stand oben auf der Treppe. „Kommt ihr rein? Der Alte hat nicht abgeschlossen."

Er drückte auf die Klinke und die Tür gab langsam nach.

Ich wurde förmlich erschlagen vom modrigen Gestank der lange nicht gelüfteten Wohnung und versuchte, durch den Mund zu atmen.

Im Inneren herrschte Zwielicht. Die dreckigen Fenster waren mit grauem Papier zugeklebt, durch das das Licht nur gedämpft hineinfiel. Es war ein einstöckiges Haus, das an eine provisorisch zum Ganzjahresquartier umgebaute Laube erinnerte. Die Hütte bestand aus einem einzigen, nicht besonders geräumigen Zimmer. Im Halbschatten zeichnete sich an der Wand ein klappriges Bett mit schmutziger Bettwäsche ab. Einzelne Kleidungsstücke lagen auf dem Boden verteilt herum, außerdem jede Menge Schachteln, alte Lappen, mit Schrauben und kleinen Nägeln gefüllte Joghurtbecher, Werkzeug, alte Zeitungen. Über dem Bett hing eine kaputte Uhr und, mit einem dünnen Nagel befestigt, der Deckel einer alten Pralinenschachtel, die vorgab, ein Bild zu sein – ein paar Rosen umrankt von Asparagus. Daneben ein schwarz gewordenes Marienbildchen.

Auf der Anrichte des Geschirrschranks stand ein Campingkocher. Ich bemerkte auf einer der Herdplatten eine kleine Pfanne mit Resten einer aufgewärmten Konservenmahlzeit. Aus der weißen Schicht erstarrten Fetts ragte ein Löffel heraus. Von Honiggläsern weit und breit keine Spur.

Ich schüttelte den Kopf. In meinen Ohren surrte es. Ich brauchte einen Moment, um zu kapieren, dass dieses leise Rauschen einfach nur das gedämpfte Summen der Bienen draußen war. Das ganze Haus brummte mit.

Hans begann sofort, den Geschirrschrank zu durchwühlen: Er nahm der Reihe nach Zucker, Reis, einen Rest Kartoffeln, weitere Zeitungen und leere Quark- und Joghurtbehälter heraus.

„Leer." Er rüttelte an einem weiteren Schränkchen. „Hier ist auch nichts drin."
Das Rauschen, das das Haus erfüllte, wurde immer lauter.

Ich blickte nervös zur Tür. Immer noch meinte ich, das Quietschen der sich öffnenden Gartenpforte in der Ferne zu hören. Ich hatte Angst, dass Vizeminister Las uns erwischen würde. Und wenn mein Verdacht sich als richtig herausstellen sollte … Ich schluckte. Das Letzte, was ich wollte, war, ihm hier zu begegnen.

„Ach du Scheiße …" Mischa starrte in einen offenen Kühlschrank, der in der Ecke stand, aber vom Geschirrschrank verdeckt wurde.

Aus dem Gefrierfach ragten lange, milchig weiße Gebilde. „Das sind Knochen! Er lagert hier wirklich Knochen!"

Hans schubste ihn zur Seite und griff nach dem Brocken, der am Kühlfach festgefroren war. Er rüttelte daran, bis das Teil abbrach und zu unseren Füßen in Stücke zersprang.

„Das ist ganz normales Eis, du Vollidiot. Wasser, sonst nichts."

Er wischte sich die nasse Hand an der Jeans ab.

Mischa schien etwas konfus und linste immer noch misstrauisch mal zum Gefrierschrank, mal zu den Eisklumpen auf dem Boden.

„Was machen wir jetzt?" Hans drehte sich zu mir und sah mich erwartungsvoll an.

„Es muss doch hier irgendwo sein", murmelte ich.

Nur mit Mühe hatte ich die Jungs überreden können, ins Haus des Imkers einzubrechen. Hans hatte herumgenörgelt, als würde ihn die ganze Sache ganz plötzlich nicht mehr interessieren. Sie ließen sich erst überzeugen, nachdem ich ihnen das Foto des Vizeministers gezeigt hatte.

Wir hatten Glück, dass Makowski gerade heute zu Frau Wosch aufgebrochen war. Meistens nahm so ein Trip zum Laden mindestens eine Stunde in Anspruch.

Die Pfütze, die das in der Hitze schmelzende Eis hinterließ, wurde immer größer. Das Wasser kroch in meine Richtung.

Ich sprang zurück, der Boden quietschte erbärmlich. Von einer plötzlichen Eingebung geleitet trat ich gegen den schmutzigen Teppichvorleger, der auf dem Boden lag. Wortlos starrten wir auf die Klappe zum Keller, die unter ihm zum Vorschein kam.

Unten war es nicht so dunkel wie erwartet. Wir befanden uns in einer Art Souterrain. Das Licht drang aus schmalen Lüftungsschlitzen ins Innere. An allen Wänden standen aus einfachen Brettern gezimmerte Regale. Sie reichten vom Boden bis an die Decke und jedes einzelne war lückenlos mit Honiggläsern vollgestellt. Es müssen Hunderte gewesen sein. Mir wurde schwindlig.

Das Sonnenlicht, das durch die winzigen Fenster fiel, hatte einen außergewöhnlichen Farbton. Es floss durch den Honig hindurch, wie durch einen skurrilen Filter, und flutete den ganzen Raum mit einem harzigen Schein.

Die Wellen und Schatten, die sich in den mit Zucker überzogenen Klumpen verbargen, warfen ein kaleidoskopisches Fleckenmuster an die Wände und auf die Gesichter von Mischa und Hans. Auch auf meinen Händen sah ich feinste Äderchen von Licht. Als wären wir selbst in ein Glas Honig getaucht.

„Hier finden wir es nie", flüsterte ich.

„Wenn hier überhaupt was ist …", schnaubte Hans, und genau in diesem Moment trat Mischa an die Regale und versuchte, auf das vorderste hinaufzuklettern.

Oben angekommen begann er, völlig willkürlich die Gläser zu untersuchen. Er hielt sie gegen das Licht und schüttelte sie. Da seine Vorgehensweise recht chaotisch war, griff er ständig daneben, manche Gläser überprüfte er doppelt, andere ließ er aus.

„Nein, nein, nein." Ich stellte mich verärgert neben ihn. „Wir müssen es systematisch angehen, von links nach rechts." Ich wies nach oben. Plötzlich blitzte in einem der Gläser etwas auf. War es möglich …? Ich streckte sofort die Hand danach aus.

Alles dauerte nur wenige Sekunden. Im Garten ertönte das laute Kläffen von Koko. Mischa erschrak und kam ins Straucheln, verlor das Gleichgewicht und donnerte mitsamt dem Regal zu Boden, die restlichen Regale hinterher.

Ich lag ganz benommen zwischen dem zerbrochenen Holz und sah zu, wie sich eine dicke Schicht zähen Honigs über den Boden ergoss und sich bis zu den Wänden vorarbeitete.

Die Glasscherben ragten wie durchsichtige fette Fische aus den Fluten. Ich konnte gar nicht fassen, wie viel es war. Einen Moment lang kam es mir so vor, als hätten wir ein Glas ohne Boden zerschlagen, aus dem nun ohne Ende der Honig fließen würde. Erst würde er die gesamte Bodenfläche bedecken, schließlich langsam den ganzen Keller füllen, ansteigen bis zu den Fenstern, unsere Körper emporheben und in den Garten schwappen.

Ich starrte wie hypnotisiert auf den Boden. Etwas schien sich durch den Honig in meine Richtung zu winden. Mit einem Aufschrei sprang ich einen Schritt zurück und fiel auf Mischa, der ungeschickt zwischen den zerbrochenen Regalen robbte und an seinem verletzten Daumen saugte: Was sich da durch den Honig schlängelte, war einfach nur die schmale Spur seines Blutes.

Mischas Hund kläffte immer lauter. Hans warf uns einen entsetzten Blick zu. Hunderte von Gläsern lagen zerbrochen am Boden, nahezu der ganze Honigvorrat des Imkers, den er über die Jahre eingelagert hatte.

Mischa humpelte zur Leiter. Ich sah mich suchend um. Vielleicht ließ ich mich von den Lichtreflexen täuschen, aber ich hätte schwören können, dass ich in einem der Gläser die Umrisse des Schlüssels erblickt hatte. Desselben Schlüssels, der auf dem Foto zu sehen war, das ich auf dem Schreibtisch meiner Mutter gefunden hatte. Ich gebe zu, das Foto war etwas verschwommen, die Umrisse waren unscharf und die Details dessen, was Vizeminister Las da in der Hand hielt, nicht klar zu erkennen, und doch hatte ich keinen Zweifel daran: Es war derselbe Schlüssel, den der Imker ein paar Monate zuvor vor unseren Augen im Honig versenkt hatte.

„Kommst du?" Hans steckte den Kopf durch die Öffnung in der Kellerdecke. Ich trat an die Leiter und begann, nach oben zu klettern.

Es gelang uns, aus dem Haus zu stolpern, bevor der Imker in der Kurve erschien. Mischas Hund musste ihn aus weiter Ferne gewittert haben.

Wir verließen die Schrebergärten im Laufschritt, selbst Hans, obwohl er heftig ins Schnaufen kam und wir ständig anhalten mussten, weil er eine Pause brauchte.

Kurz vor dem Porzellanhaus blieb er endgültig stehen.

„Ich kann nicht mehr …", röchelte er, krümmte sich und spie auf den Boden. Er bekam kaum noch Luft.

„Warum zum Teufel hast du diese Regale umgeworfen?"

„Ich bin ausgerutscht."

Mischa saugte immer noch an seinem blutenden Daumen. Die andere Hand vergrub er in der Hosentasche.

„Jetzt kann der Alte uns aber sowas von bei der Polizei anzeigen."

„Der weiß doch nicht, dass wir es waren, und selbst wenn …"

„Sag mal, warum schlabbert der Hund deine Schuhe ab?", unterbrach ich ihn. Besorgt schaute ich auf Mischas Beine.

„Was?"

Ich wies wortlos auf seine Sneaker.

Er schaute an sich hinab. Koko schleckte ganz begeistert seine Schuhsohlen ab.

„Scheiße, die sind ja komplett mit Honig besudelt! Wie krieg ich die je wieder sauber?"

Auch meine Schuhe waren voller Honig.

Wir hatten auf der Flucht eine klebrige Honigspur hinterlassen.

KAPITEL 47

Tränen in der Nacht

Zuhause versuchte ich, meine Schuhe sauber zu bekommen, aber der Honig klebte hartnäckig an ihnen. Ich hatte sie mit einer groben Bürste abgeschrubbt, in heißes Wasser getaucht, mit Waschmittel – es half alles nichts. Der Honig hatte sich an meinen Sneakern festgeklebt, sich regelrecht in den Stoff gefressen. Ich konnte sie nur noch wegwerfen.

Nachts träumte ich von den zerbrochenen Honiggläsern. Vom immer lauter werdendem Klirren. Entsetzt schreckte ich auf. Erst einen Moment später dämmerte mir, dass jemand gegen mein Fenster klopfte.

Ein paar Sekunden lang saß ich völlig bewegungslos da und hielt den Atem an. Das Beben der Scheibe hallte im Zimmer wider. Dann hob ich vorsichtig den Kopf und blickte nach draußen. Der Ast des Kirschbaums war vom Gewicht seiner Früchte nach unten gebogen worden und kratzte, von leichten Windstößen bewegt, an die Scheibe. Ich sah auf die Uhr. Es war um vier.

Ich öffnete das Fenster und lehnte mich hinaus. Fette Wassertropfen platschten vom Ast auf die Fensterbank herab. Sonst gab es nichts zu sehen. Ringsum war Stille. Ich spürte, wie die Schläfrigkeit mich umhüllte. Der Wind hatte sich gelegt und am Himmel wurde es langsam heller. Ich sog die frische Luft ein.

Plötzlich schoss eine leichenblasse Hand auf mich zu. Ich wollte mich ducken, aber ich war nicht schnell genug. Entsetzt versuchte ich, mich loszureißen, mich von den knochigen Fingern zu befreien, die mich am Pyjamaärmel gepackt hatten.

„Ich bin's doch nur!", flüsterte jemand.

Ich hielt inne. An der Hauswand, mitten im Gebüsch, kauerte Mischa.

Er trug nur ein abgetragenes Hemd und eine kurze Hose. Und das, was ich in meiner Schlaftrunkenheit für eine unnatürlich weiße Hand gehalten hatte, war in Wirklichkeit ein schlampig gewickelter Verband.

„Was machst du denn hier?"

„Es hat geregnet", sagte er flüsternd, als wäre er nicht ganz bei Sinnen.

Er schaute mich mit glänzenden Augen an. Vermutlich hatte er meine Frage gar nicht gehört. Er sah aus, als hätte er was genommen. Der Verband zeichnete sich hell auf seiner gebräunten Haut ab.

„Was?"

„Es hat geregnet." Er wies mit der Hand zum nassen Garten. „Aber dich kommt er nicht mehr holen, er wird nicht mehr herfinden. Heute Nacht war er bei mir. Er stand einfach unter meinem Fenster."

„Bist du sicher?"

„Koko hat geknurrt, da bin ich wach geworden. Und da stand er, im Garten. Neben Omas Liegestuhl."

Ich konnte kaum verstehen, was er sagte. Er war so durch den Wind, dass er die Silben an den Satzenden verschluckte.

„Er hat durchs Fenster geschaut. Er hat mich nicht sehen können, weil ich hinter dem Vorhang war. Aber er hat geschaut, als ob … als ob … als wüsste er, dass ich dort bin. Aber er hat mich nicht gesehen", wiederholte er. „Und dann hat's plötzlich angefangen zu regnen. Und dann stand er im Regen, mit seinem Stock. Das Wasser floss an ihm runter. Er stand so lange da, dass ich eingeschlafen bin. Und als ich aufgewacht bin, war er fort, da war nur noch seine Spur im Gras."

„Vielleicht hast du das alles nur geträumt?"

Er schüttelte entschieden den Kopf.

„Er weiß, dass ich es war", jammerte er am Boden kauernd. „Er weiß es, er weiß es …!"

Ich bekam Angst, dass er meine Eltern wecken würde.

„Beruhige dich erst mal!", sagte ich und schüttelte ihn heftig.

Er wurde still und sah mich halb bewusstlos an, während er sich die Seite massierte. Ich wischte mit dem Ärmel über die nasse Fensterbank, setzte mich darauf und ließ die Beine runterbaumeln. Dann gab ich Mischa ein Zeichen, dass er sich neben mich setzen sollte. Er zögerte, kletterte aber dann doch ungeschickt auf den niedrigen Sims hinauf.

„Rauch vielleicht mal eine." Ich reichte ihm eine Packung Zigaretten, die ich neben meinem Bett versteckt aufbewahrte.

„Danke, ich hab meine eigenen."

Er zog eine Selbstgedrehte aus der Hemdtasche. Seine Hand zitterte, als er sich über das Feuerzeug beugte. Die Flamme aus dem Zippo erhellte sein Gesicht. Als er bemerkte, dass ich ihn beobachtete, wirkte er plötzlich ganz verstört.

„Es ist echt kalt", flüsterte er, als wollte er damit das Zittern seines Körpers rechtfertigen.

Im Garten roch es nach Regen, aber in der Morgenfrische war bereits die bevorstehende Schwüle zu spüren. In weiter Ferne blitzte in der aufgehenden Sonne das Porzellanhaus auf. Wir saßen auf der Fensterbank wie in einem Spiegelrahmen und hinter uns warf die rot leuchtende Scheibe die Welt zurück, die ringsum aus dem Dunkel auftauchte.

„Hör mal …" Mischas Stimme klang dumpf in der Stille des Morgens. Ich sah ihn aufmerksam an. Er sah aus, als würde er über etwas nachdenken.

Dann schüttelte er den Kopf. „Ich glaube … er hat geweint."

Ich hatte das Gefühl, dass er mir nicht alles erzählte.

„Er hat geweint?"

„Bin mir nicht sicher, ich habs im Regen nicht genau erkennen können."

Er ließ seine bandagierte Hand in seine Hosentasche gleiten. Langsam schien er sich zu beruhigen.

„Dich kommt er nicht mehr holen."

Ich schwieg.

„Nein, er kommt nicht. Er wird nicht herfinden. Der Regen hat unsere Spuren verwischt."

Mischas absurde Erklärung schien mir auf einmal von tiefer Bedeutung zu sein. Ich sah ihn gedankenversunken an, wie er die Beine rhythmisch von der Fensterbank baumeln ließ. Erst jetzt bemerkte ich die neuen Sneaker an seinen Füßen, nass vom vergangenen Regenschauer. Sie sahen denen, an die wir uns beide so gut erinnerten, auffallend ähnlich. Wie hatte er sie bloß sauber bekommen?

Die Schuhe glänzten vor dem Hintergrund der gräulichen Grasbüschel, wippten wie der Keramikkopf der Maria von Zuckrowka, schaukelten wie die Glocke im schiefen Turm, wie Vaters magisches Pendel. Ihr Weiß strahlte auf unsere Füße, ergoss sich in den Garten und vermischte sich mit dem sich nach der Nacht aufhellenden Himmel. Der Rhythmus ihrer Bewegungen bemaß nüchtern die Zeit, die uns in jenem Sommer noch blieb.

Mischa sollte recht behalten. Der Imker kam nicht. Nicht in dieser Nacht und auch in keiner der folgenden. Und er würde auch nie mehr kommen.

KAPITEL 48

Angeln in High Heels

Mischa machte sich erst um 6 Uhr aus dem Staub. Als ich ihm hinterher sah, wie er da hoch gewachsen, in seinem viel zu großen alten Hemd ging, drängte sich mir der Gedanke auf, dass er vielleicht der Einzige war, der irgendetwas kapierte.

Als ich wieder zurück ins Bett ging, konnte ich nicht mehr einschlafen. Ich musste immerzu an den Imker denken, der vor dem Haus der Familie Kulik im Regen gestanden hatte. Worauf hatte er gewartet?

In seiner Regungslosigkeit, mit Gesichtsfalten, in denen sich das Regenwasser sammelte, muss er ausgesehen haben wie seine Bienenstöcke; als wäre so ein hölzerner Riese losgezogen und schwerfällig und langsam durch Zuckrowka gestapft, um schließlich im strömenden Regen am Porzellanhaus halt zu machen. Kein Wunder, dass Mischa es mit der Angst zu tun bekam.

Ich glaube, dass der Imker ihn in dieser Nacht mit dem gleichen Blick angestarrt hat, mit dem die stummen Riesen mit ihren üppigen, bienenprallen Bäuchen seit Jahren vor sich hinstarrten; genau wie sie hielt er nach etwas Ausschau, das gerade erst aufzog. Nur dass der Imker nicht an den fernen Horizont, sondern direkt aufs Porzellanhaus gestarrt hatte. Mitten in Mischas Fenster.

Ich griff unter die Matratze. Dort bewahrte ich, zwischen die Seiten des schwarzen Notizbuchs geklemmt, das Foto von den Inka-Umzügen auf. Die zweite Reihe der abgebildeten Erwachsenen war körnig und unscharf. Nur die vordere Reihe der Kinder, zwischen ihnen meine Mutter mit riesiger Perücke und Federschmuck, war klar zu erkennen, und diese Kinder starrten mich eindeutig an. Durch die Zeit hindurch, die uns trennte. Ich hielt das Foto näher an meine Augen, als könnte ich auf diese Weise etwas erkennen, das über das Offensichtliche hinausging.

Lange starrte ich auf die mir wohlbekannte Brille mit der unverwechselbaren Fassung, die insektenartig vergrößerten Augen, den funkelnden Schlüssel in den Händen. Das Gesicht, das sich hinter den dicken Brillengläsern verbarg, blieb nahezu unkenntlich, und doch war ich mir sicher, dass er es war. Wer war dieser Makowski, den wir nur als den Imker kannten? War er tatsächlich Sobieskis Bruder, Vizeminister Las? Was wollte er? Warum versteckte er sich in Zuckrowka und wovor? Vor wem? Wo war er gewesen, als wir ihn in jener Nacht, in der wir Magda zum ersten Mal erblickt hatten, haben zurückkehren sehen? Und der Schlüssel? Was öffnete dieser im Honig verborgene Schlüssel?

Wusste meine Mutter etwas? Hatte sie deswegen gerade dieses Foto betrachtet? Was hatte all das mit dem Museum zu tun?

Und was hatte es mit dem verschollenen kleinen Schlüssel zum „Kabuff mit Geist" auf sich, von dem die Dabrowska vor einigen Wochen gefaselt hatte, ging mir plötzlich durch den Kopf, hatte es ihn wirklich gegeben? Was, wenn es ein und derselbe Schlüssel war …?

„Du bist schon wach?" Mein Vater steckte den Kopf durch die Zimmertür. Ich schob das Foto sofort zurück unter die Decke, aber wahrscheinlich hatte er es schon bemerkt, denn ich meinte, ein schiefes Lächeln in seinem Gesicht aufblitzen zu sehen, als wollte er sich sein Erstaunen nicht anmerken lassen.

„Wieso schläfst du nicht mehr? Es ist erst Sieben."

„Bin irgendwie schon wach …"

„Ich muss heute nach Bogikosy."

Bogikosy war eines der kleinen Dörfer nördlich von Zuckrowka, ein paar Kilometer hinterm Werk. „Du weißt schon … mit der Wünschelrute. Zwei Baustellen stehen auf dem Programm."

Ich schaute ihn an, als wüsste ich nicht, was er meinte. Es war nicht gerade meine Lieblingsbeschäftigung, ihn zu seinen Aufträgen zu begleiten.

„Du könntest mir beim Abmessen der Diagonalen behilflich sein, das ist einfacher zu zweit, ich werde schließlich beide Hände voll zu tun haben … kann die Wünschelrute ja kaum einhändig halten."

Er stand da und glotzte mich mit zufriedener Miene an. Wie schnell er grau geworden war, ging mir durch den Kopf, fast unbemerkt.

„Was ist, kommst du mit?" Er lächelte mich an und um seine Augen legten sich winzige Fältchen.

* * *

Seit 2004 bezeichnete Vater sich immer häufiger als Wünschelrutengänger und Pendler. Das hätte mir zu denken geben sollen, denn zuvor hatte er immer nur von Radiästhesie gesprochen, die er abwechselnd auch Geomantie oder auch Strahlenkunde genannt hatte, und zwar mit deutlich spürbarer Abneigung: Bereits zu Beginn seiner Karriere hatte er zwischen kommerziellen und wissenschaftlichen Aktivitäten unterschieden und das Rutengehen zählte er zu den ersteren.

Wie er selbst zugab, ging er dem Wünschelrutengeschäft aus rein finanziellen Gründen nach. Er hielt es für ein „recht primitives Gebiet", aber was konnte der Arme schon dafür, dass ausgerechnet diese Dienstleistung sich in letzter Zeit immer größerer Beliebtheit bei den Kunden erfreute? Leider gab es in der Gegend nicht viele, die sich mit seinem Handwerk auskannten,

Menschen, die versiert genug waren, um die subtile Schönheit und geistige Tiefe von Vaters Horoskopen wertzuschätzen oder die komplexe Symbolik seiner Sternzeichenkarten zu verstehen.

Bereits vor dem, was sich in Bogikosy ereignen sollte, hatte ich meinen Vater zu einigen Aufträgen begleitet. Im Jahr 2005 wiederholte er unermüdlich, dass dies die „günstigste Zeit für die Wünschelrute" sei, da Gewitter die Arbeit des Strahlenkundigen normalerweise störten und es in jenem Jahr keine Gewitter gegeben hatte.

Das Prozedere war immer das gleiche. Vater nahm die Wünschelrute aus dem Etui, wickelte sie aus dem Flanelllappen, in den sie sorgfältig eingeschlagen war, und nahm sie an den gegabelten Enden in die Hände (die Rute ähnelte einer verkehrt herum gehaltenen Steinschleuder). Anschließend lief er ein Grundstück oder einen Garten ab, manchmal, wenn auch seltener, ein Haus oder eine Wohnung. Er versuchte, Treibsand, unterirdische Wasserläufe oder gutartige und bösartige Wasseradern aufzuspüren. Dabei stakste er über unsichtbare Hindernisse hinweg und hielt die Wünschelrute fester, sobald diese auch nur leicht zu zittern begann. Fast glaubte man, dass sie sich loszureißen versuchte, dass sie davonfliegen wollte wie ein Vogel, bis sie endlich stark nach unten ausschlug und auf einen Punkt am Boden zeigte. Vater lächelte dann zufrieden, um den Punkt anschließend sorgfältig zu markieren. Manchmal benutzte er auch ein Pendel, eine kleine Pyramide an einer Kette, die er zwischen die Finger nahm wie eine Prise Salz. Das Pendel schaukelte dann langsam und gleichmäßig: vor und zurück für *ja,* seitwärts für *nein.*

Häufig ließ er mich ein Glas kaltes Wasser hinter ihm hertragen, in das er von Zeit zu Zeit das Pendel oder die Spitze der Wünschelrute tunkte, um sie, wie er meinte, „zu erden".

Vater war mit seinen Wünschelrutendiensten wirklich erfolgreich. In den Dörfern rund um Zuckrowka wurde damals viel gebaut und mein Vater wurde häufig beauftragt, die Lage der Räume auf den Bauplänen auf mögliche Gefahren zu prüfen oder die passende Stelle für einen Brunnen zu bestimmen.

„Das Wichtigste ist, nicht auf einer Wasserader zu schlafen", belehrte er seine wissbegierigen Kunden.

Ähnlich war es auch in Bogikosy. Vater ging mit der Wünschelrute auf dem Baugrund umher, wo bald ein Haus entstehen sollte, und ich tapste hinterher mit einer Schnur und einem Bündel Stecken, die ich in den Boden stach, um die Stellen zu markieren, an denen sich die vermeintlichen Wasserläufe befanden, die Vater dann „untersuchte".

Am Ende bildete der Faden, der um die Stecken gespannt wurde, ein Gewirr, das über die Erde wabernden Nebelfetzen glich.

Aber diesmal lief alles schief. Ich war wütend auf Vater, weil ich seinetwegen einen ganzen Tag verschwendete. Gleichzeitig fürchtete ich, von jemandem gesehen zu werden (ein paar Leute aus meiner Parallelklasse wohnten in der Gegend). Vielleicht haben wir uns deswegen in der Schnur verheddert. Wir standen hilflos nebeneinander und hielten nur mit Mühe das Gleichgewicht. Die verknotete Schnur wand sich bis zu unseren Knien hoch, laut Vater das schlimmste vorstellbare Omen.

„Warum passt du denn nicht auf?", jammerte er, während er erfolglos versuchte, seinen Fuß aus den Schlingen zu befreien. „Was ist denn los mit dir?" Ich zuckte die Schultern.

„Sieh nur, was du angerichtet hast!", schrie er verzweifelt. „Konzentrier dich doch mal!"

„Wozu?", keifte ich. Ich war wütend und hatte Hunger, und weil ich diese Nacht so schlecht geschlafen hatte, war ich nur noch müde.

„Wie, wozu?"

Ich antwortete nicht. Vater glotzte entgeistert auf das Knotengewirr. Ich beobachtete ihn nur. Ganz lange sah ich ihn an – zumindest kommt es mir heute so vor – und es war, als hätte ich ihn in diesem Moment zum allerersten Mal wirklich gesehen: diesen alternden Mann in seinen albernen Klamotten, einen erschrocken dreinblickenden Menschen mit unnatürlich geschwollenem Hals, mitten auf einem leeren kargen Feld.

„Du bist nichts weiter als ein Scharlatan", flüsterte ich. „Du betrügst und ziehst Leuten das Geld aus der Tasche."

Dies war einer der letzten Sätze, die Vater von mir zu hören bekam.

Auch wenn ich meine Worte heute bereue, habe ich damals die Wahrheit gesagt, und ich bin mir gar nicht sicher, ob ich sie nicht wieder genau so sagen würde.

Mit ausweichendem Blick warf ich anschließend die leere Spule auf den Boden und kämpfte mich mit den Beinen heraus aus dem Schnurgewimmel.

Dann schloss ich mich im Auto ein – die Tür hatte ich zuvor mit ganzer Kraft zugeknallt.

Heute weiß ich, dass ich mich in diesem klapprigen Astra, diesem lächerlichen Sternenschiff, ziemlich erfolglos zu verstecken versuchte – nicht nur vor meinem Vater und seinem eingebildeten Ende der Welt, sondern vielleicht, wenn nicht sogar hauptsächlich, vor meiner verstockten Mutter, vor Magda, die über die Dächer von Zuckrowka schwebte, vor Mischas und Hans' Geheimnistuerei, vor der Dabrowska, die in einer Welt alternativer Geschichtsschreibung lebte, vor Sobieskis Geist und dem Geist der Maria vom Kriegsrecht, vor dem Imker, seinem Bienenschwarm und den Bienenstöcken, die uns nachts in unseren Gärten auflauerten, vor dem Reigen aus Mutmaßungen und Erinnerungen, die sich von Woche zu Woche stärker dieser Erzählung bemächtigten, die mich und diese ganze Stadt in Besitz nahmen, und schließlich auch Großmutter, deren Vermächtnis ich nie begriff und dem ich nie gewachsen war.

Vater stand regungslos da, bis zu den Knien von der Schnur gefangen genommen, als hätte der dichte Nebel ihn gepackt und würde ihn nicht mehr loslassen wollen. Er hielt dabei die ganze Zeit die Wünschelrute fest umklammert, einen gegabelten Ast, der nun zu beben begann, obwohl Vater gerade noch gesagt hatte, dass es hier überhaupt keine Wasseradern gebe.

Wir kehrten erst am Abend aus Bogikosy zurück. Durchs Autofenster sah ich die Landschaft am Sternenschiff vorüberziehen. Wir fuhren am Werk vorbei. Vor dem Kesselhaus fiel mir ein Lastwagen ins Auge. Vermutlich wurde das Soundequipment für die bevorstehende Party geliefert.

Plötzlich drängelte von hinten ein ungeduldiger Fahrer in einem Auto mit Krakauer Kennzeichen. Der Lanos überholte uns mit lautem Hupen, im Rückspiegel hatte ich zuvor noch einen kaputten Scheinwerfer aufblitzen sehen.

Vater fluchte und wich reflexartig nach rechts aus.

Wir fuhren entsetzlich langsam. Mein Vater hatte Angst vor Geschwindigkeit und fuhr fast nie bei jemand anderem im Auto mit. Er war der festen Überzeugung, dass das Eingehen dieses Risikos ausschließlich mit seinem Tod enden könnte, mit Sicherheit einem sehr schmerzhaften, und den Schmerz fürchtete er noch mehr als das Nichts.

Schließlich gelangten wir zur Ortschaft. Um diese Uhrzeit waren die Straßen von Zuckrowka menschenleer. Abends sah die Stadt aus, als ob dort seit Langem niemand mehr leben würde. Die Uhr an der Autowerkstatt schlug zur vollen Stunde. Es war 19 Uhr. Vater verzog das Gesicht. Wann immer wir an Onkel Adams Werkstatt vorbeikamen, beschwerte er sich über das Schild mit der weithin sichtbaren Aufschrift: *DEINE ZEIT IST GEKOMMEN …* *FÜR EINEN ÖLWECHSEL!* Vater fand diesen Werbespruch „zu endgültig“, er brachte ihn auf traurige Gedanken.

Also schaltete er das Radio ein, um die Uhr zu übertönen. Der Wagen wurde von der undeutlichen, scheppernden Stimme des Nachrichtensprechers erfüllt.

Wir fuhren gerade die Jadwiga-Straße entlang. Durch die lichten Stellen des Gestrüpps blitzte das Haus der Familie Kulik auf.

„Kannst du mich hier rauslassen?“

Stille.

Seit dem Aufbruch aus Bogikosy hatte mein beleidigter Vater kein Wort mehr mit mir gesprochen.

„Papa?“

„Fährst du nicht mit mir zurück?", murmelte er kaum hörbar.

„Ich bin mit Mischa verabredet", log ich.

„Schon wieder? Du könntest ruhig etwas mehr Zeit zuhause verbringen."

Einen Moment lang lauschten wir dem Geplärr aus dem Radio. Der Ansager verlas nun den Wetterbericht: „Heiße tropische Luft strömt über West- und Südpolen ..."

„Ich dachte, vielleicht ..." Vater fuhr noch langsamer. Auf dem Bürgersteig überholte uns ein Knirps auf einem Fahrrad. „Vielleicht willst du zuhause selbst ein bisschen Autofahren. Ich kann dir zeigen, wie's geht. Wie man den Gang wechselt ..."

Erstaunt sah ich ihn an. Vor einigen Monaten hatte ich meine Mutter um ein paar Fahrstunden gebeten, aber die war so beschäftigt gewesen mit der Umstrukturierung des Museums, dass sie keine Zeit für mich hatte. Ich wäre gar nicht auf den Gedanken gekommen, Vater zu fragen, weil ich dachte, dass allein der Vorschlag ihn in Panik versetzen würde.

Als ich ihn ganz früher einmal gefragt hatte, war er nur blass geworden: „Das weckt traurige Erinnerungen, Kind!", sagte er vorwurfsvoll und verscheuchte mich.

„Na, wie sieht's aus?"

„Danke, Papa. Vielleicht ein anderes Mal."

„Bist du sicher?"

Er sah enttäuscht aus.

Wir hielten am Straßenrand an. Ich stieg eilig aus und knallte die Tür lauter hinter mir zu, als ich beabsichtigt hatte.

„Aber dass du mir ja nicht wieder betrunken nach Hause kommst." Vater lehnte sich aus dem Fenster, das immer noch klemmte. Sein Kopf, seltsam verrenkt, hatte im Spalt zwischen Scheibe und Karosserie kaum Platz.

„Um wie viel Uhr kommst du zurück?"

„Weiß ich nicht, ich werd nicht lange weg sein."

„Warte." Seine Hand erstarrte in der Luft.

„Du hast dir was verdient für den heutigen Tag."

Ich zögerte.

Vater sah mich mit einem verschämten Lächeln an. Eine unangenehme Stille entstand. Wie schon vor wenigen Stunden beim Halten der Wünschelrute zitterte Vaters ausgestreckte Hand auch jetzt.

Ich steckte den Hunderter schließlich in die Hosentasche und machte mich auf den Weg durch die Gärten, ohne noch einmal zurückzublicken. Hinter mir hörte ich das leise Röcheln des davonfahrenden Opels.

***

Großmutter hatte ihren Führerschein in den 60er-Jahren gemacht und damals auch ihr erstes Auto, eine weiße Syrenka, auf Bezugschein erworben. Sie hielt sich selbst für eine ausgezeichnete Fahrerin, obwohl meine Mutter bemängelte, sie würde zu schnell und nicht vorsichtig genug fahren.

1992 hatte mein Vater als einziger Erwachsener in der Familie noch keinen Führerschein. Dabei hatte er bereits dreimal versucht, die Fahrprüfung zu bestehen (davon einmal beim Militär, was die Genossin sehr amüsierte, denn „beim Militär schafft es selbst der Dümmste").

Bevor er den vierten Anlauf wagte, wandte er sich in seiner Verzweiflung an Großmutter.

„Vielleicht könntest du mir behilflich sein, Mutter? Ich habe ein bisschen Geld auf der hohen Kante und du weißt doch sicher, wer sich darüber freuen könnte …"

„Wer sich darüber freuen könnte?", fuhr die Genossin ihm ins Wort.

„Na, du weißt schon …" Er drehte den Kopf. „… wem man was zustecken könnte." Dann senkte er die Stimme zu einem Flüstern. Vater hatte Bestechung stets verurteilt. Zumindest, wenn sie nicht der absolut letzte Ausweg war.

„Würdest du mir helfen, Mutter?"

Großmutter stellte ihre Tasse auf dem kleinen Tisch ab. Sie sah meinen Vater an, schien über etwas nachzudenken.

Und dann stand sie auf, stieg die Treppe hinab und befahl Vater, ihr zu folgen.

„Steig ein."

Sie trat an den Wagen, der an der Gartenpforte geparkt war. Damals hatte sie einen roten Alfa Romeo.

„Erledigen wir das jetzt sofort mit dem Geld?"

„Steig ein."

Vater schickte sich an, die Beifahrertür zu öffnen.

„Nicht auf dieser Seite – auf den Fahrersitz mit dir!"

Er blickte sie erstaunt an.

„Mutter, was …"

„Nun setzt dich endlich rein."

In den nächsten Tagen fuhr Großmutter mit Vater durch die Straßen von Zuckrowka und brachte ihm das Anfahren, Rückwärtsfahren und das Einparken bei („Du verbrennst mir die Kupplung!", schrie sie jedes Mal, wenn Vater die Pedale unter seinen Füßen verwechselte und der Wagen röchelte oder aufheulte).

Vater, der vor Anstrengung schwitzte und glühte, führte die Anweisungen von Genossin Saretzka gehorsam aus (er hatte ja keine andere Wahl), obwohl er schon zu Beginn kleinlaut die Sorge geäußert hatte, dass es nicht funktionieren würde, dass seine Schwiegermutter sich nicht wirklich damit auskenne, dafür müsse man schließlich entsprechend geschult sein, und außerdem habe er die Prüfung nur deswegen nicht bestanden, weil sie es auf ihn abgesehen hatten, eigentlich würde er doch schon längst ganz toll fahren können.

„Was erzählst du da?", fragte Großmutter und tat, als hätte sie sein Genöle gar nicht gehört. Vater schüttelte nur nervös den Kopf und krallte die Hände noch fester ums Lenkrad, als würde er nicht in einem Pkw sitzen, sondern mit letzten Kräften über einem klaffenden Abgrund hängen.

Die nächste Prüfung in der Fahrschule in Bielsko bestand Vater fehlerfrei.

In den folgenden Wochen lehnte Großmutter es kategorisch ab, ihm den Alfa Romeo zu leihen. Sicher, sie borgte das Auto ihrer Tochter aus, so manches Mal war Mutter damit zur Uni gefahren, doch den Großteil des Monats stand es unbenutzt vor dem Haus.

Vater schlich um den Wagen herum und beäugte ihn mit sehnsüchtigen Blicken. Großmutter ließ sich davon nicht beeindrucken.

Schließlich kam es eines Tages dazu, dass Mutter in Eile das Haus verlassen und die Autoschlüssel auf dem Nachttisch liegengelassen hatte, die sie eigentlich der Genossin hatte zurückgeben wollen.

Vater war sehr schnell von seiner Spritztour zurückgekehrt. Großmutter wartete schon an der Pforte auf ihn. Sie kochte vor Wut. Mit vor der Brust verschränkten Armen stand sie stramm da und beobachtete aus zugekniffenen Augen ihren Schwiegersohn dabei, wie er höchst ungeschickt einparkte.

Plötzlich zuckte es in ihrem Gesicht. War Großmutter etwa blass geworden? Sie starrte sorgenvoll auf die Kühlerhaube, die – das ließ sich erst jetzt deutlich erkennen – eindeutig verbeult war.

Als Vater schließlich sehr langsam aus dem Wagen stieg, stellte sich heraus, dass er weinte. Die Tränen flossen ihm in Strömen über das Gesicht und sein ganzer Körper bebte vor Schluchzen. Er wandte sich zu Großmutter Saretzka, bewegte den Mund, als wollte er etwas sagen, aber auf seinen Lippen erschienen nur Speichelblasen. Großmutter starrte ihn voller Verachtung an.

„Du hast jemanden überfahren."

Vater nickte, ohne ein Wort zu sagen. Er zeigte auf den Kofferraum, ließ sich hilflos auf die Bordsteinkante fallen und vergrub sein Gesicht in den Händen.

Großmutter trat an den Wagen heran und öffnete langsam den Kofferraum.

Dort lag es, auf einer Fußmatte aus Gummi. Seine Beine waren in einem seltsamen Winkel verdreht.

„Es ist mir bei den Schrebergärten vors Auto gelaufen", stammelte Vater, der durch die Finger hindurch zu Großmutter linste. Er sah aus, als würde er gleich in Ohnmacht fallen.

„Was machst du da, Mutter? Wenn dich jemand sieht!"

Obwohl ihr Jackett mit Blut beschmutzt wurde, zerrte Großmutter behutsam den zarten Leib aus dem Auto und legte ihn auf dem Rasen ab.

„Es lebt noch", knurrte sie und hob die Schaufel auf, die im Gras lag. Und dann, noch bevor Vater reagieren konnte, ließ sie sie mit einer raschen Bewegung auf den kleinen Schädel niedersausen.

Vater glotzte Großmutter mit halb offenem Mund an.

„Und was soll draus werden … Rehbraten …?", würgte er schließlich heraus, während er sich heimlich das nasse Gesicht abwischte. Großmutter schüttelte den Kopf und wies auf den Rücken des Rehs. Etwas Weißes wimmelte darauf herum. Es sah aus, als würde unter dem Fell die Wirbelsäule herausragen.

„Es hat Maden."

Erst jetzt hatte Vater bemerkt, dass aus dem verwundeten – mittlerweile toten – Tier Larven krochen, die sich an das durchtrennte Genick klebten wie Froschlaich. Es schüttelte ihn vor Ekel.

„Mutter, was zum …?"

Großmutter nahm sanft, nahezu zärtlich eine Larve nach der anderen zwischen die Finger und warf sie in ein Einmachglas, das sie aus dem Flur geholt hatte.

Die gebrochenen Beine des Rehs waren im Gras verborgen und es sah aus, als würde das Tier mit dem Kopf in Großmutters Schoß gebettet schlafen.

„Ideal zum Angeln, darauf beißen die Fische am besten an", murmelte sie an ihren Schwiegersohn gewandt, als sie den Rehrücken von dem perlenartigen Streifen befreit hatte.

„Hol den Deckel, Tochterherz", sagte sie zu mir. „Es muss zugemacht werden."

Sie schüttelte das Glas mit dem milchigen Gewürm. Ich weiß noch, wie stark sich ihre Armmuskulatur anspannte, als sie mit ganzer Kraft das Glas zuschraubte.

Ich glaube nicht, dass die Maden je zum Einsatz gekommen sind. Großmutter ging für gewöhnlich mit einer Angel ohne Köder an den Fluss. Ich habe keine Ahnung, ob es außer mir jemand wusste, schließlich war Genossin Saretzka immer sehr gut darin gewesen, den Schein zu wahren, wenn ihr etwas daran lag.

Sie hatte in den 70er-Jahren damit begonnen, als sich der Konflikt zwischen Großmutter und Dygnar immer mehr zuspitzte und sich herausgestellt hatte, dass die meisten Angelegenheiten des Komitees, sowohl auf Landes- als auch auf Wojewodschaftsebene, sich ausschließlich beim Wodkatrinken und beim Angeln klären ließen.

Anfangs hatte Dygnar erfolgreich „Männerausflüge" organisiert, aber Großmutter wäre nicht Großmutter gewesen, wenn sie nicht einen Weg gefunden hätte, sich ihnen anzuschließen. Sie stieß also in einem ihrer schicken Jacketts zu ihnen, setzte sich ins Gras und tunkte ihre Angel ins Wasser, von der sie zuvor heimlich den Köder entfernt hatte. Dabei trank sie Branntwein aus einer Thermoskanne und bewunderte die Prachtexemplare, die die anderen fingen.

Ich glaube, dass sie sich tatsächlich dort unser Werk erstritten hat, denn Dygnar hat die Regeln des Spiels nie kapiert. Er prahlte mit den größten Fischen, als wäre es ein Wettbewerb, womit er den Amtsleiter aus Wysoka und den Sekretär aus Bielsko in Rage versetzte, von den Gästen aus Krakau oder sogar Warschau (manchmal lud Konstantin Las Kollegen ins Tal ein, als Revanche für die Jagden in den Masuren) ganz zu schweigen.

In diesen Momenten zog Großmutter einen leeren Angelhaken aus dem Wasser, schürzte die Lippen und zuckte ratlos mit den Schultern: Tja, da war nichts zu machen, sie hatte einfach kein Talent, denn wieder einmal hatte sie nichts gefangen.

Später jedoch, als trotz der Fische, trotz all der gemeinsam gekippten Wodkagläser, trotz der ganzen Klüngeleien am Fluss Dygnar das Spiel gewonnen hatte, nach der Affäre mit dem Ingenieur und nachdem das Werk in Betrieb gegangen war, nachdem Großmutter ihre Stellung als Amtsleiterin verloren hatte und wieder ein ganz normales Parteimitglied wurde und nachdem das Kriegsrechtwunder sich ereignet hatte, entdeckte die Genossin, dass sie im Grunde sehr gerne Angeln ging. Sofern sie am Fluss alleine war.

Sie soll sogar unter Einsatz ihres verbliebenen politischen Einflusses angeordnet haben, einen Abschnitt des Ufers der Mahr abzusperren, vorgeblich wegen des tiefen Wassers, „zur Sicherheit der Kinder". In den Stunden, wenn die anderen arbeiteten, ließ sie sich dann genau dort nieder, hinter dem elastischen Zaun, der den Fluss umfing wie ein Fischernetz und einen Schatten auf Großmutter warf, ein zartes Geflecht, dass über ihren Rücken strich, als würde immer noch jemand erfolglos versuchen, sie damit einzufangen.

Die Genossin streckte dann die Beine von sich, ihre riesigen, flossenartigen Füße, und die Absätze der Pumps von *Moda Polska* bohrten sich aufs Neue in den nassen Sand.

KAPITEL 49

Das dritte Wunder vom Mahrtal

Ich war mir nicht sicher, ob ich Mischa überhaupt antreffen würde. Abends war er selten zuhause, denn da war er meistens in den umliegenden Dörfern unterwegs, um Geschäfte zu machen. Diesmal hatte ich Glück.

Er stand in der Einfahrt vor der offenen Garage und versuchte, ein Päckchen am Gepäckträger des Mofas zu befestigen. Dabei fluchte er laut, weil das in graues Packpapier gewickelte Bündel immer wieder herunterrutschte.

Ringsum herrschte ein riesiges Chaos: Werkzeugteile lagen herum, Flaschen, Warenpaletten aus dem Blumenladen, Töpfe, Untersetzer, Pflanzennährstoffe, Dünger, Insektenschutzmittel, ein paar Säcke Erde, die wie immer am Liegestuhl der mit Decken umwickelten Oma lehnten.

Koko hat mich als Erstes bemerkt und kam schwanzwedelnd angelaufen. Mischa richtete sich auf und hielt sich zum Schutz vor der Sonne die Hand an die Stirn. Seine Finger waren immer noch bandagiert, aber jetzt war der Verband mit Schmieröl besudelt. Er hatte nichts mehr gemeinsam mit dem verstörten Jungen, der noch vor wenigen Stunden vor meinem Fenster gekauert hatte.

„Gut, dass du kommst!", rief er mir zu, ohne mich zu begrüßen. „Kannst du mir helfen?"

Ich nickte und mein Blick wanderte nach links, in den Garten, an die Stelle, wo letzte Nacht angeblich der Imker gestanden hatte.

Das letzte Mal war ich im Juni hier gewesen, als Mischa mir seinen Stechapfelfund gezeigt hatte, nun wucherte das Gras kniehoch. Normalerweise mähte Mischas Bruder Tomek den Rasen, aber in letzter Zeit hatte er so viele Überstunden auf der Polizeiwache, dass Mischa meinte, er würde ihn zuhause kaum noch zu Gesicht bekommen.

Ich war von dem Anblick, der sich mir bot, seltsam enttäuscht und wusste selbst nicht so genau, was ich in diesem Garten eigentlich zu sehen erwartet hatte.

Das „Pling!" einer SMS ließ Mischa auf sein Handy blicken. „Mist, schon so spät."

Er schien über etwas nachzudenken. „Steig hinten drauf, du kommst mit", entschied er plötzlich. „Das Päckchen können wir zwischen uns festklemmen."

„Wohin überhaupt?"

„Das Zeug abliefern."

„Welches Zeug?"

„Für's Lagerfeuer. Wirst schon sehen. Rauf mit dir ... Es wird bald dunkel."

Er blieb noch kurz bei Oma Kulik stehen, um ihre Decken festzuzurren. Mit einer schnellen, kaum merklichen Bewegung prüfte er den Sitz des Rings an ihrem Finger.

„Mein Bruder holt sie später rein", murmelte er, wohl mehr zu sich selbst als an mich gerichtet.

Ich setzte mir den Helm auf und schwang mich hinter ihn aufs Mofa. Das Päckchen war erstaunlich schwer. Es machte mir nichts aus, denn ich hatte sowieso keine Lust, nach Hause zu gehen.

„Fahr langsam!", rief ich ihm noch zu.

Mischa ließ ein paarmal den Motor laut aufheulen.

Koko jaulte besorgniserregend und reckte den Kopf nach oben, als würde das Mofa ihn mit Wolfsgeheul rufen. Der Abgasgestank breitete sich im Garten aus.

Als wir die Wadowicka-Straße hinter uns ließen, bogen wir nach Süden ab, Richtung Wysoka. Ich bin mir sicher gewesen, dass wir in die Stadt unterwegs waren, deshalb war ich erstaunt, als Mischa am Hügel Halt machte.

„Kommt Hans auch?"

„Was? Nein …", keuchte er.

Er ging etwas langsamer als sonst, leicht vornübergebeugt wegen des grau umwickelten Päckchens in seinen Händen. Hans wäre stinksauer gewesen, wenn er erfahren hätte, dass Mischa sich auf dem Hügel mit „Fremden" verabredet hatte.

Wir stiegen den Pfad hinauf, ohne uns umzublicken. Im Westen, über dem waldigen Horizont, ging die Sonne unter.

Ich mochte die abendliche Aussicht auf die Stadt. Früher hatten wir uns um diese Uhrzeit oft hier verabredet, um König zu spielen, doch jetzt kamen wir überhaupt nicht mehr her. Ich beschleunigte meine Schritte, wollte endlich oben ankommen.

Hinter uns waren mit Anbruch der Dämmerung sicher schon alle Straßenlaternen angegangen. Vielleicht konnte man sogar das Licht in unserem Haus sehen? Vater schaute um die Uhrzeit immer fern. Mutter saß auf Großmutters Etage vor dem Computer oder legte mit einer Pinzette ein Puzzle am Küchentisch, was sie allerdings schon lange nicht mehr getan hatte. Wieder wurde ich von einer unbegreiflichen, geradezu absurden Unruhe erfasst.

Wie dumm von mir. Ein Blick über die Schulter hätte genügt, um die unbestimmte Furcht im Keim zu ersticken, um mich zu vergewissern, dass alles so war, wie es sein sollte, dass ich auf dem Grund des Tals alles so vorfinden würde, wie es in meinem Gedächtnis angeordnet war. Und doch brachte ich es nicht fertig, hinter mich zu schauen.

Es blieben keine zwanzig Meter mehr. Ich konnte schon die hellen Sektkorken sehen, die Mischa in gerader Reihe auf der Denkmalplatte aufgestellt hatte. Jeden Moment würde ich den Gipfel erreichen und dann würde ich mich umdrehen und die Ungewissheit würde augenblicklich verschwinden.

Ich wandte mich nach rechts, Richtung Denkmal, als mir plötzlich auffiel, dass Mischa nicht mehr neben mir ging. Er war beim Gebüsch abgebogen, auf den Weg, der Richtung Mahr führte, und gab mir ein Zeichen, ihm zu folgen.

Ich zögerte eine winzige Sekunde lang, bevor ich seltsam erleichtert den Gipfel des Hügels umging und stattdessen ins schattige Dickicht trat.

Zu unseren Füßen zeichnete sich der kaum sichtbare, mit Büschen zugewachsene Pfad ab. Derselbe Pfad, den wir genommen hatten, als wir den Schutzwall bauten. Hier war im Jahr 1997 die Flut aufgehalten worden. Später war die Badestelle weiter nach Süden verlegt worden, Richtung Brücke, als hätten die Bewohner Zuckrowkas nie mehr an diesen Ort zurückkehren wollen.

Von Weitem erreichte mich undeutliches Stimmengewirr. Ins wuchernde Gras war ein großer Kreis getrampelt worden. In der Mitte, um das qualmende Lagerfeuer herum, saßen ein paar Männer. Und da wusste ich auf einmal wieder, wo wir waren. Es war genau der Flussabschnitt, an dem ich früher häufiger mit Mutter und Zoja gewesen war, der Ort, den wir *Jenseits-des-Flusses* nannten.

***

Am Tag der dritten Erscheinung vom Mahrtal hätte mein Vater beinahe Zuckrowka vernichtet.

Später, wenn es um die Ereignisse des Jahres 1997 ging, meinten viele, das Tal sei nur deswegen nicht überschwemmt worden, weil man über die Jahre Steine, Kies und Sand aus dem Fluss gefördert und damit das Flussbett vertieft habe, sodass die Mahr viel mehr von der Flutwelle hatte aufnehmen können. Eine selbstbewusste Minderheit vertrat die Ansicht, dass Zuckrowka gerade deshalb kurz vor der Katastrophe stand, *weil* die Mahr, ausgehoben und entkernt, sich von einem ruhigen Bach in einen ziemlich mächtigen Fluss verwandelt hatte.

Polen war damals von einer Jahrtausendflut heimgesucht worden. Die Flutwelle strömte die Mahr hinab und nur wenige Stunden trennten uns noch von ihr. Nahezu alle Bewohner Zuckrowkas bauten einen Schutzwall. Die Arbeiten wurden von der Feuerwehr beaufsichtigt und alle halfen mit (nur die Frauen aus dem Museum, darunter meine Mutter, waren in der Stadt geblieben, um die Exponate auf die oberen Etagen zu retten).

Mein Vater war auch da. Er stand mit einer ulkigen grellen Schutzweste über seiner Beamtenuniform herum, weiß der Teufel, wo er sie herhatte. In den Händen hielt er ein Metermaß und einen Ordner voller Dokumente. Darin befanden sich irgendwelche amtlichen Berechnungen, die die Mindesthöhe vorgaben, die der Schutzwall haben musste, damit die nahende Flutwelle von ihm aufgehalten werden konnte und nicht die Stadt überfluten würde.

Stundenlang ragte er aus der Menge der sich schweigend abmühenden Menschen heraus. Nervös trat er von einem Fuß auf den anderen und schaute auf das ausgerollte Maßband.

Die Menschen waren seit dem Morgengrauen zugange.

„Das reicht!", rief er plötzlich.

Niemand schenkte ihm Beachtung. Weitere Säcke wurden mit Sand gefüllt.

Vater markierte mit dem Fingernagel die Höhe auf der neonblauen Plane, auf der nun ein winziger Strich sichtbar wurde.

„Das reicht!", rief er lauter.

„Es reicht nicht", keifte eine der Frauen zurück, vermutlich Majewska.

„Ist gut jetzt!", wiederholte Vater, der wohl glaubte, akustisch nicht verstanden worden zu sein.

„Nein, noch eine Schicht", entgegnete sie und fuhr fort, mit der Schaufel den Sand im frisch aufgefüllten Sack festzuklopfen.

Mein Vater begann irritiert, in seinem Ordner zu blättern.

„Da steht's aber." Er hielt Majewska ein paar Blätter unter die Nase und trommelte mit den Fingern vielsagend auf eine Tabelle.

„Hier stehen die Berechnungen. Die Feuerwehr selbst hat es ausgerechnet, und zwar mit Puffer. Höher muss es nicht werden." Die Frau zuckte nur mit den Schultern und fuhr fort, Sand in die Säcke zu schaufeln.

Das Wasser hat uns zur Essenszeit erreicht, um 15 Uhr. Fast alle waren am Damm versammelt, da, wo der Fluss der Stadt am nächsten kam. Der Wasserpegel der Mahr stieg vor unseren Augen. Das Wasser war aufgewühlt, schäumend, die schaukelnden Wellen voller Dreck und mitgerissener Gegenstände aus den Häusern, die im oberen Abschnitt des Flusslaufs schon überschwemmt worden waren. Manchmal sahen wir dazwischen tote Tiere mit geblähten Bäuchen vorbeischwimmen.

Wir sorgten uns, natürlich, aber es war nicht die auf der Hand liegende Sorge um unsere Häuser – nein, alle wussten, dass das Erste, was das Wasser uns nehmen würde, der Friedhof war, und dass es nicht viel brauchte, damit die nasse lehmige Erde uns unsere Toten zurückgeben würde.

„Kaminski hat die Gräber nie tief genug geschaufelt", flüsterte jemand. Wir taten alle, als hätten wir es nicht gehört.

Vater stand ebenfalls bei den anderen, aber er starrte nicht wie sie auf das Wasser, sondern auf die Höhenmarkierung, die er kurz zuvor in die Plane geritzt hatte.

Der Fluss schwoll immer weiter an. Er trat über das Sandufer, wo die Badestelle war, und über den Abhang (der heute von Buschwerk überwuchert ist). Die ersten Säcke wurden von der Flutwelle getroffen. Das Wasser wurde immer mehr und mehr und mehr und wir standen nur da und glotzten. Wir hätten uns an einen sicheren Ort retten sollen, schließlich konnte man jetzt nicht mehr viel ausrichten – doch etwas hielt uns davon ab, uns von der Stelle zu rühren. Der Wasserpegel kam der Markierung, die Vater eingeritzt hatte, näher. Ein paarmal schwappte eine große Welle darüber und schließlich verschwand sie ganz.

Vater erblasste.

Es fehlten nur noch an die fünfzig Zentimeter bis zur Oberkante des Schutzwalls, dann fünfzehn, dann … Vater sank plötzlich zu Boden, steckte, vom Fluss abgewandt, seinen Kopf zwischen die Knie und kniff beide Augen fest zusammen.

Ich weiß nicht, wer für das verantwortlich war, was danach geschah, aber jemand musste die Maria vom Mahrtal aus der nahe gelegenen Kapelle hergeschafft haben, denn auf einmal war sie mitten unter uns. Sie war groß wie ein erwachsener Mensch, obwohl ihr Gesicht und ihre Hände zierlicher zu sein schienen als unsere menschlichen. Unterwegs hatte sie ihren Schleier verloren, der sie normalerweise verhüllte, und ich erinnere mich, dass ich zum ersten Mal ihr unverschleiertes kurzes Haar sah.

Dann ging alles ganz schnell. Das Wasser stieg feindselig rauschend immer weiter an. Irgendjemand brachte ein Seil, ein anderer knüpfte eine Schlinge, wieder ein anderer warf sie der Figur um die Hüfte. „So nicht, so wird sie verrutschen, um den Hals, um den Hals, gib her!", rief jemand, und tatsächlich, das Seil wurde am dünnen Hals festgemacht.

Dann wurde sie von der einen Seite an den Schultern, von der anderen Seite an den Beinen, diesen Stümpfen, von denen vor Jahren ihre Füße abgeschlagen worden waren, gepackt und hin- und hergewuchtet, wie man schwere Säcke wuchtet, und dann flog sie hoch, hoch in die Luft, und von Weitem sah sie fast aus wie eine echte Frau, und sie fiel ins Wasser, das bereits an der obersten Reihe der Sandsäcke leckte.

Der Mädchenkörper klatschte in die wütenden Wassermassen.

Sie landete auf dem Rücken und wurde von der Strömung sofort mitgerissen. Wenn nicht die Schnur um ihren Hals gewesen wäre, hätte der Fluss sie für immer fortgetragen.

Doch wir hielten die Maria an der Leine fest, während sie mit den Wellen kämpfte. Immer wieder wurde ihr Gesicht überschwemmt, stieß mit dem

Müll zusammen, den die Strömung brachte, doch sie hielt sich hartnäckig an der Oberfläche.

Und siehe da, das Wasser kam wirklich zum Stillstand. Es beruhigte sich, wie unter einer wundertätigen Berührung. Das wilde Rauschen verklang, der Wasserpegel schwoll nicht weiter an, er blieb genau auf der Höhe der obersten Sandsackschicht. Nun wurde es auf einmal unnatürlich still: Aus dem aufgewühlten Fluss war eine ruhige Fläche geworden, glatt wie ein Blatt Papier.

Das Getöse hatte sich ans andere Ufer verlagert. Dort überflutete die Mahr sogar die Dörfer, die weit hinter dem Urwald lagen. Die Maria von Zuckrowka hatte uns wieder einmal gerettet.

Das Ereignis ging als *Drittes Wunder vom Mahrtal* in die Geschichte ein, übrigens ein weiteres Wunder, das mein Vater verpasste, denn er öffnete seine Augen erst wieder, als die Figur, die bereits aus dem Fluss geborgen worden war, im Gras trocknete.

KAPITEL 50

Rauch über dem Fluss

Die leichten Windböen wehten vom Wasser her den rauchigen Geruch von gebratenem Fleisch heran. Und von noch etwas, das mir seltsam vertraut vorkam.

Die Männer grillten irgendein Tier am Spieß, vermutlich eine Gans. Weiße Federn lagen am Boden verstreut herum. Von den großen, auf Gabeln gespießten Flügelstücken troff das Fett herab. Die Tropfen fielen laut zischend ins Feuer.

Niemand nahm von uns Notiz. Die Männer diskutierten leise über irgendwas, zu mir drangen bloß einzelne unverständliche Worte herüber.

Nur einer von ihnen stand etwas abseits, direkt am Wasser, und blickte auf den Fluss. Sein schmaler Rücken wurde von einer grauen Jacke verhüllt. Er hatte eine Kapuze über den Kopf gezogen. Plötzlich bückte er sich, hob einen flachen Stein auf und warf ihn. Der Stein prallte mehrmals an der Wasseroberfläche ab und verschwand am anderen Ufer. Erst dann drehte der Mann sich um.

„Hey, Junge, da bist du ja!"

Am Fluss stand der Kabler.

Endlich nahm nun auch am Lagerfeuer jemand von uns Notiz und lud uns mit einer Geste ein, uns dazuzugesellen. Mischa ließ mit Erleichterung das schwere Paket auf den Boden fallen. Dann stellte er mich den anderen vor und die Männer nickten mir gleichgültig zu. Sie waren alle um die vierzig Jahre alt, vielleicht etwas älter. Ich meinte, einen von ihnen schon einmal am Laden gesehen zu haben, an dem Tisch, der vom Blitz getroffen worden war. Die anderen waren sicher Saisonarbeiter von Zement-Pol.

„Der Kabler ist in der Stadt …?", flüsterte ich, als ich mich ins Gras setzte. Die Männer führten ihr unterbrochenes Gespräch fort. Ich war sauer auf Mischa, weil er mir nichts gesagt hatte.

„Er ist gerade erst angekommen. Heute."

„Und wieso?"

„Wegen Arbeit."

„Du hast doch erzählt, dass er bis Ende des Jahres in Belgien ist."

„Er hat seine Pläne geändert." Mischa zuckte die Schultern.

„Hast du es Hans erzählt? Er fragt dauernd nach ihm, bestimmt will er ihm den Metalldetektor zurückgeben."

„Junge, was hab ich da gehört, du hast Stechapfel?"

Einer der Männer beugte sich zu uns. Der Geruch von Schweiß, vermischt mit Alkohol, drang in meine Nase. „Könntest uns ruhig was davon abgeben."

„Nein, ich hab keinen, hab nichts gefunden."

Ich blickte verwundert zu Mischa, aber er schaute weg.

Ein paar Meter weiter wickelte der Kabler langsam das Päckchen aus. Er zog daraus Besteck, Pappteller, Ketchup, Senf, ein paar Getränkeflaschen und schließlich in Zeitungspapier eingeschlagene Autoersatzteile hervor. Sie waren es, die das Paket so schwer gemacht hatten. Mischa klapperte manchmal die Schrottplätze der Umgebung für den Kabler ab.

„Was ist das?" Ich rümpfte die Nase. Ein beißender Gestank breitete sich ringsum aus.

„Sie haben die Federn nicht richtig gerupft."

Auf einem der Fleischstücke, die auf die spitzen Gabeln gespießt waren, tanzten kleine, schwarze Flammen. Einer der Männer hielt sich das Fleisch vor den Mund und blies die Flamme aus. Der Gestank der verbrannten Federn war schwer zu ertragen.

„Danke für die Ersatzteile."

Mischa nickte nur. Der Kabler ließ das Packpapier fallen und nahm auch am Lagerfeuer Platz. Er schien erschöpft zu sein.

Vielleicht war es die Kapuze, die er sich trotz der Hitze über den Kopf gezogen hatte, jedenfalls zeichneten sich seine Wangenknochen markanter auf seinem Gesicht ab als sonst. Er schien mich erst jetzt bemerkt zu haben. Wortlos streckte er mir den Arm entgegen und gab mir schlaff die Hand.

„Wirst du das wirklich essen?"

„Klar ess' ich das." Der Kabler grinste Mischa an, der skeptisch dreinblickte.

Er hob etwas auf, das im Gras gelegen hatte. „Das hier ist das Beste."

Erst jetzt sah ich, was es war: Kopf und Hals des Vogels, auf eine Eisenstange gespießt, die der Kabler am mit einem Lappen umwickelten Ende hielt. Die Flammen hatten das Fleisch verbrannt. Es musste schon vor unserer Ankunft über dem Feuer gehangen haben. Ich sah zu, wie er die Stange direkt in die Flamme hielt. Wo er diese Gans wohl her hatte? Aus den Schrebergärten? Gab es überhaupt noch jemanden, der dort Nutztiere hielt?

Schlaftrunken lauschte ich dem Gespräch, das neben uns stattfand. Die Wörter vermischten sich immer stärker mit dem leisen Rauschen des Flusses.

Es war spät geworden. Bald würde ich nach Hause aufbrechen müssen.

„Da." Mischa stupste mich mit einer Flasche Kirschschnaps an, die am Lagerfeuer herumgereicht wurde.

„Schmeckt okay, ist aus dem Supermarkt", fügte er hinzu, als er bemerkte, dass ich das abgerissene Etikett kritisch beäugte. Ich nahm ein paar Schlucke. Er war viel zu süß.

„Wie zugewuchert hier alles ist …", sagte ich, als ich ihm die Flasche zurückreichte.

„Jo … Aber ist doch gut so. Niemand kommt hierher und man hat seine Ruhe, oder nicht?"

Ich nickte. Ruhe. Seltsam, dachte ich, als ich zum gegenüberliegenden Ufer blickte, wie viele Jahre ich nicht mehr dort gewesen war. Wieder wurde ich von jenem vertrauten quälenden Gefühl erfasst. Seit einigen Tagen kehrte es immer intensiver zu mir zurück.

Was war es, das ich vergessen hatte?

Ich versuchte, den Erinnerungsschwund zu verdrängen, der mich seit Längerem immer wieder plagte. Vielleicht hatte es schon vorletzten Frühling begonnen, oder im Winter, oder vielleicht sogar schon viel, viel früher. Jetzt schien das Vergessen den ganzen Sommer zu verschlingen.

„Mischa?"

„Hm?"

„Warum heißt das eigentlich so?"

„Was?"

„Na ja …" Ich wies mit der Hand hinüber. „Das da. Jenseits-des-Flusses. Als wären wir auf der falschen Seite des Wassers. Das ist doch Unsinn."

„Ist es? Weiß nicht." Mischa spielte mit seinem Feuerzeug. Er schien in Gedanken zu sein und mir überhaupt nicht zuzuhören. Immer wieder schoss die Flamme zwischen seinen Fingern empor.

„Warst du schon mal drüben?"

„Wo?"

„Na, am anderen Ufer."

„Weiß ich nicht." Er sah mich unsicher an. „Ich glaub nicht."

„Ich auch nicht."

Wir schwiegen eine Weile. „Mischa … und wenn da überhaupt nichts ist?"

„Wie meinst du das, wenn da nichts ist? Da drüben liegen Hejnały, Jaworzyce, Sarnaki, die Brücke in Świesielice …" Er musste lachen.

Ich nahm eine Zigarette aus meiner Hosentasche, die vorletzte. Den ganzen Tag hatte ich keine geraucht, weil es mir vor Vater unangenehm war. Ich nahm einen tiefen Zug. Gut, dass ich zuhause noch eine halbe Packung habe, dachte ich.

„Ja, hast ja recht." Beschämt drehte ich den Kopf weg. „Ich weiß ja selbst nicht. Hab Unsinn geredet, ich bin echt müde."

„Jetzt weiß ich es wieder."

„Was?"

„Ich war mal dort." Er wies auf den Fluss. „Ist schon ein paar Jahre her. Als ich schwimmen gelernt habe. Drüben ist es flacher. Der Kabler hat's mir beigebracht."

„Nach der Sache mit Lesniewski?"

„Ja."

Ich wusste nicht, was ich antworten sollte, und legte mich auf den Rücken. Das zertrampelte Gras gab sanft unter mir nach. Ringsum war es vollkommen dunkel. Vielleicht schien mir deswegen das Lagerfeuer jetzt so viel größer zu sein als vorher. Die Männer beachteten uns gar nicht. Sie unterhielten sich immer noch übers Feuer gebeugt, als würde das Wasser von hinten gegen sie drängen.

Ich blickte verstohlen in ihre Gesichter. Sie schienen einander so ähnlich zu sein. Mehr als alle anderen unsicher, ob sie noch mehr Leben vor als bereits hinter sich hatten, aber zutiefst überzeugt von der Unersetzlichkeit ihrer eigenen Existenz. Dreitagebärte, Geheimratsecken, aufgedunsene Gesichter, T-Shirts, Hemden, Jeans, nahezu leblose Augen, in denen sich nur das Flackern der Flammen spiegelte.

Leise tiefe Stimmen, die Worte klangen alle gleich. Einige nahmen das gebratene Fleisch vom Feuer, klemmten es zwischen zwei Brotscheiben oder legten es auf die Pappteller, die Mischa und ich mitgebracht hatten.

Sie hielten sich die Teller unters Kinn, die dann alles aufhellten wie weiße Hostien während einer feierlichen Elevation, wenn sie den ersten Bissen an den Mund führten, gierig ihre Zähne hineinschlugen, das Fleisch mit den Fingern packten, es zerrissen, zerfetzten, und das Fett an ihrem Kinn herabtroff und über die Finger lief, das Fleisch sich zwischen ihren Zähnen verfing, die Knochen gegen das Zahnfleisch stießen und das Schmatzen sich mit dem Schmatzen der Mahr vermischte, die leise gegen das sandige Sandufer schwappte.

„Willst du mal probieren?" Jemand hielt mir einen Pappteller mit einem Flügelstück hin.

Ich griff zu. Es war angebrannt. Obendrauf funkelten bunte Gewürzkrümel. Mir lief das Wasser im Mund zusammen. Erst jetzt spürte ich, wie groß mein Hunger war, ich hatte heute ja noch gar nichts gegessen.

„Ist das ne Gans?", fragte ich.

„Schwan", antwortete der Kabler mit vollem Mund.

„Schw… Schwan?"

Er lachte auf.

„Schmeckt fast wie Ente", fügte er hinzu und bleckte die Zähne.

Ja, es war nun ganz offensichtlich. Die Reste der weißen Federn, die riesigen Flügel, der lange Hals. Bestimmt hatten sie ihn weiter unten am Fluss gefangen, bei Barlinki. Dort gab es einige Wildvögel. Manche wurden regelmäßig mit Brotkrumen gefüttert und waren an Menschen gewöhnt.

Sie mussten ihm den Hals umgedreht haben. Ich fragte mich, wer von ihnen es getan hatte. War es leicht, ein so großes Tier zu töten? Hat es geschrien? Wie schreien Schwäne eigentlich?

Ich zögerte kurz, aber dann biss ich gierig in mein Stück, rammte meine Zähne hinein, bis die abgenagten Vogelknochen knirschten. Das Fleisch war ziemlich zäh.

„Schmeckt bisschen nach Wind", sagte jemand.

Alle nickten. Es schmeckte tatsächlich ein bisschen nach Wind.

Und dann begriff ich plötzlich, was jener vertraute Geruch war, der sich in den Rauch mischte. So hatte der Wind in jener Nacht gerochen, als ich Magda zum ersten Mal sah.

Ein Flüstern weckte mich. Ich versuchte aufzustehen, aber ich hatte so viel getrunken, dass mir ganz schwindlig war. Mischa spielte immer noch mit dem klickenden Feuerzeug. Er saß mit dem Kabler in ein paar Metern Entfernung am Fluss. Sie unterhielten sich sehr leise, ich musste mich anstrengen, um alles zu verstehen.

„Danke, dass du heute alles vorbeigebracht hast."

„Kein Ding."

„Und das Mofa? Macht immer noch Schwierigkeiten?"

„Nein, hab's repariert. Ich komm damit problemlos bis an die Grenze."

„Dann ist ja gut."

Sie schwiegen eine Weile.

„Kann ich's ihnen erzählen?"

„Erzähl's besser nicht."

Ich meinte, in der Stimme des Kablers ein Zögern zu hören. „Sie können eh nix daran ändern. Angeblich ist alles mit der Polizei abgesprochen. Bis Ende des Monats ist alles erledigt. Der Transport ist bereits organisiert."

Ich stutzte.

„Und mein Bruder?" Mischa klang beunruhigt.

„Dein Bruder ist Verkehrspolizist, der weiß von nix."

Die Stille wurde vom Knirschen des Feuerzeugrädchens unterbrochen.

„Und was passiert jetzt?"

„Das ist echt nicht dein Problem. Ist auch nicht so wichtig." Der Kabler stand auf. Nun raschelte es in den Zweigen. Er war bestimmt zum Pinkeln ins nahe gelegene Gebüsch verschwunden.

Bewegungslos und mit geschlossenen Augen lag ich in der Stille. Wie spät es wohl war? Ich wollte nicht auf die Uhr schauen, denn dann würden sie merken, dass ich sie belauscht hatte. Ich sollte längst zuhause sein, dachte ich im Halbschlaf.

Sie würden es abtransportieren. Was würden sie abtransportierten? Wer? Der Kabler wusste es. Er wusste immer über solche Dinge Bescheid. Ende August. Genau wie in der SMS an Mutter ... Plötzlich sah ich ein, dass es mich eigentlich nichts anging. Ich würde gleich aufstehen und einfach nach

Hause gehen. Der Sommer war schon so gut wie vorbei. Und dann fiel es mir endlich wieder ein.

Der Tag, an dem wir plitschnass in Großmutters Garten gestanden hatten. Wir waren gerade heimgekehrt von Jenseits-des-Flusses. Nur ich, Mutter und Zoja waren dort gewesen. Damals war ich vier Jahre alt. Ich spielte auf der Decke und Mutter stand am Uferrand, im hell funkelnden Sand. An der flachen Stelle des Flusses glitzerte es, als würde es in ihm scharenweise von Fischen wimmeln, aber es waren nur die Reflexionen der Sonne im klaren Wasser. Fische gab es nur da, wo es tief war.

Mutter trug einen pastellfarbenen Bikini und einen hellen Leinenrock, der bis auf den Boden herabfiel. Bewegungslos und steif stand sie da und starrte stur geradeaus aufs Wasser, als hätte sie darin etwas außerordentlich Interessantes erblickt.

Dann ging sie langsam los.

Sie schritt dahin wie jemand, der sich auf eine lange Reise macht. Geradlinig, unerbittlich, Schritt für Schritt ließ sie die Sandbank und das flache Wasser hinter sich. Das Wasser reichte ihr nun bis zu den Knöcheln, dann bis zu den Knien, und schließlich bis zu den Oberschenkeln, reichte an ihre Hüfte, ihre Rippen. Der helle Rock stieg rings um sie auf wie ein Ring aus Meeresschaum.

Ich bekam es mit der Angst zu tun und fing an zu weinen. Mutter bemerkte es nicht. Nur noch ihr Kopf ragte aus dem Wasser. Direkt vor ihr tat sich der Abgrund auf, in dessen Tiefe Zoja manchmal nach Steinen tauchte. Das Wasser der ruhig wirkenden Mahr war an dieser Stelle über zwei Meter tief und konnte einen erwachsenen Menschen vollständig verschlucken.

Zoja schoss an mir vorbei und preschte in den Fluss. Das Wasser spritzte auf.

Als sie meine Mutter erreicht hatte, begann sie zu tauchen, wie sie es im Spiel seit Monaten tat – diesmal jedoch schnappten ihre Zähne nicht ins Leere, sondern bekamen den Zipfel von Mutters Sommerrock zu fassen, und die Hündin, immer noch unter Wasser, versuchte aus ganzer Kraft, sie ans Ufer zurückzuziehen.

Ich verstand überhaupt nicht, was da passierte und weinte so sehr, dass ich heiser wurde. Mutter, die regungslos mitten im Fluss stand. Zoja, die nirgends zu sehen war.

Ich weiß nicht, wie viel Zeit verstrich.

Dann kehrte Mutter wortlos um und stieg wieder aus dem Fluss, zusammen mit der klatschnassen Hündin. Sie wischte sich das Gesicht mit einem Handtuchzipfel ab, stopfte unsere Sachen in die Plastiktüte, nahm mich an die Hand und ging schweigend mit mir nach Hause.

Der Rückweg führte uns durch die Stadt und der nasse Rock hinterließ auf dem Bürgersteig eine feuchte Spur. Er erinnerte mich an einen Fischschwanz: Der nasse Leinenstoff klebte sich an Mutters Körper, als wären ihr Schuppen gewachsen, der wellige Rocksaum zu ihren Füßen sah aus wie eine Flosse. Mutter atmete schnell, mit tiefen Zügen, wohl wegen des raschen Fußmarschs, und ihre Rippen zeichneten sich so scharf ab, dass sie fast durch die Haut zu stechen schienen: wie Kiemen eines gestrandeten Meeresbewohners.

Seitdem sind wir nie wieder zusammen an der Mahr gewesen. Bald wurde die Stelle im Museum frei und der Ort, den wir *Jenseits-des-Flusses* nannten, wucherte zu und wurde unsichtbar, wobei die verschwindende Uferlinie deutlich das Vorher vom Nachher in der Zeitrechnung meiner Mutter trennte.

KAPITEL 51

Hexenjagd

Unter meinen Lidern floss Wasser, als würde die strudelnde Strömungs-
welle der Mahr mich langsam ausfüllen und Wassermassen durch meinen
Schädel schwappen.

Ich versuchte aufzustehen, aber meine Lider waren schwer wie die Steine,
die Mutter sich damals an heißen Tagen auf die Augen legte.

Jemand zerrte an mir.

„Steh auf! Alle sind schon gegangen!"

„Wie ...?"

Ich war halb bewusstlos. Das Lagerfeuer war erloschen, doch immer
noch hing der beißende Geruch von Verkohltem in der Luft. Irgendwas
stimmte nicht.

„Steh auf!" Mischa hörte nicht auf, an mir zu rütteln.

Ich sah ihn verwirrt an. Das Entsetzen stand ihm ins Gesicht geschrieben.

„Was ist denn los?"

„Die Maria ... Sie brennt!", stammelte er und lief voraus, bis er im Dickicht verschwand.

Vom Gipfel des Hügels aus sahen wir, dass die Figur inmitten von schwarzen Rauchschwaden stand. Es war dunkel, doch trotzdem war die Kapelle
an der Kreuzung im Licht der Laternen gut zu erkennen. Ich konnte kaum
glauben, was ich da sah.

Die Maria vom Kriegsrecht schwebte über dem Boden. Die ramponierten Beine in einer dichten Wolke aus Qualm und Feuer, stieg die
flammende Figur zum Himmel hinauf. Wahrhaftig, sie fuhr in den
Himmel.

Ringsum hatten sich die Menschen aus Zuckrowka versammelt. An die
dreißig, vierzig Personen und es kamen immer mehr dazu. Der Gestank
des Feuers musste sich rasch über die gesamte Gegend ausgebreitet haben.

Sprachlos betrachteten Mischa und ich dieses Schauspiel. Und dann
stürzten wir uns wie auf Kommando den Abhang hinunter ins Getümmel.
Wir liefen, rannten, stolperten über Grasbüschel. Ich wurde nicht langsamer, obwohl sich in meinem Bauch ein stumpfer Schmerz bemerkbar
machte. Wir hatten keine Zeit, zum Mofa zurückzulaufen, das ein paar
hundert Meter weiter geparkt war. Wir mussten so schnell wie möglich
nach unten kommen.

Je näher wir kamen, umso durchdringender wurde der Gestank. Der von
Weitem sichtbare Feuerschein tauchte den Himmel über der Weggabelung
in ein unheimliches, rostiges Rot.

Fast alle waren da. Im dichten Gedränge entdeckte ich Hans und seine Mutter.

Wir blickten schweigend auf das Feuer.

Nein, die Maria fuhr nicht in den Himmel. Es war nur eine optische Täuschung gewesen, nichts weiter als eine Illusion des Lichts. Die Kapelle stand unbeschadet da – es war das Jubiläumskreuz hinter der Figur, das brannte, und vor einer Wand aus Flammen musterte uns die Maria, wie immer unbeeindruckt, aus ihren wässrigen Augen.

An ihrer Schläfe schimmerte wie eine Wunde das Loch, das wir vor vielen Jahren mit einem Stein in ihren Schädel geschlagen hatten.

Die Windböen trugen Glut davon und wehten auch die Plastikblumengirlanden von ihrem Kleid und Haar, die nun zu unseren Füßen weiterbrannten. Bunte Knäuel aus Schleifen, Überbleibsel von den Maiandachten, zogen sich in der Hitze des Feuers zusammen.

„Wo ist der Pfarrer?", rief jemand, als hätte Pfarrer Wilk die Macht, Brände zu löschen und Feuer zu bannen.

„Es ist schon jemand unterwegs ihn holen."

Es war kurz nach elf. Früher, als ich gedacht hatte.

Plötzlich lief unser Nachbar an mir vorbei, mit einem kleinen Eimer, aus dem er Wasser aufs brennende Holz schüttete. Wir sprangen erschrocken zurück. Aus den Flammen war ein unmenschliches Kreischen zu hören. Gleichzeitig schoss eine gewaltige Feuersäule empor und wurde etwa zehn Meter über unseren Köpfen zu schwarzen Rauchschwaden, die im Laternenlicht eine monströse Gestalt annahmen.

„Der Teufel …", flüsterte jemand.

Unruhe breitete sich in der Menge aus.

„Das ist der Teufel, der da schreit."

„Löscht nicht mit normalem Wasser! Weihwasser muss her!"

Jemand zeichnete vielsagend Kreise über seiner Schläfe, ein anderer tippte die Notrufnummer in sein Handy, wieder andere sahen nervös in die Richtung, aus der man den Pfarrer erwartete.

Aber das Feuer erlosch innerhalb weniger Minuten ganz von selbst – genauso plötzlich, wie es ausgebrochen war. Vom Kreuz blieb bloß noch ein schwarzer Stumpf übrig. Die Maria war unversehrt, nur ihr Kleid war grau geworden, beschmutzt von Rauch und Ruß. Nun ihres schmückenden Mantels und Schleiers beraubt, stand sie erneut, wie schon vor Jahren, mit unverschleiertem Haupt vor uns. Von den kurzen Haaren blätterte die Farbe ab, die sie nur noch in Fetzen bedeckte wie ungleichmäßige Schuppen. Der verrußte Schädel schien im schwachen Licht nahezu kahl zu sein. Unter dem Keramikkleid zeichnete sich sehr deutlich der Körper ab, den die Bildhauerin im Sinn gehabt hatte.

Die Maria blickte mich geradewegs an, öffnete ihre Arme, aber die zierlichen Finger waren mit rußigen Striemen beschmiert, was sie wie scharfe, gebogene Krallen aussehen ließ. Ich musste den Blick von ihr abwenden.

Endlich war Pfarrer Wilk angekommen, in Begleitung von ein paar anderen Leuten. Er war ganz aus der Puste und versuchte, sich einen Überblick über die Lage zu verschaffen. Die schief zugeknöpfte Soutane verfing sich zwischen seinen Füßen – offenbar hatte er sich in aller Eile angekleidet.

„Wir haben den Pfarrer unterwegs getroffen, er war schon auf dem Weg zu uns."

Das Gesicht des Pfarrers war kreidebleich. Seine Hände zitterten, als er sich bekreuzigte.

„Sie ... sie stand wirklich im Feuer?" Er ließ den Blick zwischen uns und der verrußten Figur hin und her springen. „Die Maria vom Kriegsrecht stand in Flammen ...?"

So hatte ich ihn noch nie erlebt. Ich hätte nicht gedacht, dass dieser Mann irgendetwas fürchtete. Und doch, Pfarrer Wilk stand bestürzt vor dem verbrannten Kreuz und zitterte. Schweißperlen glänzten auf seiner Stirn. Dann öffnete er den Mund, als wollte er etwas sagen, vielleicht ein Gebet sprechen, aber außer einem Winseln brachte er nichts heraus. Wir tauschten verwirrte Blicke aus.

„Wisst ihr, warum das Kreuz Feuer gefangen hat?" Jemand drängte sich durch die Menschenmenge. „Das war dieses Flittchen. Sie ist's gewesen."

Frau Margas hatte keinen Namen genannt, nicht einmal eine Andeutung gemacht, und doch wussten wir alle, dass sie Magda meinte.

Ein unruhiges Tuscheln ging durch die Reihen. Ich sah mich unsicher um. Nein, sie war nicht unter uns. Etwas weiter hinten entdeckte ich Dygnar. Ich hatte ihn erst nicht erkannt, denn er sah anders aus als sonst, statt eines Anzugs trug er eine dunkle Trainingsjacke, die einen grauen Widerschein auf sein Gesicht warf. Er machte einen übermüdeten Eindruck. Ob er mitbekommen hatte, was Frau Margas gesagt hatte ...? Er stand ziemlich abseits, im Schatten, und es sah so aus, als ob er gleich wieder aufbrechen wollte. Aber nun hatte ihn auch Frau Margas bemerkt.

„Weißt du, wo deine Tochter ist?", durchbrach ihre heisere Stimme die Stille.

Alle Augen waren auf den Vorsitzenden gerichtet. Frau Margas zeigte mit dem ausgestreckten Finger auf ihn. Magdas Vater drehte sich langsam zu ihr um. Ich dachte schon, dass er der aufgebrachten Frau gleich an die Kehle springen würde, aber er starrte uns bloß ausdruckslos an.

„Zuhause", entgegnete er schließlich leise. Erstaunt stellte ich fest, dass seine Stimme brüchig war, als ob der Vorsitzende jeden Moment in Tränen ausbrechen würde.

„Magda ist zuhause."

Niemand hielt ihn auf, als er sich mit schnellen Schritten davonmachte.

Als einen Moment später die Feuerwehr aufkreuzte, zerstreuten sich die Leute bereits. Unter den Gaffern waren auch meine Eltern. Ich ging zu ihnen. Vater klammerte sich an Mutters Arm. Er sah aus, als wäre ihm schwindlig.

Wir kamen erst kurz vor Mitternacht bei der Villa an. Mutter ließ meinen halb ohnmächtigen Vater sofort auf einem Hocker Platz nehmen und begann, seine Tropfen abzuzählen. Vater zog eine Grimasse, als er die Medizin hinunterschluckte.

Auf dem gesamten Weg nach Hause hatte er kein Wort gesprochen. Auch jetzt schwieg er. Er saß nur da und presste sich die Hand ans Herz. Ich war mir sicher, dass er in Gedanken fieberhaft mit den Zeichen von seiner Liste jonglierte.

Mutter stellte das Fläschchen mit den Herztropfen auf den Tisch.

„Dass man hier in Zuckrowka ein Kreuz anzündet!", brachte er schließlich heraus. „Die Leute sagen, dass im Gras zwei Benzinkanister lagen. Jemand hat das Kreuz also übergossen und in Brand gesetzt … mit Benzin! Wer macht denn sowas?"

Er schloss die Augen. Ob er, genau wie Frau Margas, Magda verdächtigte?

Die Arznei tat ihre Wirkung, denn die Farbe kehrte wieder in Vaters Gesicht zurück. Mutter bereitete Tee zu. Die Küche war vom leisen, beruhigenden Rauschen des Wasserkochers erfüllt.

Ich spürte, wie müde ich war, und verzog mich in mein Zimmer, ohne das Licht einzuschalten. Der Geruch von frisch gemähtem Gras stieg mir in die Nase. Mir fiel ein, dass ich morgens so in Eile gewesen war, dass ich das Fenster sperrangelweit offen gelassen hatte. Bestimmt waren ein paar Mücken ins Zimmer geflogen. Ich gähnte.

Mein Blick fiel auf die zerknüllte Bettwäsche. Irgendwas stimmte hier nicht. Ich bemerkte, dass auf dem Kissen ganz offen meine angebrochene Zigarettenschachtel lag, die ich normalerweise unter dem Sims versteckt hielt, zusammen mit Mischas Gras.

„Mama, habt ihr etwas bei mir gesucht?", rief ich durch die angelehnte Tür.

„Was, Schatz?"

„Habt ihr in meinem Zimmer etwas gesucht?"

„Ich nicht, Papa vielleicht."

„Papa?"

„Was ist los? Findest du was nicht?"

Nein, es war nicht Magda, die das Feuer am Kreuz gelegt hatte. Ich wusste zu gut, warum die Maria von Zuckrowka in dieser Nacht in Flammen aufgegangen war.

Angst stieg in mir auf. Ich schob die Hand unter die Matratze, da, wo ich das schwarze Notizbuch und das Foto des Imkers versteckt hatte.

Beide waren nicht mehr da.

KAPITEL 52

Kopfgeburten

Am nächsten Tag wuchs die Anspannung in Zuckrowka mit den Morgenstunden immer weiter an. Jeder, der das Feuer mit eigenen Augen gesehen hatte, erzählte anderen davon. Natürlich zweifelte niemand daran, wie es sich zugetragen hatte: Es war Dygnars Tochter gewesen. Aber was genau hatte sie getan? War wirklich sie es, die das Feuer gelegt hatte? Vielleicht, vielleicht auch nicht. Vielleicht hatte das Kreuz einfach so Feuer gefangen. Aber selbst dann war immer noch sie die Strippenzieherin. Es war nicht zu leugnen, vergangene Nacht waren Worte aus dem Feuer zu hören gewesen. Alle hatten es doch bezeugt. Sicher, undeutlich nur, es ist ja eine Fremdsprache gewesen. Womöglich Latein? Pfarrer Wilk war des Lateinischen mächtig und hatte alles verstanden und darum hatte er einen Schwächeanfall erlitten. Die Empörung wuchs und die Angelegenheit hätte eine ziemlich böse Wendung nehmen können, wäre Magda nicht plötzlich verschwunden.

War sie weggelaufen? Nein, viel wahrscheinlicher war, dass ihr Vater sie irgendwo hingebracht hatte. Oder er hatte Profis damit beauftragt.

Angeblich hatte sie einen Anfall gehabt und man hatte ihr eine Zwangsjacke anlegen müssen. Angeblich hatte sie das Bewusstsein verloren. Sie versuchte, alle zu beißen, hatte spastische Zuckungen. Sie schrie so laut, dass das Glas in den Fenstern splitterte (offen blieb nur, bei welchen, denn die an Dygnars Haus würden bis zum Brand, der noch bevorstand, vorerst intakt bleiben).

Angeblich war sie von einem Krankenwagen abgeholt worden. Von einem Psychiatrie-Transporter ohne Sirene, weil die doch die Kranken verstörte. Es hieß, sie sei in die geschlossene Anstalt nach Bielsko gebracht worden, wo man sie ans Bett fesselte. Angeblich in einem Isolationszimmer. Die Leute erzählten, dass sie dort jaule. Stumm daliege. Seit Stunden ohne Schlaf sei, dass sie nicht einmal blinzle, dass ihr die Augen getropft würden, damit sie nicht austrockneten. Die ganze Zeit schlafe sie. Unmöglich, sie wach zu bekommen.

Eigentlich war nichts daran überraschend, wir hatten es gar nicht anders erwartet. Man hätte das alles schon viel früher tun sollen, das Mädchen quälte sich doch nur. Welch Unglück. Ein anständiger Vater und die Tochter geisteskrank. Bestimmt kam sie nach ihrer Mutter, denn welche normale Mutter lässt ihr Kind im Stich? Gut, dass alles so gekommen ist, wie es gekommen ist, denn dort würde ihr geholfen werden. Ob sie geheilt werden würde, war eine andere Frage. Nicht auszudenken, was passiert wäre, wenn sie sie nicht abtransportiert hätten. Gut, dass sie nur das Kreuz angezündet hatte und nicht die ganze Kirche, oder gar ein Haus. Es hätte ja jemand umkommen können … So eine könnte uns im Schlaf töten! Ob in unserem oder in ihrem Schlaf, blieb dahingestellt.

Natürlich erwies sich keine dieser idiotischen Tratschgeschichten als wahr. Ich wusste, dass nicht Magda für den Brand verantwortlich war, und doch schien die Version mit der Psychiatrie nicht nur plausibel zu sein, sie sorgte bei vielen Leuten auch für Erleichterung – die Art von Erleichterung, die man verspürt, wenn eine Geschichte das richtige, erwartete Ende nimmt. Es verschaffte den Leuten Genugtuung, dass die Ereignisse, die sich seit dem Winter verdichteten, zu einem logischen Abschluss, zu einem gut begründeten Finale der Erzählung kommen würden.

Erst später habe ich erfahren, dass Magda nie im Krankenhaus war: weder in Bielsko noch in irgendeiner anderen Stadt. Ja, sie hatte sich in jener Zeit nicht einen Schritt aus Zuckrowka fortbewegt.

Später waren einige der Meinung, das Gerücht über die Psychiatrie hätte mit der Diagnose zu tun gehabt, die das Ärzteteam in Bielsko auf Bitte von Kowalik gestellt hatte (dasselbe Ärzteteam, von dem in der Patientenkartei die Rede war, auf die ich später stoßen sollte). Abgesehen von ihrer einmaligen kurzen Visite dort hatte Magda sich aber nie wieder in diesem Krankenhaus blicken lassen. Vielleicht hatte auch jemand von dem verhinderten Auftritt beim Krakauer Kongress erfahren? Und ich habe noch einen anderen Verdacht: Mir scheint, dass Dygnar persönlich das Gerücht von ihrem Verschwinden in die Welt gesetzt hat, weil er nach den merkwürdigen nächtlichen Ereignissen an der Weggabelung die Reaktionen der Stadtbewohner fürchtete, die er so weit wie möglich von seiner Tochter fernhalten wollte.

Wer auch immer hinter den Gerüchten steckte, sie kamen ihr zugute: Magdas vermeintliche Abwesenheit schützte sie vor dem Gewittersturm, der noch am selben Tag durch die Stadt ziehen sollte.

* * *

Ich war erst spät aufgestanden. Im Haus war es ganz still, nur eine verwirrte Fliege knallte permanent an die Scheibe des geschlossenen Fensters. Es war heiß.

In der Küche fand ich eine Schüssel mit Quark auf dem Tisch. Ich kramte einen Brotrest aus dem Küchenschrank. Dabei versuchte ich, keinen Lärm zu machen, um meinen schlummernden Vater nicht zu wecken.

Am Morgen hatte er geklagt, er hätte wieder kein Auge zugetan, die Nerven, dabei hatte er die ganze Nacht hindurch laut geschnarcht.

In der Spüle lag ein Kaffeebecher. Seit ich denken konnte, frühstückte Mutter nie vor der Arbeit, weil sie meinte, sie habe keine Zeit dafür.

Ich kaute langsam auf der trockenen Brotscheibe herum und starrte dabei gedankenversunken aus dem Küchenfenster. Der Himmel war so grell, dass er meine Augen reizte. Schon wieder ein Hitzetag. Was für ein seltsamer Sommer das war.

Nein, meinen Eltern konnte ich mich nicht anvertrauen. Ich konnte mir die Reaktion meines Vaters lebhaft ausmalen, wenn ich ihm erzählen würde, dass jemand in unser Haus eingebrochen war. Außerdem hatte er die Ereignisse von letzter Nacht noch gar nicht verdaut.

Ich schaute wieder ins Wohnzimmer. Vater lag mit einer Kompresse auf dem Kopf auf dem Sofa. Er musste einen unruhigen Schlaf gehabt haben, weil die Kompresse ihm von der Stirn gerutscht war und nun seine Augen bedeckte. Von fern sah Vater aus wie ein Blinder mit einer um den Kopf gewickelten Bandage.

Nachdem er ihr ewig in den Ohren gelegen hatte, hatte Mutter schließlich widerwillig versprochen, auf dem Weg zur Arbeit einen Termin bei Dr. Skorupa für ihn zu machen. Dreimal hatte er Mutter genötigt, seinen Blutdruck zu messen, worauf er sie schließlich im beleidigten Ton bezichtigte, nicht richtig gemessen zu haben, denn es konnte doch gar nicht sein, dass das Messergebnis vorbildliche 120:80 betrug. Nach diesen Erlebnissen? Sie musste sich vertan haben.

Ich ging in den Flur.

„Kind ...", winselte Vater leise, als er meine Schritte hörte. Er war also schon wach.

„Ja, Papa?"

Er fuchtelte blind mit der erhobenen Hand vor mir herum. „Bring mir doch bitte etwas Wasser." Er liebte es, in solchen Situationen eine Show abzuziehen. Ich seufzte.

„Aber nicht aus dem Kühlschrank!", schrie Vater plötzlich mit ungeahnt kräftiger Stimme. „Kaltes Wasser ist nicht gut fürs Herz", fügte er etwas besonnener hinzu. „Auf dem Tisch steht schon eine offene Flasche. Gieß mir daraus was ein."

Er nahm mir das Glas blind tastend aus der Hand. Dann erhob er sich, wobei er sein ganzes Körpergewicht auf den Ellenbogen stemmte, damit ihm die Kompresse nicht vom Gesicht rutschte. Er trank halb liegend. Fasziniert sah ich zu, wie die Wasserlinie seinen Mund halbierte wie ein Horizont. Seine Hände wirkten aschfahl.

Auf keinen Fall würde ich ihm etwas erzählen und Mutter schon gar nicht. Und Mischa? Mischa war bestimmt mit seinen eigenen Angelegenheiten beschäftigt, redete ich mir vorschnell ein, als hätte ich Angst, mir den wahren

Grund einzugestehen, weshalb ich nicht mit ihm sprechen wollte. Nein, ich musste mich Hans anvertrauen. Hans würde bestimmt wissen, was zu tun war.

Doch von Hans war weit und breit keine Spur. Auch Frau Krupp wusste nicht, wo ihr Sohn sich herumtrieb und wann er zurückkommen würde. Ich schaute beim Laden vorbei, hinter der Schule und bei ein paar Bekannten, sogar auf dem Parkplatz beim Supermarkt. Auch bei den Schrebergärten war ich, wobei ich zu Makowskis Häuschen gehörigen Sicherheitsabstand hielt. Ich versuchte sogar, von Vaters Telefon auf Hans' Handy anzurufen, aber im Hörer war nur lange der Rufton zu hören, der mit den tranigen Walgesängen verschwamm, die an diesem Nachmittag unser Haus erfüllten (Vater schaute sich wieder Naturdokus an, obwohl er wusste, dass es seinen Nerven nicht gut bekam). Der Fernseher hatte schlechten Empfang, als hätte er eine Signalstörung.

Je länger ich ratlos durch die Stadt zog, desto mehr wuchs die Unruhe in mir. Es war spät geworden, fast fünf. Vielleicht sollte ich doch zur Polizei gehen?, dachte ich. Ich würde ihnen einfach alles erzählen. Zögernd blickte ich zur Polizeiwache, als Hans auf einmal in der Kurve auftauchte.

Etwas gebückt ging er die Krakowska-Straße entlang, aus der Richtung des Parkplatzes. Er kam bestimmt von der Bushaltestelle. Vielleicht war er wirklich bei seinem Vater in Wysoka gewesen? Er bohrte den Blick so tief in den Bürgersteig, dass er mich nicht bemerkte.

„He, ich such schon den ganzen Tag nach dir", rief ich vorwurfsvoll. „Ich hab sogar angerufen!"

Verblüfft drehte er sich zu mir um.

„Mein Akku ist alle", knurrte er, ohne langsamer zu werden.

„Was ist denn mit dir passiert …?"

Hans' ganze rechte Gesichtshälfte war geschwollen. Unter seinem Auge war ein blauvioletter Fleck erblüht.

„Das?" Er fasste sich vorsichtig an die Wange. „Das ist morgens beim Training passiert", tat er es ab. Ich wusste, dass er log. Schließlich hatte ich auch bei Baniowski nach ihm geschaut und wusste, dass er gar nicht im Sportclub gewesen war. Angeblich hatte Hans sich dort schon seit Tagen nicht mehr blicken lassen. Aber egal. Ich hatte jetzt nicht die Zeit, mir darüber den Kopf zu zerbrechen. Erst musste ich ihm berichten, was gestern vorgefallen war.

„Hans." Ich schluckte nervös. „Der Imker war heute Nacht bei mir."

„Er war bei dir?!"

„Ja, er hat das Foto von sich mitgenommen. Und das Notizbuch."

Hans schwieg.

„Er muss das Kreuz angezündet haben! Bestimmt ahnt er was. Hör mal …
Ich finde, wir sollten zur Polizei gehen. Ich bin mir sicher, dass er was mit
dem Tod des Reporters zu tun hat." Ich sah die leere Straße hinab, dann senkte ich die Stimme zu einem Flüstern. „Und der Kabler hat gesagt …"

„Der Kabler?" Hans stutzte. „Der Kabler ist in der Stadt?"

Ich nickte ungeduldig.

„Woher weißt du das?"

„Bin ihm gestern über den Weg gelaufen", murmelte ich. Es kränkte mich,
dass er mir nicht richtig zuhörte. Hans machte seinen Rücken noch krummer. Er presste die Kiefer aufeinander, seine Lippen zogen sich zu einer
schmalen Linie zusammen. Ohne ein Wort lief er weiter, die Hände in den
Hosentaschen vergraben.

„Hans, der Alte hat gestern das Kreuz angezündet, hörst du mir überhaupt
zu?" Ich lief hinter ihm her. „Und dann ist er bei uns eingebrochen …"

„Jemand ist bei euch eingebrochen?"

„Das sag ich doch die ganze Zeit … Der Imker! Ich hab das Fenster offen
gelassen. So ist er wohl reingekommen."

Plötzlich drehte Hans sich so heftig zu mir um, dass ich fast in ihn hinein-
gerannt wäre.

„Niemand ist eingebrochen, nirgends. Du hast dein Zeug bestimmt nur
verschlampt, hast es ja ständig mit dir rumgetragen", ätzte er. „Und Makowski
hat mit Sicherheit kein Feuer gelegt. Er ist gestern mit allen anderen zu den
Schrebergärten gegangen und stand mit ihnen zusammen in der Menge. Ich
hab ihn doch selbst gesehen. Er kann nicht bei dir eingebrochen sein. Er ist
doch ein alter Mann."

„Aber … du hast doch das Foto gesehen. Das ist Vizeminister Las!"

„Was denn wieder für ein Foto?!"

„Das Foto von den Umzügen, ich hab's euch doch gezeigt. Das wo der
Schlüssel drauf ist."

Er stand einen Moment lang da, ohne ein Wort zu sagen.

„Der Typ auf dem Foto könnte echt jeder sein", sagte er sanft. „Ich weiß
nicht, was du dir da in den Kopf gesetzt hast. Das ist ein stinknormales, altes
Foto."

Er sah mich merkwürdig an, als würde er sich Sorgen um mich machen.
„Du bildest dir in letzter Zeit ehrlich gesagt ziemlich viel ein. Schlimm genug, dass wir dem Alten dieses Chaos im Keller angerichtet haben. Wenn das
nicht passiert wäre, wäre vielleicht …"

„Und der Schlüssel? Die Brille?" So leicht gab ich nicht auf. Dass Hans mit
mir sprach wie mit einer Unterbelichteten, machte mich wütend. Er hatte
doch selbst gesehen … Und außerdem: War ich es, die sich bereits im Frühling auf den Imker eingeschossen hatte, oder er?

„Und die Brille?", wiederholte ich aufgebracht.

„Was denn für eine Brille?" Hans seufzte. „Es spielt sowieso keine Rolle mehr. Hast du's nicht mitbekommen? Die ganze Stadt spricht darüber. Makowski wurde heute mit dem Krankenwagen abgeholt."

KAPITEL 53

Versinkende Welten

Mein Vater spielte seine geliebten Naturdokus früher immer auf dem alten VHS-Gerät ab, das Großmutter Saretzka uns widerwillig hinterlassen hatte. Das Bild des Fernsehers, den er Ende der 1980er-Jahre im Devisenladen *Pewex* gekauft hatte, war unscharf und zerfiel manchmal in lange schneegraue Sequenzen, was aussah, als wäre der Bildschirm mit einem Insektenschwarm gefüllt, der leise summend darin herumschwirrte. Die unendlich oft abgespielten Kassetten waren so abgenutzt, dass die Lieblingssendungen meines Vaters zunehmend zu flackern begannen und von zittrigen Linien zerfetzt wurden, die sich langsam auf dem Bildschirm breit machten.

Einer seiner ersten großen Einkäufe, die er im Jahr 2000 machte, als sich unerwartet herausgestellt hatte, dass seine hellseherischen Praktiken ein einträgliches Geschäft waren, ist ein Heimkinosystem auf dem neusten Stand der Technik gewesen.

Seitdem machte Vater es sich regelmäßig auf dem Sofa bequem und starrte wie hypnotisiert auf den riesigen Bildschirm. Der Ton kam aus ein paar Lautsprechern, die wie Nester kampfbereiter Wespen an den Wänden klebten und von der Decke hingen. Unser Haus war erfüllt vom Klagegesang der Wale, von kreischenden Pinguinen, bellenden Robben, dem Knirschen brechender Gnubeine und dem Tosen des Flusses, der sie mit sich riss; es dröhnte dumpf, wenn Krokodile den kleinen Zebras die Bäuche zerfleischten, knarzend rissen die Gletscher auf.

Alles stirbt aus, alles verschwindet, ließen die Stimmen meinen Vater wissen. All das wird es schon bald nicht mehr geben. Es zerriss ihm das Herz beim Anblick der süßen glänzenden Augen der Tiere, denen die Sprecher ihre baldige Ausrottung prophezeiten.

Auch vom Kabelfernsehen, seiner neusten Anschaffung, war Vater ganz entzückt. Bis spät in die Nacht zappte er durch die Kanäle. Es war ein nie gekannter Luxus, der ihn gleichwohl begeisterte und überforderte. Mit der Zeit fiel mir jedoch auf, dass etwas nicht stimmte: Vater hörte auf, aktuelle Produktionen zu schauen und kehrte immer wieder zu den alten, ihm so vertrauten Dokus zurück. Zuerst hielt ich es für Faulheit, die nur allzu oft mit Gewöhnung verwechselt wird, einige Wochen später begriff ich jedoch, was Sache war. Vater ertrug ganz einfach die neuen Produktionen nicht, in denen es Usus wurde, einen vermeintlich allwissenden Erzähler vor die Kamera zu holen. Es stieß ihn ab, es schmeckte ihm nicht, denn zu gern gab Vater sich der Illusion hin, dass außer den körperlosen Sprechern kein anderer an der Entstehung der Bilder beteiligt war. Vielleicht rührte sein Faible für Naturdokus gerade daher, dass der Mensch darin keine Rolle spielte.

Natürlich fürchtete Vater sich vor allen möglichen Umweltkatastrophen, die einen nicht unerheblichen Teil seiner Liste der Zeichen einnahmen. Er vermerkte darin jede bedrohte Tierart, von der er erfuhr, jede Ölkatastrophe, alle neu entdeckten Kontinente aus Plastikmüll auf dem Meer, zerstörte Korallenriffe, giftverseuchte Böden, Flüsse und Seen, sämtliche Erscheinungsformen der Erderwärmung, versauerte Ozeane, Waldrodung, Verödung.

Er war sich dessen bewusst, dass für jedes *aber bald*, das die warmen Erzählstimmen formulierten, allein der Mensch verantwortlich war, und das erzeugte bei ihm immer wieder Magendrücken, jenes ihm so gut bekannte Rumoren in den Eingeweiden.

Ich glaube, dass die Apokalypse in der Vorstellungswelt meines Vaters die Gestalt des Anthropozäns hatte. Seit Vater diesen Neologismus aufgeschnappt hatte, erzählte er überall, er sei „Anthropozäntrist", was auch immer das bedeutete. „Es wird ein böses Ende mit uns nehmen!", wiederholte er düster.

Im Jahr 2005 machte er ständig neue Zeichen in der Natur ausfindig, woran seine geliebten Naturdokus sicher nicht ganz unschuldig waren.

Es erfüllte ihn mit Grauen, dass die Mahr langsam austrocknete und in der Hitze die ersten Steine aus ihr herauszuragen begannen, ein entblößter Flussgrund, der, wie er meinte, einem ausgegrabenen Skelett ähnelte.

Mit Sorge beobachtete er die Möwen, die manchmal über unserem Haus kreisten: „Früher gab's Möwen nur am Meer", stellte er besorgt fest.

Und damit nicht genug: Vater behauptete, dass der Strom aus der Steckdose immer schwächer würde, dass der Wasserdruck abgefallen sei (tatsächlich kam aus dem Duschkopf nur noch ein dürftiger Strahl), der Mobilfunkempfang sich verschlechtert habe, das Radiosignal abreißen würde und sogar Zähne ihn schmerzten, die er längst nicht mehr hatte.

Als er am 23. August mitbekam, dass ein neuer Hurrikan sich über den Bahamas bildete, begann er, fieberhaft in seinen jahresaktuellen Aufzeichnungen zu blättern, in denen bereits verzeichnet waren: der Anschlag in London, die Geburt des 1,3-milliardsten Bürgers Chinas, der Dammbruch in Pakistan, das Erdbeben im Iran, die Anschläge in Madrid und Tel Aviv, die Raffinerieexplosion in Texas City, das Erdbeben vor der Küste Sumatras, Überschwemmungen in Guyana, die Sonnenfinsternis am Tag der Beerdigung des Papstes, der vereitelte Anschlag auf den Präsidenten von Amerika, der enorme Stromausfall, der ganz Java lahmgelegt hatte, als Millionen von Menschen ohne Licht waren …

Ich wusste, wem er die Schuld an allem gab.

Vielleicht war das der Grund dafür, dass ich, je näher der August rückte, morgens immer öfter seine Armreifen klimpern hören konnte. Ich hatte mich an diesen Klang, der seit einigen Jahren jede seiner Bewegungen begleitete, so sehr gewöhnt, dass ich ihn gar nicht mehr wahrnahm. Nur in der Nacht war es anders. Vater stand in aller Frühe auf und verließ das Haus, um an der Figur der Maria vom Mahrtal für Magda Dygnar zu beten. Die vergoldeten Armreife klimperten an seinem Handgelenk aneinander und ich konnte das Geräusch erst aus dem Flur, dann aus dem Garten, dann hinter der Pforte, schließlich von der Straße hören, bis es ganz verstummte und ich wieder einschlief.

Ich war überzeugt, dass Vater so früh wach war, weil er Angst hatte: vor Magda, vor den Phantomschmerzen in seinem Herzen, vor dem Aussterben der Amphibien in Panama.

Leider sollte ich bald erkennen, wie sehr ich mich geirrt hatte.

KAPITEL 54

Weiße Nächte

Ich hatte von Anfang an gewusst, dass es keine gute Idee war. Alles was ich hörte, waren Hans' Atemgeräusche. Ich hatte keinen blassen Schimmer, wo wir waren. Als ich auf das kleine Knöpfchen drückte, leuchtete das Zifferblatt meiner Armbanduhr blassgrün auf. Es ging auf 1 Uhr zu. Wir waren schon fast eine Stunde unterwegs.

„Lass uns umkehren, Hans …"

„Was, jetzt? Wir sind doch fast da."

Mir war nicht gut. Ich blickte mich nervös um. Die Finsternis schien immer undurchdringlicher. Ich nahm einen großen Schluck aus der Flasche in meiner Hand. Eine warme, unangenehme Süße breitete sich auf meiner Zunge aus.

Plötzlich wurde die Stille von einem seltsamen Geräusch durchschnitten, doch Hans eilte einfach weiter, als hätte er nichts gehört. Ich glaubte, in der Ferne einen undeutlichen Schatten gesehen zu haben. Ein Busch? Ja, es war wohl nur ein Busch. Und dann bewegte sich der Schatten plötzlich.

***

Es war vier Stunden her, dass ich auf dem schäbigen Plüschsofa bei Krupps Platz genommen hatte (ihre Möbel waren allesamt vom deutschen Sperrmüll, noch aus der Zeit, als Hans' Vater gerade sein Business aufzog).

„Was fällt dem Hurensohn eigentlich ein, mich nicht mitzunehmen …", schimpfte Hans.

Laute Musik dröhnte durch die Wohnung. Wir waren allein. Frau Krupp hatte Nachtschicht, aber sie war ohnehin meistens nicht da.

Ich war kurz nach acht bei Hans aufgeschlagen. Wir unterhielten uns ein wenig, aber das Gespräch kam nicht in die Gänge. Ich schlürfte den Rest eines überzuckerten Getränks aus einem Becher, irgendeine nachgemachte Billigcola.

Obwohl ich Hans seit über zehn Jahren kannte, war ich noch nie zuvor bei ihm gewesen.

Ich staunte nicht schlecht, als er mir vorschlug, abends bei ihm vorbeizukommen, denn normalerweise lud er nie jemanden zu sich ein. Nun fläzte er auf dem Sofa, die Füße auf dem Wohnzimmertisch. Er war so in Gedanken, dass er kaum Notiz von mir nahm. Die Schwellung auf seiner Wange war etwas zurückgegangen, aber der blaue Fleck war immer noch deutlich zu sehen.

Auf dem niedrigen Tisch vor uns standen zwei gefüllte Gläschen mit Wodka. „Was ist los? Trink doch noch was." Hans schob mir das Wodkaglas zu.

Ich nahm das Schnapsglas und nippte widerwillig daran, dann sah ich mich neugierig um.

Es war eine Einraumwohnung. Obwohl sie sanierungsbedürftig war, wirkte sie ordentlich und gepflegt. Nur von der Decke schälte sich abgeblätterte Farbe.

Im Zimmer befanden sich ein Schrank, ein Glastisch mit Tischdecke darüber und ein ausrangiertes Schlafsofa. In der Zimmerecke bemerkte ich noch eine zweite Schlafgelegenheit, ein nachlässig gemachtes Bett, auf dem bestimmt Hans schlief.

Auf dem Wohnzimmerschränkchen stand ein Fernseher und daneben eine Stereoanlage mit riesigen Boxen, ein Teppich bedeckte den stark mitgenommenen, aber gründlich gebohnerten Boden. Auf dem Schränkchen standen außerdem ein paar Kleinigkeiten von Frau Krupp herum – Schminkzeug, eine kleine Schüssel mit verstaubtem Schmuck und die unglückseligen Wörterbücher, aus denen nun einzelne schmutzige und eingerissene Seiten herausragten. Neben dem Fernseher hing ein altes Foto von Hans. Auf orange-grünem Hintergrund grinste ein blondes Dickerchen im zu eng geschnittenen Anzug in die Kamera. Das Foto kannte ich gut. Es war in der vierten Klasse entstanden, ein paar Wochen später hatte Hans ins Glas gebissen.

Das Einzige, was die Wohnung von anderen Wohnungen dieser Art unterschied, waren die vielen getrockneten Blumensträuße, die durchdacht arrangiert auf Tischen, Schränkchen und Fensterbänken standen. Einige hingen verkehrt herum an Schnüren herab wie erbeutete, noch zu häutende Tiere.

Ich wusste, dass Hans des Öfteren Blumen aus dem Blumenladen von Frau Kulik mit nach Hause nahm, aber ich hätte nicht gedacht, dass er nie auch nur einen Strauß weggeschmissen hatte.

Hans hielt sein Glas so fest in der Hand umklammert, dass ich den Eindruck hatte, es würde gleich in Stücke zerspringen und die Cola sich über seine Hand ergießen, doch dann beugte er sich nach vorne und stellte es zurück auf die Glasplatte.

Hans war stinksauer auf Mischa. Heute fand im Werk die *Weiße Nacht* statt, die Kultparty von Zuckrowka, oder *Die letzte Fete des Sommers,* wie das Event auf Plakaten beworben wurde. Normalerweise fuhr das ganze Tal hin.

Vom Stadtzentrum aus waren es über zehn Kilometer zum Werk, zu weit, um zu Fuß zu gehen. Nachts verkehrten keine Busse auf der Strecke (und tagsüber nur spärlich), aber Frau Krupp hätte im Traum nicht dran gedacht, Hans ihren Wagen zu leihen.

Hans hatte sich bereits letzte Woche mit Mischa verabredet. Sie wollten zusammen mit dem Mofa hinfahren, aber Mischa hatte im letzten Moment alles abgeblasen. Hans hatte es nicht geschafft, noch irgendwo einen freien Platz in einem Auto zu ergattern.

Das Signal einer eingehenden SMS ertönte.

„Mist, Wiki fragt, ob ich vorbeikomme."

„Wiki?"

„Kennst du nicht. Wir haben was am Laufen. Vielleicht geht heute noch was … du verstehst schon …" Nun wirkte er noch aufgebrachter.

Hans konnte prahlen, so viel er wollte, ich wusste, dass von uns dreien nur Mischa schon mal Sex gehabt hatte. Und zwar mit der Slowakin, bei der er immer das Gras holte.

„Was ein Wichser, dieser Kulik", fluchte er, während er sich das Handy in die Hosentasche steckte.

„Warum wollte er denn jetzt doch nicht fahren?", fragte ich.

„Von wegen nicht fahren. Er ist gefahren, der Arsch, aber mir hat er gesimst, dass er jetzt doch keinen Platz mehr hat. Weil er irgend ne Tussi mitgenommen hat. Wenn er wenigstens früher Bescheid gegeben hätte, dann hätte ich mir was anderes organisiert."

„Du könntest das Auto von deinem Vater nehmen."

Hans antwortete nicht und begann, das Etikett von der Flasche zu kratzen.

Es war mir peinlich, mir nicht auf die Zunge gebissen zu haben, schließlich wusste ich zu gut, dass Herr Kaleta ihm niemals seinen Wagen überlassen hätte.

„Hör mal", sagte er plötzlich mit ausweichendem Blick, „ich wollte dich fragen … ob du nicht zufällig ein Fahrrad kaufen willst?"

Ich schüttelte verwundert den Kopf.

„Und könntest du mir vielleicht … ein paar Kröten leihen?"

„Kröten?"

Er nickte.

„Wie viel?"

„Ich dachte …", er zögerte, „so an die fünfhundert?"

Ich sah ihn verblüfft an. Wozu brauchte er so viel Geld?

„Ich hab nur nen Hunni." Ich holte den Schein hervor, den ich von Vater für die Aktion in Bogikosy bekommen hatte, und reichte ihn wortlos Hans, der ihn hastig in seiner Hosentasche verstaute.

„Danke, ich werd' dir das Geld bald zurückgeben."

„Kein Ding", murmelte ich peinlich berührt.

Ich nahm einen Schluck. Im Zimmer herrschte angespannte Stille. Erst jetzt fiel mir auf, dass die Musik aus war und seit geraumer Zeit nur noch ein Rauschen aus den Boxen kam. Hans starrte wieder die Flasche an.

„Weißt du … mein Vater hat gesagt, dass wir bald zu ihm ziehen."

Ich antwortete nicht.

„Er hat schon ein Haus ins Auge gefasst, der Hammer, muss nur noch den Papierkram erledigen. Und in den Ferien fahren wir vielleicht mit ihm nach München."

„Aber Hans, du weißt doch, was man über deinen Vater erzählt, oder?"

Mir schien, dass er gar nicht hörte, was ich sagte. Eine merkwürdige Grimasse huschte über sein Gesicht. Vielleicht hätte ich es nicht ansprechen sollen? War es denn wirklich möglich, dass Hans nicht über die neue Frau seines Vaters Bescheid wusste?

Er beugte sich zu mir vor, als würde er zu einer Antwort ansetzen, aber plötzlich schien er es sich anders überlegt zu haben, denn er hielt mit halb geöffnetem Mund inne. Bevor ich wusste, wie mir geschah, küsste er mich.

Endlich kann ich das hinter mich bringen, schoss es mir durch den Kopf. Ich hatte noch nie einen Jungen geküsst.

Ich versuchte, den Kuss zu erwidern, aber Hans sperrte den Mund immer weiter auf und schlabberte an meinem Kinn, meinen Lippen, an der Nase, sodass ich das Gefühl hatte, er würde mir mein ganzes Gesicht vollsabbern.

Seine Augen waren geschlossen. Wie durch eine Lupe konnte ich den eitergefüllten weißen Pickel an seiner rechten Augenbraue sehen. Immer wieder fuhr er mir mit der Zunge über die Nase, und ich roch seinen Speichel und seinen säuerlichen Atem. Als ich versuchte, es ihm gleichzutun und weit den Mund öffnete, stießen unsere Zähne mit unangenehmem Klacken aneinander. Endlich ließen wir voneinander ab. Ich wischte mir reflexhaft das Gesicht ab. Mir wurde schlecht.

„Sorry", murmelte Hans.

Es war sinnlos. Ich spürte, dass die Sache ihm genauso unangenehm war wie mir.

Die Platte rotierte immer noch, beschrieb stille Kreise auf dem Plattenteller. Resigniert warf ich einen Blick auf die Uhr.

„Du, ich werd mich dann mal langsam auf den Weg machen …"

„Was?" Er riss sich wie von der Tarantel gestochen vom Sofa und drückte am Plattenspieler herum, bis erneut Musik den Raum erfüllte. „Kommt gar nicht infrage. Die Flasche ist doch noch fast voll!"

***

Mischa hockte am Straßenrand, neben seinem Mofa. Im Dunkeln und aus der Ferne war er kaum zu erkennen gewesen. Sichtlich überrascht, uns zu sehen, richtete er sich auf. Der Lärm, den wir gehört hatten, sind wohl seine misslungenen Versuche gewesen, den Motor zu starten.

„Waaa-aaas? Ist kapuuutt?" Hans torkelte leicht und stützte sich mit dem Arm auf dem Mofasitz ab.

Gegen 23 Uhr hatte er, komplett betrunken und ungewohnt energie-geladen, den Rest des Wodkas mit Cola gemischt und sich in den Kopf gesetzt, mit mir zu Fuß zum Werk zu gehen.

„Die Kupplung hat sich wohl festgefressen", seufzte Mischa und wischte sich die mit Schmierfett besudelte Hand an der Hose ab.

„Alter, was soll denn das sein?" Er zeigte mit dem Finger auf die Base-ballkappe mit Budweiser-Logo, auf der zwei riesige Hörner prangten wie an einem Wikingerhelm. Beim Verlassen der Wohnung hatte Hans sie unbe-dingt aufsetzen wollen. Er sah zwar einigermaßen skurril damit aus, aber der Schatten, den die Baseballkappe auf sein Gesicht warf, kaschierte den blauen Fleck.

„Cool, oder? Hab ich von meinem Vater bekommen, ist vom Oktoberfest. Die sind aus Plastik", erklärte er, während er gegen eins der Hörner klopfte. Mischa zuckte mit den Schultern und beugte sich wieder übers Mofa.

Ich wischte mir den Schweiß vom Nacken. Nicht mal nachts wurde die Hit-ze erträglicher. Das geliehene weiße Kleid klebte förmlich an meinem Kör-per. Ich hatte mich von Hans breitschlagen lassen, ein Kleid seiner Mutter anzuziehen, denn angeblich würde die Security einen nicht reinlassen, wenn man keine helle Kleidung trug. Das Kleid sah furchtbar aus und war mir viel zu eng. Der Reißverschluss schnitt in meine Achseln.

„Wo ist denn deine Braut abgeblieben?" Hans sah sich um. „Sie hat dich sitzenlassen! War's denn ne Hübsche, wenigstens?"

Mischa errötete.

„Sie ist pinkeln", stammelte er.

„Ja nee, ist klar, bei sich zuhause, oder?" Hans lachte spöttisch auf, aber das Lachen blieb ihm im Halse stecken. Er glotzte mit offenem Mund an uns vorbei zum Gebüsch, wo sich etwas bewegt hatte. Dort am Straßenrand, mit dem Helm auf dem Kopf, der wie ein halbierter Tischtennisball aussah, stand Magda.

Immer lauter drang das verzerrte Gewummer der Musik zu uns heran. Es war, als breitete sich der Rhythmus der Bässe tief unter der Erde aus. Durch die dünnen Sohlen meiner Sneaker spürte ich das unangenehme Beben des Asphalts.

Magda ging ein paar Schritte vor uns. Erst jetzt konnte ich sie richtig sehen. Sie trug Hotpants und ein am Hals geschnürtes, schimmerndes Top. Das blonde, zum Pferdeschwanz gebundene Haar floss über ihren freiliegenden Rücken.

Mit einer nervösen Bewegung richtete ich den Kragen, der mich am Hals kratzte. Es passte mir überhaupt nicht, dass Magda Dygnar mich in diesem dummen Kleid sah.

„Woher kennst du sie?", fragte Hans, der mittlerweile etwas nüchterner geworden war. Die Hörner an seiner Baseballkappe wackelten lustig hin und her.

„Du kennst sie doch auch", antwortete Mischa.

„Du weißt, was ich meine!"

„Sie hat mich gefragt, ob ich sie mitnehmen kann. Angeblich ist sie am Werk mit jemandem verabredet."

Mischa nahm es uns immer noch übel, dass wir nach langer Diskussion und trotz seines lautstarken, fast weinerlichen Protests das kaputte Mofa ins Gebüsch geschmissen und uns zu Fuß Richtung Musik aufgemacht hatten. Auf dem Weg waren Dutzende Autos an uns vorbeigefahren. Die allermeisten mit Nummernschildern aus Wysoka. In dieser Nacht wollten alle ins Werk.

Die *Weißen Nächte von Zuckrowka* waren in der ganzen Gegend bekannt. Angefangen hatte es in der zweiten Hälfte der 90er-Jahre. Das Werk hatte nach einem fehlgeschlagenen Privatisierungsversuch lange leergestanden und in der Stadt wurde gemunkelt, dass man „Kolskis Palmenhaus" bald dem Erdboden gleichmachen würde.

Mischas Vater lungerte in dieser Zeit noch häufiger als sonst vor dem Laden herum und versuchte, seine Angst vor dem Abriss mit Bieren mit Honigeinlage zu betäuben.

Und gerade als das schicksalhafte Ende des Werks endgültig besiegelt schien, kam jemand auf die Idee, die Industrieruine als Eventlocation zu vermieten.

Zu den besten Zeiten zog das Glashaus nicht nur Technofans aus der neu geschaffenen Wojewodschaft Kleinpolen an, sondern aus dem gesamten Süden.

Damals sollen wirklich alle weiß gekleidet gekommen sein, damit ihr Aufzug das Schwarzlicht reflektieren konnte, später war davon nur noch die Bezeichnung übrig geblieben.

Die Partys fanden selten statt, zu ihren besten Zeiten drei-, viermal im Jahr, vor allem während der Sommersaison. Den Rest des Jahres standen die Hallen leer.

Organisiert wurde das Ganze von irgendeinem Unternehmen aus Wadowice. Die Location zog die besten DJs aus der Umgebung an. In der Partyszene war man sich einig, dass die Akustik unerreicht war: Der Sound in der verglasten, postindustriellen Halle war klar „wie Kristall".

Doch als die Technowelle um 2001 abzuebben begann, wurde immer mehr Minimal, Drum'n'Bass und Electronica gespielt und die helle Wolke aus Amphetamin, die über dem Dach des Werks schwebte, wurde langsam vom Halny verweht. Die Partys fanden immer seltener statt und das Masseninteresse flaute ab.

In diesem Jahr war nur ein einziges Event geplant und angeblich sollte es das letzte werden.

Wir betraten das Gelände der ehemaligen Fabrik durch das, was vom Haupttor übrig geblieben war. Nach der mehrtägigen Hitzewelle war der Vorplatz eine einzige mehlige Staubwolke; mit jedem Schritt wirbelten wir neuen Dreck auf, der uns bitter auf den Lippen lag. Synthesizerklang hing in der Luft. Das Hauptgebäude, die ehemalige Fabrikhalle, Kolskis Palmenhaus, erinnerte tatsächlich an einen Industriepalast. Die berühmten Fenster waren in Glasfliesen unterteilt, die trotz ihrer immer noch enormen Größe dem verfallenen Bauwerk eine besondere Zartheit verliehen. Ingenieur Kolski hatte ganze Arbeit geleistet. Das Glas war so eingesetzt worden, dass es auch noch Jahre später unter dem Druck der gewaltigen Bässe nur leicht vibrierte.

Vor dem Werk wimmelte es von Leuten. Die meisten waren nur kurz nach draußen gegangen, um frische Luft zu schnappen. Sie tranken Bier aus Plastikbechern, rauchten, redeten, wobei sie die ganze Zeit im Rhythmus der schnellen Musik wippten.

Die Fenster waren von innen mit schwarzem Stoff verhüllt worden, doch hier und da ließen Lücken zwischen den Stoffbahnen das harte weiße Licht des Stroboskops hindurch, das alle paar Sekunden in blendenden grellen Flecken über die Gesichter der Betrunkenen huschte und sie für einen winzigen Moment in ihren Bewegungen einfror.

Dann blitzten jedes Mal die geblendeten Augen auf wie nachts bei Tieren, eine Sekunde vor dem Zusammenprall mit dem nahenden Auto, doch das weiße Blitzlicht erlosch sofort wieder und der Platz war erneut von grauem Staub erfüllt, der sich auf den Gesichtern mit dem wachsartigen gelben Glanz der extra für das Event angeschalteten Lampen vermischte.

Vor der breiten, sperrangelweit geöffneten Tür hatten sich in einer langen Schlange die Einlasswilligen aufgereiht, unter denen ich ein paar bekannte Gesichter entdeckte. Einige warfen uns verwunderte Blicke zu, weil wir mit Magda unterwegs waren, die doch jeder kannte.

Wieder musste ich den schweißnassen Kragen von meinem Nacken lösen. Am Werk war es noch heißer. Jemand übergab sich über einem Müllhaufen an der Wand. Weiter hinten, auf der linken Seite des Platzes, reihten sich ein paar eigens angekarrte Toitoi-Toiletten aneinander.

Ich hatte keinen blassen Schimmer, wie das Unternehmen aus Wadowice Jahr für Jahr die Genehmigung für diese Partys bekam – denn in der Halle gab es nicht mal fließendes Wasser. Und Strom? Woher nahmen die eigentlich den Strom?

Im Schatten hockte ein Mädchen und raffte ihr Kleid hoch. Ein dunkler Urinfleck breitete sich auf der vertrockneten Erde aus. Bestimmt hatte sie es nicht mehr ausgehalten, die Schlange zu den Toiletten war wirklich sehr lang. Dann bemerkte sie, dass wir sie anstarrten. Die schwarze Pfütze zwischen ihren Füßen wurde immer größer. Plötzlich zeigte das Mädchen uns den Mittelfinger.

Verlegen wandte ich den Blick von ihr ab.

„Die letzte Nacht des Sommers!"

An der Hallenfassade klebten noch die Plakate mit den sperrigen Buchstaben. Die Party wurde immer ein paar Tage vorher aus Lautsprechern beworben, die auf das Dach eines Autos montiert waren. Der Veranstalter klapperte damit die ganze Gegend ab – nicht nur Zuckrowka und Wysoka, sondern auch sämtliche Dörfer des Tals.

„Die letzte Nacht des Sommers!", quäkte es dann aus dem Megafon.

Es sollte die allerletzte Nacht werden. Der Club im Werk stand vor der Schließung, wie seit Monaten bekannt war, deswegen waren heute alle gekommen.

„Weiß einer von euch, was hier reinkommt?" Ich versuchte, gegen die Musik anzuschreien.

„Das ganze Grundstück soll verkauft werden, hab ich gehört."

Mischa machte sich auf den Weg zur Schlange am Eingang.

„Wartet mal!" Hans schüttelte die Flasche mit der Wodka-Cola-Mischung. „Damit kommen wir nicht rein. Wir müssen es erst austrinken."

Um die Ecke des Gebäudes, außer Sichtweite der Security, erstreckte sich eine recht große Fläche, die als provisorischer Parkplatz diente und jetzt mit Autos vollgestellt war. Weiter hinten zeichneten sich die restlichen Gebäude ab: ehemalige Lagerhallen, das Kesselhaus und die Kantine. Auf dem Parkplatz wurde vor geöffneten Türen und Kofferräumen mitgebrachter Alkohol getrunken.

Nicht weit von uns entdeckte ich Malik mit dem jüngeren Jedrusinski. Sie waren in ein Gespräch vertieft, warfen aber immer wieder verstohlenen Blicke zu Magda herüber. Neben ihrem Cinquecento stand ein Lanos mit geplatztem Scheinwerfer. Derselbe, der Vater und mich vor ein paar Tagen auf der Straße aus Bogikosy überholt hatte. Es muss ein ziemlicher Rummel um die Party gemacht worden sein, wenn jemand dafür extra aus Krakau gekommen war. So etwas war sonst nur in den besten Jahren vorgekommen.

Ich nahm Hans die Flasche ab.

Nachdem ich einen großen Schluck genommen hatte, wurde mir schlagartig schlecht. Die Kohlensäure war komplett aus dem warmen Getränk entwichen, das jetzt noch süßer zu sein schien, trotz der großzügigen Beigabe von Wodka.

„Warum ist die Plörre so dunkel?", fragte Magda.

„Das ist Wodka, mit Cola gemixt."

Misstrauisch roch sie an der offenen Flasche. Sie verzog das Gesicht, legte dann aber trotzdem den Kopf zurück und setzte zum Trinken an. Der Pferdeschwanz fiel an ihrem Rücken herab, weit über die Schulterblätter. Ich sah ihre faltigen Hände, die vor ein paar Wochen bei meinem Vater für blankes Entsetzen gesorgt hatten.

Sie trank lange und gierig. Mit einem Seufzen setzte sie die geleerte Flasche endlich ab.

„Danke." Sie wischte sich den Mund mit der Hand ab. „Ich hatte einen Riesendurst. Hab den ganzen Sommer lang nichts getrunken, wegen meiner Medikamente."

„Gar nichts …?" Hans glotzte sie mit dümmlicher Miene an.

„Alkohol!"

Wir schwiegen eine Weile. Mischa wühlte in seiner Hosentasche und zog schließlich ein Plastiktütchen heraus.

„Habt ihr Bock?"

Auf der ausgestreckten Hand hielt er uns zartrosa Pillen hin. „Die sind übelst gut. Ideal für heute, hab ich von Sabinka bekommen, aus Tschechien. Wirken wie drei Bierchen, aber man wird nicht müde davon."

Ich nahm eine auf die Hand. Sie war so winzig, dass sie in meiner Handfläche zu verschwinden drohte.

„Bist du sicher, äh … dass du die nehmen willst?" Hans zeigte auf die Pillen in Magdas Hand.

„Warum denn nicht?"

„Du weißt schon …" Er kam vor Verlegenheit ins Stottern. „Na, wegen … dem, was mit dir passiert."

Magda warf ihm einen spöttischen Blick zu, bevor sie sich die Pille von der Hand leckte.

Die Schlange beim Einlass wurde einfach nicht kürzer. Natürlich war außer uns niemand weiß gekleidet. Ich sah Hans vorwurfsvoll an, aber er tat, als würde er es nicht bemerken. Er trug ein beklopptes weißes Jackett, dessen Schulterpolster seine Figur noch unförmiger wirken ließen. Unter den Achseln waren dunkle Schweißflecken erblüht. Bevor er das Haus verließ, hatte Hans sich reichlich Aftershave ins Gesicht geklatscht und verströmte nun einen scharfen, ätzenden Duft. Der Security hatte seine Baseballkappe zwar nicht gefallen, aber schließlich hatten sie ihn doch reingelassen.

Der Eintritt betrug überraschenderweise fünfzehn Złoty. Weil ich nicht so viel dabeihatte, bezahlte Hans widerwillig für uns beide mit dem Hunderter, den ich ihm zuvor geliehen hatte.

Wir bekamen einen Stempel aufs Handgelenk. Die dunkle Tinte verschmierte sofort auf meiner verschwitzten Haut. Das Atmen fiel mir schwer zwischen Zigarettenqualm, Schweiß und den zuckenden Lichtern. Unter meinen Füßen spürte ich den weichen Bodenbelag aus Gummi. Die Veranstalter hatten ihn ausgerollt, um den krümeligen Zement damit abzudecken. Langsam bannten wir uns einen Weg durch das dichte Gedränge.

Das Gebäude war riesig. Der Großteil des Raumes war für die Tanzfläche reserviert. Links vom Eingang stand das DJ-Pult, auf der gegenüberliegenden Seite befand sich die Bar. Hinten im Raum entdeckte ich ein paar rote Kunstledersofas, die den Sitzen in Regionalzügen ähnelten. Die gesamte Einrichtung war nur für die Party herbeigekarrt worden, den Rest des Jahres stand die Halle leer.

Fast alle tanzten. Ziemlich viele Leute lungerten an der Bar herum.

Ich spürte eine kühle Hand auf der Haut, jemand schubste mich. Verärgert begann ich, mir den Bierfleck vom Kleid zu wischen. Ein Mädchen torkelte an mir vorbei.

Es war heiß. Plötzlich wurde mir bewusst, dass ich alleine war. Hans und Mischa waren nicht mehr bei mir. Magda auch nicht. Ich war in der Menschenmenge verloren gegangen.

Unsicher sah ich mich um. Die Pille von Sabinka machte mich durstig. Erneut rempelte mich jemand an. Ich würde später nach ihnen suchen, entschied ich.

„Kein Becher für dich …!" Der Barkeeper lehnte sich zu mir, als ich endlich an der Reihe war.

„Was?"

„Becher sind alle!" Er wies mit der Hand zur leeren Theke.

Ich nickte, er reichte mir die offene Bierflasche und ich kramte ein paar Münzen aus meiner Hosentasche. Dann setzte ich mich mit dem Bier an die Wand, rechts vom Eingang, wo nicht so viel los war. Auf dem Sessel nebenan knutschte ein Pärchen. Die Sofas waren so klebrig, als wäre etwas darüber geschüttet worden. Angeekelt wischte ich die Hand an meinem Kleid ab und nahm einen Schluck aus der Flasche.

Die Halle war sehr hoch. An den Wänden, direkt unter der Decke, glänzten Stahlplattformen. Die Treppe, die hinaufführte, war ordentlich abgeriegelt – in den vergangenen Jahren waren immer wieder Leute auf die Konstruktion hinaufgeklettert und hatten dort oben, gut fünfzehn Meter über der Menge, mit ausgestreckten Armen getanzt und sich dabei gefährlich weit hinausgelehnt. Ein Wunder, dass nie jemand gestürzt ist.

An den Plattformen hingen ein paar Scheinwerfer und Boxen. Weitere Boxen türmten sich auf dem Boden, nicht weit von der DJ-Konsole.

Ich kniff die Augen zusammen. Hinter seinem Pult heizte der DJ der Menge ein.

Er kam mir alt vor. Der Gedanke war so merkwürdig, dass ich kichern musste. Ein alter DJ ... Die Synthesizersounds bohrten sich in meinen Schädel, verstärkt vom Hall des dröhnenden Echos.

Ich hatte für diese Art von Musik nichts übrig. Oft wummerte sie aus den Anlagen der Autos, wenn wir mit Freunden aus der Schule auf den Parkplatz zum Saufen fuhren. Ich hatte den Eindruck, dass die Musik von Jahr zu Jahr schneller wurde, seit Mischa uns zum ersten Mal ein paar Tracks von einer CD vorgespielt hatte, die ihm ein Freund gebrannt hatte. Nein, diese Musik war nicht mein Fall, aber manchmal, wenn ich auf Partys zu viel getrunken oder etwas genommen hatte, stand ich dennoch auf und tanzte, gab mich den wilden, hypnotischen Bewegungen hin.

Was mich am meisten entsetzte, war das Crescendo, in das die Musik meinen Körper katapultierte. Eine ganz und gar körperliche Kulmination der Zeit, die durch meine Haut drang und meinen Körper mit jeder Bewegung das Ende erwarten ließ, die Stille, die schließlich eintreten würde. Ich hatte Angst vor dieser Stille und trotzdem sehnte ich sie herbei, doch in dieser Musik trat sie niemals ein.

Nervös wischte ich mir den Schweiß aus dem Gesicht. Seit ich die Pille geschluckt hatte, ging es mir immer schlechter. Und dann entdeckte ich sie in der Menge.

Mischa, Hans und Magda tanzten am Tanzflächenrand. Obwohl sie nicht weit weg waren, bemerkten sie mich nicht. Mischa und Hans wirkten etwas gehemmt. Sie versuchten, mit Magda mitzuhalten, warfen ihr verstohlene Blicke zu, aber sie schenkte ihnen überhaupt keine Beachtung. Mischa tanzte nicht schlecht. Hans ging nur ein bisschen mit der Musik mit und sah wieder aus wie damals, als er mitten auf dem Spielfeld von Zuckrowka stand und unsicher von einem Bein aufs andere trat. Auf einmal wurde Mischa von einem Typen angehauen. Bestimmt ein Kunde, dachte ich. Sie gingen zusammen zur Seite. Ich beobachtete, wie Mischa in die Hosentasche mit dem Zeug griff.

„Willst du was von der Bar?!", schrie mir jemand ins Ohr. Hans musste mich von der Tanzfläche aus entdeckt haben.

„Noch ein Bier." Es kostete mich Kraft, diese Worte auszusprechen.

„Was?"

„Bier!" Ich zeigte auf die leere Flasche. Mein Mund war staubtrocken.

Er streckte den Daumen nach oben und begann, sich langsam durch die Menge zu kämpfen. Mischa war irgendwohin verschwunden. Magda tanzte alleine weiter.

Mit geschlossenen Augen streckte sie das Gesicht dem Stroboskopgewitter entgegen. Alle paar Minuten wurde die Halle von pulsierendem Laserlicht geflutet.

Der DJ, dieser alte DJ, jetzt konnte ich ganz deutlich seine Falten erkennen, die weißen, zerzausten Haare, den Buckel. Tatsächlich, es war ein Greis, ein Tattergreis. Er streckte die welken Arme nach oben, zeigte mit verrenkten, arthritischen Fingern zur Decke und schien im Blitzlicht der Scheinwerfer zur Bewegungslosigkeit zu erstarren. Er hatte die Menge fest im Griff. Wie kam er überhaupt hierher? Warum ließen sie ihn auflegen? Er musste doch älter sein als meine Großmutter!

Alles bebte. Mir wurde schwindlig vom rauschenden Tanz der Menge. Ich schloss die Augen. Der greise DJ streckte die Hände über unseren Köpfen aus, schied das Licht von der Finsternis. Blitz, Schwärze, Blitz, Schwärze, Blitz, Schwärze. Und aus dieser Dunkelheit tauchte immer wieder sie auf.

Ihr zum Pferdeschwanz gebundenes blondes Haar klebte verschwitzt an ihrem Kopf, sodass ihr Schädel von Weitem wie kahl aussah. Ihre Ohren schienen noch stärker abzustehen als sonst. Zwei große goldene Sonnen. Das schimmernde Top entblößte ein Stück ihres Rückens. Auf den dunklen Stoppeln der nachwachsenden Achselhaare schimmerte zarter Schweiß.

Magda tanzte, was das Zeug hielt, energisch und mit vollem Körpereinsatz. Sie hielt die Hände vor ihr Gesicht, die Augen hatte sie immer noch geschlossen, und obwohl sie sich zum Rhythmus bewegte, tanzte sie nicht besonders gut. Jedenfalls nicht so, wie die anderen, nicht so, wie es sich gehörte. Ihre faltigen Hände schlangen sich um ihren Kopf, die Hüfte, die gegrätschten Beine.

Plötzlich bekam ich Lust, mit ihr zu tanzen. Ich wollte aufstehen, mich durch die Menschenmenge drängen und zu ihr gehen, als jemand sie von hinten an die Hüften fasste und zu sich drehte. Es war der jüngere Jedrusinski.

Magda schob reflexhaft seine Hände weg, aber er packte sie gleich wieder und zog sie lachend zu sich heran. Er war total besoffen.

„Tanzen wir?"

„Nein, danke."

„Willst du dich etwa alleine amüsieren?", lallte er.

Sie schlug seine Hand weg.

Um sie herum entstand nun ein kleiner Tumult. Erst jetzt dämmerte mir, dass Jedrusinski ein paar Jungs im Schlepptau hatte, die ich vom Sehen kannte, von den Fußballspielen. Ich hatte sie kurz zuvor noch am Cinquecento gesehen. Malik war da, und Kowal aus Babalin, und dann auch noch ein paar Typen aus Zuckrowka.

„Na, du wirst dich kaum für dich selbst so in Schale geworfen haben", sagte Jedrusinski grinsend und versuchte abermals, Magda zu umfassen. Seine Hand strich über ihren Rücken.

„Verzieh dich." Magda schubste ihn weg. Er war so verblüfft, dass er ins Straucheln geriet, das Gleichgewicht verlor und auf dem Boden landete.

Seine Kumpels brachen in Gelächter aus. Jedrusinski lief rot an, richtete sich aber leicht torkelnd wieder auf, um der tanzenden Magda erneut auf die Pelle zu rücken. Er bekam sie am Handgelenk zu fassen und riss sie wütend zu sich, sodass sie mit dem nackten Rücken seinen Oberkörper berührte.

„Und was jetzt?"

„Hast du nicht gecheckt, was ich gesagt habe?!"

Sie versuchte, sich aus seinem Griff herauszuwinden, aber er war stärker.

„Lass mich los, du Arsch!"

„Hab gehört, du hast nen schwarzen Rachen, wie ne tollwütige Hündin …", ätzte er.

„Vielleicht sehen wir mal nach, ob es stimmt, was die Leute sagen …?"

Niemand außer mir bekam etwas mit, weil die anderen Jungs die beiden von der tanzenden Menge abschirmten. Ich versuchte, mich hochzustemmen, aber ich kam sofort ins Wanken und fiel zurück aufs Sofa. Rote Flecken tanzten vor meinen Augen. Ich fühlte mich, als müsste ich mich jeden Moment übergeben. Mit Entsetzen verfolgte ich das Geschehen, unfähig, mich zu bewegen.

Jedrusinski packte Magda mit einer Hand an den Haaren, verkrallte sich darin und riss ihren Pferdeschwanz nach unten, wodurch sie gezwungen war, ihn anzusehen.

Sie war zwar groß, aber er war noch größer. Langsam presste er ihr die leere Bierflasche, die er die ganze Zeit in der Hand gehalten hatte, an die Lippen, und ich musste an Vater denken, der im Bus von Wysoka Zojas Maul aufstemmte, an Leider-Opa, der mit dem Messer Mutters Zähne auskratzte und Großmutters Traum vom Soldaten und dem Bajonett auf ihrer Zunge, an den Imker, der die pelzige Biene zwischen seinen Fingern zerdrückte, und schließlich an mich selbst, wie ich in der Schlacht ums Glas breitbeinig auf dem zehnjährigen Jedrusinski saß und mit der Flasche aus Zucker, die in meinen Händen zerbarst, auf seinen Kopf einschlug.

Wie hypnotisiert sah ich zu, wie er Magda Dygnar die Flasche an den Mund hielt und sie die Lippen zusammenpresste, doch er zog sie noch kräftiger an den Haaren und stopfte ihr langsam und gnadenlos den Flaschenhals in den Mund, zwang sie, die Lippen zu öffnen, und die Flasche schlug gegen ihre Zähne und an die Zunge. Jedrusinski drückte sie immer tiefer hinein, zusammen mit seinen Wurstfingern, als wollte er tatsächlich ihren Rachen untersuchen, ihn abtasten wie bei einem Hund, prüfen, ob die Tochter des Vorsitzenden Werwolfzähne hatte, so wie die Leute getratscht hatten, Werwolfzähne,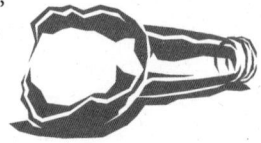

die vermutlich den ganzen Frühling über durch Jedrusinskis Träume gegeistert waren.

Magda begann zu würgen. Ein Speichelfaden floss ihr übers Kinn. Sie starrte Jedrusinski mit weit aufgerissenen Augen an, die Flasche immer noch im Mund. Sie versuchte, mit den Fingern seinen Griff zu lösen, aber er war zu stark. Plötzlich ließ er ihre Haare los und zerrte am Stoff der silbernen Bluse, dann quetschte er ihre Brust.

„Wenn du schon mit nackter Muschi durch die Stadt läufst, magst du uns heute vielleicht auch ne Show bieten …?!"

Als Magda bemerkte, dass er seinen Griff lockerte, trat sie blind zu. Jedrusinski sank verblüfft zusammen. Die Flasche glitt ihm aus der Hand und zersplitterte auf der Tanzfläche. Magda fand ihr Gleichgewicht wieder und warf sich blitzschnell auf den Boden, wo sie eine Scherbe des Flaschenhalses zu fassen bekam.

Mit dem Glasstück zwischen den weiß angelaufenen Fingern und Augen, die nur noch Schlitze zu sein schienen, starrte sie Jedrusinski an, dem es nun komplett die Sprache verschlug.

Sie schnappte nach Luft. Immer noch lief ihr Speichel übers Kinn.

Jedrusinski warf Malik einen verunsicherten Blick zu. Er gab ihm mit einer Geste zu verstehen, dass sie sich zurückziehen sollten.

Ich staunte. Sie hatten Angst vor ihr …! Aber es war nicht die Angst vor dem Glasstück in ihrer Hand, nein, sie hatten Angst vor irgendetwas, das sie dort, mitten im Werk, in ihr erblickt hatten.

Jedrusinski trat einen Schritt zurück. Alles zog wie in Zeitlupe an mir vorbei.

Sie griff ihn wortlos an. Wütend. Zielte sie etwa wirklich auf seinen Hals? Ich konnte meinen Blick nicht vom abgebrochenen Flaschenhals reißen. Schon sah ich die messerscharfe Scherbe sich auf Jedrusinski zubewegen, gleich würde sie seinen zuckenden Adamsapfel treffen, seine Kehle aufschneiden, ihm die Gurgel durchschlitzen. Ich hielt den Atem an. Aber Jedrusinski wich im letzten Moment aus, konnte seinen Kopf mit den Armen schützen und die Scherbe verpasste ihm nur einen Schnitt in die Wange.

Magda starrte ihn wutschnaubend an. Ihre vom Speichel glänzenden Finger hielten die Scherbe noch immer fest umklammert. Gleich würde sie sich noch einmal auf ihn werfen.

„Du Fotze, was fällt dir ein?! Verstehst du denn gar keinen Spaß?" Jedrusinski blickte entsetzt auf seine blutüberströmte Hand. Er sah aus, als würde er gleich anfangen zu heulen. Auch der Schnitt an seiner Wange blutete stark.

„Komm jetzt, wir gehen." Einer von ihnen, der etwas nüchterner war, packte Jedrusinski plötzlich am Arm und zog ihn weg. „Das ist die Tochter von Dygnar, nicht, dass wir Probleme bekommen." Er sah unsicher zu Magda, als würde er gleich davonlaufen wollen.

„Wir wissen alle Bescheid, dass du das Kreuz angezündet hast!", rief Jedrusinski ihr mit rotem Kopf nach. „Du geisteskranke, mondsüchtige Hexe!"

Einen Moment später waren sie in der Menge untergetaucht.

Ich sah, dass die Security auf sie aufmerksam geworden war. Noch einmal versuchte ich, aufzustehen. In meinem Kopf drehte sich immer noch alles, aber ich biss die Zähne zusammen und raffte mich auf.

„Lass uns abhauen, gleich kommt die Security", flüsterte ich Magda zu.

Sie sah mich mit einem schwer zu deutenden Gesichtsausdruck an. Einen Moment lag bildete ich mir ein, dass sie mich gesehen hatte, dort im Schatten, auf dem Sofa, wie ich die ganze Zeit dagesessen und sie angeglotzt hatte. Aber nein, das war nicht möglich … sie hatte auf der Tanzfläche ganz sicher nicht an mich gedacht.

KAPITEL 55

Der letzte Schrei

Es war Magda, die darauf bestanden hatte, die Abkürzung durch den Wald zu nehmen. Hans und Mischa hatte ich nach der Auseinandersetzung mit Jedrusinski im Getümmel bald wiedergefunden. Wir machten uns gleich auf den Weg zurück in die Stadt, denn obwohl ich nicht glaubte, dass jemand uns suchen würde, zog ich es vor, keine Minute länger als nötig im Werk zu bleiben. Wir hatten den Ort kurz nach fünf verlassen, als es bereits zu dämmern begann.

Magda ging zwischen uns. Immer noch hielt sie die Glasscherbe in der Hand, ganz locker zwischen zwei Fingern, sodass der abgebrochene Flaschenhals bei jedem Schritt rhythmisch hin und her schwang wie ein Pendel.

In der Ferne war das Rauschen eines Autos zu hören, die ersten Gäste machten sich schon auf den Heimweg.

Ich blickte mich nervös um. Die Straße war leer. Rechts neben uns erstreckte sich der Wald, der auf dieser Höhe an die Landstraße grenzte.

Magda unterdrückte ein Gähnen.

„Ich bin dauernd so schläfrig", nuschelte sie, und es klang, als wäre es ihr peinlich.

Auch ich war müde. Hinter meinen Augenlidern konnte ich immer noch das Nachbild des zuckenden Stroboskoplichts sehen.

„Warum war der DJ eigentlich so alt?", überlegte ich laut.

„Hm?" Magda drehte sich zu mir herum.

„Warum der DJ so alt war", wiederholte ich unsicher. Der Anblick des Greises, der hinter dem DJ-Pult an den Knöpfen schraubte, ließ mir keine Ruhe.

„Alt? Der DJ?"

„Er war doch mindestens achtzig. Und schon ganz grau. Ist dir das nicht aufgefallen?"

Sie sah mich verblüfft an.

„Er war ganz normal, dreißig oder so", sagte sie langsam. „Mann, diese Pille muss dich ganz schön weggebeamt haben …"

„Hey, wo ist Mischa?"

Hans blieb ein paar Meter hinter uns stehen und ließ den Blick besorgt über die leere Straße schweifen. Dann zog er sein Handy aus der Hosentasche.

„Seltsam. Ich hab keinen Empfang …"

Erneut warf ich einen Blick über meine Schulter. Mischa war doch gerade eben noch neben uns hergegangen.

„Alles in Ordnung!", hörten wir ihn atemlos rufen. Schnaufend und ungeschickt kämpfte sich Mischa mit einem Rucksack, den er hinter sich her schleifte, aus dem Gebüsch am Wegesrand. Na klar, das war die Stelle, wo wir das Mofa abgestellt hatten.

„Ich hol es später mit meinem Bruder ab", erklärte er, worauf er sich wieder zu uns gesellte. Hans funkelte ihn einigermaßen wütend an und murmelte stumm etwas vor sich hin. Die Plastikhörner der Kappe, die immer noch auf seinem Kopf saß, warfen breite Schatten auf sein Gesicht.

Plötzlich spürte ich, wie mich jemand am Arm packte und Richtung Wald zog.

„Nehmen wir die Abkürzung."

Ich drückte sanft Magdas Hand. Sie war kühl und etwas klebrig. Magda erwiderte den Druck.

„Nehmen wir die Abkürzung", wiederholte sie etwas lauter. „Durch den Wald geht es schneller. Echt, ich bin so müde, ich glaub, ich schlaf sonst ein", fügte sie mit Nachdruck hinzu, als wäre Einschlafen das Schlimmste, was einem Menschen passieren könnte. Ohne eine Antwort abzuwarten, zog sie mich mit sich auf den Pfad, der sich zwischen den Bäumen entlangschlängelte. Sie hatte recht, es war kürzer durch den Wald.

Ich sah zu Mischa und Hans, die schon seit geraumer Zeit nichts mehr gesagt hatten. Ihre Gesichter verrieten Nervosität, sie hatten sichtlich keine Lust, durch den Urwald zurückzugehen. Hans wollte schon protestieren, als Magda, die bereits am Waldrand stand, sich zu uns umdrehte und spöttisch die Lippen schürzte.

„Habt ihr Schiss oder was? Dann gehen wir eben alleine." Sie lächelte mir zu.

Als wir im Wald verschwanden, meinte ich, aus dem Augenwinkel die Lichter eines Autos zu sehen, das langsam die Straße Richtung Zuckrowka entlangfuhr. Jemand lehnte sich aus dem halb geöffneten Fenster und suchte mit einer Taschenlampe aufmerksam den Wegesrand ab. Einer der Autoscheinwerfer hatte einen Sprung.

***

Magda ging voran, immer geradeaus. Ich ließ ihre Hand nicht los, wie aus Angst, sie sonst zu verlieren. Im blassen, beinahe fluoreszierenden Licht des Morgengrauens schimmerte ihr rundlicher Nacken wie ein kleiner Apfel. Von links und rechts wucherten uns riesige Farnblätter entgegen, duftende Selbstsäer, Wurzelschösslinge, die Magda mit sicheren Bewegungen beiseiteschob. Wohin führte sie uns?

Unsere Kräfte schwanden immer mehr – der Alkohol und Mischas Pillen verloren langsam an Wirkung. Die Welt wurde nun vom Glanz der Dämmerung in ein rauchiges Grau getaucht. Ringsum erwachte der Wald mit seinen Morgenklängen. Rascheln und Rauschen, Vogelgezwitscher, das Knacken von Ästen, unser beschleunigter Atem.

Wir gingen immer schneller und immer wieder musste ich ein Stück laufen, um mit ihr Schritt zu halten. Magda hatte gar nicht mitbekommen, dass die Jungs zurückgeblieben waren. Wohin führte sie mich?

Wieder fiel mein Blick auf den Flaschenhals zwischen ihren Fingern. Sie hielt ihn genauso selbstverständlich wie meine Hand, dachte ich.

„Ich glaube, wir sind falsch abgebogen", sagte Magda plötzlich. Sie schien erstaunt über das, was sie vor sich sah. Ich kniff die Augen zusammen, versuchte, zu erkennen, was sich da undeutlich am Ende des Weges abzeichnete. Mit Entsetzen stellte ich fest, dass ich nur zu gut wusste, wo wir waren.

Ja, wir mussten falsch abgebogen sein, denn wir standen direkt am steilen Ufer des Waldtümpels. Seit dem Tag im Juli, an dem wir die Leiche im schwarzen Mantel entdeckten, waren wir nicht mehr am Froschteich gewesen.

„Wie schön es hier ist!"

Magda hatte recht. Es war schön.

„Kippe?" Hans, der mittlerweile aufgeholt hatte, hielt uns eine angebrochene Schachtel hin. Magda ließ meine Hand los und zog eine Zigarette heraus. In den Büschen neben uns raschelte etwas.

„Warst du schon mal hier?", fragte ich flüsternd. Sie war mir so nah, dass ich sie riechen konnte.

„Weiß gar nicht …"

Über unseren Köpfen kreischte ein Vogel.

Die Baumstämme der Kiefern schälten sich langsam aus dem grauen Morgennebel.

„Ich nehme jetzt die Tabletten von Niewiara, ich meine … von deinem Vater", sagte sie plötzlich. „Sie helfen ein bisschen."

Seit zwei Monaten schlafwandelte sie deutlich weniger. In letzter Zeit fast gar nicht mehr.

„Weißt du, wir haben dich mal gesehen."

Sie sah mich aufmerksam an. Ich wurde rot, konnte nicht glauben, dass ich es ihr endlich gesagt hatte. Und ich sehnte mich danach, ihr noch mehr zu gestehen. Ihr alles zu sagen.

All das, was mich seit dem Frühling, seit dem Winter, nein, eigentlich seit dem Tag in der Turnhalle, als wir beide in die Holzkisten gesperrt worden waren, nicht mehr losgelassen hatte. Erinnerte sie sich? Wusste sie es? Begriff sie es?

„Was glaubst du … warum passiert das mit dir?", fragte Hans und drängte sich zwischen uns. Ich war mir sicher, dass Magda ihm die Frage übel nehmen würde, aber sie schüttelte bloß den Kopf.

„Der Psychiater meint, ich hätte das Münchhausensyndrom."

„Müwas?"

„Was heißt das?"

„Dass ich nur so tue, als ob." Sie brach in Lachen aus.

Mischa ging neben uns in die Hocke und begann, in seinem Rucksack zu kramen. Er nahm zwei vertraut aussehende Flaschen heraus. Zuerst reichte er mir eine, dann begann er, den Drahtkorb der anderen vom Plastikkorken zu entfernen. Erst jetzt fiel mir auf, dass er immer noch den schmutzigen Verband um die Hand gewickelt hatte.

„War deine Verletzung echt so krass ... neulich?", flüsterte ich.

Wir taten gut daran, in Magdas Anwesenheit nicht über Makowski zu sprechen. Nach allem, was ihm passiert war, musste niemand unbedingt wissen, dass wir in sein Haus eingebrochen waren.

„Nein, war nichts Großes." Mischa verbarg beschämt seine Hand. „Es heilt nur schlecht ab."

Mit einem leisen Ploppen ging die Flasche auf und ein Wölkchen aus dünnem Nebel entwich aus dem Hals. Mischa nahm einen kleinen Schluck und reichte die Flasche an mich weiter. Der Sekt schmeckte irgendwie anders als oben auf dem Hügel.

„Mach deine auch auf."

Mit dem Fingernagel kratzte ich die Goldfolie ab und zielte mit dem Flaschenhals Richtung Wasser. Ich begann, den Drahtkorb abzuwickeln ... Ein lauter Knall ertönte.

Der Korken der im Rucksack ordentlich durchgeschüttelten Flasche schoss in die Luft, beschrieb einen hohen Bogen und landete im Wasser.

Irgendwo im Gestrüpp raschelte ein aufgeschrecktes Tier.

Der Schaum ergoss sich direkt in den Froschteich, sein schwarzes Wasser kam in Wallung und sprudelte. Ich starrte fasziniert auf den Teich. Es sah aus, als versuchte etwas sich herauszukämpfen, durch die schäumende Gischt hindurch auf die andere Seite des Wasserspiegels zu gelangen. Auf unsere Seite.

„Du verschüttest ja alles!", rief Mischa.

Ich stellte die nasse, klebrige Flasche auf dem Boden ab. Es war doch nur billiger Sekt.

Jenseits des Waldes musste bereits die Sonne aufgegangen sein, aber im Schatten der Bäume, die den Tümpel dicht umstanden, herrschte immer noch Halbdämmerung.

Eine weitere Nacht ging vorüber, der Sommer neigte sich dem Ende entgegen, und wir standen zu viert am Froschteich. Ich, im altmodischen weißen Kleid, Mischa mit dem Verband um die Hand, Magda mit der zerschmetterten Flasche und Hans immer noch mit der idiotischen Baseballkappe, deren Hörner direkt aus seinem Kopf zu wachsen schienen. Schweigend standen wir da und starrten aufs Wasser. Der Duft des

Waldes erinnerte mich an den Duft eines erhitzten Körpers, den Geruch eines menschlichen Körpers im Tiefschlaf.

Plötzlich nahm ich aus dem Augenwinkel eine Bewegung wahr. Mischa hatte heimlich etwas aus seiner Hosentasche gezogen und es Magda zugesteckt. Sie hatte zuerst seine Hand weggeschoben, aber Mischa ließ nicht locker, sodass sie es schließlich in der Tasche ihrer Hotpants verschwinden ließ. Es war ein grünes Säckchen, das mir irgendwie bekannt vorkam. Die Stechapfelsamen.

Ich starrte stumpf vor mich hin. Woher kannten Mischa und Magda sich eigentlich so gut? Warum war sie mit ihm ins Werk gekommen? Ein unangenehmes Gefühl beschlich mich, ein Gefühl, das ich nicht benennen konnte, eine Mischung aus Wut und Traurigkeit … Bedauern? Mir war bewusst, dass mir wieder einmal etwas entglitt. Etwas Wichtiges. Etwas, das ich wissen sollte. Aber was?

Über dem Wasser erhob sich plötzlich ein langer, jäh endender Schrei, der noch einen Moment lang als dumpfes Echo widerhallte.

„Gehen wir endlich", flüsterte Hans und blickte sich verängstigt um.

„Bestimmt nur ein Vogel."

Alle nickten eifrig. Ja, mit Sicherheit war es nur ein Vogel. Dabei wussten wir zu gut, dass kein Tier dieser Welt einen solchen Schrei von sich geben konnte.

KAPITEL 56

Ein wilder Haufen

Manchmal krabbelten Makowskis Bienen über die Fenster unserer Häuser, als wären die Scheiben nicht aus Glas, sondern aus Honigwaben gemacht. Die Bienen krochen schläfrig und träge dahin, und von drinnen waren ihr leises Brummen und das noch leisere Trommeln der Insektenbeinchen auf der Scheibe zu hören. An manchen Tagen konnte man sich die Bienen von drinnen ansehen wie die auf Nadeln gespießten Insekten im Museum, konnte ihre grau-schwarz gestreiften Abdomen betrachten, die kleinen Härchen an den zierlichen Beinen, die gläsernen Flügel, die schlanken Köpfchen, die sich vorne zu einer Art Vogelschnabel verjüngten. Nur, dass diesmal wir uns hinter dem Glas der Museumsscheibe befanden.

Die Bienen kamen nur an heißen Tagen. Ich glaube, dass sie einfach nur einen kühlen Ort suchten und sich im Schatten der Fenster ausruhten. Kein Wunder, dass sich im Sommer 2005 so viele von ihnen auf nahezu allen Fensterscheiben der Villa niederließen.

Der Anblick bereitete meinem Vater großen Stress, seit er in einer seiner Zeitschriften über ein unerklärliches Bienensterben in den Südstaaten der USA gelesen hatte.

Alle Weile betrat er die Küche – die Bienen bevorzugten unser Küchenfenster, das durch ein weites Vordach von der Sonne abgeschirmt war – und klopfte mit wachsender Ungeduld mit dem Zeigefinger an die Scheibe, klopf-klopf, klopf-klopf, gegen die Bienenbäuche auf der anderen Seite.

„Weg mit euch!", rief er und fuchtelte mit den Händen. Doch die Insekten machten sich überhaupt nichts aus ihm, brachten der großen Wutfratze, die sich an ihnen vorbeischob, nichts als Gleichgültigkeit entgegen. Auch das blinzelnde honigbraune Auge, das ihren Bäuchen so nahe kam, ließ sie kalt, obwohl es den Kugeln aus Blütenstaub, die wie Zysten aus ihren Beinen zu wachsen schienen, beängstigend ähnlich sah. Vaters Gesicht klebte also an der Scheibe, während die Bienen auf der anderen Seite lahm mit ihren Schnäbelchen nickten, sodass gar nicht mehr klar war, wer hier eigentlich wen betrachtete. Wir sie, oder sie uns.

Aristoteles bezeichnete Bienen als Sirenen. Viele Menschen in der Antike glaubten, dass die Bienen ihren Nachwuchs aus den Blütenkelchen der blühenden Blumen hervorbrachten, wobei ein „Herrscher" an der Spitze eines jeden Schwarms stand. Erst später fand man heraus, dass die frühen Forscher sich geirrt hatten und Bienenfamilien in der Natur eine Manifestation des weiblichen Geschlechts darstellen. Schon gewusst? Für die Wissenschaft stellen Bienen natürliche Indikatoren für Umweltverschmutzung dar.

Dieser Text hatte auf einer Infotafel im Museum gehangen, gleich neben dem Schaukasten. Dank der umfassenden entomologischen Sammlung, die Direktor Sobieski hinterlassen hatte, lernte ich Bienenarten aus aller Welt kennen.

Doch die Bienen von Zuckrowka waren wirklich einzigartige Geschöpfe, mit keiner anderen Bienenart zu vergleichen. Ihr Farbton war gräulich und schon von Weitem sahen sie flaumig aus, als wären sie nicht mit normalen Insektenhärchen, sondern mit einem richtigen Fell bedeckt, weich wie das von Katzenbabys. Vor allem waren sie groß, wenn nicht riesig. Wenn sie um Blumen herumsummten, machten sie einen schwerfälligen und schläfrigen Eindruck, dabei konnten sie für Bienen ungewöhnlich große Entfernungen zurücklegen.

Manchmal, wenn sie von weit entfernten Wiesen zurückkehrten, kam es vor, dass sie durch Regen flogen. Laut Fachliteratur eine Unmöglichkeit, doch darum scherten Makowskis Bienen sich nicht. Langsam schwirrten sie durch den Regenschauer, gingen unbeeindruckt ihrer Arbeit nach. Erst später ließen sie sich, nass und mit gesträubten Härchen, auf der Erde nieder. Der Imker öffnete dann das Fenster seines Häuschens und warf ein Verlängerungskabel nach draußen, das er zuvor mit Müllbeuteln umwickelt hatte, damit es nicht in einer Regenpfütze nass würde. Dann ging er hinaus in den Garten mit etwas in der Hand, das wie eine Pistole aussah. Er richtete den Lauf direkt auf die Bienen und drückte ab. Ein höllisches Heulen dröhnte durch den Garten und die Insekten begannen, sich um ihn zu scharen, schleppten sich in Richtung des warmen Luftstroms, langsam und ungeschickt, weil ihr dichtes Fell so schwer und tropfnass war. Makowski stand geduldig mit dem Fön in der Hand da und trocknete sie sorgfältig. Der Luftstrom stellte ihnen die Härchen auf, als würde sich ein Wind erheben.

Niemand wusste genau, was in der Nacht, als wir alle um die Figur herumstanden, geschehen war, aber als Makowski am nächsten Morgen das Haus verließ, spürte er, dass etwas unter seinen Sohlen raschelte. Hat er sich wirklich auf die Knie geworfen und mit lautem Wehklagen seine Hände in dem Haufen toter Bienen vergraben? Oder hat er, wie andere vermuteten, einen Schwächeanfall erlitten, das Bewusstsein verloren, war mit dem Gesicht in den raschelnden Bienenhaufen gefallen und wurde nur gerettet, weil zufällig jemand mit Einkäufen von Frau Wosch zu ihm unterwegs war?

Auch später noch wurde gemunkelt, dass die Insekten kurz vor Anbruch der Morgendämmerung einen sonderbaren Ruf von sich gegeben hätten, ein markerschütterndes lautes Fiepen, das in der gesamten Gegend zu hören gewesen war.

Es heißt, dass Bienen solche Schreie von sich geben, wenn es ihnen im Bienenstock zu heiß wird, Sekunden, bevor sie vor Hitze umkommen – aber wie sollten sie sich überhitzt haben, wenn die Hitzesaison doch noch gar nicht richtig begonnen hatte?

Man erzählte sich, dass das ganze Grundstück von Bienen regelrecht überschüttet war. An manchen Stellen sollen die Bienenhaufen sogar hüfthoch gewesen sein. Allerdings scheint mir das, gemessen an der bescheidenen Anzahl der Bienenstöcke, eher unwahrscheinlich zu sein.

Ich selbst habe sie nicht mehr zu Gesicht bekommen – Hans hat mir erst spät am Nachmittag alles berichtet und in der Zwischenzeit waren die Bienen weggeschafft worden. Umso mehr fragte ich mich, wie alles vonstatten gegangen war. Hatte sie jemand von Hand aufgesammelt? Mit einer Schaufel? Mit einer Schüssel? Wurden sie in Säcken zur Mülldeponie nach Mołwy transportiert? In den Fluss geworfen? Vergraben? Zusammen mit trockenem Laub verbrannt?

Nur eines ist sicher: Als der alte Makowski endlich aus dem Krankenhaus entlassen wurde und in seinen Schrebergarten zurückkehrte, waren die Bienen nicht mehr da.

Plötzlich wurde uns klar, wie sehr wir uns an die Bienen gewöhnt hatten, und dass uns mit ihrem Verschwinden nicht nur ihre Anwesenheit fehlte. Ein wenig reumütig riefen wir uns die Kreuzzüge in Erinnerung, die Makowski seit Jahren gegen die anderen Schrebergartenbesitzer geführt hatte. Zu gut wussten wir noch, wie der Alte mit einem für einen Greis ganz und gar untypischen Schwung über die Zäune sprang und die blassgelben Leimstreifen der Fliegenfänger von den Gartenhäuschen riss. Wutentbrannt schimpfte er, seine Arbeiterinnen würden daran kleben bleiben! Manchmal blieben die Klebefallen an seinen Ellenbogen und Händen haften, aber er merkte es nicht und zog sie dann wie Fähnchen hinter sich her, als würde ein Streifen wachsgelber Haut von ihm abblättern.

Und die Spritzmittel? Um die machte der Imker Jahr für Jahr ein furchtbares Gewese: Sie würden seine Bienen vergiften, ihm den Honig verderben, die Imkerei zerstören. Aber niemand nahm seine Beschwerden sonderlich ernst. Wobei das nicht ganz richtig ist, ein paarmal war tatsächlich die Polizeistreife vorbeigekommen und hatte ihm lustlos eine Anzeige wegen Hausfriedensbruch angedroht.

War tatsächlich ein Pestizid daran schuld, dass in jener Nacht alle diese Bienen ...? Alle, die etwas Ahnung von der Materie hatten, schüttelten beschwichtigend die Köpfe, tauschten Fachwissen über Bienenkrankheiten aus, gaben lieber der Varroamilbe die Schuld, der Faulbrut oder der Sauerbrut.

Als mein Vater von den Bienen erfuhr, rechnete ich eigentlich mit dem Schlimmsten – aber Vater blieb ungewohnt gelassen und äußerte sich mit keinem Wort dazu. Natürlich musste er alle paar Minuten aufs Klo rennen, aber damit hatte es sich. Es gab keine Hysterie und kein Gezeter, kein Blättern in Büchern, Überprüfen der Horoskope, Durchsuchen der Ordner. Er hatte einfach nur mit den Schultern gezuckt. Mein Vater! Nichts als ein Schulterzucken! Ich glotzte ihn erstaunt an. Und dann bekam ich es erst recht mit der Angst zu tun.

Makowski selbst geriet bald in Vergessenheit. Frau Wosch hatte ein paarmal gemeint, dass man ihn doch besuchen könnte (der Imker lag auf der kardiologischen Station in Wysoka), aber bevor sie sich zu einem Krankenbesuch aufraffen konnte, war Makowski wieder zurück.

Obwohl wir an den Geschehnissen mit ziemlicher Sicherheit keine Schuld hatten, konnte ich das Gefühl nicht abschütteln, dass das Eindringen in sein Haus, und vor allem die Tatsache, dass wir seinen Honigvorrat zerstört hatten, auf eine verworrene Weise Einfluss gehabt hatte auf das, was später geschehen war.

Und die Schrebergärten? Sie verlotterten, wurden immer karger und gingen schließlich ein. Die Verödung schritt mit den Jahren voran, als wäre die monströse Explosion der Fülle im Jahr 2005 ihr letzter und einziger Moment der Fruchtbarkeit gewesen. Als hätten einzig die Bienen sie am Leben gehalten.

KAPITEL 57

Der Herr des Tümpels

Nach der Party im Werk schlief ich lange aus und stand erst spät am Nachmittag auf. Mir war immer noch schlecht wegen dem Mist, den ich im Werk genommen hatte. Mein Kopf dröhnte, der Bauch tat mir weh. Alle meine Gedanken rissen mittendrin ab und sobald ich den Mund aufmachte, konnte ich mich nicht mehr erinnern, was ich eigentlich hatte sagen wollen. Erst am nächsten Tag kam ich wieder zu mir.

Vater lag mit Migräne flach. Seit der Nacht, als das Kreuz gebrannt hatte, klagte er wieder über Schmerzen am Herz.

„Ich werde förmlich zerquetscht wie von einem Amboss!"

Obwohl mich seine Übertreibungen normalerweise auf die Palme brachten, weiß ich noch, dass er diesmal wirklich niedergeschlagen wirkte. So als wäre er tatsächlich krank.

„Hast du gehört, was diese Katrina angerichtet hat?", stammelte er.

„Was denn für eine Katrina, Papa?"

„Der Hurrikan! Nicht auszudenken, wenn der auch zu uns kommt! Es kann ja wohl kein Zufall sein, dass er ausgerechnet jetzt …"

Seit zwei Tagen verfolgte er die Berichterstattung aus New Orleans, das unter Wasser stand. Danach saß er noch blasser als sonst und erstarrt auf dem Sofa, als glaubte er wirklich, dass eine Naturkatastrophe von gewaltigen Ausmaßen bald unsere Kleinstadt Zuckrowka vom Erdboden tilgen könnte.

Als er mich mit schwächlicher Stimme fragte, ob ich ihm die Aufgabe abnehmen könnte, bei Dygnars Tabletten vorbeizubringen, erklärte ich mich dazu bereit. Magdas Tabletten seien gestern zur Neige gegangen und er schaffe es nicht mal bis in den Flur vor lauter Kraftlosigkeit.

„Sie liegen im Schränkchen bereit, bring sie beim Vorsitzenden vorbei, so wie beim letzten Mal."

Widerwillig ging ich ins Badezimmer. Bestimmt würde ich Magda begegnen. Ich war mir nicht sicher, ob ich sie sehen wollte. Langsam kehrten die Erinnerungen an vorletzte Nacht zurück.

Ich öffnete das untere Schränkchen, konnte die Verpackung mit dem Arzneimittel aber nirgendwo finden. Also wühlte ich mich durch jede Menge Fläschchen und Behältnisse, bis ich endlich die Pappschachtel entdeckte, die weit hinten im Schrank steckte. Ich streckte die Hand danach aus.

„Hast du sie gefunden?", rief Vater ungeduldig aus dem Wohnzimmer.

„In welchem Schränkchen sind sie denn?"

„Oben, neben dem Spiegel!"

Ich wollte die Pappschachtel schon zurücklegen, als ich darauf zwei Briefmarken entdeckte, die mir bekannt vorkamen. Mit solchen Briefmarken waren normalerweise die Päckchen beklebt, die Vater von seinem Bekannten aus Gorzów bekam.

Ich öffnete die Schachtel, in der sich sechs Döschen Pau d'Arco befanden. Aber da war noch etwas: jede Menge Blister mit weißen Kügelchen, die in die Schachtel gestopft waren wie Füllmaterial. Verblüfft zog ich einen Blister heraus. Schlaftabletten?

Ich warf einen Blick in das Schränkchen neben dem Spiegel. Tatsächlich. Ganz am Rand des Regals stand das Döschen bereit, ohne Schutzfolie und mit einem Etikett versehen, auf das Vater mit Hand geschrieben hatte: *Für M. Dygnar, 1x3, abends.*

Ich nahm das Döschen, auf dem die Gipfel der Anden abgebildet waren, in die Hand und schraubte den Deckel ab. Wie ich erwartet hatte, war die Versiegelung zerstört.

Ich ließ ein paar Tabletten aus dem Döschen in meine Hand kullern. Es waren die gleichen wie in den Blistern. Mir fielen wieder die Tabletten ein, die meine Mutter früher genommen hatte.

„Hast du sie gefunden?!"

„Ja!" Ich bekam Angst, dass Vater gleich ins Badezimmer kommen würde, also entnahm ich ein ungeöffnetes Fläschchen mit Tabletten aus der Schachtel und stopfte den Rest zurück in den Schrank, damit mein Vater keinen Verdacht schöpfte.

Die Tür wurde mir von Dygnar geöffnet, der ziemlich mitgenommen aussah. Er hatte sich mehrere Tage nicht rasiert und die Falten um seinen Mund waren deutlich zu erkennen.

Nachdem er unhöflich etwas gemurmelt hatte, riss er mir die Tabletten aus der Hand.

„Die sollten schon gestern geliefert werden." Er hatte eine Fahne. „Meiner Tochter sind die Tabletten schon gestern Abend ausgegangen."

„Mein Vater ist krank", erklärte ich.

Bevor ich ihn fragen konnte, ob Magda zuhause war, hatte Dygnar mir die Tür vor der Nase zugeknallt. Ich hörte nur noch, wie er ihr mit gedämpfter Stimme zurief, sie könne ihre Tabletten jetzt nehmen.

Ich trottete durch die Stadt. Was sollte ich jetzt bloß machen? Ich versuchte, nicht an Vater zu denken, an das, was er getan hatte. Natürlich wusste ich, dass er ein Feigling war, aber so etwas hätte ich ihm nicht zugetraut.

In der Ferne, am Ende der Straße, tauchte eine mir vertraute Gestalt auf. Hans? Er schien mich nicht zu bemerken. Nicht, dass ich Lust gehabt hätte, mit ihm zu reden. Ich hatte die Sache ja selbst noch gar nicht richtig verdaut.

Schließlich bog ich ab Richtung Schrebergärten. Nach einer Viertelstunde zügigen Gehens ließ ich sie hinter mir und kam auf der Lichtung beim Urwald heraus. Ich spürte, wie es immer stickiger wurde und das Atmen mir zunehmend schwerer fiel.

Doch im Wald war es angenehm kühl. Ich ging schnurstracks geradeaus und schaute weder nach links noch nach rechts.

Kaum hatte ich mich's versehen, war ich am Froschteich angelangt. Der Ort schien mir weniger feindselig zu sein als sonst, jetzt, wo ich alleine hier war. Das Wasser war auch gar nicht schwarz, wie es mir vorgekommen war, sondern dunkelgrün. Die drückende Hitze war im Wald nur noch zu ahnen, der Geruch der Kiefern war wunderbar erfrischend. Im Gras entdeckte ich den Sektkorken von gestern. Der Beweis, dass ich die vorletzte Nacht nicht bloß geträumt hatte.

Ich lehnte mich gegen einen Baum. Immerzu kehrten die Gedanken an Vater zurück. Ich war so wütend auf ihn, dass ich hätte heulen können. Mir fielen die Worte des Exorzisten ein und wie Vater sie stets wiederholte: „Das Wichtigste ist, dass man sie nicht weckt." Oh ja, er hatte dafür gesorgt, dass Magda Dygnar nicht aufwachte! Ich war voller Abscheu. Mit dem Korken in der Hand blickte ich wütend auf den Tümpel.

Und was war eigentlich mit Magda und Mischa los? Welche Art von Beziehung hatten sie zueinander? Ich spürte wieder den Stachel der Eifersucht. Sie musste ihm von den Exorzismen erzählt haben, deswegen hatte er mich damals, als wir im Garten des Porzellanhauses saßen, danach gefragt. Warum waren sie zusammen ins Werk gekommen? Sie war ja doch mit niemandem verabredet gewesen. Und dann der Stechapfel … Hatte Mischa ihn extra für sie ausfindig gemacht? Glaubten sie, dass es ihr helfen würde? Und warum hatte Mischa uns nichts davon erzählt?

Ich war so müde, dass ich die Augen schloss. Dann wollte ich eine rauchen, aber ich hatte keine Zigaretten dabei, und tags zuvor hatte ich in Katerstimmung das letzte Gras von Mischa aufgeraucht. Ich drückte den Kopf an den Baumstamm, der sich an meiner Wange angenehm rau anfühlte.

In den Bäumen rauschte es leise, irgendwo in der Ferne war Wasserschwappen zu hören. Wasser …? Ich schaute rüber zum Teich.

Am gegenüberliegenden Ufer, zwischen den Bäumen, genau dort, wo die Polizei einige Wochen zuvor die Spuren des Reporters gesichert hatte, war jemand. Und ich erkannte die Gestalt, die da in langer, schwarzer Kleidung stand – und kannte sie zu gut.

Der Mann stand vornübergebeugt da, mit einem riesigen Bottich in den Händen, und goss etwas in den Froschteich, während er in einem seltsamen Rhythmus unverständliche Sätze vor sich hin murmelte.

Als er den Kopf hob und mich erblickte, entfuhr ihm ein Schrei. Auch er hatte mich erkannt. Er erblasste und sein Gesicht nahm einen merkwürdigen Ausdruck an: irgendetwas zwischen Ärger und Furcht. Einen Moment lang stand er wie versteinert da, schien zu überlegen, was er tun sollte, und dann warf er plötzlich den Bottich ins Gebüsch und stürzte am Ufer entlang auf mich zu. Schnell versuchte ich, die Entfernung zwischen uns einzuschätzen. Es würde Minuten dauern, bis ich mich durch das Dickicht um den Tümpel gekämpft hätte. Stattdessen flüchtete ich erschrocken mitten durch den Wald.

Völlig außer Atem kam ich bei der Siedlung wieder heraus. Ich lehnte mich an einen Laternenpfosten, wo ich mich vor Angst und Erschöpfung erbrach. Aus Reflex klopfte ich meine Hosentaschen nach Zigaretten ab und fluchte, als mir wieder einfiel, dass ich keine dabeihatte. In meiner Panik überlegte ich, an wen ich mich zuerst wenden sollte. Die Polizei? Aber wer würde mir dort glauben? Vielleicht Mischa … Mischa könnte es wenigstens seinem Bruder weiterleiten. Dabei konnte ich selbst noch nicht glauben, was ich gerade gesehen hatte. War wirklich er es gewesen?

Plötzlich ergab alles einen Sinn. Der Überfall im Wald, die seltsamen SMS, das Feuer, das gestohlene Notizbuch.

Komplett verunsichert machte ich mich auf den Weg zum Porzellanhaus. Doch dort war niemand. Der Blumenladen war geschlossen. Nur die Oma lag in unzählige Decken gewickelt im Garten.

Fiebrig überlegte ich, was zu tun war. Ich hatte nicht viel Zeit. Mischas Vater saß bestimmt wieder vor dem Laden. Vielleicht wusste er, wo sein Sohn war?

Selbst wenn Mischa mir nicht weiterhelfen kann, er wird was zum Rauchen dabeihaben, dachte ich, und das wird mir helfen, meine Gedanken zu ordnen.

Mein Herz pochte schmerzhaft. Ich knetete meine eiskalten, verschwitzten Hände, um mich zu beruhigen.

Ein Auto fuhr die Hoffman-Straße entlang. Es kam mir bekannt vor, aber ich hätte es kaum zur Kenntnis genommen, wenn nicht im letzten Moment im Fenster ein vertrauter kahler Kopf aufgeblitzt wäre. Ich blieb wie angewurzelt stehen. Dygnar. Und neben ihm, auf dem Beifahrersitz, saß Hans.

Ich sah zu, wie das Auto langsamer wurde und Richtung Haus des Vorsitzenden bog.

Was ging hier vor sich?

Hans stand in Dygnars Garten und warf stapelweise Papiere und Akten-ordner ins Feuer, die dieser ihm reichte. Schweißperlen standen ihm auf der Stirn.

„Dein Vater sollte doch hier sein", grummelte der Vorsitzende. Es war mir gelungen, mich durch die nicht richtig verschlossene Pforte aufs Grundstück zu schleichen und mich hinter dem Azaleenbusch am Zaun zu verstecken, durch den hindurch ich sie beobachten konnte. Sie hatten das Feuer direkt an der Holzterrasse entfacht, als ob die Hauswand den Rauch abschirmen sollte. Dygnar kam mit einer Flasche in der Hand aus dem Salon und goss etwas ins Feuer. Die Flammen loderten auf.

Magda war anscheinend nicht zuhause. Das vergitterte Fenster ihres Schlaf-zimmers sah verschlossen aus.

„Ich hab gehört, es gab Stress zwischen euch? Na ja. Bei ihm saß die Hand schon immer ziemlich locker."

Hans reagierte nicht. Kurz ließ er die Hand an seine Wange wandern, be-sann sich aber sofort, als wäre ihm dieser unwillkürliche Reflex peinlich. Dann warf er noch energischer Dokumente ins Feuer, bis die Flammen unter den dicken Papierstapeln fast erstickten.

Hinter dem Zaun war plötzlich das Geräusch eines Motors zu hören. Ein Auto näherte sich der Einfahrt. Auch Dygnar hatte es bemerkt. Er linste un-ruhig über den Zaun.

Nach einer Weile ertönte leise die Klingel.

„Warte hier", sagte der Vorsitzende zu Hans und trat über die Veranda ins Haus, um die Eingangstür zu öffnen.

„Psst!"

Hans warf immer weiter Aktenordner ins Feuer. Neben ihm auf dem Rasen lagen weitere volle Kartons bereit. Der Gestank von verbranntem Papier hing in der Luft. Der Vorsitzende kam nicht zurück.

„Psst, Hans …", flüsterte ich wieder. Er drehte sich erstaunt zu mir um.

„Scheiße, was machst du denn hier?"

„Was *ich* hier mache? Was geht denn ab, Hans? Was passiert hier?"

„Mein Vater meinte, ich soll …", setzte er verärgert an, aber seine Worte wurden von einer schrillen Polizeisirene übertönt.

Ich kam aus dem Gebüsch und schaute über die Pforte zur Straße.

Ein Streifenwagen rauschte an uns vorbei. Hintendrin, in Handschellen, saß Dygnar.

Später, in der Polizeistation, kam mir alles ganz weit weg vor.

Langsam ließ der Regen nach. Der Raum war hell erleuchtet, denn wäh-rend des Gewitters war der Himmel so dunkel geworden, als hätte die ganze Welt sich plötzlich zusammengezogen und unsere Stadt eingeschlossen.

Ich war komplett durchnässt, trotzdem war mir nicht kalt. Das Wasser tropfte von meinen Haaren, lief mir über den Nacken und unters T-Shirt. Ich versuchte, an etwas anderes zu denken, während ich auf den Wasserfleck glotzte, der sich um meine neuen Sneaker herum bildete. Die Pfütze wurde immer größer und kroch über das symmetrische Fischgrätparkett im Polizeizimmer. Das Muster ließ mich an kleine Pfeile denken. Pfeile, die alle auf etwas zeigten, das ich immer noch nicht begriffen hatte. Und ich wusste, wenn ich auch nur für eine Sekunde den Blick von der Pfütze abwenden würde, würden all die Gedanken, die ich so angestrengt verdrängte, von mir abfallen und dann würde ich mich einfach auflösen. Alles war so schnell gegangen.

Hans hatte in Dygnars Garten völlig geistesabwesend gewirkt. Ich weiß nicht genau, wie ich es fertigbrachte, ihn hinauszubugsieren. Doch schließlich hatte er sich überreden lassen und war mir gefolgt. Er war also auch in die ganze Sache verwickelt.

Auf dem Weg zu den Schrebergärten war ich besorgt, dass jeden Moment ein weiterer Streifenwagen um die Ecke kommen würde. Als ich versuchte, von Hans' Handy aus Mischa anzurufen, ging er nicht ran. Aber bestimmt würde Herr Kulik wissen, wo sein Sohn sich herumtrieb, redete ich mir im verzweifelten Versuch, mich zu beruhigen, ein.

Hans schwieg auf dem ganzen Weg eisern. Ich verstand überhaupt nichts mehr.

Hastig kämpften wir uns durch die Schrebergärten. Diesmal hatten wir sie von einer anderen Seite als sonst betreten und ich gab acht, mich nicht im Dickicht aus Alleen zu verirren und gleichzeitig den kürzesten Weg zu finden, um beim Laden von Frau Wosch rauszukommen. Konzentriert lief ich den Pfad entlang, der immer verzweigter wurde, viel zu spät hatte ich bemerkt, dass wir an der Hütte des Imkers standen. Ob der Alte schon aus dem Krankenhaus entlassen worden war?

Ich spürte einen kühlen Luftzug auf der Haut. Ein Wind war aufgekommen. Überrascht stellte ich fest, dass Wolken sich über den Himmel schoben. Dunkelblaue, düstere Wolken. Ein Gewitter zog auf.

Wusste Makowski, dass wir bei ihm eingebrochen waren …?

Ein ungewöhnlich intensiver Geruch hing über den Schrebergärten, wie immer, wenn Regen sich ankündigte. Die Ligusterblüten verbreiteten einen beißenden Gestank. Insekten summten unruhig umher. Eine verirrte Katze sprang uns vor die Beine. Schon lange hatte ich hier keine Katzen mehr gesehen.

Erstaunlicherweise stand die Gartenpforte des Imkers sperrangelweit offen. Auch Hans war es sofort aufgefallen.

Er hatte das Grundstück betreten, bevor ich ihn aufhalten konnte. Als ich ihn einholte, stand er mitten im Garten und lachte hysterisch.

Im Gras aufgereiht lagen die Heiligen und die Teufel. Ihre Bäuche waren offen, Löcher klafften in ihren Leibern, man konnte in ihr ausgehöhltes Inneres blicken.

Überall lagen die zerbrochenen, zur Hälfte mit Waben angefüllten Honigrahmen, die von den toten Bienen zurückgelassen worden waren.

Der Duft von Honig und Wachs hing in der heißen Luft, aber er wurde von einem anderen vertrauten Geruch überlagert.

Ich beugte mich nach vorne und berührte das jetzt gut sichtbare Metallschloss im Holz.

„Dieser verdammte Hurensohn …", fluchte Hans, immer noch nervös kichernd.

Er hob etwas auf, das zwischen den Honigrahmen lag: einen mit Schmierfett beschmutzten Verband.

Über dem Garten des Imkers hing der Abgasgestank von Mischas Mofa.

KAPITEL 58

Himmelfahrt

Manchmal glaube ich, dass alles, was sich im Frühling und Sommer des Jahres 2005 ereignet hat, nur passiert ist, damit Magda sich in die Lüfte emporheben konnte.

Und mit dieser Vermutung war ich nicht allein, denn am Tag, an dem Mischa aus der Stadt floh, als das Haus der Dygnars wegen der Rechnungen in Flammen stand und wir inmitten der zertrümmerten Bienenstöcke, machten sich die Leute, die plötzlich den Gesang über dem Tal vernommen hatten, sofort auf den Weg zum Glockenturm.

Aus irgendeinem Grund waren alle überzeugt, dass dort, auf dem höchsten Gipfel Zuckrowkas, sich das Endgültige ereignen würde. Was auch immer das sein sollte.

Ich weiß nicht, wie ich auf die Polizeiwache gelangt war. Nach all den Jahren ist es das Einzige, an das ich mich nicht mehr erinnern kann. Es war derselbe Raum, in dem wir ein paar Monate zuvor zu dritt gesessen hatten. Die letzten Tropfen des Sturzregens rannen über die Fensterscheibe.

Draußen hatte sich etwas bewegt. Teilnahmslos beobachtete ich, wie der mir vertraute Lanos mit dem Sprung im Scheinwerfer vor der Polizeiwache parkte. Eine Frau stieg aus. Sie trug Jeans und ein dunkles Jackett und wurde vom Polizeikommandanten begrüßt, der mit einem Regenschirm herbeieilte, aber sie winkte nur ab und rannte, den Pfützen ausweichend, über den Parkplatz direkt zur Eingangstür.

Bald vernahm ich Schritte auf dem Flur und die Frau, die aus dem Lanos gestiegen war, trat ins Zimmer. Sie schaute mich mit sanftem Blick an.

„Saretzka ... richtig? Mein herzliches Beileid."

Ich bohrte meinen Blick in den Pappbecher mit Tee, in dem ein Teebeutel dümpelte, genau wie vor ein paar Monaten.

„Darf ich ... eine rauchen?"

Die Frau nickte. Sie ging zum Fenster, kämpfte mit dem lange nicht mehr benutzten Griff, bis sie ihn schließlich mit einiger Mühe herumdrehte. Das Fenster öffnete sich und eine frische Brise hauchte mich an. Aus der Ferne war das leise Grollen eines Donners zu hören.

„Willst du jemanden anrufen?"

Ich schüttelte den Kopf und nahm dankbar eine Zigarette von der Staatsanwältin an.

Bestimmt hätte Großmutter gewusst, was zu tun war, aber ich kannte ihre Nummer nicht auswendig. Und meiner Mutter hätte ich es nicht erzählen können. Ich fragte mich, warum sie ausgerechnet heute nicht in der Stadt war.

Der Verdacht, den ich schon so lange zu ersticken versuchte, erhärtete sich immer mehr.

Der Wind war heftig gewesen. Nie zuvor hatte ich solche Wolken gesehen. Sie wölbten sich am Horizont und wälzten wie Wellen über Zuckrowka hinweg, schoben sich immer tiefer hinab, als wollte jemand unsere Stadt mit einem Topfdeckel zudrücken.

Als Hans ankam, hatten sich schon alle am Glockenturm versammelt. Sie reckten die Köpfe und zeigten auf jemanden, der dort oben stand. Hans meinte, er habe die Gestalt erst für Magda gehalten, aber die Person, die aus dem Fenster gekrochen war und jetzt über die Außenwand aufs Dach hinaufkletterte, hatte nicht die Gestalt eines Mädchens.

Erst nach einer Weile ging Hans auf, dass es der Imker war. Aber was machte er dort oben?

Der Himmel schien immer dunkler zu werden. Fast sah er aus wie der Himmel von 1995, der Vater zufolge „beinahe geplatzt wäre". Über dem Glockenturm zogen sich die tief hängenden Wolken seltsam auseinander. Man hatte den Eindruck, dass sie jeden Moment das Turmdach berühren würden, und dann würde der Himmel noch tiefer hinabsacken und auf die Stadt stürzen, über der sich immer deutlicher vernehmbar der Gesang von Magda Dygnar ausbreitete.

Der Imker hatte die Turmspitze fast schon erreicht. Der Gürtel seines Bademantels flatterte im Wind wie ein schmales Geschenkband. Mit angehaltenem Atem verfolgten die Menschen, wie er über die rutschigen Dachziegel krabbelte. Dann bekam er mit der Hand die Dachkante zu fassen und zog sich an ihr herauf. Sein angestrengtes Stöhnen soll von jedem in der Menschenmenge gehört worden sein.

In der Ferne erklangen Feuerwehrsirenen und Magdas Gesang wurde lauter.

Der Alte hielt sich immer noch an der Turmspitze fest, er schien von den Wolken beinahe zerdrückt zu werden. Seine Schiebermütze verschwand im Nebel. Die fettigen Haarsträhnen wehten im Wind.

Ein gewaltiger Donner grollte über die Stadt hinweg. Jetzt schien der Himmel tatsächlich aufzureißen, langsam auseinanderzuklaffen, das schwarze Innere der Wolken freizugeben.

Es war alles andere als ein normales Gewitter. Sollte mein Vater, der wahnsinnige Hellseher, dieser verlachte und verhöhnte Idiot von einem Vater, am Ende doch recht behalten? Würden sich all die Zeichen, die er so eifrig angehäuft hatte, tatsächlich als Vorboten des Weltuntergangs erweisen? War es das, was uns erwartete?

Der Gesang schien sich immer weiter emporzuschrauben. Die Anspannung wuchs, alle Blicke waren gen Himmel gerichtet. Die Menschen waren überzeugt, dass das Böse sich jeden Moment ereignen konnte.

Und dann ließ Makowski die Turmspitze los. Er balancierte auf dem steilen Dach entlang, streckte seinen Stock, der bis dahin hinter dem Gürtel seiner Hose gesteckt hatte, nach oben und … stemmte sich mit ganzer Kraft gegen den Himmel. Und dann, in letzter Sekunde, als der Himmel ihm schon beinahe in den Nacken fiel und auch alle, die unten standen, sein volles Gewicht auf ihren Köpfen und Schultern spüren konnten, stach er mit dem Stock hinein, ja, stocherte damit herum wie in einem angefahrenen Tier, stieß mit aller Kraft gegen den Himmel. Der Stock bog sich, als würde er gleich entzwei brechen, während die Muskeln in seinen alten Schultern vor Anstrengung bebten.

Für den Bruchteil einer Sekunde war alles wie eingefroren. Die Wolken waren tatsächlich aufgehalten worden. Sie stauten sich an Makowskis Stock – und langsam verschloss sich der Riss im Himmel wieder. Ein Raunen ging durch die Menge.

Der Alte, der mit seinem ganzen Körpergewicht an seinem Stock hing, verlor das Gleichgewicht und stürzte hinab. Einen Moment später hatte es zu regnen begonnen und Magdas Gesang war verstummt.

Erstaunt nahm ich zur Kenntnis, dass Hans ins Zimmer geführt wurde. Er nahm auf dem Stuhl neben mir Platz. Wie ich war er komplett durchnässt. Er sah sich nervös um. Der Schreck saß ihm sichtlich in den Knochen.

„Du wirst nicht glauben, was passiert ist", flüsterte er. „Pfarrer Wilk wurde verhaftet."

Ich brachte kein Wort heraus. „Ich pack's nicht, angeblich hat er den Reporter ermordet. Ich hab gesehen, wie er abgeführt wurde. Und er hat rumgeschrien, irgendwas mit der Maria vom Kriegsrecht, und als er mich gesehen hat, hat er auf einmal was von Teufeln gebrabbelt oder von Dämonen, weiß der Geier, ich konnte ihn kaum verstehen. Der ist total durchgedreht."

Ich konnte den Pfarrer wieder deutlich vor mir sehen, wie er am Froschteich gestanden hatte. Die lange Soutane, die ich irrtümlich für einen schwarzen Mantel gehalten hatte, wand sich um seine Knöchel, als er im Versuch, mich einzuholen, am Ufer entlanglief.

„Hans …" Ich merkte, wie heiser meine Stimme war. „Warum hast du denn nichts gesagt?" Ich zeigte mit der Hand auf sein Gesicht. „Dass dein Vater …"

Er antwortete nicht.

„Und was hattest du eigentlich mit dem Dygnar zu schaffen? Hat Makowski echt was bei sich versteckt? Habt ihr es gefunden? Der Kabler hat gesagt …"

„Du checkst überhaupt nichts", unterbrach er mich. Er war so wütend, dass er mit den Tränen kämpfte. „Außerdem, frag doch einfach deinen Alten. Der wird dir sicher alles erklären", fügte er mit seltsamer Genugtuung hinzu.

Meinen Vater fragen? Was meinte er bloß?

„Wachtmeister Kulik hat deine Mutter schon informiert."

Wir hatten gar nicht mitbekommen, dass die Staatsanwältin wieder das Zimmer betreten hatte. „Sie ist schon unterwegs aus Bielsko und wird bald hier sein. Du kannst hier auf der Polizeiwache auf sie warten. Und dein Freund kann dir ja solange Gesellschaft leisten."

Diesmal hatte sie eine Pappschachtel unter dem Arm.

„Ist es wahr, dass Pfarrer Wilk …?"

„Leider ja. Wir haben zwei Tage lang den Wald nach ihm abgesucht. Im Pfarrhaus hat er sich nicht mehr blicken lassen."

Ich rief mir wieder das Auto in Erinnerung, das in aller Frühe langsam an uns vorbeigefahren war, als wir vom Werk nach Hause gingen.

„Jemand muss den Pfarrer erpresst haben. Wir schließen nicht aus, dass es der Reporter war."

Sie schüttelte die Schachtel. „Alles weist darauf hin, dass der Pfarrer glaubte, eure … ‚Stadtheilige' würde Geld von ihm fordern."

Die Frau unterdrückte nur mit Mühe ein Lächeln.

„Die Maria vom Kriegsrecht?"

„Ja, angeblich hat sie ihm Drohbriefe auf Faxpapier geschickt."

Die Staatsanwältin kicherte.

Mein Blick fiel auf die offene Schachtel, aus der ein Wulst aus Papier quoll, Papier, das mir seltsam bekannt vorkam. Es war das gleiche Papier, das seit Jahren in unserer Wohnung herumlag.

* * *

Als Magdas Gesang erklang, wusste ich sofort, dass er von unserer Villa kam. Und das, obwohl das Echo doch immer auf eine Weise durch Zuckrowka wanderte, dass man unmöglich sagen konnte, von welcher Seite der Stadt der Klang kam. Ich wusste es deshalb so sicher, weil Magda wirklich auf dem First unseres Dachs stand, als ich nach Hause kam – als hätte die Genossin dieses Dach vor vielen Jahren extra für sie errichtet.

Sie stand genauso da wie damals, als ich sie zum ersten Mal sah, aber diesmal am helllichten Tag, mit ausgebreiteten Armen, leicht gegrätschten Beinen und stramm wie eine Gitarrensaite. Über ihr brauten sich die teuflischen Wolken zusammen.

Ich musste an Vater denken, völlig allein zuhause. Bestimmt war er ganz krank vor Angst. Der Gedanke, dass Magda Dygnar auch einmal unser Haus besingen könnte, hatte immer blankes Entsetzen in ihm ausgelöst. Ich wollte zu ihm hineingehen und nach dem Rechten sehen, aber aus irgendeinem Grund konnte ich mich nicht von der Stelle bewegen.

Der Wind war jetzt so stark, dass ich keine Luft mehr bekam. Er schleuderte mir winzige Sandkörner ins Gesicht, bis ich blinzeln musste, und doch überkam mich bei der Vorstellung an den aufziehenden Sturm eine große Freude.

Ich sehnte mich danach, dass der Himmel aufriss, dass es endlich krachte, dass der Wind auf die Stadt niederfuhr und sie in ihren Grundfesten erschütterte.

Die Luft roch nach Ozon, ich sog sie ganz tief ein. Endlich war es nicht mehr schwül. Ich starrte zu Magda, zu den Wolken, die sich über ihrem Kopf zusammenballten, aber ich spürte keine Angst.

Magda sang immer lauter, als wollte sie sich auf dem Klang immer höher emporheben, stellte sich auf die Zehenspitzen, kam dem Höhepunkt immer näher, jenem Punkt, der bislang immer plötzlich abgerissen war, um in mir ein schwer zu ertragendes Gefühl von ungestilltem Hunger zu hinterlassen. Doch dieses Mal war es anders.

Der Klang wand sich höher und höher und schoss über die Grenze hinaus, die wir nie zuvor hatten überwinden können. Magda lehnte sich über den Dachfirst, als würde sie, nach Monaten des Übens, der Unruhe, der Erwartung, wirklich in den Himmel fahren wollen, und zwar genau so, wie die Stadtbewohner es sich noch vor ein paar Monaten ausgemalt hatten, und ich schwöre, ich hielt die Luft an, denn ich wollte meinen Augen nicht trauen, aber es passierte wirklich, Magda Dygnar machte einen Schritt nach vorne und … blieb in der Luft stehen.

Sie schwebte über der Villa Saretzka, schwebte im trüben, von den Gewitterwolken gedämpften Licht, und ihre Fußsohlen hingen schwebend über meinem Kopf, wie aus Bastelpapier geschnittene Schablonen. Die Luft surrte elektrisch, ein Brummen wie von einem Insektenschwarm. Die dichten Wolken ließen mich an Schwärme winziger, gläsern funkelnder Flügel denken. Waren wirklich nur wir zwei hier?

Magda schwebte über unserem Garten, flog empor, bedrohlich und gleichzeitig, als wäre es das Normalste der Welt. Das letzte und vielleicht erste wahre Wunder von Zuckrowka.

Wieder konnte ich an ihrem Bauch die Spur der Säge sehen. Sie wand sich um ihre Hüfte, um ihre Lenden, umschloss ihren Körper wie ein Ring. Genau wie bei mir.

Das alles dauerte nur den Bruchteil einer Sekunde, nicht länger als einen Wimpernschlag. Man hätte es auch für eine Illusion halten können, weil Magda Dygnar genau in dem Moment, als sie einen Schritt nach vorne machte, die Augen aufschlug. Als würde sie endlich aufwachen. Und dann fiel sie mit einem stummen Schrei vom Himmel, direkt in die Büsche, die um unsere Villa herum wuchsen, und über der Stadt ging der Regen hernieder.

TEIL III

KONJUNKTIONEN

KAPITEL 59

Die letzten Dinge

Das Mittel, das Magda Dygnar verabreicht wurde, gehörte nicht zu den billigsten, was ich erfuhr, als ich Vaters Unterlagen durchsah und dabei auf einen Stapel von Rechnungen stieß, auf denen stattliche Summen in Euro standen. Damals fand ich auch heraus, dass Pau d'Arco sich in Polen ziemlich großer Beliebtheit erfreute, allerdings wurde es nur in Bioläden verkauft, und zwar unter dem Namen *Schatz der Inka*. Eine zufällige, aber eindeutige Referenz auf unsere Vergangenheit, was mich rührte.

Seltsamerweise konnte ich mich lange Zeit nicht erinnern, wie Magda eigentlich ausgesehen hatte. Selbst heute bin ich mir nicht ganz sicher. Ich schließe die Augen und versuche, mir ihre Gesichtszüge ins Gedächtnis zu rufen, ihre Figur, ihre Haare, aber das Bild will sich nicht stimmig zusammenfügen, als wäre ihr Körper in viele einzelne Fragmente zersprungen. Ich kann es mir nicht erklären, weil ich sie doch immer noch vor mir sehe, nachts, wie sie auf den Dächern singt, barfuß durch eiskalte Pfützen stapft. Ich sehe sie mit dem Exorzisten, im grellen Discolicht und am Froschteich, sehe sie schließlich an diesem letzten Tag im August, als sie zum allerletzten Mal sang.

Ich habe Menschen in Zuckrowka gefragt, wie Magda eigentlich ausgesehen hat. Sie waren von ihren Antworten so überzeugt, dass meine Zweifel sie erstaunten und regelrecht gegen mich aufbrachten (in der Stadt hieß es damals, dass auch mit mir „etwas komisch" sei) – doch kaum hatte ich nachgehakt, um eine genauere Beschreibung gebeten, glotzten meine Gesprächspartner mich mit halb offenen Mündern an und blinzelten vor Erstaunen, als wäre in ihrem Gedächtnis ein blinder Fleck. Dann ließen sie meist ein paar Gemeinplätze fallen, nichtssagende Feststellungen ohne Mehrwert, die ihnen aber für einen kurzen Moment erlaubten, in die Gewissheit ihrer eigenen Vergangenheit zu flüchten, die plötzlich entdeckten Löcher zu stopfen, die sich in der Geschichte unserer Stadt aufgetan hatten.

„Groß", antworteten sie eifrig, um ihre Unsicherheit zu überspielen, „schlank", „pummelig", „komplett unscheinbar", „ohne Besonderheiten", „durchschnittlich hübsch", „hübsch", „sehr hübsch", „ausgesprochen hässlich".

Nein, keiner von uns erinnerte sich daran, wie Magda ausgesehen hat.

***

Als das Museum zumachte, war Mutter nicht mehr in Zuckrowka. Sie hatte die Stadt gleich nach Neujahr verlassen. Nach den Feiertagen half ich ihr, ihre Sachen nach Krakau zu bringen. Es hatte sich seltsam angefühlt, Mutter im Sternenschiff davonfahren zu sehen. Bis jetzt hatte immer nur mein Vater hinter dem Steuer des ausrangierten Astra gesessen.

Ich weiß nicht, warum ich mir die Schließung des Museums feierlich vorgestellt hatte, mit Reden, elegant gekleideten Menschen, kleinen, mit Puderzucker bestäubten und auf Silbertabletts gereichten Kuchenstücken, nostalgischer Trauerstimmung.

Als ich früh am Morgen im Museum ankam – es war genau ein Jahr vergangen, seit wir die ersten Werwolfspuren im Schnee entdeckt hatten – traf ich nur die Museumsfrau Ania an. Sie trug die gleichen Ohrclips wie immer und einen flauschigen, pastellfarbenen Pullover. Die leeren Museumsräume schienen merkwürdig klein. Auf den grau angelaufenen Wänden waren Schmutzstriemen zu sehen, Konturen der Museumsmöbel, die dort Jahrzehnte lang gestanden und ihre Abdrücke hinterlassen hatten. Es sah aus, als hätte jemand das Museum in eine Skizze verwandelt; es schien kein echter Ort mehr zu sein, nur noch ein Entwurf auf Papier.

Die Auflösung der Zweigstelle zog sich lange hin. Ich glaube, dass es mindestens drei Monate waren, aber sicher bin ich mir nicht. In meiner Erinnerung ist diese Zeit als eine Abfolge fader, nicht enden wollender Tage gespeichert.

Fast jeden Tag nach der Schule kam ich ins Museum und half mit, die Exponate zu ordnen und zu sortieren. Ich durfte ziemlich viel mit nach Hause nehmen, weil andere Museen den Großteil der Sammlungen für nutzlos befunden hatten; niemand konnte mit unserer Muschelsammlung oder dem hellblauen Salzteigmodell der Flussbiegung etwas anfangen.

Die Arbeit im Museum tat mir gut. Es hatte etwas Beruhigendes, die Gegenstände einzeln zu verpacken, sie sorgfältig in graues Packpapier und alte Zeitungen zu wickeln und mit Tesafilm zuzukleben. Es erstaunte und faszinierte mich jedes Mal aufs Neue, wie schnell die Gegenstände unter dem Papier ihre Formen verloren, bis ich sie ihnen zurückgab, indem ich die Päckchen mit rätselhaften Beschriftungen versah: *Ethnografische Sammlung: Werkzeuge, Herbarium: Feldpflanzen, Textilien.*

Manchmal beschriftete ich sie absichtlich falsch, vertauschte das Quarzgestein mit den Zweiflüglern und beschriftete die Querschnitte von Hölzern mit *Teller von KWZ.*

Dann steckte ich alles in Kartons, die ich ebenfalls beschriftete: *Krakau, Bielsko, Wysoka,* sehr selten *Stadtamt,* häufig *Müll.*

Ja, tatsächlich habe ich auch Dinge eingepackt, die sowieso im Müll landen würden und trug die Kartons anschließend zu den überfüllten Containern, die auf der Rückseite des Gebäudes standen, neben dem Anbau, in dem sich die Bibliothek befand.

Am letzten Tag bin ich noch einmal durch alle Räume gegangen, während Ania unten ungeduldig auf mich wartete. Sie würde das Museum abschließen und, wie ihr aufgetragen worden war, den Schlüssel im Stadtamt abgeben, wo er dem neuen Besitzer des Gebäudes überreicht werden sollte.

Als ich fertig war, stand sie schon in der Tür. Sie sagte kein Wort. In letzter Zeit benahm sie sich, als würde sie mir etwas übel nehmen. Ein kalter, feuchter Windstoß drang ins Innere. Erst da bemerkte ich, dass das mir so vertraute Schulklassenfoto noch immer in der Vorhalle hing. Wie hatte ich es übersehen können? Das Mädchen starrte mich an wie immer, stumm und beharrlich. Ich nahm den Rahmen von der Wand, staubte ihn ab und steckte das Bild in meine Manteltasche.

Dann folgte ich Ania nach draußen. Als wir auf die Straße hinaustraten, fielen uns dicke, nasse Schneeflocken ins Gesicht, grobkörnig wie das unscharfe Foto. Zum ersten Mal kam mir der Gedanke, dass Erinnerung vielleicht nichts weiter war als eine Erzählung.

Natürlich habe ich anfangs keine Worte dafür gefunden. Es war nicht mehr als eine Ahnung, immer noch vage, nicht zielführend, und doch drängte sie sich immer stärker auf. Die Lähmung, die mich zum ersten Mal im aquariumartigen Zimmer des Polizeikommissariats erfasst hatte, ließ mich nicht mehr los. Sie lastete schwer auf mir, vernebelte mir den Kopf. Ich fühlte mich, als würde ich durch dickflüssigen Sirup waten, der im Laufe des Tages immer zäher wurde.

Nachmittags legte ich mich oft hin. Ich drückte mein Gesicht ins Kissen, rief mir die immer gleichen Fantasien in den Kopf und versuchte, mich selbst zu befriedigen in der Hoffnung, mich dadurch besser zu fühlen, mich über die zerrinnenden, verschwendeten Stunden zu trösten, einen Moment lang an etwas anderes zu denken, aber meistens spürte ich danach nur Traurigkeit und Enttäuschung, vermischt mit Gewissensbissen. Erschöpft vom Kopfkino schlief ich häufig ein und wachte erst am späten Abend mit dumpfen Kopfschmerzen wieder auf.

Ich habe den mehrmonatigen Vorrat Pau d'Arco aus dem Badezimmerschränkchen komplett aufgebraucht, danach aber jedes Mal Sodbrennen gehabt.

Am meisten erschreckte mich, dass ich wieder Nasenbluten bekam. Den Kopf zwischen die Knie gesteckt, legte ich mir einen kalten Schlüsselbund in den Nacken, und der Metallgeruch vermischte sich mit dem Geschmack des Blutes und beschwor das geistige Bild meines Vaters herauf. Schritt für Schritt versuchte ich, mir alle Ereignisse der vergangenen Monate in Erinnerung zu rufen, allen voran die letzten Tage im August. Damals waren mir verschiedene Gerüchte zu Ohren gekommen, aber ich hatte mich bemüht, sie zu überhören. Und doch habe ich schon damals ziemlich viel gewusst. In der Stadt brodelte die Gerüchteküche.

Nur vage erinnere ich mich an die Worte der Staatsanwältin, als meine Mutter auf die Polizeiwache kam. Die Erinnerung daran war ein einziges verschwommenes Gewaber von Farben. Als ob das unverständliche quälende Gefühl, das so viele Monate lang in mir geschwelt hatte, endlich aufgeflammt wäre, um alles ringsum zu versengen.

Der Psychiater-Psychotherapeut Kowalik, mit dem ich ein paar Tage später sprechen sollte, hatte es als „typisches Stresssymptom" bezeichnet.

Doch das Schlimmste war die Unsicherheit: der Verdacht, dass alles, was sich vor Magdas Himmelfahrt ereignet hatte, nicht wirklich passiert war. Hatte ich mich wirklich so sehr täuschen können? Dieser Gedanke entsetzte mich. Konnte es wirklich sein, dass all das, was ich erlebt zu haben glaubte, gar nicht das war, was sich ereignet hatte?

Alles verschwamm. Ich träumte von Vater, von Magda, von Pfarrer Wilk. Manchmal blitzte bloß ein kleiner Bildfetzen auf und ich konnte nicht sagen, ob es eine Erinnerung war oder ein Traum, und wenn es ein Traum war, ob ich ihn heute geträumt hatte, vor ein paar Tagen oder vor ein paar Jahren. Und wenn ich ihn vor ein paar Jahren geträumt hatte, warum erinnerte ich mich dann ausgerechnet jetzt, in diesem Moment, an ihn? Damals habe ich häufig von Orten geträumt, völlig willkürlich und beliebig, ohne Zusammenhang: Plötzlich erschien vor meinem inneren Auge der Außenbereich von McDonald's in Krakau, wo ich mit meinem Vater an einem kalten Metalltisch gesessen hatte, oder ein fremder Park mit einem Springbrunnen, den ich örtlich überhaupt nicht einordnen konnte, ja, mir nicht einmal sicher war, ob er je existiert hatte.

Ich fühlte mich verloren zwischen dem, was ich mit eigenen Augen gesehen und in meinem Gedächtnis abgespeichert hatte, und dem, was mir erzählt wurde, was ich belauscht hatte, was ich mir zusammenreimen konnte und was ich gelesen hatte, zwischen Verdrehtem und Verschwiegenen und dem, was ich noch nicht wusste.

Doch eines war mir schon damals klar: Am Ende würde ich irgendeine Ordnung in dieses Chaos bringen müssen.

Das war wohl auch der Grund, weswegen ich am Schließungstag des Museums nicht sofort nach Hause ging, sondern in die Bibliothek. Nachdem ich mich von Frau Ania verabschiedet hatte, machte ich mich auf den Weg durch den Schneesturm.

Die Bibliothek, die sich im alten Anbau des Museums befand, würde in wenigen Monaten in einen sehr viel größeren und freundlicheren Raum im Haus der Kultur umziehen.

„Ist gerade ausgeliehen", antwortete Frau Belitzka, als ich sie nach dem Essay von Direktor Sobieski fragte.

„Wissen Sie vielleicht noch, wer das Buch ausgeliehen hat?"

„Glaubst du, ich hab nichts Besseres zu tun, als mir zu merken, wer hier was ausleiht?", fauchte sie.

Ich wagte noch ein paar Versuche, aber jedes Mal war der Aufsatz, den Sobieski für die feierliche Eröffnung des Museums verfasst hatte, nicht ausleihbar.

Ich weiß nicht, warum ich mir plötzlich in den Kopf gesetzt hatte, ihn zu lesen. Irgendwie schien es das Richtige zu sein – wie eine Klammer, die ein vergangenes Kapitel in der Geschichte unserer Stadt abschließen würde.

Schließlich gewährte Frau Belitzka mir einen Blick in die Kundenkartei.

„Tu, was du nicht lassen kannst …", sagte sie schulterzuckend.

Natürlich bin ich nicht fündig geworden. Das Buch musste während der Auflösung des Museums abhandengekommen sein. Ich vergaß die Sache für einige Zeit.

Über jenen Nachmittag im August kursierten später verschiedene Geschichten. Manche Leute behaupteten sogar, dass nichts davon sich jemals ereignet hätte. Doch über eines herrschte Einigkeit: Makowski war wirklich auf die Spitze unseres schiefen Glockenturms geklettert. Bis zum heutigen Tag ragt auf der Dachspitze sein Stock in den Himmel.

Niemand erwähnte das Unwetter (dabei hatte der Gewittersturm in der ganzen Gegend getobt und ein paar Dutzend Kilometer südlich von Zuckrowka hatte sich sogar ein kleiner Wirbelsturm gebildet, der Dächer von den Häusern gerissen und gut fünfzig Bäume entwurzelt hat). Bald vergessen war auch die irrationale Angst, die die ganze Stadt erfasst hatte, als Vizeminister Las sich mit seinem Stock gegen das aufreißende Firmament über Zuckrowka stemmte.

Es hieß, der Alte sei vom Dach gesprungen. Etliche Menschen hatten ihn zuvor durch Zuckrowka laufen sehen und einige meinten sogar, er hätte vor sich hin geweint, was man natürlich sofort mit dem Tod seiner Bienen in Verbindung brachte.

Als Makowski das Dach erklommen hatte, schrie man ihm von unten zu, beschwor ihn, nicht zu springen, aber er schien nichts zu hören – er hatte die Arme in die Höhe gestreckt wie vor einem Sprung ins Schwimmbecken. Einen Moment lang stand er völlig regungslos dar, starrte nach unten, und dann, plötzlich, ging er in die Knie, stieß sich ab und machte einen Kopfsprung, als würde er tief ins Wasser eintauchen wollen, während der Bademantel im Sog der Luft hinter ihm her flatterte.

Andere meinten, es sei genau andersherum gewesen: Der Imker hätte die Rufe durchaus gehört und auch auf sie geantwortet. Er zögerte, seine Bewegungen waren unsicher, bestimmt hatte er den Entschluss gefasst, hinabzuklettern, durchs Fenster zurück in den Turm zu kriechen, als er plötzlich ausrutschte und nach unten krachte.

Objektiv gesehen konnte niemand von den am Turm versammelten wirklich wissen, was Makowski da droben gemacht hat. Die Turmspitze war viel zu hoch, um etwas sehen zu können, und die Kante des steilen Dachs hatte die Gestalt des Mannes zum Teil verdeckt.

Doch was das Finale des Schauspiels betrifft, waren sich alle einig: Der Alte war mit einem entsetzlichen lauten Geräusch am Boden aufgeschlagen. Mit Gliedmaßen, verrenkt wie Insektenbeine, und zerschmettertem Schädel lag er da. Der Regenguss spülte immer mehr hellrosa Blut in die Pfütze und an seinen Füßen steckten immer noch die alten Filzpantoffeln, die sich langsam mit Wasser vollsogen. Nicht um einen einzigen Zentimeter waren sie verrutscht.

Man könnte sagen, dass Vizeminister Las an diesem Tag Zuckrowka gerettet hat. Doch ich glaube eher das Gegenteil. Wenn er nicht gewesen wäre, wäre Magda mit Sicherheit nicht vom Dach gestürzt und alles wäre ganz anders gekommen. Keine Ahnung, wie genau, aber anders.

Erst vor Kurzem habe ich begonnen, darüber nachzudenken. Ich erzählte niemandem davon, um in Zuckrowka nicht für eine Irre gehalten zu werden, aber auf der Suche nach einer Erklärung für das, was sich im Frühling und Sommer des Jahres 2005 in unserer Stadt ereignet hat, im Bemühen, allem einen Sinn zu geben und es in der Vergangenheit einzuordnen, drängte die Frage sich ganz von selbst auf: Waren diese Monate nicht eine Art seltsamer Kampf zwischen der Tochter des Vorsitzenden und Makowski, zwischen „unserer Werwölfin des Mahrtals", wie Magda noch lange von der Dabrowska genannt wurde, und Vizeminister Las, dem vergessenen Stadtvater Zuckrowkas?

Hatten sie gegeneinander um etwas gekämpft, wenn er seine Honigschleuder kurbelte und sie mit fremder Stimme sang? Stellte dieser Tag im August, als beide auf die Dächer geklettert waren, den letzten Akt des stillen Duells dar, das sie vor unseren Augen, aber ohne unser Wissen austrugen? Schließlich waren sie beide zur selben Zeit gefallen, Kopf und Zahl einer geworfenen Münze – als sollte damit über das Schicksal entschieden werden. Es konnte doch nicht sein, dass das alles sinnlos gewesen sein sollte, nichts als purer Zufall.

Ich habe lange überlegt, ob Magda wusste, was an diesem Tag geschehen ist. Ist sie vielleicht erst in dem Moment aufgewacht, als sie in die Büsche fiel? War ich wirklich die Einzige, die das Ereignis bezeugt hatte? Ich habe nie Gelegenheit bekommen, sie danach zu fragen.

Sie war mit einem verstauchten Knöchel davongekommen. Bereits am nächsten Tag soll sie zu ihrer Mutter gefahren sein, die, wie sich herausstellte, seit Jahren in Warschau lebte. Dort war sie auch jedes Mal hingefahren, wenn in der Stadt erzählt wurde, dass ihr Vater sie in die Ferien in den Süden geschickt hatte.

Magdas Geschichte wurde mit den Jahren immer mehr verdreht und verfälscht. Mancher Tratsch kam so absurd, so offensichtlich erfunden und dämlich daher, dass ich nicht glauben konnte, warum die Leute sich überhaupt die Mühe machten, so etwas weiterzuerzählen. Und doch erstaunt mich bis zum heutigen Tag nichts mehr als die Entdeckung, die ich etwa zwölf Wochen nach der Schließung des Museums gemacht habe: Bis zu diesem letzten Tag im August hatte niemand außer mir, Hans und Mischa die schlafwandelnde Magda jemals gesehen oder gehört. Es war schwer zu glauben – schließlich konnte ich mich noch ganz genau an den Aufruhr erinnern, in dem sich im Jahr 2005 die ganze Stadt befunden hatte: eine Mischung aus allseitiger Erregung und krankhafter, sich wie eine Epidemie ausbreitender Panik, an die weit verbreitete Überzeugung von der unheimlichen Präsenz des Mädchens, das ewige Getuschel.

Es verblüffte mich alles so sehr, dass ich erneut begann, die Zusammenhänge, Fakten und Gerüchte zu überprüfen und alle mir bekannten Versionen der Geschichte zu analysieren.

Ich hatte mich nicht geirrt. Obwohl alle in der Stadt über Magda Dygnar sprachen, war sie nie wirklich von irgendjemandem gesehen worden. Und auch gehört hatte sie weder mein Vater, noch Dygnar, noch all die Heilkundigen, Ärzte und Spezialisten. Wie sich herausstellte, stammten alle Nachrichten aus zweiter Hand und vom Hörensagen, und in dieser Form wurden sie auch weitererzählt.

Ich habe viel darüber nachgedacht und komme zum Schluss, dass die Einwohner Zuckrowkas keine Lügen erzählt hatten. Es steckte keine boshafte Absicht dahinter, kein Zynismus. Vielmehr scheinen sie nach wenigen Wochen die erfundenen Geschichten, die sie mit solcher Leidenschaft verbreiteten, selbst geglaubt zu haben.

Kurz habe ich mich sogar gefragt, ob auch wir sie denn wirklich gesehen hatten in jener Aprilnacht. Schließlich waren wir total dicht von dem gestreckten Gras. Und hatte ich wirklich *sie* gehört in all den Nächten? War es wirklich *ihr* Gesang gewesen, der zu mir drang, wenn ich im Bett lag, hat *er* sich über die Landschaft gelegt, war es *ihre* Stimme, die den ganzen Sommer lang das Tal erfüllte?

Hätte ich sie nicht am helllichten Tag mit eigenen Augen auf dem Dach unserer Villa gesehen, würde ich daran zweifeln, dass sie überhaupt je geschlafwandelt hatte.

Ich habe damals in Erfahrung gebracht, dass Magda Dygnar zum Zeitpunkt der Ereignisse ziemlich viel verticktt hat. Die Details habe ich erst Monate später, als ich nach einem neuen Grasdealer suchte, von der jüngeren Tochter der Schulrektorin erfahren.

Ich konnte mir nicht erklären, warum Magda diesem Geschäft nachging, denn selbst rauchte sie kaum und Geld hatte sie auch nicht nötig. Angeblich verkaufte sie große Mengen, denn an ihrem Gymnasium gab es niemanden sonst, der Zugang zu einem Produkt von so guter Qualität hatte. Wie man sich sicher denken kann (2005 ahnten aber weder Hans noch ich etwas davon), bekam Magda das Gras immer von Mischa, und daher kannten sie sich. Magda war Mischas einzige Großkundin. Normalerweise kümmerte Mischa sich um diese Dinge lieber selbst, außerdem war er sonst überhaupt nicht scharf drauf, seine Einnahmen zu teilen. Ich vermute, dass das Ganze ausschließlich auf seinem Mist gewachsen war: Er hatte die Tochter des Vorsitzenden und seine ehemalige Klassenkameradin zum Weiterverticken überredet, und vermutlich wollte er an ihrer Schule auch Abnehmer für den Stechapfel finden, den er Magda in jener Nacht, als wir von der Party zurückkehrten, zugesteckt hatte. Und ich hatte fälschlicherweise angenommen, dass er ihr helfen wollte, ein Mittel gegen ihre Schlafstörung zu finden.

In einem Internetforum stieß ich auf einen Thread zu Gemeinem Stechapfel *(Datura, auch: Weißer Stechapfel, hochgiftige Pflanze)*. Obwohl ich mir sicher bin, dass Magda ihn nie selbst konsumiert hat und Mischa die Kerne erst lange, nachdem sie zu schlafwandeln begonnen hatte, gefunden hat, wurde mir mulmig, als ich las, dass die Pflanze Scopolamin enthält, eine chemische Verbindung, die hypnoseähnliche Zustände hervorruft, zu Kontrollverlust und sogar zu schweren Psychosen führen kann.

Ihre psychedelische Wirkung kann lang anhaltende Nachbilder erzeugen und zu dauerhaften Verhaltensänderungen führen.

Im Thread wird über verschiedene Erfahrungen berichtet:

Ich bin drei Tage lang durch meine eigene Wohnung getigert und hatte keinen Plan, wo ich war.

Es war wie in der Sahara. Das Atropin macht mega durstig, aber man kann trinken so viel man will, das Pappmaul geht nicht weg.

FAHRT EUCH DAS NUR REIN WENN IHR KEINE PSYCHISCHEN PROBLEME HABT, SONST HÖLLENTRIP!!

Wirkt total einschläfernd ... Ich bin erst immer wieder weggedämmert ...
Aber dann bin ich auf einmal komplett durchgedreht!!!
Alles wirkt so real, dass du nicht mal auf den Gedanken kommst, dass es
nur Einbildung sein könnte.

Mir fiel wieder ein, was uns Hans einmal über den Stechapfel vorgelesen hatte:

Die Alkaloide reichern sich im Organismus an. Bereits eine einmalige Ein-
nahme kann zu Vergiftung und Tod führen. Eine häufige Nebenwirkung sind
lang anhaltende Gedächtnisstörungen.

Ungefähr zur gleichen Zeit hatten mich scheinbar unwichtige Informationen zu einer wichtigen Entdeckung geführt: Mischa musste von Magda erfahren haben, dass Makowski seine Ersparnisse in den Bienenstöcken eingeschlossen hatte.

Die Riesen waren nicht nur von Kopf bis Fuß mit Bienen gefüllt, sondern auch mit Geldrollen vollgestopft. Wie mir die jüngere Tochter der Rektorin unmissverständlich zu verstehen gab, hatten ihre Schwester und Magda dem Alten bereits nachspioniert, als ihre Clique noch existierte. Ich konnte mir selbst zusammenreimen, dass der große, nie realisierte, weil vom Totengräber vereitelte Plan der Mädchen mit Makowski zu tun gehabt haben muss. Sie hatten in diesem Sommer also sehr viel mehr stehlen wollen als nur Kosmetik, Süßigkeiten und Alkohol aus dem Supermarkt. Der Plan war, seine mit Moneten gefüllten Bienenstöcke zu stürmen und die Bienenköniginnen zu befreien. Doch meiner Vermutung liegt nur Intuition zugrunde, ich habe keinerlei Beweise dafür.

Als ich Hans (vielleicht etwas leichtsinnig) davon erzählte, reagierte er skeptisch. Er beteuerte, das Schloss an den zerstörten Bienenstöcken, das ich ihm im Schrebergarten angeblich gezeigt hätte, gar nicht gesehen zu haben. Zwar konnte er sich an den Verband erinnern, aber konnten wir uns denn wirklich sicher sein, dass es Mischas Verband war? Und der unverwechselbare Abgasgeruch seines Mofas? An den konnte Hans sich auch nicht mehr erinnern.

Den im Honigglas versenkten Schlüssel sehe immer noch genauso deutlich vor mir wie damals, als er in den Reflexionen des Lichts funkelte, bevor Mischa die Regale umwarf, die Honiggläser zerschellten, er hastig den Schlüssel zwischen den Scherben zu fassen bekam und ihn in seine Tasche steckte, wobei er sich die Hand verletzte.

Mischa und der Kabler hatten die Bienen getötet, um ein paar Tage später den Schrebergarten in aller Ruhe auf den Kopf stellen zu können.

Ich bin überzeugt, dass an dem Lagerfeuerabend jenseits des Flusses noch mehr im Paket war als nur Besteck, Teller und Senf. Bestimmt waren auch Benzin und Insektenvernichtungsmittel aus dem Blumenladen von Mischas Mutter drin, ich weiß doch noch, dass es wie zufällig neben der Garage lag, als wir das Päckchen aufs Mofa hievten.

Sie hatten das Kreuz angezündet, um den Alten abzulenken, vermutlich sogar mit Mischas Zippo, dessen riesige Flamme endlich Sinn ergab, und dann, während Makowski mit allen anderen um die Marienfigur stand, hatte der Kabler das Gift auf die Bienenstöcke geschüttet.

Wie lange hatten sie es geplant? Ich glaube, Mischa hatte uns schon verraten, bevor er den Kabler auf dem Hügel angeschleppt hatte. Seit Jahren war in der Stadt bekannt, dass er sein Vater war. Der Kabler, das war unschwer zu erraten, war auch der junge Mann, der immer wieder mit Pullovern aus Ungarn nach Zuckrowka kam. Er war es, der meiner Großmutter zweimal die geierhaften Hühner verkauft und Hans' Vater beigebracht hatte, grenzüberschreitende Geschäfte auf einem Feldbett zu machen.

Darum kam der Kabler früher so oft im Blumenladen vorbei und kaufte Blumensträuße in rauen Mengen. Ich will keine weiteren Gerüchte in die Welt setzen, aber womöglich hat er dabei immer etwas Geld draufgelegt, als Unterhaltszahlung für seinen Sohn. Von ihm hatte Mischa auch das Mofa bekommen. Alle wussten über die Sache Bescheid, sicher auch Herr Kulik. Doch bis heute habe ich keinen blassen Schimmer, ob Mischa selbst es wusste.

KAPITEL 60

Vaters Apokalypse

Mutters Buch habe ich zum ersten Mal in Wysoka zu Gesicht bekommen, in der Schaufensterauslage eines kleinen Schreibwarengeschäfts, das auch über eine überschaubare Bücherabteilung verfügte. Es hatte zwischen einem Bändchen mit Kuchenrezepten einer Nonne und ein paar bunten Federmäppchen gelegen. Den Umschlag zierte ein Foto vom Stadtpanorama, der Ausblick, der sich uns vom Hügel aus bot, wenn wir König spielten.

Das Buch in der Auslage war keine Überraschung. Ich hatte Mutters Arbeit schon vor Wochen gelesen, als sie noch ein in braunes Leinen gebundener Ausdruck war.

Ich drückte die Tür auf und betrat das Geschäft. Das neue Schuljahr hatte gerade begonnen und an der Verkaufstheke drängten sich Menschen mit Schulbuchlisten in den Händen. Die Verkäuferin reichte mir etwas gereizt das Buch aus der Auslage.

In der Buchmitte befanden sich Farbtafeln mit Fotografien. Ich blätterte lächelnd und etwas peinlich berührt durch die mir so vertrauten Bilder. Die Erinnerung an den Tag, als ich Mutter mit dem Fotoapparat auf dem Friedhof erwischte, war noch ganz lebendig. Genau diese Fotos waren auch im Buch abgedruckt. Ja, Mutter hatte ein Geheimnis vor mir gehabt, aber es war um etwas ganz anderes gegangen, als ich vermutete.

Natürlich ist auch meine Mutter verhört worden. Im Herbst musste sie auf der Polizeiwache Rede und Antwort stehen. Sie hat von allem nichts gewusst.

Selbst die Polizei hat uns nicht viel sagen können. Sehr viel mehr habe ich aus der Presse erfahren, in der mein Vater beharrlich als „Dolomit-Baron" bezeichnet wurde, was mich trotz der Umstände sehr erheiterte.

Ja, es war schwer zu glauben, aber ausgerechnet mein Vater, Hellseher, Versager, Opfer des Systems und „tollpatschiger Waschlappen", wie Großmutter Saretzka ihn schimpfte, war tatsächlich ein in eine Betrugsaffäre verwickelter Schwindler.

Als ich die Dokumente sortierte, die er hinterlassen und die die Staatsanwaltschaft nicht eingesackt hatte, habe ich eine erstaunliche Entdeckung gemacht: Seine hellseherischen Dienstleistungen hatten ihm, entgegen seiner eigenen Behauptungen, fast gar keinen Gewinn eingebracht. Es handelte sich meistens nur um symbolische Beträge und häufig arbeitete er ganz umsonst. Trotzdem hatte er keinerlei Schulden. Woher also nahm er das Geld, das er noch dazu so sorglos ausgab?

All die Geschäftsleute, die mit ihren Aktentaschen nervös durch unser Haus spaziert waren, all die Kunden, die seit Jahren Vaters Infoline angerufen hatten, all die Kontrahenten, die auf Beratung durch meinen Vater aus waren, hatten gar kein Interesse daran gehabt, dass Vater ihnen das Schicksal ihrer Firmen aus den Sternen las. Niemanden von ihnen kümmerte sein Sternzeichen, die Farbe seiner Aura oder ein schwingendes Pendel. Hinter den Businesshoroskopen meines Vaters, die sich so großer Beliebtheit erfreut hatten, dem „Lesen des Schicksals aus Rechnungen" und dem „Astrologischen Consulting", steckte einfach nur eine diskrete Beratung über halblegale (und meistens illegale) buchhalterische Manipulation. Vaters Metier war nicht mehr als simpler Steuerbetrug gewesen, etwas, womit er sich als provinzieller Buchhalter und gescheiterter Ökonom ganz gut auskannte.

Der Polizei zufolge nahm auch Dygnar seit geraumer Zeit die Dienstleistungen meines Vaters in Anspruch. Der Vorsitzende war in Geschäfte verwickelt, die in den Medien „Dolomit-Affäre" getauft wurden.

Bis heute ist mir nicht ganz klar, welchen Machenschaften Dygnar im Detail nachging, aber es soll ein „Schwindel nach Strich und Faden" gewesen sein, wie es später in der Presse hieß, „Riesenbetrug beim Bau des Autobahnabschnitts", eine „Megaveruntreuung", „der Betrug des Jahrzehnts".

Die Staatsanwältin war alles andere als zufällig in unserer Stadt aufgetaucht. Sie arbeitete schon seit Monaten an der Sache. Es heißt, dass ein Teil der gefälschten Dokumente das Dolomitgestein betraf, das bei den Lagerhallen lag, gehütet von Janek Gruzin und dem zweiköpfigen Chappi (unsere Intuition hatte uns zwar fehlgeleitet, aber so ganz falsch hatten wir auch wieder nicht gelegen). Das Dolomitgestein sollte im Ausland verkauft werden – als Ersatz wurde billiger Schiefer verwendet. Genau davon hatte Dygnar gesprochen, als wir ihn hinter der Mauer seines Grundstücks belauschten. Davon hatte auch der Kabler am Lagerfeuer am Fluss erzählt, denn wie später herauskam, arbeitete er am Ende mit der Staatsanwaltschaft zusammen und wusste über die Verhaftungen Bescheid („Er war schon immer ein Denunziant", erzählte später Mischas Bruder).

Soweit ich es verstanden habe, hat auch das Werk eine nicht unerhebliche Rolle bei alledem gespielt. Angeblich hatte im langen Prozess der Privatisierung eine von Dygnars Firmen die Kontrolle über die Werksruine übernommen und die in regelmäßigen Abständen stattfindenden Partys waren vor allem eine gute Möglichkeit zur Geldwäsche. Darum sehnte der Vorsitzende das Augustende so sehr herbei – denn da sollte die letzte Weiße Nacht stattfinden.

Offenbar war alles, was wir für geheimnisvolle Suchaktionen und mysteriöse Intrigen gehalten hatten, nichts als gewöhnlicher Betrug gewesen, und dazu ein nicht besonders raffinierter.

Während die zerstörten Bienenstöcke von Makowski schnell in Vergessenheit gerieten, zerriss man sich im gesamten Tal lange über Dygnar das Maul.

Kein Wunder, seinen Niedergang mitzuerleben brachte die Leute noch mehr in Wallung als „die Sache mit seiner Tochter". Außerdem hatte es die Stadt in diesem Moment – vielleicht zum ersten Mal in der Geschichte Zuckrowkas – zu landesweiter Berühmtheit gebracht. Ein paarmal waren sogar Fernsehteams für eine Liveübertragung angerückt.

Die Ermittlungen brachten noch weitere Verstrickungen bekannter Persönlichkeiten ans Tageslicht, unter anderem zwei oder drei Politiker aus Warschau, die angeblich die Strippenzieher hinter dem Unterschlagungsskandal waren, aber am Ende ist nur Dygnar verhaftet worden (was ich mit eigenen Augen gesehen hatte).

Als der Vorsitzende einige Wochen später auf Kaution wieder freigelassen wurde, ist es um die Affäre still geworden. Seine Verwicklungen in den Skandal hatten seine Ambitionen zunichtegemacht, zu den Wahlen 2006 anzutreten, auf die er sich schon vorbereitet hatte. Ich glaube, dass er deshalb nach dem Brand seines Hauses nicht mehr nach Zuckrowka zurückkehrte. Doch ich hatte ihn unterschätzt: Vor Kurzem habe ich in Bielsko Hochglanzplakate an den Straßenlaternen gesehen, aus denen hervorging, dass es Dygnar nicht nur gelungen war, bereits vier Jahre später in den Wojewodschaftstag zu kommen, nun trat er sogar mit vertrauenserweckendem, sanften Lächeln zur Wiederwahl an.

Im Zuge der Ermittlungen, die sich über ein ganzes Jahr hinzogen, wurde alle Schuld meinem Vater angelastet, denn es war seine Unterschrift, die auf dem Großteil der ermittlungsrelevanten Dokumente prangte. Mein Vater hatte alles unterschrieben, was ihm hingehalten wurde. Sämtliche nicht existenten oder sich plötzlich auf mysteriöse Weise vermehrenden Güter und auch alle nie ausgeführten Aufträge segnete er mit seinem Namen ab. Viele seiner Unterschriften fanden sich auch auf vorgefertigten Blankoformularen. Der Lohn, den er dafür bekam, war, gemessen an den veruntreuten Summen, die seinerzeit von einer der großen Wochenzeitungen veröffentlicht wurden, lächerlich gering. Es ist ganz offensichtlich, dass mein Vater nicht einmal für Betrug ein Händchen hatte.

Wie man sich unschwer denken kann, war auch Herr Kaleta in die „kriminellen Machenschaften" verwickelt, aber am Ende wurde er nicht angeklagt und wanderte bald für immer nach Deutschland aus. Natürlich nahm er Hans nicht mit.

Interessanterweise ist unter den Verdächtigten auch unser Sportlehrer gewesen.

Trainer Baniowski hatte große Schwierigkeiten, Belege für die Spenden vorzuweisen, die der neue Sponsor des KS Zuckrowka – die Firma Zement-Pol, deren Eigentümer Dygnar war – dem Verein stiftete.

* * *

Nach der Beerdigung blieb Mutter ein paar Wochen zuhause. Es war ihr Wunsch gewesen, dass ich gemeinsam mit ihr ausziehe, aber ich gab vor, die Schule in Zuckrowka fertig machen zu wollen. Ich wusste nicht, wie ich ihr sagen sollte, dass ich überhaupt nicht vor hatte, von hier wegzugehen. Im Januar würde ich achtzehn werden und das Haus war auf mich überschrieben worden.

Mutters Doktorarbeit *Lokale Strategien der Geschichtsschreibung in Zuckrowka im Zeitraum 1946-2004* wurde gleich nach ihrem Auszug publiziert. Das Buch ist in einem kleinen Universitätsverlag erschienen.

In den Monaten vor der Veröffentlichung hat Mutter weder Inventurlisten aktualisiert noch die für den Müll bestimmten Sammlungen des Museums neu sortiert, sondern eilig die Arbeit beendet, die sie ein paar Monate zuvor zu schreiben begonnen hatte.

All die Abende und Nächte, die Mutter vor dem Computer auf Großmutters Etage verbrachte, die unzähligen Überstunden, die Wochenenden in Bibliotheken, die Ausflüge nach Wysoka und nach Bielsko, nach Krakau und ein paarmal sogar nach Warschau, die Feldforschungen, Recherchen und Konferenzen waren dem Schreiben gewidmet.

Ohne Vater und mir auch nur ein Sterbenswörtchen zu sagen, hatte Mutter im Jahr 2000 wieder ihr Studium aufgenommen (fast genau zur gleichen Zeit, als Vater Hellseher wurde) und begonnen, an ihrer Doktorarbeit zu schreiben, in der sie sich mit der Nachkriegsgeschichte unserer Stadt beschäftigte.

In den letzten Jahren hatte sie sich ausschließlich der Aufgabe gewidmet, unsere Vergangenheit neu zu erzählen, Ordnung in die Ereignisse zu bringen, ihr Ausdruck und Nuancen zu verleihen. Sie verknüpfte Erzählstränge anders oder erweckte alte zu neuem Leben: Sie verwandelte sie in Geschichte.

Auf diese Weise hatte sie zur Schließung des Museums beigetragen. Das alles hatte ich von Frau Dabrowska erfahren, der Haushälterin des Pfarrers, die bereits im Sommer davon Wind bekommen hatte. Später wurde mir das Ganze von Frau Belitzka bestätigt, die damals noch barscher wirkte als sonst. Museumsfrau Ania hörte ganz auf, mit mir zu reden.

Schon bald, nachdem meine Mutter Vizedirektorin wurde, hatte sie verschiedene Behörden angeschrieben. In den Briefen bezeichnete sie die Aktivitäten des Museums als „sinnlose Verschwendung von Steuermitteln", die Ausstellung als „Müllhalde des ehemaligen Direktors" und „Schrottsammlung ohne Sinn und Zweck". Natürlich hatte sie sich zuvor vergewissert, dass nach der Schließung des Museums eine Festanstellung in Krakau auf sie wartete. Darauf hatte sich die geheimnisvolle SMS bezogen.

Ich glaube, dass weder meine Mutter noch ich reif für das Vermächtnis der Genossin waren. Seit Mutter die Monografie über das Tal herausgegeben hatte, kam sie nur noch ungern nach Zuckrowka zurück, als wollte sie diesen Ort endlich vergessen. Normalerweise besuchte ich sie in ihrer Wohnung in Krakau.

Als ich zuletzt bei ihr war, fand ich tief in ihrem Schrank vergraben eine alte türkisfarbene Perücke. Es war die ulkige Perücke, die Großmutter Saretzka ihr in den Wintern ihrer Kindheit übergestülpt hatte und in der Mutter tapfer die ozeanischen Tiefen des Mahrtals durchmaß.

KAPITEL 61

Sakrileg

Natürlich habe ich das ganze Buch gelesen, alle vierhundert Seiten. Im Klappentext steht ein Zitat aus der begeisterten Rezension einer Krakauer Professorin: *Saretzka entfaltet kompetent und hochinteressant das historische Panorama des Mahrtals. Eine atemberaubende Reise durch die Mikrogeschichte.* Daneben ein Foto meiner Mutter, untertitelt mit *Die Autorin.*

Aus dieser Arbeit erfuhr ich von ein paar wichtigen Ereignissen, darunter Details über den Ausgrabungsbetrug in den 1960er-Jahren und dass der Direktor unseres Museums an einer langwierigen Krebserkrankung mit Metastasen in der Wirbelsäule gelitten hat.

Aber vor allem erfuhr ich mehr über Genossin Saretzka, die sich, was Mutter bis zum Schluss nicht bewusst war, als eigentliche Hauptperson ihrer Geschichtsschreibung entpuppte. Abgesehen davon hatte Mutter nahezu alles Wichtige ausgelassen: die Exorzismen, das weinende Buntglasfenster, den schiefen Glockenturm, die Teufelserscheinungen im Tal, das erste Ausschwärmen der Bienen, Kolskis Papageien, und so fort ... Das erste Wunder von Zuckrowka beschrieb sie zwar recht ausführlich, aber dennoch so, als hätte nie jemand wirklich daran geglaubt. Zudem suggerierte sie, dass *die Strukturen der lokalen Stadtverwaltung entgegen der allgemeinen Überzeugung keinen wirklichen Einfluss auf die Gestaltung der Stadtpolitik* gehabt hätten und dass die Entstehung des Werks das Ergebnis einer *zentral gesteuerte Initiative* gewesen sei. Doch um eines machte sich Mutter wirklich verdient: Ihrem Buch habe ich die Entdeckung zu verdanken, dass Pfarrer Wilk, der der Gemeinde seit 1982 vorstand, derjenige war, der das weinende Gemälde der Maria vom Mahrtal aus unserer Kirche entwendet hatte.

Früher oder später wäre ich sicher selbst drauf gekommen, welche Rolle der Pfarrer beim Verschwinden des Bildes gespielt hat, es hätte bloß einfach länger gedauert.

Dabei lag des Rätsels Lösung seit Jahren in unserem Haus herum, und von dem Moment an, da ich die Rollen von Faxpapier in den Händen der Staatsanwältin gesehen hatte, wusste ich, dass ich die Sache unter die Lupe nehmen musste, besser früher als später.

Ich glaube, dass außer mir niemand auch nur die geringste Ahnung hatte, wer den Pfarrer wirklich erpresst hat. Die Version mit dem ermordeten Reporter bot schließlich eine recht schlüssige Erklärung. Vieles von dem, worüber ich hier schreibe, habe ich von Mischas älterem Bruder erfahren, den ich nach Mischas Verschwinden immer wieder besuchte, um ihm gegen ein Sixpack Bier allerlei Geschichten von der Polizeistation zu entlocken.

Die Zeit, in der das Geschäft meines Vaters florierte, er seinem Bruder die Schulden zurückzahlen und sich einen neuen Fernseher, den Astra, einen DVD-Player und das teuerste Kabel-TV-Paket zulegen konnte, überschnitt sich auffallend zufällig mit der Zeit, als der Pfarrer erste Drohbriefe auf dem mir so gut bekannten Papier erhielt. Das war im Jahr 2000 gewesen. Die Briefe wurden aus Buchstaben zusammengesetzt, die nicht besonders sorgfältig aus Zeitschriften ausgeschnitten worden waren, dann wurden sie gefaxt und eng zusammengerollt ins Pfarrhaus zugestellt.

In den Briefen stand stets der genaue Betrag, den der Erpresser vom Pfarrer verlangte. Es waren keine großen Summen, meistens nicht mehr als zwei- oder dreihundert Złoty.

Wie die Ermittler herausfanden, stammten die ausgeschnittenen Buchstaben aus alten Ausgaben der *Unheimlichen Phänomene*, was natürlich den Verdacht bestätigte, dass der Reporter der Erpresser war. Einer der Briefe hatte Knickspuren und war an einigen Stellen ganz abgewetzt, als hätte der Pfarrer ihn lange Zeit zu einem Quadrat gefaltet bei sich getragen. Vielleicht in dem Portemonnaie, das ihm einmal gestohlen wurde?

Doch das, wovor der Pfarrer die größte Angst hatte und was ihn schließlich an den Rand des Wahnsinns trieb, waren nicht die Briefe, sondern die drangehefteten Kopien von Dokumenten. Diese Kopien sind nicht erhalten geblieben, denn sie entsetzten den Pfarrer so sehr, dass er sie sofort vernichtete. Zu groß war seine Angst, dass jemand hinter sein beschämendes Geheimnis kommen könnte. Warum aber bewahrte er die Drohbriefe auf? Nun, ich glaube, dass er schlicht nicht in der Lage war, sie wegzuwerfen.

Die Staatsanwältin hatte die Wahrheit gesprochen: Der Erpresser war kein Geringerer als mein Vater gewesen. Er, der eifrige Katholik, verbissene Antikommunist und Pseudomoralist hatte sich tatsächlich als Maria vom Kriegsrecht ausgegeben. Wie er auf diese Idee kam, weiß ich nicht, aber es war einer seiner besseren Einfälle gewesen.

Ja, mein Vater schickte dem Pfarrer regelmäßig Erpresserbriefe. Auf diesem Weg konnte er die Löcher in seinem Etat stopfen, wenn die Geschäfte mal nicht so gut liefen, denn obwohl er hin und wieder tatsächlich ganz ordentlich verdiente, verschleuderte er das Geld beinahe sofort, und erst seit dem Komplott mit Dygnar konnte er regelmäßige Einkünfte verzeichnen. Ganz im Stil von Genossin Saretzka, bloß weitaus perfider und berechnender, hatte mein Vater begonnen, den Pfarrer mit Kopien von dessen eigenhändig abgefassten Berichten zu erpressen. Der Pfarrer hatte seinerzeit nämlich mit dem Staatssicherheitsdienst zusammengearbeitet. Hat er wirklich geglaubt, dass die Maria ein Kopiergerät besaß? Ein Fax? Dass sie Esoterikzeitschriften las, aus denen sie später winzige Buchstabenschnipsel ausschnitt, um sie über ein Blatt Papier zu streuen wie Sand? Mit Erstaunen nahm ich zur Kenntnis, dass Vater sogar zynisch genug gewesen war, um Magdas Leiden für seine Drohbriefe zu instrumentalisieren. Auch das hatte mir Tomek Kulik erzählt. Dass Pfarrer Wilk zur Überzeugung gelangte, dass Magda Dygnar die Gesandte der Maria vom Kriegsrecht sei, ist nämlich das Werk meines Vaters gewesen. Er war es, der eine Verbindung zwischen ihr und dem ersten Bienenschwarm hergestellt hatte, den der Pfarrer damals mit dem Stock verjagt hatte. Gierig und gnadenlos hatte die heilige Erpresserin dem Pfarrer in ihrem Brief verklickert, es sei „kein Zufall", dass Magda an ebendiesem Tag geboren sei, und sie habe doch, wie jeder wisse, „keine andere Mutter gehabt". Dass der Pfarrer dieser schlecht gestrickten Lüge auf den Leim gegangen war, mag als Beleg seiner beginnenden Demenz gelten, denn ganz abgesehen von allen anderen unglaubwürdigen Elementen der Geschichte hätte es genügt, einfach das Geburtsdatum von Magda Dygnar zu überprüfen, um herauszubekommen, dass sie ein im Winter geborenes Dezemberkind war.

Damit hatte sich die Sache eigentlich erledigt. Ich habe aber noch herausgefunden, warum die Glocken in Zuckrowka den ganzen Sommer über zu hören gewesen sind. Es war etwas anderes als das, was die Menschen in Zuckrowka zu hören glaubten, als sie dem wilden Gebimmel in der Nacht lauschten, das ihnen als Läuten für die schlafwandelnde Jugendliche in Erinnerung geblieben ist. Dem Pfarrer war es gar nicht darum gegangen, Magda zu helfen. Pfarrer Wilk läutete die Glocken, um ihren pausenlosen Gesang zu übertönen, denn in diesem glaubte er, was mir heute einleuchtet, die Prophezeiung seines eigenen Niedergangs herauszuhören. Nacht für Nacht schien Magda Dygnar ihn an den Diebstahl des Gemäldes zu erinnern, an das verpatzte Wunder, an den Zorn Marias, den Tod des Reporters, und nicht zuletzt an die unausweichlich nahende Strafe. Kein Wunder, dass er so viel Angst vor dem Mädchen gehabt hatte.

***

Großmutters Etage betrat ich erst, nachdem ich die *Strategien* gelesen hatte. Ich wusste zu gut, was ich dort finden würde. Die Akten stapelten sich in einem der Schränkchen, in denen die Genossin früher Zuckrowka-Keramik aufbewahrte. Obwohl mittlerweile Jahre vergangen waren, rochen sie immer noch nach feuchter Erde. Ich nahm am Cognactischchen Platz, auf dem immer noch die alte, inzwischen leicht vergilbte Häkeldecke lag. Auf Anhieb fiel mir die gesuchte Akte in die Hände. Die Blätter waren zerknittert und durcheinandergeraten, sie mussten etliche Male begutachtet worden sein. Großmutter Saretzka hatte nicht gelogen, als sie damals aus Bielsko zurückgekommen war, den Kofferraum vollgepackt mit kompromittierenden Papieren, für die sie sich ein paar Jahre später eine Greencard und ein Ticket in die USA erkaufen sollte. Sie hatte uns wirklich einen Teil dieser Dokumente mit ihrem Erbe überlassen: „In diesem Land gibt es kein besseres Zukunftskapital als die Vergangenheit", hatte sie gespöttelt, bevor sie die Akten, in Plastiksäcke verpackt, unter den Birnbäumen vergrub. Als mein Vater voller Grusel unter den Wurzeln der Birnbäume nach den Leichen suchte, die Onkel Adam ihm eingeredet hatte, fand er genau diese Akten. So falsch hatte mein Onkel also gar nicht gelegen.

***

Welchen Lauf die Dinge dann genommen haben, kann man sich ausmalen.

Als Vater mit seiner Schaufel auf den weichen Sack stieß, muss er überzeugt gewesen sein, unter der Erde Leichen gefunden zu haben. Sicher fürchtete er sich zu Tode. Umso erstaunlicher, dass er trotzdem den Mut aufbrachte, einen Blick in die Säcke zu werfen, was ich ihm wirklich nicht zugetraut hätte. War er erleichtert, als er die Papiere herauszog?

In dieser Nacht hat Vater sämtliche Dokumente nach oben geschafft, auf Großmutters Etage – was mich auf den Gedanken bringt, dass schon damals bei ihm die Heuchelei überwog, die ihn Jahre später in den Schuhschrank führen sollte. Warum hat er niemandem etwas erzählt? Warum hatte er die Dokumente nicht irgendwo abgegeben oder sie ganz einfach vernichtet? Später hat natürlich auch Mutter von ihnen erfahren und ich glaube, dass diese Dokumentenstapel mit ihrem Reichtum an Fakten und Geheimnissen letztendlich den Ausschlag dafür gaben, sich in ihrer Doktorarbeit der nie zuvor erzählten Geschichte Zuckrowkas zu widmen – als wollte Mutter Großmutters Erzählung neu schreiben (ihre Berichte als Spitzel – Deckname *Sirene* – waren schließlich auch darunter gewesen), die Geschichte endlich richtigstellen.

Ob Vater mit sich gerungen hat? Zögerte er, bevor er nach langer Zeit wieder die Etage betrat, um nach den Akten zu sehen, sie durchzublättern, wenn Mutter nicht zuhause war, und sie wieder an ihren Ort zurückzulegen? Nachdem er seinen Beruf aufgegeben hatte und das Geschäft mit der Wahrsagerei ihm nur noch Schulden bescherte, muss die Versuchung stärker geworden sein. Seine Armreife klimperten und die bunten Pumphosen raschelten, während er die Treppen rauf und runter lief. Bis er eines Tages endlich den Entschluss fasste. Er schnappte sich die Akten, schaffte sie nach unten, ließ die Blätter, eins nach dem anderen, durch das brummende Faxgerät laufen, und die Maschine spuckte einen ganzen Wulst an Papier aus, das sich zusammenrollte wie alttestamentarischer Papyrus.

Wie Mischas Bruder mir belustigt verriet, hatte der Erpresser den Pfarrer genötigt, das Geld „im Kopf der Maria vom Kriegsrecht" zu deponieren. Deswegen hatte Vater immer in aller Herrgottsfrüh das Haus verlassen.

Ich stelle mir vor, wie der Pfarrer, dieser arme Tropf, blank entsetzt und von Schuldgefühlen geplagt, Geldrollen in das Loch stopfte, das einst von einem Stein hineingeschlagen und später vom Mai-Komitee nur notdürftig mit Lumpen und Klebestreifen geflickt worden war. Ich sehe ihn davoneilen, ohne sich umzuschauen. Vater hockte bestimmt schon zusammengekauert im Gebüsch, trat wenig später auf die Straße hinaus, pulte mit gierigen Fingern die Scheine aus dem Marienkopf, und die Maria nickte eifrig, auf und ab, auf und ab, als würde sie ihm endlich Antwort geben auf all die Fragen, die er ihr seit Jahren vergeblich stellte.

Plötzlich wurde mir auch klar, was es mit der Gestalt auf sich hatte, die wir in jener Nacht im April auf dem Rückweg vom Hügel aus gesehen hatten. Das, was für uns wie ein schwarzer Mantel ausgesehen hatte, war in Wirklichkeit eine Soutane gewesen. Sicher hatte der Pfarrer gerade Geld im vereinbarten Versteck hinterlegt. Dass wir gleich danach den Imker sahen, ist einfach Zufall gewesen – der Alte ging manchmal nachts auf den Friedhof, um das Grab seines Bruders zu pflegen, und weil er nicht dabei gesehen werden wollte, nahm er einen Umweg durch den Urwald. Mein Vater, ich erinnere mich noch ganz genau daran, hatte sich am nächsten Morgen zur Marienfigur an der Wegbiegung aufgemacht, angeblich, um „für den Seelenfrieden des Papstes" zu beten.

Mir kam sogar der Gedanke, dass er selbst es gewesen ist, der der Maria mit einem gezielten Steinwurf das Loch in der Schläfe verpasst hatte, aber wäre er dazu wirklich in der Lage gewesen? Ehrlich gesagt traue ich ihm so viel Cleverness gar nicht zu.

Die Spionageberichte, die Vater als Kopie seinen Drohbriefen beifügte, waren sehr ausführlich. Der Pfarrer schildert darin zum Beispiel die Zeit des ersten Wunders, fasst die Predigten von Pfarrer Smietana zu diesem besonderen Anlass zusammen, gibt seine Gespräche mit ihm wieder, listet die Namen derer auf, die in der Kirche Wache gehalten haben und vermerkt alle Gerüchte, die an sein Ohr gedrungen sind.

In einem seiner längeren Berichte beschreibt er den Diebstahl des Gemäldes in allen Einzelheiten – wie er die Maria durch die Sakristei aus der Kirche trug, das Fenster selbst einschlug, um seine Tat zu vertuschen, und dass er das Bild noch in derselben Nacht einem Funktionär überreichte, der es angeblich hatte verbrennen wollen. Die Belohnung folgte auf dem Fuße; schon bald sollte Pfarrer Wilk seinen Dienst bei uns antreten.

Leider habe ich aus dem Bericht nicht herauslesen können, ob die Maria vom Kriegsrecht zum Zeitpunkt des Diebstahls immer noch weinte.

Ich muss zugeben, dass ich die Reporte nicht ohne Vergnügen gelesen habe. Die Sprache, in der sie abgefasst sind, erinnert mich an die Sprache des Religionsunterrichts und der Sonntagspredigten, aber ohne die biblische Syntax, derer der Pfarrer sich im Alltag so gern bediente; diese Sprache war gefühlsbetonter, leidenschaftlicher, gewissermaßen frischer (der Pfarrer ist seinerzeit keine dreißig Jahre alt gewesen).

Seine Berichte waren geschwätzig und sehr detailliert und er verfasste sie regelmäßig und häufig. Doch je weiter die Zeit voranschritt, umso chaotischer schienen sie zu werden.

An einem bestimmten Punkt wusste ich nicht mehr, ob der Pfarrer, Deckname *Krämer*, jemanden zitierte, oder ob er seine eigenen Vorstellungen beschrieb.

Einmal benutzt er die Formulierung „mir träumte", und das wird wohl der Auslöser gewesen sein, denn tatsächlich hatte er aus irgendeinem Grund begonnen, in den Berichten seine Träume zu schildern.

Es waren sehr ausschweifende und gleichzeitig rätselhafte Beschreibungen, als könne der Pfarrer die Dinge nicht beim Namen nennen. Zwischen den Zeilen spürte man außerordentlich viel Scham und Schüchternheit, es schwang aber auch Ärger mit, wenn nicht sogar Zorn mit. Natürlich träumte er von der Maria vom Kriegsrecht. Die Figur bedrohte ihn sogar im Schlaf! „Sie sah aus wie eine leibhaftige, echte Frau", „Ich wollte sie berühren", schrieb der Pfarrer und ich war mir nicht sicher, ob er damit wirklich nur seinem Erstaunen Ausdruck verleihen wollte. Die Marienvisionen, die Pfarrer Wilk im Traum heimsuchten, waren beunruhigend. Überempfindliche Zeitgenossen hätten sie vielleicht sogar „unanständig" genannt. Der Pfarrer beschrieb in Einzelheiten, was für ein Duft aus ihren Haaren aufstieg, wie ihre Haut aussah und wie sich das luftige Gewand an ihren Körper schmiegte.

„Die Erinnerung daran will auch im Wachzustand nicht von mir weichen", erklärte er in einem seiner letzten Berichte vorwurfsvoll und mit beinahe unleserlicher Handschrift.

Gegen Ende schrieb der Pfarrer seine Berichte immer häufiger, umso verblüffender war der plötzliche Abbruch – die Berichte reißen im Jahr 1983 völlig unerwartet ab. Der letzte wurde ein paar Wochen nach der Bestellung der Marienfigur abgefasst.

Das hat mir viel zu Denken gegeben. Es war kein Zufall, dass das Ende der Zusammenarbeit des Pfarrers mit dem Staatssicherheitsdienst sich zeitlich mit dem Besuch der Maria vom Kriegsrecht im Pfarrhaus überschnitt, dem Abend, an dem sie, von Windstößen vor seine Schwelle getragen, mit der Stirn gegen seine Tür geklopft hatte. Der Pfarrer hat ihr die Füße selbst abgeschlagen. Dachte er, dass er sie auf diese Weise davon abhalten konnte, wiederzukommen? Ich bin mir sicher, dass er ihre Visite genau so aufgefasst hat. Anders, als man in der Stadt glaubte, hatte die Maria vom Kriegsrecht keine Herberge gesucht, keinen Schutz vor dem Sturm, kein nächtliches Asyl. Nein, sie war gekommen, um ihn anzuklagen, den Schuldigen zur Verantwortung zu ziehen. Dessen war sich der Pfarrer allzu bewusst. Er hatte seit Wochen darauf gewartet und entsetzliche Angst davor gehabt. Die Maria vom Mahrtal wusste Bescheid, dass er sich des größten Sakrilegs schuldig gemacht hatte, dass er nicht nur unsere Stadt, sondern unsere ganze Nation und die Kirche, unser irdisches Gotteshaus verraten hatte.

Das düstere, dumpfe Poltern, mit dem die Maria in jener stürmischen Nacht ihre Keramikstirn gegen die Tür schlug, ist nichts anderes als ein stummer Schrei der Anklage gewesen. Mit dem Einbau des Buntglasfensters und der Errichtung des Glockenturms wollte der Pfarrer, wie ich glaube, eine Art Opfer darbringen. Es war der Versuch eines Ablasshandels, ein an die Maria vom Mahrtal gerichtetes Gnadengesuch, von deren Zorn er so hart getroffen wurde. Kein Wunder also, dass dem Pfarrer schwindlig wurde, als der Turm vor seinen Augen einzustürzen drohte.

Schon damals wusste ich, dass der Reporter sich wegen seines Artikels an Pfarrer Wilk gewandt hatte. Er hat ihm ein paar Fragen zum verschwundenen Gemälde stellen wollen. Am Telefon hatte er behauptet, im Besitz von Material zu sein, auf das „der Pfarrer sicher einen Blick werfen" wollte.

Ich kann mir vorstellen, wie unserem armen Pfarrer zumute gewesen sein musste! Magda hatte bereits zu singen begonnen und er wurde immer häufiger von meinem Vater gequält. Zu allem Überfluss geisterten gerade Listen von Mitarbeitern des Staatssicherheitsdienstes durch die Presse, voll fremder Namen, Ränge und Decknamen. Die Träume von damals kehrten wieder zurück.

Eines Tages hat Pfarrer Wilk den Reporter auf einen Spaziergang durch den Urwald eingeladen. Und dann ging, glaube ich, alles ganz schnell. Ich stelle mir dieses oder ein ähnliches Szenario vor: Als sie den Froschteich erreichten und der Reporter mit dem Material herausrückte, das er für seinen Artikel über das Wunder gesammelt hatte (übrigens alles ganz harmlos, Zeitungsausschnitte und irgendwelche alten Briefe mit Augenzeugenberichten), war in unserem Pfarrer unwiederbringlich etwas zerbrochen. Ihm wurde schwarz vor Augen und er verlor vollends den Kopf. Die Angst hatte gänzlich von ihm Besitz ergriffen. Er war ja überzeugt, dass die Mappe, die der Reporter ihm zeigte, seine mit jugendlicher Handschrift abgefassten Spionageberichte beinhaltete, jene Berichte, die ihn schon seit so vielen Jahren verfolgten, und ich bin mir ganz sicher, dass er in diesem Moment weder an den Reporter dachte, noch an das Wunder, und schon gar nicht an den Artikel. Er war sich weder des Waldes bewusst, der sie beide umgab, noch nahm er den Tümpel wahr, vor dem sie standen – er wollte ihm einfach nur die verhassten Papiere abnehmen, sie zerstören, nach so vielen Jahren endlich Ruhe finden. Und so warf er sich auf den Reporter, versuchte mit aller Kraft, ihm die Mappe aus den Händen zu reißen, er war ja ein starker Mann, und der Reporter, völlig überrumpelt, fiel nach hinten und schlug mit dem Kopf unglücklich auf einer hervorstehenden Wurzel auf. Der Pfarrer reagierte dann erstaunlich geistesgegenwärtig, indem er erst alle Taschen des Reporters gründlich durchsuchte (dabei nahm er dessen Notizbuch und Mobiltelefon an sich, mit dem er uns später SMS schickte), dann seinen Mantel mit ein paar Steinen beschwerte und ihn schließlich in den Tümpel stieß. Dass er nur einen Moment später, völlig in Panik, mit mir im Urwald zusammenstieß, ist einfach nur Pech gewesen.

Bestimmt fürchtete er, dass wir die Leiche finden würden und hatte uns vorsorglich Angst einjagen wollen. Auf der Flucht war ihm das Notizbuch aus der Tasche gefallen, in das er, wenn ich mir die darauffolgenden Ereignisse in Erinnerung rufe, noch nicht hineingeschaut haben konnte – er hatte also gar nicht wissen können, dass es leer war.

Ich vermute, dass er dieses Notizbuch später lange und verzweifelt suchte, schließlich hatte er keinen Schimmer, dass wir es gefunden hatten. Bestimmt hat er uns hin und wieder beobachtet, wenn wir durch den Urwald streiften, Mischa und Hans waren ja immer noch mit dem Metalldetektor unterwegs – und aus Verzweiflung fiel ihm nichts Besseres ein, als den Jungs zur Abschreckung diese absurden, mit Fehlern und abenteuerlicher Zeichensetzung gespickten SMS zu schicken.

Was ging ihm wohl durch den Kopf, als wir ein paar Wochen später vor dem Pfarrhaus auftauchten? War er erschrocken, als er uns an der Türschwelle erblickte? Ich erinnere mich, wie er uns hinter der Gardine beobachtete. Die Spitzengardine warf ein Schattenmuster auf sein Gesicht, als wir mit Frau Dabrowska im Garten standen. Und genau dort muss er, wie mir später klar wurde, das Notizbuch des Reporters wiedererkannt haben. Deswegen hatte er später die Plastiktüte mit den Wörterbüchern und den Sobieski-Briefen gestohlen.

Und da ist noch etwas: Als die Einwohner Zuckrowkas auf der Suche nach Rettung für die in Flammen stehende Figur auf den in voller Montur gekleideten Pfarrer trafen, der, wie es schien, bereits zur Wegbiegung eilte, konnten sie nicht wissen, dass er nicht aus dem Pfarrhaus, sondern aus unserer Villa gekommen war.

Denn in dieser Nacht hat er das Notizbuch aus meinem Zimmer entwendet. Dass er auch das Foto von Vizeminister Las mitgenommen hat, war Zufall. Bis zum heutigen Tag sehe ich seinen Gesichtsausdruck beim Anblick der Flammen: Genau so sieht ein Mensch aus, dem bewusst wird, dass seine schlimmsten Befürchtungen wahr geworden sind. Es war, als hätte sich die Maria aus Zorn auf den Pfarrer, diesen ungeschickten Dieb und Betrüger, selbst entflammt.

Damals fing der Pfarrer, bei dem die geistige Umnachtung bereits einsetzte, an, zum Froschteich zu gehen. Als ich ihm dort zuletzt begegnete, goss er aus einem Bottich geheiligtes Wasser in den Tümpel, wohl um den Satan zu vertreiben, den er, wie ich aus seinem Singsang schließen konnte, „mit seinen Taten persönlich in die Stadt gelockt" hatte.

Er betete ein paar Tage lang bei dem kleinen Weiher, stammelte unentwegt Litaneien für die Verstorbenen vor sich hin, und bat nicht nur die Maria vom Mahrtal um Gnade, sondern auch die Seele des verunglückten Reporters. Und in genau so einem Moment, als er in ein weiteres tränenreiches Gebet versunken war, hat er uns erblickt, wie wir am Morgen aus dem Werk heimkehrten. In der Halbdämmerung müssen die Plastikhörner an Hans' Baseballkappe einen gewaltigen Eindruck auf den Pfarrer gemacht haben. Und neben dem Teufel stand auch noch Magda. Ja, sie, die verfluchte Tochter des Vorsitzenden, die ihn den ganzen Sommer lang angeklagt hatte. Sie waren gekommen, um ihn zu holen.

* * *

Was den Reporter angeht, war alles auf Pech und Zufall zurückzuführen. Natürlich hatte er nichts von der Vergangenheit von Pfarrer Wilk geahnt. Er hat wirklich bloß einen Artikel über die Geheimnisse von Zuckrowka schreiben wollen. Im Zuge seiner Recherchen war er komplett zufällig auf verdächtige Informationen über die Firma Zement-Pol gestoßen. Und um sich etwas dazuzuverdienen, war er damit zu Dygnar gegangen – das ist alles. Der Rest ist Geschichte.

KAPITEL 62

Z

Trotz seiner immer guten EKG-Werte und der langjährigen Expertise von Kardiologin Skorupa starb mein Vater genau so, wie er es vorhergesagt hatte – am Herzen.

Ich glaube, dass er schon tot war, als Magda am Boden aufschlug. Obwohl ich mich nur noch an den Anblick ihres über dem Haus schwebenden Körpers erinnern kann, bin ich mir sicher, dass Vater genau in dem Moment starb, als Magda Dygnar von unserem Dach in die Tiefe sprang, dass er sich, von ihrem Gesang in Angst und Schrecken versetzt, versteckt hatte, und die Panik so groß wurde, dass sein Hasenherz es einfach nicht aushielt. Es war diese Angst gewesen, wegen der er der Tochter des Vorsitzenden monatelang Schlaftabletten verabreicht hatte.

Oder habe im Endeffekt *ich* meinen Vater getötet? Würde er noch leben, wenn ich die Tabletten nicht wieder ausgetauscht hätte? War Magda deswegen endlich wach geworden? Und was macht mich eigentlich so sicher, dass Magda Dygnar die Tabletten wirklich genommen hatte? Vielleicht schluckte sie sie gar nicht herunter, vielleicht hat sie uns von Anfang an hinters Licht geführt? Von jemandem aus Wysoka habe ich später erfahren, dass man bei Magda Dygnar in jener Zeit nicht nur Gras, sondern auch Beruhigungsmittel kaufen konnte.

Natürlich habe ich mir auch die Version der Polizei angehört. Angeblich waren die Polizisten meinen Vater holen gekommen, so wie sie eine Stunde zuvor den Vorsitzenden geholt hatten, und Vater, der in Panik geraten war, hatte sich im Schuhschrank vor ihnen versteckt. Dort hatte man ihn nur noch tot aufgefunden, zwischen ausgelatschten Turnschuhen und Schlappen, im käsigen Geruch durchgeschwitzten Leders und alter Gummisohlen. Die Polizisten müssen sich ziemlich abgemüht haben, ihn herauszuziehen, denn sein erstarrter Körper hatte sich komplett zwischen den engen Regalbrettern verkeilt.

***

Hans und Mischa wohnen mittlerweile beide nicht mehr in Zuckrowka. Hin und wieder spaziere ich noch zum Porzellanhaus. Irgendwelche Leute von Auswärts haben es gekauft. Familie Kulik ist nach Bielsko umgezogen. Ihr Haus ist deutlich in die Jahre gekommen, es hat ein paar Risse bekommen, aber abends reflektiert es das Sonnenlicht immer noch wie ein riesiger Spiegel.

Neulich habe ich Mischas Mutter gegoogelt. Sie ist mittlerweile Inhaberin der Ladenkette *Blumenpost* mit Filialen in einigen Großstädten in ganz Südpolen.

Hans hat unserer Stadt vor drei Jahren den Rücken gekehrt und lebt jetzt in Holland. Er hat in der Berufsschule seine Ausbildung zum Mechaniker abgeschlossen, konnte aber lange keinen Job finden oder behalten. Zur Zeit arbeitet er in einer Gärtnerei in Aalsmeer bei Amsterdam. Auf einem Foto, das er mir einmal gemailt hat, trägt er eine giftgrüne Garnitur und Gärtnerhandschuhe und hält einen Strauß frisch gepflückter Blumen in den Händen.

„Das Weed hier ist der Hammer, kein Vergleich mit dem von Mischa", schrieb er mir und es war das erste Mal seit 2005, dass er Mischa erwähnte.

Wie man sich unschwer denken kann, war Hans über die Betrügereien von Dygnar im Bilde gewesen. Er hatte auch über meinen Vater die ganze Zeit Bescheid gewusst. Das alles hat er mir selbst erzählt, nachdem über die ganze Geschichte etwas Gras gewachsen war. In seiner Version der Geschehnisse ist er an dem Tag dahintergekommen, an dem ich mich mit ihm und Mischa auf dem Friedhof traf.

Ein paar Monate zuvor hatte Hans von seinem Vater Geld bekommen. Dieses Geld sollte Hans einem der zahlreichen Kontrahenten seines Vaters übergeben. Normalerweise vertraute Herr Kaleta seinem Sohn nie solche Angelegenheiten an, doch diesmal war es ein Notfall, weil er mit seiner „Assistentin" dringend geschäftlich hatte verreisen müssen.

Hans beteuerte, er wisse selbst nicht, was ihn damals geritten hat. War es sein seit Grundschulzeiten bestehendes Faible für Rubbellose, Flipper- und Glücksautomaten gewesen? Jedenfalls setzte er in einem Wettbüro in Wysoka alles auf eine Karte.

„Ne todsichere Bank" soll es gewesen sein. Er hatte früher gute Tipps bekommen, die sich schon ein paarmal bewährt hatten, deshalb war er überzeugt, dass er wieder gewinnen würde. Bestimmt stellte er sich vor, wie er seinem Vater die ganze Summe zurückzahlte, Herr Kaleta würde ihn erstaunt ansehen und Hans würde nur abwinken und ganz lässig erklären: „Chill dich, Papa, das Geld hab ich verdient."

Leider hatte er falsch getippt, das Geld war weg.

Und genau zu diesem Zeitpunkt tauchte der Kabler auf.

Bis heute ist mir nicht ganz klar, ob Hans auf ihn zugegangen ist, oder Pytko ihm von sich aus seine Hilfe angeboten hatte, ich weiß nur, dass er ihm ein Darlehen verschafft hat, zweitausend Złoty von einem Bekannten, damit Hans' Vater von dem Verlust keinen Wind bekam.

Das Darlehen war zwar verzinst, aber er konnte das Geld zurückgeben, „wenn's passt, keine Eile", wie ihm der Mann versicherte, als er ihm den Geldumschlag überreichte. „Junge, es brennt nicht, du gibst es einfach zurück, wenn du es hast."

Doch schon zwei Wochen später forderte der Gläubiger dann die Rückgabe der gesamten Summe. Erst nervte er nur mit Anrufen, dann begann er zu drohen, schließlich war er sogar mit dem Auto zur Schule gekommen, mit ein paar fies aussehenden Typen im Schlepptau, und einmal wartete er sogar vor dem Haus auf Hans.

Als Mischa und er also plötzlich Droh-SMS vom Pfarrer bekamen, glaubte Hans an einen weiteren Versuch seines Kreditgebers, ihm Angst einzujagen. Er gab zwar so viel zurück, wie er zurückzahlen konnte, aber irgendwie schuldete er ihm immer mehr. Und so wandte er sich an den Kabler, der aber meinte, das sei nicht sein Problem. Der Schuldenberg wuchs also weiter, während die Männer Rückzahlung forderten.

Einen Teilbetrag klaute Hans seiner Mutter, aber nur so viel, dass sie es nicht merkte. Er hat sogar seine alte Spielkonsole verkauft. Vergebens blieb aber sein Versuch, Mischa zu überreden, ihm einen größeren Vorrat an Gras zum Dealen zu überlassen.

Kein Wunder, dass er sich im Frühling so sehr auf Makowski eingeschossen hatte.

Im August hat der Kredithai dann Hans' Vater einen Besuch abgestattet – und ihm seinen Audi zerkratzt –, worauf Herr Kaleta ihm äußerst widerwillig das Geld zurückgab, nicht ohne seinen Sohn noch am selben Tag gehörig zu vermöbeln. Hans wurde dazu verdonnert, das Geld abzuarbeiten und zusätzlich für den Schaden an der Karosserie aufzukommen. Mir scheint, Herr Kaleta wusste schon damals, dass er in Schwierigkeiten steckte, denn er schickte seinen Sohn bei der erstbesten Gelegenheit zu Dygnar, damit er ihm bei der Vernichtung der belastenden Dokumente half, während er selbst sich aus dem Staub machte.

In dem ganzen Durcheinander hatte niemand bemerkt, dass auch Mischa Kulik verschwunden war. Allenfalls seine treuen Kunden hatten es zu spüren bekommen.

Weitere interessante Einzelheiten erfuhr ich später von Hans' Mutter, die ausgerechnet an diesem Nachmittag Schicht in der Tankstelle hatte und Mischa gesehen haben will, wie er mit herausgestrecktem Daumen mit seinem Mofa am Wegesrand stand, die Taschen zu beiden Seiten vollgestopft. Bald hielt ein Lkw an. Der Fahrer half Mischa, das Mofa auf die Ladefläche zu hieven. Mischa nahm die Taschen ab, die, wie ich vermute, bis oben mit dem Geld aus den Bienenstöcken des Imkers gefüllt waren, bevor er in die Fahrerkabine stieg. Einen Moment später hat der Regen eingesetzt.

Wie sich herausstellte, war Mischa, obwohl er uns jahrelang vom Gegenteil zu überzeugen versuchte, mit seinem Mofa nie bis zur Grenze gekommen. Das wäre auch kaum zu schaffen gewesen. Er fuhr damit immer nur bis zur Tankstelle und von dort ging es per Anhalter weiter. Bestimmt hat der Kabler ihm oft geholfen, indem er über CB-Funk befreundete Fahrer bat, den Jungen mit dem angeblich kaputten Mofa auf einer Teilstrecke des Weges mitzunehmen. Auf diese Weise gelangte er bequem in die Nähe der Grenze und die letzten Kilometer bis zur Slowakin legte er dann wieder allein zurück.

Interessanterweise war Koko zeitgleich mit ihm verschwunden und Hans' Mutter meinte gesehen zu haben, wie das gefleckte Köpfchen des Hundes aus einer der Taschen herauslugte. Am Ende hatte der Hund wohl doch gelernt, auf dem verhassten Mofa mitzufahren.

Ein paar Tage später ist Oma Kulik gestorben. Vielleicht, weil sie ihren Enkel vermisste, vielleicht war auch einfach nur ihre Zeit gekommen. Vielleicht war sie aber auch wirklich nur noch von dem Honig am Leben gehalten worden, den Mischa ihr auf die Zigarettenfilter gestrichen eingeflößt hatte?

Allerdings war ich schon etwas verwundert, dass sie starb, ihr Körper aber immer noch da war, hatten wir doch immer geglaubt, Oma Kulik würde zu Staub zerfallen, auf ihrem Liegestuhl zerbröseln, und alles, was von ihr übrig bliebe, wäre das Bündel von Decken, wie ein verlassener Kokon.

* * *

2005 begann Großmutter plötzlich wieder anzurufen, nachdem sie zehn Jahre lang nicht mehr hatte von sich hören lassen. Manchmal fanden wir ein Kuvert von ihr im Briefkasten. Sie schrieb auf sehr dünnem, nahezu durchsichtigem Papier, und legte immer ein paar knallig bunte Fotos bei, auf denen sie meist stark gebräunt mit immer neuen Boyfriends posierte. Mal war es ein John, mal ein Kevin. Sie wechselten wie die Landschaft im Hintergrund. Auf ihrem Scheitel prangte immer noch ihr Hahnenkamm in einem Nest aus platinblonden Haaren.

Sie rief nur selten an, meistens um Neujahr herum. Unsere Gespräche waren kurz und inhaltsarm. Und doch klingelte das Telefon im Jahr 2005 wieder.

Natürlich hatte Großmutter, wie es ihre Art war, ihre Schwierigkeiten damit, sich an eine andere Zeit anzupassen als die eigene, weswegen uns das Telefonklingeln in der Regel gegen 2 oder 3 Uhr nachts weckte. Normalerweise nahm Vater ab, und tief unter meinem Bettzeug vergraben glaubte ich, das ungeduldige Seufzen meiner Großmutter zu hören, wenn ihr Schwiegersohn ein verschlafenes „Hallo?" in den Hörer nuschelte. Die Gespräche fielen immer sehr knapp aus. Man tauschte ein paar Floskeln aus und Vater ging wieder ins Bett. Mutter ging nie ans Telefon und tat, als würde sie tief und fest schlafen.

Ich dachte wieder häufiger an Magda. Sie war nicht nach Zuckrowka zurückgekehrt. Eigentlich hat sich die Geschichte mit ihr nie ganz aufgeklärt. In der Stadt sprach niemand mehr über sie. Ja, Magda Dygnar geriet komplett in Vergessenheit.

Ich habe mich gefragt, wann Magda eigentlich mitbekommen hat, dass sie schlafwandelte. In allen wissenschaftlichen Aufsätzen, die ich zum Thema Somnambulismus gelesen habe, heißt es, der Kranke könne sich nicht an seine nächtlichen Eskapaden erinnern. Die Betroffenen blieben ahnungslos, als hätten sie ihr Bett nie verlassen. Aber irgendwas musste Magda doch gemerkt haben, wenn sie mit Schnee und Schlamm an den Füßen aufwachte, der ihre Bettwäsche beschmutzte? Welche Gedanken gingen ihr wohl durch den Kopf? Wenn sie es damals gewusst hat, lange vor Mischa und Hans, lange vor mir und vor meinem Vater und vor der ganzen Stadt, warum hat sie dann niemandem etwas gesagt? Warum – und wie lange – hat sie alles geheim gehalten?

Oder erinnerte sie sich vielleicht doch an ihre nächtlichen Wanderungen? Hat sie damals geträumt? Und wenn ja, was? Vielleicht fiel sie in den Schlaf wie in den Schnee und am Morgen blieb nur noch das seltsame Gefühl von Unendlichkeit zurück, das den Menschen anrührt, weil es wie eine Kerbe ist, eine Kante, ein alter vergessener Schnitt einer Säge, der Dinge enthüllt, die man nur erahnen, aber unmöglich begreifen kann? Hatte sie Angst vor ihren Ausbrüchen? Sie konnte sich ja nachts überall wiederfinden, an jedem beliebigen Ort. Hätte ich an ihrer Stelle Angst gehabt?

* * *

Ich hatte begonnen, Vaters Papierkram durchzusehen, aber mittendrin wieder damit aufgehört. Nachmittags lag ich viel auf dem Sofa meiner Eltern herum. Mit Abscheu sah ich zu, wie der Abdruck, den Vaters Körper auf der Sitzfläche hinterlassen hatte, langsam verschwamm und die Form meines Bauchs annahm.

Ich sah mir jede Menge Naturdokus an. Sie schienen immer trauriger zu werden und das Schicksal, das man darin selten beim Namen nannte, immer unabwendbarer. War Vater wirklich wahnsinnig zu nennen, weil er an die Berechnungen und Vorhersagen der Wissenschaft glaubte?

Ich verspürte einen Stich, ein Gefühl ähnlich der Furcht, die ich schon einmal verspürt hatte, mit sieben Jahren, als ich für einen Moment, genau wie

Vater, glaubte, dass der Himmel über Zuckrowka einstürzen würde. Aber ich verdrängte es schnell wieder, weil solche Gefühle nur schwer auszuhalten sind.

Was machte es schon, dass wir in der merkwürdigen Wolkenformation einen Arsch im Heiligenschein gesehen hatten, wenn mein Vater, Wahrsager Arrevald, der erste Anthropozäntrist des Mahrtals, den echten Riss gesehen hatte, einen Spalt, der unsere Welt entzweite, einen Abgrund, der sich nicht mehr schließen würde.

Konnte es sein, dass der größte Irre der Stadt mit seinem „hirnrissigen Zeug" womöglich gar nicht so falschgelegen hat?

Und dann rief Großmutter wieder an. Sie hatte sich seit August nicht mehr gemeldet. Ehrlich gesagt überraschte es mich kein bisschen, denn wenn es jemanden gab, der über die Kontinente und Ozeane hinweg erspüren konnte, dass hier Dinge geschahen, die nur sie durchdringen konnte, dann sie.

In der Nacht hatte ich von Vaters alter Homepage geträumt. Ich klickte und klickte, aber die Zahl auf dem Gästezähler wurde immer kleiner und fiel im Rhythmus der quäkenden Hintergrundmelodie der Webseite immer weiter gegen null. Dann wachte ich auf.

Das Telefon klingelte, dabei hatte ich es doch wie jeden Abend ausgesteckt. Ich brauchte eine Weile, um zu begreifen, dass es anders klang als sonst, dumpf und trotzdem deutlich. Das Geräusch kam aus der Küche.

Vaters Handy, das früher als seine astrologische Infoline fungiert hatte, lag auf dem Regal, hinter einem großen Sack Salz verborgen. Es war an sein Ladekabel angesteckt. Der seltsame Aufbewahrungsort war der Tatsache geschuldet, dass Vater meinte, uns auf diese Weise vor krebserregender Strahlung schützen zu können.

Das Handy klingelte penetrant und spielte ein schrilles *Für Elise*. Ich nahm es aus dem Regal und klopfte die winzigen Salzkörner von der Tastatur. Ein paar hatten sich unter den Tasten verklemmt und bildeten eine unterbrochene Kontur um die gewölbten Ziffern.

„Anonym", las ich vom Bildschirm ab.

Ich zögerte kurz, dann nahm ich den Anruf entgegen.

„Na endlich!" Eine gereizte weibliche Stimme ertönte.

„Omi?", nuschelte ich verblüfft.

„Was flüsterst du denn so? Red lauter!"

Ich wollte etwas entgegnen, aber Großmutter Saretzka fuhr mir ins Wort.

„Hör mal, Tochterherz … Tut mir leid, dass ich nicht auf der Beerdigung war. Ich hab's einfach nicht geschafft …"

„Das, äh … ist nicht so schlimm."

„Und wie du weißt, konnte ich deinen Vater sowieso nie leiden."

Dann begann Großmutter, mir leidenschaftlich von ihrem Urlaub zu erzählen. Dabei streute sie immer wieder englische Wörter und fremd klingende Namen ein. Genossin Saretzka hatte mit den Jahren einen amerikanischen Akzent angenommen, sie sprach die Vokale breit und manchmal rutschte ihre Zunge in ein kaugummiweiches r ab.

Ich lauschte ihren Worten aufmerksam und mit geschlossenen Augen, etwas in ihrer Satzmelodie wirkte beruhigend auf mich und gab mir ein Gefühl von Geborgenheit. Ich rief mir die Nachmittage auf ihrer Etage in Erinnerung, als wir in der Villa zusammen zeichneten und sie immer wieder an einem Gläschen Cognac nippte, später die Hühner im Garten fütterte oder ihre halbmondförmigen Nägel gegen die Wände schießen ließ.

Eigentlich habe ich zum Thema Großmutter nicht wirklich viele Erinnerungen. Den Großteil der Geschichten um Genossin Saretzka kenne ich von Fotos und aus Anekdoten, die man mir erzählt hat. Ob das gut oder schlecht ist, weiß ich nicht. Woran ich mich gut erinnern kann, sind ihre Füße. Und an den künstlichen Duft von Pfefferminz, den sie verströmte. An ihren Ton, der keinen Widerspruch duldete. Und dann erinnere ich mich noch an die alte Geschichte mit dem Bajonett. Oder schien es mir immer nur, als würde ich mich daran erinnern? Gut möglich, dass ich die Geschichte erst später gehört habe, dass jemand ganz anderes sie mir erzählt hat, als Genossin Saretzka schon längst außer Landes war. Ist es überhaupt Großmutters Geschichte gewesen? Als ich einmal ihre Lebensjahre zusammengezählt habe, passte nichts mehr zusammen. War die ganze Geschichte ihr auch bloß erzählt worden? Hatte sie sich alles nur ausgedacht? Was, wenn Großmutter erst nach dem Krieg geboren wurde? Vielleicht würde unsere älteste Familienerinnerung sich am Ende sogar als unwirklicher entpuppen als alle anderen Erinnerungen?

Ich hatte Großmutter seit 1993 nicht mehr gesehen, sie war nie wieder aus den Staaten nach Polen zurückgekehrt, und doch fühlte es sich so an, als ob sie in all den Jahren immer noch bei uns gewesen wäre. Ihr Vermächtnis, das Erbe, das sie mir notariell überschrieben hatte, blieb trotz dem Verstreichen der Zeit unter ihrer Herrschaft.

Auf einmal kam mir ein seltsamer Gedanke.

„Omi …", unterbrach ich sie. „Hat dich eigentlich mal jemand angerufen wegen der Sache in Zuckrowka?"

„Wegen der Sache in Zuckrowka? Wie meinst du das, Tochterherz?"

„Ein Reporter vielleicht?"

Im Hörer wurde es still.

„Ich weiß nichts von einem Reporter …"

„Er hat gesagt, er hätte dich kontaktiert", log ich. „Wegen des Wunders."

Auf der anderen Seite glaubte ich einen unterdrückten englischen Fluch zu hören, der in einen lauten Seufzer überging. Warum war ich nicht schon viel früher darauf gekommen?

„Doch, ja, da war einer, der mich belästigt hat", knurrte sie schließlich verärgert. „Er hat mich wegen des verschollenen Bilds ausgefragt."

Auf dem Pappschnipsel, der in der Umschlagklappe des Notizbuchs gesteckt hatte, war der Nachname meiner Großmutter notiert gewesen, nicht der meiner Mutter. Sie hatten doch die gleichen Initialen.

„Und deswegen hat er dich angerufen?"

„Na ja, er war nicht der Erste. Die Nummer hat er bestimmt von dieser Göre bekommen, wie hieß sie noch, Dygnar."

Nun war Großmutter hörbar entrüstet.

„Magda ...?"

„Die Nulpe hat mich wochenlang mit Anrufen belästigt letzten Herbst. Und das mitten in der Nacht! Kannst du dir das vorstellen? Hat Fred und mich geweckt, als wüsste sie nichts von Zeitverschiebung. Manchmal klingelte hier das Telefon nachts um drei!"

„Im ... Herbst? Aber warum?", murmelte ich komplett verdattert.

„Hab ich doch gesagt, sie hat nach dem Bild gefragt."

„Die Maria vom Kriegsrecht? Sie hat dich danach gefragt? Aber ... warum?"

Im Hörer wurde es wieder still. Und dann ertönte zu meinem Erstaunen ein lautes Lachen.

„Na ja, immerhin ...", rückte Großmutter endlich hüstelnd heraus, „habe ich das Bild gemalt. Es war ein Selbstporträt."

Ja, meine Großmutter hatte sich selbst auf dem Gemälde verewigt, „ein Selbstporträt vor dem Spiegel". Großvater und sie waren gerade erst in die Stadt gezogen. Noch hatte sie ihren pädagogischen Lehrgang nicht abgeschlossen und in Zuckrowka war sie ein unbeschriebenes Blatt.

„Wir haben damals vom Gehalt deines Leider-Opas gelebt", gab sie widerwillig zu.

Weil sie sich etwas dazuverdienen wollte, hatte sie versucht, ein paar Kohlezeichnungen zu verkaufen. Pfarrer Smietana, der sich damals damit abmühte, die Kirche auszuschmücken, hatte von ihrem künstlerischen Talent Wind bekommen und Großmutter gebeten, ein Gemälde für das Seitenschiff anzufertigen (er hatte ja keine Ahnung, dass sie sich bald in Genossin Saretzka verwandeln würde). Er zahlte nicht viel, aber es war besser als nichts. Großmutter hatte keine Leinwand zur Hand und nur noch ein paar Farbreste übrig. Ohne viel Aufhebens schnappte sie sich ein altes Bild, das sie noch in Lodz mit Ölfarben gemalt hatte (ein

Verlobungsgeschenk von Leider-Opa) und übermalte es kurzerhand. Der Pfarrer ahnte nichts davon.

„Ich hab einfach einen Heiligenschein dazu gemalt, einen Schleier hier, ein Engelchen da. Smietana ist nie dahintergekommen, aber er war ja auch sonst nicht der Hellste."

Sie schwieg einen Moment lang. Ich hörte nur ein fernes Rauschen in der Leitung.

„Wenn der geahnt hätte, dass die ganze Stadt dieses Bild einmal anbeten würde ...!"

Großmutters Stimme klang auf einmal merkwürdig und war im immer lauter werdenden Rauschen kaum mehr zu verstehen.

Von Genossin Saretzka erfuhr ich, dass das Bild nicht zerstört worden ist. Großmutter meinte, der alte Dygnar, der schon damals Krebs hatte, habe es heimlich an sich gerissen („dieser Lumpenkatholik!", hatte sie verächtlich gefaucht), und in den folgenden Jahren soll er immer wieder versucht haben, sich damit zu heilen. Vergeblich. „Aber er war eben ein Idiot, genau wie sein Sohn."

„Hat sie denn immer noch geweint, Oma?", fragte ich, fasziniert von ihren Enthüllungen.

„Wer?"

„Na, die Maria vom Kriegsrecht."

„Spinnst du, Kind? Hast du den Verstand von deinem Vater geerbt? Von Tränen kann überhaupt keine Rede sein. Das war nur wegen einem geplatzten Heizkörper, nichts weiter, kein Wunder bei dem Frost."

Später habe ich mich gefragt, ob der alte Dygnar hätte wissen können, dass Großmutter das Bild gemalt hatte. War es möglich, dass er sie damit erpresst hat? Ich konnte nie so richtig glauben, dass Genossin Saretzka das Gefecht um das Werk einfach so gegen ihn verloren hatte, und anschließend auch den Kampf um die Stadt. Sie selbst hätte mir die Wahrheit nie gesagt, und ich habe auch nie gewagt, sie danach zu fragen.

„Dygnars Sohn hat damals, als die Tage des Sozialismus schon gezählt waren, versucht, das Bild heimlich zu vermieten, zu Heilungszwecken", erklärte Großmutter. „Angeblich hat er auch versucht, es dem alten Sack aus dem Museum anzudrehen, gegen bare Münze, versteht sich."

„Direktor Sobieski?"

„Sobieski, genau. Der, der sich erhängt hat. Hat wohl nicht viel Heilkraft gehabt, das Bild."

Mir fiel wieder die Besenkammer ein, die – wie Frau Dabrowska erzählt hatte – Sobieski in den letzten Monaten seines Lebens abzuschließen begann. Kann es sein, dass der Direktor darin das berühmte Gemälde versteckte, das verschollene Bildnis der Maria vom Mahrtal, Großmutters Selbstporträt, das in der Stadt als unwiederbringlich verloren galt? Und Sobieskis Streit mit Dygnar, von dem Janek Gruzin uns erzählt hatte? War es an jenem Abend einfach nur darum gegangen, dass der Vorsitzende das Bild zurückhaben wollte? Und die wichtigste Frage: Was ist danach mit dem Bild passiert? Wer hat sich nach dem Tod des Direktors die Leinwand unter den Nagel gerissen? Im Museum befand sich das Bild mit Sicherheit nicht.

Ich spürte, dass ich der Lösung des Rätsels immer näher kam, dass ich durch all die Schichten von Erinnerungen und Erzählungen endlich auf festen Grund stieß.

In den nächsten Wochen bat ich Großmutter vergeblich, mir eine Kopie des Gemäldes zu schicken. Ich rief sie mehrmals an, ohne mich um die Kosten für die Fernverbindung zu scheren, flehte Genossin Saretzka an, die Maria vom Kriegsrecht für mich zu zeichnen, ich würde mich auch mit einer einfachen Skizze zufriedengeben! Ich schickte ihr sogar ein paar Fotos aus ihrer Jugend, die ich in der Schuhschachtel gefunden hatte (wusste Großmutter noch, wie sie einmal ausgesehen hatte …? Oder versetzte der Anblick der Person auf den Bildern sie in Erstaunen?), aber sie lehnte vehement ab. Nein, sie kriege es nicht hin, sie könne es nicht, und vor allem habe sie keine Lust dazu.

Mein Wunsch, das Gemälde einmal zu sehen zu bekommen, war groß. Vielleicht würde ich dann verstehen, warum Magda sich dafür interessierte. Warum hatte sie bloß meine Großmutter angerufen? Und das so viele Monate, bevor sie zu schlafwandeln begonnen hatte!

Ich habe damals viele Stunden in Lesesälen verbracht und blätterte in Archiven der Lokalpresse und unzähligen Ausgaben der *Unheimlichen Phänomene*, die in Vaters Sammlung fehlten. So hatte ich auch die Fährte der Linguistin aufgenommen und schon bald sollte ich Zugang zur Patientenkartei von Dr. Kowalik bekommen.

Trotz all meiner Bemühungen ist es mir leider nie gelungen, die wahre Identität von Vizeminister Las zu bestätigen. Er wurde als Waldemar Makowski begraben.

Auf meiner Spurensuche stieß ich jedoch unerwartet auf etwas Interessantes – der Imker hatte sein Grundstück lange Zeit nur gepachtet, erst 1992 hatte er es der ursprünglichen Besitzerin abgekauft, und diese war keine geringere als Genossin Saretzka gewesen, wie man aus einem Eintrag im Grundbuch folgern kann.

Das gab mir Zuversicht, weil ich begriff, dass mein alter Traum von Großmutters Mondlandung auf wahren Begebenheiten beruhte: Ich war damals mit Genossin Saretzka in Makowskis Imkerei gewesen, wo sie vor ihrer Auswanderung in die USA den Deal mit ihm unter Dach und Fach brachte. Natürlich log Großmutter dreist, als ich sie am Telefon darauf ansprach, und meinte, sich an nichts dergleichen erinnern zu können.

Und da fiel mir der alte Aufsatz über die Inka wieder ein. Ich suchte erneut Frau Belitzka in der Bibliothek auf. Der Raum war mit lebhaften, hellen Farben gestrichen und durchflutet von Licht, das durch das breite Fenster fiel. Fast alle Bücher standen offen zugänglich in den Regalreihen. Frau Belitzka saß hinter ihrem Schreibtisch und war sichtlich angewidert von solch bibliothekarischem Freigeist. Sie sah mich vorwurfsvoll an.

Natürlich ist der Aufsatz nicht wieder aufgetaucht, aber damit hatte ich gerechnet, vielleicht war er sogar schon vor Jahren, bei irgendeiner Aufräumaktion, abhandengekommen. Trotzdem war ich überzeugt, den Text in irgendeiner Stadtbücherei oder Universitätsbibliothek ausfindig machen zu können. Als ich jedoch in den Onlinekatalogen recherchierte, musste ich enttäuscht feststellen, dass der Titel in keinem Bestand verfügbar war. Auf Ebay habe ich auch nichts gefunden. Ich bin sogar extra in ein paar Antiquariate nach Bielsko und Krakau gefahren, aber niemand hatte von dem Büchlein gehört. Also gab ich mich geschlagen, der Aufsatz schien sowieso nicht so furchtbar wichtig zu sein, einfach nur ein weiteres Kuriosum. Ich suchte zwar weiter nach ihm, aber ohne große Leidenschaft. Meine Bemühungen beschränkten sich darauf, von Zeit zu Zeit Auktionen im Internet zu verfolgen und bei Antiquariaten anzurufen.

Schließlich habe ich das Buch doch noch durch Zufall gefunden, als 2015 auch die Stadtbüchereien endlich Onlinekataloge bekamen. Ein Exemplar befand sich in der Bücherei in Łuków.

„*Die Inka und der Kommunismus*, herausgegeben von A. Sobieski", las ich auf dem Bildschirm.

Ich schob es wochenlang vor mir her. Die lange und beschwerliche Reise mit mehrmaligem Umsteigen schreckte mich ab. Einige Male habe ich angerufen und versucht, die Bibliothekarin zu überreden, mir eine Kopie des Exemplars zu schicken, natürlich gegen angemessene Bezahlung, aber aus irgendeinem Grund kam das für sie nicht infrage.

Als die Bibliothekarin mir das verstaubte Büchlein, auf dem ein abgewetztes, einst goldenes Z prangte, dann persönlich überreichte, begriff ich sofort, womit ich es zu tun hatte. Ich hatte es schon viele Male gesehen. Es war das Buch, das Magda im Sommer gelesen hat.

Doch zu meinem Erstaunen las ich auf der Titelseite nicht den Namen des Direktors. Die leicht gesperrten Buchstaben fügten sich stattdessen zum Namen Jadwiga Dabrowska. Die verrückte Haushälterin des Pfarrers und ehemalige Assistentin des Direktors. Außerdem war das Buch viel später herausgegeben worden, als ich angenommen hatte: 1979.

Ich blätterte hastig durch die Seiten. Der Aufsatz über die Inka bestand nur aus ein paar Absätzen, der Rest waren Schwarzweißfotos von Zuckrowka und seinen Bewohnern mit rätselhaften Bildunterschriften. Das Ganze erinnerte eher an einen anlässlich des Stadtjubiläums herausgegebenen Bildband.

Anschließend konnte ich mir all das ansehen, von dem ich zuvor lediglich gehört hatte – die feierliche Einweihung des Museums, das Gebäude, in dem sich der Sitz des Komitees befand, die Fakeausgrabungen, Aufnahmen von den Bauarbeiten am Werk, das Präsidium, ein etwas zu dunkel belichtetes Bild der noch nicht begradigten Mahr … Missmutig nahm ich zur Kenntnis, dass ein Foto herausgeschnitten worden war, nur ein schlapper, dünner Papierrahmen war übrig geblieben, beschriftet mit: *Die Autorin J. Dabrowska in der Dorfschule.*

Erst auf der letzten Seite, zwischen anderen Fotos, fand ich, wonach ich gesucht hatte.

Eine junge Frau mit Kurzhaarfrisur hält einen Bilderrahmen in den Händen: Es ist meine Großmutter, die mit ihrem Selbstporträt posiert, das Gemälde, das jahrelang von unserer ganzen Stadt angebetet worden war. Ja, Magda hatte dieses Foto ganz bestimmt gesehen.

Ich konnte das Gefühl nicht abschütteln, dass auch ich das Gemälde nicht zum ersten Mal sah. Das Frauengesicht, umrahmt von einem Heiligenschein, trug nicht nur die Züge meiner blutjungen Großmutter, sondern auch ganz deutlich die Züge meiner Mutter auf den Fotos, die an der Mahr entstanden waren. Hatte auch ich Ähnlichkeit mit ihr?, dachte ich beunruhigt. Gewöhnlich ist man nämlich nicht in der Lage, selbst die eigene Ähnlichkeit mit jemand anderem zu erkennen. Ganz so, als würde man sie nicht in den Gesichtszügen finden können, sondern nur in etwas außerhalb davon. Etwas, das in Erscheinung tritt, wenn wir sprechen, wenn wir andere ansehen, wenn wir nachdenklich sind, uns aber verborgen bleibt, wenn wir in den Spiegel schauen. Und doch, wenn ich mir ihr Gesicht ansah, ihren leicht ironischen Blick, beschlich mich das gleiche Gefühl wie in meiner Kindheit in den Umkleidekabinen der Geschäfte, wenn ich mich in den tausendfach vervielfachten Spiegelbildern verlor, im Reigen der wie aus einem Frauenkörper geschnittenen Papierpüppchenziehharmonika.

Trotzdem war mir bewusst, dass da noch mehr war. Ich hatte dieses Bild doch wirklich schon einmal gesehen!

Und dann fügten sich auf einen Schlag alle Teile des Puzzles zusammen. Vor meinem inneren Auge erschien ein dunkles Zimmer. Das Summen der Bienen, schmelzende Eisklumpen zu unseren Füßen, Unordnung, das nicht gemachte Bett, und darüber, an der Wand, der zum Bild umfunktionierte Deckel einer Pralinenschachtel, und schließlich, in der Halbdämmerung verborgen, die Maria im schwarzen Rahmen. Die Maria vom Kriegsrecht, die unfruchtbare Maria, Mutter der Bienen, aus den Wassern der Mahr emporgetaucht wie eine Meerjungfrau, das wichtigste Element des Vermächtnisses.

Sie ist die ganze Zeit dort gewesen. Dieses von Makowski gehütete Bild war es, das war jener geheimnisvolle Schatz, nach dem der Kabler gesucht hatte. Pytko hatte das Gemälde im Auftrag von Dygnar gesucht, der Vorsitzende ist der anonyme Sammler gewesen, und er hatte ihm, wie ich mir denken konnte, einen Haufen Geld in Aussicht gestellt, denn sicher wird er darin ein weiteres Heilmittel gegen die Schlafwandelei seiner Tochter gesehen haben.

Mischa hatte es von Anfang an gewusst. Allerdings glaube ich, dass weder er noch der Kabler eine Ahnung hatten, wo sie suchen sollten. Ja, sie wussten nicht einmal, ob das Bild sich in Zuckrowka befand oder ob es überhaupt noch existierte. Aber solange der Vorsitzende finanziell für die Suchaktion aufkam ...

Mischa Kulik hatte die Maria vom Kriegsrecht zufällig gesehen, als wir bei Makowski eingebrochen sind, was meine Idee gewesen war.

Sie mussten sie entwendet haben, als der Imker im Krankenhaus war, und ich hatte mich geirrt, als ich meinte, Pytko sei später von Mischas plötzlichem Verschwinden überrascht gewesen. Aber ich bin mir sicher, dass Mischa ihm nichts von dem Geld erzählt hat, das in den Bienenstöcken versteckt war.

Was war derweil mit dem Gemälde passiert? Nun, der Kabler hatte es bei Dygnar abgeliefert, so viel ist bekannt. Ich habe mit Pytko gesprochen, nachdem es mir gelungen war, an seine belgische Telefonnummer zu kommen. Er wollte nichts direkt bestätigen, aber zwischen den Zeilen hat er mir deutlich zu verstehen gegeben, dass ich mit meinem Verdacht richtiglag.

Ist das Bildnis der Maria vom Mahrtal im Feuer mit den Rechnungen verbrannt? Ich erinnere mich noch an die Gerüchte, dass Magda Dygnar ihren Vater bei der Polizei verpfiffen habe. Man munkelte aber auch, sie habe das Haus selbst in Brand gesteckt – die Flammen des brennenden Papiers waren doch viel zu harmlos, um einen ganzen Hausbrand zu entfachen. Doch was sich wirklich zugetragen hatte, das wusste niemand.

Vor Kurzem sind wieder Bienen an unserem Küchenfenster aufgetaucht. Große graue Bienen mit riesigen Vogelschnäbeln und Kugeln aus Blütenstaub. Vielleicht waren sie gar nicht umgekommen, sondern einfach nur aus ihren Bienenstöcken geflohen und fielen nun wie vom Wind getriebene Wolken zum letzten Mal über die Stadt her?

Ich persönlich glaube, dass Magda das Bild mitgenommen hat. Schließlich war sie die Erste, die danach suchte, als Erste kam sie der Wahrheit auf die Spur. Sie war es, nicht wir, die es all die Monate lang wirklich ernsthaft gesucht hat.

Wenn Magda nicht wäre, hätten viele Dinge sich nicht ereignet. Gewissermaßen hat sie hinter allem gesteckt. Doch ein Gedanke gab mir keine Ruhe: Konnte es sein, dass Magda alles nur inszeniert hatte, um ihren Vater zu zwingen, jenes wundertätige weinende Selbstporträt der Genossin Saretzka zu suchen, das Vermächtnis mit dem Heiligenschein? Hatten die Ärzte recht gehabt und Magda Dygnar hatte wirklich die ganze Zeit nur so getan, als ob? Hatte sie uns von Anfang an an der Nase herumgeführt? Nein, das kann einfach nicht sein.

***

Eine Sache blieb mir noch zu tun. Ich griff nach der Schachtel mit den Erinnerungen aus dem Museum, aus der ich eine Fotografie zog. Es war das Foto, das mich vor vielen Jahren in die Welt der Buchstaben eingeführt hatte. Das Mädchen auf dem Bild – die kleine Frau Dabrowska – wurde vom dunklen Stoff der Decke, die ihre Beine bedeckte, entzweigeschnitten. Sie starrte mich mit dem gleichen aufmerksamen Blick an wie immer.

Vorsichtig öffnete ich den verstaubten Bilderrahmen, nahm das Foto heraus, das in meiner Hand seltsam schlaff wirkte, und drückte es in die Lücke im Bildbändchen über die Vergangenheit meiner Stadt. Das Foto passte ganz genau hinein. Jetzt war endlich alles an seinem Ort.

So habe ich es in Erinnerung behalten.

GLOSSAR

Das **Wawel-Chakra** befindet sich auf dem Wawel-Hügel in Krakau. Es handelt sich hierbei um einen Stein, der eine starke spirituelle Kraft ausstrahlt. Für Esoteriker ist das Chakra ein wichtiger Teil des energetischen Systems der Erde.

Wojciech Witold Jaruzelski (1923-2014) war in den 1980er-Jahren erst Ministerpräsident, dann Staatsratsvorsitzender und letztlich Staatspräsident der Volksrepublik Polen. Nachdem er als jüngster General der polnischen Geschichte auch an der Zerschlagung des Prager Frühlings maßgeblich beteiligt gewesen war, war er es auch, der 1981 das Kriegsrecht verhängte.

Die magische Farnblüte ist ein Motiv aus der slawischen Mythologie. Der Volksglaube besagt, dass sich die Blüte der Farne nur einmal im Jahr für kurze Zeit öffnet, nämlich zur Mitternacht der Sommersonnenwende. Die Blüte gilt als Glücksbringer, soll aber auch heilende Kräfte haben.

Die **Verhängung des Kriegsrechts** war 1981 eine Maßnahme der polnischen Regierung, um die **Solidarność**-Bewegung zurückzudrängen, die aus der Bürgerrechtsbewegung **KOR** *(Komitet Obrony Robotników)* hervorgegangen war Der Gewerkschaftsbund hatte sich aus einem Streik heraus gegründet und für Reformen gekämpft. Mit der Ausrufung des Kriegsrechts konnten die Führung der Bewegung verhaftet und die Gewerkschaft selbst verboten werden. Es folgte eine Vielzahl staatlicher und militärischer Eingriffe in Verwaltung, Wirtschaft und Bürgerrechte.

Mit der **Taufe Polens** ist eigentlich die Taufe des Herzogs Mieszko I. gemeint. Er herrschte im 10. Jahrhundert auf dem heutigen Gebiet Polens und nahm in den 960er-Jahren mit seinem gesamten Hofstaat den christlichen Glauben an. Das exakte Datum ist nicht eindeutig belegt, die Milleniumsfeierlichkeiten zu tausend Jahren Christianisierung fanden in Polen aber 1966 statt.

PZPR ist das Kürzel der Polnischen Vereinigten Arbeiterpartei (polnisch: Polska Zjednoczona Partia Robotnicza). Sie bildete von 1948 bis zur Selbstauflösung 1990 die politische Führung des Landes – mit marxistisch-leninistischer Ausrichtung.

Die **fünfte Kolonne** war eine Gruppe Aufständischer, die im Spanischen Bürgerkrieg in den von der gegnerischen Seite kontrollierten Gebieten lebte, um von dort aus Angriffe vorbereiten zu können. Allgemein steht der Begriff für politische Gegner in den eigenen Reihen.

PERSONEN

Die Familien der Hügelclique

Die kleine Saretzka,
zersägte Erzählerin und diejenige, die Großmutters Vermächtnis erben wird
Großmutter Saretzka,
die Saretzka, ehemalige Parteifunktionärin, die was zu vermachen hat
Marlena Saretzka,
Mutter der Erzählerin, Historikerin, die dem Vermächtnis ihrer Mutter
nicht gewachsen ist
Marek Niewiara,
Vater der Erzählerin, Buchhalter und Hellseher, dem das Vermächtnis zu
schaffen macht
Adam Niewiara,
Onkel Adam, bodenständiger Bruder von Marek Niewiara
Oma Niewiara,
Mutter von Marek und Adam Niewiara
Zoja,
Hündin der Familie Saretzka–Niewiara

Mischa Kulik,
sorgt mit seinem Mofa für Mobilität und Rausch
Herr Kulik,
Mischas Vater, war Tellermacher im Werk, ist Erfinder des Porzellanhauses
Frau Kulik,
ihr gehört der Blumenladen im Porzellanhaus
Oma Kulik,
Urgroßmutter von Mischa, lebt in einem Kokon am Porzellanhaus
Tomek Kulik,
Mischas älterer Bruder, plaudernder Polizist
Koko,
eigensinniger Hund der Familie Kulik, Nachkomme von Zoja

Hans Krupp,
Fakir und Ersatzfußballer
Katarina Krupp,
Mutter von Hans, arbeitet nachts in einer Tankstelle, glänzte in der Schule
mit vorbildlichem Betragen
Herr Kaleta,
Vater von Hans, Geschäftsmann, glänzt vor allem durch Abwesenheit

Weitere Personen

Museumsfrau Ania,
schweigsame langjährige Mitarbeiterin des Museums
Tadek Baniowski,
Sportlehrer und Trainer der lokalen Fußballmannschaft
Frau Belitzka,
ungläubige Bibliothekarin
Jadwiga Dabrowska,
Haushälterin des Pfarrers
Direktorin Jaskula,
unbeliebte Schuldirektorin der Grundschule von Zuckrowka
Der Kabler (mit Namen Pytko),
Tausendsassa, der immer auf dem Sprung ist
Magda Dygnar,
ehemalige Schulkameradin der Clique, wurde ebenfalls zersägt
Dygnar, der Vorsitzende,
Vater von Magda, wohlhabender Geschäftsmann
Der alte Dygnar,
ehemaliger Politiker, Vater des Vorsitzenden, Erzfeind der Saretzka
Janek Gruzin,
ehemaliger Hausmeister des Museums
Herr Kaminski,
Totengräber und Organist der Gemeinde
Lesniewski,
Sandkastenfreund von Mischa
Waldemar Makowski,
der Imker, der in einem Schrebergarten lebt
Pfarrer Smietana,
alter Pfarrer der Gemeinde
Direktorin Sobiera,
Nachfolgerin auf Direktor Sobieskis Drehstuhl
Direktor Sobieski,
sammelwütiger langjähriger Direktor des städtischen Museums
Pfarrer Wilk,
Pfarrer der Gemeinde von Zuckrowka, der sich auch als Architekt versucht
Frau Wosch,
betreibt einen Lebensmittelladen und serviert Honigbier

DOMINIKA SŁOWIK wurde 1988 in Jaworzno im südlichen
Polen geboren. Der Roman *Tal der Wunder* (polnischer Originaltitel:
Zimowla) wurde in Polen als literarisches Ereignis gefeiert.
Sie gewann mit ihm 2019 den renommierten Kulturpreis Paszport
Polityki in der Kategorie Literatur und war bereits mit ihrem Debüt
Atlas: Doppelganger Finalistin des Gdynia Literary Award.

Foto: © Wojciech Karliński | Illustration: KATAPULT

ALEXANDRA TOBOR kam 1989 als Achtjährige nach
Deutschland und studierte Soziologie, Psychologie und
Kunstgeschichte in Marburg. Heute lebt sie als Übersetzerin,
Podcasterin und freie Autorin in Augsburg. In ihren
autofiktionalen Romanen beschäftigt sie sich mit dem
Aufwachsen zwischen Ostblock und dem goldenen Westen.

Foto: © Privat | Illustration: KATAPULT